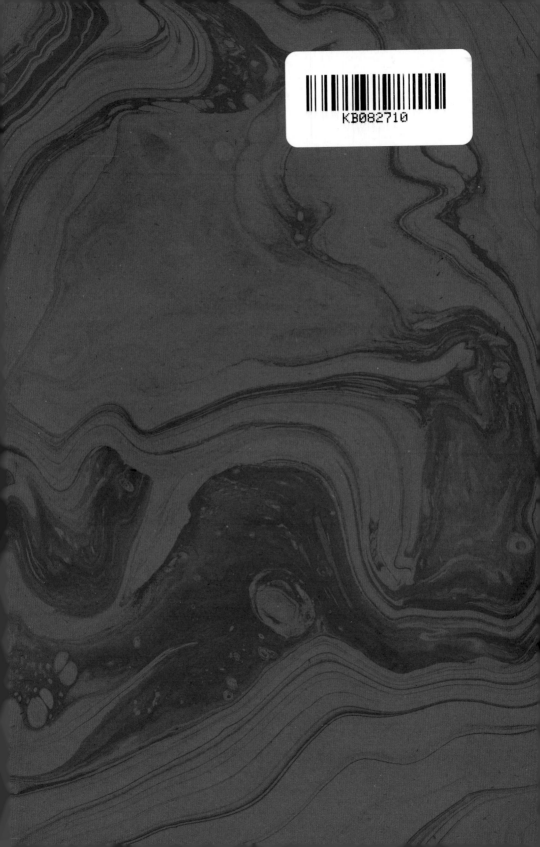

ΟΔΥΣΣΕΙΑ
ODYSSEIA

오뒷세이아

호메로스 지음
이준석 옮김

아카넷

추천의 말

이태수

서울대학교 명예교수

우리나라에서 호메로스 서사시의 첫 원전 번역이 나온 때는 1980년대 초이다. 천병희 교수가 내놓은 이 번역은 그때부터 내내 우리 독자들이 호메로스와 직접 만날 수 있게 해주는 유일한 통로 역할을 해왔다. 그렇게 40년이란 짧지 않은 세월이 지난 지금 또 하나의 통로가 새로 열렸다. 다음 세대 후배 고전 문학 연구가인 이준석 교수의 다른 원전 번역이 나온 것이다.

새 번역서를 내면서 역자는 고인이 된 첫 번역의 역자에게 감사하고 또 감사한다는 마음을 적었다. 이는 빈말이 아니다. 천병희 교수가 생전에 우리 독서계에 호메로스가 수용될 수 있는 자리를 확보해놓은 덕택에 새 번역의 역자는 독자들이 자신의 번역도 받아들일 것이라는 기대를 할 수 있었던 것이다.

새 번역이 보여주는 호메로스는 독자들이 얼른 받아들이기 어려운 낯선 호메로스다. 그와는 달리 천병희 역은 처음 만나도 그리 낯설지 않은 호메로스를 보여준다. 그래서 천병희 역이 우리 독서계에 호메로스의 자리를 마련할 수 있었던 것인데, 그 자리는 애당초부터 천병희 역이 보여주는 호메로스만의 자리로 정해진 것은 아니었다. 그 자리는 언제든 다른 역자가 보여주는 호메로스도 수용할 수 있는 넉넉한 공간이어야 했다. 천병희 교수도 자신이 애써 마련한 자리에 언제든 또 다른 모습의 호메로스가 들어서리라는 것을 예상했을 것이다. 그리고 그 자리에 새로 들어서는 호메로스는 내내 친숙하게 여겨왔던 것과는 진정 다른 낯선 모습을 보여주어야 그 자릿값을 제대로 한다고 생각했을 것이다.

　간단한 맛보기를 통해 천병희 역과 새 번역의 호메로스가 어떻게 다른지 그 차이를 구체적으로 확인해보자. 새 번역의 여러 장면에서 사람들은 서로에게 간혹 이런 말을 건네곤 한다. '네 이빨 울타리를 빠져나온 그 말은 대체 무엇이냐.' 이 이상한 어법(diction)을 천병희 역은 '너는 무슨 말을 그리 함부로 하느냐?'로 평이하게 옮겨놓았다. 독자는 이빨로 된 울타리의 의미가 무엇인지 문제 삼을 것 없이 얼른 쉽게 이해하고 지나갈 수 있다. 또 다른 새로운 번역 예로 '날개 돋친 말을 건네었다'가 있다. 이것도 호메로스가 사람들이 말을 하는 특정한 방식을 표현하기 위해 간혹 사용하는 어구인데, 천병희 역에서는 일률적으로 우리에게 친숙한 관용어구인 '물 흐르는 듯 거침없이 말했다'로 옮겨져 있다. 새 번역의 이 구절을 읽으면서 우리는 호메로스가 말에 날개가 달려 나는 모양을 상상했다는 것을 알게 되고, 그것이 어떤 방식으로 말하는 것을 묘사하는지 그 상상의 의미를 물을 수 있다. 그렇지만 천병희 역을 읽는 독자에게 이 구절은 그런 상상이 사라지고 즉각적으로 이해된다.

보통 이 두 번역의 차이를 직역과 의역의 차이라고 한다. 그러나 사실 이 경우에 확인되는 차이는 그런 것이 아니다. 의역은 작가가 쓴 말을 그대로 옮기면 도저히 이해할 수 없을 터이니까 역자는 작가가 쓰지 않은 다른 말을 동원해 작가의 속뜻을 전달하는 번역이다. 그런데 '이빨 울타리'나 '날개 돋친 말'은 결코 이해할 수 없는 표현이 아니다. 울타리 역할을 하는 치열이나 날개가 달린 듯한 말은 서사시를 읽는 독자들이 얼마든지 상상할 수 있는 것이다. 호메로스의 속뜻은 그렇게 독자들도 상상할 수 있는 것을 상상하도록 하면서 창의적으로 그 의미를 공유하려는 것 이외의 다른 어떤 것이 아니다. 그 의미를 캐내는 수고를 하면 호메로스의 속뜻을 정확히 파악하고 그의 작품 세계를 좀 더 깊이 이해할 수 있게 된다.

그러나 천병희 역을 읽는 독자는 그런 수고를 하지 않아도 된다. 예로 든 어법의 경우에 천병희 역은 호메로스가 한 말을 그대로 옮겨줄 생각을 아예 하지 않았다. 옮길 수 없기 때문이 아니라, 호메로스의 어법을 직접 듣지 않아도 작품을 이해하는 데에 별 지장이 없으리라고 판단했기 때문에 다른 말로 바꾼 것이다. 엄밀히 말하면 의역이기보다 가독성을 높이기 위한 재량적 텍스트 교정(emendation) 행위이겠다. 고전 문헌학도로서 호메로스를 전문적으로 연구해온 학자 이준석은 그와 같은 번역 전략에 동의하기 어려울 것이다. 호메로스의 어법을 되도록 정확히 전달하는 것은 그에게는 작품 번역의 양보할 수 없는 기본이다. 실제로 호메로스의 작품에 등장하는 인물의 성격, 그의 행동 그리고 사건의 전개 등 작품 전체를 이루는 모든 것은 호메로스가 구사하는 어법과 무관하게 이해할 수 없다. 사람들이 서로 말을 건네는 장면, 싸움터에서 한 사내가 격살을 당하는 장면, 한 여인이 애통해하는 장면을 호메로스가 어떻게 지각하고 있는지는 그가 그 장면을 묘사하는 특유한 어법을 통해서 독자에게 전달된다. 호메로스 연구가 대부분은 이런 부분을 정확히 옮기지 않고는 작품 전체를 정확히 번역하는 목표가 달성 불가능하다고 믿는다.

이제 우리 독서계는 어쨌든 서로 다른 특징을 지닌 두 번역서를 선택지로 보유하게 되었다. 호메로스에 접근하기 위한 통로를 처음 열면서 그 통로를 되도록 많은 독자들이 이용할 수 있도록 보수, 확장했던 경험을 가진 천병희의 번역은 가독성을 큰 장점으로 가지고 있다. 호메로스를 꼼꼼하게 연구해온 학자 이준석의 번역은 좀 더 정확하게 호메로스의 모습을 보여줄 수 있다는 장점을 가지고 있다. 두 번역은 모두 각각 장점에 상응하는 단점도 가지고 있다. 그 장, 단을 비교 계량해 전체적으로 당장 어느 쪽이 더 훌륭한 번역인지 명확하게 평가할 수는 없다. 그런 평가를 시도하기 전에 우선 가독성과 정확성의 바람직한 균형이 어떤 것인지부터 논의해야 할 것이다.

그러나 이 시점에서 그런 논의를 주문하는 것도 좀 성급하다는 생각이 든다. 현재 우리 독서계에서는 가독성이 어떤 경우에나 가장 중요한 품질

평가 기준으로 설정되어 있는 것 같다. 그 중요성이 너무 과도하게 강조된다는 느낌이 들 때도 많다. 이러다 가독성이 유일한 기준이 되고 정확성은 아예 무시해도 좋을 것으로 취급되는 것이 아닌가 걱정스럽기까지 하다. 게다가 호메로스 서사시의 경우는 아직은 가독성의 장점을 특징으로 하는 번역만이 공급되어왔다. 반면 정확성의 장점을 가진 번역은 지금 막 공급이 시작되었다. 상황이 이러한데 정확성과 가독성이라는 기준의 균형 조화를 이야기하는 것은 불공정일 수 있다.

나는 이준석 교수의 새 번역이 널리 읽히기를 바라 마지않는다. 그리고 그의 번역을 읽고 정확한 번역의 가치를 제대로 감식할 줄 아는 독자의 수가 계속 늘어날 수 있도록 더 큰 목소리로 정확한 번역의 중요성을 계속 강조할 것이다.

차례

오뒷세이아

일러두기

1. 이 책은 Martin L. West가 편집한 *Homeri Odyssea*(De Gruyter, 2017)를 대본으로 삼아 희랍어에서 한국어로 번역한 것이다.

2. 5행마다 행수를 표시하여 희랍어 원문과 대조가 가능하도록 편집하였다. 해설과 찾아보기 등에서 특정한 단어가 등장하는 자리를 언급하는 경우에 이 행수를 기준으로 삼았다.

3. 이 책에 실린 판화들은 John Flaxman(1755-1826)의 드로잉을 바탕으로 하여 여러 작가들이 제작한 작품이다.

1권

한 사람을 제게 말씀하옵소서, 무사 여신이시여, 숱하게 변전한 그이는
신성한 도시 트로이아를 무너뜨린 다음, 참 많이도 떠돌았습니다.
그는 허다한 사람들의 도시를 보았고 그들의 심성도 알아보았지요.
바다에서는 동료들의 목숨과 귀향을 지켜내려고
기백으로 많은 고통을 겪었습니다.   5
그러나 그토록 몸부림쳤음에도 동료들을 구해내지는 못했으니
그들이 저 스스로 택한 잘못으로 파멸해버린 탓이지요.
그 철부지들은 헬리오스 휘페리온[1]의 소들을 잡아먹었고,
신께서는 그들에게서 귀향의 날을 앗아 가셨습니다. 이 중 어디서부터든 좋으니,
여신이시여, 제우스의 따님이시여, 저희에게 말씀하옵소서.   10

가파른 파멸을 벗어난 다른 모든 이들은

---

1   태양신의 이름이며 태양 그 자체를 가리키기도 한다.

무사 여신을 부르는
호메로스

———

인간의 삶은 덧없다. 그러나 이에 불멸을 부여하는
이가 시인이고, 시인은 무사 여신이 길러내는
존재이다. 『일리아스』와 달리 『오뒷세이아』에는
이런 시인들이 여럿 나오고, 그들의 노래에는
오뒷세우스의 이야기가 담기기도 한다.
『오뒷세이아』가 말 그대로 오뒷세우스에 관한
이야기라면, 『오뒷세이아』는 그 속에 또다시 수많은
미니 『오뒷세이아』를 품고 있는 셈이다.

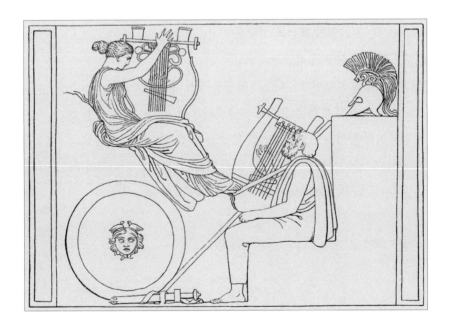

윌리엄 블레이크(William Blake), 에칭, 1805

전쟁에서도 바다에서도 빠져나와 집에 와 있었지만,

유독 그이만은 귀향도 아내도 잃은 채

여신 중에서도 공경받을 요정 칼립소가 남편으로 삼길

애태워 바라며 우묵 파인 동굴 안에 붙들고 있었다.   15

그렇게 해가 돌고 돌아 그가 집으로, 이타카로 돌아가도록

신들이 자아낸 때가 되었다, 물론 그곳에서조차,

제 식솔들과 함께여도, 그는 각축을 피해 갈 수 없겠지만.

모든 신들은 그를 가여워하고 있었다.

하나 포세이돈은 신과 같은 오뒷세우스가 고향 땅에 가 닿기 전까지   20

그에게 쉼 없이 노여워하고 있었다.

그런데 그는 머나먼 곳에 사는 아이티옵스인들을 만나러 갔으니,

아이티옵스인들은 둘로 나뉘어 한 무리는 휘페리온이 가라앉는 곳에서,

또 한 무리는 솟아오르는 곳에서, 인간들에게서 가장 멀리 떨어져 있었다.

그는 황소며 양들로 차린 헤카톰베²를 받으러 갔고,   25

그곳에 앉아 잔치를 만끽하고 있었다. 한편, 다른 신들은

올륌포스에 있는 제우스의 궁전에 모여 있었다.

인간들과 신들의 아버지는 흠잡을 데 없는 아이기스토스를

기백으로 떠올리며 그들 사이에서 이야기를 꺼내었다.

아가멤논의 명성도 자자한 아들 오레스테스는 그의 목숨을 빼앗았고,   30

제우스는 그를 기억하며 죽음을 모르는 이들 사이에서 말하기 시작했다.

   "빌어먹을, 인간들은 대체 어쩌자고 이리도 신들을 탓하는가!

저들은 몹쓸 일들이 우리게서 생겨난다고 말하지만,

---

2   소 100마리를 바치는 제사라는 뜻으로, 100(hekaton)과 황소(bous)가 합쳐진 말이다. 그러나
     헤카톰베라고 하더라도 실제로 이 시에서 소를 100마리 바치는 경우는 없고, 대개 숫자는 훨씬
     적다. 양과 염소를 섞기도 한다.

저들도 자초한 잘못으로 제 몫의 운명보다 더한 고생을 벌고 있잖은가.

당장 아이기스토스만 해도 그렇지, 정해진 제 몫의 운명을 넘어   35

아트레우스의 아들[3]이 얻은 아내와 결혼을 하고, 집으로 돌아오는 그를 쳐 죽였다.

그것이 가파른 파멸인 줄 알면서도! 우리가 눈 밝은 아르고스의 살해자[4]

헤르메스를 보내어 진작 일러두지 않았던가,

그를 죽여서도 안 되고, 그 아내에게 청혼하지도 말라고!

아트레우스의 아들이 낳은 오레스테스의 나이가 차올라   40

고향 땅을 그리워하게 되는 날에는 그에게서 복수가 일어날 것이니까!

헤르메스가 좋은 뜻을 품고 이렇게까지 말해주었는데도 아이기스토스를

단념시키진 못했다. 그래 그자는 이제 모든 대가를 한꺼번에 치르고 말았지.”

그러자 이번에는 그에게 빛나는 눈의 여신 아테네가 말하였다.

   “우리의 아버지, 크로노스의 아드님[5], 지존의 통치자시여,   45

그자라면 파멸을 맞아 뻗어 눕는 것이 지당하고말고요.

그런 짓을 저지르는 자는 누구든 파멸할지어다!

그나저나 저는 지혜로운 오뒷세우스, 그 불운한 사람 탓에

심장이 찢어집니다. 그가 바다에 갇힌 그 섬에서 식구들과 떨어져

재앙을 겪은 것이 하세월입니다, 바다의 배꼽, 숲이 우거진   50

그 섬이지요. 그곳에 집을 짓고 사는 여신은

파멸을 꾀하는 아틀라스의 딸입니다. 그자는

바다란 바다의 깊이는 모조리 알고 있고, 대지와 하늘

양쪽에 닿는 거대한 기둥들을 직접 짊어지고 있지요.

---

3   아트레우스에게는 아가멤논과 메넬라오스라는 아들이 있다. 여기서는 아가멤논을 가리킨다.

4   헤르메스의 별명.

5   제우스.

바로 그자의 딸이, 울부짖는 저 딱한 사람을 붙잡아두고선   55
번번이 부드러운 유혹의 말로 홀려댑니다, 이타카를 잊게 하려고요.
하지만 오뒷세우스는 고향 땅에서 솟아오르는 연기라도 보려고
안간힘을 써가며 아예 죽음을 갈구하고 있답니다.
그런데도 아버지의 심장은 조금도 염려가 되지 않던가요,
올륌포스에 사시는 분이여! 아르고스인들의 배들 곁에서,   60
드넓은 트로이아에서 오뒷세우스가 제물을 바쳐가며 기쁘게 해드린 적이
없었던가요? 왜 지금은 그토록 그에게 노여워하고 계시나요, 제우스시여!"

그러자 구름을 모아들이는 제우스가 그녀에게 대답하며 말하였다.
   "내 새끼, 네 이[齒] 울타리를 빠져나온 그 말은 대체 무엇이냐!
신과 같은 오뒷세우스를 내가 무슨 수로 잊을 수 있겠니!   65
그의 지혜는 모든 인간을 뛰어넘지. 제물이라면 너른 하늘을 차지하고 있는
죽음을 모르는 신들을 위해 누구보다도 더 바쳐 올렸고.
그러나 대지를 뒤흔드는 포세이돈이 줄기차게, 뻣뻣하게
그 퀴클롭스의 일로 노여워하고 있단 말이다. 그가 그 눈을 멀게 했잖니.
모든 퀴클롭스들 중에서도 가장 힘이 센, 신과 맞먹는   70
폴뤼페모스 말이다. 그 녀석은 토오사라는 요정이 낳아주었어.
곡식을 거둘 수 없는 소금 물결을 다스리는 포르퀴스의 그 딸이
우묵 파인 동굴 안에서 포세이돈과 몸을 섞은 게지.
지축을 뒤흔드는 포세이돈은 그 녀석의 일 이후로 오뒷세우스를
아예 죽이는 건 아닌데, 고향 땅으로부터 멀리 떠돌게 하고 있어.   75

그건 그렇고, 보시오들. 여기 있는 우리가 모두 그의 귀향에 대해
두루 헤아려봅시다, 어떻게든 오게 해봅시다. 포세이돈이야 노여움을

흘려보낼 거요. 혼자서 죽음을 모르는 신들 모두의 뜻을 거슬러
맞서 싸우다간 아무것도 할 수 없을 테니까.”

그러자 이번에는 그에게 빛나는 눈의 여신 아테네가 말하였다.   80
   “우리의 아버지, 크로노스의 아드님, 지존의 통치자시여,
더없이 지혜로운 오뒷세우스가 제집으로 돌아가는 이 일이
이제 복된 신들에게 진정 사랑스러운 것이라면,
동행자, 아르고스의 살해자 헤르메스를 움직여 오귀기아섬으로
보내지요. 그래서 머리를 곱게 땋은 그 요정에게 되도록 빨리   85
심중에서 견뎌내는 오뒷세우스의 귀향이라는, 이 틀림없는 결정을
말하게 하는 겁니다. 그가 집에 돌아가도록 말이죠.
그나저나, 저는 이타카로 들어가렵니다. 그의 아들을 한층 더
독려해주고, 심중에 용기를 심어주려고요. 그래서 그가
머리를 기른 아카이아인들[6]을 회의장으로 불러 모은 다음,   90
빽빽한 양 떼며 구르는 듯 걷는, 뿔이 굽은 소들 잡기를
허구한 날 일삼는 구혼자들 모두에게 공개적으로 말하게 하렵니다.
그러고는 스파르타로, 또 모래 많은 퓔로스로 보낼 겁니다,
제 아버지의 귀향을 물어 알도록요, 행여 그가 뭐라도 듣게 될는지,
그래서 그가 사람들 사이에서 고귀한 명성을 얻게 하려는 겁니다.”   95

그녀는 이렇게 말하며 즉시 두 발 아래 불멸의 황금으로 만든
아름다운 신발을 묶어 신으니, 이는 바람의 숨결을 타고 그녀를
젖은 바다 위와 끝 모를 대지 위로 데려다주는 것이었다.

6   희랍인들을 가리키는 말. 때에 따라 아카이아 대신 다나오스, 아르고스 같은 명칭이 쓰이기도 한다.

아테네, 이타카로
내려오다

―――――

올림포스의 신들 중에서
『일리아스』에서처럼 인간 세계에
능동적으로 개입하는 존재는 아테네가
유일하다. 그녀는 오뒷세우스의 귀향을
위해 텔레마코스를 움직일 것이며, 아무도
기대하지 못했던 방식으로 영웅의 귀향을
이끌어내게 된다.

제임스 니글(James Neagle), 에칭, 1805

또 날카로운 청동 날이 박힌, 묵직하고 거대하며 탄탄한,

억센 창을 쥐었다. 어마어마한 아비를 둔 이 딸은 . 100

이 창을 들고 자신을 노엽게 만든 인간 영웅들의 대열을 굴복시키고 만다.

그녀는 올륌포스의 산머리에서 단숨에 뛰어내리더니

이타카 땅에 있는 오뒷세우스의 집 대문 앞에,

뜰로 이어지는 문턱 앞에 섰다. 손아귀에는 청동 창을 쥔 채

타포스 사람들을 이끄는 멘테스라는 손님의 모습을 한 105

그녀의 눈에 마침 들어온 것은 거들먹대는 구혼자들이었다.

그들은 직접 잡은 황소 가죽을 깔고 앉은 채

문가에서 공기 놀이를 하며 심기에 흥을 내고 있었다.

그들 사이에는 전령들과 민첩한 부하들이 있어

어떤 이들은 술동이에 포도주와 물을 섞고 있었고,[7] 110

또 어떤 이들은 구멍 많이 뚫린 해면으로 식탁들을 닦아

앞에 차리는가 하면, 어떤 이들은 살코기를 듬뿍 썰고 있었다.

하지만 누구보다 앞서 그녀를 먼저 본 것은 신을 닮은 텔레마코스였다.

그는 제 심장에 설움을 담은 채 구혼자들 사이에 앉아

고귀한 아버지를 심중에 그려보고 있었다. 행여 그가 어디선가 돌아와 115

집 안에서 샅샅이 구혼자들을 흩뿌려버린 다음

스스로 위엄을 얻고, 자기 집안도 다스리기를

곰곰이 새겨보며 구혼자들 가운데 앉아 있다가 아테네를 본 것이다.

그가 그 자리에서 바로 대문으로 걸음을 옮기니, 손님을 문가에

오래 세워두는 것이 그의 기백을 노엽게 했기 때문이다. 120

7   포도주 원액과 물을 1:3 또는 2:3으로 섞어서 마시는 것이 관행이었다고 한다.

그는 가까이 다가서서 그녀의 오른손을 쥐고 청동 창을 받아 든 다음
그녀에게 날개 돋친 말을 건네었다.

　"평안하시기를, 손님. 당신은 저희에게 환대받으실 겁니다.
일단 식사를 드신 다음, 필요하신 걸 말씀해주십시오."

그가 이렇게 말하며 앞장서자, 팔라스 아테네가 그 뒤를 따랐다.　　　　125
그들이 지붕이 높다란 집 안으로 들어서자
그는 창을 옮겨 윤기 도는 창 보관대 안쪽
거대한 기둥에 세워두었으니, 안 그래도 거기엔
심중에서 견뎌내는 오뒷세우스의 창들이 수두룩이 서 있었다.
그는 위에 고운 천을 펼쳐놓은, 근사하고 정교하게 만든 팔걸이의자로　　　130
그녀를 이끌어 자리를 권했으며, 그 밑에는 발받침이 있었다.
그리고 자기 자신은 다른 자들, 그 구혼자들에게서 떨어져
형형색색의 장의자를 그 곁에 놓으니, 분수도 모르는 그자들 틈바구니에서
소란 통에 손님이 언짢아져 입맛을 잃지 않게 하려는 것이었고,
떠나고 없는 아버지에 대해 그에게 물어볼 겸 해서였다.　　　　135
시녀 하나가 손 씻을 물을 아름다운 황금 주전자에 담아 와
은으로 만든 대야에 따라 손을 씻게 해주었고,
매끈한 식탁도 펼쳐놓았다.
염치를 아는 시녀는 일단 빵을 가져와 차려놓았고
갖은 먹거리를 있는 대로 베풀며 상차림을 더했다.　　　　140
그런가 하면 고기 맡은 이는 살코기를 부위마다 골고루 담은 접시를
차려 올렸고, 그들을 위해 황금 잔들도 곁에 놓으니
전령이 그들에게 몇 번이고 포도주를 따르러 오곤 했다.

그런데 거들먹대는 구혼자들이 안으로 들어와

장의자며 팔걸이의자에 차례대로 자리 잡자,   145

전령들은 그들 손에 물을 부어주었고

시녀들은 바구니들에 빵을 더미로 쌓아 담았으며

시동들은 술동이들에 마실 것을 가득히 채워 넣었다.

그러자 그들은 준비되어 차려진 음식 쪽으로 손을 내밀기 시작했고,

마침내 이들이 갈증과 허기에서 벗어나자,   150

구혼자들은 심중에 또 다른 관심거리를 떠올렸으니

바로 노래하며 춤추는 것, 잔치의 절정이란 그런 것들이니까.

전령이 페미오스의 두 손에 아름답기 그지없는 수금을

얹어놓으니, 그는 구혼자들 곁에서 억지로 노래할 참이었다.

과연 그는 수금을 타며 아름답게 노래하기 시작했다.   155

텔레마코스는 아랑곳없이, 다른 자들이 들어 알지 못하게끔

머리를 가까이 대고 빛나는 눈의 아테네에게 말하였다.

　"사랑받을 손님, 이런 말씀을 드리면 제게 진심으로 노하시려나요?

저자들은 힘 하나 안 들이고 저런 일에 마음을 쏟죠, 수금이며 노래며.

대가도 치르지 않고 남의 살림을, 그 사나이의 살림을 집어삼키니까요.   160

육지 어디메에 뉘어진 그분의 뽀얀 뼈가 폭풍우에 삭고 있답니다.

아니면 소금 물결에서 파도가 그 뼈를 굴리고 있든가요.

그분이 만약 이타카로 돌아오는 걸 저자들이 보기라도 한다면,

황금과 옷가지를 더 넉넉하게 달라긴커녕,

너나없이 발이나 더 가볍게 해달라고 기도할 겁니다.   165

하지만 이제 그분은 몹쓸 운명을 맞아 파멸하셨어요. 땅 위에 사는 인간 중

설령 어느 누가 그분이 돌아오실 거라 말해도, 저희에겐

페미오스와 구혼자들

————

잔치는 성찬만으로 완성되지 않는다.
그곳에 모인 이들을 황홀경으로 이끄는
것은 시인의 노래이다. 그러나 페미오스는
그런 노래가 가장 어울리지 않는 자리에서
억지로 입을 열어야 한다. 구혼자들은 첫
장면에서부터 노골적으로 신들의 삶을
흉내 내는 것으로 그려지고, 아테네는
격노한다. 자신의 위치를 넘보는 인간을
향한 신의 시선이다.

A. 파커(A. Parker), 에칭, 1805

일말의 위로조차 되지 못합니다. 그분 귀향의 날은 무너져 내렸어요.

자, 그건 그렇다 치고, 제게 이것을 말씀해주시되, 부디 정확하게 설명해주세요.
그대는 인간 중에 뉘시며, 어디서 오셨습니까? 그대의 도시는 어디며   170
부모님은 어디 계십니까? 어떤 배를 타고 오셨습니까? 선원들이 그대를
이타카에 어떻게 모시고 왔는지요? 그들이 누구라며 자랑하던가요?
설마 걸어서 이곳에 오셨을 거라고는 도저히 생각할 수 없으니까요.
또, 제가 제대로 알 수 있도록 이것도 제게 말씀해주십시오.
이곳이 초행이신지요, 아니면 선대로부터 환대를 나눈 분이신지요?   175
저희 집에는 다른 분들도 많이 드나들곤 했답니다.
그분도 사람들과 곧잘 어울리셨으니까요."

이번에는 빛나는 눈의 여신 아테네가 그에게 대답하였다.
  "그러시다면 내 그대에게 그 일들을 아주 정확하게 말씀드리겠소.
나는 지혜로운 안키알로스의 아들 멘테스임을 자랑하오.   180
노 젓기를 사랑하는 타포스 사람들을 다스리고 있다오.
포도줏빛 바다를 가로질러 다른 말을 쓰는 사람들에게 가던 차에
마침 동료들과 함께 배를 타고 이리로 내려왔소.
청동을 찾아 테메사로 가는 길이고, 화염의 빛이 도는 무쇠를
싣고 가는 중이라오. 내 배는 이 도시에서 떨어진 들가에,   185
숲이 우거진 네이온산 아래 레이트론 포구에 정박해두었다오.

우리, 선대로부터 서로 환대를 나누던 사이임을 자랑해봅시다,
예전부터 말이오. 영웅 라에르테스 노인께 가서 한번 물어보시오.
사람들 말로는 그분이 더는 시내로 나오시지 않고

26

멀리 떨어진 시골에서 나이 든 하녀를 둔 채   190
고생을 겪으신다던데, 포도밭 비탈을 기어오르며
피로가 그분의 사지를 움켜쥘 때면
그녀가 음식을 차려드린다고 들었소.
지금 내가 온 것은, 다름이 아니라 그이가 집에 와 있다고들 해서라오,
그대의 아버지 말이오. 하지만 신들이 여전히 그의 길을 가로막고 계시는구려. 195
대지 위에서 아직 죽지 않은 까닭이오, 신과 같은 오뒷세우스는!
천만에, 그는 분명 여전히 살아 있고, 드넓은 바다에 갇힌 섬에
붙잡혀 있다오. 거칠고 사나운 사람들이 그를 데리고서
싫다는 그를 억지로 잡아두고 있는 게 분명하오.
그래도 나는 그대에게 지금 예언해두고 싶소, 죽음을 모르는 분들께서   200
이 기백에 넣어주신 대로, 또 이루어지리라고 내 여기는 대로 말이오,
비록 내가 예언자도 아니고, 새들을 보며 훤히 알아내지도 못하오만.
그는 제 고향 땅에서 더는 오래 떨어져 있지 않으리라, 설령 무쇠 족쇄가
그를 붙든다 해도! 그는 허다한 계책에 밝은 사람이니,
집에 돌아올 방법을 헤아려낼 것이오.   205

자, 그건 그렇고, 내게 이것을 말해주되, 부디 정확하게 설명해주오.
이렇게나 훤칠한 그대는, 정말 오뒷세우스 바로 그이의 아들이오?
과연 이 두상하며 고운 눈매가 그이를 무섭도록 빼닮았구려.
우리는 그렇게나 서로 자주 어울렸으니까, 적어도 그이가
트로이아로 떠나가기 전에는. 그뿐 아니라 아르고스인들 중   210
가장 빼어난 다른 이들도 속이 빈 배들을 타고 그리로 갔다오.
그 후로는 나도 오뒷세우스를, 그이도 나를 본 적이 없소.”

그러자 이번에는 지혜로운 텔레마코스가 그녀에게 대답하였다.

"그렇다면 손님, 저도 당신께 아주 정확하게 말씀드리겠습니다.
실은 저희 어머니도 제가 그분에게서 나왔다고 하십니다만,   215
전들 알 수 없는 노릇이죠. 자신이 누구의 자식인지 정확히 아는 사람은
지금껏 없었으니까요. 만약 제가, 자기 재산을 누리며 노년에 다다르는
그런 복받은 사람의 아들이었다면 오죽 좋겠습니까마는.
사람들이 말합디다, 죽게 마련인 인간들 중에서도 가장 박복한 사람에게서
태어난 게 저라고요. 그대가 이 일을 제게 물으시니 말씀입니다."   220

이번에는 빛나는 눈의 여신 아테네가 그에게 말하였다.

"신들은 결코 그대에게 이름 없어질 혈통을 정해주시지 않았소.
페넬로페가 그대를 이만한 인물로 낳아주었으니 말이오.
자, 그건 그렇고, 내게 이것을 말해주되, 부디 정확하게 설명해주오.
이건 무슨 잔치고 어떤 모임이오? 그대와는 무슨 상관이 있는 것이오?   225
연회? 아니면 결혼식? 아무래도 이건 저마다 음식을 마련해 온 게 아니니까.
내 보기엔 저 주제넘은 자들이 분수도 모르고 온 집 안에서
잔치를 벌이고 있는 것 같구려. 적어도 분별 있는 사람이 여기 와서
이 숱한 부끄러운 짓거리들을 본다면, 누구든 분개하고말고!"

그러자 이번에는 지혜로운 텔레마코스가 그녀에게 대답하였다.   230

"손님, 이걸 제게 물으시고, 또 궁금해하시니 말씀입니다만
한때는 이 집도 풍족했고 흠잡을 데 없을 것만 같았습니다.
그 사내가 아직 백성들 사이에 있던 동안에는요.
하지만 지금은, 몹쓸 것을 궁리해낸 신들이 다른 뜻을 품고선
다른 모든 사람은 다 놔둔 채 하필 그분을 사라지게 하셨습니다.   235

28

만일 그분이 트로이아인들의 나라에서, 자기 동료들 사이에서

제압되었든가, 아니면 전쟁이 끝난 다음 식구들의 팔에 안겨 돌아가셨다면

저도 그분의 죽음을 두고 이렇게까지 서럽진 않았겠지요.

그랬다면 아카이아인들 전부가 그분을 위해 무덤을 지어드렸을 테고,

자기 자식의 앞날을 위해서도 위대한 명성을 들어 올리셨겠지요.   240

하지만 지금은 아무런 명성도 없이 폭풍이 그분을 잡아채어 갔답니다.

그분은 가버리셨고, 이젠 보이지도, 들리지도 않아요. 제게는 고통과 통곡만

남겨두신 채로. 그러나 제가 탄식하며 신음하는 이유가 꼭 그분 때문만은

아닙니다. 신들은 지금 제게 또 다른 몹쓸 근심거리를 마련해놓으셨으니까요.

둘리키온, 사메, 게다가 숲이 우거진 자퀸토스 같은 섬들을   245

장악하고 있는 우두머리들 모두에다가,

바위투성이 이타카를 거머쥔 자들 모두가

하나같이 제 어머니에게 구혼한답시고 이 집을 거덜 내고 있답니다.

그런가 하면 어머니는 그 가증스러운 결혼을 거절도 못 하고, 끝을 볼

힘도 없어요. 저자들은 제 살림을 먹어치우며 망쳐놓고 있고요.   250

분명 저자들은 곧 저조차도 갈기갈기 찢어놓을 겁니다.”

그러자 격분한 팔라스 아테네가 그에게 대답하였다.

　　“빌어먹을, 떠나고 없는 오뒷세우스가 그대에겐 사무치도록

간절하겠구려. 그이라면 저 뻔뻔한 구혼자들에게 두 주먹을 날릴 텐데!

지금이라도 그이가 돌아와 투구와 방패, 그리고 두 자루 창을 갖추고   255

이 집 대문가에 서 있을 수 있다면 오죽 좋겠소!

내가 그이를 맨 처음 보았던 바로 그 모습 그대로 말이오.

그때 우리 집에서 한잔하며 즐거워하던 그이는

에퓌라에서 메르메로스의 아들 일로스로부터 떠나오는 길이었소.

또, 오뒷세우스가 빠른 배를 타고 그리로 갔던 건   260
사람을 죽이는 약초를 찾으러, 그래서 청동 촉이 달린 화살에
바르려 했던 거요. 하지만 일로스는 그이에게 그걸 내주지 않았으니,
영원을 살아가는 신들을 두려워했기 때문이오.
하지만 내 아버지는 그에게 주셨다오, 그를 끔찍이도 예뻐하곤 하셨으니까.
바로 그 모습 그대로 오뒷세우스는 구혼자들 틈으로 파고들어 올지어다!   265
그렇게 모조리 때 이른 운명을 맞고, 쓰디쓴 결혼식이 열리리라!
하지만 그가 돌아와서 보복을 할지, 아니면 자기 궁전 안임에도
보복을 하지 않을지, 이런 것은 신들의 무릎 위에 놓인 일임이 분명하오.
그래도 헤아려보라고 그대에게 당부해두오,
어찌해야 저 구혼자들을 궁전 밖으로 몰아낼 수 있을지를.   270

자, 이제 내 이야기를 귀담아듣고 잘 새겨보시오.
내일 회의장으로 아카이아의 영웅들을 불러 모아
이 이야기를 모두에게 선포하되, 신들을 증인으로 세우시오.
일단 구혼자들에게는 각자 자기 집으로 흩어지라고 명령하시오.
다음, 어머니는, 만일 그녀의 기백이 결혼하고자 몸부림친다면,   275
능력이 출중한 친정아버지의 집으로 도로 가게 하시오.
그러면 그들은 그녀를 위해 결혼식은 물론이고, 친딸에게
딸려 보내기에 어울릴 만큼 상당히 많은 지참금도 마련해줄 거요.
만일 그대가 내 말을 따르겠다면, 내 그대에게도 빈틈없이 조언하겠소.
스무 개의 노가 달린 배를, 제일 좋은 것으로 마련하고,   280
가시오, 떠난 지 오랜 아버지에 대해 물어 알 수 있도록 말이오.
어쩌면 인간들 중 누군가가 그대에게 말해줄지도, 아니면 제우스로부터
소문을 들을지도 모르오. 사람들에게 가장 많은 소식을 전해주는 건

역시 소문 아니겠소. 일단은 퓔로스로 가서 신과 같은 네스토르에게
묻고 난 다음, 거기서 스파르타를 향해, 금발의 메넬라오스의 집으로 가는 거요. 285
청동 옷 입은 아카이아인들 중에서 그가 맨 마지막에 돌아왔으니까.
만일 아버지가 살아 계시고 귀향 중이라고 듣게 된다면,
소진되는 한이 있더라도 일 년은 더 견뎌보시오.
하지만 만일 돌아가셨고 더는 살아 계시지 않다는 말을 듣는다면,
그대의 고향 땅으로 돌아와서   290
그이를 위해 무덤을 쌓아 올리고, 장례 기념물도 그에 어울릴 만큼
아주 많이 묻어주시오. 그리고 어머니는 남자에게 내어주시오.
하지만 그대가 이 일들을 실행하고 끝마치고 나면,
헤아림을 다해, 온 심정을 다해 궁리해보시오.
저 구혼자들을 그대의 궁전 안에서 잡아 죽일 방법을 말이오,   295
계략을 써서든, 드러내놓고든. 그대가 철부지처럼 굴어야 할 이유가
전혀 없잖소, 이제 그럴 나이는 더는 아니니까.
신과 같은 오레스테스가 제 아비를 죽인 자, 그 간교한 아이기스토스,
그 이름 높은 아비를 잡아 죽인 자를 살해하고 난 다음
모든 사람에게서 어떤 명성을 움켜쥐었는지 그대는 알지 못하오?   300
그러니 벗이여, 그대도, 내 보니 그대는 참으로 체격도 크고 아름다우니,
굳세져야 하오, 후대의 누군가는 그대를 두고 칭송할 수 있도록 말이오.
그나저나 나는 빠른 배로, 동료들에게로 이젠 내려가봐야겠소.
모르긴 몰라도 그들은 나를 기다리느라 심사가 틀어져 있을 거요.
이건 그대 자신에게 달린 일이오. 그리고 내 이야기를 잘 새겨보시오."   305

그러자 이번에는 지혜로운 텔레마코스가 그녀에게 대답하였다.
    "손님, 몹시도 다정한 헤아림으로, 마치 아버지가 자식에게 하듯

이 일들을 말씀해주시니, 저는 이 말씀들을 절대로 잊지 않으렵니다.
하지만 아무리 갈 길이 바쁘셔도 지금은 좀 머무셔야지요.
목욕을 하시며 그대의 심장이 흡족해지고 나면, 그때 선물을 들고   310
기백에서 기쁨을 누리며 배를 향해 가셨으면 합니다.
값지고도 참으로 아름다운 그 선물은, 제게서 당신께로 가는 보물이
될 것입니다. 애정 어린 환대를 나누는 벗이 벗에게 주는 그런 것이지요."

그러자 이번에는 그에게 빛나는 눈의 여신 아테네가 말하였다.
   "이제 갈 길만 간절히 바라는 나를 더는 붙들지 말아주시오.   315
그대의 심장이 내게 주라고 명령하는 그 선물일랑은 내가 다시 오는 길에 주어
집으로 가져가게 해주시되, 그것도 아주 아름다운 것으로 골라주시오.
그대를 위해서도 그것과 맞바꿀 만한 값어치 있는 것이 생길 거라오."

이렇게 말하고 나서 빛나는 눈의 아테네는 떠나갔고,
마치 새처럼 솟구쳐 날아가 시야에서 사라졌다. 그러나 그녀는   320
그의 기백에 힘과 용기를 넣어주었고, 이전보다 더더욱
아버지를 떠올리도록 하였다. 한편, 그는 심중에서 이를 알아차리고는
기백으로 경악하였으니, 그가 신이라는 직감이 들었던 것이다.

그러자 신과 맞먹는 그 사나이는 즉시 구혼자들에게 다가갔다.
명성이 자자한 가수는 그들을 위해 노래하고 있었고, 그들은 잠자코 앉아   325
듣기만 했다. 그가 노래하던 것은, 팔라스 아테네가 트로이아에서부터
내려준, 아카이아인들의 참담한 귀향이었다.
그런데, 위층 방에 있던 이카리오스의 딸, 더없이 지혜로운 페넬로페가
신의 언어로 채워진 이 노래를 속으로 알아듣고는

그녀의 집에 있던 높다란 계단을 걸어 내려왔다.					330
그녀는 혼자가 아니었고, 그녀와 함께 시녀 두 명이 뒤따르고 있었다.
여인들 중에서도 여신과 같은 그녀는 구혼자들에게 다가가
빈틈없이 지어놓은 지붕 기둥 곁에 섰다.
그녀는 두 뺨 앞에 눈부신 면사포를 드리우고 있었고,
사려 깊은 시녀들은 각각 양옆에 서 있었다.					335

그녀는 눈물을 쏟으며 신과 같은 가수에게 말하였다.
　"페미오스, 인간들을 매료하는 것이라면 다른 것도 많이 아시잖소.
인간들의 일이건, 신들의 일이건, 가수들이 기념하는 그런 것들 말이오.
저들에게는 곁에 앉아 그중 하나를 노래해주시오, 저들은 잠자코
포도주나 마시라 하고. 다만 이 참혹한 노래만은 멈추시오.					340
이 노래가 가슴속 내 심장을 계속 짓누르고 있소.
차마 지울 수 없는 슬픔이 내게 내려앉으니까, 더는 어찌할 수 없을 만큼.
나 그만한 분의 머리를 그리워하고 있다오, 그 사나이를 밤낮없이 떠올리며.
그분의 명성은 희랍 방방곡곡은 물론, 아르고스 한복판까지 널리 퍼져 있소."

그러자 이번에는 지혜로운 텔레마코스가 그녀에게 대답하였다.					345
　"내 어머니, 이 충직한 가수가 심중에서 솟아오르는 대로
흥을 내는 것을 도대체 왜 못마땅해하시나요? 가수들은 잘못한 게 없습니다.
잘못이라면, 모르긴 몰라도 제우스께 있겠죠. 일하며 먹고사는 사람들
각자에게, 그분은 마음 가는 대로 나눠주시니까요. 다나오스인들의
몹쓸 운명을 노래한다고 해서 저 사람에게 분을 품어선 안 됩니다.					350
듣는 사람들 입장에서야 가장 새롭게 귓가에 맴도는 노래를
한결 더 칭찬하기 마련이니까요.

어머니의 심장과 기백도 저 노래를 견디며 들을 줄 알아야 합니다.

트로이아에서 귀향의 날이 무너져 내린 건 비단 오뒷세우스 하나만이

아니니까요. 다른 사람들도 숱하게 파멸했습니다.   355

이럴 게 아니라 집 안으로 들어가서 어머니의 일을 돌보도록 하시지요.

물레질과 집안일로 살뜰히 움직이시고, 시녀들에게도 맡은 일에 힘쓰도록

일러두세요. 말하는 것은 모든 남자들의 관심사이지만, 특히 제가 가장

신경 쓸 겁니다. 이 집안을 다스리는 힘은 바로 제게 있으니까요."

그러자 그녀는 소스라치게 놀라며 도로 집 안으로 들어갔으니,   360

자식의 지혜로운 이야기를 기백에 새겨 넣었던 것이다.

그녀는 시중드는 여인들과 함께 위층으로 올라가더니

사랑하는 남편 오뒷세우스를 두고 통곡하기 시작했다,

빛나는 눈의 아테네가 눈꺼풀 위에 달콤한 잠을 던져줄 때까지.

한편, 구혼자들은 그늘진 거실에서 소란을 피워대며   365

너 나 할 것 없이 침대에서 그녀 곁에 눕게 해달라며 기도하였다.

그들에게, 지혜로운 텔레마코스가 이야기하기 시작했다.

    "내 어머니의 구혼자들이여, 주제넘고 분수도 모르는 자들이여,

우리 지금은 잔치나 즐겨봅시다. 소란은 그만두시오.

그 음성이 신들과 닮은, 여기 이 정도나 되는   370

가수의 노래를 듣는 것은 근사한 일이잖소.

그러나 동이 트면, 빠짐없이 회의장으로 나아가 자리에 앉읍시다.

내 그대들에게 분명히 명토 박아 이야기해두려고 하오,

이 궁전에서 나가달라고. 잔치라면 다른 것으로 알아보시오.

집집이 바꿔가며 당신들 재산을 먹어치우란 말이오.   375

하지만 만일 당신들 보기에, 대가도 치르지 않고 한 사람의 살림을
탕진하는 것이 더 괜찮겠다, 낫겠다 싶으면 송두리째 집어삼키시구려.
그렇게 나오겠다면 나는 영원을 살아가는 신들을 부르겠소.
혹시 제우스께서 보복의 위업이 있도록 해주실 수도 있잖겠소. 그렇게 되면
그대들은 무엇으로도 갚음하지 못하고 이 집 안에서 파멸하겠지.”   380

그가 이렇게 말하자, 그들은 모두 그저 입술 속에서 이만 깨문 채,
대담하게 이야기한 텔레마코스에게 놀라고 있었다.

그런데 이번에는 에우페이테스의 아들 안티노오스가 그에게 말하였다.
　“텔레마코스, 신들이 몸소 너를 가르쳐준 것이 분명하구나,
떠버리가 되도록, 겁도 없이 이야기를 늘어놓도록 말이다.   385
그러나 바다에 갇힌 이타카에서, 크로노스의 아들이 적어도 너를 왕으로
앉힐 일은 없을 게다. 네가 태어나면서 아비에게 물려받은 것이긴 해도.”

그러자 이번에는 지혜로운 텔레마코스가 그에게 대답하였다.
　“안티노오스, 당신은 내가 이 말을 해도 화를 내겠지만,
다름 아닌 제우스께서 주시는 거라면 그것도 내 기꺼이 받아안겠소.   390
아니면, 그것이 인간들에게 일어나는 가장 몹쓸 일이라고 말하는 거요?
왕이 되는 것은 결코 나쁜 일이 아니오. 그의 집은 금세 유복해지고
그 사람 본인도 더더욱 존경받게 되니까.
그러나 바다에 갇힌 이타카에는, 아카이아인들 중에서
다른 왕들도 허다하오, 노소를 불문하고. 그중 누군가가   395
왕권을 쥘 테지, 신과 같은 오뒷세우스께서 돌아가셨으니까.
그렇다 해도, 신과 같은 오뒷세우스께서 나를 위해 얻어오신

우리 집 하인들과, 이 집은, 바로 이 몸이 주인이 될 거요."

그러자 이번에는 폴뤼보스의 아들 에우뤼마코스가 그에게 대답하였다.

　"텔레마코스, 바다에 갇힌 이타카에서 누가 아카이아인들의　　　　　　400
왕이 될지, 그 일이라면 신들의 무릎 위에 놓여 있고말고.
네 재산도 네가 알아서 간수하고, 네 집도 네가 주인 노릇 하려무나.
이타카에 사람이 사는 동안은, 싫다는 너에게 억지로 힘을 써서
재산을 앗아 갈 사람일랑 얼씬도 않기를 바라마.
그건 그렇다 치고, 이 잘난 녀석아, 난 그 손님에 대해 묻고 싶구나.　　405
그 사내는 어디서 왔고, 어느 땅 출신이라며 자랑하더냐?
가족들은 어디 있고, 아비의 전답은 어디 있다더냐?
네 아비에게서 돌아온다는 무슨 전갈이라도 가져왔더냐?
아니면 제게 필요한 것이 있어 그걸 바라고 여기 온 것이냐?
그런 식으로 솟구쳐 올라 대뜸 가버리다니, 통성명하게　　　　　　410
기다려주지도 않고 말이야. 얼굴은 전혀 비열해 보이지 않았다만."

그러자 이번에는 지혜로운 텔레마코스가 그에게 대답하였다.

　"에우뤼마코스, 내 아버지의 귀향이 무너져 내린 건 분명하오.
나는 이제 더 이상 어떤 소식에도, 그게 어디서 오는 소식이건 넘어가지 않소.
어머니는 궁전으로 예언자를 불러다 놓고 물어보기도 하지만,　　　　415
나는 예언자에게도 귀 기울이지 않는다오.
그리고 그분은 선대로부터 내려온 내 손님이오. 타포스에서 오신,
지혜로운 안키알로스의 아드님 멘테스임을 자부하며,
노 젓기를 사랑하는 타포스 사람들을 다스리고 계시오."

텔레마코스는 이렇게 말하였지만, 심중으로는 그가 죽음을 모르는 신임을   420
알고 있었다. 그러나 그들은 춤과 매혹적인 노래에 마음을 쏟으며
희희낙락이었고, 저녁이 올 때까지도 그렇게 있었다.
흥을 내고 있던 그들에게도 캄캄한 저녁은 찾아왔고
그때가 돼서야 각자 집으로 자리에 누우러 걸음을 옮겼다.
한편 텔레마코스는 아름답기 그지없는 정원에 있는,   425
높직이 두루 살필 수 있는 자리에 지어진 자기 방으로 향하였다.
그는 거기서 많은 것들을 심중으로 저울질해보며 침대로 걸음을 옮겼고,
사려 깊은 일들을 잘 알고 있는 에우뤼클레이아는 그와 함께하며
타오르는 횃불을 들고 갔다. 그녀는 페이세노르의 아들 옵스의 딸로서
언젠가 라에르테스가 제 돈을 들여 황소 스무 마리 값을 내고   430
사들였을 때, 그녀는 아직도 막 피어오르는 나이였다.
그는 궁전에서 그녀를 사려 깊은 아내와 다를 바 없이 존중해주었지만,
침대에서 몸을 섞은 적은 단 한 번도 없었고, 아내의 분노도 피할 수 있었다.
바로 그녀가 타오르는 횃불을 들고 가고 있었다. 하인들 중에서도 그녀는
그를 가장 아끼곤 했고, 어릴 적부터 길러왔었다.   435
그는 빈틈없이 지은 방의 두 문을 연 다음
침대 위에 걸터앉아 부드러운 통옷을 벗어
심지 굳은 노파의 두 손에 안겨주었다.
그녀는 통옷을 매만져가며 개어놓은 다음
구멍을 잘 뚫어놓은 침대 옆 고리에 걸어두더니   440
방에서 나가 은 문고리로 문을 당겨 닫고선
가죽끈으로 빗장을 밀어 넣었다.
그 안에서 그는 고운 양털에 덮인 채 밤이 다 가도록
아테네가 일러준 그 길을 심중에서 구상하고, 또 구상하고 있었다.

2권

이른 나절 태어난, 장밋빛 손가락의 에오스(새벽)가 모습을 드러내자,
오뒷세우스의 친아들은 침대에서 몸을 일으키더니
옷을 입고 날카로운 칼을 어깨에 둘러멘 다음
윤기 도는 두 발 아래에는 아름다운 신발을 묶어 신었다.
그가 방에서 걸어 나오니, 그 모습은 신과 다를 바 없었다.   5
그는 주저 없이 목소리가 낭랑한 전령들에게 명령하여
긴 머리 아카이아인들을 회의장으로 불러 모으도록 하였다.
전령들이 명을 전하자, 그들은 더없이 신속하게 모여들었다.
그들이 모여 한 무리를 이루자
그는 손아귀에 청동 창을 쥔 채 회의장으로 걸어 들어갔다.   10
그는 혼자가 아니었고, 그와 함께 두 마리 재빠른 개들이 뒤따랐다.
그런 그에게, 아테네는 신과 같은 기품을 쏟아부었고,
다가오는 그를 모든 백성이 주목하고 있었다.
그가 아버지의 자리에 앉으려 하자, 원로들은 길을 내주었다.

에오스

'새벽'의 여신이다. 장밋빛 손가락에,
사프란 빛깔의 옷을 입은 것으로
그려진다. 세계를 두르며 흐르는 큰
바다인 오케아노스의 물줄기에서
솟아올라 온 땅 위로 퍼져 나가며 하루의
시작을 알리는 존재다.

제임스 니글, 에칭, 1805

그러자 그들 사이에서 영웅 아이귑티오스가 말하기 시작했다.   ₁₅
그는 등이 굽도록 늙어가고 있었고, 아는 것도 수없이 많았다.
게다가 그의 친아들은 신과 같은 오뒷세우스와 함께
속이 빈 배들을 타고 말들이 잘 자라는 일리오스로 향해 갔던
창수 안티포스였다. 그러나 그 거친 퀴클롭스가 우묵 파인 동굴에서
그를 쳐 죽였고, 마지막으로 그를 저녁거리 삼았다.   ₂₀
그에게는 또 다른 세 아들이 있었는데, 그중 에우뤼노모스는 구혼자들 무리에
섞여 있었고, 다른 두 아들은 늘 아버지의 일들을 돌보고 있었다.
그래도 그는 그 아들을 잊지 못해 통곡에 탄식을 더하고 있었다.

그는 눈물을 쏟으며 입을 열어 그들 사이에서 말하기 시작했다.
   "이제 내 말을 들어들 보시오, 이타카 사람들이여.   ₂₅
신과 같은 오뒷세우스가 속이 빈 배들을 타고 떠난 후로는,
우리의 회의도, 의논 자리도 열린 적이 없다오.
한데 지금은 누가 이렇게 불러 모은 거요? 뉘게 그만한 필요가
닥친 거요? 젊은 사람들 중에서? 아니면 먼저 태어난 사람들이오?
그이는 군대가 돌아오고 있다는 소식이라도 들었던 거요?   ₃₀
그걸 그가 먼저 들어 알게 되었다면 우리에게도 밝히 말해주겠소?
아니면, 다른 공적인 문제를 보여 알리고 그걸 말하려는 거요?
내 보기에 그는 훌륭한 이, 도움이 되는 이 같구려. 제우스께서는
그가 심중에 품은 열망을, 부디 그를 위해 좋게 이루어주시기를!"

그는 이렇게 말하였고, 오뒷세우스의 친아들은 그 이야기로 흡족해졌다.   ₃₅
그는 더는 오래 앉아 있지 않았고, 말하고 싶어 애태우며
회의장 한가운데에 들어섰다. 그러자 지혜로운 계책들을

알고 있는 전령 페이세노르가 그의 손에 지휘봉을 건네주었다.

그리고 그는 일단 그 노인을 향해 말하였다.

"어르신, 그 사람이 멀리 있지 않다는 건 금세 몸소 아시게 될 겁니다.   40
백성들을 불러 모은 것은 바로 접니다. 제게는 극심한 고통이 닥쳤습니다.
제가 먼저 들어 알게 된다면 여러분에게 밝히 말씀드릴,
군대가 돌아오고 있다는 소식은 듣지 못했습니다.
다른 공적인 문제를 보여 알리고 그걸 말하려는 것도 아닙니다.
천만에요, 이건 두 가지 몹쓸 일이 제 집을 덮쳐버린, 저 자신의   45
곤경이지요. 일단, 제 훌륭한 아버지는 파멸하셨습니다. 그분은 일찍이
여기 그대들 사이에서, 마치 아버지처럼 다정했던 왕으로 계셨지요.
그런데 지금은 더더욱 심각한 일이 또 있으니, 이는 분명 저의 집을 모조리,
남김없이 순식간에 갈기갈기 찢어놓을 것이며, 제 살림도 죄다 망쳐놓을 겁니다.
제 어머니가 싫다는데도 구혼자들이 괴롭히고 있습니다.   50
저들은 이곳에서는 제일가는 사람들의 친아들들입니다만
그 친정아버지 이카리오스의 집을 찾아가는 일은 겁을 내며
마다하더군요. 딸의 혼수를 그분이 결정할까 봐, 그분께 와서 그분을
흡족게 하는 사람, 그분 마음 가는 사람에게 딸을 내어줄까 봐 그런 거지요.
저들은 단 하루도 빠짐없이 저희 집을 들락날락하면서   55
황소며 양이며 살진 염소들까지 제물로 바친답시고
떼거리로 잔치판을 벌이며 불꽃 같은 포도주를 마셔댑니다,
당치도 않게요! 엄청나게 소진되고 있지요. 집안의 파멸을 막아낼,
오뒷세우스가 했던 것 같은, 그런 사람이 있질 않으니까요.
저희야 도저히 그 정도로 막아낼 방법이 지금도 없고, 나중에도   60
여전히 투지가 무엇인지 배우지도 못한 채, 보잘것없겠지요.

그러나 제게 그럴 만한 힘만 있다면, 정녕 막아내고 싶습니다.

더는 참아줄 수 없는 일들이 벌어지고 있고, 제 집은

흉측하게 무너지고 있습니다. 여러분 스스로도 분을 품어야 합니다.

주변에 사는 다른 이웃 사람들 앞에서도 염치란 게 있어야 합니다. 65

여러분은 신들의 진노를 삼가 두려워해야 합니다. 그분들이

이 몹쓸 짓거리들에 심사가 뒤틀려 여러분에게 그 진노를 돌리지 않도록!

올림포스에 계신 제우스의 이름으로, 또, 사람들의 회의를 해산시키기도 하고,

사람들을 회의에 앉게도 하는 테미스의 이름으로 간청합니다.

이제는 그만하십시오, 친구들이여, 만일 제 훌륭한 아버지 오뒷세우스께서 70

좋은 정강이받이를 댄 아카이아인들에게 악의를 품고 악행을 저지르신 적이

없다면, 제발 저 혼자 이 참담한 설움으로 쇠잔케 놔두십시오.

하지만 그런 적이 있었다면 여러분이 제게 악의를 품고 저자들을 부추겨가며

악행으로 되갚고 있는 셈이지요. 차라리 제 보물들이며 가축 떼를

여러분이 먹는 쪽이 제겐 더 이득일 겁니다. 75

적어도 여러분의 입으로 들어갔다면, 아마도 머잖아 대가가 지불될 테니까요.

왜냐면 우리는 전부 돌려받을 때까지 도시를 구석구석 돌면서

여러분에게 매달려 이야기하며 가져간 것을 돌려달라고 조를 테니까요.

하지만 지금 여러분은, 도무지 손쓸 수 없는 고통을 제 기백에 던지고 있습니다.”

그는 분에 겨워 이렇게 말하고 나서, 울음을 터뜨리며 80

지휘봉을 땅바닥에 내던졌고, 연민이 모든 백성을 사로잡았다.

거기 있는 다른 모두는 잠자코 있었고, 어느 누구도 감히

텔레마코스에게 거친 이야기로 응수하지 못하고 있었으나

안티노오스 혼자 그에게 맞받아치며 말하였다.

　“텔레마코스 이 떠버리 녀석, 제 혈기조차 가누지 못하는 놈, 85

도대체 무슨 말로 우리를 모욕하는 거냐? 네놈이 우리에게 혐의를
뒤집어씌우려는 수작이렷다. 그러나 잘못은 아카이아인들 중 구혼자들에게
있는 게 아니라, 바로 간계라면 훤히 아는 네 친어미에게 있지.
그녀가 아카이아인들의 가슴속 기백을 농락한 지도
벌써 세 번째 해고, 머잖아 네 번째 해가 되는구나.   90
그래, 그녀는 모두가 희망을 품게 만들지, 한 사람씩 따로 약속을 걸며
전갈도 보내고. 그런데 그녀의 심사는 영 다른 걸 갈망하면서
심중에서 또 다른 계략을 두고 저울질했단 말이다.
궁전에 커다란 베틀을 하나 세워두더니, 엄청나게 크고 고운 천을
짜기 시작하더군. 그러더니 난데없이 우리에게 이렇게 말했지.   95

'내게 구혼하는 젊은이들이여, 신과 같은 오뒷세우스가 돌아가셨으니
그대들이 내 결혼을 독촉한다 해도, 이 피륙을 다 짤 때까지는
기다려주시오. 내 이 실만 헛되이 망쳐놓지 않도록 말이오.
이건 길고 긴 고통을 안겨주는 죽음의, 파멸을 안겨주는 운명이
영웅 라에르테스를 쓰러뜨릴 때가 오면 쓰게 될 그분의 수의라오.   100
엄청난 재산을 모으셨지만, 천 쪼가리 하나 덮지 못한 채 눕는 거 아니냐며
아카이아의 여인들 중 어느 누구도 내게 욕하지 못하게 하려는 거라오.'

그녀가 이렇게까지 말하니, 우리도 또 한 번 사나이다운 기백으로 납득해줬지.
물론 거기서 그녀는 큼직한 옷감 짜기를 반복했어, 낮에는 말이야.
밤에는 곁에다 횃불을 걸어두곤 도로 풀어 헤치기를 거듭하고.   105
이런 식으로 꼬박 삼 년을, 들키지도 않고 계략을 써가며 아카이아인들을
믿게 했지 뭐냐. 그러다가 계절이 다가오며 네 번째 해가 왔지.
바로 그때, 여인들 중 이 일을 분명히 알고 있던 어떤 여자가 털어놓더구나.

페넬로페의 계략을 알아차리는 구혼자들

————

우리가 구혼자들에게 두 번 놀라게 되는
대목이다. 옷 한 벌을 가지고 꾸민 계략에
3년 넘게 속아온 것도 대단하고, 게다가
남의 도움으로 알게 되었다는 것도
놀랍다. 이들에게는 인간 정신의 활동에
해당하는 많은 것이 보이지 않는데,
이들의 우두머리인 안티노오스의 이름이
이를 상징적으로 보여준다, Anti(反) +
Noos(정신). 이 시에는 이렇게 뼈가 담긴
이름(nomen loquens)이 많은 편이다.

A. 파커, 에칭, 1805

그래서 우리도 윤기 도는 옷감을 풀어 헤치던 그녀를 보게 된 거다.

그러니 그녀가 아무리 마다한들 억지로라도 완성할 수밖에 없었지.　110

구혼자들이 네놈에게 이런 대답을 해주는 이유는, 일단 너부터 네 기백으로

이를 알아두고, 또 아카이아 사람들도 빠짐없이 알게 해두려는 거다.

네 어미는 친정으로 도로 보내거라. 그리고 그 친정아비가 명하는 사람,

본인을 기쁘게 하는 사람과 결혼하도록 네가 명령하려무나.

그러나 만일 그녀가, 아테네가 그녀에게 두루 내어준 그런 것들을, 즉　115

아름답기 그지없는 일들에 대한 능숙함과, 훌륭한 판단과, 게다가

간계까지 기백으로 궁리해가며 아카이아인들의 아들들을 또 하세월 괴롭힌다면

어쩔 텐가? 그만한 간계는 어떤 여인에게서도, 심지어 옛날 옛적

머리를 곱게 땋고 다녔던 아카이아 여인들에게서도 들어본 적이 없다.

튀로도, 알크메네도, 고운 이마 띠를 두른 뮈케네에게서조차도!　120

이 여인들 중 어느 누구도 페넬로페가 알고 있던 만큼은

염두에 두지 못했지. 어쨌든, 그 일은 그녀가 적절히 판단하지 못했다.

신들이 그 여자의 가슴속에 심어준 그 일을

그녀가 계속 염두에 두고 있는 한, 네놈의 살림도 재산도

집어삼켜질 것이다. 그녀가 자신을 위해서는 커다란 명성을　125

만들어내겠지만, 적어도 네놈에게는 그 많은 살림을 아쉬워하게 만들겠지.

좌우간 우리는 말이다, 아카이아인들 중에서 그녀가 원하는 자에게 그녀가

시집오기 전까지는, 일하러도, 다른 어디로도 가지 않으련다!"

그러자 이번에는 지혜로운 텔레마코스가 그에게 대답하였다.

　"안티노오스, 마다하는 그분을 집에서 내쫓는 것이 가당키나 하오,　130

나를 낳고 길러준 그분을? 또, 내 아버지께서 이 땅 어딘가에 살아 계신지도

돌아가셨는지도 모르는데? 게다가 내가 나서서 어머니를 돌려보내게 되면

나는 이카리오스께 많은 걸 되갚아드려야 하고, 그건 그것대로 고약한 일이오.

그렇게 되면 일단 그분의 친정아버지로부터 내게 흉한 일이 닥치겠고,

어머니는 어머니대로 집을 떠나시며 저 밉살맞은 에리뉘스(복수의 여신)들에게 135

기도하게 될 테니, 그러면 어떤 신이 내게 또 다른 흉한 일을 내릴 거요.

사람들도 내게 분을 품게 될 것이고. 그러니 나는 그런 이야기는

입 밖에 꺼내지도 않을 거요. 그러나 만약 당신들의 기백이 이에 분개한다면,

내 궁전에서 나가들 주시오. 잔치라면 다른 것으로 알아보시오.

집집이 바꿔가며 당신들 재산을 먹어치우란 말이오. 140

하지만 만일 당신들 보기에, 대가도 치르지 않고 한 사람의 살림을

탕진하는 것이 더 괜찮겠다, 낫겠다 싶으면 송두리째 집어삼키시구려.

그렇게 나오겠다면 나는 영원을 살아가는 신들을 부르겠소. 혹시 제우스께서

보복의 위업이 있도록 해주실 수도 있잖겠소. 그렇게 되면 그대들은

무엇으로도 갚음하지 못하고 이 집 안에서 파멸하겠지.” 145

텔레마코스가 이렇게 말하자, 두루 살피는 제우스가 그를 위해

산꼭대기 높은 곳에서 날던 독수리 한 쌍을 보내주었다.

이 한 쌍은 서로 가까이 붙은 채 바람의 숨결을 따라

날개를 펼쳐 날아다니고 있었다.

그러다가 돌연 많은 목소리 넘치던 회의장 한가운데 쪽으로 다가왔고, 150

거기서 빠르게 날개 치고 선회하면서

모든 이들의 머리를 들여다보았고, 그들은 파멸을 예감하였다.

이 한 쌍은 발톱을 세워 서로 뺨이며 목을 할퀴더니

오른쪽으로 쇄도하며 저들의 집이며 도시를 가로질렀다.

이 새들을 눈으로 본 사람들은 경악을 금치 못했고, 155

대체 무슨 일이 이루어질지 몰라 기백으로 근심하였다.

그러다가 이들 사이에서 마스토르의 아들, 영웅 할리테르세스 노인이
입을 열었다. 새점을 알아내고, 예언을 말하는 일이라면
그는 동년배 중에서도 독보적이었다.

그는 그들을 위해 올바른 판단을 품고 말하였다.   160
　"이제 내 말을 들어들 보시오, 이타카 사람들이여.
특히, 내 구혼자들에게 이 일을 명토 박아 말하니, 저들에게 거대한 재앙이
굴러오고 있기 때문이오. 오뒷세우스가 제 식솔들에게서 더는 오래
멀리 떨어져 있지 않을 테니까. 천만에, 그는 이미 가까운 어딘가에 와 있고,
저들 모두를 노리며 죽음의 여신과, 살육의 씨앗을 심고 있소. 그뿐 아니라   165
밝히 뵈는 이타카를 차지하고 있는 다른 많은 이들에게도
흉한 일이 있을 거요. 그러니 그런 일이 있기 한참 전에,
우리가 어떻게 막아볼 수 있을지 궁리해봅시다. 물론 저들 스스로가
그만두게 해야겠소. 그게 저들에게도 앞뒤 잴 것 없이 더 바람직하오.
나는 경험도 없이 예언하는 게 아니라오, 오히려 제대로 보고 있소.   170
내 말해두는데, 그이에게도 내가 그에게 말해두었던 모든 일이
이루어졌소. 아르고스인들이 일리오스를 향해 나아가기 시작했을 때,
허다한 계책에 밝은 오뒷세우스가 그들과 함께 가려 나서던 그때,
내가 말했더랬지, 몹쓸 일을 숱하게 겪고, 동료들을 남김없이 잃고 난 다음,
아무도 알아볼 수 없는 모습으로 스무 해째에 집으로   175
돌아오게 될 거라고. 바로 이 모든 일이 지금 이루어지고 있다오."

그러자 이번에는 폴뤼보스의 아들 에우뤼마코스가 그에게 대답하였다.
　"이 노망난 것, 이봐! 당장 집으로 가서 네 새끼들에게나
예언하지 않고? 그 녀석들에게 나중에라도 무슨 흉한 일이 닥치지 않게 말이다.

그 일을 예언하는 건, 네놈보다야 바로 이 몸이 훨씬 더 낫고말고.   180
헬리오스의 빛 아래 오고 가는 새들이야 워낙 많지만
그것들이 전부 징조를 품은 건 아니렸다. 그런데 어쩌나, 오뒷세우스는
멀리서 죽어버렸는데. 네놈도 그자와 함께 뒈져버렸다면 얼마나
좋았을까. 그러면 예언이랍시고 이렇게나 장황하게 내뱉지도 않았겠고,
골이 잔뜩 난 텔레마코스를 이런 식으로 들쑤셔놓지도 않았겠지,   185
그 녀석이 혹시 너희 집에 선물이라도 주지 않을까 기대하면서.
각설하고, 내 너에게 말해두마. 그리고 이 일은 이루어지게 되어 있어.
네놈이 옛날 일을 많이 알고 있다고 해서
더 어린 사람을 말로 구워삶아 성질을 돋운다면,
일단 그 사람 본인도 더 괴로워지고, 〈그런다 한들   190
그걸 빌미로 그 사람이 해낼 수 있는 것도 전혀 없어.〉[8]
이 노망난 것, 네놈에게는 우리가 벌을 내릴 테다. 그 값을 치르느라
네놈의 심사가 뒤틀리겠지. 가혹한 고통이 네놈에게 있을지어다!

텔레마코스에게는 모두 모인 이 자리에서 내가 몸소 충고해주마.
그 녀석은 어미더러 친정아버지에게로 떠나라고 명령해야 한다.   195
그러면 저들이 그녀를 위해 결혼식은 물론이고, 친딸에게
딸려 보내기에 어울릴 만큼 지참금도 차고 넘치게 마련해주겠지.
그러기 전에는, 아카이아인들의 아들들이 이 고생스러운 구혼을
그만둘 것 같진 않구나. 우리에겐 그 어떤 것도 무서운 게 없기 때문이지.
그러니 텔레마코스도, 그놈이 말이야 워낙 많이 한다만, 우린 무섭지 않아.   200

8   이 행이 빠진 사본들도 있다.

48

그리고 너, 이 노망든 것, 네가 늘어놓는, 그 들어맞지도 않는 예언 따위
우리는 귓등으로도 듣지 않는다. 그럴수록 너는 미움이나 더더욱 받을 뿐.
적어도 그 여자가 결혼을 핑계로 아카이아인들에게
시간을 끌고 있는 이상, 재산은 계속해서 험악하게 집어삼켜질 테고,
배상 따위는 있지도 않을 거다. 우리야 날이면 날마다 기대를 품고   205
그 영광을 두고 경합을 벌일 것이고, 각자 결혼하기 적당한
다른 여자들이 있다 해도 그 여자들에게는 가지 않으련다."

그러자 이번에는 지혜로운 텔레마코스가 그에게 대답하였다.
  "에우뤼마코스, 그리고 고상들도 하신 또 다른 구혼자들이여,
나 이제 더는 이 일을 두고 당신들에게 청하지도, 말하지도 않겠소.   210
이젠 이미 신들도, 모든 아카이아인들도 이 문제를 알고 있으니까.
그건 그렇고, 내게 빠른 배 한 척과 동료 스무 명을 내어주시오.
내가 왕복 여행길을 끝내고 올 수 있도록 말이오.
나는 스파르타로, 또 모래 많은 퓔로스로 가서
떠난 지 오랜 아버지의 귀향에 대해 물어 알고자 하오.   215
어쩌면 인간들 중 누군가가 내게 말해줄지도, 아니면 제우스로부터 오는
소문을 내가 들을지도 모르오. 사람들에게 가장 많은 소식을 전해주는 건
역시 소문 아니겠소. 만일 아버지가 살아 계시고 귀향 중이라고
내 듣게 된다면, 소진되는 한이 있더라도 일 년은 더 견뎌보려 하오.
하지만 만일 돌아가셨고 더는 살아 계시지 않다는 말을 내 듣게 된다면,   220
그때는 고향 땅으로 돌아와서
그분을 위해 무덤을 쌓아 올리고, 장례 기념물도 그에 어울릴 만큼
아주 많이 묻어드릴 거요. 그리고 어머니는 남자에게 내어드리겠소."

그가 이렇게 말하고 자리에 앉았는데, 흠잡을 데 없는 오뒷세우스의
전우였던 멘토르가 그들 사이에서 일어섰다.   225

오뒷세우스는 배를 타고 떠나가면서, 그에게 가업 일체를 맡기며
노인의 말씀에 따르고 모든 것을 흔들림 없이 지켜달라고 부탁하였다.
그는 그들을 위해 올바른 판단을 품고 말하였다.

  "이제 내 말을 들어들 보시오, 이타카 사람들이여. 이제 더는
지휘봉을 쥔 그 어떤 왕도 부드럽고 다정해지려 마음 쓰지 못하게 하시오.   230
합당한 일들도 심중에서 알지 못하게 하시오.
차라리 매번 험악하게, 얼토당토않게 굴지어다!
그들을 다스렸던 신과 같은 오뒷세우스를 기억하는 자가 이 백성들 중에서
단 하나도 없다니, 그는 마치 아버지처럼 다정했건만!
내 분명히 해두는데, 나는 거들먹대는 구혼자들이 악의를 품고   235
폭행을 저지르는 것에는 악감정이랄 게 없소. 저들이 오뒷세우스의 집안을
우격다짐으로 먹어치우는 건 자기들 머리를 내걸어놓고 하는 짓이니까.
그분이 이제는 돌아올 수 없다고 지껄이면서.
차라리 내가 분을 품는 쪽은 다른 백성들이오. 그대들은
머릿수는 많으면서 너 나 할 것 없이 이렇게 잠자코만 앉았지,   240
한 줌도 안 되는 구혼자들을 말로 다그쳐 제지하질 않고 있소."

그러자 에우에노르의 아들 레이오크리토스가 그에게 대답하였다.
  "멘토르, 이 표독스러운 놈, 정신 줄을 놓아버린 녀석.
우리를 막아서라고 들쑤시다니, 도대체 네놈은 무슨 소리를 늘어놓는 게냐?
잔칫상을 둘러싸고, 그것도 더 많은 남자들과 맞서 싸우는 건   245
괴로운 일이지. 설령 이타카 사람 오뒷세우스가 직접 다가와서
자기 집 안 곳곳에서 잔치를 즐기고 있는 고상한 구혼자들을

궁전에서 몰아내기를 기백으로 바라마지않더라도,
일단 그 아내부터, 아무리 그자를 그리워한들, 그자가 오는 게
달갑진 않을 거다. 그자도 더 많은 사람과 싸우려다가는   250
제 몫의 수치스러운 운명을 따라가겠지. 네놈 말은 이치에 닿질 않아.

이봐라, 백성들아, 너희는 각자 일을 하러 흩어지거라.
저 녀석에게는 멘토르와 할리테르세스가 길을 떠나라고 부추길 거다.
저들은 오래전부터 제 아비와 한 패거리니까. 한데 저 녀석이 소식을
물어 안다 해도, 그건 세월아 네월아 이타카에 주저앉은 채로일 것만 같구나.   255
그 여행이라면 저 녀석은 결코 해낼 수 없단 말이다."

그는 이렇게 말하더니 갑자기 회의를 해산시켰다.
사람들은 각자 자기 집을 향해 흩어졌지만,
구혼자들은 신과 같은 오뒷세우스의 집으로 갔다.

한편, 텔레마코스는 멀리 떨어진 바닷가로 가더니   260
잿빛 소금 물결에 두 손을 씻고 아테네에게 기도하기 시작했다.
   "제 말씀 들어주소서, 임께선 어제 저희 집에 신으로 오셨고,
제게는 배를 타고 안개 덮인 바다를 건너
떠난 지 오랜 아버지의 귀향에 대해 물어 알아 오라 명하셨나이다.
그러나 이 모든 일을 아카이아인들이, 인간 위에 서기를 자처하는[9]   265
구혼자들이 더할 나위 없이 악랄하게 가로막고 있나이다."

---

9   "지나칠 정도로 우쭐거리는"으로 번역할 수도 있다.

그가 이렇게 말하며 기도하자, 아테네는 그의 곁으로 가까이 다가왔으니
그 체격도, 음성도 멘토르로 보였다.
그러고는 그에게 소리 내어 날개 돋친 말을 건네었다.

"텔레마코스, 네 아버지의 그 고귀한 힘이 네게도 스며들어 있다면   270
너는 이후에도 못난 녀석, 분별없는 녀석이 될 리 없단다.
그분은 말씀도, 행동도 끝까지 이뤄내는 그런 분이셨어.
그러니 네게 이 여행은 헛되지도, 결실 없이 끝나지도 않을 거란다.
만에 하나, 네가 최소한 그분과 페넬로페의 아들이 아니었다면
네가 그토록 원하는 이 일들을 완수해내길 내 바랄 일도 없겠지.   275
사실 아버지만큼 자라나는 자식들도 많지는 않아.
대부분은 그만 못하고, 아버지보다 나은 경우는 흔치 않지.
하지만 너는, 이후에도 못난 녀석, 분별없는 녀석이 될 리 없단다.
오뒷세우스의 지략이 너를 완전히 버리고 떠난 게 아니니까,
이 일을 이뤄내리라는 희망이 네게 있단다.   280
그러니 사리 분별이라고는 전혀 없는 구혼자들의 계획과 판단이야
그냥 놔두려무나. 숙고할 줄도, 올바르게 행할 줄도 모르는 자들이니까.
한날에 한꺼번에 파멸하도록 죽음과, 새카만 죽음의 여신이
자신들에게 정녕 가까이 와 있음에도 저들은 아무것도 모르고 있어.
네가 바라마지않는 그 여행도 이제 더는 오래 네게 멀리 있지 않단다.   285
아버지 시절부터 네게 동료였던 내가, 바로 그러한 사람으로 여기 있잖니.
내 너를 위해 빠른 배를 마련하는 건 물론이고, 직접 너와 함께 가련다.
너는 일단 집으로 가서 구혼자들과 어울리다가
식량을 준비하고, 전부 다 잘 들어맞게 용기(容器)에 넣되,
포도주는 손잡이가 둘 달린 항아리에 담고, 사람들의 골수가 되어주는   290
보릿가루는 튼튼한 가죽 자루에 담아라. 나는 즉시 백성들 중에서

원하는 이들을 동료들로 가려 뽑을 테니까. 바다에 갇힌 이타카에는
새것이고 헌것이고 배들이야 많으니까,
그중에서 제일 좋은 것으로 내 눈여겨보마.
이렇게 재빨리 채비를 갖추고 나면, 너른 바다 위로 나가자꾸나." 295

제우스의 딸 아테네가 이렇게 말하였고, 신의 음성을 들은
텔레마코스도 그곳에 더 오래 머물지 않았다.
그는 제 심장으로 애달파하며 집을 향해 발걸음을 옮겼다.
궁전에서 그의 눈에 들어온 것은 거들먹대는 구혼자들이었으니,
그들은 뜰에서 염소들의 가죽을 벗기고, 살 오른 돼지들의 털을 300
그슬고 있었다. 그런데 안티노오스가 웃음을 터뜨리며 곧장
텔레마코스에게 오더니 손을 잡고 이름을 부르며 말하였다.
  "텔레마코스 이 떠버리 녀석, 제 혈기조차 가누지 못하는 놈,
너는 가슴속에서 다른 어떤 몹쓸 짓에도, 몹쓸 말에도 아예 관심을 끊고
나를 봐서라도 예전처럼 먹고 마시자꾸나. 305
배들이며 엄선된 노잡이들이야 아카이아인들이 너를 위해
단 하나도 빠짐없이 완비해주겠지, 그래야 너도 고귀하신 아버님의
소식을 좇아 지극히 성스러운 필로스로 얼른 갈 수 있을 테니까."

그러자 이번에는 지혜로운 텔레마코스가 그에게 대답하였다.
  "안티노오스, 주제도 모르는 당신들 틈바구니에서 310
조용히 식사를 들고 편안하게 즐긴다는 건 도대체가 어림도 없는 일이오.
나의 훌륭하고도 많은 재산을 여태까지 찢어먹은 것만으로는
충분치가 않다는 거요, 구혼자들이여? 나도 이제까진 철부지였소.
그러나 지금은 완전히 컸고, 다른 사람들의 이야기도 듣고

판단할 수 있소. 게다가 속에서는 기백도 커져만 가고 있소.   315
내 애써보겠소, 당신들을 위해 몹쓸 죽음의 여신을 보내도록!
퓔로스로 가서든, 아니면 내 나라에서든.
나는 가겠소. 내가 말하는 이 여행은 헛되지 않을 거요.
나는 배도, 노잡이들도 가져본 적이 없으니, 얻어 타고 가겠소.
당신들 눈에도 그게 더 나아 보이겠지."   320

그러더니 그는 안티노오스의 손에서 가벼이 손을 뺐다.
한편 구혼자들은 집 안에서 잔치를 준비하고 있었다. 그들은 그를
말로 조롱해대며 모욕하기 시작하더니, 인간 위에 서기를 자처하는
이 젊은이들 중 누군가는 이렇게 말하기도 했다.
　　"텔레마코스가 진심으로 우리를 잡아 죽일 궁리를 하는구나.   325
저 녀석은 모래 많은 퓔로스에서, 아니면 스파르타에서 무슨 원군이라도
이끌고 올 모양이야. 저렇게 끔찍하리만큼 몸부림치고 있잖나.
아니면 에퓌라의 기름진 밭으로 가려 들지도 모르지.
거기서 목숨을 앗아 가는 약초들을 들고 와서는
술동이에 던져 넣고 우리를 몰살하려고 말야."   330

인간 위에 서기를 자처하는 이 젊은이들 중 다른 누군가는 이렇게도 말했다.
　　"누가 알겠나, 만일 저 녀석도 속이 빈 배를 타고 가서
식솔들과 멀리 떨어진 채 떠돌다가 죽게 될지, 꼭 오뒷세우스 꼴로 말이야.
그렇게 되면 저놈이 우리에게 막대한 노역을 얹어놓는 셈이지.
그 모든 재산을 우리끼리 분배해야 하고, 또 이 집도 그놈의 어미에게,   335
그리고 그녀를 아내로 데려갈 사람에게 간수하라고 줘야 할 테니까."

그들이 이렇게 말하거나 말거나 그는 천장이 높은, 아버지의 넓은 방으로
내려왔다. 그곳에는 황금과 청동이 수북이 쌓여 있었고
궤짝에는 옷이 담겨 있었으며, 향긋한 올리브기름도 가득하였다.
또, 항아리마다 오래 묵은 달콤한 포도주가 있었는데,   340
그 안에는 아무것도 섞지 않은 신성한 음료가 담긴 채
벽을 따라 빈틈없이 가지런히 세워져 있었으니, 오뒷세우스가
수많은 고통을 겪고 집에 오게 될 그날을 위한 것이었다.
그 방은 잘 짜 맞춘 두 개의 문짝들을 걸어 잠글 수 있게
되어 있었고, 시녀 하나가 밤낮으로 이를 단속하고 있었다.   345
속에서 우러나오는 풍부한 지혜로 이 모든 것을 지켜내던
이 여인은 페이세노르의 아들 옵스의 딸, 에우뤼클레이아였다.

그때 텔레마코스는 그녀를 방 안으로 부르며 말하였다.
　"자, 어머니, 손잡이가 둘 달린 항아리들에 달콤한 포도주를
길어주세요. 제우스께서 길러주신 오뒷세우스께서 죽음과 죽음의 여신들을   350
피해 언젠가는 돌아오실 거라고, 불운한 운명의 몫을 받은 그분을 생각하며
당신이 지키고 있는 가장 감미로운 것에 버금가는 것으로 부탁드려요.
항아리 열둘에 가득 채워주시고, 모두 꼭 맞게 덮개로 씌워주세요.
보릿가루는 바느질 잘된 가죽 자루들에 쏟아부어 절 주시되,
그 곡식 가루는 방아로 빻아 스무 메트론[10]이 되게 해주세요.   355
부디 혼자만 알고 계시되, 이 모든 것이 준비되어 쌓여 있어야 합니다.
저녁나절에 제 어머니가 주무시려고
위층에 올라가시면, 그때 제가 들고 갈 겁니다.

10　부피의 단위로 1메트론=1리터 정도로 추정하기도 하나, 정확히는 알 수 없다.

저는 스파르타로, 그리고 모래 많은 퓔로스로 갑니다. 제 아버지의
귀향에 대해 물어 알아보려고요, 어떻게든 들을 수 있지 않나 싶어요."

그가 이렇게 말하자, 그의 유모 에우뤼클레이아가 비명을 질렀다.
그녀는 통곡을 해대며 날개 돋친 말을 건네었다.
　"아니 대체 어쩌자고, 내 새끼, 심중에 이런 결심을
품게 되었니? 사랑받는 외동아들이면서 어떻게 그 많은 땅들을
가보려는 거야? 제우스께서 길러주신 오뒷세우스는 고향 땅에서

멀리 떨어진 채 우리가 모르는 나라에서 돌아가셨거늘. 네가 떠나자마자
저자들은 네게 흉계를 꾸밀 거야. 그러면 너는 그 계략으로 죽게 되고,
이 모든 걸 저자들이 나눠 먹게 된단다. 그러지 말고 여기 네 것들 위에
자리 잡고 있으려무나. 곡식을 거둘 수 없는 바다 위에서
몹쓸 일들을 겪을 필요가, 떠돌아다녀야 할 필요가 네게 어디 있겠니?"

그러자 이번에는 지혜로운 텔레마코스가 그녀에게 대답하였다.
　"용기를 내세요, 어머니, 이건 신을 떼어놓고 내린 결정이 아니니까요.
그건 그렇고, 맹세하시지요, 열하루, 아니 열이틀이 되기 전까지는
제 어머니께 이 일을 말씀드리지 않는다고요.
안 그랬다가 그분이 제가 떠났다는 말을 듣고 저를 그리워하게 되면,

눈물을 흘리며 그 고운 피부가 상해서는 안 되니까, 그땐⋯."

그가 이렇게 말하자, 노파는 신들을 걸고 크게 맹세하였다.
서약을 하고 맹세를 마치자마자
그녀는 손잡이가 둘 달린 항아리들에 포도주를 길어 담았고,
바느질 잘된 가죽 자루들에는 보릿가루를 쏟아부었다.

한편 텔레마코스는 집으로 들어가 구혼자들과 어울렸다.

그 자리에서 빛나는 눈의 여신 아테네는 또 다른 것을 떠올렸으니,

텔레마코스의 모습을 한 채 도시 구석구석을 모조리 돌아다니며

한 사람 한 사람 곁에 다가서서 이야기하였고,

저녁나절에 빠른 배 곁으로 모여달라고 당부하였다.   385

그러고 나서 그녀는 프로니오스의 눈부신 아들 노에몬에게

빠른 배 한 척을 구했고, 그도 이를 흔쾌히 수락하였다.

이제 헬리오스가 가라앉고, 모든 길은 그늘로 덮였다.

그는 빠른 배를 소금 물결을 향해 끌어 내렸고, 배 안에 모든 장비를

차려두니, 이는 갑판이 잘 덮인 배들이 싣고 있는 것들이었다.   390

그런 다음, 항구의 가장자리에 정박시키자, 훌륭한 동료들이

무리를 지어 모여들었고, 여신은 그들 한 사람 한 사람을 격려하였다.

그 자리에서 빛나는 눈의 여신 아테네는 또 다른 것을 떠올렸고,

그녀는 신과 같은 오뒷세우스의 집을 향해 발걸음을 옮겼다.

거기서 그녀는 구혼자들에게 달콤한 잠을 쏟아부었고,   395

술을 들이켜던 그들의 얼을 빼놓고는 손마다 잔을 떨구게 했다.

그러자 그들은 더 이상 오래 앉아 있지 못하고 잠자러 가기 위해

도시 곳곳으로 내달렸다. 잠이 그들의 눈꺼풀 위에 내려앉았던 것이다.

한편, 빛나는 눈의 여신 아테네는 텔레마코스를

살기 좋은 궁전 밖으로 불러내어 말하니,   400

그 체격도, 음성도 멘토르로 보였다.

　"텔레마코스, 좋은 정강이받이를 댄 동료들이 너를 위해

벌써 노 옆에 앉아 네가 움직이기만을 기다리고 있구나.

자, 가자꾸나, 우리가 이 여행을 오래 미루지 않도록."

팔라스 아테네는 이렇게 말하며 재빠르게 앞장섰고   405
그는 신의 발자국을 따라 걸었다.
〈그들이 바다와 배 곁으로 내려가자,〉[11]
머리를 기른 동료들의 무리가 그들의 눈에 들어왔다.

그들 사이에서 텔레마코스의 신성한 힘이 말하였다.
　"벗들이여, 이리들 오시오. 식량을 가져옵시다. 모든 것이   410
이미 궁전 안에 쌓여 있소. 내 어머니는 아무것도 모르신다오.
다른 시녀들도 마찬가지, 이 이야기를 들은 건 오직 시녀 하나라오."

그가 이렇게 말하며 앞장서자 그들은 그의 뒤를 따랐다.
그들이 모든 것을 들고 와 갑판이 잘 덮인 배에 부려놓으니,
이는 오뒷세우스의 친아들이 명한 바 그대로였다.   415
아테네가 앞장서자 텔레마코스도 배에 올랐다. 그녀가
뱃고물에 앉자, 텔레마코스도 그녀 가까이에 앉았다.
사람들은 고물에서 홋줄을 풀고 나서
노 저을 자리로 가 앉았다.
빛나는 눈의 아테네가 그들을 위해 순풍을 보내주니   420
포도줏빛 바다 위에서 노호하는, 거센 제퓌로스(서풍)였다.
텔레마코스는 동료들에게 장비들을 단단히 움켜쥐라
격려했고, 그들도 그의 격려에 귀 기울였다.
그들은 전나무 돛대를 세워 올려 구레통 구멍으로 밀어 넣더니

11　이 행이 빠진 사본들도 있다.

텔레마코스,
아버지를 찾아 나서다

―――――――

『오뒷세이아』는 오뒷세우스 대신
텔레마코스의 이야기로 시작된다. 그가
주역을 맡는 1-4권, 그리고 15권의 일부를
전통적으로 텔레마키아라고 부른다. 이제
우리는 그가 아버지의 귀향을 위해 어떻게
Tele(멀리서) + Machos(싸우는 이)가 될지
가만히 지켜볼 차례이다.

제임스 니글, 에칭, 1805

앞버팀줄로 단단히 묶어놓았고,

잘 꼬아놓은 쇠가죽 마룻줄을 당겨 눈부신 돛을 올렸다.

그러자 바람이 돛 한가운데를 부풀리더니

검붉은 파도가 뱃머리 양옆에서 세차게 울부짖었고,

〈배는 파도를 헤치며 제 갈 길로 달려 나가기 시작했다.〉[12]

그들은 검고 빠른 배 위에서 장비들을 단단히 묶어둔 다음,

포도주로 가득한 술동이들을 세워놓더니

죽음을 모르는, 영원을 살아가는 신들에게, 그 모든 신들 중에서도

특히 눈이 빛나는 제우스의 딸을 위해 헌주하였다.

배는 밤이 다 가도록, 또 새벽이 되어서도 뱃길을 뚫고 나아가고 있었다.

---

12   이 행이 빠진 사본들도 있다.

3권

헬리오스가, 죽음을 모르는 신들에게도, 곡식을 안겨주는 들판 위에 사는
죽게 마련인 인간들에게도 빛을 주고자 더할 나위 없이 아름다운
바다를 떠나 청동이 그득한 하늘로 솟아오르자,
이들은 잘 지어놓은 넬레우스의 도시, 필로스에 다다랐다.
마침 이들은 바닷가에서 온통 새카만 황소들을 잡아   5
검푸른 머리칼의, 지축을 뒤흔드는 이[13]에게 제물을 바치고 있었다.
앉을 자리가 아홉 줄에, 줄마다 오백 명씩
앉았고, 각 줄에서 황소를 아홉 두씩 내놓았다. 이 사람들이
내장을 먹어보고 나서, 신을 위해 사태를 불에 올리려 할 때,
그들은 곧바로 해안에 닿아 균형이 잘 잡힌 배의 돛을   10
걸어 올려 접어놓았고, 닻을 내린 다음 하선하였다.
아테네가 앞장섰고, 텔레마코스도 배에서 걸어 나왔다.

13 　포세이돈을 가리킨다.

빛나는 눈의 여신 아테네가 먼저 그에게 말하였다.

　"텔레마코스, 수줍어할 필요도, 움츠러들 필요도 없다.

과연 어느 땅이 아버님을 감추고 있는지, 그분이 어떤 운명을 　　　　　　　　　15

맞닥뜨리셨는지 물어 알려고 네가 바다를 건너왔잖니.

자, 이럴 게 아니라 지금 곧장 말을 길들이는 네스토르에게 가거라.

그분이 가슴속에 어떤 계책을 숨기고 있는지 우리도 한번 보자꾸나.

〈틀림없이 이야기해달라고 그분께 직접 청해보아라.〉[14]

그분은 허튼소리를 할 리 없어, 몹시 지혜로운 분이니까." 　　　　　　　　　20

그러자 이번에는 지혜로운 텔레마코스가 그녀에게 대답하였다.

　"멘토르 님, 제가 도대체 어떻게 가야 할까요, 저분께 과연 어떻게

가까이 다가서야 하나요? 저는 정연하게 이야기해본 경험도 없고,

나이가 더 지긋하신 분께 젊은 사람이 물어보려니 자꾸 부끄러워집니다."

그러자 빛나는 눈의 여신 아테네가 그에게 다시 말하였다. 　　　　　　　　　25

　"텔레마코스, 네가 직접 네 심중에서 떠올릴 수 있는 것도

있겠고, 또 어떤 것은 신이 조언해주실 거야. 내가 보기에 너는

신들을 거슬러 태어나지도, 자라나지도 않았으니까."

팔라스 아테네는 이렇게 말하며 재빠르게 앞장섰고,

그는 신의 발자국을 따라 걸었다. 　　　　　　　　　30

그들이 퓔로스 사람들이 모인 자리, 앉은 자리로 가니,

14　이 행이 빠진 사본들도 있다.

62

과연 그곳에는 네스토르가 아들들과 함께 앉아 있었고, 양옆에는
동료들이 살코기를 꼬치에 꿰어가며, 또 누군가는 구워가며 식사를
마련하고 있었다. 그런데 이들은 이 손님들을 보더니 모두 한꺼번에
다가와 손을 내밀며 환영해주었고 자리에 앉기를 권하였다.   35
이 중 가장 먼저 가까이 다가온 이는 네스토르의 아들 페이시스트라토스였다.
그는 이 둘의 손을 쥐고는 소금 물결 백사장 위에 놓인
부드러운 양털 깔개에서 식사하도록 자리를 권하니,
그곳은 자기 형 트라쉬메데스와 자기 아버지의 옆자리였다.
그는 그들 몫으로 내장을 권했고, 황금 잔에 포도주를   40
따라주었다. 그는 환영의 인사를 건네며 아이기스를 지닌
제우스의 딸 팔라스 아테네에게 말하였다.
    "이제 기도하시지요, 손님, 주인이신 포세이돈께요.
그대들께서 이리로 오며 마주한 것은, 다름 아닌 그분의 잔치랍니다.
법도에 따라 일단은 헌주하시고, 또 기도하십시오.   45
그러고서 저분께도 꿀처럼 감미로운 포도주가 담긴 잔으로
헌주하게 하십시오. 저분도 죽음을 모르는 분들께 기도할 거라
믿습니다. 신들을 필요로 하지 않는 인간은 아무도 없잖습니까.
하지만 저분은 더 젊고, 제 또래이니까
이 황금 잔은 당신께 먼저 권해드리렵니다."   50

그는 이렇게 말하며 달콤한 포도주가 담긴 잔을 손에 들려주었고,
도리를 잘 알고 있는 이 지혜로운 사람으로 인해 아테네는 흐뭇해졌으니,
그가 자신에게 먼저 황금 잔을 건넸던 까닭이다.
그녀는 곧장 포세이돈 왕에게 많은 것을 두고 기도하였다.
    "제 말을 들어주소서, 대지를 뒤흔드는 분이시여,   55

이 일들을 이뤄주십사 기도하는 저희에게 원한을 품지 마소서.
먼저는 네스토르와 그 아들들에게 영예가 뒤따르게 하시고,
다음에는 이 몹시도 영광스러운 헤카톰베에 대한 자애로운 응답을
다른 모든 필로스 사람들에게 내려주소서.
텔레마코스와 저는 그 일을 완수하고 돌아갈 수 있게 허락하소서,   60
저희는 그 일로 인해 검고 빠른 배를 타고 이리로 왔나이다."

그녀는 이렇게 기도하며 동시에 스스로 이 모든 것을 이루기 시작했다.
그리고 텔레마코스에게 손잡이가 둘 달린 근사한 잔을 건네자
오뒷세우스의 친아들도 바로 그렇게 기도하였다.
사람들은 살코기를 구워 꼬치에서 빼내더니   65
각자의 몫대로 나눠가며 이 명예로운 잔치를 만끽했다.
마침내 이들이 갈증과 허기에서 벗어나자,
전차를 타는 게레니아의 네스토르가 그들 사이에서 말하기 시작했다.
   "식사를 즐기셨으니, 이제야 손님들께
뉘신지 묻고 알아보기가 한결 더 나아졌군요.   70
손님들, 그대들은 뉘신지요, 어디에서 이 물길을 타고 오셨습니까?
용무가 있어 오셨나요, 아니면 되는대로 떠돌고 있는 건가요?
마치 소금 물결 위에서 해적들이 그리하듯 말입니다. 그들은
목숨마저 꺼내놓고 떠돌며 다른 사람들에게 몹쓸 일을 가져다주지요."

그러자 이번에는 지혜로운 텔레마코스가 그에게 용기를 내어 대답하였다.   75
떠나고 없는 아버지에 대해 묻고,
또 그로 하여금 사람들 사이에서 고귀한 명성을 얻게 하기 위해
〈아테네가 직접 그의 심중에 용기를 심어준 것이다.〉[15]

64

"넬레우스의 아드님 네스토르시여, 아카이아인들의 위대한 영광이여,

저희가 어디서 왔는지 물으시니, 제가 어르신께 정확하게 설명드리지요. 80

저희는 이타카 네이온산 기슭에서 왔습니다.

제가 말씀드리는 이 용건은 공무가 아니라, 개인적인 일입니다.

제가 행여 들을 수 있을지 몰라, 제 아버지, 대담한 그분,

신과 같은 오뒷세우스의 너른 명성을 좇아 이리로 온 겁니다. 그분이

어르신과 함께 싸우며 트로이아인들의 도시를 무너뜨렸다는 말씀은 들었습니다. 85

또, 트로이아인들과 싸웠던 다른 사람들이라면 어디서 각각 누가

참담한 파멸을 맞고 죽게 되었는지 모두 빠짐없이 들어 알고 있답니다.

하지만 그분에 대해서는, 크로노스의 아드님께서 그 파멸조차

알려지지 않게 하셨지요. 그분이 어디서 돌아가셨는지 밝히 말할 수 있는

사람이 없으니까요. 그분이 육지에서 적들에게 제압당하셨는지, 아니면 90

큰 바다에서 암피트리테[16]의 파도 속에서 그리되셨는지 말입니다.

제가 지금 어르신 무릎으로 온 것도 바로 이 때문입니다. 혹시라도 그분의

참담한 파멸을 직접 두 눈으로 보셨다면 제게 말씀해주실 의향이

있으신지요? 아니면 그분이 떠돌고 있다는 이야기라도 누군가에게

들으신 적 있으신지요? 그분 어머니께서는 그분을 더없이 비참한 사람으로 95

낳으신 게지요. 체면이나 연민 때문에 일부러 제게 에둘러 말씀은 마시고,

부디 어르신께서 맞닥뜨리고 목격하신 대로, 제대로 정확하게 제게

설명해주시기를, 이렇게 빕니다. 전에 아카이아인들이 재앙을 겪었던

트로이아인들의 나라에서, 훌륭한 오뒷세우스가 말 한마디로든

---

15   이 행이 빠진 사본들도 있다.

16   바다의 여신으로, 후대의 기록들에는 포세이돈의 아내로 나타나기도 한다.

행동거지 하나로든 어르신께 약속하고 이뤄드린 게 뭐라도 있었다면요. 100
이제 부디 저를 보아 그것들을 떠올리시고, 제게 틀림없이 말씀해주십시오.”

그러자 그에게 전차를 타는 게레니아의 네스토르가 대답하였다.
　“오, 벗이여, 기세를 억누를 길 없는 우리 아카이아인들의 아들들이
그 나라에서 견뎌냈던 그 참상들을 자네가 내게 일깨워주다니!
아킬레우스가 앞장서는 곳이라면 어디든 전리품을 찾아 배들에 올라 105
안개 덮인 바다 위를 누비며 견뎌냈던 수많은 참상을, 또
프리아모스 왕의 거대한 도시를 둘러싸고 싸우며 견뎌냈던 수많은
참상을! 으뜸가던 이들은 그렇게나 많이 그곳에서 목숨을 잃었다네.
그곳에는 아레스를 닮은 아이아스가 누워 있지. 그곳에는 아킬레우스도,
그곳에는 신과 맞먹는 조언자 파트로클로스도, 또 그곳에는 110
내 친아들이, 다부진 데다가 흠잡을 데 하나 없던
안틸로코스가 누워 있네. 날쌔게 달려 나가 싸우는 일에 월등했지.
이런 것들 말고도 우리는 몹쓸 일이라면 숱하게 겪었네. 죽어야 할 운명을
타고난 인간 중에서 그 모두를 다 이야기할 수 있는 사람이 어디 있겠나?
신과 같은 아카이아인들이 그곳에서 몹쓸 일을 얼마나 많이 겪었는지 115
설령 자네가 오 년이고 육 년이고 곁에 눌러앉아 물어보겠노라 해도,
그 전에 자네는 심란해져 고향 땅으로 돌아갈 걸세.

구 년 동안 우리는 술책이란 술책은 모조리 써가면서, 그들에게
사악한 것들을 자아내면서 밀어붙여보다가, 크로노스의 아드님께서
간신히 이루어주셨다네. 거기선 단 한 사람도 그에게 지략으로 120
맞먹으려 들지 못했지. 술책이란 술책은 신과 같은 오뒷세우스가
모조리, 어마어마하게 통달하고 있었던 까닭이야. 자네가 그이에게서

태어난 게 분명하다면, 바로 자네 아버지 말일세. 자네를 보고 있자니 경외심이
나를 사로잡지 뭔가, 자네 이야기가 워낙 적절해야 말이지. 나이도 더
적은 사람이 이렇게까지 알맞게 이야기할 수 있다고 말하진 말게나.   125
거기에서 지낸 모든 시간 동안, 나와 신과 같은 오뒷세우스는
회의장에서도, 의논 자리에서도 입장이 갈려 말해본 적이 없었어, 한 번도.
외려 판단에서도, 신중한 결정에서도 우리는 하나의 기백을 품고
아르고스인들에게 어떻게 해야 월등히 가장 좋은 결과가 나올지 알려주곤 했다네.

하지만 우리가 프리아모스의 그 가파른 도시를 궤멸시키고   130
배들에 올랐을 때, 신께서 아카이아인들을 흩어버리셨지.
그때 제우스께서 심중에서 아르고스인들에게 참담한 귀향을
꾀하신 것은, 그들 모두가 사려 깊은 것도 도리를 잘 알고 있는 것도
아니었기 때문일세. 어마어마한 아버지를 둔, 빛나는 눈의 그분[17]의
파괴적인 노여움으로 인해 그들 중 많은 사람이 몹쓸 운명을 마주했어.   135
그분은 아트레우스의 아들들로 하여금 서로 다투도록 하셨지.
그 두 사람은 모든 아카이아인들을 회의장으로 소집했는데,
그때가 마침 헬리오스가 가라앉고 있을 때였다네, 경솔하게도,
법도에도 어울리지 않게 말일세. 아카이아인들의 아들들이
포도주로 거나해진 채 다가오자, 그 두 사람은 백성들을 소집한 이유를   140
말하기 시작하더군. 거기서 일단 메넬라오스는 모든 아카이아인들에게
바다의 너른 등을 타고 귀향길에 오를 것을 유념하라고 명령했지만
이게 아가멤논에게는 전혀 마음에 들지 않았던 거야. 그는 아테네의
그 무시무시한 진노를 온전히 가라앉히려면 아직 백성들을

---

17   아테네 여신.

붙잡아놓고 신성한 헤카톰베를 바쳐야 한다고 결심했던 걸세.
어리석은 자, 그분이 뜻을 굽힐 의향이 없다는 걸 그는 몰랐던 거지.
영원을 살아가는 신들의 마음이 그렇게 갑작스레 돌아서진 않으니까.
그래 이 두 사람은 그렇게 험한 말들로 대거리를 해대며
맞섰고, 좋은 정강이받이를 댄 아카이아인들도 이루 말할 수 없이 함성을
내지르며 일어섰다네. 그들에게는 두 갈래로 나뉜 결정이 달가웠던 게지.   150
그렇게 우리는 서로를 향해 속으로 험악한 것들을 고민해가며
하룻밤을 보냈어. 몹쓸 재앙을, 제우스께서 마련하고 계셨던 거라네.
동이 트자, 우리 중 어떤 이들은 배들을 신성한 소금 물결 속으로
끌어 내려 재물들이며 허리띠 깊숙이 두른 여인들을 그 안에 실었지.
백성 중 절반은 백성들의 목자, 아트레우스의 아들 아가멤논에게   155
붙들려 거기 그의 곁에 머물게 되었고,
배에 오른 또 다른 절반은 배를 몰아가기 시작했어. 배들은 엄청나게
빠르게 항해했지. 아가리를 크게 벌린 바다를 어떤 신이 잠잠히 해주신 거야.
테네도스섬에 이르렀을 때, 우리는 집으로 가고 싶어 몸부림치며 신들을 위해
제물을 바쳤네만, 정작 제우스께선 귀향 같은 건 안중에 없으셨다네.   160
이해할 수 없는 그분은 몹쓸 두 번째 다툼을 지피셨어, 또다시.
그중 일부는 전투에 여념 없는, 허다한 계책에 밝은 오뒷세우스 왕을
중심으로 양 끝이 휜 배들을 되돌려 가기 시작했네.
아트레우스의 아들 아가멤논을 위해 다시 한번 성의를 보이려던 거지.
아무튼 나는 나를 따르던 배들과 무리를 지어   165
도망치기 시작했어. 어떤 신이 사악한 일을 꾀한다는 걸 알아차렸으니까.
아레스를 닮은, 튀데우스의 아들[18]도 전우들을 격려하며 달아났고,

---

18   디오메데스.

한참 있으려니 우리 두 사람 뒤로 금발의 메넬라오스가 오더군.

그가 레스보스섬에 닿았을 때, 우리는 긴 항로를 두고 고심하고 있었다네.

험준한 키오스섬의 위쪽을 돌아서, 프쉬리아섬을 170

왼쪽으로 붙여두고 가야 할지, 아니면 키오스섬의 아래쪽을 돌아서,

바람이 이는 미마스 산맥을 나란히 두고 가야 할지 말일세.

우리는 징조를 보여주십사 신께 청했고, 과연 그분은 우리에게

보여주시며, 우리가 되도록 빨리 불행에서 벗어나려면

에우보이아섬을 향해 큰 바다 한가운데를 질러가라고 명령하셨지. 175

그러자 날 선 소리 내는 순풍이 거세게 숨 쉬며 솟구치지 뭔가.

배들은 물고기가 가득한 바닷길을 가로지르며 엄청난 속도로 내달렸고

밤에는 게라이스토스[19]에 정박할 수 있었다네. 그렇게 거대한 바다를

직접 재어본 우리는 포세이돈을 위해 황소 사태를 듬뿍 진설해드렸지.

나흘째 되던 날, 튀데우스의 아들, 말을 길들이는 디오메데스의 전우들은 180

균형이 잘 잡힌 배들을 아르고스에 정박시켰다네.

하지만 나는 퓔로스를 향해 붙잡고 있었고, 순풍도 사그라든 적이 없었지,

애초에 신께서 그 거센 숨결을 보내신 이후로 말일세.

내 아들이여, 아카이아인들 중에서 누가 목숨을 건졌고, 누가 파멸했는지,

그건 듣지 못한 채, 알지 못한 채 나는 그렇게 온 거라네. 185

하지만 우리 궁전에 앉아서 내 들어 아는 만큼은 자네도 알게 될 걸세,

내 자네에게 숨기지 않겠네, 그게 법도에 맞는 일이니까.

뮈르뮈돈의 창수들은 기개 넘치는 아킬레우스의 눈부신 아들[20]이

이끌고 잘 돌아왔다고들 하네.

---

19 에우보이아섬 최남단의 지명.

20 네오프톨레모스.

포이아스의 빛나는 아들, 필로크테테스도 잘 왔다 하고.   190
이도메네우스도 전쟁에서 벗어난 모든 전우들을 크레테로 데려갔다지.
바다가 그에게서 어느 누구도 앗아 가지 않았던 걸세.
아트레우스의 아들에 대해서는, 비록 멀리 떨어져 있긴 하지만,
자네들도 직접 들어봤겠지. 그가 어떻게 왔는지, 또 그 참담한 파멸을
아이기스토스가 어떻게 꾀했는지 말이야. 하지만 그자도 서러운 대가를 치
　렀지.   195
사람이 죽어서 쓰러져도, 아이를 남길 수 있다는 건 얼마나 좋은 일인가!
바로 그 아이가 제 아비를 죽인 자, 그 간교한 아이기스토스,
그 이름 높은 아비를 잡아 죽인 자에게 대가를 치르게 했으니까.
그러니 벗이여, 자네도, 내 보니 자네는 참으로 체격도 크고 아름다우니,
굳세져야 하네, 후대의 누군가는 자네를 칭송할 수 있도록 말일세.”   200

그러자 이번에는 지혜로운 텔레마코스가 그에게 대답하였다.
　“넬레우스의 아드님 네스토르시여, 아카이아인들의 위대한 영광이여,
말씀마따나 과연 그는 대가를 치르게 했고, 아카이아인들은
그 너른 명성을 후세들도 들어 알도록 전할 겁니다.
고통을 안겨주는, 선을 넘어버린 짓을 저지른 구혼자들에게,   205
작심하고 저를 겨누어 분수도 모르는 짓들을 꾸며대는 저 구혼자들에게
대가를 치르게 할 수 있는 그만한 위력을 신들께서 제게도 허락하신다면
오죽 좋겠습니까마는, 신들은 제 아버지에게도, 그리고 저에게도 그만한 복은
엮어주시지 않았습니다. 그러니 당장은, 그럼에도 견뎌보는 수밖에 없습니다.”

그러자 그에게 전차를 타는 게레니아의 네스토르가 대답하였다.   210
　“내 사람아, 자네 말이 나를 새삼 일깨워주네그려.

듣자 하니 자네 모친을 핑계 삼아 수많은 구혼자들이
자네의 뜻을 거슬러가며 궁전에서 흉악한 짓들을 꾸미고 있다던데.
내게 말해주게나, 자네가 알아서 그 밑으로 들어간 건가? 아니면,
그 나라 백성들이 어떤 신의 음성에 따라 자네를 증오하고 있는 건가?   215
누가 알겠나, 혹시 그이가 어느 날 돌아와 그자들에게 그 흉포한 짓들의
대가를 치르게 할지, 혼자서든, 아니면 모든 아카이아인들과 함께든.
우리 아카이아인들이 고통을 겪었던 트로이아인들의 나라에서,
빛나는 눈의 아테네께서 노심초사 영광스러운 오뒷세우스를
대하셨던 것처럼 자네를 사랑해주신다면 정말 좋으련만!   220
나는 팔라스 아테네께서 공공연히 그이의 곁에 서서 해주신 것 말고는
신들이 누군가를 그렇게까지 드러내놓고 사랑해주시는 건 본 적이 없다네.
만일 그분이 자네도 그렇게 사랑하고자 하신다면, 기백으로 염려해주신다면,
그놈들 중 적어도 누군가는 결혼을 깨끗이 잊을 수도 있을 걸세.”

그러자 이번에는 지혜로운 텔레마코스가 그에게 대답하였다.   225
  “어르신, 그 말씀 도저히 이뤄질 것 같지가 않습니다. 너무하리만큼
크나큰 말씀이라, 경악이 저를 사로잡고 있답니다. 그런 일이 제게
일어날 거라고는 바랄 수조차 없습니다, 설령 신들께서 원하신다 해도요.”

그러자 이번에는 그에게 빛나는 눈의 여신 아테네가 말하였다.
  “텔레마코스, 네 이[齒] 울타리를 빠져나온 그 말은 대체 무엇이냐?   230
신은 원하기만 한다면 아무리 멀리 있는 사람이라도 쉽게
구해낼 수 있단다. 적어도 나라면, 제 아내와 아이기스토스의
술책에 휘둘려 파멸한 아가멤논처럼
오자마자 화롯가에서 파멸을 맞느니, 차라리 숱한 고통을 견뎌내고서라도

집으로 돌아가기를, 그래서 귀향의 날을 보기를 바라마지않겠어.
하지만 모두가 겪는 죽음이라면, 길고 긴 고통을 안겨주는
죽음의 운명이 일단 그를 쓰러뜨리면, 신들이라 해도,
아무리 사랑하는 사람에게서도 그걸 물리쳐줄 힘은 없단다."

그러자 이번에는 지혜로운 텔레마코스가 그녀에게 대답하였다.
　"멘토르 님, 근심은 됩니다만 우리 이제 이 이야기라면 더는 말지요.
그분께 귀향은 더 이상 현실일 수 없습니다. 죽음을 모르는 분들께서
이미 그분께 죽음을, 새카만 죽음의 여신을 내보이셨으니까요.
이제 저는 네스토르께 다른 말씀을 여쭤 알아보려 합니다.
도리와 지혜라면 저분은 그 누구보다 월등히 잘 알고 계시니까요.
사람들은 저분이 인간들의 세대를 무려 세 번이나 다스렸다고 말하더군요.
그래서일까요, 저분의 모습이 제 눈엔 꼭 죽음을 모르는 분으로만 보입니다.

넬레우스의 아드님 네스토르시여, 어르신께서는 부디 진실을 말씀하소서.
아트레우스의 아들, 두루 다스리는 아가멤논은 과연 어떻게 죽음에 이르렀는지요?
그때 메넬라오스는 어디에 있었던가요? 간교한 아이기스토스는
그를 노리며 어떤 파멸을 꾀했습니까? 자신보다 훨씬 더 나은 이를 죽였으니까요.
메넬라오스는 아카이아의 아르고스에 있지 않았던가요? 아니면 다른 어떤 곳에서
사람들 사이를 떠돌아다닌 탓에 그자가 겁도 없이 죽인 걸까요?"

그러자 전차를 타는 게레니아의 네스토르가 그에게 대답하였다.
　"내 아들, 안 그래도 내 자네에게 모든 진실만을 말해주려 하네.
만약 아트레우스의 아들, 금발의 메넬라오스가 트로이아로부터 돌아왔는데,
궁전에서 아이기스토스가 여전히 목숨이 붙어 있는 걸 보았더라면

무슨 일이 벌어졌을지, 그건 자네 혼자서도 능히 짐작하겠지.

죽은 그자를 위해 대지 위에 흙을 부어 무덤을 쌓기는커녕,

도시에서 멀리 떨어진 벌판에 뉘어진 그자를 개 떼와 새 떼가

집어삼켰을 테지. 아카이아 여인들 중 어느 누구도 그를 두고   260

애곡하지 않았을 것이고. 그자가 꾸민 짓이 어지간히 엄청났어야지.

우리가 그곳에서 수많은 투쟁을 마치고 자리에 앉았을 때,

말들이 풀을 뜯는 아르고스에서도 가장 안쪽에서 빈둥거리던

그 녀석은 아가멤논의 아내를 말로 호리려고 무던히도 애썼지.

신과 같은 클뤼타임네스트라도 애초부터 그 부끄러운 짓을   265

마다하지 않은 건 아니었네. 심성 자체는 잘 갖춰진 사람이니까.

그런데 그녀 옆에는 가수가 한 명 있었어. 아트레우스의 아들이

트로이아로 떠나면서 자기 아내를 지키라고 그이에게 신신당부했지.

그러나 그녀가 굴복하도록 신들이 보낸 운명이 그녀에게 족쇄를 채우자

그자는 그 가수를 외딴섬으로 데리고 가서   270

새 떼에게 제물이, 전리품이 되도록 내팽개쳐두었지 뭔가.

그러고는 그녀를 원하던 그자가, 그자를 원하던 그녀를 제집으로 데려갔네.

그자는 신성한 제단에서 신들에게 사태를 푸짐하게 태워 바쳤고,

옷감이니 황금이니 선물도 주렁주렁 매달아놓았다더군.

그 기백으로는 바랄 수도 없었던, 엄청난 일을 해냈으니까.   275

그때 아트레우스의 아들과 나, 이렇게 우리는 트로이아로부터 함께

항해하며 돌아오고 있었지, 서로의 우정을 알고 있던 사이였으니까.

그런데 우리가 아테나이의 곶, 신성한 수니온에 닿았을 때,

그곳에서 메넬라오스의 조타수, 프로니스의 아들 오네토르에게

포이보스 아폴론께서 부드럽게 쏘아 날리는 무기들로 다가와 280
목숨을 앗아 가셨다네. 달리던 배의 방향타를 두 손에 쥔 채였지.
폭풍이 맹렬히 몰아칠 때마다, 배의 키를 잡는 일만큼은
그 사람이 인간 종족 중 누구보다도 나았어.
그래서 메넬라오스도 비록 갈 길은 시급했지만, 전우의 장례를 지내주고
장례 기념물을 바치느라 거기에 발이 묶인 걸세. 285
그런데 다시 그가 속이 빈 배들을 타고 포도줏빛 바다 위를 지나
가파른 말레아곶까지 내달려 왔을 때였네. 그때, 그에게
두루 살피시는 제우스께서 가증스러운 여행을 궁리해내셨지.
날 선 소리 내는 바람들의 입김이 쏟아져 내리기 시작했어.
파도는 산맥이라도 된 듯 어마어마하게 부풀어 올랐지. 290
거기서 그분은 함대를 둘로 쪼개놓고 한 무리를 크레테로 몰고 가셨다네.
그곳은 퀴돈 사람들이 이아르다노스강 줄기 양편에 살던 곳이야.
거기 안개 덮인 바다에 있는 고르튄의 끝자락에는
매끈하고 가파른 암벽 하나가 소금 물결 안쪽으로 나와 있어.
거기서 노토스(남풍)가 거대한 파도들을 왼편 곶으로, 파이스토스를 향해 295
밀어붙였지, 그 거대한 파도들과 맞서 그저 작은 바위 하나가 저항했을 뿐.
그런데 그 배들이 글쎄 그리로 간 거야. 사람들이야 서두르며 파멸을
피해 갔지만, 배들은 바다로 돌출한 그 암벽 앞에서 파도들이 부숴버렸지.
한편, 뱃머리가 검푸른 다섯 척의 배들은
바람과 물이 아이귑토스까지 몰아다 주었고. 300
그렇게 그 사람은 다른 말을 쓰는 사람들 사이에서 배들을 타고 돌아다니며
그곳에서 재산이며 황금을 적잖이 모았어.

그러는 사이에 집에서는 아이기스토스가 바로 그 사악한 짓을 꾀했지 뭔가.

아트레우스의 아들을 살해한 다음, 그자는 황금이 넘치는 뮈케네에서

칠 년 동안이나 왕 노릇을 했고, 백성들은 그자 밑에 짓눌렸지.   305

그러다 팔 년째에, 신과 같은 오레스테스가 그자에게 액운이 되어

아테나이로부터 돌아왔고, 제 아비를 죽인 자, 그 간교한 아이기스토스,

그 이름 높은 아비를 잡아 죽인 자를 살해한 걸세.

그런데 웬걸, 그 아이는 그자를 죽이고 나서 아르고스인들에게 장례 잔치를

베풀었어. 그 밉살맞은 어미와 약해빠진 아이기스토스를 위해서.   310

마침 바로 그날, 함성에 능한 메넬라오스가 그 아이에게 온 거고,

배들이 싣고 올 수 있는 만큼 허다한 재물을 갖고서 말일세.

그러니 자네도, 내 사람아, 재산은 물론이거니와 그렇게나 무도한 인간들을

자네 집에 내버려둔 채로, 집 떠나 멀리서 그리 오래 떠돌지는 말게나.

그자들이 재산을 나눈 다음 그 모든 걸 먹어치우게 될까,   315

그래서 자네가 헛된 여행길을 밟은 격이 될까 걱정이네.

그럼에도 나는, 자네더러 메넬라오스에게 가라고 재촉함세, 이건 명령이라네.

그이는 타지에서 막 돌아온 참이지. 누가 되었든 일단 폭풍이

그토록 거대한 난바다로 정처 없이 몰아가버리면,

되돌아오리라고는 기백으로 도저히 바랄 수조차 없는,   320

그런 곳에 있는 사람들로부터 말일세. 그곳은 큰 새들조차도 그해 안에는

돌아올 수가 없는, 거대하고 두려운 곳이니까.

자, 일단 자네 배를 타고, 자네 동료들과 함께 당장 가보게.

만약 자네가 육로로 가고 싶다면, 자네를 위해 전차와 말들이 마련되어 있네.

그리고 금발의 메넬라오스가 있는, 신과 같은 라케다이몬[21]으로   325

21 스파르타의 다른 이름.

자네를 위해 길잡이를 맡을 내 아들들도 곁에 있다네.
틀림없이 이야기해달라고, 그이에게 직접 청해보게.
그이는 허튼소리를 할 리 없어, 몹시 지혜로운 사람이니까."

그가 이렇게 말하자, 마침 헬리오스가 가라앉고 어둠이 다가왔다.
그러자 빛나는 눈의 여신 아테네가 그들 사이에서 말하기 시작했다.   330
   "노인장, 해주신 말씀이 정말이지 이치에 잘 맞습니다.
자, 그대들은 저 혀들을 잘라내시고, 포도주를 섞어주십시오.
포세이돈께, 그리고 죽음을 모르는 다른 분들께 헌주한 다음
잠자리에 들 생각을 할 수 있도록 말입니다. 그래야 할 시간이니까요.
빛은 벌써 어둠 속으로 들어가버렸습니다. 신들의 잔치에   335
너무 오래 앉아 있는 것도 당치 않은 일입니다. 이럴 게 아니라 가시지요."

제우스의 딸이 이렇게 입을 열자, 그들도 귀를 기울였다.
전령들은 그들의 손에 물을 부어주었고,
젊은이들은 술동이를 마실 것으로 가득히 채운 다음,
헌주를 위해 잔에 담아 모두에게 나누어주었다.   340
그들은 혀들을 불 속에 던져 넣은 다음, 자리에서 일어나 술을 따라 부었다.
그들이 술을 바치고 기백이 원하는 만큼 마신 다음,
아테네, 그리고 신을 닮은 텔레마코스는
둘 다 속이 빈 배를 향해 가고자 서둘렀다.
그러나 네스토르는 그들을 제지하며 말로 다그쳤다.   345
   "제우스와 죽음을 모르는 다른 신들께서는
그대들이 내 곁을 떠나 빠른 배로 가는 그 일만큼은 막아내 주소서!
온통 헐벗은 데다가 궁핍하기까지 해서, 그 집에

자기도 손님들도 푸근하게 덮고 잘 만한

외투와 담요가 넉넉지 않은 사람 곁을 떠나듯이 말이오.　　　　　350

그러긴커녕 내게는 근사한 외투며 담요들이 있다오.

그 사람 오뒷세우스의 친아들이 배 갑판 위에 눕다니

안 되고말고, 내게 목숨이 붙어 있는 한! 또 그 이후라도

내 집에 오는 이 그 누구든 손님들로 맞이하기 위해

내 자식들이 이 궁전 안에 남아 있는 한!”　　　　　　　355

그러자 이번에는 그에게 빛나는 눈의 여신 아테네가 말하였다.

　“그 말씀 참으로 잘하셨습니다, 우리 어르신. 텔레마코스가

어르신 뜻을 따르는 게 낫겠군요. 그러는 쪽이 훨씬 더 좋으니까요.

자, 이제 그만 이 친구는 어르신을 따라가서 어르신의 궁전에서

자게 하지요. 다만 저는 검은 배로 가렵니다.　　　　　　　360

전우들을 독려하고, 한 명 한 명에게 이를 말이 있어서요.

저들 중에서는 저 혼자만 나이가 더 많다고 자부하는 바입니다.

다른 이들은 우정으로 동행해준 젊은이들이고,

기상이 웅대한 텔레마코스와 모두 동갑내기들입니다.

일단 저는 거기서 속이 빈 검은 배 곁에 누우렵니다.　　　　365

그리고 새벽녘엔 웅대한 기상을 품은 카우코네스 사람들에게로

갈 겁니다. 그곳 사람들은 제게 어제오늘 것 아닌 적잖은 빚을

지고 있답니다. 그리고 이 친구는 어르신 댁으로 왔으니 아드님 한 분을 붙여

전차에 태워 보내주셨으면 합니다. 말들은, 가지고 계신 것들 중

가장 날렵하게 달리고 힘도 가장 좋은 녀석들로 내어주십시오.”　　370

이렇게 말하고 나서 빛나는 눈의 아테네가 독수리의 모습을 한 채

떠나가자, 이를 보고 있던 모든 이들을[22] 경악이 사로잡았다.

노인도 이를 두 눈으로 보고선 경이로워하며

텔레마코스의 손을 쥐더니 이름을 부르며 말을 꺼내었다.

　"내 사람아, 바라건대 자네는 몹쓸 자도, 무능한 자도 되지 않을 걸세! 375

이렇게 젊은 자네에게 신들께서 동행이 되어 따라와주시잖나.

올륌포스에 거처를 두신 분들 중 저분은 다름 아닌 바로

제우스의 따님, 지극히 영예로우신 트리토게네이아[23]라네. 저분은

아르고스인들 사이에서 자네의 훌륭한 아버지에게 명예를 내리시곤 했어.

여왕이시여, 자비를 비나이다, 제게도 고귀한 명성을 주옵소서, 380

제 자신에게, 그리고 제 자식들과, 삼가 마땅한 제 아내에게도!

저는 임을 위해 아직 길들이지 않아 사람이 멍에 아래로 이끌고 간 적 없는

이마 너른 한살 송아지 한 마리를 바치겠나이다.

그 송아지를 임을 위해 바치되, 뿔은 황금으로 덮겠나이다."

이렇게 그가 기도하며 말할 때, 팔라스 아테네는 그의 말을 듣고 있었다. 385

전차를 타는 게레니아의 네스토르는 아들들과 사위들을

이끌고 그의 아름다운 집으로 나아갔다.

그들은 이 통치자의 이름 높은 집에 이르러

장의자며 팔걸이의자에 차례대로 자리 잡았고,

그들이 오자 노인은 그들에게 술동이에 390

달콤한 포도주를 섞어주니 이것은 시녀가

22　"이를 보고 있던 모든 이들을" 대신 "모든 아카이아인들을"이라고 기록된 사본들도 있다.

23　아테네의 또 다른 이름. 트리톤(Triton)에서 태어났다는 뜻인데, 정작 트리톤이 무엇인지는 불명이며, 강이나 샘물의 이름 정도로 추정하고 있다.

십일 년 만에 덮개를 풀고 열어준 것이었다.

노인은 이것을 술동이에 섞었고, 아이기스를 지닌 제우스의 딸

아테네를 위해 술을 따라 부으며 수없이 기도하였다.

그들은 술을 바치고 기백이 원하는 만큼 마신 다음,   395

각자 집으로 자리에 누우러 걸음을 옮겼다.

전차를 타는 게레니아의 네스토르는 신과 같은 오뒷세우스의 친아들

텔레마코스를 소리가 울려 퍼지는 주랑 아래

구멍을 잘 뚫어놓은 침대에 재웠다. 그의 곁에는

훌륭한 물푸레나무 창을 들고 사람들을 다스리는 페이시스트라토스가   400

있었으니, 그는 이 궁전의 자녀들 중 아직 결혼하지 않은 젊은이였다.

네스토르 본인은 지붕이 높다란 집 가장 깊은 곳에서 잠들었고,

안주인인 그의 아내가 그를 위해 이부자리를 봐주었다.

이른 나절 태어난, 장밋빛 손가락의 에오스(새벽)가 모습을 드러내자

전차를 타는 게레니아의 네스토르가 침대에서 몸을 일으키더니   405

바깥으로 나와 매끈한 바위 위에 앉았다.

높다랗게 솟은 대문 앞에 놓인 그 바위는

기름을 먹여 뽀얗게 빛나고 있었고,

예전에는 신과 맞먹는 조언자 넬레우스가 그 위에 앉곤 했다.

하지만 그는 이미 죽음의 여신에게 제압되어 하데스로 떠나갔고,   410

이제는 아카이아인들을 지키는 게레니아의 네스토르가

지휘봉을 쥐고 앉아 있었다. 또 아들들이 모두 방에서 나와

그의 주위로 모여드니, 에케프론과 스트라티오스, 그리고

페르세우스, 아레토스, 또 신과 맞먹는 트라쉬메데스였다.

그들 중에서 여섯 번째로 영웅 페이시스트라토스가 나왔고,   415

그들은 신을 닮은 텔레마코스를 데려와 그의 곁에 앉혔다.

그들 사이에서 전차를 타는 게레니아의 네스토르가 이야기를 꺼내었다.

　"서둘러 내게 소원 하나 들어들 다오, 아이들아.

나는 무엇보다도 먼저 신들 중에서 아테네의 심기를 달래드리련다.

신의 풍성한 잔치에 그분이 내게 모습을 드러내고 오셨단 말이다.　　　　420

자, 한 명은 들판으로 소 있는 데까지 가서 최대한 빨리

오게 하되, 소들을 돌볼 줄 아는 사람이 몰아오게 하려무나.

그리고 다른 한 명은 기상이 웅대한 텔레마코스의 검은 배로 가서

그 동료들을 모조리 데려오되, 단 두 사람만 남겨두어라.

또 하나는 황금 세공사 라에르케스더러 이리로 오라고 명해다오,　　　　425

그이가 소뿔을 황금으로 덮도록 말이야.

나머지는 다들 여기 남아서 안에다 시녀들에게 일러

명성이 자자한 이 집 곳곳에서 잔치를 준비한 다음

의자들과 장작들을 둘러놓고 반짝이는 물을 가져오라 하여라."

그가 이렇게 말하자, 그들 모두가 바지런히 움직이기 시작했다.　　　　430

들판에서는 소가 왔고, 균형이 잘 잡힌 빠른 배로부터는

웅대한 기상을 품은 텔레마코스의 동료들이 왔다. 한편, 세공사는

솜씨를 부릴 도구들로 청동 장비들을 두 손에 들고 오니

모루며 망치, 그리고 잘 만든 불집게였고, 이것들을 가지고

황금을 가공하였다. 아테네도 제물을 마주하러 왔다.　　　　435

전차를 타고 싸우는 네스토르 노인이 황금을 건네자

그 세공사는 이를 손질해가며 소뿔들을 두루 감싸기 시작했으니

여신이 이 선물을 보며 기쁨을 누리게 하기 위함이었다.

스트라티오스와 신과 같은 에케프론은 뿔을 쥐고 소를 끌고 왔으며,

80

네스토르, 아테네에게 제사를 바치다

─────────

전날 자신이 준비한 헤카톰베에
텔레마코스와 함께 왔던 이가 아테네
여신이라는 것을 알게 된 네스토르는
그녀를 위해 제사를 바친다. 성대한
제사를 받아도 모자랄 여신을 몰라보고
도리어 기도까지 바치라고 했으니,
어떻게든 여신의 심기를 달래야 했을
것이다. 이렇게 아테네의 면이 세워지고,
텔레마코스의 퓔로스 방문의 시작과 끝은
제의로 감싸진다.

제임스 니글, 에칭, 1805

아레토스는 방에서 꽃무늬 아로새긴 대야에 손 씻을 물을 담아 와서   440
그들에게로 오니 다른 손에는 보리 담긴 바구니를 쥐고 있었다.
싸움에서 한결같은 트라쉬메데스가 소를 내리치려고
손에 날 선 도끼를 쥔 채 곁에 다가서 있는가 하면,
페르세우스는 피 받을 대접을 들고 있었다. 전차를 타고 싸우는
네스토르 노인은 물로 손을 씻고 보리를 뿌리면서 시작하더니   445
소머리에서 터럭을 잘라 불 속에 던져 넣으며 아테네에게
수없이 기도하였다. 그들이 기도를 하고 보리를 뿌리고 나자
네스토르의 기세등등한 아들 트라쉬메데스가 곁에 서 있다가
즉시 내리쳤고, 도끼가 목 힘줄들을 끊어버리며
소의 기운을 풀어버리자, 딸들과 며느리들, 그리고   450
클뤼메노스의 딸들 중 맏이이자 네스토르의
삼가 마땅한 아내가 환호성을 터뜨렸다.
그런 다음 그들이 넓찍한 길이 난 대지로부터 제물을 들어 올리자
사람들을 다스리는 페이시스트라토스는 멱을 땄다.
제물에서 새카만 피가 흘러나오고 목숨이 뼈에서 떠나가자   455
그들은 즉시 제물을 토막 내고 곧바로 사태 부위를 썰어내니
어느 하나 법식에 어긋남이 없었고 두 겹으로 접어
비계로 감아 그 위에 날고기를 얹어놓았다.
그러자 노인은 이를 숯불 위에 구워가며 불꽃 같은 포도주를 그 위에 부었고,
그의 곁에 선 젊은이들은 끝이 다섯으로 갈라진 집게를 손에 쥐고 있었다.   460
사태가 골고루 구워지자, 내장을 먹어보고 나서
나머지 부분도 썰어 꼬치에 꿴 다음,
두 손에 날카로운 꼬치를 쥔 채 굽기 시작했다.

그러는 동안 고운 폴뤼카스테가 텔레마코스를 씻기고 있었으니
그녀는 넬레우스의 아들 네스토르의 막내딸이다.							465
그녀는 그를 씻기고 나서 올리브기름을 아낌없이 펴 발라준 다음
통옷과 아름다운 외투를 그에게 걸쳐주자, 그는 마치
죽음을 모르는 이들과 맞먹는 모습으로 욕조에서 걸어 나와
백성들의 목자, 네스토르의 곁으로 가서 자리에 앉았다.

한편, 그들은 살코기를 구워 꼬치에서 빼놓은 다음					470
성찬을 즐기러 자리에 앉았고, 어엿한 남자들이 바삐 움직이며
황금 잔에 포도주를 따르기 시작했다.
마침내 이들이 갈증과 허기에서 벗어나자,
전차를 타는 게레니아의 네스토르가 그들 사이에서 말하기 시작했다.
　"자, 내 아이들아, 텔레마코스를 위해 갈기 고운 말들을				475
데려와서 멍에를 지워 전차 아래 달아들 다오. 길을 뚫고 갈 수 있도록 말이야."

그가 이렇게 말하자, 그들은 그의 말을 귀담아듣고 지체 없이 따르니
날랜 말들에 멍에를 지워 전차 아래 달아놓았고,
시녀는 그 안에 빵이며 포도주에 제우스가 길러낸 왕들이
먹을 법한 찬들을 놓아두었다.							480
텔레마코스가 아름답기 그지없는 전차에 오르자
네스토르의 아들, 사람들을 다스리는 페이시스트라토스도
전차에 올라 그의 곁에 섰고 두 손엔 고삐를 쥐었다.
그가 채찍질하며 몰아가자, 두 마리 말들도 아무 거리낌 없이 날아가며
가파른 도시 퓔로스를 뒤로한 채 벌판을 향하였다.					485
말들은 양옆에 짊어진 멍에를 온종일 흔들고 있었다.

이제 헬리오스가 가라앉고, 모든 길은 그늘로 덮였다.

이들이 페라이에 이르러 디오클레스의 집으로 향하니

그는 알페이오스가 낳은 자식인 오르틸로코스의 아들이다.

이들은 그곳에서 밤을 보냈고, 그는 그들을 위해 접대를 베풀었다.   490

이른 나절 태어난, 장밋빛 손가락의 에오스(새벽)가 모습을 드러내자,

이들은 말들에 멍에를 지운 다음 공들여 만든 전차에 올라

〈소리가 울려 퍼지는 주랑과 대문을 지나 밖으로 전차를 몰았고,〉[24]

그가 채찍질하며 몰아가자, 두 마리 말들도 아무 거리낌 없이 날아갔다.

이들은 밀을 맺는 벌판으로 나아가, 그곳에서부터 길을   495

완주했으니, 날랜 말들이 그만한 일을 해낸 것이다.

이제 헬리오스가 가라앉고, 모든 길은 그늘로 덮였다.

24   이 행이 빠진 사본들도 있다.

4권

이들은 골짜기가 많은 라케다이몬 계곡에 이르러
영광스러운 메넬라오스의 집을 향해 달려 나갔고,
그가 자기 집에서 아들과 흠잡을 데 없는 딸의 결혼 잔치를
많은 친척들을 위해 베풀고 있는 것을 보게 되었다.
그는 전열을 무너뜨리는 아킬레우스의 아들에게 딸을 보내고 있었는데,   5
애초에 그가 트로이아에서 고개를 끄덕이며 그녀를 주겠노라
약속하였고, 신들이 그들을 위해 그 결혼을 이루어주었던 까닭이다.
그래서 그는 말들과 전차들을 딸려 그녀를 아킬레우스의 아들이 다스리고 있던
뮈르미돈 사람들의 명성 드높은 도시로 보내던 참이었다.
한편 아들을 위해서는 스파르테에서 온 알렉토르의 딸을 데려오고 있었으니,   10
그는 여종에게서 늦둥이 아들로 태어난 강력한 메가펜테스였다.
헬레네가 첫아이로 황금의 아프로디테의 모습을 한
사랑스러운 헤르미오네를 낳은 다음부터는, 신들이 그녀에게
더 이상 아이가 생기지 않도록 했던 것이다.

영광스러운 메넬라오스의 친척들과 이웃들은 지붕이 높다란   ¹⁵

커다란 집 곳곳에서 잔치를 벌이며 즐기고 있었다.

그들 가운데에서 신과 같은 가수가

수금을 타고 있었고, 공중제비 도는 사람 둘이

가무를 이끌며 한복판에서 재주를 넘고 있었다.

한편, 영웅 텔레마코스와 네스토르의 눈부신 아들 이 두 사람은   ²⁰

말 두 마리와 함께 그 집의 대문가에 서 있었다.

그런 그들을 지배자 에테오네우스가 밖으로 나오다가 보았으니

그는 영광스러운 메넬라오스의 민첩한 부하였다. 그러자 그는

백성들의 목자에게 이를 알리고자 발걸음을 옮겨 집 안을 가로질러 가더니

그에게 가까이 다가와 날개 돋친 말을 건넸다.   ²⁵

  "제우스께서 기르신 이, 메넬라오스여, 웬 낯선 자 두 명이,

그것도 두 남자가 있습니다. 둘 다 위대하신 제우스의 혈통처럼 보입니다.

그러니 분부만 하십시오, 우리가 저들을 위해 빠른 말들의 멍에를 풀어줘야 할지,

아니면 저들을 친히 맞아줄 다른 누군가에게 저들이 가도록 보내줘야 할지

  말입니다."

그러나 금발의 메넬라오스는 그에게 몹시 노여워하며 말하였다.   ³⁰

  "보에토스의 아들 에테오네우스, 자네가 전에는 이리 어리석지 않았지.

하지만 지금은 무슨 어린아이라도 된 것처럼 유치하게 말하는군.

아닌 게 아니라 우리 둘만 해도 행여 제우스께서 이제부터라도 그 곤경을

멈춰주시지 않을까 싶어, 다른 사람들이 베풀어준 수많은 대접을 받아먹어가며

여기까지 오지 않았던가! 그러니 그러지 말고 손님들의 말들을   ³⁵

풀어주고, 그분들은 잔치를 즐기실 수 있게 이 앞으로 모시거라."

86

그가 이렇게 말하자, 그는 황급히 방을 가로질러 가며

또 다른 민첩한 부하들을 불러 자기를 따라오라고 하였다.

그들은 땀에 젖은 말들을 멍에에서 풀어준 다음

말구유에 묶더니   40

그 곁에 외알밀을 뿌리며 그 위에 뽀얀 보리를 섞어주었고,

전차는 찬란한 빛을 뿜는 벽의 정면에 기대놓았다.

그리고 이들을 신과 같은 집 안으로 데려가니, 이들은

제우스가 길러낸 왕의 집을 두루 바라보며 경탄하고 있었다.

영광스러운 메넬라오스의 지붕이 높다란 집 곳곳에   45

마치 태양이나 달의 것인 듯한 광채가 서려 있던 것이다.

이들은 이를 두 눈으로 바라보며 만끽하고 난 다음

윤기 도는 욕조 안으로 들어가 몸을 씻었다.

시녀들은 그들을 씻기고 올리브기름을 발라주었고

통옷과 양털 외투를 걸쳐주었다.   50

아트레우스의 아들 메넬라오스의 곁 팔걸이의자에 이들이 자리하자

시녀 하나가 손 씻을 물을 아름다운 황금 주전자에 담아 와

은으로 만든 대야에 따라 손을 씻게 해주었고,

매끈한 식탁도 펼쳐놓았다.

염치를 아는 시녀는 일단 빵을 가져와 차려놓았고   55

갖은 먹거리를 있는 대로 베풀며 상차림을 더했다.

〈그런가 하면 고기 맡은 이는 살코기를 부위마다 골고루 담은 접시를

차려 올렸고, 그들을 위해 황금 잔들도 곁에 놓았다.〉[25]

금발의 메넬라오스는 이 두 사람을 반기며 말을 건네었다.

---

25   이 두 행이 빠진 사본들도 있다.

"음식에 손을 내밀어 즐기셨으면 합니다. 물론 두 분께서   60
식사를 드시고 나면, 인간들 가운데 그대들 두 분이 과연 뉘신지
저희도 여쭈렵니다, 다름 아닌 그대들에게서 부모님들의 혈통은 사라지지
않았을뿐더러, 제우스께서 길러주신, 지휘봉을 쥔 왕가의 혈통이니까요.
비루한 자들은 그대들 같은 자녀들을 낳지 못한답니다."

그는 이렇게 말하며 기름진 쇠 등심구이를 양손에 쥐고 그들을 위해   65
곁에 차려주니, 이것은 시종들이 자신의 명예를 기리며 차려준 것이었다.
그들은 준비되어 차려진 음식 쪽으로 손을 내밀기 시작했다.
마침내 이들이 갈증과 허기에서 벗어나자,
텔레마코스는 네스토르의 아들을 부르며
남들이 들어 알지 못하게끔 머리를 가까이 대고 말하였다.   70
    "네스토르의 아들이여, 이 내 심중에 반갑기 그지없는 이여.
청동과 황금, 호박, 그리고 은과 상아가 비추는 섬광이, 소리가 울려 퍼지는
이 집 안 곳곳에 퍼진 것을 잘 봐요. 모르긴 몰라도 올림포스에 계신
제우스의 궁정이나 되어야 이렇지 않을까 싶어요. 그만큼 이런 것들이
이루 말할 수 없이 많군요. 보고 있자니 경외심이 나를 사로잡는다오."   75

그러나 금발의 메넬라오스는 그가 말하는 것을 알아듣고는
그들에게 날개 돋친 말을 건네었다.
    "내 아들들이여, 분명히 말해두지요. 죽게 마련인 인간들 중에선
그 누구도 제우스와 겨룰 수 없어요. 그분의 집도 재산도 소멸을 모르니까요.
하지만 인간들 중에서라면 재산을 두고 저와 겨룰 수 있는 사람도 있겠고,   80
그렇지 않은 자도 있겠지요. 정말이지 저는 많은 일을 겪고, 많이도 떠돌다가
팔 년째 되던 해에야 이것들을 배에 싣고 오게 되었답니다.

88

저는 퀴프로스와 포이니키아, 그리고 아이귑토스를 떠돌다가
아이티옵스인들에게도 갔고, 시돈인, 에렘보스인들에게도 갔지요.
그뿐이겠소, 리뷔아까지 갔답니다. 거기선 새끼 양들이 태어나자마자   85
뿔을 달고, 어미 양들은 일 년에 새끼를 세 차례나 칩디다.
거기선 왕에게도 목자에게도 치즈와 고기,
그리고 달콤한 젖이 모자라는 법이 없어요.
양들이 짤 젖을 언제든지 차고 넘치도록 주니까요.
저야 살림거리를 많이 모아가며 두루 떠돌았지만   90
그러는 동안 다른 사람이 제 형님을 쳐 죽였답니다.
그것도 남몰래, 난데없이, 그분의 저주받을 아내가 꾸민 흉계로!
그러니 이만한 재산을 거느리고 살아도 제겐 도무지 낙이라고는 없지요.
그대들의 부친들이 여전히 계시다면, 그대들도 그분들께 이 일을
들어봤을 겁니다. 저는 참으로 많은 일을 겪었고, 멀쩡하게 잘만 살고 있던   95
집도 잃어버렸으니까요, 좋은 것들을 많이도 간직하고 있던 그 집을.
내 몫으로 이것들의 삼분의 일만 가지고 그 집에서 살 수만 있다면,
또 그 사람들이 무사히 살아만 있다면 얼마나 좋았을까요, 말들이 풀을 뜯는
아르고스에서 멀리 떨어진, 그 드넓은 트로이아에서 그때 파멸한 이들 말입니다.
그러나 그럼에도, 저는 저희 궁전에 앉아 그 모든 이들을 두고   100
수없이 탄식하며 눈물을 흘립니다.
어떤 때에는 통곡으로 심중에서 기쁨을 누리다가도, 어느샌가 또
그치곤 하지요. 얼어붙을 것만 같은 통곡에는 금세 싫증이 나니까요.
하지만 제가 아무리 탄식한다 한들, 그 모두를 그 사람 하나만큼
애달파하진 않습니다. 그이를 떠올릴 때면 잠도 음식도   105
진저리가 납디다. 아카이아인들 중 어느 누구도 오뒷세우스가
고생하고 참아낸 것만큼 애쓴 사람은 없지요. 괴로움이야 그이 본인에게

닥치겠지만, 그 사람이 이미 오래도록 떠나고 없고, 살아는 있는지
아니면 죽었는지 우리가 알 도리가 없으니, 영영 지울 수 없는 슬픔은
제게로 닥칩니다. 아마 라에르테스 어르신과 더없이 지혜로운 페넬로페가,   110
그리고 핏덩이인 채로 그이가 집에 두고 온 텔레마코스도
그이를 두고 여전히 탄식하고 있겠지요."

메넬라오스는 이렇게 말하며 그에게 제 아버지를 두고 통곡하고 싶은 욕망을
불러일으켰다. 아버지에 대한 말을 듣자, 그의 눈꺼풀에서 눈물이
바닥으로 떨어졌고, 그는 양손으로 검붉은 외투를 들어 올려   115
두 눈 앞에 두었다. 그러나 메넬라오스는 이를 알아차리고
그가 직접 제 아버지를 떠올리도록 놔두어야 할지,
아니면 자신이 먼저 물어보며 일일이 떠보아야 할지를 두고
헤아림을 다해, 온 심정을 다해 저울질하며 궁리하였다.

그가 이 일을 두고 헤아림을 다해, 온 심정을 다해 근심하는 동안,   120
헬레네가 지붕이 높다란 향기로운 방에서 걸어 나오니,
그 모습은 마치 황금 물렛가락의 아르테미스와 같았다.
함께 있던 아드레스테는 그녀를 위해 잘 만든 장의자를 놓아주었고
알킵페는 보드라운 양털 깔개를 가져왔다.
필로는 은 광주리를 가져왔는데, 이는 아이귑토스의 테베에 살던   125
폴뤼보스의 아내 알칸드레가 그녀를 위해 준 것이었고, 그 집에는
엄청나게 많은 재산이 놓여 있었다. 폴뤼보스는
메넬라오스에게 은으로 만든 욕조 둘에 세발솥 둘,
그리고 황금 열 탈란톤[26]을 주었을 뿐 아니라 아내인
헬레네에게도 따로 황금 물렛가락이며 아래엔 바퀴가 달리고   130

테두리는 황금으로 마감된 은 바구니 같은

아름다운 선물들을 선사하였다.

그 바구니를 시녀 퓔로가 그녀에게 가져와 곁에 놓아두니

안에는 곱게 자아낸 실이 그득하였고, 바구니 위에는

물렛가락이 제비꽃처럼 짙은 양털을 품고 누워 있었다.   135

그녀는 장의자에 앉았고, 그 아래에는 발받침이 있었다.

그러자 그녀는 곧바로 남편에게 하나하나 물어가며 말하였다.

　"우리가 정말 알고 있는 걸까요, 제우스께서 길러주신 메넬라오스여,

우리 집에 온 이분들이 인간들 중에서 과연 누구라고 자부하고 있는지?

제가 헛짚는 걸까요, 아니면 진실을 말하는 걸까요? 모르긴 몰라도   140

제 기백이 제게 명령하고 있어요. 보고 있자니 경외심이 저를 사로잡는군요,

말씀드리거니와, 저는 지금껏 남자든 여자든,

이분이 웅대한 기상을 품은 오뒷세우스의 아들

텔레마코스와 닮은 것만큼 그렇게까지 닮은 사람을 본 적이 없어요.

개의 낯짝을 단 제 탓에 아카이아인들이 대담한 전쟁을 치를 일념으로   145

트로이아로 왔을 적에, 그 사나이는 아들을 핏덩이인 채로 집에 두고 왔지요."

그러자 이번에는 그녀에게 금발의 메넬라오스가 말하였다.

　"나도 마침 그렇게 여기고 있었어요, 부인, 당신이 여기는 바대로요.

그이의 두 발도 저랬고, 두 손도 저랬지요.

저 눈매하며, 머리도, 그 위의 머리칼도 저랬고요.   150

게다가 지금은 말입니다, 내가 오뒷세우스를 떠올리며

그이가 나를 위해 얼마나 고생하고 애썼는지 이야기하던 중이었는데,

26　무게의 단위이나, 상당한 양이라는 것만 짐작할 뿐 정확히는 알 수 없다.

이분이 그만 눈썹 밑으로 쓰린 눈물을 쏟기 시작하더니
검붉은 외투를 들어 올려 두 눈 앞에 두지 뭡니까.”

그러자 이번에는 네스토르의 아들 페이시스트라토스가 맞받아 대답하였다.   155
    “아트레우스의 아드님, 제우스께서 기르신 메넬라오스여, 백성들을
다스리는 분이여, 아닌 게 아니라 이 사람은 그분의 아드님이 맞습니다,
말씀하신 바대로입니다. 하나 이 사람은 지혜롭기에, 와서 처음 뵙는 마당에,
또 마치 신이 해주시는 것만 같은 당신의 말씀으로 저희가 기쁨을 누리는 중에
그대 면전에서 아무 말이나 떠벌리는 게 당치 않다고 기백으로 여기는 게지요.   160
한편, 이 사람과 동행하며 길을 안내하라고 저를 보내신 분은 전차를 타는
게레니아의 네스토르이십니다. 이 사람은 당신께서 한마디 말씀으로든,
행동 하나로든 가르침을 주시지 않을까 싶어 당신을 꼭 뵙고자 했습니다.
아버지가 떠나고 안 계시고, 도움이 될 다른 사람들도 없다면
자식은 집 안에서 많은 고통을 떠안게 마련이지요. 마치 지금   165
텔레마코스에게도 그분이 떠나고 안 계신 것처럼 말입니다. 그리고
온 나라를 뒤져보아도 그를 위해 재앙을 막아줄 다른 사람은 하나도 없습니다.”

그러자 이번에는 그에게 금발의 메넬라오스가 말하였다.
    “아아, 이럴 수가! 정녕 내 친애하는 사람의 아들이
내 집에 왔단 말인가! 내 탓으로 그이는 수많은 싸움에서 고생을 치렀지.   170
두루 살피시는 올림포스의 제우스께서 우리 두 사람이 소금 물결 위로
빠른 배를 타고 귀향하는 것을 이루어만 주신다면, 나 돌아올 그이를
다른 어떤 아르고스인들보다도 월등히 더 아끼겠노라고 말하곤 했지.
그뿐이겠는가, 그이가 지낼 수 있도록 아르고스에서 도시 하나를 내어주고
집을 마련해주는 건 물론, 나 자신의 다스림을 받는 근방의 도시들 중   175

하나를 통째로 비워낸 다음 이타카로부터 그의 재산과, 자식과,
모든 백성을 데리고 왔을 것이야, 그이를 위해서. 그랬더라면
우리는 여기에 있으면서 자주 서로 오갔을 테지.
그리고 죽음의 먹구름이 뒤덮기 전까지는
세상 무엇도 우리 둘의 정과 낙을 갈라놓지 못했을 거다.   180
그러나 그런 일을, 어떤 신께서 몸소 언짢아하시고
불운한 그이 혼자서만 돌아오지 못하게 하신 것이 분명하구나."

그가 이렇게 말하며 모두에게 통곡하고 싶은 욕망을 불러일으키자,
제우스에게서 태어난 아르고스의 헬레네가 오열하기 시작했고,
텔레마코스도, 아트레우스의 아들 메넬라오스도 오열하기 시작했다.   185
네스토르의 아들의 두 눈에도 눈물이 맺히지 않은 건 아니었으나
그가 온 심정을 다해 떠올린 것은 눈이 부시도록 광채를 뿜어내는
에오스(새벽)의 아들이 쳐 죽인, 흠잡을 데 없는 안틸로코스였다.
그는 그이를 떠올리며 날개 돋친 말을 건네었다.
    "아트레우스의 아드님, 저희가 네스토르 노인의 궁전에서   190
그대를 떠올리거나 서로에게 물어볼 때면, 그분께서는 죽어야 할 인간들 중
그대야말로 단연 지혜롭다고 말씀하곤 하셨답니다. 하지만 이번만큼은,
혹시라도 그러실 수 있다면, 제 말씀대로 해주십사 합니다. 적어도 제게는
식사 중에 비탄에 잠기는 것이 영 탐탁지가 않아서 그렇습니다. 게다가
이른 나절 태어난 에오스(새벽)도 오려고 하니까요. 그렇다고 해서 죽어야 할   195
인간들 중 운명을 마주하여 숨을 거둔 사람을 두고 통곡하는 것을
나무라는 건 절대 아닙니다. 죽어야 할, 가련한 인간들에게는 그저 머리칼을
잘라내고 두 뺨 위로 눈물을 떨어뜨리는 것 말고는 달리 명예가 없지요.
아르고스인들 중에서 결코 가장 못난 자가 아니었던 제 형님도

목숨을 잃었답니다. 그대도 모르실 리 없겠지요. 저는 형님을 만난 적도   200
뵌 적도 없습니다만, 사람들이 말하더군요, 안틸로코스가 빨리 달리기는
물론이요 전사로서도 남들보다 월등했노라고요."

그러자 이번에는 그에게 금발의 메넬라오스가 말하였다.
　　"친구여, 지혜로운 데다가 연배도 더 많은 사람이
다루며 말할 법한, 그만한 이야기를 자네가 해주었네.   205
바로 그러한 아버님에게서 태어났으니, 자네 역시 지혜롭게 말하는 걸세.
크로노스의 아드님께서 결혼에서도, 출생에서도 복을 자아주신
그런 사람의 자식은 쉬이 알아보기 마련이지.
마치 그분께서 네스토르를 위해 날마다 그침 없이 선사하셨듯이 말이네.
네스토르 본인은 궁전에서 윤택하게 연세 드시고 있고,   210
아드님들은 진중한 데다가 창 솜씨들도 뛰어나잖은가.
좀 전에 쏟아졌던 눈물이야 이제 우리 놔두고,
다시금 저녁 식사를 떠올려보세나. 저들더러는 우리 손에
물을 붓게 하세. 이야기야 동이 트면 나와 텔레마코스
서로에게서 충분히 오갈 테니까."   215

그가 이렇게 말하자, 영광스러운 메넬라오스의 민첩한 부하
아스팔리온이 손마다 물을 붓기 시작했고
그들은 준비되어 차려진 음식 쪽으로 손을 내밀기 시작했다.
그러자 이번에는 제우스에게서 태어난 헬레네가 문득 다른 것을 떠올리니
그들이 마시려던 포도주에 대뜸 약초를 뿌린 것이다.   220
설움이 가시고 노여움이 가시는, 나쁜 것이라고는 모조리 잊게 해주는
이 약초가 일단 술동이에 섞이고 나면, 이것을 삼키는 자는

그 한나절 동안만큼은 두 뺨에서 눈물이 흐르지 않는다,

설령 어머니와 아버지가 둘 다 목숨을 잃는다 해도,

설령 그의 형제나 친아들이 면전에서 청동에 찢겨 죽는 것을   225

두 눈으로 본다고 할지라도.

제우스의 딸은 이처럼 지혜가 가득 담긴, 훌륭한 약초들을

가지고 있었으니, 이는 토온의 아내인 아이귑토스 사람 폴뤼담나가

그녀에게 준 것이었다. 그곳에서는 곡식을 안겨주는 들판이

수많은 약초들을 길러내는데, 훌륭한 것도 많이, 해로운 것도 많이   230

섞여 있었다. 그들은 하나하나가 다 모든 인간을 능가하는

노련한 의사였으니, 그들이 파이에온[27]의 혈통이었기 때문이다.

그녀는 약초를 집어넣고 포도주를 따르도록 명한 다음,

다시금 이런 이야기들로 대답하며 말하였다.

　"아트레우스의 아드님, 제우스께서 길러주신 메넬라오스여, 그리고   235

훌륭하신 분들의 자제들이여, 신은 어쩌다 이 사람에게, 또 어쩌다 저 사람에게

좋은 것도 주고 나쁜 것도 주십니다, 제우스께서요. 무엇이든 할 수 있는 분

　이니까요.

그러니 이제 그대들은 이 궁전에 앉아 잔치를 즐기시고 이야기들로

낙을 누리세요. 제가 어울리는 이야기를 들려드릴 테니까요.

심중에서 견뎌내는 오뒷세우스가 치러낸 싸움이 과연 얼마나 많은지   240

도무지 저로서는 다 말할 수도 없고, 일일이 이름을 댈 수도 없지요.

하지만 그대들 아카이아인들이 재앙을 겪었던 트로이아인들의 나라에서

그 강력한 사내가 견뎌내고 이루었던 일 정도는 말할 수 있답니다.

그분은 당치도 않은 매질에 스스로를 내어주더니

27　신들을 치료하는 신으로 알려져 있으며, 때로 아폴론과 동일시되기도 한다.

두 어깨에는 마치 하인이라도 된 듯 형편없는 헝겊 쪼가리를 걸치곤   245
적의를 품은 사내들의, 널찍한 길이 난 도시로 잠입했어요.
그분은 마치 다른 사람이 된 듯이 스스로를 가린 거죠, 거지로요.
물론 아카이아인들의 배들 곁에선 전혀 그런 분이 아니었지만요.
그분이 그런 꼴을 하고 트로이아인들의 도시로 잠입했으니, 그분께
말 한마디 건넨 사람조차 없었지요. 하지만 그런 모습임에도 저 혼자   250
그분을 알아보았고, 묻고 또 물었지만 그분은 교묘하게 피하려 하더군요.
그러나 저는 그분을 씻기고 올리브기름을 발라드린 다음
옷을 둘러드리고는 강력하게 맹세했지요,
적어도 그분이 빠른 배들과 막사에 다다르기 전에는
그분이 오뒷세우스라는 걸 트로이아인들 사이에서 밝히지 않겠노라고요.   255
그제야 그분은 아카이아인들의 노림수를 제게 모두 설명해주더군요.
그분은 길게 날 선 청동으로 많은 트로이아인들을 죽인 다음
많은 첩보를 지니고 아르고스인들이 있는 곳으로 돌아갔답니다.
그때 트로이아의 다른 여인들은 날카롭게 비명을 질러댔지만, 제 심장은
흡족했지요. 이미 제 심장은 집으로 되돌아가는 쪽으로   260
돌아서 있었으니까요.제 딸아이와, 침실과,
사려를 보나 풍채를 보나 누구에게도 모자람 없는 제 남편을 등진 채
사랑하는 고향 땅을 떠나 그리로 아프로디테께서 저를 이끌고 갔을 때
그녀가 내려주신 그 아테(맹목)를 저는 뒤늦게 한탄하고 있었던 거지요.”

그러자 금발의 메넬라오스가 그녀에게 대답하며 말하였다.   265
    “그래요, 여보, 당신은 정말 이 모든 걸 이치에 맞게 말해주셨소.
진작에 나도 허다한 영웅들의 뜻과 심성을 깨친 바 있고
숱한 나라들에 가 닿아보았지만

그 심중에서 견뎌내는 오뒷세우스의 심장만 한 것은

나 이 두 눈으로 결코 본 적이 없지요, 아무렴. 270

심지어 깎아 만든 말 안에서 그 강력한 사내가 견뎌내고 이루어낸 그 일은

또 어떠했던가요! 아르고스인들 중 으뜸가던 우리 모두는 트로이아인들에게

죽음과 죽음의 여신을 안겨주고자 거기에 자리 잡고 있었지요.

그러자 그리로 다가온 건 다름 아닌 당신이었소. 모르긴 몰라도 어떤 신이

트로이아인들에게 영예를 내리기로 작정하고 당신을 움직였나 보오. 275

게다가 그리로 온 당신에게는 신을 닮은 데이포보스가 따라왔지요.

세 차례나 당신은 속이 빈 그 매복처를 두루 더듬어가며 둘레를 돌았고

다나오스인들 중 으뜸가던 이들의 이름을 대가며 그들을 부르고 있었어요,

아르고스인들의 아내들 하나하나의 목소리를 똑같이 내어가면서.

나는 물론이고, 튀데우스의 아들도, 신과 같은 오뒷세우스도 280

가운데에 앉아 있다가 그만 당신의 외침을 듣고 말았지 뭐요.

우리 두 사람은 밖으로 뛰쳐나가든지, 아니면 안에서라도

당장 대답하고 싶어 어쩔 줄 모를 정도로 달아올랐지만

그 간절한 바람에도 불구하고 오뒷세우스는 우리를 막아서고 붙들었답니다.

그러자 다른 모든 아카이아인들의 아들들이 입을 다물었고 285

오로지 안티클로스만이 말로 당신에게 대답하려고 들었답니다.

그러자 오뒷세우스는 그 억센 두 손으로 그의 턱을 찍어 누르기 시작했지요,

쉴 틈조차 주지 않고. 그는 모든 아카이아인들을 구해낸 겁니다.

팔라스 아테네께서 그대를 멀리 데려갈 때까지 그렇게 누르고 있었어요."

그러자 이번에는 지혜로운 텔레마코스가 그에게 대답하였다. 290

  "제우스께서 기르신 메넬라오스여, 백성들의 목자여,

더더욱 괴로울 뿐입니다. 그런 일도 그분에게 참담한 파멸을 막아주지
못했으니까요. 그분 속에 무쇠 심장이 있었다 할지라도 말입니다.
자, 이제는 저희가 잠자리에 누워 달콤한 잠으로 기운을 차릴 수 있도록
저희를 침소로 향하게 해주시지요."

295

그가 이렇게 말하자, 아르고스의 헬레네는 시녀들에게 일러
주랑에 침대를 놓고 그 위에 검붉은 고운 깔개를
깔아놓은 다음, 그 위에 담요와 양털 외투를 펼쳐
위에서 내리덮을 수 있게 하였다.
그러자 시녀들은 손에 횃불을 들고 방 밖으로 나가더니

300

침대를 마련해놓았고, 전령은 손님들을 밖으로 안내하였다.
〈영웅 텔레마코스와 네스토르의 눈부신 아들〉[28]
이 두 사람은 이 집의 바깥쪽 방에서 자리에 누웠다.
아트레우스의 아들은 지붕이 높다란 집 가장 깊은 곳에서 잠들었고,
여인들 중에서도 여신과 같은, 긴 옷을 입은 헬레네가 그의 곁에 누웠다.

305

이른 나절 태어난, 장밋빛 손가락의 에오스(새벽)가 모습을 드러내자,
함성에 능한 메넬라오스가 침대에서 몸을 일으키더니
옷을 입고 날카로운 칼을 어깨에 둘러멘 다음
윤기 도는 두 발 아래에는 아름다운 신발을 묶어 신었다.
그가 방에서 걸어 나오니, 그 모습은 신과 다를 바 없었다.

310

그는 텔레마코스의 곁에 앉더니 이름을 부르며 이렇게 말하였다.
"대체 어떤 급한 일이 자네를 여기 이 신성한 라케다이몬까지

---

28   이 행이 빠진 사본들도 있다.

98

바다의 너른 등을 타고 이끌었는가, 영웅 텔레마코스여?
공무인가, 아니면 개인적인 일인가? 내게 틀림없이 말해주게나."

그러자 이번에는 지혜로운 텔레마코스가 그에게 대답하였다.   315
　"제우스께서 기르신 메넬라오스여, 백성들의 목자여,
제가 온 까닭은, 그대가 제게 혹시 아버지의 소식을 말씀해주시지 않을까
싶어서입니다. 제 살림은 집어삼켜졌고, 기름진 소출들도 사라졌습니다.
제 집은 적의를 품은 사내들로 가득하지요. 그들은 저의 빽빽한 양 떼며
구르는 듯 걷는, 뿔이 굽은 소들을 쉴 새 없이 잡아댑니다.   320
주제넘고 분수도 모르는, 제 어머니의 구혼자들이지요. 제가 지금
그대의 무릎으로 온 것도 바로 이 때문입니다. 혹시라도 그분의 참담한
파멸을 직접 두 눈으로 보셨다면 제게 말씀해주실 의향이 있으신지요?
아니면 그분이 떠돌고 있다는 이야기라도 누군가에게 들으신 적이
있으신지요? 그분 어머니께서는 그분을 더없이 비참한 사람으로   325
낳으신 게지요. 체면이나 연민 때문에 일부러 제게 에둘러 말씀은 마시고,
부디 그대가 맞닥뜨리고 목격하신 대로, 제대로 정확하게 제게
설명해주시기를, 이렇게 빕니다. 전에 아카이아인들이 재앙을 겪었던
트로이아인들의 나라에서, 훌륭한 오뒷세우스가 말 한마디로든
행동거지 하나로든 당신께 약속하고 이뤄드린 게 뭐라도 있었다면요.   330
이제 부디 저를 보아 그것들을 떠올리시고, 제게 틀림없이 말씀해주십시오."

그러자 금발의 메넬라오스는 몹시 노여워하며 그에게 말하였다.
　"빌어먹을, 힘도 하나 없는 주제에, 꺾일 줄 모르는
그 사나이의 침대에 감히 눕기를 바라다니!
이건 마치 사슴이 갓 태어난 젖먹이 새끼들을   335

강력한 사자가 사는 덤불 속에 뉘어 재우고,

산등성이와 풀이 무성한 골짜기를 찾아 풀을 뜯으러 가면

사자가 제 보금자리로 돌아와

양쪽 모두에게 당치도 않은 운명을 안겨주는 것과 마찬가지일세.

꼭 그처럼 오뒷세우스도 그 녀석들에게 수치스러운 운명을 가져다줄 테지.   340

아버지 제우스시여, 아테네시여, 그리고 아폴론이시여,

예전에 그이가 잘 지어놓은 레스보스에서 일어서서 필로멜레이데스와

맨몸 격투를 벌이며 대결했을 적에, 거세게 내동댕이쳐서

모든 아카이아인들이 기뻐했던 때와도 같은, 꼭 그러한 모습으로

오뒷세우스가 구혼자들 틈에 섞여 들어가기만을 바라나이다!   345

그러면 하나도 빠짐없이 때 이른 운명을 맞아 쓰디�쓴 결혼이 이루어지리라!

자네가 내게 묻고 간청하는 바에, 다른 사람은 몰라도 적어도 나는

발뺌하며 딴소리를 하지도 않을 테고, 자네를 속이지도 않을 걸세.

아니고말고. 어긋남 없는 그 바다 노인이 내게 말해준 것 중에

나 자네에게 한 마디도 감추거나 숨기지 않겠네.   350

나는 이곳으로 사무치도록 오고 싶었지만, 신들은 나를 아이귑토스에

계속 묶어두셨지. 내가 그분들께 온전한 헤카톰베를 바치지 않았기 때문이야.

신들은 우리가 그 명령들을 기억하기를 늘 원하시니까.

아이귑토스 앞, 파도가 잦은 바다에

파로스라고 부르는 섬이 하나 있다네.   355

매서운 바람이 뒤편에서 숨을 불어넣어주면

속이 빈 배로 꼬박 하루 갈 만한 정도로 떨어져 있지.

거기엔 배를 대기 좋은 포구가 있어서, 사람들은 거기서

어두운 물을 긷고, 균형이 잘 잡힌 배들을 바다로 띄우곤 한다네.
신들은 나를 그곳에 스무 날 동안이나 묶어두셨어. 도대체가   360
바다를 향해 부는 바람이라고는 한 점도 일지를 않았지. 바로 그것이
바다의 너른 등 위에서 배들의 길라잡이가 되어주는데 말일세.
만일 신들 중 어떤 분이 나를 위해 눈물 흘려주시고 구해주시지 않았더라면,
그땐 길양식도, 사람들의 기운도 모조리 바닥나고 말았을 거야.
강력한 바다 노인 프로테우스의 따님 에이도테에 말일세.   365
내가 그분의 기백을 어지간히도 흔들어놓은 게지.
동료들에게서 멀리 떨어져 나 혼자 배회하던 중에 그분을 뵈었지 뭔가.
그들은 섬 전체를 두루 다니며 굽은 낚싯바늘을 써서
낚시를 하곤 했지. 굶주림이 배를 짓누르고 있었으니까.
그녀는 내게 가까이 다가서서 이런 말씀을 해주셨어.   370
'낯선 자여, 자네는 어리석은 데다가 참으로 경솔하구나.
아니면 일부러 될 대로 되라며 놔두고 고통을 겪는 걸 즐기는 건가?
자네는 이 섬에 이렇게나 오래도록 갇혀 있으면서도 무슨 단서 하나
찾아낼 능력도 없고, 동료들의 심장은 졸아들고 있잖나?'

그녀는 이렇게 말했고, 나도 그녀에게 대답하며 말했네.   375
'임께서 여신들 중 누구시든 간에, 저는 다 터놓고 말씀드리겠습니다.
저도 여기에 좋아서 갇혀 있는 게 아닙니다. 아무래도 저는
너른 하늘을 차지하고 계신, 죽음을 모르는 신들께 죄를 저지른 모양입니다.
그러니 임께서라도 제게 말씀해주십시오, 신들은 모든 걸 알고 계시니까요.
죽음을 모르는 신들 중 과연 어떤 분이 제 발목을 잡고 집으로 돌아가는 길을   380
막으신 건가요? 어찌해야 제가 물고기가 가득한 저 바다로 나아가겠나이까?'

내가 이렇게 말하자, 여신들 중의 여신께서 즉시 대답해주셨지.

'낯선 자여, 그러잖아도 내 몸소 네게 한 점 틀림없이 말해줄 작정이다.

어긋남 없는 바다 노인 한 분이 여기로 드나들곤 하는데,

그분은 아이귑토스의 프로테우스, 죽음을 모르는 신이다.　　　　　385

포세이돈의 시중을 들며, 바다란 바다의 깊이는 모조리 알고 있지.

이 몸을 낳아주신 아버지가 바로 그분이라고들 말하더구나.

만일 네가 매복해 있다가 그분을 어떻게든 붙들 수만 있다면,

그분은 네게 집으로 돌아가는 길의 여정과 길이를 말씀해주실 거다,

물고기가 가득한 저 바다로 나아가는 방법이야 물론이고.　　　　　390

그뿐이겠느냐, 제우스께서 기르신 자여, 네가 원하기만 하면

네가 길고 골치 아픈 길을 떠나 있던 동안

네 궁전에서 어떤 길흉이 일어났는지 네게 말씀해주실 거다.'

그녀는 이렇게 말했고, 나도 그녀에게 대답하며 말했네.

'그 신과 같은 노인을 노릴 매복처를 임께서 지금 몸소　　　　　395

궁리해주십시오. 그분이 저를 행여 먼저 보거나 먼저 알아차려

비켜 가는 일이 없게 말입니다. 죽어야 할 인간이 신을 제압하는 건 어려우니까요.'

내가 이렇게 말하자, 여신들 중의 여신께서 즉시 대답해주셨지.

'낯선 자여, 그러잖아도 내 몸소 네게 한 점 틀림없이 말해줄 작정이다.

헬리오스가 하늘 한가운데로 걸어 나오면,　　　　　400

그때 어긋남 없는 바다 노인도 제퓌로스(서풍)의 숨결을 받으며

어두운 잔물결로 몸을 가린 채 소금 물결 밖으로 나오신단다.

그렇게 밖으로 나오시면 우묵 파인 동굴 아래에서 잠을 청하시지.

그분 주변에는 소금 물결에서 태어난 아름다운 여인의 자식들인 물범들도

잿빛 소금 물결 밖으로 몸을 내밀고 올라와 까마득히 깊은 소금 물결의   405
씁쓸한 내음을 내쉬면서 떼를 지어 잠을 잔단다.
에오스(새벽)가 나타나자마자 내가 손수 너를 이끌고 그리로 가줄 테니
너는 일단 줄을 맞춰 눕거라. 대신 너는 갑판이 잘 덮인 배들에서
가장 뛰어난 세 명의 동료를 잘 골라놓아야 한다.
그 노인의 치명적인 것들을 네게 모두 일러주마.   410
그분은 가까이 와서 일단 물범들의 숫자를 헤아릴 거다.
손가락으로 다섯씩 모두 헤아리고 바라본 다음,
마치 양 떼의 목자처럼 그 가운데에 누우실 거야.
일단 너희는 그분이 잠드는 걸 보게 되면
너희의 기운과 힘에 집중하여 그 자리에서 붙들어야 한다,   415
그분이 빠져나가려고 몸부림친다 해도 말이야!
그분은 대지 위의 온갖 네발짐승의 모습으로 변하려고,
물로도, 신이 놓은 불길로도 변하려고 애쓰실 거다.
그러나 너희는 동요하지 말고 붙들고, 한층 더 몰아붙여야 한다.
하지만 너희가 보던 바 그분이 잠들던 그런 모습으로   420
직접 말씀하며 물으시거든
그때는 반드시 힘을 거두고 노인을 풀어드리거라. 영웅이여,
그러고서 묻게나, 신들 중에 과연 어떤 분이 자네와 자네의 귀향을
못마땅히 여기시는지를, 물고기가 가득한 저 바다로 어떻게 나아가야 할지를.'

그녀는 이렇게 말하더니 파도가 일렁이는 바다 밑으로 잠겨 들어갔지.   425
한편 나는 바닷가 모래 위에 서 있는 배들 앞으로
걸음을 옮겼어. 심장이 수도 없이 요동치며 들썩이더군.
아무튼 나는 바다로, 배들 앞까지 내려갔고,

우리는 저녁거리를 차렸지. 암브로시아[29]와 같은 밤이 다가오자

바다의 파도가 부서지는 자리에서 우리는 잠을 청했다네.　　　　430

이른 나절 태어난, 장밋빛 손가락의 에오스(새벽)가 모습을 드러내자,

〈나는 널찍한 길이 난 바닷가를 따라 걸으며〉[30]

신들에게 수도 없이 무릎 꿇고 빌었지. 그리고

어떤 계획에서도 내가 가장 미더워하던 동료 세 명을 데려갔다네.

그러는 동안, 바다의 너른 품속에 잠겨 들어갔던 그녀는 물범 가죽　　435

네 장을 들고 바다 밖으로 나와 있더구나. 죄다 새로 벗겨낸 것들이었지.

그녀는 제 아버지에게 쓸 미끼를 고안해낸 거야.

그녀는 바닷가 모래에도 잠잘 구덩이들을 파놓고선 기다리며

앉아 있었고, 우리도 그녀 곁으로 바짝 붙어 다가갔지. 그녀는 우리를

줄지어서 자리에 눕히더니 한 사람씩 가죽을 던져주었고, 세상에서　　440

제일 끔찍한 매복이 거기서 벌어진 걸세. 소금 물결이 길러낸 물범들이 내는,

천하에 빌어먹을 그 냄새가 우리를 끔찍하게 내리눌렀지 뭔가.

아니 대체 누가 그 바닷속 괴물 곁에서 잠을 청한단 말인가?

물론 우리를 구해준 것도 그녀였지. 엄청나게 도움 되는 것을

떠올렸으니까. 몹시도 달콤한 향기가 나는 암브로시아를 가져와서　　445

각자의 코밑에 놓아준 걸세. 그렇게 그 괴물의 냄새를 없애주셨지.

우리가 기백으로 견뎌내며 아침나절 내내 버티고 있으려니

물범들이 떼 지어 바다 밖으로 나오더군. 그러더니 바다의

파도가 부서지는 자리에 눕더구나.

한낮이 되자, 그 노인도 바다 밖으로 나와 살진 물범들을 발견하곤　　450

29　신들의 먹거리. '불멸(不滅)'이라는 뜻이다.

30　이 행이 빠진 사본들도 있다.

그 앞으로 다가오더니 빠짐없이 숫자를 세었어. 그 괴물들 중에서도

우리를 맨 먼저 골라서 말이지. 미끼일 거라고는 기백으로 상상조차

못 했던 거야. 그러고서 그가 눕자,

우리는 고함을 내지르며 솟구쳐 올라 두 손을 그에게 내뻗었다네.

하지만 그 노인도 교묘한 술책을 잊은 건 아니었어.   455

맨 처음에는 갈기가 무성한 한 마리 사자가 되더군, 정말일세.

그다음엔 뱀이 되고, 표범도 되었다가, 또 거대한 멧돼지가 되었지.

그런가 하면 축축한 물이 되었다가, 잎사귀 높이 틔운 나무가 되었고.

그러나 우리도 기백으로 견뎌내며 흔들림 없이 붙들고 있었어.

그러자 치명적인 것들을 알고 있던 그 노인도 진저리가 났던지   460

그제야 이런 말들로 물어보더구나.

'아트레우스의 아들아, 싫다는 나를 매복하고 있다가 붙잡으라고,

신들 중에 대체 누가 이 계획을 함께 궁리해주더냐? 무엇이 그리 절박하더냐?'

그가 이렇게 말하자, 나도 그에게 대답하며 말했지.

'어르신, 알고 계시잖습니까. 왜 제게 이런 걸 물으시며   465

딴청을 부리십니까? 저는 이미 오랫동안 이 섬에 갇혀 있습니다.

저는 무슨 단서 하나 찾아낼 능력도 없고, 제 안에 있는 심장은 졸아들고 있습니다.

제발 그리 마시고 임께서 제게 말씀해주십시오, 신들은 모든 걸 알고 계시니까요.

죽음을 모르는 신들 중 과연 어떤 분이 제 발목을 잡고 집으로 돌아가는 길을

막으신 건가요? 어찌해야 제가 물고기가 가득한 저 바다로 나아가겠나이까?'   470

내가 이렇게 말하자, 그가 내게 즉시 대답하며 말해주었다네.

'각설하고, 포도줏빛 바다 위로 항해하며 한시라도 빨리

네 고향에 가 닿을 요량이었다면, 너는 배에 오르기 전에 응당

제우스와 다른 신들을 위해 근사한 제물을 바쳐야만 했다.

그것을 해내기 전에 네가 식구들을 보고, 네 고향 땅에,   475

잘 지어놓은 집에 도착하는 것은 네게 정해진 운명의 몫이 아니다.

제우스로부터 쏟아져 내리는 강인 아이귑토스의 물을

다시 한번 건넌 다음, 너른 하늘을 차지하고 계신

죽음을 모르는 신들에게 신성한 헤카톰베를 바치기 전에는!

그때에는 네가 애태워 바라마지않는 그 길을 신들께서 네게 내려주시리라.'   480

그가 이렇게 말하자, 내 심장이 그만 산산이 부서져 내렸다네.

안개 덮인 바다를 타고 아이귑토스로, 그 길고도 고생스러운 길을

또 한 번 가라는 명령이었으니까.

그래도 나는 이런 이야기로 대답하며 말하였지.

'어르신, 그 일은 임께서 분부하시는 대로 분명히 완수하겠습니다.   485

자, 그건 그렇다 치고, 제게 이것을 말씀해주시되, 정확하게 설명해주셔야 합니다.

네스토르와 제가 트로이아를 떠나올 때 뒤에 남겨둔

모든 아카이아인들이 배들을 거느리고 아무 탈 없이 돌아왔습니까?

아니면 전쟁의 실타래를 다 감아놓고 정작 배 위에서 달갑잖은 최후를 맞거나

식구들의 손에 파멸한 사람도 있습니까?'   490

내가 이렇게 말하자, 그가 내게 즉시 대답하며 말해주었다네.

'아트레우스의 아들아, 내게 이런 걸 캐묻는 이유가 무어냐?

내가 염두에 두는 바를 네가 알아내야 할 이유가 전혀 없잖으냐. 내 말해두지,

네가 이 모든 걸 제대로 들어 알게 되면, 울지 않고서는 오래 버틸 수 없을 게다.

그들 중에는 제압당한 이들도 많고, 남겨진 자들도 많다.   495

청동 옷 입은 아카이아인들을 이끄는 자들 중 귀향길에 파멸한 건

단둘이다. 전투에서는, 너 역시 거기 있지 않았느냐. 그런가 하면,

여전히 목숨은 부지한 채로 너른 바다 어디엔가에 갇혀 있는 사람도 하나 있다.

아이아스[31]는 노가 긴 배들과 함께 제압당했지.

포세이돈께서는 그를 맨 먼저 귀라이의 거대한 바위들로 몰아다 주셨고,   500

그렇게 바다에서 구해주셨지. 만일 그자가 주제넘은 말을 내뱉으며

단단히 정신 나간 짓만 하지 않았어도, 그자가 비록 아테네의

증오를 사긴 했어도, 죽음의 여신을 따돌릴 수는 있었을 거다. 그런데 웬걸,

그자가 신들의 뜻에 맞서 몹시 깊은 바다에서 빠져나왔노라고 말하지 뭔가.

그자가 큰소리쳐대는 것을 포세이돈께서 들으시더니   505

당장 억센 두 손으로 삼지창을 움켜쥐고 귀라이 바위를 때려

두 동강 내시더구나. 한 덩어리는 그 자리에 남아 있었지만,

아이아스가 단단히 정신 나간 채로 애초에 앉아 있던

다른 한 덩어리는 바다에 가라앉았지. 파도가 일렁이는

끝 모를 바다 밑으로 그자를 데려간 거야.   510

그렇게 그자는 소금기 어린 물을 들이켜고 그곳에서 파멸했지.

그런가 하면, 속이 빈 배들에서 네 형은 죽음의 여신들을

어찌어찌 따돌리고 달아났다. 공경받을 헤라께서 구해주신 거지.

그가 곧 가파른 말레아곶에 이르게 되자

무겁게 탄식하던 그를 폭풍이 낚아채어   515

물고기가 가득한 바다 위로, 예전에 튀에스테스가 집을 두고

살았던, 그리고 그때는 튀에스테스의 아들 아이기스토스가

살고 있던 땅의 가장자리로 데려갔다.

---

31   텔라몬의 아들인 대(大)아이아스가 아니라 오일레우스의 아들 소(小)아이아스를 가리킨다.

그렇게 신들이 바람을 뒤로 돌려놓고, 거기에서

탈 없는 귀향이 모습을 드러내었을 때, 그들은 집에 도착했지.　520

그는 진심으로 기뻐하며 고향 땅에 발을 디뎠고,

고향 땅을 붙들어 쥐고 입을 맞추기 시작했어. 그에게서

뜨거운 눈물이 많이도 쏟아져 내렸지. 그 땅을 보는 것만으로도 벅찼던 거야.

그런 그를 망루 위에 있던 경계병이 본 거다. 간교한 아이기스토스가

황금 두 탈란톤의 보수를 약속하고 데려다 앉혀놓은 그 경계병은,　525

그가 시야에서 벗어나 지나가는 일이 없도록, 전의로 다진 힘을

떠올리며 벌써 일 년째 망을 보고 있었지.

그래서 그는 이 소식을 알리러 백성들의 목자의 집을 향해 떠났고,

아이기스토스는 그 즉시 흉계를 꾸며내더구나.

그는 온 나라에서 으뜸가는 사람들 스무 명을 뽑아 매복시켰고,　530

다른 쪽에서는 잔치를 준비하라고 명했다. 그러더니

당치도 않은 짓을 저울질하고 궁리하면서 말들이며 수레들을 거느리고

백성들의 목자 아가멤논을 부르러 가더구나. 그렇게 그자는

파멸을 조금도 알아차리지 못한 그를 데려다가 만찬을 차려준 다음

살해한 거다. 마치 누군가가 구유 앞에서 황소를 도살하듯이.　535

아트레우스의 아들을 따라왔던 동료들도, 아이기스토스의 동료들도

살아남은 자 아무도 없이 궁전 안에서 살해되었다.'

그가 이렇게 말하자, 내 심장이 그만 산산이 부서져 내렸다네.

나는 모래 위에 주저앉아 울기 시작했지. 더 이상 내 심장은

살아 있기를 원치 않았고, 헬리오스의 빛을 보는 것도 원치 않았어.　540

그렇게 족히 통곡하고 구르고 나니,

어긋남 없는 그 바다 노인이 내게 말하더구나.

'아트레우스의 아들아, 그토록 오래 진이 빠지도록 우는 것은
이제 그만하여라. 그렇게 해봐야 우리가 이룰 수 있는 건 아무것도 없다.
그러지 말고 최대한 빨리 네 고향 땅에 가 닿도록 시도해보아라. 아직 그자의   545
목숨이 붙은 채로 마주칠지도 모르고, 아니면 오레스테스가 앞질러 가서
그를 쳐 죽였을 수도 있다. 그러면 네가 장례 잔치에는 가게 되겠지.'

그가 이렇게 말하자, 근심은 되었지만 그래도 내 가슴속 심장과
사내다운 기백에 다시 온기가 돌더구나.
그래서 나는 그에게 소리 내어 날개 돋친 말을 건네었지.   550
'이것들은 분명히 알았습니다. 이제 임께서는 그 세 번째 사내의
이름을 말씀하소서. 여전히 살아 있는지 죽었는지는 몰라도 너른 바다에
갇혀 있다는 그이 말입니다. 근심은 됩니다만, 그래도 저는 들어야겠습니다.'

내가 이렇게 말하자, 그가 내게 즉시 대답하며 말해주었다네.
'이타카에 집을 두고 사는, 라에르테스의 아들이다.   555
나는 어떤 섬에서 그를 본 적이 있다. 요정 칼립소의 궁전에서
방울 굵은 눈물을 떨구고 있더구나. 그녀가 그를 억지로
붙들고 있는 거지. 그런데 그는 고향 땅으로 가 닿을 방법이 없어.
바다의 너른 등을 타고 그를 데려다줄 전우들도,
노 달린 배들도 그의 곁에 없으니까.   560
그러나 제우스께서 기르신 메넬라오스, 너는 말들이 풀을 뜯는
아르고스에서 숨을 거두고 운명을 따라가도록 정해져 있지 않다.
대신 신들은 너를 대지의 끝자락으로, 엘뤼시온 벌판으로
보내실 거다. 그곳은 금발의 라다만튀스[32]가 있고,
그저 더없이 수월한 삶이 인간들에게 펼쳐진 곳이다.   565

오레스테스,
클뤼타임네스트라와 아이기스토스를 죽이다

―――――

아가멤논의 피살과 오레스테스의 복수라는 이 이야기는 이 시를
관통하는 그늘진 테마이다. 이 시를 여는 제우스의 연설만 해도
마치 『오뒷세이아』라기보다는 『오레스테이아』처럼 시작하지
않던가. 텔레마코스가 차례로 만난 네스토르도, 메넬라오스도
이 이야기를 빼놓지 않는다. 과연 이 사건이야말로 당시
영웅계의 핫뉴스였음에 분명하다. 후대의 비극 작가들에게도
많은 사랑을 받은 이 테마는 아이스퀼로스의 『오레스테이아』
3부작, 소포클레스의 『엘렉트라』, 에우리피데스의
『오레스테스』, 『엘렉트라』 등을 통해 우리에게 전해진다.

톰마소 피롤리(Tommaso Piroli), 에칭, 1795

거기엔 눈조차 내리지 않아. 겨울도 드세지 않고, 폭풍우도 없지.

다만 오케아노스[33]가 사람들을 시원하게 해주려고

날카롭게 휘몰아치는 제퓌로스(서풍)의 숨결을 언제고 불어 올려준단다.

네가 헬레네를 차지하고 있으니, 그들에게는 네가 제우스의 사위인 까닭이지.'

그는 이렇게 말하더니 파도가 일렁이는 바다 밑으로 잠겨 들어갔어.   570

한편 나는 바닷가 모래 위에 서 있는 배들 앞으로

걸음을 옮겼어. 심장이 수도 없이 요동치며 들썩이더군.

아무튼 나는 바다로, 배들 앞까지 내려갔고,

우리는 저녁거리를 차렸지. 암브로시아와 같은 밤이 다가오자

바다의 파도가 부서지는 자리에서 우리는 잠을 청했다네.   575

이른 나절 태어난, 장밋빛 손가락의 에오스(새벽)가 모습을 드러내자,

우리는 맨 먼저 배들을 신성한 소금 물결 속으로 끌어 내린 다음,

균형이 잘 잡힌 배들 안에 돛대와 돛을 설치하였고

전우들도 배에 올라 노 저을 자리로 가 앉았지.

그들은 줄지어 자리에 앉아 노를 들어 잿빛 소금 물결을 때리기 시작했어.   580

나는 제우스로부터 쏟아져 내리는 강인 아이귑토스로 다시 한번 들어가

배들을 세운 다음 온전한 헤카톰베를 바쳤다네. 그렇게 나는

한순간도 가신 적 없었던 신들의 진노를 멈추었고

아가멤논의 명예가 꺼지지 않도록 흙을 부어 그의 무덤을 쌓았지.

이 일들을 모두 마치고 나는 돌아왔다네. 신들은 나를 위해   585

순풍을 내려주셨고, 내 고향으로 나를 빠르게 보내주셨어.

32   제우스와 에우로페의 자식으로, 죽지 않고 엘뤼시온으로 가서 그곳을 다스렸다는 전승도 있고,
     저승에서 망자들을 심판했다는 전승도 있다.

33   인간세계를 둥글게 감싸며 마치 강물처럼 흐르는 큰 바다로 저승과 맞닿아 있다.

자, 그건 그렇고 자네는 이제 내 궁전에 머무르게나.

열하루나 열이틀이 될 때까지 말일세. 그때가 되면

내 자네를 잘 보내주겠네. 자네에게 빛나는 선물들도 줄 것이고.

말 세 필에 윤기 도는 전차일세. 거기에 자네가 죽음을 모르는   590

신들에게 헌주하고, 나를 평생토록 기억할 수 있도록

근사한 잔도 내어주지.”

그러자 이번에는 지혜로운 텔레마코스가 그에게 대답하였다.

   “아트레우스의 아드님, 저를 오랜 시간 동안 이곳에 붙잡진 마십시오.

물론 저야 그대 곁에 앉아 일 년이라도 머물 수 있지요.   595

집과 부모님에 대한 그리움도 저를 사로잡진 못할 겁니다.

그대의 말씀 한마디 한마디를 듣는 것이 끔찍이도 즐거우니까요.

그러나, 지극히 성스러운 필로스에 있는 동료들이 저로 인해 벌써

심기가 불편해졌습니다. 그대는 이미 저를 이곳에 꽤 붙잡아두셨습니다.

제게 주시려는 그 선물은 보물이 될 것입니다.   600

그러나 말들은 제가 이타카로 데려가지 않고, 이곳에 그대를 위한 영예가

되도록 남겨두겠습니다. 그대는 너른 들판을 다스리고 계시지요.

그 들판에는 많은 토끼풀이 있는가 하면, 방동사니며 외알밀,

그리고 밀에다가 이삭이 넓게 달리는 뽀얀 보리도 있더군요.

하지만 이타카에는 너른 주로(走路)도 없고 초원도 없습니다.   605

거긴 염소를 먹이는 곳입니다. 말을 먹이는 곳보다야 훨씬 더 사랑스럽지요.

소금 물결에 기대고 있는 섬들 중에선 말을 몰기에 좋거나 좋은 초원이

있는 곳은 어디에도 없습니다. 이타카도 다른 모든 섬들과 마찬가지고요.”

그가 이렇게 말하자, 함성에 능한 메넬라오스는 미소를 짓더니
손으로 그를 다독였고, 그의 이름을 부르며 말하였다.   610

　　"내 아들, 훌륭한 혈통을 타고난 자네는 말도 그에 걸맞게 하는군.
그러면 내 그걸 다른 걸로 바꿔줌세. 내가 그만한 능력이 있고말고.
그렇다면 내 집에 보물로 쌓여 있는 모든 선물들 중에서
가장 아름답고, 가장 값진 것을 내 자네에게 선사하지.
잘 만들어놓은 술동이를 자네에게 주겠네.   615
전부 은으로 되어 있고, 테두리는 황금으로 마감된
헤파이스토스의 작품일세. 시돈 사람들을 다스리는
영웅 파이디모스가 준 것이지. 내가 집으로 돌아오던 길에
거기서 그의 집이 나를 감싸주었다네. 자네에게 그것을 주고 싶다네."

이들은 이런 말을 서로 주고받고 있었다.   620
한편, 잔치에 초대받은 손님들이 신과 같은 왕의 집 안으로 들어오니,
양 떼를 몰고 오는 이들도 있었고, 사람들 마시기에 좋은 포도주를
가져오는 이들도 있었다. 고운 머리띠를 두른 아내들은 그들 편에 빵을
들려 보냈다. 이처럼 그들은 궁전에서 식사를 준비하고 있었다.

한편, 구혼자들은 예전에도 그랬듯이 주제넘게도   625
오뒷세우스의 거실 너머 다져놓은 바닥에서
원반을 던지며, 투창을 던지며 낙을 누리고 있었다.
그러나 안티노오스와 신을 닮은 에우뤼마코스는 자리에 앉아 있었으니
이들은 구혼자들 중 탁월함이 월등히 뛰어난 우두머리들이었다.
그런데 프로니오스의 아들 노에몬이 가까이 다가와서   630
안티노오스에게 이런 말로 물어보며 말하였다.

"안티노오스, 텔레마코스가 모래 많은 퓔로스에서 과연 언제
돌아올지, 우리가 헤아리며 알고는 있는가, 아니면 모르는 건가?
그는 내 배를 몰고 갔네. 드넓은 엘리스로 건너가려면
내게 그 배가 꼭 필요하다네. 거기엔 내 암말 열두 필이 있지.   635
노역을 잘 견디는 노새들도 아직 길들지 않은 채로 있고.
그중 하나를 몰고 와 길들여야 하네."

그가 이렇게 말하자, 그들은 기백으로 충격을 받았다. 그들은 텔레마코스가
넬레우스의 퓔로스로 가리라고는 상상조차 못 했고, 그저 들판 어딘가에,
양 떼 틈이나 돼지치기 곁에 있을 거라 여겼기 때문이다.   640

그러자 이번에는 에우페이테스의 아들 안티노오스가 그에게 말하였다.
　"내게 바른대로 말해라. 그 녀석은 언제 떠났고, 어떤 젊은이들이
그를 따라갔느냐? 이타카에서 뽑힌 자들인가, 아니면 자신의 삯을 받는
일꾼들인가? 그 녀석은 그렇게도 해낼 수 있으니까.
또 이 점에 대해서도 내가 제대로 알 수 있도록 바른대로 말하거라.   645
네가 싫다는데도 그 검은 배를 힘으로 빼앗아 갔나?
아니면, 그 녀석의 말을 네가 반기며 순순히 내어주었나?"

그러자 프로니오스의 아들 노에몬이 그에게 대답하였다.
　"내가 그에게 자진해서 준 걸세. 기백에 수심이 찬
그런 사람이 부탁하는 판에 남들은 달리 어떻게 했을 줄 알고?   650
내주기를 거절하다니, 그건 고약한 일이겠지.
그를 따라나선 이들은 우리 온 백성 중에서 가장 빼어난
젊은이들이네. 또, 그 우두머리 멘토르가 배에 오르는 것도

내가 직접 보았지. 혹시 그를 완전히 빼어닮은 신일 수도 있겠군.
내가 의아해하는 것도 바로 그걸세. 그때 퓔로스로 향하는 배에   655
올랐던 신과 같은 멘토르를, 어제 새벽녘에 내가 여기서 봤단 말이네.”

그는 이렇게 말하더니 아버지의 집으로 떠나갔고,
이 두 사람의 거들먹대는 기백은 앙심을 품었다.
그들은 구혼자들을 모조리 자리에 앉히며 시합을 멈추었다.
에우페이토스의 아들 안티노오스가 심사가 뒤틀린 채 그들 사이에서   660
말하기 시작하니, 온통 시커멓게 뒤덮인 그의 속은
격한 원한으로 가득 차올랐고 두 눈은 마치 빛나는 불덩어리 같았다.
　“제기랄, 텔레마코스가 분수도 모르고 그 여행길을 이뤄내다니.
잘도 엄청난 일을 했군. 그 녀석이 해낼 거라고는 우린 상상도 못 했다.
이렇게나 많은 우리의 뜻에 맞서서, 그 애송이 꼬마가 이런 식으로,   665
배들을 끌어 내리고 백성들 중 으뜸가는 자들을 골라서 길을 떠났구나.
앞으로는 그 녀석이 재앙이 되기 시작하겠지. 그 녀석이 무르익은
젊음에 가 닿기 전에 제우스가 그 힘을 멸하기만을!
자, 그건 그렇고 너희는 내게 빠른 배 한 척과 동료 스무 명을 다오.
그 녀석이 돌아올 때 내가 이타카와 험준한 사모스 사이 해협에   670
잠복하여 망을 볼 수 있도록 말이다. 그러면 아비 때문에 나선
그 녀석의 항해도 암울해지겠지.”

그가 이렇게 말하자, 그들은 모두 다 찬성하며 그러라고 촉구하더니
곧장 일어나 오뒷세우스의 집 안으로 들어갔다.
한편, 페넬로페도 구혼자들이 횡격막 깊숙한 곳에서 짜낸   675
그 이야기를 한참이 지나도록 못 들은 것은 아니었으니,

그들이 계략을 자아내던 마당 너머에 있던

전령 메돈이 그 계획을 듣고 알아차린 다음

그녀에게 말해주었기 때문이다.

문지방을 넘어오던 그에게, 페넬로페가 말하였다. 680

　　"전령이여, 그 고상들도 하신 구혼자들이 무슨 일로 그대를 보내었소?

신과 같은 오뒷세우스의 시녀들더러 일을 멈추고

저들을 위해 잔칫상을 차려내라고 이르라고?

제발 저들이 구혼도 그만두고, 다시는 모여들지도 말고,

그저 여기서 이번 끼니로 마지막이요 끝이기를! 685

너희는 시도 때도 없이 뭉쳐 다니며 이 많은 살림을 잘라먹고 있지,

현명한 텔레마코스의 재산을! 너희는 예전에

어렸을 적에 아비들에게서 들어본 적이 없더냐,

너희 부모들 사이에서 오뒷세우스가 과연 어떤 분이었는지를?

신과 같은 왕들은 으레 그렇게 하기 마련인데도, 690

그분은 금도를 넘는 어떤 일도, 어떤 말도 백성들에게 한 적이 없다.

왕이란, 죽게 마련인 인간들 중 누군가는 증오하고, 또 누군가는 아끼기 마련인데

그분은 결코 단 한 사람에게도 부러 나쁜 짓을 저지른 적이 없다.

한데도 그분이 잘해주신 일들에 뒤늦게라도 고마워하기는커녕,

너희들의 기백이, 그 당치도 않은 짓들이 드러나고 있구나." 695

그러자 이번에는 지혜로운 일들을 알고 있는 메돈이 그녀에게 대답하였다.

　　"왕비님, 부디 그것이 최악의 액운이기를 바라나이다.

그러나 구혼자들은 더 심하고 더 끔찍한 짓을 꾀하고 있습니다.

크로노스의 아드님께서는 제발 그것을 이루지 마소서!

저들은 텔레마코스가 집으로 돌아올 때에 날카로운 청동으로   700
쳐 죽이기를 열망하고 있습니다. 그분은 아버지의 소식을 좇아
지극히 성스러운 퓔로스와 신과 같은 라케다이몬으로 떠났습니다.”

그가 이렇게 말하자, 그녀의 두 무릎과 심장이 그 자리에서 풀어지고 말았다.
그녀는 한참을 아무 말도 하지 못했고, 두 눈에는 눈물이
그득 차올랐으며, 꽃피어나는 음성도 가로막히고 말았다.   705
그녀는 뒤늦게나마 이런 말들로 그에게 대답하며 말하였다.
    “전령, 대체 내 아이가 무슨 일로 떠났소?
그 아이는 인간들에게 소금 물결의 말들이 되어 빨리 달리는,
그 커다란 젖은 바다를 가로지르는 배들에 오를 필요가 전혀 없단 말이오.
혹시 그 아이의 이름조차 인간들 사이에 남지 못하는 게 아니오?”   710

그러자 지혜로운 일들을 알고 있는 메돈이 그녀에게 대답하였다.
    “아버님의 귀향에 대해, 아니면 그분이 어떤 운명을 맞으셨는지를
물어 알기 위해 퓔로스로 가라고 어떤 신께서 그이를 부추기셨는지,
아니면 그이 본인의 기백이 솟구쳐 올랐는지는 저로서도 알 수 없습니다.”

그가 이렇게 말하고 오뒷세우스의 집을 가로질러 떠나가자   715
목숨을 앗아 가는 고통이 그녀에게 온통 쏟아져 내렸다. 집 안 곳곳에
의자들이 많이 있었음에도, 그녀는 그 위에 앉는 것조차 버거워
갖은 공을 들여 만든 방의 문지방 위에 주저앉아 가엾도록 흐느꼈고,
노소를 불문하고 집 안 모든 시녀들도
그녀의 주변에서 나직이 탄식하고 있었다.   720
그러자 페넬로페가 그들 사이에서 격렬히 울부짖으며 말하였다.

"내 사람들아, 내 말 좀 들어들 다오. 나와 함께 태어나고 자라난
모든 여인들 중에서, 올륌포스에 계신 그분은 유독 내게 심한 고통을 내리셨다.
애초에 난 사자의 기백을 품은 어엿한 남편을 잃었지. 다나오스인들 가운데
그 탁월함이 모든 면에서 월등했던 그 훌륭한 분을! 그분의 명성은   725
헬라스를 통틀어, 아르고스 한복판까지도 널리 퍼져 있지.
그런데 지금은, 사랑해마지않는 내 새끼를 이 궁전 밖으로 폭풍이
소리 소문도 없이 낚아채다니, 나는 그 애가 떠난다는 말도 듣지 못했는데.
이 모진 것들아, 너희 중 어느 하나도 나를 침대에서 깨워 일으킬 생각을
심중에 품고 있지 않았다니! 속이 빈 검은 배에 그 애가 언제 올랐는지   730
너희는 기백으로 분명히 알고 있지 않았느냐!
그 애가 이 여행을 궁리하고 있는 걸 내가 만일 들어 알았더라면,
그 애는 제아무리 여행길을 애태워 바랐던들 분명 여기 남았을 거다.
아니면 나를 이 궁전에 송장으로 남겨두고 갔거나.
그건 그렇고, 누가 서둘러 돌리오스 노인을 불러오너라.   735
내가 이리로 올 때 친정아버지께서 내게 붙여주셨고,
지금은 나를 위해 나무도 무성한 과수원을 돌보는 내 시종 말이다.
최대한 빨리 그가 라에르테스 곁에 앉아 이 모든 일을 아뢰게 해야 한다.
그분이 속으로 어떤 대책을 자아낸 다음,
신과 같은 오뒷세우스의 씨를 말리려고 안달이 난   740
백성들에게 가서 읍소해보실 수도 있을 테니까."

그러자 이번에는 사랑스러운 유모 에우뤼클레이아가 그녀에게 대답하였다.
    "아씨, 저를 비정한 청동으로 쳐 죽이세요. 그게 아니라면 이 궁전에
저를 놔두시든지요. 아무튼 저는 이 이야기를 그대에게 숨기지 않겠어요.
저는 이 모든 것을 진작 알고 있었답니다. 저는 그에게 식량이며   745

118

달콤한 포도주를 그가 달라는 만큼 주었습지요. 그리고 저를 크나큰 맹세로

묶어두더군요. 열하루, 아니 열이틀이 되기 전까지는 그대에게 이 일을

말씀드리지 않기로요. 그대가 그가 떠났다는 말을 듣고 그를 그리워하다 못해

눈물을 흘리며 그 고운 피부가 상하게 될까 봐서지요.

자, 이제 그대는 목욕을 하신 다음, 살갗에 정갈한 옷을 두르시고   750

시중드는 여인들과 함께 위층으로 올라가

아이기스를 지니신 제우스의 따님 아테네께 기도하세요.

그러면 그녀께서 그를 죽음에서조차 구해주실 수 있으니까요.

또, 안 그래도 곤경에 처하신 어르신을 못살게 굴지는 마세요.

아르케시오스[34]의 아드님의 혈통이 복된 신들에게 그렇게까지 철저히   755

미움을 산 건 아니라고 봅니다. 지붕이 높다란 이 집과

멀리 떨어진 저 기름진 밭을 차지할 누군가가 아직 어디엔가 있을 겁니다."

유모는 이렇게 말하며 그녀의 비탄을 잠재우고 두 눈에서 눈물을 멈추게 했다.

그녀는 목욕을 한 다음, 살갗에 정갈한 옷을 두르고

시중드는 여인들과 함께 위층으로 올라가   760

바구니에 보릿가루를 담아 아테네에게 기도하였다.

  "제 말씀 들어주소서, 아이기스를 지니신 제우스의 따님

아트뤼토네[35]시여! 허다한 계책에 밝은 오뒷세우스가 이 궁전에서

임을 위해 황소며 염소의 살진 사태를 태워 바친 적 있었다면,

이제 그것을 부디 기억해주시고, 저를 보아 제 아들을 구해주소서.   765

악독하게도 인간 위에 서기를 자처하는 구혼자들을 물리쳐주소서."

34 오뒷세우스의 할아버지. 아르케이시오스라고 부르기도 한다.

35 아테네의 별칭으로 '불굴(不屈)'을 뜻한다.

그녀는 이렇게 흐느끼며 말했고, 여신도 그녀의 기도에 귀 기울였다.

한편, 구혼자들은 그늘진 거실에서 소란을 피워댔고, 인간 위에 서기를

자처하는 이 젊은이들 중 누군가는 이렇게 말하기도 했다.

　"청혼이 쇄도하는 왕비가 이젠 정말 우리를 위해 결혼을 준비하는 　　770

모양이다. 하지만 제 아들에게 살육이 준비되는 줄은 모를 테지."

누군가는 이렇게 말하기도 했지만, 이 일이 어떻게 준비되는지 모르는 건 그들

　이었다.

그들 사이에서 안티노오스가 입을 열어 말하기 시작했다.

　"고집스러운 녀석들, 분에 넘치는 이야기들은

모두 함께 삼가거라. 행여 누가 안에 일러바치면 어쩌려고! 　　775

자, 이제 조용히 일어나 그 이야기대로 끝을 보자꾸나.

그 이야기는 정말이지 우리 모두의 심기에 잘 들어맞았어."

그는 이렇게 말하더니 제일 나은 자들 스무 명을 가려 뽑은 다음

바닷가로, 빠른 배 앞으로 걸음을 옮겼다.

그들은 맨 먼저 그 배를 소금 물결 깊은 곳으로 끌어 내렸고 　　780

검은 배 안에 돛대와 돛을 설치하였다.

꼰 가죽끈으로는 모두 법식에 맞게 노들을 가지런히 배열하고

눈부신 돛을 펼치자[36]

만용을 부리는 부하들이 그들에게 무구를 가져다주었다.

그들은 배를 바닷물에 우뚝 세우고 닻을 내린 다음 배에서 내려오더니 　　785

36　"모두 법식에 맞게"와 "눈부신 돛을 펼치자"가 원문에서는 한 행이고, 이를 삭제한 사본도 있다.

거기서 식사를 들었고, 저녁이 되기를 기다렸다.

한편, 더없이 지혜로운 페넬로페는 위층 그 자리에
먹지도, 마시지도 못한 채로 누워서
흠잡을 데 없는 아들이 죽음에서 벗어날 수 있을지, 아니면
분수도 모르는 구혼자들에게 제압될지 고민하고 있었다.   790
마치 교활한 원형진을 치고 들어오는 사람들의 무리 속에서
사자가 겁에 질려 저울질해보는 그 모든 것들만큼을
그녀가 고민하던 차에 달콤한 잠이 다가왔다.
그녀는 뒤로 기대어 잠이 들었고, 관절도 모두 풀어졌다.

그러나 빛나는 눈의 여신 아테네는 문득 다른 일을 떠올려   795
헛것을 하나 빚어놓으니, 그 모습이 웅대한 기상을 품은
이카리오스의 딸, 여인 이프티메와 같았다.
페라이에 집을 두고 사는 에우멜로스가 그녀와 결혼한 사이였다.
여신은 이 헛것을 신과 같은 오뒷세우스의 집으로 보내어
탄식하며 울고 있는 페넬로페의   800
신음과 눈물을 멈추게 하였다.
이 헛것은 빗장의 가죽끈을 따라 방 안으로 들어왔고
그녀의 머리맡에 서서 이야기하기 시작했다.
    "낙심한 채로 잠들어 있구나, 페넬로페.
수월하게 살아가는 신들은 네가 탄식하도록, 비통해하도록   805
놔두시지 않을 거란다. 네 아이는 돌아오게끔 되어 있으니까.
그 아이는 신들에게 결코 죄지은 자가 아니란다."

페넬로폐의 꿈

———

페넬로폐는 앞으로 두 번 더 꿈을
꾸게 된다. 오뒷세우스가 더욱 가까이
다가올수록 그녀의 꿈도 현실과
분간하기가 더 어려워진다.

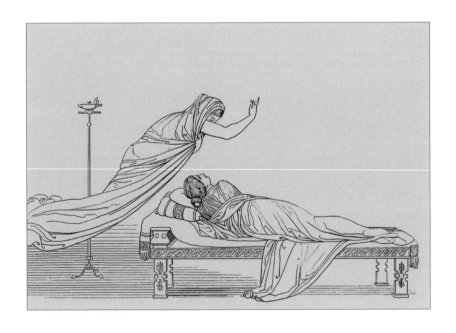

제임스 파커(James Parker), 에칭, 1805

그러자 더없이 지혜로운 페넬로페가 꿈의 문가에서
몹시도 달콤한 잠결에 그녀에게 대답하였다.

　"언니, 어쩐 일로 여기까지 온 거야? 언니 사는 집이　810
너무나 아득하고 멀어서 전엔 자주 오질 않더니.
게다가 나더러는 헤아림을 다해, 온 심정을 다해 나를 괴롭히는
이 숱한 고통과 슬픔을 거두라고 하다니!
애초에 난 사자의 기백을 품은 어엿한 남편을 잃었어. 다나오스인들 가운데
그 탁월함이 모든 면에서 월등했던 그 훌륭한 분을! 그분의 명성은　815
헬라스를 통틀어, 아르고스 한복판까지도 널리 퍼져 있어.
그러다 또 이번에는 내 사랑해마지않는 아이가 속이 빈 배에 올라 떠났지.
아직 어리기만 한 그 애는 일할 줄도 모르고, 말주변도 없는데 말이야.
사실대로 말하자면 나는 그이보다는 그 애 때문에 훨씬 더 애달파하고 있어.
그 애가 찾아간 사람들 사이에서나, 아니면 바다 위에서나　820
혹 무슨 일이라도 당하지 않을까 몸이 떨리고 두려워.
또, 적의를 품은 많은 사람이 그 애를 노리며 그 애가 고향 땅에
채 와 닿기 전에 목숨을 빼앗으려고 애를 써가며 흉계를 꾸미고 있어."

그러자 그 희미한 헛것이 그녀에게 대답하며 말하였다.

　"기운을 내렴, 심중에서 그렇게 지나칠 정도로 두려워하진 말고.　825
다른 남자들도 저들 곁에 서달라며 비는, 바로 그만한 여인께서 길잡이가 되어
그 애와 함께 가고 있으니까. 그분은 그리하실 수 있지,
팔라스 아테네 말이다. 그분은 비탄에 젖은 너를 불쌍히 여기시더니
네게 이 말을 전하라고 지금 나를 네게 보내신 거란다."

그러자 이번에는 더없이 지혜로운 페넬로페가 그녀에게 말하였다.　830

"만일 임께서 신이시고, 신의 음성을 들으셨다면,
비참한 그이에 대해서도 부디 제게 말씀해주소서.
그이가 어딘가에서라도 여전히 숨이 붙어 헬리오스의 빛을 보고 있습니까?
아니면, 벌써 숨을 거두고 하데스의 집으로 갔습니까?"

그러자 그 희미한 헛것이 그녀에게 대답하며 말하였다.   835
    "내 너에게 그 사람이 살아 있는지, 아니면 죽었는지
처음부터 끝까지 말해주지는 못한다. 헛바람 든 소리는 나쁜 것이니까."

그것은 이렇게 말하더니 문설주 빗장을 따라
바람의 숨결 속으로 사라지고 말았고, 이카리오스의 딸은
잠에서 깨어 벌떡 일어섰다. 그녀의 심장에는 온기가 돌았으니   840
그만큼 또렷한 꿈이 그녀에게 한밤중에 서둘러 달려왔던 것이다.

한편, 배에 오른 구혼자들은 젖은 항로 위로 항해하면서
텔레마코스에게 가파른 죽음을 안기려고 심중에서 고심하고 있었다.
이타카와 바위투성이 사모스 사이 한가운데
소금 물결 한복판에 아스테리스라는 크지 않은 바위섬이 하나 있고   845
그 섬의 양편에 안전하게 닻을 내릴 만한 포구들이 있는데,
아카이아인들은 그곳에서 잠복하며 그를 기다리고 있었다.

5권

한편 에오스(새벽)는 죽음을 모르는 신들에게도, 죽게 마련인 인간들에게도
빛을 주고자 고귀한 티토노스 곁, 제 침대에서 몸을 일으켰다.
신들은 회의에 나와 자리에 앉았고, 높은 곳에서 벼락을 내리치는,
비할 데 없이 막강한 힘을 지닌 제우스도 그들 사이에 있었다.
아테네는 오뒷세우스를 떠올리며 그들에게 그의 숱한 고생을   5
말해주고 있었으니, 요정의 집에 있는 그를 염려했던 것이다.
　"아버지 제우스시여, 그리고 영원토록 복을 누리는 다른 신들이여,
이제 더는 지휘봉을 쥔 그 어떤 왕도 부드럽고 다정해지려
마음 쓰지 못하게 하세요. 합당한 일들도 심중에서 알지 못하게 하세요.
차라리 매번 험악하게, 얼토당토않게 굴라 하세요!   10
그들을 다스렸던 신과 같은 오뒷세우스를 기억하는 자가 그 백성들 중에서
단 하나도 없습니다, 그는 마치 아버지처럼 다정했건만!
그는 모진 고통을 받아내며 요정 칼륍소의 궁전이 있는 섬에
널브러져 있습니다. 그녀가 그를 억지로 붙들고 있는 거지요.

그런데 그는 고향 땅으로 가 닿을 방법이 없어요.   15
바다의 너른 등을 타고 그를 데려다줄 전우들도,
노 달린 배들도 그의 곁에 없으니까요.
그리고 지금은 그가 사랑해마지않는 아이가 집으로 돌아오는 것을
노려 죽이려고 저자들이 안달입니다. 그 아이는 아비의 소식을 좇아
지극히 성스러운 필로스와 신과 같은 라케다이몬으로 떠났지요."   20

그러자 구름을 모아들이는 제우스가 이렇게 말하며 그녀에게 대답하였다.
    "내 새끼, 네 이[齒] 울타리를 빠져나온 그 말은 대체 무어냐?
오뒷세우스가 돌아와 그 녀석들에게 값을 치르게 하자는 건
네가 직접 고안해낸 계획이 아니더냐?
텔레마코스가 아무런 탈 없이 고향 땅에 다다를 수 있도록   25
그의 길은 네가 잘 알아서 이끌어주려무나, 네가 할 수 있는 일이니까.
구혼자들이야 배를 타고 왔던 길을 되돌아갈 테고."

그러더니 그는 친아들 헤르메스를 마주하며 말하였다.
    "헤르메스야, 다른 일들에서도 너는 전령이니까,
머리를 곱게 땋은 그 요정에게 이 틀림없는 결정을, 심중에서 견뎌내는   30
오뒷세우스의 귀향이라는 이 결정을 말해주어라. 그는 되돌아간다.
그러나 신들의 동행도, 죽게 마련인 인간들의 동행도 없으리라.
그는 여러 번 엮어놓은 뗏목 위에서 재앙을 겪을 것이고
스무 날째에 흙알갱이 실한 스케리아에, 신들과 가깝게 태어난
파이아케스 사람들의 땅에 이르게 된다.   35
그들은 진심으로, 그를 마치 신처럼 우러를 것이고,
배에 태워 그의 사랑하는 고향 땅으로 안내해줄 것이다.

제우스, 아테네, 헤르메스

————

여러 신이 많은 역할을 하던 『일리아스』와
달리 이 시에서는 돕는 신도 아테네
하나, 반목하는 신도 포세이돈 하나이다.
헤르메스는 경계를 넘나드는 일을 맡고,
제우스는 중심을 지킨다. 올륌포스의
신들이 물러간 자리에는 이들과는 좀
다른 초자연적인 존재들이 서 있다.

제임스 파커, 에칭, 1805

게다가 청동과 황금, 또 옷가지들을 무더기째로 많이 줄 텐데,
오뒷세우스가 만일 제 몫의 전리품을 받아 무탈하게 돌아왔을지라도
트로이아에서 그만큼까지는 들어 올려본 적이 없을 거다.   40
제 고향 땅에, 지붕이 높다란 제집에 이르러
식구들을 보게 되는 것이 그의 운명의 몫이니까."

그가 이렇게 말하자, 동행자, 아르고스의 살해자도 거역하지 않았다.
그가 즉시 두 발 아래 불멸의 황금으로 만든
아름다운 신발을 묶어 신으니, 이는 바람의 숨결을 타고 그를   45
젖은 바다 위와 끝 모를 대지 위로 데려다주는 신발이었다.
그가 지팡이를 쥐니, 그는 자신이 원하는 인간들의 두 눈을
이 지팡이로 호리기도 하였고, 잠든 이들을 다시 깨우기도 하였다.
아르고스의 강력한 살해자는 이것을 손에 쥐고 날아올랐다.
그는 피에리아를 지르밟더니, 창공에서 바다로 뛰어내렸고   50
파도 위로 돌진해 나아가니, 곡식을 거둘 수 없는
소금 물결의 무서운 가슴[37]을 따라 물고기를 낚아채며
깃털로 빽빽한 날개를 소금기 어린 물에 적시는 갈매기와 같은 모습이었다.
꼭 그런 모습으로 헤르메스는 수많은 파도에 몸을 실었다.

멀리 떨어진 그 섬에 도착하자,   55
그는 제비꽃빛 바다에서 뭍으로 걸음을 옮겨
커다란 동굴에 이를 때까지 나아가니, 그곳에 머리를 곱게 땋은
그 요정이 살고 있었고 그는 그 안에 그녀가 있는 것을 발견하였다.

37   만(灣)을 가리킨다.

128

불길은 화로 위로 크게 타오르고 있었으니, 지펴지던 삼나무며

잘 쪼개지는 측백나무의 향기가 섬 위로 멀리까지 퍼져 향기로웠다.　　　60

그녀는 안쪽에서 아름다운 음성으로 노래하였고

베틀 앞을 오락가락하며 황금 북으로 천을 짜고 있었다.

한편, 동굴 주변 숲은 검은오리나무, 흑양,

향기도 좋은 퀴파릿소스(사이프러스)를 울창하게 길러내었다.

그 안에는 긴 날개 달린 새들이 둥지를 틀고 있었으니,　　　65

올빼미와 매, 그리고 바다가 일군 수확에 관심을 두는

혀가 긴 바닷새인 슴새들이었다.

우묵 파인 동굴 주변으로는 한창 젊은 포도나무가

포도송이를 그득 달고 가지를 뻗고 있었다.

또, 네 개의 샘물이 차례로 맑은 물을 흘려보내고 있었는데,　　　70

서로 가까이 붙어 있었지만 다른 방향으로 틀어져 있었고,

그 둘레의 보드라운 풀밭에는 제비꽃과 셀러리가 만개하였다.

그러니 설령 죽음을 모르는 신이라 할지라도 이곳에 와서

바라보게 되면 속에서 즐거움을 누리게 된다. 동행자,

아르고스의 살해자도 거기에 서서 경이롭게 바라보고 있었다.　　　75

자신의 기백으로 이 모든 것을 감상하고 난 다음,

그는 곧바로 넓은 동굴 안으로 들어갔다.

여신들 중의 여신인 칼립소도 그를 마주 바라보자

그를 못 알아볼 리 없었으니, 죽음을 모르는 신들은

멀리 떨어진 집에 산다 할지라도 서로를 못 알아볼 수 없기 때문이다.　　　80

그러나 웅대한 기상을 품은 오뒷세우스는 그 안에서 찾을 수 없었다.

그는 곶 위에 올라앉아 오열하고 있었다. 전부터 그는

눈물로, 탄식으로, 고통으로 제 기백을 찢어놓으며,
곡식을 거둘 수 없는 바다를 눈물을 쏟으며 응시하곤 했다.
여신들 중의 여신인 칼립소는 헤르메스에게 눈부실 정도로   85
윤기가 도는 팔걸이의자를 권하며 이렇게 물었다.
　"황금 지팡이의 헤르메스여, 제게 오시다니 이게 웬일인가요?
존경과 사랑을 받으실 분이여, 전엔 자주 오시질 않더니. 헤아리고 계신 것
있다면 말씀만 하세요. 제 기백이 제게 그 일을 이루라 명령하고 있답니다.
그게 제 힘으로 이룰 수 있는 일이라면, 또 이뤄져야 하는 일이라면!   90
〈일단 안으로 드세요. 당신께 대접할 거리를 차려드릴 테니까요.〉[38]"

여신은 이렇게 말하더니 암브로시아로 가득한
식탁을 차려놓았고, 붉은 넥타르[39]를 섞었다.
동행자, 아르고스의 살해자는 먹고 마시기 시작했고
원기에 맞갖은 음식으로 식사를 한 다음,   95
그녀에게 이런 말로 대답하며 말하였다.
　"여신이여, 여기로 온 남신인 제게 그대가 묻고 요구하시니
제가 그대에게 이 말씀을 틀림없이 해드리지요. 사실 저야
그러고 싶지 않았지만, 제우스께서 저더러 이리로 가라고 명하셨답니다.
누군들 이렇게나 말문이 막힐 정도로 거대한 소금물을 가로질러   100
달려오고 싶을까요? 신들에게 제물과 엄선된 헤카톰베를 바치는,
죽게 마련인 인간들의 도시도 이 근방에는 없잖아요.
그러나 아이기스를 지닌 제우스의 계획을 감히 다른 신이

38　이 행이 빠진 사본들도 있다.
39　신들의 음료.

130

비켜 간다거나 무위로 돌리는 것은 도저히 있을 수 없는 일이지요.
그분이 말씀하시더군요, 프리아모스의 도시를 둘러싸고   105
구 년을 싸우다가 십 년째에 그 도시를 무너뜨린 다음 집으로 향했던
사람들 중 누구보다도 더 불운한 한 사나이가 그대 곁에 있다고 말입니다.
그들은 귀향 중에 아테네에게 죄를 저질렀습니다.
그래서 그녀는 그들을 노리고 고약한 바람과 거대한 파도를 일으켰지요.
그의 어엿한 다른 동료들은 그 자리에서 모조리 죽어 나갔지만   110
그이는 바람과 파도가 이리로 몰아 데려온 거지요.
이제 그분은 그대더러 그이를 최대한 빨리 떠나보내라고 명하고 계십니다.
식구들에게서 멀리 떨어진 채 죽는 것은 그이에게 주어진 운명이 아닙니다.
제 고향 땅에, 지붕이 높다란 제집에 이르러
식구들을 보게 되는 것이 여전히 그의 운명의 몫이니까요.”   115

그가 이렇게 말하자, 여신들 중의 여신인 칼륍소는 몸서리를 치더니
그에게 소리 내어 날개 돋친 말을 건네었다.
   “다른 누구보다도 유달리 시샘 많은 그대들이야말로
고집스러운 신들이외다. 여신이 인간 남자를 사랑하는 남편으로 삼아
공공연히 그 남자 곁에서 잠들면 그대들은 여신들에게 질투란 걸 하더군요.   120
장밋빛 손가락의 에오스(새벽)가 오리온을 선택했을 때에도
수월하게 살아가는 그대들, 신들은 그녀를 내내 시샘했지요.
황금 보좌의 순결한 아르테미스가 오르튀기아에서
그에게 다가가 부드러운 화살들로 숨통을 끊어놓을 때까지 말입니다.
또, 머리를 곱게 땋은 데메테르가 세 번을 밭갈이한 그 묵정이 밭에서   125
제 기백을 가누지 못하고 이아시온과 사랑으로 몸을 섞으며
누웠을 때도 그랬어요. 제우스가 이를 모른 채 오래 있진 않더군요.

헤르메스와 칼립소

————

칼립소는 저 세상에서 오뒷세우스가
만난 존재들 중 그에게 어떤 해도 끼치지
않은 유일한 이다. 그녀는 오뒷세우스를
위하고, 그를 언제까지나 곁에 두고 싶을
뿐이다. 그 소망을 가로막는 제우스의
뜻이 담긴 헤르메스의 전언에는 분노를
터뜨리고, 자신이 아닌 페넬로페를
택하는 오뒷세우스의 대답에 자존심도
적잖이 상했을 것이다. 그러나 칼립소는
제우스의 결정에 대해서는 함구하였으니,
오뒷세우스도 그녀가 자신을 놓아주는
것이라 생각했으리라. 이렇게 그녀는
스스로 자존을 지켜낸다.

제임스 니글, 에칭, 1805

그분은 번쩍이는 벼락을 내려 그의 숨통을 끊어놓았지요.

그런 그대들, 신들이 이번엔 죽게 마련인 한 사내가 제 곁에 있다는 이유로

저를 시샘하는군요. 홀로 용골에 올라타 있던 그이를 구해낸 게 바로 접니다. 130

제우스가 포도줏빛 바다 한가운데에서 번쩍이는 벼락으로

그의 빠른 배를 때려 쪼개놓은 다음이었지요.

그이의 어엿한 다른 동료들은 그 자리에서 모조리 죽어 나갔지만

그이는 바람과 파도가 이리로 몰아 데려온 거고요.

저는 그이를 사랑하게 되었고, 돌보았답니다. 그리고 135

영원한 불사(不死)도, 불로(不老)도 안겨주겠노라고 말하곤 했어요.

그러나 아이기스를 지닌 제우스의 계획을 감히 다른 신이

비켜 간다거나 무위로 돌리는 것은 도저히 있을 수 없는 일이니,

그분이 그이에게 독촉하며 명령하는 거라면 그이를 떠나가게 하세요,

곡식을 거둘 수 없는 바다 위로. 그러나 제가 그를 보내주진 못합니다, 절대로. 140

바다의 너른 등을 타고 그를 데려다줄 전우들도,

노 달린 배들도 제 곁에 없으니까요.

하지만 조언이라면, 그이가 아무런 탈 없이 고향 땅에 다다를 수 있도록

그이에게 얼마든지 해드리겠어요, 아무것도 숨기지 않겠어요.”

그러자 이번에는 동행자, 아르고스의 살해자가 그녀에게 말하였다. 145

　“지금은 이대로 떠나보내시지요, 제우스의 진노를 삼가 두려워하셔야 합니다.

혹시 나중에라도 그분이 당신에게 분을 품고 가혹하게 대하시지 않도록요.”

강력한 아르고스의 살해자는 이렇게 말하고 떠났고

공경받을 요정은 웅대한 기상을 품은 오뒷세우스에게로 발걸음을 옮겼다.

그녀가 제우스의 전언을 귀담아들었던 까닭이다. 150

그녀는 곳 위에 올라앉은 그를 알아보았다. 그의 두 눈에 눈물이
마른 적 단 한 번도 없었고, 귀향을 두고 탄식하며 그의 달콤한 생애도
떠내려가고 있었다. 요정도 그를 더는 즐겁게 해줄 수 없었기 때문이다.
그러나 마다하는 그는, 바라마지않는 그녀 곁에서
밤에는 우묵 파인 동굴에서 억지로 자야만 했고,   155
낮에는 바닷가 바위에 걸터앉아
⟨눈물로, 탄식으로, 고통으로 제 기백을 찢어놓으며,⟩⁴⁰
곡식을 거둘 수 없는 바다를 눈물을 쏟으며 응시하곤 했다.
여신들 중의 여신은 그에게 가까이 다가서서 말하였다.
    "운명에 매인 이여, 이제 더는 여기서 탄식하지도 말고,   160
당신의 생을 소진하지도 마세요. 내 이제는 그대에게 분명히 말씀드리지요,
나 그대를 보내드리겠어요. 자, 이제 저 아름드리나무들을 청동으로 벤 다음
넓찍한 뗏목을 짜 맞추세요. 그 위에는 갑판도 높이 고정해두고요.
그 뗏목이 안개 덮인 바다 위로 당신을 데려갈 수 있도록요.
나는 당신에게 허기를 막아줄 빵과 물, 그리고 원기에 맞갖은   165
붉은 포도주를 그 안에 실어드릴게요. 또, 당신에게
옷을 입혀드릴 거고, 당신을 위해 뒤에서 순풍을 보내드리지요.
그러면 당신은 아무런 탈 없이 고향 땅에 다다를 수 있겠지요.
만일 그것이 사려에서도, 성취에서도 나보다 한결 나은,
너른 하늘을 차지하고 있는 신들이 바라는 바라면!"   170

그녀가 이렇게 말하자 잘 참고 견디는, 신과 같은 오뒷세우스는
몸서리를 치더니 그녀에게 소리 내어 날개 돋친 말을 건네었다.

---

40   이 행이 빠진 사본들도 있다.

134

"여신이여, 당신은 나를 보내려는 게 아니라 뭔가 다른 계획을
꾸미는 게 틀림없어요. 저 무섭고도 끔찍한, 몹시도 깊은 바다를
나더러 뗏목으로 헤쳐 가라고 명하다니요. 제우스의 순풍을 만끽하는,   175
빨리 달리는, 균형이 잘 잡힌 배들조차도 그곳을 헤쳐 갈 수는 없습니다.
그러니 그것이 당신의 뜻일지라도, 여신이여, 그대가 나를 노리고
또 다른 사악한 재앙을 꾸미는 게 아니라고 크나큰 서약으로
맹세할 각오가 되어 있지 않다면, 저는 뗏목에 오르지 않으렵니다."

그가 이렇게 말하자, 여신들 중의 여신 칼립소는 미소를 짓더니   180
손으로 그를 다독였고, 그의 이름을 부르며 말하였다.
    "당신은 정말이지 어쩔 수 없는 악당이로군요! 게다가 헛된 것이라곤
아예 알지를 못하니. 어쩌면 거기까지 헤아리려가며 말할 수가 있는 거죠?
그러면 지금 당장 가이아(대지)와 저 위에 드넓게 펼쳐진 우라노스(하늘),
또 아래를 향해 흐르는 스튁스 강물이 이것을 알게끔 하지요. 스튁스야말로   185
우리 복받은 신들에게는 가장 크고도 두려운 맹세의 대상이 되니까요.
내가 당신을 노리고 또 다른 사악한 재앙을 꾸미지 않겠노라고요!
천만에, 나는 내게 그렇게 큰일이 닥쳤을 때 내게 필요한 것을
나 자신을 위해 염려하게 될 만한, 그런 일들을 계획하고 염두에 두겠어요.
내게도 올바른 판단이 있어요. 내 가슴속 기백도   190
무쇠가 아니라 연민으로 넘치니까요."

여신들 중의 여신은 이렇게 말하며 재빠르게 앞장섰고
그는 신의 발자국을 따라 걸었다.
신과 사내가 우묵 파인 동굴에 도착하자,
사내는 헤르메스가 앉았다가 일어선 그 팔걸이의자에 앉았고   195

요정은 죽게 마련인 인간들이 먹는 온갖 음식들을

먹고 마시라며 그의 곁에 차려준 다음

신과 같은 오뒷세우스와 마주 앉으니

시녀들은 그녀를 위해 암브로시아와 넥타르를 차려 내었다.

그러자 그들은 준비되어 차려진 음식 쪽으로 손을 내밀기 시작했고,   200

마침내 이들이 갈증과 허기에서 벗어나자,

여신들 중의 여신 칼륍소가 그들 사이에서 이야기하기 시작했다.

　　"제우스께서 기르신 이, 라에르테스의 아드님, 허다한 계책에 밝은

오뒷세우스여, 당신은 정말 고향 땅으로, 사랑하는 집으로 이렇게 지금 당장

떠나기를 바라는 건가요? 그렇다 하더라도, 그대 부디 잘 지내시기를.   205

그러나 그대가 고향 땅에 닿기 전에 과연 얼마나 많은 근심스러운 운명의 몫을

채워야 하는지, 만약 그대가 헤아림으로 알고 있다면,

당신이 매일같이, 늘 그리워하는 당신의 아내를 보고 싶어

아무리 몸부림을 칠지라도 당신은 나와 함께 여기 이 자리에 머물고

이 집을 지키며 죽음을 모르는 몸이 되고 싶을 겁니다.   210

분명히 해두지요, 나, 그녀 못지않다고 자부합니다.

자태도, 몸매도요. 죽게 마련인 여인들이 죽음을 모르는 여신들과

자태와 용모를 겨룬다는 것은 당치도 않은 일이니까요."

그러자 꾀 많은 오뒷세우스는 그녀에게 대답하며 말하였다.

　　"공경받을 여신이여, 이런 일로 제게 분을 품지는 마세요.   215

외모와 위엄을 놓고 볼 때, 더없이 지혜로운 페넬로페가

당신에게 미치지 못한다는 것은 저부터도 낱낱이 아주 잘 알고 있답니다.

그녀야 죽게 마련인 인간이고, 당신은 늙어감도 죽음도 모르는 분이니까요.

그럼에도 불구하고 저는 집으로 가서 귀향의 그날을 보게 되기를

하루도 빠짐없이 바라며 그리워하고 있습니다.   220

설령 신들 중 어떤 분이 포도줏빛 바다 위에서 또 한 번 산산조각 낸다 해도

저는 설움을 견디는 기백을 품고 가슴속에서 참아내렵니다.

파도 속에서, 전쟁 속에서 저는 이미 숱하게 많은 것들을 겪어왔고,

많은 고생을 치렀으니까요. 그러니 그 일도 그런 고생들을 따라 일어나라 하지요."

그가 이렇게 말하자 헬리오스가 가라앉고 어둠이 다가왔다.   225

이 둘은 우묵 파인 동굴 가장 깊은 곳으로 들어가

서로의 곁에 머무르며 사랑을 나누면서 낙을 누렸다.

이른 나절 태어난, 장밋빛 손가락의 에오스(새벽)가 모습을 드러내자,

오뒷세우스는 즉시 통옷과 외투를 입었고,

요정은 얇고 우아한, 커다란 은빛 옷을 입은 다음   230

허리에는 고운 황금 허리끈을 두르고,

머리 위로는 면사포를 덮고 나서

웅대한 기상을 품은 오뒷세우스를 보내줄 계획을 세웠고

그에게 큰 도끼 한 자루를 주었다. 손아귀에 맞춤한 이 청동 도끼는

양쪽에 모두 날이 서 있었고, 아름답기 이를 데 없는   235

올리브나무 손잡이가 그 안에 잘 들어맞게 박혀 있었다.

그리고 그녀는 그에게 제대로 연마된 자귀 한 자루를 주며

섬의 끝자락을 향해 길을 앞장섰다. 거기에는 검은오리나무, 흑양,

하늘을 찌를 듯한 전나무 같은 아름드리나무들이 있었는데, 이미 마른 지 오래된,

잘 건조된 것들이라 가볍게 항해할 수 있는 상태였다.   240

여신들 중의 여신인 칼륍소는 이 아름드리나무들이 있는 곳을

보여주고 나서 집을 향해 떠났다.

한편, 그는 나무를 베기 시작하더니 신속하게 작업을 마쳤다.

그가 베어 넘기고 청동으로 다듬은 것이 전부 해서 스무 그루였고,
먹줄을 따라 곧게, 솜씨 있게 깎아가며 모양을 잡아냈다.   245
그러는 동안 여신들 중의 여신 칼립소는 송곳을 가져왔고
그는 구멍을 전부 뚫어 서로를 맞춰놓은 다음
나무못과 거멀쇠로 이어 붙이니,
목공 일을 제대로 알고 있는 어떤 사람이 원을 그리며 재게 될
널찍한 장삿배의 밑바닥만큼이나 넓은   250
그런 뗏목을 오뒷세우스는 만들어내었다.
그는 늑골을 빈틈없이 짜 맞춰가며 반(半)갑판을 만들어
세워 올렸고, 긴 널빤지들을 대어 마무리하였다.
그는 그 안에 돛대를 세웠고, 잘 들어맞게 활대도 만들었으며
방향을 잡을 수 있도록 키도 만들어놓았다.   255
그리고 파도를 막을 수 있게 고리버들을 엮어 울타리를 둘러친 다음
그 위에 나뭇가지들을 수북하게 뿌려놓았다.
그러는 동안 여신들 중의 여신 칼립소는 돛을 만들 만한
천을 가져왔고, 그는 역시 그것도 예사롭지 않게 만들어냈다.
그는 뗏목 안에 아딧줄과 마룻줄, 그리고 버팀줄을 묶어두었고   260
지렛대를 써서 신성한 소금 물결 속으로 뗏목을 끌어 내렸다.

나흘째 되던 날, 그에게 모든 것이 완성되었고,
닷새째에 여신 칼립소는 그를 목욕시키고 향긋한 옷을 입힌 다음,
그를 섬에서 떠나보냈다.
그녀는 그에게 짙은 포도주가 담긴 가죽 자루 하나와 물이 담긴 큰 가죽 자루 265
또 하나, 그리고 길양식이 담긴 가죽 부대 하나를 넣어주니,
그녀는 그 안에 그의 원기에 맞갖은 찬을 많이 담아두었다.

해로울 것 없고 따뜻한 순풍을 그녀가 보내주자
신과 같은 오뒷세우스는 기뻐하며 바람을 안고 돛을 날렸고
자리에 앉아 노련한 솜씨로 키를 잡으며 방향을 맞추었다.   270
플레이아데스와 느지막이 가라앉는 보오테스,
또 사람들이 '마차'라는 별명으로도 부르는 큰곰을 바라보던
그의 눈꺼풀 위로는 잠도 쏟아지지 않았다.
큰곰은 제자리에서 돌며 오리온을 지켜볼 뿐,
오케아노스의 목욕에 끼어드는 법이 없다.   275
이 별을 왼손으로 쥔 채로 바다를 가로질러 가라고
여신들 중의 여신인 칼륍소가 그에게 당부했던 것이다.
열흘 하고도 이레를 그는 바다를 가로지르며 항해했고
열여드레째, 그에게서 가장 가까이에 있던 파이아케스 사람들의 땅에서
그늘진 산맥들이 모습을 드러내기 시작하니, 그 모습이 마치   280
쇠가죽 방패가 안개 덮인 바다에 떠 있는 것만 같았다.

한편, 지축을 뒤흔드는[41] 통치자는 아이티옵스인들에게서 되돌아오던 길에,
멀리 떨어진 솔뤼모스인들의 산맥에서 그가 바다 위를 항해하며 나아가는 것을
보고 말았다. 그러자 그는 심장에서부터 격노하더니
고개를 흔들며 자신의 기상을 상대로 말하였다.   285
    "빌어먹을, 내가 아이티옵스인들 사이에 있는 틈을 타 신들이
오뒷세우스에 대한 결정을 영 딴판으로 뒤집어버린 게 분명하다. 저놈은
파이아케스 사람들의 땅에 이미 가까이 다가왔고, 거기서는 지독히도
비참한 운명에서 벗어나도록 정해져 있는데, 그 운명의 몫이 저자에게 오다니.

---

41   포세이돈의 고유한 수식어.

그러건 말건 내 말해두지, 액운이라면 저놈에게 차고 넘치도록 몰아쳐주마!"   290

그는 이렇게 말하고 두 손에 삼지창을 쥐더니,
구름들을 죄다 끌어모으고 바다를 들쑤셔놓았다.
그가 갖가지 바람들로 폭풍을 있는 대로 일으키고, 땅도 바다도
구름들로 뒤덮어놓자, 하늘로부터는 밤이 솟구쳐 일어나니
에우로스(동풍)와 노토스(남풍)가, 그리고 불길하게 불어닥치는 제퓌로스(서
   풍)와   295
창공을 맑게 짓는 보레아스(북풍)가 맞부딪치며 파도를 거대하게 휘감아놓았다.
그러자 그만 오뒷세우스의 두 무릎도, 심장도 풀려버렸다.
그는 심란해하며 자신의 웅대한 기상을 상대로 말하기 시작했다.
   "아아, 나야말로 불운한 사람이다. 이 끝에 내게 무슨 일이 벌어지려나?
여신이 무엇 하나 틀림없이 말한 게 아닐까 두렵구나.   300
내가 고향 땅에 가 닿기 전에, 정해진 고통의 몫을 바다에서 채울 거라고
그녀가 말했지. 그 모든 일이 지금 이루어지고 있구나.
제우스께서 너른 하늘을 저만큼이나 되는 구름들로 에워싼 데다가
바다를 들쑤셔놓는가 하면, 갖가지 바람들로 폭풍을 일으키는구나.
이젠 내게 가파른 파멸이 닥친 게 분명하다.   305
아트레우스의 아들들에게 기쁨을 안겨주려다가 드넓은 트로이아에서
파멸한 다나오스인들이야말로 세 배나, 아니 네 배는 더
복받은 사람들이었구나. 목숨을 잃은 펠레우스의 아들[42]을 둘러싸고
어마어마하게 많은 트로이아인들이 청동 날이 박힌 창들을 내게 던지던 그날,
나도 죽음을 맞고 운명을 따라갔다면 더 좋았을 것을!   310

42   아킬레우스.

그랬더라면 나도 장례 기념물은 받았을 테고, 내 명성도 아카이아인들이
간직해주었으련만. 그러나 나는 지금 서러운 죽음에 굴복할 운명이구나."

그런데, 이렇게 말하고 있던 그에게, 가공하리만큼 쇄도하는 거대한 파도가
꼭대기에서부터 내리꽂혔고, 뗏목은 휘감겨 돌았다. 그러자 그는
두 손에서 키를 놓치고 뗏목으로부터 멀찍이 나가떨어졌다.   315
또, 뒤섞인 바람들이 이룬 폭풍이 무섭게 다가와
돛대 한가운데를 바수어놓자
돛도, 활대도 바닷속으로 멀리 떨어지고 말았다.
그는 한참 동안을 수면 아래 붙들려 있었고, 파도의 거대한 쇄도에 눌려
좀처럼 빨리 위로 솟구쳐 오를 수가 없었으니   320
여신 칼륍소가 그에게 준 옷이 그를 무겁게 만들었던 것이다.
한참이 지나서야 그는 수면 위로 올라와 입에서 쓰디쓴 소금기 어린 물을
뱉어냈고, 그의 머리 위에서도 소금물이 많이도 쏟아져 내렸다.
그러나 핍진(乏盡)하였음에도 뗏목을 잊지 않았던 그는
외려 파도 속으로 돌진하여 뗏목을 붙들었고   325
죽음이 이루어지는 것을 피해내며 한가운데에 앉았다.
거대한 파도가 물결을 타고 뗏목을 이리로 저리로 싣고 가니
마치 오포라[43] 때 보레아스(북풍)가 서로서로 엉겨 붙은 엉겅퀴들을
들판을 타고 실어 나르는 것만 같았다.
꼭 그처럼 바람들이 바다를 타고 뗏목을 이리로 저리로 싣고 가니   330
한번은 노토스(남풍)가 보레아스(북풍)더러 싣고 가라며 던져놓기도 했고
한번은 에우로스(동풍)가 제퓌로스(서풍)더러 추격하라며 길을 내주기도 했다.

43   Opora. 7월 말에서 9월 초 사이를 말하며 동지중해 지역의 수확기이다.

그런데 그를 카드모스의 딸, 발목도 고운 이노, 곧 레우코테아가
보게 되었다. 그녀도 예전에는 죽게 마련인 인간의 음성으로 말하던 이였으나
지금은 난바다의 소금 물결 속 신들 사이에서 제 몫의 명예를 누리고 있다.   335
이런 그녀가 고통을 겪으며 떠돌고 있는 오뒷세우스를 가엾게 여기더니
습새의 모습으로 물 위로 날아올라
여러 번 엮어놓은 뗏목 위에 앉아 이렇게 말하였다.

　　"운명에 매인 이여, 지축을 뒤흔드는 포세이돈은 도대체 왜 이렇게까지
자네를 노리고 수많은 재앙을 심어가며 흉포하게 자네를 증오하는가?   340
그러나 그가 아무리 안달을 한들, 자네를 파멸시킬 수는 없지.
내 보기에 자네가 말귀를 못 알아들을 것 같진 않으니, 일단 다 제쳐두고
이렇게 하게. 그 옷들일랑 다 벗고, 뗏목은 바람들에 실려 가도록 내버려두게나.
대신, 파이아케스 사람들의 땅으로 가는 걸 목표 삼아 그 두 손으로 헤엄쳐 가게.
여기서 빠져나가는 것이 자네에게 정해진 운명의 몫이니까.   345
자, 그리고 쇠할 줄 모르는 이 면사포를 가슴 언저리에 동여매게나.
그러면 파멸에 대한 두려움도, 고통을 당하리라는 두려움도 없으리니.
그러나 두 손이 뭍에 닿게 되거든 그때는 이것을 풀어
육지에서 멀리 떨어진 포도줏빛 바다 속으로
자네 스스로 방향을 돌려 도로 멀리 던져야 하네."   350

여신은 이렇게 말하며 면사포를 건네준 다음
파도가 일렁이는 바다 밑으로, 습새의 모습으로
다시 잠겨 들어갔고, 어두운 파도가 그녀를 감추었다.
그러나 잘 참고 견디는 신과 같은 오뒷세우스는 저울질하며 궁리해보다가
심란해하며 자신의 웅대한 기상을 상대로 말하기 시작했다.   355

142

레우코테아,
오뒷세우스를 돕다

―――――

인간의 피가 섞인 이상 반드시 죽을
수밖에 없고, 그 유일한 목적지가
하데스로 그려지는 『일리아스』와는
달리, 이 시에서는 레우코테아 같은
존재들이 등장한다. 인간으로 태어나
신으로 살아가는 존재가 되는 것, 그것은
오뒷세우스가 칼립소의 섬에서 뿌리치고
온 제안이었다.

제임스 니글, 에칭, 1805

"아아, 이를 어쩌면 좋단 말이냐. 이 뗏목에서 떠나라고 명령하다니,
죽음을 모르는 신들 중 누군가가 내게 또다시 계략을 자아내지는 않기를!
아니다, 무슨 일이 있어도 나 그 말을 따르지 않으련다. 내게 피난처가 될 거라고
그녀가 말한 그 땅은 내 두 눈으로 멀게만 보일 뿐이다. 그러니 난,
좌우간 이렇게 하고 말 테다. 이렇게 하는 것이 제일 나아 보인다.   360
이 나무들이 거멀쇠들로 제대로 엮여 있는 한
고통을 당하는 일이 있어도 견디면서 나는 여기 남는다.
그러다가 파도가 이 뗏목을 깨뜨려버리면, 그때는 헤엄을 치자.
어차피 그것 말고 더 나은 수를 미리 염두에 둘 수도 없어."

그가 이 일을 두고 헤아림을 다해, 온 심정을 다해 근심하는 동안,   365
지축을 뒤흔드는 포세이돈은 그를 향해 거대한 파도를 솟구쳐 올렸고
뒤덮어버릴 만큼 두렵고 고통스러운 파도를 그에게로 몰아쳐 갔다.
마치 휘몰아치는 바람이 마른 겉겨 더미를 흔들어놓으면
겨가 어디라 할 것 없이 흩뿌려지듯이,
꼭 그처럼 뗏목의 아름드리나무들도 흩어지고 말았다. 그러자 오뒷세우스는   370
마치 경주마를 모는 사람처럼 어떤 나무 위에 올라타더니
여신 칼립소가 그에게 건네준 옷을 벗어 던지고
면사포를 가슴 언저리에 즉시 동여매었다.
그는 머리를 아래로 두고 소금 물결 속으로 뛰어내린 다음
헤엄을 쳐야겠다는 일념으로 두 손을 펼쳤다. 지축을 뒤흔드는 통치자가   375
이것을 보더니 고개를 흔들며 자신의 기상을 상대로 말하였다.
   "이제 너는 제우스가 길러낸 사람들에게 가서 섞일 때까지
몹쓸 일을 많이 당해가며 바다를 따라 떠돌지어다.
바라건대, 네게 닥친 재앙을 너 결코 업신여기진 못하리라."

144

그는 이렇게 말하더니 갈기도 고운 말들에게 채찍을 날렸고 380
그의 이름 높은 집이 있는 아이가이에 이르렀다.
한편, 제우스의 딸 아테네는 문득 다른 일을 떠올리더니
다른 바람들의 진로를 묶어 멈추어놓고
일제히 잠들라고 명령한 다음,
쇄도하는 보레아스(북풍)를 일으켜 파도들을 앞서 깨뜨려놓으니 385
제우스에게서 태어난 오뒷세우스가 파이아케스 사람들 사이에
섞일 때까지, 죽음과 죽음의 여신을 따돌리게 하려는 것이었다.

거기서 그는 이틀 밤, 이틀 낮을 단단한 파도에 떠밀려 다녔고
그의 심장이 파멸을 내다본 것만도 부지기수였다.
그러나 머리를 곱게 땋은 에오스(새벽)가 세 번째 날을 짓자, 390
그만 바람이 멈추더니 대기가 고요해졌다.
그가 거대한 파도에 밀려 솟구쳤을 때, 그가 더없이 날카롭게
앞을 바라보니 가까이에 뭍이 보였고,
이는 마치 와병 중인 아버지가 극심한 고통을 겪다가 살아나는 것이
자식들에게 기쁘도록 반가운 것만 같았다. 395
그에게 앙심을 품은 어떤 신이 그에게 병을 내려 그가 오래도록 녹아내렸으나
신들이 그를 재앙에서 풀어준 것이 기쁘도록 반가운 것이었다.
꼭 그처럼 오뒷세우스에게 뭍과 숲이 기쁘도록 반갑게만 보였고,
그는 두 발로 땅을 디디며 걷고 싶어 허겁지겁 헤엄치기 시작했다.
그러나 소리치면 들릴 만한 간격 정도만을 남겨놓았을 때 400
그는 바다의 바위 절벽에서 울리는 굉음을 들었다.
두려우리만큼 울부짖는 파도가 마른 육지로 달려들었고

소금 거품은 온 사방을 뒤덮어놓고 말았다.

그곳에는 배들을 지켜주는 포구는커녕, 대피할 곳조차 없이

그저 돌출한 곳이, 바위 절벽이, 암초가 있을 따름이었다.   405

그러자 그만 오뒷세우스의 두 무릎도, 심장도 풀려버렸다.

그는 심란해하며 자신의 웅대한 기상을 상대로 말하기 시작했다.

 "아아, 이럴 수가. 기대치도 못했던 육지를 제우스께서

보게 해주셨는데, 나 이토록 깊은 바다를 가로지르며 헤쳐왔는데,

잿빛 소금 물결의 문을 열고 나갈 탈출구가 그 어디에도 보이질 않다니!   410

바깥쪽으로는 날카로운 암초들이 있어 그 주위로는

파도가 달려들며 울부짖질 않나, 미끄덩한 바위도 솟아 있고

바다는 깊기만 하니 도대체 두 발로 서 있을 도리도 없고

이 재앙에서 벗어날 방법이 없구나.

빠져나가려는 나를 저 거대한 파도가 낚아채어 바위에, 돌덩어리에   415

던지지만 않기를 바랄 뿐. 그러면 이 몸부림도 허사가 될 테니까.

그런데 만일 내가 기우듬한 해변이나 바다의 포구를 찾을 요량으로

해안을 따라 더 멀리 헤엄쳐 가다가는,

무겁게 신음하는 나를 폭풍이 또다시 잡아채어 물고기가 가득한 바다로

데려가지 않을까 두렵구나. 아니면 나를 노리는 어떤 신이   420

소금 물결 밖으로 거대한 바다 괴물을 쏘아 보낼지도 모르지.

그런 녀석들이라면 이름난 암피트리테가 숱하게 기르고 있으니까.

지진을 일으키는 그 이름난 분이 나를 그토록 증오하고 있다는 건 나도 알고 있다."

그가 이 일을 두고 헤아림을 다해, 온 심정을 다해 근심하는 동안,

거대한 파도가 그를 바위투성이 곳을 향해 옮기고 있었다.   425

만일 빛나는 눈의 여신 아테네가 그의 헤아림 속에 이를 넣어주지 않았더라면

그는 그곳에서 살갗이 찢어지고 뼈도 모조리 박살 났을 것이다.

그는 몸을 내던져 양손으로 바위를 잡더니 거대한 파도가

지나갈 때까지 신음하며 이를 쥐고 있었다.

그는 그렇게 파도에서 벗어났지만, 되밀려오는 파도가 또다시   430

쇄도하며 그를 후려치더니 바다 먼 곳으로 그를 내던졌다.

마치 구멍 밖으로 문어를 잡아당기면

빨판에 돌멩이를 빈틈없이 붙이고 나오듯이

꼭 그처럼 그의 대담한 두 손 살갗은 바위에 찍혀

찢겨 나갔고, 거대한 파도는 그를 뒤덮었다.   435

만일 빛나는 눈의 아테네가 그에게 지혜를 주지 않았더라면

거기서 이 불운한 오뒷세우스는 제게 주어진 몫을 넘어 파멸했을 것이다.

뭍을 향해 토해내는 파도 위로 그가 솟구쳐 오르자,

그는 육지 쪽을 응시하며 기우듬한 해변이나 바다의 포구를

찾을 요량으로 옆을 따라 헤엄치기 시작했다.   440

그는 아름답게 흘러내리는 강어귀까지 헤엄치며 도달하였고

그에게는 그곳이 가장 좋은 장소로 보였다.

바위들도 매끄러웠고 바람을 피할 수 있는 곳까지 있었던 것이다.

그는 앞으로 쏟아지는 강줄기를 알아차리더니 온 심정을 다해 기도하기 시작했다.

    "내 말을 들어주소서, 왕이시여, 당신이 누구시든! 저는 포세이돈의   445

위협을 피해 수없이 빌고 찾으며 바다 밖으로 나와 당신께 도망쳐 왔나이다.

떠돌아다니다가 탄원자로 온 사람이라면 누구든, 죽음을 모르는 신들에게도

삼가 존중받아야 합니다. 꼭 그처럼 숱한 고생을 겪은 저 역시 지금

당신의 물줄기와 두 무릎을 두고 탄원하나이다.

부디 불쌍히 여겨주소서, 왕이시여. 저는 당신의 탄원자임을 자부하나이다."   450

그가 이렇게 말하자, 강은 즉시 자기 흐름을 멈추고 파도를 막더니
그의 앞에 놓인 수면을 고요하게 만들고 강어귀에서 그를 구해주었다.
그러자 그는 두 무릎과 억센 두 손을 늘어뜨렸다. 그의 심장이
소금 물결에 제압되었던 것이다. 살갗은 온통 부어올랐고,
바닷물은 입에서도 코에서도 많이도 쏟아져 내렸다.   455
그가 호흡도 없이, 말도 없이 맥을 못 추고 드러눕자
끔찍한 피로가 그에게 다가왔다.
그러나 그가 다시 숨을 들이쉬고 속으로 기운이 모여들자
신이 준 면사포를 제 몸에서 풀어내더니
소금 물결을 향해 흘러들어 가는 강 속에 떠내려가게 하였다.   460
거대한 파도는 흐름을 따라 이를 뒤로 실어 갔고, 이노도 곧바로
두 손으로 이를 받아냈다. 그는 몸을 굽혀 강물 밖으로 빠져나오더니
갈대밭에 몸을 누이고 곡식을 안겨주는 들판에 입 맞추었다.
그는 심란해하며 자신의 웅대한 기상을 상대로 말하기 시작했다.
   "아아, 어쩌면 좋지? 나는 무슨 일을 겪게 되는 걸까?   465
이 끝에 내게 무슨 일이 벌어지려나? 만약 내가 강에서
비참하기 짝이 없는 밤 내내 망을 보다가는 맥을 못 추며 쇠잔해진
내 기운을 몹쓸 서리와 부드러운 이슬이 동시에 제압해버리지 않을까
두렵구나. 꼭두새벽에는 강에서 미풍조차 차갑게 불어오니까.
그렇다고 언덕에 있는 그늘진 숲으로 올라가   470
빽빽한 덤불 속에서 잠이 들었다가는 설령 추위와 피로가
나를 놓아주고, 달콤한 잠이 내게 다가온다 해도
들짐승들에게 사냥감이 되고 전리품이 될까 걱정이다."

그렇게 심사숙고해보던 중에, 이렇게 하는 쪽이 그에게 더 이로워 보였다.

즉, 걸음을 옮겨 일단 숲으로 가는 것이었다. 그는 사방을 둘러볼 수 있는   ⁴⁷⁵
물가에서 그 숲을 발견하였다. 그가 우거진 두 나무 기둥 아래로 들어가니
이 둘은 같은 뿌리에서 자라난 것으로 하나는 야생올리브, 다른 하나는 올리브
　　였다.
습기 머금은 바람들의 힘도 이들을 지나 불어온 적이 없고
〈눈부신 헬리오스도 그 안으로는 광채를 들여보낸 일이 없었으며〉⁴⁴
폭우조차도 뚫고 들어온 적이 없었으니, 이 두 나무는 그 정도로 서로   ⁴⁸⁰
치밀하게 엮어가며 자라난 것이다. 오뒷세우스는 이 나무들 아래로
잠겨 들어가 제 두 손으로 긁어모아가며 널찍한 잠자리를 마련하였다.
엄청나게 많은 낙엽이 무더기째 쌓여 있던 것이다.
그 정도라면 겨울철 아무리 혹독한 날씨에도 두 사람,
아니 세 사람을 덮어줄 만했다.   ⁴⁸⁵
잘 참고 견디는, 신과 같은 오뒷세우스는 이를 보며 기뻐하였고
한복판에 누워 낙엽 더미를 제 위에 쏟아부었다.

마치 주변에 다른 이웃이라고는 없이 가장 멀리 떨어진 들판에 사는
어떤 사람이 불붙은 나무토막을 새카만 잿더미 아래 묻어두어
불씨를 지키고 다른 곳에서 불을 얻어 올 필요가 없듯이   ⁴⁹⁰
꼭 그처럼 오뒷세우스도 낙엽에 묻혔다. 그런 그를 위해 아테네는
두 눈 위에 잠을 쏟아부어주었으니, 그의 눈꺼풀을 뒤덮어
고단한 피로를 조금이라도 더 빨리 가시게 하려는 것이었다.

44　이 행이 빠진 사본들도 있다.

6권

잘 참고 견디는 신과 같은 오뒷세우스는 그곳에서
잠과 피로에 눌려 탈진한 채 잠들어 있었고,
아테네는 파이아케스 사람들의 나라와 도시로 걸음을 옮겼다.
그들도 예전에는 드넓은 휘페레이아에 살고 있었고
인간 위에 서기를 자처하는 퀴클롭스족들과 가까이 있었다. 5
그러나 이들은 노상 해를 입혔고, 힘도 더 드셌기에
신과 같은 나우시토오스가 그들을 이끌고 스케리아로,
노동하며 삶을 꾸리는 사람들에게서 멀리 떨어진 곳으로 옮겨놓은 것이다.
그는 도시에 성벽을 둘러친 다음, 집들을 지었고
신전들을 짓고, 밭들도 나누어주었다. 10
그러나 그는 벌써 죽음의 여신에게 제압되어 하데스로 갔고,
지금은 신들의 조언들을 알고 있는 알키노오스가 다스리고 있었다.
웅대한 기상을 품은 오뒷세우스의 귀향을 꾀하던
빛나는 눈의 여신 아테네는 그의 집으로 걸음을 옮겼다.

엄청난 공을 들여 만든 방 안으로 그녀가 들어가자, 거기에는 한 소녀가   15
잠들어 있었으니, 그 자태와 용모가 죽음을 모르는 신들과 똑같은
나우시카아, 웅대한 기상을 품은 알키노오스의 딸이었다.
그녀의 곁에는 카리스 여신들에게서 아름다움을 얻어낸 시녀 둘이
두 기둥의 양편에 자리하였고, 눈부신 방문은 잠겨 있었다.
여신은 마치 바람의 숨결처럼 소녀의 침대로 내달려   20
그녀의 머리맡에 서서 이야기하기 시작하니
그 모습이 배로 이름난 뒤마스의 딸과 같았다.
그녀는 나이도 같았고, 기백으로 아껴주는 사이였다.
그녀의 모습을 하고, 빛나는 눈의 여신이 소녀에게 말하였다.

　"나우시카아, 네 어머니는 어쩌자고 이렇게 게으른 딸을   25
낳으셨을까? 눈부신 옷가지들이 엉망으로 널려 있구나.
너는 좀 있으면 결혼도 할 애가! 거기선 네가 아름답게 차려입어야 하고
네 들러리를 서줄 사람들에게도 아름다운 옷들을 내줘야 하잖니.
바로 그런 데에서 너에 대한 좋은 소문이 사람들에게로 퍼져 가는 거고
아버지도, 공경하올 어머니도 흐뭇하시겠지.   30
자, 동이 트는 대로 빨래하러 가자꾸나.
최대한 빨리 끝낼 수 있도록 나도 손을 보태러 같이 갈 테니까.
네가 미혼으로 있을 날도 이제 오래 남진 않았지.
네 혈통이 뻗어 나온 곳이기도 한 파이아케스 백성들 모두를 통틀어
가장 빼어난 사람들이 네게 이미 청혼하고 있으니까.   35
자, 동트기 전에 네 이름난 아버지를 졸라
허리띠, 겉옷, 그리고 눈부신 담요들을 실어 나를 만한
노새들과 마차를 준비해달라고 해보렴.
게다가 그렇게 하는 게 두 발로 걸어가는 것보다

네게도 훨씬 더 나을 거야. 빨래터는 도시에서 아주 멀잖니." 40

빛나는 눈의 아테네는 그렇게 말하더니 올림포스를 향해 떠나갔다.
사람들이 이르길, 그곳에는 언제까지고 흔들리지 않을 신들의 거처가 있다고
   한다.
바람에도 뒤흔들리지 않고, 폭우에도 젖지 않으며
눈은 가까이조차 오지 못하니, 구름 한 점 없는
맑은 창공만이 한껏 날개를 편 채 선명한 광채가 펼쳐진 그곳에서   45
복된 신들은 낙을 누리며 지낸다, 단 하루도 빠짐없이.
빛나는 눈의 그녀는 소녀에게 모습을 드러낸 다음, 그곳으로 떠나간 것이다.

그러더니 근사한 보좌에 앉은 에오스(새벽)가 곧바로 다가와 곱게 차려입은
나우시카아를 깨웠고, 동시에 그녀도 그 꿈을 신기하게 여겼다.
그녀는 그녀를 낳아준 친아버지와 어머니에게 말을 전하러   50
집을 가로질러 걸음을 옮겼고, 안쪽에서 그들과 마주쳤다.
어머니는 화롯가에서 시중드는 여인들과 함께 앉아
실타래에 감긴 양털에서 바닷빛 검붉은 실을 잣고 있었고,
아버지는 문가에서 마주쳤으니, 고귀한 파이아케스 사람들이
그를 부른지라 회의를 하러 이름난 왕들에게로 가려던 참이었다.   55
그녀는 아주 가까이 다가서서 친아버지에게 말하였다.
   "사랑하는 아빠, 저를 위해 좋은 바퀴를 단 높은 마차
한 대만 준비해주시면 안 되나요? 아무렇게나 널린
이름난 옷들을 강으로 가져가서 세탁하려고요.
그리고 아빠부터도 첫째가는 사람들과 어울려   60
계획을 의논하려면 살갗에 정갈한 옷들을 입고 계셔야 마땅해요.

게다가 아빠에겐 이 궁전에 아들이 다섯이나 있잖아요.
둘은 결혼을 했지만, 나머지 셋은 아직 결혼 안 한 한창때인지라
틈만 나면 무도회에 가고 싶어 하잖아요, 이제 막 세탁한 옷을 걸치고서.
이 모든 걸 제가 속으로 신경 쓰고 있다고요.”   65

그녀가 이렇게 말한 것은 친아버지에게 꽃피어 오르는 결혼이라는 말을 꺼내기가
못내 부끄럽기 때문이었지만, 그는 모든 걸 다 알아차리고 이런 말로 대답했다.
   “내 새끼, 널 위해서라면야 노새뿐이겠느냐, 다른 무엇도
거절할 수가 없지. 일단 가자. 시종들이 너를 위해 차대가 잘 결합된,
좋은 바퀴를 단 높은 마차를 준비할 거다.”   70

그가 이렇게 말하고 시종들에게 명령하자, 그들도 그의 말을 따랐다.
그들은 바깥에 잘 구르는 노새 수레를 준비하였고
노새들을 데려와 멍에를 지워 마차 아래 달았다.
한편, 소녀는 방에서 눈부신 옷가지들을 가지고 나와
매끈한 마차 위에 얹어두었다.   75
어머니는 원기에 맞갖은 먹거리들을 바구니에
종류별로 담아주었고, 찬도 담아두는가 하면, 염소 가죽 부대에는
포도주를 부어주었다. 소녀가 마차에 오르자
어머니는 그녀에게 시중드는 여인들과 함께 살갗에 바르라고
황금 병에 촉촉한 올리브기름을 담아주었다.   80
그러자 그녀는 채찍과 윤기 도는 고삐를 쥐더니
채찍을 날리며 몰고 나갔고, 노새 한 쌍에게서 발굽 소리가 울렸다.
노새들은 지칠 줄 모르고 끌어가며 옷가지들과 그녀를 실어 날랐다.
소녀는 혼자가 아니었고, 그녀와 함께 다른 시녀들도 움직이고 있었다.

이들이 더할 나위 없이 아름다운 강의 물줄기에 다다르자   85

그곳에는 빨래통들이 넉넉히 있었고, 아무리 더러운 옷이라도 깨끗하게

할 수 있을 정도로 많은 물이 아름답게 흐르며 솟아나고 있었다.

그녀들은 노새들을 마차 밑에서 풀어주더니

소용돌이치는 강가로 몰고 가서 꿀처럼 달콤한 우산잔디를 뜯게 하였고,

옷들을 손에 쥐고 마차에서 내려 어두운 물로 가져가   90

서로 경쟁을 벌여가며 재빨리 빨래통 안에서 발로 밟기 시작했다.

그녀들은 그렇게 빨래를 마치고 더러운 모든 것들을

깨끗하게 한 다음, 소금 물결 기슭을 따라

줄지어 펼쳐 널어놓았다. 그곳은 바다가

뭍에 있는 조약돌들을 가장 많이 씻어 내리는 자리였다.   95

그녀들은 목욕을 하고 기름을 아낌없이 바른 다음

강둑 옆에서 식사를 들어가며

헬리오스의 빛에 옷들이 마르기를 기다렸다.

시녀들과 그 소녀는 빵으로 기운을 차리고 나자

머릿수건을 벗어 던지더니 공놀이를 시작하였다.   100

그들 사이에서 뽀얀 팔의 나우시카아가 가무를 이끄니,

마치 화살을 퍼붓는 아르테미스가 엄청나게 길게 뻗은

타위게토스나 에뤼만토스 같은 산들을 두루 다니며

멧돼지들과 날렵한 사슴들을 보며 낙을 누리고,

아이기스를 지닌 제우스의 딸들인, 들판을 다스리는 요정들이   105

그녀와 함께 놀이를 즐길 때, 물론 그녀들 모두 아름답기야 하지만

그녀가 그들 모두보다 머리 하나에 이마를 더한 만큼 커서

그만큼 쉽게 알아볼 수 있기에 레토가 속으로 기뻐하듯이

꼭 그처럼, 아직 결혼하지 않은 그 소녀는 시녀들 사이에서 도드라졌다.

공놀이를 즐기는
나우시카아

———

아마도 다른 많은 에피소드처럼, 이 이야기의
원형은 민담일 것이다. 낯선 방랑자가 나라에
나타나 경쟁에서 남들을 이기고 공주를
얻는 패턴의 이야기는 세계 어디에나 있다.
나우시카아는 오뒷세우스가 지나온 귀향의
여정에서, 그와 엮일 가능성이 있는 유일한
인간 여성이다. 그녀는 오뒷세우스에게
매혹되었고, 그녀의 아비 알키노오스 왕
역시 그를 사위로 맞고 싶어 한다. 그러나
오뒷세우스는 지혜롭게 이를 피해 간다. 만일
여기서 어떤 로맨스가 있었더라면 칼립소에게
선언했던 그 모든 것이 몹시 우스워졌을
것이다. 나중에 괴테는 나우시카아를 모델로
미뇽(Mignon)이라는 캐릭터를 빚어냈고,
대중적으로도 인기가 많은 인물이라 동명의
애니메이션도 있을 정도이다.

제임스 파커, 에칭, 1805

그러나 그녀가 노새들에게 멍에를 지우고 아름다운 옷들을 개며   110
다시 집으로 돌아가려고 했을 때
빛나는 눈의 여신 아테네는 또 다른 것을 떠올렸으니,
오뒷세우스를 깨워 얼굴도 고운 이 소녀를 보게 하고
소녀가 그를 파이아케스 사람들의 도시로 데려가게 하려는 것이었다.
공주는 어떤 시녀에게 공을 던졌으나   115
그 시녀를 맞히지 못했고, 공은 깊은 소용돌이에 빠지고 말았다.
그러자 그녀들은 크게 소리를 질렀고, 신과 같은 오뒷세우스도 잠에서 깼다.
그는 앉은 채로 헤아림을 다해, 온 심정을 다해 궁리하기 시작했다.
  "아아, 어쩌면 좋을까. 나 이번엔 죽게 마련인 인간들 중
어떤 자들의 땅에 오게 된 걸까? 주제넘고 거친 데다 올바르지 않은   120
자들이려나, 아니면 손님들을 아껴주고 신을 두려워할 줄 아는
분별력이 있는 자들일까? 소녀들이 지르는 여자의 비명이
내 주변으로 다가왔는데, 가파른 산머리들, 강물이 샘솟는 곳, 그리고
풀 자란 초원을 차지하고 있는 요정들의 소리가 아닐까?
아무튼, 내가 사람의 목소리를 내는 자들 가까이에 있는 건 분명하구나.   125
자, 내 직접 가서 보고 시험해봐야겠다."

신과 같은 오뒷세우스는 이렇게 말하더니 덤불 밖으로 기어 나왔다.
그는 살갗에 둘러 사타구니를 덮기 위해 울창한 숲에서
억센 손으로 나뭇잎들이 달린 여린 가지 하나를 꺾었다.
그리고 그는 마치 산속에서 자라난 한 마리 사자처럼 걸어 나아갔다.   130
제 힘을 믿는 사자는 비가 오고 바람이 불어도 두 눈이 불타오른다.
사자는 소 떼나 양 떼를, 아니면 들에 사는 사슴들을
쫓아가는가 하면, 촘촘한 우리 안으로 들어가

양들을 덮쳐보라고 사자에게 위장(胃腸)이 명령하기도 한다.

꼭 그처럼 오뒷세우스는 벌거벗었음에도 머리를 곱게 땋은 소녀들에게   135

섞여 들어가려 하였으니, 그에게 필요가 닥쳤기 때문이다.

그러나 소금기 어린 물에 엉망으로 당한 그의 모습은 그녀들에게

끔찍해 보였기에, 그녀들은 솟아 나온 해변 여기저기로 달아나버렸고

오직 알키노오스의 딸 혼자 남아 있었다. 아테네가 그녀의 헤아림 속에

용기를 세워주고 두 무릎에서 두려움을 붙들어놓았던 것이다.   140

그녀는 그를 마주 보며 버텨 서 있었고, 오뒷세우스는

얼굴도 고운 이 소녀의 두 무릎을 붙들고 빌어야 할지,

아니면 그런 채로 거리를 두고 도시를 가리켜주십사, 옷을 주십사며

꿀 같은 말로 빌어야 할지 저울질해보았고,

이렇게 하는 쪽이 그에게 더 이로워 보였다.   145

즉, 거리를 둔 채로 꿀 같은 말로 비는 것이었으니,

대뜸 무릎을 붙들며 소녀의 기백을 노엽게 하지 않기 위함이었다.

그는 즉시 꿀 같은, 그러나 절묘한 이야기를 시작하였다.

　"저는 그대의 두 무릎을 붙들고 빕니다, 주인이시여. 그대는 신이십니까,

아니면 죽게 마련인 인간입니까? 만일 그대가 너른 하늘을   150

차지하고 계신 신이라면, 저는 당신의 용모와 위엄, 그리고 자태가

위대한 제우스의 따님 아르테미스와 가장 가깝다고 봅니다만.

그러나 당신이 이 대지 위에 사는, 죽게 마련인 인간들 중 하나라면

당신의 아버지와 공경하올 어머니는 세 배나 복을 받으신 것이고

오라비들 역시 세 배의 복을 받은 겁니다. 이러한 여린 줄기가   155

무도회로 걸어 들어가는 것을 바라보면, 그대로 인한 기쁨으로

그분들의 기백이 매번 따사로워질 것이 분명하고말고요.

그러나 다른 누구보다도 월등히, 그 심장에서부터 가장 행복한 사람은

당신을 위해 구혼 선물을 묵직하게 달아드리고 당신을 집으로 데려가는 분이
　겠지요.

죽게 마련인 인간들 중 저는 지금껏 당신 같은 분은 이 두 눈으로　　　　　160

본 적이 없습니다, 남자든 여자든. 보고 있자니 경외심이 저를 사로잡는군요.

예전에 델로스에서, 아폴론의 제단 곁에서 바로 그러한

대추야자의 어린 줄기가 돋아나는 걸 본 적이 있어요.

저도 그곳에 가본 적이 있으니까요. 많은 백성이 저를 따라왔었지요.

그 여행길에서 제게는 몹쓸 고통들이 일어나게 되어 있었답니다.　　　　　165

아무튼, 저는 그 새싹을 보고 한참을 기백으로 경탄하였지요. 대지에서

그런 줄기가 솟아오르는 걸 본 적이 없었으니까요. 여인이여, 꼭 그처럼,

저는 그대를 보며 놀라워하며 경탄하고 있습니다. 그래서 그대의

두 무릎을 쥐는 것조차 너무나 두렵습니다. 제게는 가혹한 슬픔이 닥쳤답니다.

저는 포도줏빛 바다에서 스무 날 만에 벗어났고, 그게 어제입니다.　　　　　170

그동안 한순간도 쉬지 않고 저를 파도와 쇄도하는 폭풍이 오귀기아섬으로부터

실어 날랐고, 지금은 어떤 신이 아마 제가 여기서도 계속 몹쓸 일을

겪게 하려는 건지 저를 이곳에 내던지셨지요. 이런 일이 그칠 거라고는

여기지 않습니다. 그런 일이 있기 전에 신들은 많은 일을 이뤄내시겠지요.

그러니 여왕이시여, 제발 불쌍히 여겨주십시오. 저는 숱한 몹쓸 고생을 겪고　　175

누구보다도 먼저 당신께 탄원자로 왔으니까요. 저는 이 도시와 땅을

차지하고 있는 사람들 중 어느 누구도 알지 못한답니다.

제게 도시를 가리켜주시고, 누더기라도 좋으니 몸을 감쌀 만한 걸 주십시오.

여기로 오실 때 빨랫감을 싸 온 보자기라도 하나 가져오셨다면 말입니다.

그대가 속으로 열망하는 것이 있다면 신들께서 그대를 위해 그대로 해주시기를!　180

남편과 가정을 내려주시고, 고귀한 한마음 한뜻이 뒤따르기를!

남자와 여자가 한마음 한뜻을 품고 가정을 꾸리는 것,

그것보다 더 강력하고 나은 건 없습니다. 그건 적들에게는 엄청난 고통이 되고
호의를 품은 사람들에게는 기쁨이 되지요.
무엇보다도 그 기쁨은 본인들이 제일 잘 알기 마련이고요."   185

그러자 이번에는 뽀얀 팔의 나우시카아가 그에게 말하였다.
　"손님, 당신은 나쁜 사람 같지도, 지각없는 사람 같지도 않군요.
물론 올륌포스에 계시는 제우스 그분은 내키는 대로 훌륭한 사람들에게도,
나쁜 사람들에게도 각각 행복을 나눠주시지요. 모르긴 몰라도 그분이
그대에게도 이런 몫을 주셨을 텐데, 그렇더라도 그대는 견디는 수밖에요.   190
그리고 지금은 그대가 우리들의 도시와 땅에 오셨으니
일단 옷은 물론이고, 많은 일을 견뎌낸 탄원자가 받아 마땅한
다른 어떤 것도 그대에게 부족함이 없을 겁니다.
저는 그대에게 도시를 보여드리고, 백성들의 이름도 알려드리지요.
이 도시와 땅은 파이아케스 사람들의 것입니다.   195
그리고 저는, 웅대한 기상을 품은 알키노오스의 딸입니다.
그분의 권력과 무력은 파이아케스 사람들이 쥐여준 것이고요."

그녀는 이렇게 말하더니 머리를 곱게 땋은 시녀들에게 명하였다.
　"서 있거라, 시녀들아. 남자 하나를 보았다고 어디로들 도망가는 게냐?
너희는 혹시 이분을 적의를 품은 사람들 중 하나라고 여기고 있는 게냐?   200
파이아케스 사람들의 땅에 싸움을 일으키러 온 사람이라고는
산 사람 중에도 없고, 태어난 적조차 없다.
우리는 죽음을 모르는 신들의 각별한 벗들이니까.
우리는 멀찍이 떨어진 채, 파도가 잦은 바다 위 가장 끝자락에서 살고 있지.
죽게 마련인 인간들 중 누구도 우리와 섞이지 않는다.   205

그런데 이 불운한 사람이 떠돌다가 이리로 오게 되었으니
지금은 그를 돌봐줘야 마땅하다. 모든 이방인과 거지들은
제우스에게서 오는 것이니, 보잘것없는 베풂이라 할지라도 사랑스러운 법이야.
이럴 게 아니라, 시녀들아, 저 손님께 먹을 것과 마실 것을 드리고
바람을 피할 수 있는 곳을 찾아 강물에서 목욕을 시켜드리거라."   210

그녀가 이렇게 말하자 그녀들은 서서 서로에게 당부하더니
웅대한 기상을 품은 알키노오스의 딸 나우시카아가 명한 바대로
바람을 피할 수 있는 곳에 오뒷세우스를 앉혔다.
그들은 그의 곁에 외투와 통옷 같은 옷가지들을 가져다 놓았고
황금 병에 촉촉한 올리브기름을 담아주더니   215
그에게 강물로 목욕하라고 명하였다.
그러자 신과 같은 오뒷세우스가 시녀들 사이에서 말하였다.
    "시녀들이여, 멀찍이 떨어져들 서주시오. 내 두 어깨에서
소금기를 씻어내고, 기름을 두루 펴 바르는 것은 내가 직접 할 테니까요.
그러고 보니 내 살갗에 기름기가 닿지 않은 지도 참 오래되었군요.   220
하지만 나 이렇게 마주한 채로는 목욕을 못 하겠군요. 머리를 곱게 땋은
소녀들 사이에 들어와 알몸이 된다는 것이 남사스럽다오."

그가 이렇게 말하자, 그녀들은 멀찍이 가서 소녀에게 말해주었다.
한편, 신과 같은 오뒷세우스는 그의 등과 너른 어깨를 뒤덮고 있던
소금기를 강물로 살갗에서 씻어내었고, 머리에서도   225
곡식을 거둘 수 없는 소금 물결의 찌꺼기를 닦아내었다.
그가 온몸을 씻어내고 기름을 아낌없이 바른 다음, 아직 결혼하지 않은
그 소녀가 건네준 옷들을 걸치자 제우스에게서 태어난 딸 아테네가

160

그를 더 크게, 더 풍채 좋게 보이도록 해놓았고
머리 아래로는 양털 같은 머리카락을 흘러내리게 하니   230
휘아킨토스 꽃과 다를 바 없었고,
마치 어떤 솜씨 있는 사람이 은 위에 황금을 두루 붓는 것만 같았다.
헤파이스토스와 팔라스 아테네가 온갖 종류의 기술을 가르쳐준
그는 우아한 작품들을 만들어낸다.
꼭 그처럼 그녀는 그를 위해 머리와 두 어깨에 우아함을 쏟아 내려준 것이다.   235

그러자 그는 멀찍이 가더니 바닷가에 앉았고, 아름다움과 우아함으로
빛나고 있었다. 그를 계속 경이롭게 바라보던 소녀는
시중드는 여인들 사이에서 이렇게 말하였다.
　"내가 할 말이 있으니 들어들 보아라, 뽀얀 팔의 시녀들아.
저 남자는 올륌포스를 차지하고 계신 모든 신들의 뜻을 거슬러   240
신을 닮은 파이아케스 사람들 틈에 섞인 게 아니다.
아까만 해도 저이는 얼토당토않아 보였지.
그런데 지금은 너른 하늘을 차지하고 있는 신들처럼 보인단 말이다.
저런 분이 이곳에 살면서, 또 기꺼이 여기에 머물며
내 남편이라는 말을 듣는다면 얼마나 좋으려나!   245
아니지, 시녀들아, 저 손님께 먹을 것과 마실 것을 드려라."

그녀가 이렇게 말하자, 그들은 귀 기울여 듣고 있다가 그녀의 말을 따랐다.
그들이 오뒷세우스의 곁에 먹을 것과 마실 것을 차려놓자,
잘 참고 견디는 신과 같은 오뒷세우스는 닥치는 대로
먹고 마시기 시작했다. 끼니를 채우지 못한 것이 너무 오래였으니까.   250
그러나 뽀얀 팔의 나우시카아는 또 다른 것을 떠올렸으니,

옷들을 개어 아름다운 마차 위에 올려놓은 다음

튼튼한 발굽 달린 노새들에게 멍에를 지우더니, 직접 마차에 올라

오뒷세우스를 부르고는 그를 격려하며 이렇게 말하였다.

　"이제 일어나시지요, 손님. 우리는 시내로 가서 당신을　　　　　255

현명한 내 아버지의 집으로 모시고 갈 겁니다. 제가 말씀드리는데,

당신은 그곳에서 모든 파이아케스 사람들 중 으뜸인 분들을 전부

보시게 될 겁니다. 제가 보기에 당신은 말귀를 못 알아들을 것 같진 않으니,

일단 다 제쳐두고 이렇게 해주세요. 우리가 사람들의 일터와 밭을

지나가는 동안은 이 시녀들과 함께 노새들과 마차를　　　　　260

재빨리 뒤따라오세요. 길은 제가 앞장설 테니까요.

그리고 우리는 시내에 들어가게 될 거예요. 거기에는 높은 성벽이

둘려 있고, 도시의 양편에는 아름다운 항구가 있어요.

양 끝이 휜 배들이 길에 끌어 올려져 있어 입구는 좁지요.

모든 사람에게는 각자 거기에 자기 배를 대는 곳이 있어요.　　　　　265

또, 포세이돈의 아름다운 신전 양편에는 광장이 있는데

돌들을 캐어 와 구덩이에 잘 맞물려놓았지요.

사람들은 거기서 삭구(索具)며 돛 같은 검은 배의 장비들을

손질하고, 놋날을 갈아 세운답니다.

파이아케스 사람들은 활과 화살집에는 관심이 없어요.　　　　　270

대신 배들의 돛대와 노, 그리고 그들이 잿빛 바다를 건너며

자랑스러워하는 균형이 잘 잡힌 배들만 신경 쓰지요.

저는 행여라도 누가 제 뒤에서 험담을 하지 못하도록 그 사람들로부터 나오는

달갑지 않은 이야기를 피하고 있어요. 백성들 중에는 분수를 전혀 모르는 자들이

있으니까요. 마주치기라도 하면 더 못난 어떤 자가 이렇게 말하겠지요.　　　　　275

'나우시카아를 따라다니는 저 잘생기고 커다란 나그네는 누굴까?
그녀가 저자를 어디서 찾아냈을까? 저 녀석은 그녀의 남편이 될 테지.
이 가까이에는 아무도 없으니까, 아마도 먼 나라 사람들의 배에서
떨어진 채 떠돌던 누군가를 데려왔거나,
바라마지않던 그녀의 기도를 듣고 어떤 신이   280
그녀를 영원히 차지하려고 하늘에서 내려온 걸 수도 있지.
아니면, 그녀가 직접 돌아다니며 어딘가에서 남편을 찾아왔다고 하는 쪽이
나을 수도 있겠다. 온 백성 중에서 수많은 어엿한 사람들이
그녀에게 청혼을 하고 있지만, 그녀는 파이아케스 사람들을 무시하니까.'

그들은 이렇게 말할 테고, 이건 제게 치욕이 되겠지요.   285
만일 다른 여인이 이런 일을 저지른다면, 저도 분을 품겠어요.
아버지도 어머니도 살아 계시는데, 식구들의 뜻을 거슬러
공개적인 결혼식이 채 다가오기도 전에 남자들과 어울린다면 말이지요.
손님, 그러니 당신도 어서 제 말을 들어주세요. 그래야 당신도
제 아버지로부터 최대한 빨리 길 안내와 귀향을 얻어낼 수 있어요.   290
당신은 길 가까이에서 아테네께 바쳐진 눈부신 흑양 숲을 보게 될 겁니다.
그 안에 샘이 솟아 흐르고 주변에는 초원이 펼쳐져 있어요.
거기엔 제 아버지의 몫으로 떼어진 풍성한 과수원이 있고
도시로부터는 소리치면 들릴 만한 간격 정도로 떨어져 있어요.
바로 거기에 앉은 채로 한동안 기다리셔요. 저희가 도시로 가서   295
아버지의 집에 도착할 때까지는요.
그러다가 저희가 집에 도착했겠다 싶거든
그때 파이아케스 사람들의 도시로 들어오는 겁니다. 그리고 물어보세요,
웅대한 기상을 품은 알키노오스, 제 아버지의 집이 어디냐고요.

그건 철모르는 꼬마에게 물어보아도 쉽게 알아볼 수 있어요.   300
파이아케스 사람들의 집들 중에 영웅 알키노오스의 집과
비슷하게 지어진 것은 전혀 없거든요.
그렇게 집과 뜰이 당신을 감싸게 되거든
거실을 아주 빠르게 지나서 제 어머니에게 가는 겁니다.
어머니는 화롯가에 앉아 불빛을 받으며 실타래에 감긴 양털에서   305
바닷빛 검붉은 실을 잣고 있는데, 보기에도 경이로울 정도지요.
그분은 기둥에 기대어 계시고, 시녀들은 그분 뒤에 앉아 있답니다.
그리고 아버지의 보좌도 그 기둥에 기대어져 있는데
그분은 거기에 앉아 마치 죽음을 모르는 신처럼 포도주를 드신답니다.
하지만 당신은 그분을 지나쳐서 저희 어머니의 두 무릎에   310
두 손을 뻗어야 해요. 그래야 당신도 즐거워하며 귀향의 날을
빨리 볼 수 있어요, 당신이 아무리 멀리서 왔다 해도요.
〈다른 사람은 몰라도 어머니의 기백에서 그대에게 사랑스러운 것들을
염두에 두신다면, 당신도 식구들을 보고, 당신의 고향 땅과
잘 지어놓은 집에 가 닿을 수 있다는 희망이 있는 거예요.〉[45]"   315

그녀가 이렇게 말하며 노새들에게 윤기 도는 채찍을 날리자
노새들은 강의 물줄기를 재빨리 뒤로 남겨둔 채
야무지게 뛰었고, 발굽으로 야무지게 활보했다.
그러나 그녀는 시녀들과 오뒷세우스가 걸어서 따라올 수 있도록
고삐를 제대로 쥐었고, 채찍도 판단해가며 날렸다.   320
이제 헬리오스가 가라앉고, 그들은 아테네에게 바쳐진 신성하고

45   이 세 행이 빠진 사본들도 있다.

164

나우시카아의 마차를 따라가는
오뒷세우스

────────

10년을 전장에서 싸웠고, 10년을 인간
아닌 존재들과 부대끼며 살아남은
오뒷세우스는 낯선 땅 강가에 벌거숭이로
닿아 탈진한다. 결국 많은 선물을 받고
안전하게 돌아갈 것임을 우리는 알지만,
아직은 넘어야 할 장애물들이 있다.
그는 왕비 아레테의 승인을 얻어야 하고,
이방인에게 적대적인 이곳 사람들 앞에서
자신의 힘을 보여주어야 한다. 지금은
묵묵히 뒤따르는 게 상책이다.

제임스 파커, 에칭, 1805

이름난 숲에 이르렀다. 그러자 신과 같은 오뒷세우스는 자리에 앉아
곧바로 위대한 제우스의 딸을 향해 기도하였다.

　"제 말씀 들어주소서, 아이기스를 지니신 제우스께 태어나신 분이여!
아트뤼토네시여! 이번만큼은 제게 귀 기울이소서. 지진을 일으키는 그 이름난
　분이   325
저를 바수었을 때, 부서진 저의 말씀을 그때 임께선 듣지 않으셨나이다.
부디 제가 파이아케스 사람들에게 벗이 되어, 동정받을 수 있는 이가 되어 갈
　수 있게 해주소서."

이렇게 그가 기도하며 말할 때에, 팔라스 아테네는 그의 말을 듣고 있었다.
그러나 그를 마주하고 모습을 드러내진 않았으니, 아버지의 형제를
삼가 어려워했기 때문이다. 그러나 그 신이 그에게 흉포할 지경으로   330
노여워했던 것도, 신을 닮은 오뒷세우스가 이 땅에 이르기 전까지만이었다.

7권

그곳에서 잘 참고 견디는 신과 같은 오뒷세우스는 기도하였고,

그 소녀는 노새 한 쌍의 기운이 도시로 실어 날랐다.

그녀가 제 아버지의 이름 높은 집에 이르러

대문가에 멈춰 서자, 죽음을 모르는 신들을 닮은 오라비들이

그녀 주변에 늘어서더니, 사륜마차에서 노새들을 풀어주었고   5

옷들은 안으로 옮겼다. 그녀가 자기 방으로 들어가자, 아페이라이아에서 온

노파, 침실에서 시중드는 에우뤼메두사가 그녀를 위해 불을 지펴주었다.

예전에 양 끝이 흰 배들이 그녀를 아페이라이아에서 데려왔을 때

사람들은 그녀를 알키노오스를 위한 명예의 선물로 택하였으니,

그가 모든 파이아케스 사람들을 다스렸고, 백성들도 마치 그가   10

신이라도 된 듯 그의 말을 들었기 때문이다.

궁전에서 뽀얀 팔의 나우시카아를 길러온 그녀는

이제 그녀를 위해 불을 지핀 다음, 안으로 들어가 식사를 차리기 시작했다.

그때 오뒷세우스는 도시로 가려고 일어섰고, 오뒷세우스를 위해

사랑스러운 것들을 염두에 두는 아테네는 기개 넘치는 파이아케스 사람들 중   15

누구도 그와 마주쳐 말로 모욕하거나 그가 누구인지

따져 묻지 못하게끔 그의 주변에 짙은 안개를 쏟아부었다.

그런데 그가 이 사랑스러운 도시로 막 들어가려던 순간,

빛나는 눈의 여신 아테네는 물동이를 든

미혼의 소녀 모습을 하고 그와 마주쳤다.   20

그녀가 그의 앞에 서자, 신과 같은 오뒷세우스가 물었다.

  "얘야, 이곳 사람들을 다스리고 있는, 알키노오스라는

남자의 집으로 혹시 나를 데려다줄 수 있겠니?

나는 많은 일을 견뎌낸 이방인이고 멀리서부터,

멀리 떨어진 땅으로부터 여기까지 왔단다. 이 도시와 땅을   25

차지하고 있는 사람들 중에 내가 아는 이는 아무도 없단다."

그러자 이번에는 빛나는 눈의 여신 아테네가 그에게 말하였다.

  "낯선 아버님, 제게 부탁하는 그 집이라면 제가 당신께

보여드리지요. 흠잡을 데 없는 제 아버지가 사시는 집 가까이에 있으니까요.

하지만 이렇게 말없이 가세요. 길은 제가 앞장설 테니까요.   30

여기 사람들 중 누구도 쳐다보아서는 안 되고, 누구에게 물어봐서도 안 됩니다.

이 사람들은 외지에서 온 사람들을 잘 견디지 못해요.

다른 곳에서 온 사람에게 사랑을 베풀거나 아껴주지도 않아요.

그저 빠르고 날랜 배들만 믿고 몹시 깊은 바다를 건너다니지요.

지축을 뒤흔드는 분께서 그들에게 그렇게 선사해주셨으니까요.   35

이들의 배들은 날개만큼이나, 생각만큼이나 빠르답니다."

팔라스 아테네는 이렇게 말하며 재빠르게 앞장섰고

그는 신의 발자국을 따라 걸었다. 그러나 배로 이름난

파이아케스 사람들은 도시에서 그들 사이를 지나가고 있는 그를

알아차리지 못하였으니, 머리를 곱게 땋은 무서운 여신 아테네가 40

이를 허락지 않았던 것이다. 그를 위해 사랑스러운 것들을

기백 속에 품고 있는 그녀가 신의 안개를 내리부었으니까.

한편, 항구들과 균형이 잘 잡힌 배들, 그리고 영웅들의 회의장과

말뚝으로 짜 맞춰놓은 거대하고 드높은 성벽들을 두고

오뒷세우스는 놀라워하였으니, 보기에도 경이로울 정도였다. 45

그들이 왕의 이름 높은 집에 이르자,

그들 사이에서 빛나는 눈의 여신 아테네가 말문을 열었다.

   "낯선 아버님, 당신이 제게 알려달라고 부탁한 집이 바로 여기랍니다.

당신은 제우스가 길러낸 왕들이 잔치를 벌이고 있는 걸 보게 될 거예요.

당신은 안으로 드세요, 기백에서 겁낼 것 없습니다. 50

당당한 남자라면, 설령 다른 곳에서 왔다 하더라도,

모든 일을 더 능히 이뤄내는 법이니까요.

궁전 안에서 당신은 먼저 여주인을 마주치게 될 겁니다.

그 이름은 아레테라고 불리며, 알키노오스 왕을 낳아준

같은 부모에게서 나왔답니다. 55

지축을 뒤흔드는 포세이돈과, 여인들 중 그 자태가 으뜸이었던

페리보이아가 맨 먼저 나우시토오스를 낳았어요.

그녀는 웅대한 기상을 품은 에우뤼메돈의 막내딸이지요.

에우뤼메돈은 한때 기백이 과한 거인족들을 다스렸지만,

악행을 일삼던 백성들을 파멸시켰고, 스스로도 파멸당했지요. 60

포세이돈이 그녀와 몸을 섞어 아이를 보았으니 그가

기개 넘치는 나우시토오스, 파이아케스인들을 다스렸던 분입니다.
나우시토오스는 렉세노르와 알키노오스를 낳았는데
렉세노르에게는 아들이 없었으니 은궁(銀弓)의 아폴론이
새신랑이었던 그를 궁전에서 쏘아 맞혔고, 그래서 무남독녀로 65
아레테 하나를 남긴 겁니다. 알키노오스는 그녀를 아내로 삼아
존중해주었지요. 요새 남편들 밑에서 살림을 꾸리는 여인들 중에
그렇게까지 존중받는 여인은 이 지상에 아무도 없을걸요.
그 정도로 그녀는 친자식들에게서도, 알키노오스 본인에게서도,
그리고 백성들에게서도 진심으로 존경받아왔고, 지금도 여전히 그렇답니다. 70
그녀가 시내를 걸어갈 때면, 백성들은 그녀를
마치 신처럼 쳐다보면서 말을 걸며 인사하지요.
게다가 그녀는 훌륭한 판단력도 모자라지 않아서
그녀가 호의를 품는 사람에게는 사람들과의 분쟁도 해결해주지요.
만일 그녀가 기백에서 당신에게도 호감을 느끼게 된다면 75
그때는 당신에게도 식구들을 만나보고, 지붕이 높다란 집과
당신의 고향 땅에 가 닿을 희망이 있을 겁니다.”

빛나는 눈의 아테네는 이렇게 말하더니 곡식을 거둘 수 없는
바다 위로 떠나갔다. 그녀는 사랑스러운 스케리아를 뒤로하고
마라톤과, 널찍한 길이 난 아테네로 가서 에렉테우스의 80
견고한 집으로 잠겨 들어갔다. 한편 오뒷세우스는
알키노오스의 이름난 집을 향해 갔다. 청동 문턱을 넘기 전에
그는 멈춰 섰고 그의 심장에는 만감이 교차하였다.
웅대한 기상을 품은 알키노오스의 지붕이 높다란 집 곳곳에
마치 태양이나 달의 것인 듯한 광채가 서려 있던 것이다. 85

170

문턱부터 가장 안쪽에 이르기까지 이곳저곳에 청동 담벼락이

솟아 있었고, 벽 위쪽의 돌림띠는 검푸른 법랑이었다.

황금 대문이 이 견고한 집을 안쪽에서 닫아놓았고

은으로 만든 문설주는 청동 문턱 위에 서 있었다.

그 위의 상인방도 은이었으며, 문고리는 황금이었다.　90

그 양편에는 황금과 은으로 만든 개들이 있었는데

이는 웅대한 기상을 품은 알키노오스의 집을 지키도록

헤파이스토스가 능수능란한 구상을 펼치며 마련해준 것으로

죽음도 모르며, 언제까지고 늙지도 않는 것들이었다.

문턱부터 가장 안쪽에 이르기까지 이곳저곳에　95

벽을 따라 팔걸이의자들이 줄지어 기대어져 있었고,

잘 짠 고운 천들을 그 위에 덮어놓았으니, 이는 여인들의 작품이었고,

파이아케스 사람들의 우두머리들이 앉아

먹고 마시곤 하던 자리였다. 그들이 가진 것이 차고 넘쳤던 것이다.

받침대들 위에는 황금으로 잘 만들어놓은 소년들이　100

손에 타오르는 횃불을 쥐고 서서 잔치 손님들을 위해

집 안 곳곳의 밤을 밝히고 있었다.

집 안에는 쉰 명의 시녀들이 있는데,

어떤 이들은 누렇게 익은 곡식을 맷돌로 갈고, 또 다른 이들은

앉아서 피륙을 짜고, 실타래에 감긴 양털에서 실을 잣고 있는 것이　105

마치 훤칠한 흑양의 잎사귀들만 같았다. 촘촘히 짠 고운 아마포에서는

올리브기름이 흐르며 방울져 떨어지고 있었다.

바다에서 빠른 배를 몰고 나가는 일이라면 파이아케스 사내들이

다른 어떤 사람들보다도 정통한 만큼, 여인들은 일솜씨에 능통하였다.

아테네가 그녀들을 위해 더없이 아름다운 일감들에 대한 지식과,　110

훌륭한 지혜를 두루 선사했던 것이다.

정원 바깥으로는 대문 곁에 네 귀에스[46]나 되는

거대한 과수원이 있었고 양편에는 울타리가 쳐져 있었다.

그곳에는 훤칠한 나무들이 무성하게 자라 있었으니,

배나무, 뽕나무, 그리고 눈부신 열매를 맺는 사과나무며   115

달콤한 무화과나무와 만개한 올리브나무들이었다. 이들의 열매는

겨울이든 여름이든, 해가 바뀌어도 생명을 다하거나,

나무만 남겨놓는 법이 없었으니, 언제나 어김없이 제퓌로스(서풍)가

숨결을 불어넣어 어떤 것은 틔우고, 어떤 것은 익게 한다.

그렇게 배가 배 위에서 익어가고, 사과는 사과 위에서,   120

포도송이는 포도송이 위에서, 무화과는 무화과 위에서 익어가고 있었다.

또 그곳에는 열매를 가득 맺는 포도밭이 뿌리를 내리고 있으니

평지 위에 있는 볕이 잘 드는 한쪽은 헬리오스가

말려놓고 있으며, 사람들은 어떤 포도들은 수확하고,

다른 포도들은 압착하고 있었다. 앞에서는 덜 익은 포도들이   125

이제 꽃을 떨구고, 다른 편에서는 짙게 익어가고 있었다.

가장 바깥쪽 줄을 따라서는 가지런한 남새밭이 있어

온갖 종류가 싱싱하고 풍성하게 자라난다.

또, 거기에는 샘물이 둘 있어, 하나는 과수원 전체로 퍼져 나가고

또 하나는 맞은편 정원 문턱 아래에서 솟아올라 지붕이 높다란 집으로   130

향하니 시민들은 거기에서 물을 긷는다.

알키노오스의 집에 있는 신들의 눈부신 선물들이 이러하였다.

46   1귀에스(gyes)는 남자 한 사람이 온종일 갈 수 있는 밭의 면적에 해당한다.

잘 참고 견디는, 신과 같은 오뒷세우스는 거기에 서서 이를 경이롭게

바라보고 있었다. 그는 자신의 기백으로 이 모든 것을 감상하고 난 다음,

문지방을 넘어 재빨리 집 안으로 걸음을 옮겼다. 135

거기서 그는 파이아케스 사람들을 이끌고 조언하는 사람들이

잔을 들어 눈 밝은 아르고스의 살해자에게 헌주하고 있는 것을 보았다.

그들은 잠자리를 떠올릴 때면 마지막 순서로 그에게 헌주하곤 했다.

한편 잘 참고 견디는, 신과 같은 오뒷세우스는 아테네가 그에게

쏟아부었던 짙은 안개를 품은 채, 알키노오스 왕과 아레테에게 140

이를 때까지 집 안을 가로질러 나아갔다.

오뒷세우스가 아레테의 두 무릎에 두 손을 내밀자,

그때 신의 안개 역시 그에게서 도로 흩어져 나갔다.

그 집 곳곳에 있던 사람들은 그를 보자 말을 잊었고

충격에 휩싸여 바라볼 따름이었다. 그러나 오뒷세우스는 간청하기 시작했다. 145

　"아레테여, 신과 같은 렉세노르의 따님이여,

저는 숱한 고생을 겪고 당신의 남편과, 당신의 두 무릎과

이 잔치 손님들께 탄원자로 왔나이다. 신들께서는 부디 이분들의 삶에

축복을 내려주시고, 한 분 한 분마다 집안의 재산과,

백성들이 선사한 특권을 자식들에게도 물려주게 하시기를 비나이다. 150

그리고 그대들은 저를 위해 길 안내를 서둘러주시고, 제가 어서

고향에 가 닿게 해주십시오. 저는 오래도록 식구들을 떠나 재앙을 겪고 있습니다."

그는 이렇게 말하고 화롯가 불 곁 재 속에 들어가 앉았고,

그들은 누구 할 것 없이 잠자코 침묵을 지킬 뿐이었다.

한참이 흐르고 나서 영웅 에케네오스 노인이 그들 사이에서 입을 열었다. 155

어떤 파이아케스 사람들보다도 먼저 태어난 그는

화롯가에 앉은 오뒷세우스

———

사람 사는 곳이라면 다 그렇듯이, 고대 희랍에서도
손님 접대의 관습은 예외를 허락하지 않는
불문율이었다. 낯선 손님이 오면 주인은 버선발로
달려 나가 상석을 권하고, 음식을 정성껏 대접한
다음 통성명을 하고 사연을 나눈다. 안전하고
따뜻한 잠자리를 봐주고, 떠날 때는 선물도
안겨준다. 이렇게 맺어진 인연은 자손 대대로
이어진다. 이런 손님 돌봄의 전통을 희랍에서는
크세니아(xenia)라고 부른다. 낯선 이를 벗으로
만들어주는 이 전통을 그들은 제우스의 법으로
여겼다. 이 시에는 모범적인 크세니아도, 일그러진
크세니아도 여럿 보이는데, 이곳처럼 주인이 너무
놀라서 한동안 반응조차 하지 못하는 경우도 있다.
신의 도움 없으면 올 수 없는 곳에 도착한 손님을
만난 경우이다. 『일리아스』에서는 아킬레우스의
막사에 도착한 프리아모스의 경우가 그렇다.

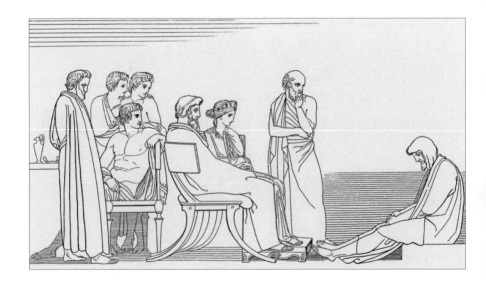

제임스 파커, 에칭, 1805

언변에서도 그들을 압도하였고, 오래된 많은 것들을 알고 있었다.
그는 그들을 위해 올바른 판단을 품고 말하였다.

　"알키노오스, 손님을 화롯가 재 속에, 바닥에 주저앉혀놓는 건
당치도 않은 일이고, 그대를 위해서도 더 바람직한 일이 아니외다.　　　　160
여기 이분들도 당신의 말을 기다리며 자제하고 있습니다.
자, 그러지 말고 이 손님을 일으켜 세워 은 못을 박은 팔걸이의자에
앉히세요. 그리고 벼락을 즐기시는 제우스께 우리가 헌주할 수 있도록
당신은 전령들에게 포도주를 섞으라고 명령하세요.
그분은 삼가 존중받아 마땅한 탄원자들과 동행하시지요.　　　　　　165
그리고 안에 있는 식사를 시녀가 손님께 차려드리게 하세요."

알키노오스의 신성한 힘은 이 말을 듣더니
허다한 계책에 밝은, 현명한 오뒷세우스의 손을 쥐고는
화롯가에서 일으켜 세워 눈부신 팔걸이의자에 앉혔다.
대신 그는 곁에 가까이 앉아 있던 다부진 아들 라오다마스를　　　　170
일어서게 했으니, 그가 유달리 사랑하던 아들이었다.

시녀 하나가 손 씻을 물을 아름다운 황금 주전자에 담아 와
은으로 만든 대야에 따라 손을 씻게 해주었고,
매끈한 식탁도 펼쳐놓았다.
염치를 아는 시녀는 일단 빵을 가져와 차려놓았고　　　　　　　　175
갖은 먹거리를 있는 대로 베풀며 상차림을 더했다.
잘 참고 견디는, 신과 같은 오뒷세우스가 먹고 마시기 시작하자
그때 알키노오스의 힘이 전령에게 말하였다.

　"폰토노오스, 벼락을 즐기시는 제우스께 우리가 헌주할 수 있도록

술동이에 포도주를 섞어 이 거실에 있는 모두에게 나눠주게나.
그분은 삼가 존중받아 마땅한 탄원자들과 동행하신다네."

그가 이렇게 말하자, 폰토노오스는 꿀 같은 헤아림이 담긴 포도주를
섞기 시작했고, 헌주를 위해 잔에 담아 모두에게 나누어주었다.
그들이 술을 바치고 기백이 원하는 만큼 마시고 나자
알키노오스가 그들 사이에서 말하기 시작했다.   185
    "파이아케스인들을 이끌고 조언해주는 분들이여,
내 가슴속 기백이 내게 명하는 바를 말하려 하니, 들어들 보세요.
잔치를 벌였으니 이젠 집으로들 돌아가 자리에 누우십시다.
동이 트면 우리는 더 많은 원로들을 모셔 온 다음, 궁전에서
이 손님을 대접해드리고 신들께 근사한 희생 제물을 바쳐봅시다.   190
그런 다음, 길 안내에 대해 떠올려보기로 하지요.
이 손님이 우리의 길 안내를 통해 아무런 노고도 심려도 없이
기뻐하며 고향 땅에 빨리 가 닿을 수 있도록, 그곳이 아무리 멀리
떨어져 있다 하더라도! 그가 땅에 오르기 전까지는,
적어도 여정 중에는 어떤 몹쓸 일도, 재앙도 겪지 않을 겁니다.   195
물론 그의 어머니가 그를 낳던 때, 세상에 나오던 그에게
묵직한 운명의 여신들이 실로 자아낸 운명의 몫이라면,
그게 무엇이든 간에 나중에라도 그가 겪게 되겠지만. 그러나 만일 그가
죽음을 모르는 분들 중 누군가로서 하늘에서 내려온 것이라면
그건 신들께서 다른 무언가를 두루 꾀하고 계신 것이 분명합니다.   200
전에도 신들은, 우리가 명성도 자자한 헤카톰베를 바칠 때면
언제나 모습을 드러내고 우리에게 나타나셨고,
우리가 앉아 있는 자리에 함께 앉아 나란히 잔치를 즐기곤 하지요.

또, 누군가가 혼자 길을 가다가 마주친다고 해도 그분들은
모습을 감추는 법이 없지요. 우리는 그분들에게 가까운 자들이니까요.   205
마치 퀴클롭스들이나, 야만적인 거인족들처럼 말입니다."

그러자 꾀 많은 오뒷세우스가 그에게 대답하며 말하였다.
   "알키노오스여, 헤아림으로 부디 다른 걸 신경 쓰시지요.
모습을 보나 몸집을 보나 저는 너른 하늘을 차지하고 계신 죽음을 모르는 신들을
닮지 않았으니까요. 대신 죽게 마련인 인간들을 닮아 있지요.   210
사람들 중 가장 극심한 고역을 치르는 이들을 여러분이 누구라도 알고 계시다면
그 고통에 있어서만큼은 저도 매한가지일 겁니다.
그뿐일까요, 신들의 뜻에 따라 제가 겪은 그 모든 재앙들이라면
저는 훨씬 더 많이 이야기해드릴 수 있답니다.
그렇게 심란하긴 합니다만, 그래도 지금은 제가 저녁을 들게 해주셨으면 합니다.   215
부득이한 제 형편을 잊지 말라고 윽박지르는 이 가증스러운
배라는 녀석보다 더 개 같은 것은 달리 없으니까요. 몹시 쇠약해 있을지라도,
마치 제가 지금 속으로 슬픔을 품고 있듯이 속에 슬픔을 품고 있을지라도,
배는 먹으라고, 마시라고 정말이지 줄기차게 윽박지릅니다.
제가 겪어온 모든 일을 무시해버리고, 그저 제게   220
가득 채워놓으라고만 명령할 뿐이지요.
여러분은 이 불운한 저를 제 나라에 보내주실 수 있도록
에오스(새벽)가 모습을 드러냄과 동시에 서둘러주시기를 청합니다.
이미 수많은 일을 겪은 저입니다만, 제 재산과, 하인들과
지붕이 높다란 그 큰 집을 볼 수만 있다면 제게서 이 목숨이 떠나도 좋습니다." 225

그가 이렇게 말하자 그들은 너 나 할 것 없이 찬성하며 그 손님을

보내줄 것을 요구하기 시작했다. 그가 도리에 맞게 말했던 까닭이다.

그들은 술을 바치고 기백이 원하는 만큼 마시고 나자

각자 집으로 자리에 누우러 걸음을 옮겼다.

그러나 신과 같은 오뒷세우스는 거실에 남았고   230

그의 곁에는 아레테와, 신을 닮은 알키노오스가 앉아 있었다.

시녀들이 잔치 식기들을 치우고 나자

뽀얀 팔의 아레테가 그들 사이에서 말문을 열었다.

그녀가 그의 외투와 통옷 같은 아름다운 옷가지들을 알아보았으니,

이 옷들은 그녀가 손수 시중드는 여인들과 함께 만든 것이었다.   235

그녀는 그에게 소리 내어 날개 돋친 말을 건네었다.

　"손님, 저는 그대에게 이걸 먼저 묻겠습니다.

그대는 인간 중에 뉘시며, 어디서 오셨습니까? 누가 그대에게 이 옷을 주었나요?

그대는 바다 위를 떠돌다가 이리로 왔다고 하지 않으셨나요?"

그러자 꾀 많은 오뒷세우스가 그녀에게 대답하며 말하였다.   240

　"왕비님, 처음부터 끝까지 말씀드리는 건 고생스러운 일입니다.

우라노스에 계시는 신들께서는 제게 숱한 근심거리를 주셨으니까요.

하지만 당신이 이걸 내게 물으시고, 또 궁금해하시니 제가 말씀드리지요.

멀리 떨어진 소금 물결 속에 오귀기아라는 어떤 섬이 놓여 있습니다.

거기에는 아틀라스의 교활한 딸, 머리를 곱게 땋은 칼륍소가,   245

그 무서운 신이 살고 있답니다. 그녀와 교류하는 자는 아무도 없지요,

신들 중에서도, 죽게 마련인 인간들 중에서도.

그런데 어떤 신이 유독 불운한 저만 그녀의 화롯가로 데려간 겁니다.

제우스께서 저를 노리고 빠른 배에 눈부신 벼락을 내려

포도줏빛 바다 한복판에서 산산조각을 내신 다음에 말입니다.   250

178

어엿한 동료들은 모조리 파멸했고,

저는 양 끝이 휜 배의 용골을 부둥켜안고 아흐레 동안

실려 다녔습니다. 그러다 열흘째, 새카만 밤에 신들은 저를

오귀기아섬으로, 머리를 곱게 땋은 칼립소, 그 무서운 신이

살고 있는 곳으로 가까이 데려가시더군요. 그녀는 저를 받아 안고   255

다정하게 아껴주고 보살폈답니다. 그리고 저를 죽음을 모르는 몸으로,

영원히 늙지 않는 몸으로 만들어주겠다고 입버릇처럼 말했지요.

하지만 제 가슴속 기백을 도저히 설득할 수는 없었지요.

저는 그곳에서 줄곧 칠 년을 머물렀습니다, 칼립소가 제게 준

쇠할 줄 모르는 옷을 매번 눈물로 적셔가면서요.   260

그러나 해를 넘겨 여덟 번째 해가 오자,

제우스의 전갈이 있었던 걸까요, 아니면 그녀가 변심했던 걸까요,

제게 떠나라고 재촉하며 명령하더군요. 그녀는

여러 번 엮어놓은 뗏목 위에 저를 태워 보냈습니다. 제게 준 것도 많지요.

빵과 달콤한 포도주는 물론이고 쇠할 줄 모르는 옷도 입혀주었고,   265

해로울 것 없고 따뜻한 순풍까지 보내주었지요.

열흘 하고도 이레를 저는 바다를 가로지르며 항해했고

열여드레째, 당신들의 땅에서 그늘진 산맥들이

모습을 드러내기 시작하자 그저 기뻐했던 제 심장은,

불운하기도 하지요. 지축을 뒤흔드는 포세이돈이 저를 노리고   270

솟구쳐 올린 참담한 일들을 여전히 많이 맞닥뜨리게 되어 있었으니까요.

그분은 제게 바람들을 일으켜 항로를 가로막은 다음

이루 말로 다 할 수 없을 만큼 바다를 휘저어놓았답니다.

파도들도 큰 소리로 탄식하는 제가 뗏목 위에서 실려 가도록

가만히 놔두질 않았고요. 결국 폭풍이 뗏목을 산산조각 내었고,   275

바람과 물이 저를 당신들의 땅 가까이로 몰아갈 때까지

저는 그 깊은 바다를 헤엄치며 가로질렀지요.

그런데, 거기서 뭍으로 나오려는 저를 파도가 찍어 눌러

저를 거대한 바위들과 꺼림칙한 곳으로 내던졌습니다.

하지만 저는 어떤 강에 닿을 때까지 도로 거슬러 헤엄쳐 왔고   280

제가 보기엔 그곳이 제일 좋은 자리였지요.

바위들도 매끄러웠고 바람을 피할 수 있는 곳까지 있었으니까요.

저는 고꾸라진 채로 원기를 가다듬었고 암브로시아와 같은 밤이

다가오더군요. 저는 제우스에게서 흘러나오는 강 밖으로 멀리 나아가

어느 덤불 속에서 낙엽들을 골고루 끌어모은 다음 잠이 들었습니다.   285

신께서 끝 모를 잠을 쏟아부으신 거지요.

제 서러운 심장은 거기 낙엽들 속에서 밤이 다 가도록, 동틀 무렵에도,

그리고 한낮이 될 때까지도 잠자고 있었습니다. 그러다가

헬리오스가 기울어지자 달콤한 잠도 저를 놓아주더군요.

그리고 당신 따님의 시녀들이 바닷가에서 놀고 있는 것을   290

알게 되었는데, 그중에서도 따님은 마치 여신들과도 같았어요.

그래서 저는 그녀에게 탄원하였고 그녀도 훌륭한 판단에서 엇나감이 없었습니다.

당신이 마주치는 여느 젊은이가 그렇게 행동하리라고 기대할 수는

없는 노릇입니다. 나이 어린 사람들은 사려가 모자라니까요.

그녀는 제게 푸짐한 빵과 불꽃 같은 포도주를 내주었습니다.   295

그리고 강에서 목욕을 시켜준 다음, 바로 이 옷을 제게 준 겁니다.

제가 근심에 시달릴지언정, 그대에게 말씀드린 것은 숨김없는 진실입니다.”

그러자 이번에는 알키노오스가 그에게 소리 내어 대답하였다.

　“손님, 적어도 이건 제 아이가 합당하게 판단한 게 아닙니다.

당신이 그 아이에게 먼저 탄원했음에도, 그 아이가 당신을   300
시중드는 여인들과 함께 저희 집 안으로 모셔 오지 않았으니까요."

그러자 꾀 많은 오뒷세우스가 그에게 대답하며 말하였다.
　"영웅이시여, 이 일로 흠잡을 데 없는 그 소녀를 꾸짖진 마십시오.
저더러 시녀들과 함께 따라오라고 명한 사람이 바로 그녀이니까요.
하지만 제가 원치 않았습니다. 그대의 기백이 그걸 보고 분을 품지 않을까   305
두렵기도 하고 부끄럽기도 해서 그랬지요. 대지 위에 사는
우리 인간이라는 종족은 끝없이 질투하는 법이니까요."

그러자 이번에는 알키노오스가 그에게 소리 내어 대답하였다.
　"손님, 이 가슴속에 있는 제 심장은 그렇게 아무 이유 없이
노여워하진 않는답니다. 매사에 적당한 게 더 낫잖습니까.   310
아버지 제우스시여, 그리고 아테네와 아폴론이여! 제가 헤아리는 것을
헤아리는, 바로 당신 같은 분이 이곳에 남아 제 딸아이를 얻어
제 사위라고 불린다면 얼마나 좋을까요! 만일 그대가 남기를 원하신다면
저는 집과 재산을 내어드릴 겁니다. 그러나 파이아케스 사람들 중
어느 누구도 당신의 뜻을 거슬러가면서까지 당신을 붙잡아두진 않을 겁니다.   315
바라건대 그런 일은 아버지 제우스께 사랑스럽지 않기를!
그대가 잘 알아두시도록, 그대를 보내드릴 날짜를 내일로 정해드리지요.
당신의 고향과 집에 가 닿을 때까지, 또 당신에게 사랑스러운 그 어디든
가 닿을 때까지 사람들은 고요한 수면에서 배를 몰고 갈 것이고,
당신은 그 위에서 잠에 제압되어 누워 계실 겁니다.   320
설령 그곳이 에우보이아보다 훨씬 더 멀리 떨어진 곳이라 할지라도요.
가이아의 아들 티튀오스를 만나려던 금발의 라다만튀스를 데려다준

우리 백성들 중에서 에우보이아를 보았던 이들 말로는,
그곳이 가장 먼 곳이라고들 합디다.
그들은 그곳까지 갔는데도 아무런 고단함도 없이 일을 마쳤고   325
바로 그날 집으로 되돌아오는 일까지 완전히 해낸 겁니다.
눗날로 소금 물결을 쳐올리는 일에 제 배들과 제 젊은이들이
과연 얼마나 뛰어난지, 당신도 직접 보고 속으로 알게 될 겁니다."

그가 이렇게 말하자, 잘 참고 견디는, 신과 같은 오뒷세우스가 기뻐하더니
이름을 부르며 이렇게 말하면서 기도하였다.   330
   "아버지 제우스시여, 알키노오스가 한 말을 모두 이루어주소서!
곡식을 안겨주는 들판 위에서 그의 명성이 꺼지는 일 없도록 해주시고,
저는 고향에 가 닿게 해주소서!"

이처럼 이들은 이런 말을 서로 주고받고 있었다.
아레테는 뽀얀 팔의 시녀들에게 일러   335
주랑에 침대를 놓고 그 위에 검붉은 고운 깔개를
깔아놓은 다음, 그 위에 담요와 양털 외투를 펼쳐
위에서 내리덮을 수 있게 하였다.
그러자 시녀들은 손에 횃불을 들고 방 밖으로 나갔다.
시녀들은 잰 솜씨로 두툼한 이부자리를 마련해놓더니   340
오뒷세우스의 곁에 서서 재촉하며 말하였다.
   "자리에 들러 가시지요, 손님. 그대를 위해 침대가 마련되어 있습니다."

그녀들이 이렇게 말하자, 잠드는 것이 그에게도 기쁘도록 반가웠다.
잘 참고 견디는, 신과 같은 오뒷세우스는 소리가 울려 퍼지는 주랑 아래

구멍을 잘 뚫어놓은 침대에서 잠이 들었다.

한편, 알키노오스는 지붕이 높다란 집 가장 깊은 곳에서 잠들었고,

안주인인 그의 아내는 그의 곁에서 침대와 이부자리를 마련하였다.

8권

이른 나절 태어난, 장밋빛 손가락의 에오스(새벽)가 모습을 드러내자,

알키노오스의 신성한 기운이 침대에서 일어났고,

제우스에게서 태어난, 도시의 파괴자 오뒷세우스도 몸을 일으켰다.

그들 사이에서 알키노오스의 신성한 기운이 앞장서

배들 곁에 마련된 파이아케스인들의 회의장으로 길을 이끌었다.   5

이들이 그곳에 다다르자, 그들은 매끈한 바위 위에, 서로의 곁에

앉았다. 한편, 팔라스 아테네는 알키노오스의 현명한 전령의

모습을 한 채 시내를 돌아다니며

웅대한 기상을 품은 오뒷세우스의 귀향을 꾀하였다.

그녀는 한 사람 한 사람의 곁에 서서 이렇게 말하였다.   10

　"파이아케스인들을 이끌고 조언해주는 분들이여,

이리들 와서 회의장으로 가시지요. 그러면 바다 위를 떠돌다가

최근에 현명한 알키노오스의 집으로 온 손님에 대해 알게 될 겁니다.

그이의 풍채가 죽음을 모르는 분들과도 같답니다."

그녀는 이런 말로 각자의 기운과 기백을 북돋아주었다. ¹⁵

그러자 회의장과 좌석들은 모여든 사람들로 금세 가득 찼고

많은 사람이 라에르테스의 현명한 아들을 경이롭게 바라보고 있었다.

한편, 아테네는 그를 위해 머리와 두 어깨에

신적인 우아함을 쏟아 내려

그를 더 크게, 더 풍채 좋게 보이도록 해놓았다. ²⁰

이는 오뒷세우스로 하여금 모든 파이아케스인에게

사랑받는 존재가 되도록, 두려운 경외의 대상이 되도록

하려는 것이었고, 파이아케스인들이 그를 시험하게 될

여러 경기를 치러내게 하려는 것이었다. 그들이 모여들자,

알키노오스가 그들 사이에서 말하기 시작했다. ²⁵

　"파이아케스인들을 이끌고 조언해주는 분들이여. 〈내 가슴속

기백이 내게 명하는 바를 말하려 하니, 들어들 보시오,〉[47] 떠돌다가 내 집으로

오게 된 이 손님이 뉘신지, 인간들 중에서 에오스(새벽)의 방향에서 오셨는지,

아니면 헤스페리아(저녁)의 방향에서 오셨는지, 나는 알지 못하오. 다만 이분은

집으로 보내주기를 재촉하고, 확실히 해달라며 간청하고 있소. ³⁰

우리는 물론 예전부터 그래왔지만, 이분도 서둘러 집으로 보내드립시다.

내 집에 일단 왔던 사람치고, 길 안내 때문에 비탄하며

여기에 오래 머문 사람은 하나도 없으니 말이오.

자, 이제 검은 배 한 척이 첫 항해를 할 수 있도록 신성한 소금 물결 속으로

끌어 내립시다. 온 백성 중에서 예전에도 으뜸이었던 ³⁵

쉰 하고도 두 명의 젊은이들을 가려 뽑아놓읍시다.

47　이 행이 빠진 사본들도 있다.

그리고 모두 노 저을 자리들에 노를 잘 묶어놓은 다음
배에서 내려와 빨리 우리에게로 와서 잔치에 관심을 기울여봅시다.
내가 모두를 위해 제대로 베풀어보겠소. 이것이 젊은이들에게
내리는 내 명령이오. 그리고 지휘봉을 쥔 다른 왕들께서는   40
제 아름다운 집으로 가십시다. 그래야 우리가 궁전에서
이 손님을 아껴드리지요. 아무도 거절하시면 안 됩니다.
그리고 그대들은 신과 같은 가수 데모도코스를 불러주시오.
그이의 기백이 노래 부르라 재촉만 하면 즐거움을 주는 노래를,
신께서는 그이에게 비할 바 없이 선사하셨소."   45

그가 이렇게 말하며 앞장서자, 지휘봉을 쥔 사람들은
그를 따라갔고, 전령은 신과 같은 가수를 찾으러 나섰다.
한편, 가려 뽑아놓은 쉰 하고도 두 명의 젊은이들은
그의 명령대로 곡식을 거둘 수 없는 소금 물결 기슭으로 나왔다.
그들이 바다로, 배 앞으로 내려오자,   50
그들은 그 검은 배를 소금 물결 깊은 곳으로 끌어 내렸고
검은 배 안에 돛대와 돛을 설치하였다.
꼰 가죽끈으로는 모두 법식에 맞게 노들을 가지런히 배열하고
눈부신 돛을 펼쳤다.
그들은 배를 바닷물에 우뚝 세우고 닻을 내린 다음   55
현명한 알키노오스의 커다란 집 안으로 들어갔다.
주랑과 정원, 그리고 집 안은 모여든 사람들로 가득 찼고
〈노소와 관계없이 많은 사람이 있었다.〉[48]

---

48   이 행이 빠진 사본들도 있다.

그들 사이에서 알키노오스는 열두 마리의 양들과,

흰 이빨의 돼지 여덟 마리, 그리고 구르듯 걷는 소 두 마리를 잡았다.   60

그들은 가죽을 벗겨낸 다음, 사랑스러운 잔치를 마련하였다.

그러자 전령은 미더운 가수를 데리고 가까이 다가왔다.

무사 여신은 그를 누구보다도 사랑하였고, 좋은 것도 나쁜 것도 주었으니,

그에게서 두 눈을 앗아 갔지만, 즐거움을 주는 노래를 선사한 것이다.

폰토노오스는 잔치 손님들 한가운데에 그를 위해 은 못을 박은   65

팔걸이의자를 커다란 기둥에 기대어 놓아주더니,

머리 위쪽에 있는 고리에 맑은 소리 울리는 수금을 걸어두었고

손으로 잡을 수 있도록 알려주었다. 전령은 그의 곁에

근사한 식탁을 펼쳐주고 빵이 담긴 광주리를 놓았으며

기백이 명하면 마실 수 있도록 포도주가 담긴 잔을 놓아주었다.   70

그러자 그들은 준비되어 차려진 음식 쪽으로 손을 내밀기 시작했고,

마침내 이들이 갈증과 허기에서 벗어나자,

무사 여신은 가수에게 인간들의 명성을 노래하라고 부추기니,

그것은 그때 명성이 드넓은 하늘까지 가 닿았던 노래인

오뒷세우스와 펠레우스의 아들 아킬레우스의 다툼이었다.   75

이들은 전에 풍성한 신들의 잔치에서 격렬한 말다툼을

벌인 적이 있었는데, 인간들의 왕인 아가멤논은 아카이아인들 중

가장 빼어난 자들이 다투는 것이 속으로 기쁘기만 하였으니,

그가 신탁을 바라며 지극히 신성한 퓌토에서 돌 문턱을 넘었을 때,

포이보스 아폴론이 그에게 그렇게 말해주었던 것이다. 그리고 그때,   80

위대한 제우스의 계획에 따라 트로이아인들과 다나오스인들에게

재앙의 시작이 굴러오고 있었다.

두루 이름난 가수는 바로 이 일을 노래하고 있었으나, 오뒷세우스는

그의 억센 두 손으로 큼직한 검붉은 옷을 부여잡고는

머리 위로 끌어당겨 아름다운 얼굴을 가리니 85

파이아케스인들 앞에서 눈썹 밑으로 눈물을 쏟기가 민망하였던 것이다.

그러다가 신과 같은 가수가 노래를 쉴 때면

그는 눈물을 훔쳐내고 머리에서 옷을 걷어낸 다음

손잡이가 둘 달린 잔을 들어 신들에게 헌주하곤 하였다.

그러나 다시 노래가 시작되고, 파이아케스인들의 우두머리들이 90

그 이야기에 흥겨워하며 노래하기를 재촉할 때면,

다시 오뒷세우스는 머리를 뒤덮고 눈물 흘리곤 하였다.

거기서 그는 눈물을 쏟으며 다른 모든 이들의 눈길을 피했지만

오직 알키노오스만은 이를 보고 알아차렸으니

그와 가까이 앉아 있었기에 그의 무거운 탄식을 들었던 것이다. 95

그는 즉시 노를 사랑하는 파이아케스인들 사이에서 입을 열었다.

　　"들어들 보십시오, 파이아케스인들을 이끌고 조언해주는 분들이여.

이제 우리는 차별 없는 잔치와, 풍성한 잔치의 동반자인

수금으로 기백을 충분히 채웠습니다. 이제는

밖으로 나가 갖가지 시합으로 시험해보기로 합시다. 100

그래서 이 손님이 집으로 돌아가더라도

우리가 권투며 맨몸 격투, 그리고 높이뛰기와 달리기에서

얼마나 월등한지를 식구들에게 말해줄 수 있게 말입니다."

그가 이렇게 말하며 앞장서자, 그들도 함께 따라나섰다.

한편 전령은 맑은 소리 울리는 수금을 고리에 걸어두더니 105

데모도코스의 손을 잡고 그를 거실 밖으로 데리고 나가

파이아케스인들의 다른 우두머리들이 시합들을 경탄하며

바라보기 위해 나간 바로 그 길로 그를 이끌고 갔다.

그들은 회의장으로 걸음을 옮겼고, 헤아릴 수 없이 많은 사람이

무리 지어 그들을 따라갔다. 그러자 훌륭한 젊은이들이 많이 일어서니,　　110

아크로네오스와 오퀴알로스, 그리고 엘라트레우스가 일어섰으며,

나우테우스, 프륌네우스, 그리고 안키알로스와 에레트메우스가 일어섰다.

또한 폰테우스와 프로레우스가, 토온과 아나베시네오스가,

그리고 텍톤이 낳은 폴뤼네우스의 아들 암피알로스가 일어섰다.

그리고 나우볼로스의 아들, 사람들에게 파멸을 안겨주는　　　　　　115

아레스와 맞먹는 에우뤼알로스가 일어나니 그는 흠잡을 데 없는 라오다마스에

버금가며 모든 파이아케스인 중에서 외모와 체격이 출중한 자였다.

그리고 흠잡을 데 없는 알키노오스의 세 아들이 일어서니,

라오다마스와 할리오스, 그리고 신과 맞먹는 클뤼토네오스였다.

맨 먼저 이들은 달리기로 시험해보았다.　　　　　　　　　　　　120

그들을 위해 주로는 출발점에서부터 뻗어 있었고, 그들은 일제히

들판에서 먼지를 일으키며 재빨리 날아가기 시작했다.

그들 중에서 달리기로는 흠잡을 데 없는 클뤼토네오스가 월등히 뛰어났다.

그는 묵정밭에서 노새 한 쌍이 가 닿을 만큼의 거리를

앞질러 나가 백성들에게 가 닿았고, 다른 이들은 뒤로 처졌다.　　　　125

한편, 그들은 고통을 안겨주는 맨몸 격투를 시험해보았고,

이번에는 에우뤼알로스가 다른 모든 으뜸가는 자들을 꺾었다.

높이뛰기에서는 암피알로스가 모두를 능가하였고,

원반던지기에서는 엘라트레우스가, 권투에서는 알키노오스의

훌륭한 아들 라오다마스가 다른 모든 이들보다 훨씬 나았다.　　　　130

이들 모두가 이 시합들로 기백을 즐겁게 하고 난 다음,

그들 사이에서 알키노오스의 아들 라오다마스가 입을 열었다.

"이리들 와보게, 친구들, 저 손님도 혹시 무슨 경기를
배워 알고 있는지 우리가 물어보세나. 그 체격이 결코 나쁘지
않은 데다가, 허벅지며 장딴지, 그리고 위로는 두 주먹과   135
억센 목이 크고 강인하니까. 그에겐 아직 젊음이 사라지지
않았고, 다만 숱한 몹쓸 일과 맞닥뜨렸을 뿐이지.
내 말해두는데, 사람을 망가뜨리는 데에는 바다만큼
고약한 게 없다네. 설령 아무리 강인한 사람이라 하더라도."

그러자 이번에는 에우뤼알로스가 그에게 소리 내어 대답하였다.   140
   "라오다마스, 그대의 말은 모두 이치에 잘 들어맞아요.
그러니 지금 그대가 가서 그 이야기를 알려주고, 그를 불러내보세요."

알키노오스의 훌륭한 아들은 이 말을 듣더니
한복판으로 가서 서서 오뒷세우스에게 말하였다.
   "그대도 이리 와서 시합들로 시험해보시지요, 낯선 아버님.   145
만일 그대도 뭔가를 배우셨다면 말입니다. 그대도 이 시합들을 알고
계시는 것처럼 보이는군요. 사람이 살아가는 동안, 자기 발과 손으로
이룬 것보다 더 큰 명성을 얻을 길은 없지요. 자, 그러지 말고
와서 한번 해보시지요. 기백의 근심일랑 흩어버리시고요.
그대의 여행길은 더 이상 지체되지 않을 겁니다. 배야 벌써   150
내려져 있고, 동료들도 채비를 갖추었으니까요."

그러자 꾀 많은 오뒷세우스가 그에게 대답하며 말하였다.
   "라오다마스여, 어쩌자고 그대들은 내게 조롱하며 명하는 겁니까?
내 헤아림 속에는 시합들보다는 근심이 훨씬 더 큰데요.

지금껏 나는 수없이 많은 일을 당했고, 많은 고생을 겪었으니까요.   155
나는 지금 귀향에 대한 간절함으로 그대들이 모인 자리에 섞여 앉아
왕과 모든 백성에게 애원하고 있습니다."

그러자 이번에는 에우뤼알로스가 맞서 시비를 걸며 대답하였다.
    "당치도 않군요, 손님. 사람들에게는 수많은 시합이란 게
있지만, 당신은 시합에 능숙한 사람처럼 보이질 않아요.   160
그러긴커녕, 노 저을 자리도 넉넉한 배를 타고 오가며
장사나 하는 뱃사람들의 우두머리 정도로 보이는군요.
뱃짐을 떠올리며 물건으로 얻어낼 그 탐욕스러운 이득에만
눈길을 주는 사람일 뿐, 당신은 시합에 나설 사람으로 뵈지 않아요."

그러자 꾀 많은 오뒷세우스가 눈을 치켜뜨며 그에게 말하였다.   165
    "낯선 분이여, 불미스러운 말씀을 하셨소. 그대는 악한 사람 같구려.
이처럼 신들은 사랑스러운 것들을 모든 사람에게 다 주시진 않는다오.
그게 체격이든, 헤아림이든, 말솜씨이든 말이오. 어떤 사람은
생김새가 볼품없지만, 신께서 그의 말 모양새에 왕관을 씌우시니
사람들은 그를 바라보며 기쁨을 누리고, 그이도 견고하게,   170
그러나 염치 있고 달콤하게 말하게 되지요.
회의장에 모인 이들 중에서도 그이는 두각을 나타내고,
시내를 지나갈 때면 사람들은 그를 마치 신처럼 바라보지요.
그런가 하면 어떤 사람은 그 생김새가 죽음을 모르는 분들을 닮았지만
우아함이 그의 말에 왕관을 둘러씌우지 못하지요.   175
당신도 마찬가지요. 그대의 외모는 신께서도 달리 더는 어떻게
만들지 못할 정도로 단연 돋보이지만, 그 정신은 비어 있구려.

당신은 이치에 어긋난 말로 내 가슴속 기백을 휘저어놓았소.

나는 당신이 말한 것같이 시합을 모르는 자가 아니올시다.

오히려 나는 일인자들 중 하나였다고 여기고 있소. 다만   180

내 젊음과 이 두 주먹을 믿을 수 있었던 동안에 말이오.

하지만 지금은 사악한 고통을 겪고 있다오. 인간들의 전쟁과

고통을 안겨주는 파도를 겪어내며 수많은 일을 견뎠으니 말이오.

그러나 비록 내 고약한 일을 많이 당했지만, 시합은 해보리다.

그대의 말이 내 기백을 물어뜯었고, 나를 분기시켰으니까.”   185

그러자 그는 옷을 두르더니 뛰쳐나와 원반을 집어 들었다.

그런데 그것은 파이아케스인들이 자기들끼리 던지곤 하던 것보다

적잖이 더 강력하며, 더 크고 두꺼운 것이었다.

그가 몸을 돌리며 원반을 억센 손에서 날려 보내자,

그 돌덩어리는 굉음을 일으켰다. 배로 이름난 사람들인 긴 노의   190

파이아케스인들은 날아가는 돌에 그만 놀라 땅으로 엎드렸다.

그러자 그 원반은 그의 손으로부터 가볍고 빠르게,

다른 모든 사람의 표시를 넘어 날아갔다. 그러자 아테네가

남자의 모습을 하고는 표시를 해두더니 그를 부르며 말하였다.

   “손님, 당신의 표시는 앞을 못 보는 사람이라 할지라도 더듬어   195

가려낼 수 있겠습니다. 그게 다른 것들과 한 무리 속에 섞여 있지 않고

훨씬 더 앞에 있으니까요. 이 시합이라면 당신은 용기를 내세요.

파이아케스인 어느 누구도 거기에 가 닿거나 더 멀리 던지지 못하니까요.”

그녀가 이렇게 말하자, 잘 참고 견디는, 신과 같은 오뒷세우스가 기뻐하니,

이 경합에서 상냥한 동료를 바라보는 일이 반가웠던 것이다.   200

192

그러자 그는 파이아케스인들 사이에서 경쾌하게 말하기 시작했다.

"젊은이들이여, 이제 저 원반을 따라잡아보시오. 나는 곧바로
두 번째 원반을 던질 건데, 저만큼, 아니 더 멀리 날아갈 수도 있다오.
또, 심장과 기백이 명령한다면 다른 이들 누구라도 이리로 와서
시험해보시오, 그대들이 나를 심하게 도발했으니까.   205
권투든, 맨몸 격투든, 달리기든 나는 전혀 상관없소.
라오다마스만 제외하면 모든 파이아케스인 중 누구라도 상관없소.
그이는 내게 환대를 베푼 사람이니까. 뉘라서 자신을 아껴주는 사람과
싸우려 들겠소? 낯선 나라에서 자신을 맞아 대접해준 사람과 경쟁하자며
다툼을 몰고 오는 사람은 정신 나간 자, 쓸모없는 자이며   210
그가 가진 모든 것이 쪼그라들 것이오.
그러나 다른 사람들이라면, 나는 누구도 마다하거나 깔보긴커녕
그를 알기를 원하며, 정면으로 부딪쳐보고 싶다오.
사나이들 사이의 시합들이라면, 나는 그 어떤 것에 있어서도 뒤처지지 않소.
나는 윤기 도는 활을 다루는 법도 잘 알고 있다오.   215
수없이 많은 전우들이 내 곁에 가까이 서서 사람들에게
활을 겨눈다 해도, 적의에 찬 사내들의 무리에 있는 자를
화살로 맨 먼저 쏘아 맞히는 건 바로 나였다오.
트로이아인들의 나라에서 우리 아카이아인들이 활을 쏘았을 때,
활로 나를 능가한 이는 필로크테테스가 유일했소.   220
그러나 다른 이들이라면, 지금 대지 위에서 빵을 먹고 사는,
죽게 마련인 인간들을 내가 훨씬 능가한다고 말해두오.
예전에 살았던 남자들과는 내 굳이 다투려 하지 않겠소,
헤라클레스와도, 오이칼리아의 에우뤼토스와도 말이오.
활이라면 그이들은 죽음을 모르는 분들과도 다투곤 했으니까.   225

위대한 에우뤼토스는 그것 때문에 갑작스레 죽었고, 제 궁전에서
노년에 이르지 못하게 된 거요. 그가 아폴론께 활쏘기로
도전한 까닭에, 진노한 아폴론께서 그를 죽이셨으니까.
또, 내가 창을 던지면, 다른 사람은 화살로도 그만큼은 날릴 수가 없소.
다만 달리기 하나만큼은, 파이아케스인들 중에서 나를 앞설 자가   230
있지 않을까 두렵소. 나는 숱한 파도에 그야말로 당치 않을 지경까지
짓눌린 사람이오. 배 안에 물자가 차고 넘치진 않았으니까.
그래서 내 두 무릎도 풀리고 말았던 거요."

그가 이렇게 말했으나, 누구 할 것 없이 잠자코 침묵을 지킬 뿐이었고
오로지 알키노오스만이 그에게 대답하며 말하였다.   235
　　"손님, 그대가 우리 사이에서 하신 말씀은 결코 불미스럽지 않아요.
천만에요. 그대에게 있는 탁월함을 보여주고자 한 것도, 바로 저 사람이
경기장에서 그대 곁에 다가서서 시비를 걸었던 탓이고요.
합당하게 말하는 방법을 속으로 알고 있는 사람이면 어느 누구든지
그대의 탁월함을 깔보지 못하게 하려 함이었지요.   240
자, 이제 그대도 제 말을 새겨들어주세요. 그러면
제우스께서 우리 선조들에게 내려주신 이래로
끊임없이 이어오는 우리의 탁월함에 대해 그대도
그대의 궁전에서 부인과 자식들과 함께 잔칫상을 들며
떠올릴 수 있겠고, 영웅들 중 다른 이에게도 이야기할 수 있겠지요.   245
우리는 권투 선수들도 아니고, 흠잡을 데 없는 맨몸 격투가들도 아닙니다.
다만 우리는 두 발로 날렵하게 달리며, 배들이라면 우리가 최고지요.
우리에게 언제고 사랑스러운 것들은 잔치와 수금, 무도회이며
갈아입을 옷들과 따뜻한 목욕, 그리고 잠자리랍니다.

194

자, 너희는 파이아케스인들 중에 제일가는 무용수들이니   250
한판 놀아보려무나. 그래서 이 손님이 집으로 돌아가더라도
우리가 항해며 달리기, 그리고 춤과 노래에서
얼마나 월등한지를 식구들에게 말해줄 수 있게 말이다.
그리고 누가 지금 당장 가서 데모도코스를 위해 맑은 소리 울리는
수금을 가져오도록 해라. 우리 집 안 어딘가에 놓여 있을 거다."   255

신을 닮은 알키노오스가 이렇게 말하자, 전령이
왕의 집에서부터 속이 빈 수금을 가져오기 위해 일어났다.
한편 가려 뽑은 진행자들 아홉 명 모두가 자리에서 일어나니
백성의 일들을 맡은 이들은 경기장 안의 일들도 하나하나 도맡았다.
이들은 무도장을 평탄하게 다졌고, 경기장의 공간을 말끔하고 넓게   260
확보해놓았다. 한편, 전령은 맑은 소리 울리는 수금을 들고
데모도코스에게 가까이 가니, 그는 한가운데로 나갔고,
춤에 능한 한껏 피어오른 젊은이들이 그의 주변에 섰다.
그들이 신적인 무도장을 발로 구르니, 불꽃이 이는 그들의 발놀림을
오뒷세우스도 기백으로 경탄하며 경이롭게 바라보았다.   265

한편 가수는 수금을 타며, 아레스와 고운 이마 띠를 두른
아프로디테가 나눈 사랑에 대해서, 이들이 어떻게 헤파이스토스의 집에서
처음으로 몰래 몸을 섞게 되었는지 아름답게 노래하기 시작했다.
아레스는 많은 선물을 바치며 주인 헤파이스토스의 침대와 잠자리를
망쳐놓았다. 그러나 헬리오스가 전령이 되어 그에게 갔으니, 그는   270
그들이 사랑으로 몸을 섞는 것을 알아보았던 것이다.

헤파이스토스는 기백을 괴롭게 하는 이 이야기를 듣더니,
횡격막 깊숙한 곳에서 흉계를 짜내며 대장간으로 걸음을 옮겼다.
그는 모루 받침 위에 거대한 모루를 올리더니, 그들을 그곳에
단단히 붙들기 위해 깨뜨릴 수도, 풀 수도 없는 거대한 사슬을   275
두드려가며 만들었다. 그는 아레스에게 노여워하며 이 덫을 만든 다음,
자신의 이부자리가 놓인 방으로 걸음을 옮겼고, 침대 기둥들 주변을
온통 둘러 둥글게 사슬들을 뿌려놓았다. 위로도 대들보에서부터
수많은 사슬을 쏟아 내리니 이는 마치 거미줄처럼 가늘어서
어느 누구도 이를 볼 수 없었다, 복된 신들조차도.   280
그것은 그만큼 몹시 정교하게 만들어졌던 것이다.
그는 이부자리를 둘러 온통 덫을 쏟아놓은 다음,
잘 지어놓은 도시인 렘노스로 가는 척하였다.
그곳은 모든 땅 중에서도 그에게 월등히 사랑스러운 곳이었다.
한편, 황금 고삐의 아레스도 이를 놓치지 않고 지켜보고 있었으니,   285
솜씨로 이름난 헤파이스토스가 멀리 움직이는 것을 보자,
고운 이마 띠를 두른 퀴테레이아[49]와의 정사를 갈망하며
두루 이름난 헤파이스토스의 집을 향해 걸음을 옮겼다.
그녀도 이제 막 크로노스의 막강한 아들인 제 아버지 곁에서
돌아와 앉아 있던 참이었다. 그러자 그는 집 안으로 들어오더니   290
그녀에게 손을 내밀었고, 이름을 부르며 말하였다.
　"이리 와요, 내 사랑, 침대에 누워 쾌락을 누려봅시다.
헤파이스토스는 더 이상 이 나라에 있지 않고, 이미 렘노스로,
거친 말을 쓰는 신티에스 사람들에게로 가버렸다오."

49　아프로디테의 별칭.

그가 이렇게 말하자, 그녀에게도 그와 동침하는 것이 반가워 보였다.   295
이 둘은 잠자리에 들고자 침대로 걸음을 옮겼다. 그러나 그 주변에는
속 깊은 헤파이스토스가 솜씨 있게 쏟아 내린 사슬들이 있었고
그들은 사지를 움직여볼 수도, 들어 올릴 수도 없었다.
그러자 그들은 더 이상 달아날 수 없음을 깨닫게 되었다.
그러자 다리 저는 그 이름난 이는 렘노스 땅에 가 닿기 전에   300
방향을 돌려 그들에게로 가까이 다가왔다.
헬리오스가 그를 위해 망을 보다가 이야기해주었던 것이다.
〈그는 제 심장으로 서러워하며 집을 향해 걸음을 옮겼고〉[50]
대문가에 서자, 맹렬한 노여움이 그를 움켜쥐었다.
그는 끔찍할 정도로 고함을 지르며 모든 신들을 향해 외쳤다.   305
    "아버지 제우스시여, 영원을 살아가는 다른 복된 신들이여,
이리로 와서 이 가소로운 짓거리를, 참아줄 수 없는 짓거리를 보시구려!
내가 다리를 전다고 해서, 제우스의 딸 아프로디테는 매번 나를
무시하고, 파괴자 아레스를 사랑하고 있다오.
그는 잘생긴 데다가 발도 성하니까. 그러나 이 몸은 허약하게   310
태어났다오. 하지만 그 탓은 다른 누구도 아닌, 바로 나를 낳아준
두 분께 있소. 나를 아예 낳지 말았더라면 더 좋았으련만!
자, 여러분도 보게 될 것이오, 이 둘이 내 침대로 들어가
정을 통하려고 누워 있는 것을! 이 꼴을 보고 있자니 나는 심란하다오.
하지만 이들이 아무리 정을 통하고 싶어 한들, 이렇게는 더 이상   315
조금도 누워 있으려 하지 않을 거라 보오. 둘 다 동침하고 싶은

---

50   이 행이 빠진 사본들도 있다.

욕구는 금세 사라질 거요. 제 아버지에게야 어여쁜 딸이겠지만,
분별이라고는 없는 저 개의 낯짝을 한 딸 때문에 내가 그 아버지의
손에 쥐여준 구혼 선물 전부를, 그가 내게 모조리 다
되돌려주기 전까지는 이 덫과 사슬이 저들을 결박해놓을 거요." 320

그가 이렇게 말하자, 신들은 청동 문턱이 놓인 그의 집으로 모여들었다.
대지를 뒤흔드는 포세이돈이 왔고, 행운을 가져오는
헤르메스가 왔으며, 멀리서 쏘아 맞히는 아폴론 왕이 왔다.
그러나 여신들은 하나같이 부끄러워하며 집에 머물렀다.
좋은 것들을 베푸는 신들이 문가에 들어서서 325
속 깊은 헤파이스토스의 솜씨를 들여다보더니
복된 신들 사이에서 그만 걷잡을 수 없이 웃음보가 터져 나왔다.
누군가는 곁에 있는 이를 보며 이렇게 말하기도 했다.
    "사악한 짓이 잘될 수는 없고, 느린 자가 날랜 자를 따라잡는 법.
지금 일만 해도 그렇지, 헤파이스토스는 느린데도, 올림포스를 330
차지하고 있는 신들 중에서 가장 날랜 아레스를 붙잡았으니까.
다리를 절지만, 기술로 말이오. 그는 간통에 대한 벌금을 물어야 할 거요."

이렇게 그들은 서로 이야기를 주고받고 있었다.
한편, 제우스의 아들 아폴론 왕이 헤르메스에게 말하였다.
    "동행자 헤르메스여, 제우스의 아들이여, 베푸는 이여, 335
만일 그대라면, 저 강력한 사슬에 짓눌린다 하더라도
저 침대에서 황금의 아프로디테와 동침하고 싶겠소?"

그러자 동행자, 아르고스의 살해자가 그에게 대답하였다.

198

"제발 그런 일 좀 생겼으면! 멀리서 쏘아 맞히는 아폴론 왕이여.
아니, 저것의 세 갑절이나 되는 사슬이 끝도 없이 나를 휘감더라도,   340
그대들 신들과 여신들이 모조리 들여다본다 하더라도,
그래도 나는 황금의 아프로디테와 동침하고 싶구려."

그가 이렇게 말하자, 죽음을 모르는 신들 사이에서는 웃음보가 터져 나왔다.
그러나 포세이돈은 웃지 않았고, 어떻게든 아레스를 풀어달라며
일솜씨로 이름난 헤파이스토스에게 끈질기게 간청하였다.   345
그는 그에게 소리 내어 날개 돋친 말을 건네었다.
   "이번만큼은 풀어주게나. 내 자네에게 약속하지. 자네의 명령대로
그가 직접 죽음을 모르는 신들 사이에서 합당한 모든 값을 치를 걸세."

그러자 이번에는 다리 저는 그 이름난 이가 그에게 말하였다.
   "대지를 뒤흔드는 포세이돈이여, 제게 그런 요구는 하지 마십시오.   350
쓸모없는 자를 위해 보증을 서는 것 자체가 쓸모없는 보증이 되니까요.
만일 아레스가 빚과 사슬을 피해 달아나기라도 한다면,
죽음을 모르는 신들 사이에서 제가 무슨 수로 당신을 결박하겠습니까?"

그러자 이번에는 지축을 뒤흔드는 포세이돈이 그에게 말하였다.
   "헤파이스토스, 만일 아레스가 빚을 피해 달아난다면   355
내가 직접 그 값을 치르겠네."

그러자 다리 저는 그 이름난 이가 그에게 대답하였다.
   "당신의 말씀을 거절하는 것은 있을 수도 없고 당치도 않은 일이겠지요."

헤파이스토스의 기운은 이렇게 말하며 사슬을 풀었다.

이 둘이 강력한 사슬에서 풀려나자   360

아레스는 즉시 트라케를 향해 내달렸고, 웃음을 즐기는 아프로디테는

퀴프로스의 파포스에 가 닿았다. 그곳에는 그녀를 위한 성지(聖地)와

향기롭게 타오르는 제단이 있었다. 그곳에서 카리스 여신들은

그녀를 목욕시키고 쇠하지 않는 올리브기름을 펴 발라주니,

그것은 영원을 살아가는 신들에게 있는 것과 같았다.   365

그리고 보기에도 경이로운 사랑스러운 옷들을 입혔다.

두루 이름난 가수는 이 노래를 불렀고, 오뒷세우스도 이를 듣고

속으로 낙을 누렸으며, 배로 이름난 사람들인

긴 노의 다른 파이아케스인들도 그러하였다.

한편, 알키노오스는 할리오스와 라오다마스 두 사람에게만   370

춤을 추라고 명하였으니, 그들과는 아무도 겨룰 수 없던 것이다.

이들이 아름답고 검붉은 공을 두 손에 쥐니, 그것은 지혜로운

폴뤼보스가 그들을 위해 만들어준 것이다.

한 사람이 뒤로 몸을 젖히며 그늘을 짓는 구름을 향해

공을 던져 올리면, 다른 사람은 땅 위에서 높이 솟구쳐   375

발이 바닥에 채 닿기도 전에 그 공을 쉽게 받아내곤 하였다.

이 두 사람은 높이 공 던지기를 시험해보고 나더니,

만물을 먹여 살리는 대지 위에서 여러 번 메기고 받아가며

춤을 추기 시작했다. 그러자 경기장 곳곳에 있던 다른 젊은이들도

일어서서 박수를 치니 엄청나게 큰 소리가 일었다.   380

그러자 신과 같은 오뒷세우스가 그에게 대답하며 말하였다.

"통치자 알키노오스여, 모든 백성 중에서도 단연 빼어난 분이여,
가장 뛰어난 무용수들이라고 장담하시더니, 과연 실제로도 그렇군요.
보고 있자니 경외감이 저를 사로잡을 지경입니다."

그가 이렇게 말하자, 알키노오스의 신성한 기운이 기뻐하며   385
노를 사랑하는 파이아케스인들 사이에서 즉시 말하였다.
    "들어들 보십시오, 파이아케스인들을 이끌고 조언해주는 분들이여.
제가 보기에 이 손님은 몹시 현명한 분 같습니다.
자, 이럴 게 아니라 우리 이분께 마땅한 접대 선물을 드립시다.
두각을 나타내는 왕 열둘이 이 나라를 이끌며   390
다스리고 있고, 저는 열세 번째입니다.
여러분 각자가 잘 세탁된 겉옷과 통옷 한 벌씩,
그리고 값나가는 황금 한 탈란톤씩을 가져오세요.
우리는 당장 그 모든 것을 빠짐없이 가져와 이 손님이 두 손에 쥐고
기백에서 기뻐하며 식사를 들 수 있게 합시다.   395
그리고 에우뤼알로스는 도리에 맞지 않는 말을 했으니
말과 선물로 저분께 보상해드리도록 하라."

그가 이렇게 말하자 그들은 모두 그렇게 하자고 요구하며 찬성하였다.
그들은 각자 선물들을 가져오도록 전령들을 보내었고
에우뤼알로스는 그에게 소리 내어 대답하였다.   400
    "통치자 알키노오스여, 모든 백성 중에서도 단연 빼어난 분이여,
안 그래도 저는 당신께서 명하시는 바대로 저 손님께 보상하려던 참입니다.
저는 저분께 온통 청동으로 된 이 칼을 드리렵니다.
그 손잡이는 은으로 되어 있고, 칼집은 그 테두리가

금방 베어낸 상아로 마감되어 저분께도 큰 값어치가 될 것입니다."

그는 이렇게 말하더니 은 못을 박은 칼을 그의 두 손에 쥐여주며
그에게 소리 내어 날개 돋친 말을 건네었다.
　"평안하십시오, 낯선 아버님, 제가 끔찍한 말을 주워섬겼다면
폭풍들이 그것을 낚아채어 가져가기만을 빕니다.
당신은 오랫동안 식구들과 떨어져 재앙들을 겪어왔으니,   410
신들께서는 부디 그대가 부인을 만나보고 고향에 가 닿게 해주시기를!"

그러자 꾀 많은 오뒷세우스도 그에게 대답하며 말하였다.
　"친구여, 그대 역시 평안하시오. 신들께서 그대에게 행복을 내리시길.
그리고 그대가 나를 말로 달래며 이 칼을 주었으니,
행여 그대는 나중에라도 이 칼을 아쉬워하지 않길 바라오."   415

그리고 그는 두 어깨에 은 못을 박은 칼을 메었다.
그러자 헬리오스가 가라앉고, 그를 위해 이름난 선물들이 마련되었다.
고귀한 전령들은 이 선물들을 알키노오스의 집 안으로 옮겼고
알키노오스의 흠잡을 데 없는 자식들이 이 더없이 아름다운
선물들을 받아 들어 삼가 공경할 어머니의 곁에 놓아두었다.   420
그들 사이에서 알키노오스의 신성한 기운은 앞장서 나아갔고
그들은 안으로 들어와 높은 팔걸이의자들에 앉았다.
그때 알키노오스의 신성한 기운이 아레테에게 말하였다.
　"여보, 특별히 좋은 궤짝 하나를, 가장 좋은 것으로 이리로 가져와요.
그리고 당신이 직접 그 안에 잘 세탁한 겉옷과 통옷을 넣어주세요.   425
또, 그이를 위해 불 위에 청동 솥을 앉혀 물을 데워주세요.

그러면 그이가 목욕을 하고 나서 흠잡을 데 없는 파이아케스인들이
그이를 위해 이리로 가져온 모든 선물이 가지런히 놓인 것을 보고,
가수의 송가를 들으며 잔치로 낙을 누릴 수 있겠지요.
나도 그이에게 더없이 아름다운 이 황금 잔을 주려 해요.   430
그러면 그이도 자기 집에서 제우스와 다른 신들을 위해
헌주하며 날마다 나를 기억할 수 있겠지요."

그가 이렇게 말하자, 아레테는 시녀들에게 가급적 빨리
불 위에 큼직한 세발솥을 앉혀놓으라고 말하였다.
그러자 그녀들은 목욕물을 받기 위해 세발솥을 타오르는 불 위에 앉혔고   435
그 안에 물을 붓고 장작을 가져와 그 밑에서 불타게 하였다.
세발솥의 배 주변을 불길이 두루 돌기 시작하자 물이 데워졌다.
그러는 동안, 아레테는 손님을 위해 더없이 아름다운 궤짝 하나를
방에서 가지고 나와 그 안에 아름다운 선물들을 넣어두니
파이아케스인들이 그에게 선사한 옷가지들과 황금이었다.   440
그리고 그녀는 그 안에 겉옷과 고운 통옷을 넣어두더니
그에게 소리 내어 날개 돋친 말을 건네었다.
   "이제 그대가 직접 이 덮개를 보시고 어서 그 위에 매듭을
묶으세요. 그대가 검은 배를 타고 가면서 다시 달콤한 잠에
빠지더라도, 도중에 아무도 이것을 범하지 못하게 해야지요."   445

잘 참고 견디는, 신과 같은 오뒷세우스는 이 말을 듣고는
곧바로 덮개를 닫고 재빨리 여러 겹의 매듭을 묶어놓으니, 이는
전에 공경받을 키르케가 그 헤아림으로 그에게 가르쳐준 것이었다.
그러자 곧이어 시녀 하나가 그에게 욕조로 들어가 목욕을 하라고

권하였다. 그는 따뜻한 목욕물을 보자 기백으로 반가웠으니 450
머릿결도 고운 칼립소의 집을 떠난 이후로
어떤 보살핌에도 익숙하지 않았던 것이다. 그 전까지 그는
마치 신과 같이 흔들림 없는 보살핌을 받아왔다.
시녀들은 그를 씻겨준 다음, 올리브기름을 펴 발라주었으며,
그에게 근사한 외투와 통옷을 걸쳐주었다. 455
그러자 그는 욕조에서 나와 포도주를 마시던 사람들 사이로
걸음을 옮겼다. 한편, 신들에게서 아름다움을 얻어낸
나우시카아는 빈틈없이 지어놓은 지붕의 기둥 곁에 서서
두 눈으로 오뒷세우스를 바라보며 경탄하다가
그에게 소리 내어 날개 돋친 말을 건네었다. 460
　"평안하시기를요, 손님, 당신의 고향 땅에 가 계시더라도 가끔은
저를 떠올리시도록요. 당신은 누구보다도 내게 먼저 생명의 빚을 지고 있잖아요."

그러자 꾀 많은 오뒷세우스가 그녀에게 대답하며 말하였다.
　"웅대한 기상을 품은 알키노오스의 따님 나우시카아여,
벼락을 내리치시는 헤라의 부군 제우스께서 이제는 그렇게 465
제가 집으로 돌아가 귀향의 그날을 보게 해주신다면 좋겠습니다!
그러면 나는 그곳에서도 마치 신에게 기도하듯 당신께도 기도하겠습니다,
날마다 언제까지나요. 당신이 내 생명을 구하셨으니까요, 아가씨."

그리고 그는 알키노오스 왕 옆에 있는 팔걸이의자에 앉았다.
그들은 이미 몫대로 음식을 나누며 포도주도 섞고 있었다. 470
그러자 전령이 미더운 가수를 가까이 데리고 오니
그는 백성들에게 존경받는 데모도코스였다.

전령은 그를 잔치 손님들 한가운데에 앉히고
커다란 기둥에 기대게 해주었다. 그러자 꾀 많은 오뒷세우스는
그에게 많이 남아 있던, 양쪽에 기름이 두툼한 흰 이빨의   475
돼지 등심을 잘라내더니 전령에게 말하였다.
    "전령이여, 이 살코기를 데모도코스가 들도록 가져다주시지요.
내 비록 심장으로 애달파도, 저분을 반기고 싶어서 그러오.
가수들은, 대지 위에 사는 모든 사람에게 제 몫의
명예와 존경을 누린답니다. 무사 여신께서 그들에게 노래하는 법을   480
가르쳐주시고, 가수들의 종족을 사랑하시기 때문이지요."

그가 이렇게 말하자, 전령은 이것을 들고 가 영웅 데모도코스의
두 손에 쥐여주었고, 그도 기백으로 기뻐하며 이를 받았다.
그러자 그들은 준비되어 차려진 음식 쪽으로 손을 내밀기 시작했고,
마침내 이들이 갈증과 허기에서 벗어나자,   485
꾀 많은 오뒷세우스가 데모도코스에게 말하였다.
    "데모도코스, 그대를 가르치신 분이 제우스의 따님 무사 여신이든,
아니면 아폴론이든, 나는 죽게 마련인 모든 인간 중에서 단연코 당신을
칭송하렵니다. 그대는 아카이아인들의 운명을, 그들이 행하고 당한 것들
모두를, 그리고 아카이아인들이 겪은 고생 모두를 엄청날 정도로 정연하게   490
노래하시는구려! 마치 당신이 몸소 거기 계셨던 것처럼,
누군가에게 들으신 것처럼 말입니다. 자, 이제 노래를 바꾸어
에페이오스와 아테네가 함께 만든 목마의 형상을 노래해주십시오.
그때, 신과 같은 오뒷세우스는 이 미끼 안에 일리오스를 무너뜨린
남자들을 가득 채워 넣은 다음, 도시 높은 곳으로 이끌고 갔지요.   495
그대가 이걸 내게 이치에 맞게 설명해주실 수만 있다면,

그 자리에서 나는 모든 사람에게 말하겠습니다.
신께서 그대를 배려하며 신들린 노래를 내리셨노라고요!"

그가 이렇게 말하자, 그는 신의 부추김을 받더니, 시작하며 노래를
드러내었다. 아르고스인들 중 어떤 이들은 막사들에 불을 지른 다음   500
갑판이 잘 덮인 배들에 올라 떠나가고, 또 다른 이들은 트로이아인들의
회의장에서 목마에 몸을 숨기고서는 명성이 자자한 오뒷세우스를
둘러싸고 앉아 있는 대목을, 그는 집어 들었다.
이 목마는 트로이아인들이 직접 도시 높은 곳으로 끌어왔다.
목마가 들어서게 되자, 그들은 그 주변에 둘러앉아 몹시 혼란스럽게   505
토론을 벌이기 시작했다. 이들에게는 세 갈래 전략이 달가웠는데,
하나는 속이 빈 그 목마를 비정한 청동으로 박살 내는 것이요,
다른 하나는 꼭대기까지 끌고 가서 절벽에서 내던지는 것이었고,
또 하나는 이것을 신들을 달랠 수 있는 큰 영예로 삼아
놔두는 것이었으니, 바로 이에 따라 일이 이루어지게끔 정해져 있었다.   510
그 도시는 그 거대한 목마를 감싸 안는 순간 파멸하게 될 운명이었고,
트로이아인들에게 죽음과 죽음의 여신을 안기려던
으뜸가는 아르고스인들이 모조리 거기 도사리고 있었다.
그는 또 노래를 이어갔다. 아카이아인들의 아들들이 목마에서 쏟아져 나와
속이 빈 그 매복처를 버리고 어떻게 그 도시를 궤멸시켰는지,   515
또 누구는 여기서, 또 누구는 저기서 그 가파른 도시를 어떻게
유린하였는지, 그리고 오뒷세우스가 마치 아레스처럼, 신과 맞먹는
메넬라오스와 함께 데이포보스의 집을 향해 간 것도 그는 노래하였다.
거기서 오뒷세우스는 가장 처절한 전투를 무릅썼으나, 기개 넘치는
아테네의 도움으로 승리했노라고 그는 말하였다.   520

오뒷세우스, 데모도코스의 노래에
눈물 흘리다

이제 오뒷세우스는 데모도코스에게
트로이아의 목마 이야기를 불러달라고
요청하고, 가수는 목마부터 트로이아의 함락에
이르는 노래를 이어간다. 노래 속 주인공은
오뒷세우스이다. 본인이 그만한 영웅으로
근사하게 노래되었으니, 우리는 오뒷세우스가
흡족한 반응을 보일 거라 기대해볼 만하다.
그러나 그의 반응은 통곡이다. 시인은 여기서
길고 아름다운 직유를 통해 남편은 적에게
격살당하고 이제 자신은 포로로 끌려가게 될
여인과 오뒷세우스 사이에 어떤 틈도 삽입하지
않는다. 오뒷세우스 내면의 연민과 동정심을
보여주는 이 직유는 『일리아스』의 시학을
이해한 독자에게는 낯설지 않다. 『일리아스』와
『오뒷세이아』는 표면적으로는 차이점이 많지만
그 저류에 흐르는 시학은 다르지 않다.

제임스 파커, 에칭, 1805

이것이 두루 이름난 가수가 부른 노래였다. 그러나 오뒷세우스는

녹아내렸고, 눈물은 눈꺼풀 아래 두 뺨을 적시고 있었으니,

마치 한 여인이 제 남편을 부둥켜안고 오열하는 것만 같았다.

남편은 도시와 아이들을 위해 비정한 날을 물리쳐내려다가

제 백성들과 도성 앞에서 쓰러졌으니,   525

여인은 숨이 끊어져가며 경련을 일으키는 그이를 보고는

그 위에 쏟아져 내리며 목 놓아 통곡해보지만,

저들은 그녀의 등과 어깨를 창으로 때리며

노역과 곤경을 겪도록 끌고 가니,

더없이 가련한 고통으로 그녀의 두 뺨은 쇠잔해져간다.   530

꼭 그처럼, 오뒷세우스 역시 가련하게 눈썹 아래로 눈물을 떨구었다.

그는 거기서 다른 모든 사람의 눈길을 피해 눈물을 쏟았으나,

오직 알키노오스만은 이를 보고 알아차렸으니

그와 가까이 앉아 있었기에 그의 무거운 탄식을 들었던 것이다.

그는 즉시 노를 사랑하는 파이아케스인들 사이에서 입을 열었다.   535

　"파이아케스인들을 이끌고 조언해주는 분들이여,

들어들 보세요. 데모도코스에게도 맑은 소리 울리는 수금을 이제 그만

멈추라 하세요. 그이가 모든 사람을 기쁘게 하며 노래하는 건 아니라서

그럽니다. 우리가 식사를 하고, 신과 같은 가수가 감흥을 받기 시작한

순간부터, 이 손님이 참담한 눈물을 전혀 그치지 못하고 있습니다.   540

아마도 극심한 고통이 이분의 헤아림을 에워싼 것 같군요.

자, 이제 환대를 베푸는 이들이나 환대를 받는 이나 모두 함께

즐길 수 있도록 가수는 멈추도록 하세요. 그게 훨씬 더 좋은 일이외다.

우리가 저분을 아끼는 심정으로 내어준 사랑스러운 선물도, 길 안내도

사실 이런 것들은 손님을 경외하자는 취지에서 마련된 것입니다.   545

심지어 제 헤아림으로 가늠을 수 있는 것이 조금밖에 없는 사람에게도
손님과 탄원자는 모두 형제들이나 마찬가지인 사람들입니다.

이제 내가 묻는 바가 있으니 이젠 그대도 더 이상 영리한 뜻을 품으며
감추진 마시지요. 그대가 말씀하시는 편이 더 좋으니까요.
어머님과 아버님, 그리고 시내에 사는 다른 사람들과 주변 이웃들이   550
거기서 그대를 부르는 이름을 말씀해주시구려.
몹쓸 인간이건, 훌륭한 사람이건 간에, 인간들치고 일단 태어난 이상
이름이 아예 없는 사람은 없으니까요. 모름지기 부모가 자식을
낳게 되면, 모두에게 이름을 붙여주잖습니까.
그대는 내게 그대의 땅과, 나라와, 도시를 말해주세요.   555
그래야 우리 배들이 알아서 채비를 마치고 그대를 보내드릴 수 있습니다.
파이아케스인들에게는 조타수들이 없답니다.
다른 배들에 있는 키 같은 것은 있지도 않지요.
그저 배들이 스스로 사람들의 판단과 헤아림을 알고 있습니다.
그리고 인간들의 모든 도시와 기름진 들판들을 알고 있지요.   560
우리 배들은 안개와 구름으로 뒤덮인 소금 물결 깊은 곳조차도
가장 빠르게 가로지른답니다. 난파도, 파멸도,
이 배들에게는 전혀 두렵지가 않지요.
물론 나는 아버지 나우시토오스께서 예전에 이런 말씀을 하시는 걸
들은 적이 있어요. 그분은 이렇게 말씀하시곤 했지요,   565
우리가 누구든 가리지 않고 무사히 데려다주는 탓에 포세이돈께서 우리에게
분을 품는다고. 또 이렇게 말씀하셨답니다, 그분은 언젠가 파이아케스인들의
잘 만든 배가 길 안내를 마치고 되돌아올 때, 안개 덮인 바다에서
바스러뜨리고 우리의 도시를 거대한 산으로 에워쌀 거라고,

노인은 그렇게 말씀하셨지요. 신께서 이를 이뤄내시든, 이뤄내시지 않든, ⁵⁷⁰

그분의 기백에 사랑스러운 것이 이루어지기를!

자, 그건 그렇고, 내게 이것을 말해주되, 부디 정확하게 설명해주세요.

그대는 어디에서 떠돌았고, 또 인간들의 땅 중 어디에 가 닿았습니까?

그 사람들과 그들의 살기 좋은 도시들도 말씀해주시지요.

또, 얼마나 많은 자들이 도리를 모르는 채 난폭하고 거칠었는지도, ⁵⁷⁵

어떤 사람들이 손님들을 아끼고 신을 두려워할 줄 아는 분별력이 있는지도요.

또, 아르고스인들과 다나오스인들, 그리고 일리오스의 운명을 들으며

왜 그대가 기백에서 탄식하며 오열하는지도 말씀해주세요.

그것은 신들께서 마련하신 운명입니다. 후세에게 노래가 되도록

인간들에게 파멸의 실을 자아내는 건 그분들이니까요. ⁵⁸⁰

아니면, 혹시 그대의 훌륭한 처가 식구 중 하나가, 처남이나

장인께서 일리오스에서 목숨을 잃었나요? 사실 그들은 우리 핏줄과

혈족 다음으로 우리에게 가장 신경 쓰이는 이들이지요.

아니면, 혹시 기꺼운 일들을 알고 있는 훌륭한 전우가 목숨을 잃었나요?

지혜로운 일들을 알고 있는 전우라면, 형제 못지않으니까요." ⁵⁸⁵

9권

그러자 꾀 많은 오뒷세우스가 그에게 대답하며 말하였다.

　"통치자 알키노오스여, 모든 백성 중에서도 단연 빼어난 분이여,

그 음성을 신들에게 견줄 만한 저 정도나 되는 가수에게

귀 기울인다는 건, 정말이지 근사한 일입니다.

즐거움이 온 백성을 사로잡고,　　　　　　　　　　　　　　　5

집 안에서 잔치를 벌이며 줄지어 앉아

가수의 노래를 들으며, 식탁마다 빵과 고기가 넘치고

술 따르는 이는 술동이에서 포도주를 길어 와

잔에 나눠주는 것보다

더 사랑스러운 극치는 없을 거라고 봅니다.　　　　　　　10

제 헤아림에는 이것이야말로 가장 아름다운 일로 보입니다.

그러나 당신의 기백은 신음하는 저의 근심거리들을 물어보기로

돌아섰고, 그래서 제가 더더욱 오열하며 한숨짓도록 만드시는군요.

그렇다면 저는 무엇을 맨 처음에, 또 무엇을 맨 나중에 설명해야 할까요?

하늘에 계신 신들은 제게 근심이라면 넉넉하게 주셨으니까요.   15
일단 지금은 그대들도 알 수 있도록, 그리고 제가 이 비정한 나날로부터
벗어나게 되면, 아무리 멀리 있는 집에 살지라도 그대들에게
손님으로 남을 수 있도록, 제 이름부터 말씀드리지요.

저는 라에르테스의 아들 오뒷세우스입니다. 온갖 계책으로
사람들에게 알려져 있으며, 제 명성은 하늘에 가 닿아 있습니다.   20
저는 밝히 뵈는 이타카에 살고 있습니다. 그곳에는
몹시 두드러지는, 잎사귀 나부끼는 네리톤산이 있지요.
또 그 주변으로는 둘리키온과 사메, 그리고 숲이 우거진
자퀸토스 같은 많은 섬이 서로 아주 가까이 놓여 있습니다.
소금 물결에 낮게 깔린 그 섬은 어둠의 방향으로 가장 멀리   25
떨어져 있고, 다른 섬들은 멀찍이 떨어져 에오스(새벽)와 헬리오스를
향합니다. 그곳은 바위투성이이지만, 젊은이를 길러내는 좋은 곳이지요.
저는 그 땅보다 더 달콤한 곳은 달리 찾아볼 수가 없답니다.
아닌 게 아니라, 여신들 중의 여신인 칼륍소는 저를 〈남편으로 삼길
애태워 바라며 우묵 파인 동굴 안에〉[51] 붙들어두었고,   30
계략을 부리는 아이아이아의 키르케 역시 마찬가지로
저를 남편으로 삼길 애태워 바라며 궁전에 붙들어두려 했지요.
하지만 그녀들도 제 가슴속 기백을 절대로 설득할 수 없었습니다.
그렇게 부모로부터 멀리 떨어져,
다른 땅에서 풍족한 집에 산다 한들,   35
고향과 부모님보다 더 달콤한 것은 없답니다.

51   이 행이 빠진 사본들도 있다.

자, 트로이아를 떠나던 제게 제우스께서 보내주신,

근심 가득한 제 귀향을 이제 그대에게 말씀드리지요.

바람은 저를 일리오스로부터 이스마로스로, 키코네스인들에게로

몰아다 주었습니다. 거기서 저는 도시를 함락하고, 그들을 죽였지요.　　40

저희는 도시로부터 그들의 아내들과 수많은 재물을 들고나와

분배하였습니다. 아무도 동등한 몫을 받지 못하고 무시당한 채

가지 않도록 말이지요. 저는 우리가 날랜 발로 도망쳐야 한다고

명령했습니다만, 그 대단한 바보들은 제 말을 듣지 않더군요.

거기서 그들은 포도주를 엄청나게 마셔대었고, 많은 양들과　　45

구르듯 걷는, 뿔이 굽은 소들을 바닷가에서 잡아 죽였지요.

그동안 키코네스인들은 그들과 이웃한 뭍에 살던 다른

키코네스인들에게로 가서 그들을 부른 겁니다. 그들은 숫자도 더 많고

우월했을 뿐만 아니라, 전차를 타고 사람들과 싸우는 데에도 능숙하였고

필요하다면 보병으로 싸울 수도 있는 사람들이었습니다.　　50

마치 제철을 맞아 이른 아침 피어나는 꽃과 나뭇잎만큼이나

많은 사람이 다가왔고, 그때 끔찍한 운명의 몫을 얻을

저희 곁에 제우스의 사악한 운명이 다가섰습니다.

저희는 청동 날이 박힌 창들을 서로를 향해 던져가며

빠른 배들 곁에 서서 전투를 치러냈습니다.　　55

아침나절, 아직 신성한 낮이 길어지던 동안에는,

그들의 숫자가 더 많았음에도 저희는 막아내며 버텼답니다.

그러나 헬리오스가 저물어 소의 멍에를 풀어줄 무렵이 되자,

키코네스인들이 아카이아인들을 제압하며 밀어내더군요.

좋은 정강이받이를 댄 전우들이 배 한 척마다 여섯씩 죽었습니다.　　60

하지만 우리 다른 이들은 죽음과 운명에서 벗어났지요.

그곳에서 사랑하는 전우들을 잃은 저희는 심장으로 애달파하며,

그러나 죽음에서 벗어남을 기뻐하며 항해하여 나아갔습니다.

하지만 들판에서 키코네스인들에게 도륙당한

그 불행한 전우들 하나하나를 세 번씩 외쳐 부르기 전에는   65

양 끝이 흰 제 배들도 앞으로 나아가지 못했지요.

그러나 구름을 모아들이는 제우스께서 배들을 노리고 보레아스(북풍)와

엄청난 폭풍을 일으키셨고, 육지와 바다를 동시에 구름들로

뒤덮어놓으셨지요. 하늘에서는 밤이 솟구쳐 올랐습니다.

그러자 배들은 표류하며 떠밀려 다녔고, 바람의 힘은   70

돛들을 세 번씩, 아니 네 번씩 갈기갈기 찢어놓았답니다.

저희는 파멸을 두려워하며 배 안에 돛을 내려두었고

뭍을 향해 서둘러 노를 저어 갔지요.

거기서 저희는 이틀 밤, 이틀 낮을 피로와 고통으로

기백을 갉아먹으며 연신 누워만 있었습니다.   75

그러다가 머리를 곱게 땋은 에오스(새벽)가 세 번째 날을 지어주자,

저희는 돛대도 세우고, 눈부신 돛도 당겨놓고 자리에 앉았습니다.

배들은 바람과 조타수들이 똑바로 몰고 있었고요.

그렇게라면 저는 무사히 고향 땅에 가 닿았을 겁니다.

그러나 말레아를 끼고 돌려고 할 때, 파도와 해류, 그리고   80

보레아스(북풍)가 저를 밀쳐내더니 퀴테라에서 표류하게 만들더군요.

거기서 저희는 파괴적인 바람들에 밀려 아흐레 동안이나

물고기가 가득한 바다 위를 떠밀려 다녔습니다.

그러다가 열흘째에 저희는 로토스 열매 먹는 이들의 땅에 올랐지요.

이들은 꽃에서 나는 걸 먹는 자들입니다. 거기서 저희는 뭍으로 올라와   85

물을 길었고, 전우들은 빠른 배들 곁에서 곧바로 식사를 들었습니다.

빵과 음료를 먹고 마시고 나자, 저는 전우들을 먼저 보내

이 땅 위에서 빵을 먹고 사는 사람들이 어떤 자들인지

알아 오게 했습니다. 저는 두 명을 뽑았고,

세 번째 사람은 전령으로 붙여 보냈지요.   90

그런데 그들은 가자마자 순식간에 로토스 열매 먹는 이들과 섞였답니다.

로토스 열매 먹는 이들이 저희 전우들에게 파멸을 꾀한 건

아니었고, 그저 그들에게 로토스를 먹어보라고 내주더군요.

그들 중에서 꿀처럼 달콤한 로토스 열매를 먹은 사람은

더는 소식을 전하러 되돌아오려고도, 귀향하려고도 않고   95

그 자리에서, 로토스 열매 먹는 이들 틈에서 로토스를 먹어가며

귀향을 잊고 눌러앉기만을 바라더군요. 하는 수 없이 저는

울부짖는 그들을 억지로 배들 앞까지 데려온 다음

노 저을 자리 아래에 밀어 넣고 묶어버렸지요.

그 누구도 로토스를 먹고 귀향을 잊는 일이 없도록   100

저는 미더운 다른 전우들에게

서둘러 빠른 배에 오르라고 명령했습니다.

그들도 즉시 배에 올라 노 저을 자리로 가 앉았습니다.

그들은 줄지어 자리에 앉아 노를 들어 잿빛 소금 물결을 때리기 시작했지요.

거기서 저희는 심장으로 애달파하며, 항해하여 앞으로 나아갔습니다.   105

그리고 저희는 분수도 모르고, 법도도 모르는 퀴클롭스들의 땅에

다다른 겁니다. 그들은 죽음을 모르는 신들에게 맡겨놓고서는

손으로 뭔가를 심지도 않고, 밭을 갈지도 않습니다. 그러나
씨를 뿌리지 않았는데도, 쟁기질한 적이 없는데도 모든 것이 자라납니다.
밀과 보리는 물론, 좋은 포도로 빚은 포도주를 가져다주는   110
포도송이들까지! 그리고 제우스의 비가 그것들을 자라게 하지요.
그들에게는 계획을 의논하는 회의장도 없고, 법도도 없습니다.
그저 그들은 높은 산들 꼭대기에서,
우묵 파인 동굴 속에 살면서 각자가 자식들과 아내들에게
법을 정해주지요. 그리고 서로들 간에는 신경을 쓰지 않고요.   115

한편, 퀴클롭스들의 땅에서 포구 바깥으로
가깝지도 멀지도 않은 거리에 비옥한 섬 하나가 뻗어 있었는데,
숲이 우거진 그 섬에는 헤아릴 수 없이 많은 야생 염소들이
있었지요. 사람들이 다니는 길이 있어서 그 염소들을
쫓아내는 것도 아니고, 산마루들을 다니며 수풀 아래에서   120
고생을 겪는 사냥꾼도 그 섬에는 들어가지 않기 때문이지요.
그 섬에는 가축들도, 경작지도 없었고, 그저 언제까지나
씨를 뿌리지도, 쟁기질도 하지 않은 채로 있었지요.
사람들도 없이, 떨며 우는 염소들만 풀을 뜯는답니다.
퀴클롭스들에게야 붉은 흙빛으로 뺨을 물들인 배들도 없고   125
갑판이 잘 덮인 배들을 만들 이들도 없지요.
그런 사람들이 있었더라면 배들이 인간들의 도시들로 가서
하나씩 모두 이루어냈을 겁니다. 사람들이 배들을 타고 바다를 가로질러
서로에게 많이들 오가듯이요. 그런 이들이 있었더라면
아마 그 섬도 잘 가꾸어진 곳으로 만들어놓았을 겁니다.   130
그 섬은 결코 나쁜 곳이 아니었고, 철 따라 모든 것을 가져다주는

곳이었어요. 잿빛 소금 물결 기슭을 따라 촉촉하고 부드러운 초원이
펼쳐져 있고, 포도나무는 전혀 시들 줄을 몰랐답니다. 땅도 쟁기질하기 좋게
부드러웠지요. 그 땅에서는 분명 깊숙이 심긴 곡식을 언제든 계절에 맞게
거둬들일 수 있을 겁니다. 땅 아래 흙이 아주 기름졌으니까요.   135
거기엔 정박하기 좋은 포구가 있었지요, 삭구(索具)가 필요 없을 정도로요.
닻을 내릴 필요도 없었고, 고물 홋줄을 맬 필요도 없었지요.
그저 해안에 배를 대놓고서는 선원들의 기백이 동하고
바람들이 불어줄 때까지, 그 시간 동안만 기다리면 그만인 곳입니다.
포구 머리에서는 동굴 아래 놓인 샘에서 눈부신 물이 흘러내렸고,   140
그 주변에는 흑양들이 자라고 있었습니다.
그곳으로 저희는 배를 타고 갔고, 어떤 신께서 새카만 밤중에
저희를 이끌어주셨지요. 눈으로 볼 수 있는 것은 아무것도
모습을 드러내지 않았답니다. 안개가 배들 주변에 묵직이 깔려 있었고
달마저도 하늘에서 구름에 갇혀 모습을 드러내지 않았지요.   145
거기서 두 눈으로 그 섬을 응시한 사람은 아무도 없었고,
갑판이 잘 덮인 배를 대기 전까지는 거대한 파도가 뭍으로
휘감아 치는 것을 본 사람도 없었습니다.
저희는 배들을 바닷가에 대고 모든 돛을 잡아 내린 다음
바닷가로 내려왔지요.   150
거기서 저희는 신과 같은 에오스(새벽)를 기다리며 잠을 청했습니다.
이른 나절 태어난, 장밋빛 손가락의 에오스(새벽)가 모습을 드러내자
저희는 그 섬에 경탄을 금치 못하며 이곳저곳을 돌아다녔습니다.
그러자 아이기스를 지니신 제우스의 따님인 요정들께서
전우들에게 식삿거리를 마련해주시려고 산에 사는 염소들을   155
몰아다 주시더군요. 저희는 곧장 배들로부터 굽은 활들과

목이 긴 투창들을 집어 온 다음, 세 조로 나누어 쏘아 맞혔답니다.

그 즉시 신께서 원기에 맞갖은 사냥감을 주셨지요.

저를 따라온 배들이 열두 척이었는데, 한 척마다 아홉 마리의

염소를 분배하였고, 그들은 유독 저에게 열 마리를 집어주더군요.　　160

그때 저희는 헬리오스가 가라앉을 때까지 온종일 앉아

이루 말할 수 없을 만큼 많은 고기와 달콤한 포도주로 잔치를 벌였지요.

배들 안에 붉은 포도주가 아직 떨어지지 않고 남아 있던 덕입니다.

저희가 키코네스인들의 신성한 도시를 함락했을 때,

각자 손잡이가 둘 달린 항아리들에 포도주를 많이 담아 왔던 것이지요.　　165

한편, 가까이 있던 퀴클롭스들의 땅을 바라보니

연기가 올라왔고, 그들과 양 떼와 염소 떼의 소리가 들리더군요.

그러다가 헬리오스가 가라앉고 어둠이 다가오자

저희는 바닷가에 누워 잠을 청하였답니다. 그러다가

이른 나절 태어난, 장밋빛 손가락의 에오스(새벽)가 모습을 드러내자,　　170

저는 회의를 열어 모두에게 말하였습니다.

'내 미더운 전우들, 이제 다른 사람들은 여기 남아 있게나.

나는 내 전우들과 함께 배를 타고 가서 저 사람들을 시험해볼 작정이다.

그 사람들이 어떤 이들인지, 주제넘고 거친 데다 올바르지 않은

자들인지, 아니면 손님들을 아껴주고 신을 두려워할 줄 아는　　175

분별력이 있는 자들인지 말이야.'

저는 이렇게 말하고 배에 올라 동료들을 격려하며

고물에서 홋줄을 풀라고 명령하니, 그들도 즉시 배에 올라

노 저을 자리로 가 앉았습니다. 그들은 줄지어 자리에 앉아

노를 들어 잿빛 소금 물결을 때리기 시작했지요.　　180

저희가 가까이 있는 장소에 이르렀을 때,

그 바닷가 가장자리에 월계수로 덮인 높다란 동굴이

하나 보이더군요. 거기에서 양이며 염소 같은 많은 가축이

잠을 자곤 했지요. 그 둘레로는 파내 온 돌들과 흰칠한 가문비나무,

그리고 우듬지까지 잎으로 덮인 떡갈나무들로 높다랗게

뜰이 지어져 있었답니다. 그 안에서 어떤 어마어마한 사내가

잠을 자곤 했는데, 그자는 외따로 떨어져 살며 가축들을 먹이며

지냈지요. 그자는 남들과 왕래가 없었고, 떨어져 지내며

무도한 짓들에 능통한 자였습니다. 그자는 경악스러울 정도로

어마어마하게 생겨난 자로 도저히 빵을 먹고 사는 사람처럼

보이질 않았고, 그저 높다란 산맥에서 다른 봉우리들과 떨어져

혼자만 드러나는, 우뚝 솟은 수풀 우거진 봉우리 같았지요.

그때 저는 다른 미더운 전우들에게 배 곁

바로 그 자리에 남아 배를 지키라고 명령했고,

제일가는 전우 열두 명을 가려 뽑아 걸음을 옮겼습니다.

그리고 염소 가죽 자루에 어둡고 달콤한 포도주를 담아 갔지요.

그 포도주는 에우안테스의 아들 마론이 제게 준 것이었고

그는 이스마로스를 거니시는 아폴론의 사제였지요. 저희는

그분을 보아 그와 자식들, 그리고 아내를 삼가는 심정으로

보호해주었답니다. 그들은 포이보스 아폴론께 바쳐진 우거진 숲속에

살고 있었으니까요. 그리고 그도 저를 위해 빛나는 선물을 가져왔지요.

그는 잘 매만진 황금 일곱 탈란톤과, 전부 은으로 만든

술동이 하나를 주었고, 또 손잡이가 둘 달린 열두 개의 항아리 전부에

물을 섞지 않은 달콤한 포도주를, 그 신적인 음료를 길어

담아주었지요. 오로지 그이 자신과 그의 아내, 그리고
단 한 명의 시녀 말고는 그 집에서 그것을 알고 있는 이는
시중드는 이건 하인이건 아무도 없었답니다.

그가 꿀처럼 달콤한 그 붉은 포도주를 마실 때면,
잔에 가득 채운 다음 스무 메트론의 물을 붓는데,[52]
그러면 술동이에서 달콤한 신적인 향기가 피어오르지요.
그때는 삼가는 게 절대로 사랑스러울 수 없을 겁니다.

저는 그 포도주를 큰 가죽 자루에 가득 채워 갔고,
길양식은 다른 가죽 부대에 넣어두었지요.

도리도, 법도도 제대로 모르는, 괴력을 지닌 야만적인 자가
다가오리라고, 당당한 제 기백이 곧바로 예감했기 때문입니다.

저희는 신속하게 그 동굴에 가 닿았습니다. 그러나 그자는 그 안에서
볼 수 없었지요. 풀밭에서 살진 양 떼를 먹이고 있었던 겁니다.

저희는 동굴 안으로 들어가 낱낱이 살펴보았습니다.
바구니들은 치즈로 묵직하였고, 우리 안에는 새끼 양들과 염소들이
가득하였습니다. 그 녀석들은 각각 나누어져 따로 갇혀 있었는데
맏배끼리 따로, 중배끼리 따로, 그리고 늦배끼리 따로 있었어요.

그리고 거기에 마련된 모든 그릇이며 통, 대접에는
그가 짜놓은 유청(乳淸)이 가득했습니다.

거기서 전우들은 제게 일단 치즈를 집어 들고 되돌아가자며
말로 애원했지요. 그런 다음, 우리에서 새끼 염소들과
양들을 몰고 나와 재빨리 빠른 배로 데려가서

---

52 포도주 원액과 물을 1:3 또는 2:3으로 섞어서 마시는 것이 관행이었다고 한다. 그렇다면 보통의
    포도주보다 몇 배 독한 것이라고 짐작할 수 있다.

소금기 어린 물 위로 항해하자 하더군요.

그러나 그 말을 듣지 않은 건 저였습니다. 그러기만 했어도 훨씬 더 득이

되었을 것을! 저는 그가 제게 접대를 베풀지, 그게 보고 싶었던 겁니다.

하지만 그가 모습을 드러내는 것이 전우들에게는 사랑스러운 일이   230

되지 않도록 정해져 있었지요. 거기서 저희는 불을 피워올리며 제물을 바쳤고,

치즈도 가져다 먹었습니다. 그리고 동굴 안에 앉아서

그가 가축들을 먹이다 오기를 기다렸지요. 그는 식사를 마련하기 위해

엄청난 양의 마른 나뭇짐을 해 왔습니다.

그가 그 나뭇짐을 동굴 안에 던지자 굉음이 치솟더군요.   235

저희는 그만 겁에 질려 동굴 구석으로 몸을 피했습니다.

한편 그는 살진 양 떼 중에서 그가 젖을 짜는 것들은 모조리

너른 동굴 안쪽으로 몰아넣더군요. 그리고 수컷들은

숫양도 숫염소도 문 바깥으로 깊숙한 뜰에 남겨둡디다.

그러더니 엄청나게 거대하고 높은 바위 문을 들어 올려   240

입구에 가져다 놓지 뭡니까. 제대로 된 사륜마차 스물두 대로도

그 바위만큼은 땅에서 들어 올릴 수조차 없을 겁니다.

그 정도나 되는 깎아지른 바윗덩어리를 그자가 입구에 가져다 놓은 겁니다.

그는 자리에 앉더니 모두 순리대로 양 떼와 떨며 우는

염소 떼의 젖을 짠 다음, 각각 새끼들을 그 아래에 놓더군요.   245

그러더니 곧바로 그 뽀얀 젖의 절반을 굳힌 다음,

엮어 만든 광주리들 안에 내려놓아 모아두었고요.

나머지 절반은 그가 끼니때에 들고 마시려고

통 안에 세워둔 채 두더군요.

그는 서둘러 그 일을 마치더니,   250

불을 피웠고 저희를 보고선 묻더군요.

'낯선 녀석들아, 너희는 누구냐, 어디에서 이 물길을 타고 온 거냐?
볼일이 있어 왔는가, 아니면 되는대로 떠돌고 있는 것인가?
마치 소금 물결 위에서 해적들이 그리하듯 말이다. 그들은
목숨마저 꺼내놓고 떠돌며 다른 사람들에게 몹쓸 일을 가져다주지.'   255

그가 이렇게 말하자, 저희는 그 묵직한 목소리와 어마어마한 그의 모습에
겁을 먹고선 심장이 그만 산산이 부서져 내렸답니다. 그럼에도 저는
그에게 대답하며 말했지요.
'우리는 트로이아에서부터 떠돌아 온 아카이아인들이올시다.
집으로 가기를 열망하고 있으나, 몹시 깊은 바다 위에서   260
온갖 바람들에 밀려 그만 다른 길로, 다른 여정으로 오게 된 거라오.
아마 제우스께서 이런 계획을 원하셨나 보오. 우리는 아트레우스의 아들
아가멤논의 백성임을 자부하고 있소. 지금 그이의 명성은
하늘 아래에서 가장 크다 할 것이오. 그만한 도시를 무너뜨리고,
수많은 백성을 파멸시켰으니 말이오.   265
우리는 혹시 그대가 우리에게 접대 선물을 내어주거나, 다른 선물이라도
줄까 싶어 이리로 와서 그대의 무릎을 잡고 탄원하는 거라오.
그것이 손님을 환대하는 도리이기에 그렇소. 가장 강력한 이여,
이러지 말고 신들을 두려워하시오. 우리는 그대의 탄원자들이잖소.
제우스는 탄원자들과 손님들을 위해 보복하시는 분이고,   270
삼가 존중받아 마땅한 손님들과 함께하시는, 환대를 이루시는 분이라오.'

제가 이렇게 말하자, 그자는 비정한 기백으로 즉시 대답하더군요.
'낯선 녀석아, 나더러 신들을 두려워하라니, 피하라니.
너는 바보 천치거나, 아니면 멀리서 온 녀석이렸다!

222

우리 퀴클롭스들은 아이기스를 지닌 제우스 따위, 복된 신들 따위는   275
안중에도 없다. 우리가 훨씬 더 강력하니까.
내 기백이 내게 명령하지 않는 한, 내가 제우스의 미움을 피하려고
너나 네 동료들을 살려두는 일은 없을 거다.
자, 각설하고 잘 만들어놓은 네 배는 어디에 세워두고 왔는지
내가 알 수 있도록 말하라. 끄트머리냐, 아니면 가까이냐?'   280

그는 이렇게 말하며 떠보려 했지만, 저도 아는 건 많아서 그걸 모를 리는
없었지요. 그래서 그에게 이렇게 계략을 품고 말해주었지요.
'내 배로 말하자면, 지축을 뒤흔드는 포세이돈께서
곶 가까이로 몰아가시더니 그대들 땅의 경계에 놓인 절벽으로
집어 던졌다오. 바람도 바다에서부터 내 배를 그리로 날랐소.   285
하지만 나는 이 사람들과 함께 가파른 파멸에서 벗어났다오.'

제가 이렇게 말했지만, 그자는 비정한 기백으로 아무 대답도 않고
솟구쳐 일어서더니 전우들에게 두 손을 뻗어
마치 강아지처럼 두 명을 움켜쥐고는 땅바닥에 내리쳤습니다.
그러자 바닥으로 뇌가 흘러나오며 땅을 적셨지요.   290
그자는 그들의 사지를 잡아 뜯어 자르더니 식사를 준비하더군요.
마치 산속에서 자라난 사자처럼, 그자는 내장과 살과,
또 골수가 가득한 뼈까지 남김없이 먹어치웠습니다.
저희는 이 무참한 짓을 보며 통곡하면서 제우스께
두 손을 뻗어보았지만, 무력감이 기백을 사로잡았지요.   295
퀴클롭스가 인육을 먹고 아무것도 섞지 않은 젖을
마신 다음 마침내 그 거대한 배를 채우고 나자,

동굴 안에서 사지를 뻗고 드러눕더군요.

저는 웅대한 기상을 품은 기백을 훑어가며 궁리해보았습니다.
일단 가까이 다가가서, 허벅지에서 날 선 칼을 뽑은 다음   300
가슴 쪽을, 횡격막이 간을 두르고 있는 부분을 손으로 더듬어가며
찔러버리려고 했지요. 그런데 다른 기백이 저를 막아서더군요.
안 그랬더라면 저희는 가파른 파멸을 맞고 거기서 전멸했을 겁니다.
저희는 그자가 가져다 놓은 그 강력한 바윗덩어리를
높다란 문에서 손으로 밀어낼 힘이 없었기 때문이지요.   305
저희는 그저 신음하며 신과 같은 에오스(새벽)를 기다렸습니다.
그러다가 이른 나절 태어난, 장밋빛 손가락의 에오스(새벽)가 모습을 드러내자,
그는 불을 피우더니 모두 순리대로 이름난 양 떼의 젖을 짜고는
각각 새끼들을 그 아래에 놓더군요.
그는 서둘러 이 일을 마치고 난 다음,   310
이번에도 두 명을 붙잡더니 식사를 준비하였습니다.
그는 식사를 마치더니 그 거대한 문을 손쉽게 치우고는 살진 양 떼를
동굴 밖으로 몰고 나갔습니다. 그리고 마치 화살집에 덮개를 닫아두듯이
다시 그 문을 가져다 놓더군요. 퀴클롭스는 휘파람을 한껏 불어대며
살진 양 떼를 산으로 몰고 갔습니다.   315
한편, 저는 어떻게든 보복을 하여 아테네께서 제게
명성을 주시지 않을까 싶어 뒤에 남아 흉계를 짜내고 있었습니다.
그렇게 온 심정을 다한 끝에 제게 최상의 계책이 드러났습니다.
퀴클롭스의 우리 옆에는 거대한 몽둥이가 하나 놓여 있었지요.
마르면 가지고 다니려고 그자가 잘라놓은 푸르스름한   320
올리브나무였습니다. 저희가 그걸 들여다보니,

224

노가 스무 개 달린, 바다 깊은 곳을 가로지르는

넓고 검은 짐배의 돛대 정도는 되어 보였습니다.

그 몽둥이는 그 정도로 길고 두꺼워 보였답니다.

저는 그 곁에 다가서서 한 오르귀아[53] 정도를 잘라낸 다음   325

전우들 곁에 가져다 놓고는 끝을 날카롭게 다듬으라고 명했습니다.

그러자 그들은 굴곡 없이 손질하였고, 저는 곁에 서서 끝을 날카롭게

다듬어놓았습니다. 그리고 그길로 그것을 들고 타오르는 불 속에 넣고

돌리기 시작했지요. 그런 다음, 그것을 동굴 곳곳에 차고 넘치도록

쌓여 있는 분뇨 더미 아래에 숨겨 잘 놓아두었습니다.   330

그리고 저는 그자에게 달콤한 잠이 다가오면, 누가 저와 함께

그 말뚝을 집어 들어 그의 눈에 밀어 넣기를 감당할 것인지를

결정하기 위해 다른 전우들에게 제비를 섞으라고 명령했습니다.

제비를 뽑은 네 명은 마침 저 자신도 택하기를 원했던 이들이었습니다.

그리고 저도 다섯 번째 사람으로 그들과 함께 뽑혔습니다.   335

그자는 털도 고운 양 떼를 먹이다가 저녁나절에 돌아오더군요.

그는 살진 양 떼를 곧바로 넓은 동굴 안으로 모조리 몰고 들어왔고

바깥의 깊숙한 뜰에는 한 마리도 남겨놓지 않았지요.

무슨 예감이 들었거나, 아니면 신께서 그러라고 명령하셨던 것 같습니다.

그자는 거대한 문을 높이 들어 올려 가져다 두고 자리에 앉더니   340

모두 순리대로 양 떼와 떨며 우는 염소 떼의 젖을 짠 다음

각각 새끼들을 그 아래에 놓더군요.

그는 서둘러 이 일을 마치고 난 다음,

---

53   고대 희랍의 도량형 중 하나로, 1오르귀아(orgya)는 성인 남성이 두 팔을 벌렸을 때의 폭이다.

이번에도 두 명을 붙잡더니 식사를 준비하였습니다.

그때 저는 어두운 포도주를 담은 나무 사발을 두 손에 들고   345

퀴클롭스에게 가까이 다가가 말했습니다.

'자, 퀴클롭스, 인육을 먹었으니 이 포도주를 들이켜보오. 그러면

그대는 우리 배가 과연 어떤 음료를 감춰두었는지 알게 될 거요. 이건 혹시

그대가 나를 불쌍히 여겨 집으로 보내주지 않을까 해서 내 그대에게

헌주 삼아 가져온 거요. 그대의 광란은 더 이상 참을 수가 없다오.   350

잔인한 자여, 그대가 법도에 어긋난 짓들을 하고 있으니,

그 많은 사람 중에 과연 다른 누가 나중에라도 그대를 찾아오겠소?'

제가 이렇게 말하자, 그자는 그것을 받아 들고 남김없이 마시더군요. 그자는

     그 달콤한 음료를 들이켜며

끔찍할 정도로 기뻐했고 다시 두 번째 사발을 달라고 요구합디다.

'너는 자청해서 또 내놓아라. 그리고 네 이름을 내게 말하라,   355

지금 당장. 그러면 내 너를 위해 네가 기뻐할 만한 접대 선물을 주겠다.

물론 퀴클롭스들에게도 곡식을 안겨주는 들판이 좋은 포도로 된

포도주를 가져다주고, 제우스의 비바람이 그것들을 자라나게 하지만

이건 그야말로 순수한 암브로시아요 넥타르구나.'

그가 이렇게 말하자, 저는 불꽃 같은 포도주를 그자에게 또 건네었습니다.   360

세 차례나 저는 포도주를 가져다주었고 세 차례나 그는 어리석게도

남김없이 마셨습니다. 마침내 포도주가 퀴클롭스의 횡격막을 감싸고 돌자,

그때 저는 그에게 상냥하게 말하였습니다.

'퀴클롭스, 내 유명한 이름을 묻다니, 내 그대에게

말해드리리다. 그러면 그대가 약속한 바대로 내게 접대 선물을 주시오.   365

오뒷세우스, 폴뤼페모스에게
포도주를 따라주다

————

마치 아스테로파이오스를 죽이려던 아킬레우스와
같이(『일리아스』21권 173행), 오뒷세우스도
허벅지에서 칼을 뽑아 괴물을 죽이려 했다. 하지만
그렇게 되면 동굴 입구를 막아둔 바위를 치울
길이 없어진다. 과연 '깊은 계략과 술책이라면
어떤 것이든 낱낱이 알고 있는 이'(『일리아스』
3권 202행)답게 그는 금세 다른 전략을 세우고
폴뤼페모스를 파멸로 끌고 간다. 포도주를
따라주고 나서, 그는 자신의 이름을 꾸며 말한다,
'있지도 않은 자(Outis)'라고. 우리말과는 달리
인도유럽어에서는 '이다'와 '있다'의 경계가
불분명해서 '있지도 않은 자'라고 번역할 수도
있고, '아무것도 아닌 자'라고 옮길 수도 있다.
꾀가 힘을 제압하는 패턴 자체는 민담에서 가져온
것이다.

제임스 파커, 에칭, 1805

'있지도 않은 자'가 내 이름이라오. 어머니도, 아버지도, 그리고 다른
모든 전우들도 나를 있지도 않은 자라고 부르곤 하오.'

제가 이렇게 말하자, 그자는 비정한 기백으로 즉시 대답하더군요.
'다른 동료들을 먼저 먹고 난 다음, 있지도 않은 자를 맨 마지막에
내 먹어주지. 이게 내가 너에게 줄 접대 선물이 될 것이다.'   370

그는 이렇게 말하고는 등을 뒤로 기대고 쓰러지더니, 두꺼운 목을
옆으로 돌리며 누웠고, 모든 것을 제압하는 잠이 그를 사로잡더군요.
그의 목구멍에서는 포도주와 인육 조각들이 쏟아져 나왔는데,
술에 무거워진 그가 토해낸 것이지요. 그때 저는 그 말뚝이
달궈질 때까지 재 속으로 몇 번이고 쑤셔 넣었고,   375
혹시 누가 겁을 먹고 피하는 일이 없도록,
전우들 모두를 말로 격려하였습니다.
그러다가 그 올리브나무 말뚝이 여전히 푸르스름한데도
불 속에서 금방이라도 불이 붙을 것같이 되어 무섭도록 붉게 달아오르자
저는 가까이 다가가 말뚝을 불 속에서 빼내었고 제 주변으로는   380
전우들이 둘러섰습니다. 어떤 신께서 엄청난 용기를 불어넣으신 겁니다.
그들은 그 끝이 날카로운 올리브나무 말뚝을 쥐어 들더니
그의 눈에 밀어 넣었고, 저는 맨 위에서 찍어 누르며 말뚝을
감아 돌렸습니다. 마치 어떤 사람이 배 만들 나무에 송곳으로
구멍을 뚫을 때, 사람들이 밑에서 가죽끈 양 끝을 붙잡고 돌리면   385
송곳이 쉴 새 없이 계속해서 돌아가는 것과 마찬가지로,
꼭 그처럼 저희는 끝이 불타오르는 말뚝을 쥐어 들고선, 그자의 눈 속에서
휘감아 돌렸지요. 그러자 달궈진 말뚝 둘레로 피가 흘러내리더군요.

불의 숨결은 그 주변의 눈꺼풀이며 눈썹도 모조리 그슬었고
안구에도 불이 붙어 그 뿌리까지 불에 튀는 소음을 일으켰답니다.   390
마치 대장장이가 커다란 도끼나 자귀를 담금질하려고,
무쇠의 힘이란 또 이런 것이니까,
차가운 물 속에 담그면 큰 소음이 일듯이, 꼭 그처럼
그자의 눈도 올리브나무 말뚝 둘레로 쉬익 하는 소리를
일으키더군요. 그자는 끔찍할 정도로 크게 비명을 질렀지요.   395
그러자 주변의 바위가 울렸고, 저희는 겁이 나서 몸을 피했습니다.
그자는 많은 피로 뒤범벅이 된 말뚝을 눈에서 뽑아내더니
두 손을 휘저어가며 내던지더군요. 그리고 그는
퀴클롭스들을 큰 소리로 외쳐 불렀어요. 그들은 그의 주변에 있는,
바람이 이는 산꼭대기 동굴들 속에서 살고 있었답니다.   400
그들은 그자의 고함을 알아듣고는 여기저기에서 오더니
동굴을 에워싸고 서서 무엇이 그자를 괴롭히는지 묻더군요.
'폴뤼페모스, 도대체 무엇에 그리 짓눌려 고함을 쳐대는 거냐?
이 암브로시아와 같은 밤중에 우리를 잠도 못 자게 만들다니!
죽게 마련인 어떤 인간이, 네가 원치도 않는데 네 양 떼를 끌고 간 건 아니냐?   405
아니면 누가 계략이나 완력으로 너를 죽이려 들고 있는 건 아니냐?'

그러자 강력한 폴뤼페모스가 동굴 밖으로 그들에게 말하더군요.
'친구들, 있지도 않은 자가 완력이 아니라 계략으로 나를 죽이고 있다네.'

그러자 그들도 날개 돋친 말들로 대답하며 말하더군요.
'너를 힘으로 억누르는 자가 있지도 않고 너 혼자라면   410
너는 위대한 제우스에게서 온 그 질병을 피할 길이 전혀 없겠구나.

그러지 말고 네 아버지 포세이돈 왕에게 기도나 하려무나.'

그들은 이렇게 말하며 떠나갔고, 제 심장은 웃음을 터뜨렸지요.
제 이름과 흠잡을 데 없는 꾀가 그들을 속였으니까요.
앓는 소리를 내던 퀴클롭스는 산고(産苦)라도 겪듯 고통스러워하며   415
두 손으로 더듬어 입구에서 바윗덩어리를 들어내더니
혹시라도 누가 양들과 함께 문밖으로 나가면 잡아버릴 요량으로
입구에 주저앉아 두 손을 펼치더군요.
그자는 분명 제가 그토록 어리석기를 속으로 바랐던 거지만,
저는 전우들과 저 자신을 위해 죽음을 벗어날 해법을 어떻게   420
찾는 것이 월등히 탁월할지 계책을 마련하고 있었지요.
워낙 목숨이 걸린 문제인 만큼, 심각한 재앙이 가까이 와 있었고
저는 온갖 계책과 꾀를 자아냈지요.
그렇게 온 심정을 다한 끝에 제게 최상의 계책이 드러났습니다.
거기에는 잘 먹여 기른 털북숭이 숫양들이 있었어요. 덩치도 크고   425
아름다운 녀석들이었고, 털은 제비꽃처럼 짙었답니다.
저는 무도한 짓에 능통한 저 어마어마한 퀴클롭스가 그 위에
누워 자던 잘 꼬아놓은 버드나무 줄기를 들고, 소리도 내지 않고
그 양들을 세 마리씩 놓고 묶기 시작했답니다. 가운데 녀석은
사람을 나르고, 양편에 있는 두 녀석은 전우들을 구하며 걸어갔지요.   430
이렇게 세 마리 숫양이 사람을 하나씩 나르고 있었답니다.
하지만 저만큼은 모든 양 떼 중에서도 월등히 뛰어난 숫양의
등을 붙들고는 그 털북숭이 배 밑에 감겨 누워 있었지요.
저는 쉬지도 않고 그 곱디고운, 신적인 양털을 두 손으로 부여잡고서,
견뎌내는 기백으로 고개를 위로 한 채 몸을 돌리고 있었던 겁니다.   435

그때 저희는 신음하며 신과 같은 에오스(새벽)를 기다릴 뿐이었습니다.

그러다가 이른 나절 태어난, 장밋빛 손가락의 에오스(새벽)가 모습을 드러내자,

숫양들은 풀밭으로 몰려 나갔지만,

암양들은 짜지 않은 젖이 불어 우리 곳곳에서 떨며 울고

소리를 질러대고 있었답니다. 한편, 주인은 괴로운 통증에   440

짓눌려가며, 똑바로 서 있는 모든 양의 등을 쓰다듬었습니다.

그 바보 녀석은 전우들이 털북숭이 양들의 가슴 아래

묶여 있다는 것을 알아차리지 못했던 겁니다.

양 떼 중에서 맨 마지막으로 그 숫양이 자기 털과, 빈틈없이

헤아리는 저로 인해 짓눌린 채로 밖으로 걸어 나왔습니다.   445

그러자 강력한 폴뤼페모스가 그 녀석을 쓰다듬으며 말하더군요.

'내 사랑하는 양아, 너는 어째서 양 떼 중에서 맨 마지막으로

이 동굴을 가로질러 나오느냐? 전에는 양들 사이에서 뒤처지는 적 없이

외려 걸음을 크게 디디며 제일 먼저 나와 풀밭에서 부드러운

꽃들을 뜯고, 강물 줄기에도 제일 먼저 다다르는 게 바로 넌데.   450

그러다 저녁이 되면 우리로 돌아가기를 제일 먼저 바라는 것도 너고.

그런데 지금은 꼴찌가 되었구나. 너도 분명 주인의 눈이 아쉬운 게지.

포도주에 헤아림이 제압되어버린 나를, 사악한 사내가 해로운 동료들과

함께 와서 완전히 눈멀게 해버렸단다. 내 말해두는데, 그 있지도 않은 자는

파멸을 피할 수 없다. 네가 만약 나와 같은 뜻을 품고 말도 할 수만 있다면   455

그자가 대체 어디서 내 기운을 피하고 있는지 내게 말해주련만!

그러면 그자는 바닥에 내리쳐져 산산조각이 나고, 그 뇌는

동굴을 가로질러 여기저기에 튈 거다. 그렇게만 된다면 내 심장도,

아무짝에도 쓸모없는 있지도 않은 자가

내게 가져온 그 재앙에서 벗어나 쉴 수 있으련만!'   460

그는 이렇게 말하더니 자신으로부터 그 숫양을 밖으로 내보내더군요.

우리가 동굴과 뜰로부터 약간 나오게 되었을 때, 저는 먼저

저 자신을 양에게서 풀어낸 다음, 전우들을 풀어주었습니다.

저희는 발을 곧게 뻗은, 비곗살이 실하게 오른 양들을, 서둘러 여러 번

방향을 돌려놓기를 거듭하며 한 곳으로 몰아 결국 배 앞까지   465

가 닿았지요. 사랑하는 전우들에게는 죽음을 벗어난 저희의 모습이

반가워 보였으나, 그들은 곧 다른 전우들을 두고 탄식하며 오열하였습니다.

그러나 저는 하나하나에게 눈썹을 까닥이며 울지 못하도록 하였고

털이 고운 그 많은 양을 서둘러 배 안에 싣고

소금기 어린 물 위로 항해하라고 명령했지요.   470

그러자 그들도 즉시 배에 올라 노 저을 자리로 가 앉았습니다.

그들은 줄지어 자리에 앉아 노를 들어 잿빛 소금 물결을 때리기 시작했지요.

그러다가 고함을 치면 들릴 만한 정도로 거리가 멀어지자

저는 퀴클롭스의 심장을 찢어놓으며 말했습니다.

'퀴클롭스, 우묵 파인 동굴에서 네가 강력한 힘으로 잡아먹으려   475

들었던 사람들은, 그렇게 보잘것없는 남자의 전우들이 아니다.

분명 너의 패악질이 너를 따라잡게 된 것이고말고.

극악한 녀석, 네 집에서 손님들을 경외하기는커녕 잡아먹다니,

그래서 제우스와 다른 신들께서 네게 보복하신 거다.'

제가 이렇게 말하자, 그자는 심장으로 더더욱 격분하여   480

거대한 산봉우리 하나를 뜯어내더니 내던지더군요.

바위는 뱃머리가 검푸른 배 앞에 아슬아슬하게 떨어졌고

키 끝에 와 닿지는 못하였지요. 그러나 바위가 가라앉으며

232

바다도 솟구쳐 올랐고, 밀물이 일어

역류하는 파도가 배를 실어 나르며   485

도로 뭍으로 가 닿도록 밀어내었지요.

그러나 저는 두 손에 아주 긴 장대 하나를 쥐고 배를

앞으로 밀어내었고, 재앙에서 벗어나기 위해 전우들을

격려하고 노를 저으라고 머리를 끄덕여가며 명령하니,

그들도 몸을 앞으로 숙여가며 노를 저었지요.   490

그러다가 저희가 소금 물결을 가로질러 두 배 정도 멀어졌을 때,

저는 퀴클롭스에게 말하려고 했고, 주변에 있던 동료들은

꿀처럼 달콤한 말로 사방에서 가로막으려 했습니다.

'고집스러운 분 같으니! 당신은 왜 저 거친 사내를 도발하려 드십니까?

방금만 해도 저자가 바다로 집어 던진 물건이 배를 도로   495

뭍으로 몰아가게 했고, 우리도 그 자리에서 죽는 줄만 알았습니다.

만약 저자가 누군가의 말소리나 고함을 듣기라도 했다면,

모서리 날카로운 저 눈부신 바위를 집어 던져 우리들 머리와

배의 늑골을 박살 냈을 겁니다. 저자는 그만큼 던질 수 있으니까요.'

그들이 이렇게까지 말했지만, 웅대한 기상을 품은 제 기백은   500

이를 거절하고 기백에 분을 담아 다시 그에게 말하였습니다.

'퀴클롭스, 죽게 마련인 인간들 중 누군가가

수치스럽게 멀어버린 네 눈을 두고 묻는 일이 있거든,

도시의 파괴자 오뒷세우스께서 네 눈을 완전히 멀게 하셨다고

이르거라. 이타카에 집을 둔, 라에르테스의 아드님 말이다.'   505

제가 이렇게 말하자, 그자는 크게 울부짖으며 말하더군요.

'빌어먹을, 오래전 신탁이 이제 정말로 내게

와 닿은 거로구나! 이곳에 에우뤼모스의 아들 텔레모스라는,

고상하고 위대한 예언자가 있었다. 그의 예언술은 월등하였고,

늙어서도 퀴클롭스들에게 예언하며 지냈지.   510

그이는 이 일이 나중에 내게 모조리 이루어질 거라고 말했다.

오뒷세우스의 손에 내 시력이 잘못될 거라고!

그래 나는 언제나 거대하고 준수한, 괴력을 지닌

어떤 사내가 이리로 오면 맞아보려고 했다. 그런데 지금,

작고 허약한 데다가 아무짝에도 쓸모없는 자가   515

포도주로 나를 제압한 다음 내 눈을 멀게 했구나.

자, 이리로 오라, 오뒷세우스. 나 네 곁에 접대 선물을 놓아주리라.

지축을 뒤흔드는 이름난 분께서 네 길을 안내하시도록 내 독촉하마.

나는 그분의 자식이고, 그분이 내 아버지임을 자부하노라.

그분이 원하기만 하면 치료해주시리라. 복된 다른 신들   520

누구도, 죽게 마련인 인간들 누구도 그렇게 할 수는 없다.'

그자가 이렇게 말하자, 저도 그자에게 대답하며 말했습니다.

'지축을 뒤흔드는 분도 네 눈은 고쳐주실 수 없는 것이

분명한 만큼, 그렇게 분명히 내가 네 목숨과 생명을 빼앗아

하데스의 집으로 보낼 수만 있으면 얼마나 좋겠느냐!'   525

제가 이렇게 말하자, 그자는 별이 빛나는 하늘을 향해

두 손을 들어 올리며 포세이돈 왕에게 기도하기 시작하더군요.

'내 말을 들으소서, 대지를 뒤흔드는, 검푸른 머리칼의 포세이돈이여.

진정 내가 당신의 자식이고, 당신이 내 아버지임을 자부한다면,

〈이타카에 집을 둔, 라에르테스의 아들,〉⁵⁴ 도시의 파괴자   530
오뒷세우스가 집으로 가 닿지 못하게 해주소서!
그럼에도 그가 식구들을 만나보고, 잘 지어놓은 집에, 자기 고향 땅에
가 닿는 것이 그의 운명의 몫이라면, 한참을 걸려 흉흉하게
가기만을! 전우들을 죄다 잃어버리고 남의 배를 얻어 타기를!
그리고 집에서도 재앙을 마주치기를!'   535

그가 이렇게 말하며 기도하자, 검푸른 머리칼의 그분도 그의 말을
들으셨지요. 그는 또다시 훨씬 더 큰 바위를 집어 들더니
도저히 헤아릴 수 없을 만큼의 힘을 실어 돌리다가 던졌습니다.
바위는 뱃머리가 검푸른 배 뒤편에 아슬아슬하게 떨어졌고
키 끝에 와 닿지는 못하였지요.   540
그러나 바위가 가라앉으며 바다도 솟구쳐 올랐고
파도는 배를 앞으로 실어 나르며 뭍으로 가 닿도록 밀어내었지요.
저희가 그 섬에 도착했을 때, 거기에는 갑판이 잘 덮인
다른 배들이 무리 지어 머물러 있었고, 전우들은 내내
저희를 기다리며, 오열하며 둘러앉아 있더군요.   545
그곳에 온 저희는 배를 모래톱으로 몰아놓은 다음 〈바닷가로
내려왔습니다.〉⁵⁵ 저희는 속이 빈 배에서 퀴클롭스의 양들을
들고 내린 다음 나누었습니다. 아무도 동등한 몫을 받지 못하고
무시당한 채 가지 않도록 말이지요. 좋은 정강이받이를 댄 전우들은
양들을 나누다가 그 숫양을 특별히 저 한 사람에게 주더군요.   550

54 이 행이 빠진 사본들도 있다.
55 이 행이 빠진 사본들도 있다.

저는 바닷가에서 그 양을 모두를 다스리시는 크로노스의 아드님,

먹구름에 가려진 제우스를 위해 잡아서 사태를 태워 바쳤답니다.

하지만 그분은 그 제물은 안중에 없으셨고,

어떻게 하면 갑판이 잘 덮인 배들과 제 미더운 전우들을

모조리 파멸시킬지, 저울질하며 궁리하실 따름이었습니다.   555

그때 저희는 헬리오스가 가라앉을 때까지 온종일 앉아

이루 말할 수 없을 만큼 많은 고기와 달콤한 포도주로 잔치를 벌였지요.

그러다가 헬리오스가 가라앉고 어둠이 다가오자

저희는 바닷가에 누워 잠을 청하였답니다. 그러다가

이른 나절 태어난, 장밋빛 손가락의 에오스(새벽)가 모습을 드러내자,   560

제가 동료들을 격려하며

배에 올라 고물에서 홋줄을 풀라고 명령하니

그들도 즉시 배에 올라 노 저을 자리로 가 앉았습니다.

그들은 줄지어 자리에 앉아 노를 들어 잿빛 소금 물결을 때리기 시작했지요.

그곳에서 사랑하는 전우들을 잃은 저희는 심장으로 애달파하며,   565

그러나 죽음에서 벗어남을 기뻐하며 항해하여 나아갔습니다.

10권

그리고 저희는 아이올리아라는 섬에 도착하였습니다. 그곳에는
힙포타스의 아들 아이올로스가 살고 있었지요. 그는 죽음을 모르는 신들에게
사랑받으며, 떠다니는 섬에 살고 있었어요. 청동으로 된, 깨뜨릴 수 없는
성벽이 그 섬 전체에 둘러쳐져 있었고, 암벽이 솟아 있었지요.
그의 궁전에는 자녀가 열둘이 있었는데,   5
여섯은 딸이고, 다른 여섯은 한껏 피어오르는 아들들이었지요.
그리고 그는 아들들에게 딸들을 아내로 주었답니다.
그들은 언제나 친아버지와 세심한 어머니 곁에서 잔치를 벌이고 있고,
그들 곁에는 헤아릴 수 없이 많은 음식이 놓여 있지요.
그 집에는 고기를 굽는 향기가 가득하였습니다. 낮에는 뜰에도   10
소리가 울려 퍼졌고, 밤에는 그들도 구멍을 잘 뚫어놓은 침대에서
깔개를 펴고 삼가 마땅한 아내 곁에서 잠을 잡니다.
저희는 바로 그들의 도시와 아름다운 집에 다다른 겁니다.
그이는 한 달 동안이나 저를 아껴주며 일리오스와, 아르고스인들의

배들과 아카이아인들의 귀향에 대해 하나하나 물어보았고,   ₁₅

저 역시 그에게 모든 것을 도리에 맞게 설명해주었지요.

그러다가 제가 길을 구하며 보내주기를 청하자, 그이도

거절하지 않고 길 안내를 준비해주었답니다.

그는 아홉 황소의 가죽을 벗겨내어 자루를 만들더니,

부풀어 오르는 바람들의 길을 그 안에 담아 제게 주더군요.   ₂₀

크로노스의 아드님께서 그가 원하는 대로 바람을 잦아들게도,

일으키게도 할 수 있게끔 그를 바람 맡은 이로 삼으셨던 거지요.

그는 그 자루에서 조금도 새어 나가지 않도록 속이 빈 배 안에

은으로 만든 눈부신 끈으로 묶어두더군요. 그러고는 배들과 저희를

실어 나를 수 있게끔 저를 위해 제퓌로스(서풍)의 숨결이 거세게 불도록   ₂₅

내보내주었답니다. 그러나 그는 그 일을 끝내 이루지 못하게

되어 있었지요. 저희는 스스로의 어리석음으로 파멸했으니까요.

저희는 아흐레 동안을 밤에도 낮에도 똑같이 항해했고,

열흘째가 되자 벌써 고향의 들판이 모습을 드러내더군요.

심지어 불을 피워올리는 것이 보일 정도로 우리는 가까이 있었던 겁니다.   ₃₀

거기서, 지쳐버린 저에게 달콤한 잠이 다가오더군요.

저는 줄곧 배의 방향타를 맡고 있었고, 서둘러 고향 땅에 가 닿기 위해

전우들 중 어느 누구에게도 그걸 내주지 않았던 거지요.

한편, 전우들은 서로 이야기를 주고받고 있었는데,

그들은 제가 웅대한 기상을 품은, 힙포타스의 아들 아이올로스에게서   ₃₅

황금과 은을 선물로 받아 집으로 가져가고 있다고 말했던 겁니다.

누군가는 곁에 있는 사람을 보며 이렇게 말하기도 했지요.

'제기랄, 어떻게 된 게 이 사람은 가 닿는 도시며 나라마다

모든 사람에게 사랑받고 존경받는지 모르겠군.

그는 트로이아에서 가져온 전리품 중에서도   40

수많은 아름다운 보물들을 가져가고 있지. 똑같은 여행길을 마치고

집으로 돌아가는 건데, 우리는 빈손으로 가고 있잖나. 게다가 이번에는

아이올로스가 그에게 호의를 베풀며 애정을 담아 바로 이걸 주었지.

자, 이럴 게 아니라 우리 이게 대체 무엇인지, 이 가죽 부대에

황금과 은이 얼마나 많이 들어 있는지 어서 빨리 보자꾸나.'   45

그들은 이렇게 말했고, 결국 전우들의 흉악한 조언이 이기고 말았습니다.

그들은 자루를 풀어버렸고, 온갖 바람들이 밖으로

쏟아져 나왔습니다. 폭풍은 울부짖는 그들을 낚아채어

고향을 떠나 바다를 향해 데려갔고, 저는 잠에서 깨어나

흠잡을 데 없는 제 심정을 다해 저울질하며 궁리했습니다.   50

차라리 배 밖으로 몸을 던져 바닷속에서 죽어버릴까, 아니면

그래도 잠자코 견뎌내며 산 자들 사이에서 지낼까 고민하면서요.

온몸을 뒤덮은 채 배 안에 드러누워 있으면서 일단 저는 견디며

버텨보려고 했습니다. 한편, 배는 흉악한 폭풍에 실려 도로

아이올로스의 섬 앞까지 떠밀려 갔고, 전우들은 신음만 내쉬었지요.   55

거기서 저희는 뭍으로 올라와 물을 길었고,

전우들은 빠른 배들 곁에서 곧바로 식사를 들었습니다.

빵과 음료를 먹고 마시고 나자,

저는 전령 하나와 전우 한 명을 데리고

아이올로스의 이름난 집으로 들어갔습니다. 저는 그때   60

아내와 자식들과 잔치를 벌이고 있던 그를 마주치게 되었지요.

저희는 집으로 들어와 기둥들 곁에 있는 문턱 위에
앉았고, 그들은 기백으로 경악하더니 묻더군요.
'오뒷세우스, 어떻게 다시 오셨소? 어떤 사악한 신이
그대를 덮쳤나요? 우리는 그대가 그대의 고향과, 집과, 그대에게   65
사랑스러운 곳 어디든 가 닿을 수 있도록 그대를 정성껏 보내드렸잖소.'

그가 이렇게 말하자, 저는 심장으로 애달파하며 입을 열었습니다.
'저를 해친 것은 사악한 전우들과, 또 무정한 잠이었습니다. 그러니
벗들이여, 그대들이 이를 바로잡아주시오, 그대들에겐 그만한 능력이 있으니까요.'

저는 이렇게 부드러운 말들로 호소하며 말했습니다.   70
그들은 아무 말 없이 있다가, 아버지가 대답하더군요.
'이 섬에서 썩 떠나거라. 살아 숨 쉬는 것들 중에
가장 치욕스러운 자여. 복된 신들의 증오를 산 자를 돌보고
보내주는 것은, 내게는 법도에 어긋나는 일이다.
떠나거라. 네가 이리로 온 것은, 신들께 증오를 산 까닭이다.'   75

그는 이렇게 말하며 무겁게 탄식하는 저를 집에서 내보냈지요.
거기서 저희는 심장으로 애달파하며 항해하여 나아갔습니다.
게다가 사람들의 기백도 우리의 잘못으로 인해 고통스레 노를
젓느라 지쳐 있었지요. 더 이상의 길 안내는 보이지 않았으니까요.

저희는 엿새 동안을 밤에도 낮에도 똑같이 항해했고,   80
이레째에 저희는 라모스의 가파른 도시, 라이스트뤼고네스들이 사는
텔레퓔로스에 다다랐습니다. 거기서는 한 목자가 가축들을 몰고

나가며 다른 목자를 부르면, 그 목자는 가축들을 몰고 들어오며

대답을 합니다. 그곳에서는 잠 없는 사람이라면 한 번은 소들을 먹이고,

또 한 번은 은빛 도는 뽀얀 양들을 먹여가며 품삯도 두 배로   85

올릴 수 있을 겁니다. 밤과 낮의 길이 서로 가까운 덕분이지요.

거기서 저희는 어느 이름난 포구로 들어갔어요.

그 주변 양편에는 깎아지른 바위가 계속 이어져 있었고,

돌출한 곳들이 서로를 마주 보며

포구 어귀에 솟아 있어 입구가 좁았습니다.   90

그들은 양 끝이 흰 배들을 모두 그 안으로 몰고 가

우묵 파인 포구 안쪽에 서로 밀착한 채로 홋줄을 묶었습니다.

그 안에서는 파도도 크게든 작게든 절대로 일어나는 법이 없었고

주변은 눈부시고 잔잔하기만 했으니까요.

하지만 저만은 포구의 바깥쪽 가장자리에 검은 배를 세우고   95

바위에 홋줄을 묶었답니다.

그리고 저는 험한 길을 올라 정탐할 수 있는 자리에 섰습니다.

거기에는 소들이나 사람들이 일궈놓은 것이 보이지 않았고

그저 대지 위로 연기가 솟아오르는 것만 볼 수 있었지요.

저는 전우들을 먼저 보내 이 땅 위에서 빵을 먹고 사는 사람들이   100

어떤 자들인지 알아 오게 했습니다. 저는 두 명을 뽑았고,

세 번째 사람은 전령으로 붙여 보냈지요.

그들은 배에서 내려 잘 닦인 길로 갔습니다. 그 길을 따라

마차들이 높은 산들에서부터 도시로 나무들을 나르곤 했지요.

그들은 도시 앞에서 물을 긷던 소녀 하나를 만났는데,   105

그녀는 라이스트뤼고네스들 중 하나인 안티파테스의 강력한 딸이었습니다.

그녀는 아름답게 흘러내리는 아르타키에 샘물로 내려온 것이었고

그자들은 그곳에서 도시를 향해 물을 길어 나르곤 했지요.

전우들은 그녀 곁에 다가서서 말을 걸며, 그들의 왕이

과연 누구인지, 그리고 어떤 이들을 다스리고 있는지를 물었습니다.　110

그녀는 곧바로 자기 아버지의 높다란 집을 가리켜 보였지요.

그렇게 그들은 그 이름난 집 안으로 들어갔고, 거기서 그의 부인을

보았는데, 마치 산봉우리만큼 거대하여 역겨울 정도였습니다.

그녀는 곧바로 자기 남편인 이름난 안티파테스를 회의장에서 불러왔고,

그는 전우들에게 참담한 파멸을 꾀했습니다. 그자는 전우들 중 하나를　115

곧장 움켜쥐더니 끼니를 준비하였고, 다른 두 명은 도망쳐 뛰어나와

배들 앞으로 이르렀습니다. 그러나 그자는 시내를 가로질러

함성을 일으켰고, 다른 힘센 라이스트뤼고네스들도 그 소리를

알아듣더니 이곳저곳에서 헤아릴 수 없을 정도로 모여들더군요.

그들은 사람 같지가 않았고, 거인족들처럼 보였습니다.　120

그들은 절벽들 위에서 사람 하나가 겨우 들 만한 바위들을

던지기 시작했습니다. 그러자 배들 쪽에서는 사람들이 죽어가고

배들이 박살 나는 흉측한 굉음이 솟구쳤습니다. 그자들은 제 전우들을

마치 물고기처럼 꿰어 꺼림칙한 잔칫상에 올리려 가져갔습니다.

몹시 깊숙한 포구 안에서 그자들이 제 전우들을 살육하는 동안　125

저는 허벅지에서 날 선 칼을 뽑아 들고

뱃머리가 검푸른 배의 홋줄을 끊어버렸습니다.

저는 곧바로 전우들을 격려하며 재앙에서 벗어나기 위해

노를 저으라고 명령하였고, 그들도 모두

파멸을 두려워하며 소금 물결을 쳐올렸습니다.　130

다행스럽게도 제 배는 돌출한 바위들로부터 바다로 달아날 수

있었지만, 다른 배들은 모조리 그곳에서 파괴되고 말았지요.

오뒷세우스의 전우를 움켜잡는
라이스트뤼고네스

———

오뒷세우스의 설명에 따르면 이곳은 밤과
낮의 길이 서로 가깝고, 양편에 깎아지른
바위가 이어진 포구가 있다고 한다.
듣고 있자니 백야의 피오르가 연상된다.
저 세상 여행에 실제 지리상의 좌표를
부여하는 것은 무의미한 일이지만, 해상
활동이 다시 활발해지던 당시 먼 북쪽의
신기한 자연환경이 이야깃거리가 되고,
이를 시인이 차용했을 가능성은 충분하다.
오뒷세우스는 이곳에서 부하들과 배들
대부분을 잃게 된다.

제임스 파커, 에칭, 1805

그곳에서 사랑하는 전우들을 잃은 저희는 심장으로 애달파하며,
그러나 죽음에서 벗어남을 기뻐하며 항해하여 나아갔습니다.

그러다가 저희는 아이아이아라는 섬에 닿았어요. 그곳에는 인간의   135
음성을 지닌 무서운 여신, 머리를 곱게 땋은 키르케가 살고 있었지요.
그녀는 파멸을 꾀하는 아이아테스와 동기간입니다.
그 둘 모두 인간들에게 빛을 가져다주는 헬리오스에게서 나왔고
오케아노스가 자식으로 낳은 페르세가 그들의 어머니이지요.
그곳의 곶 앞에서 저희는 안전하게 닻을 내릴 만한 포구 안으로   140
말없이 배를 끌고 들어갔습니다. 어떤 신께서 이끌어주신 것이지요.
거기서 저희는 이틀 밤, 이틀 낮을 피로와 고통으로
기백을 갉아먹으며 연신 누워만 있었습니다.
그러다가 머리를 곱게 땋은 에오스(새벽)가 세 번째 날을 지어주자,
저는 제 창과 날 선 칼을 집어 들고선   145
인간들이 일궈놓은 것을 보거나 그들의 외침을 들을 수 있을까 해서
재빨리 배 곁을 떠나 두루 살필 수 있는 곳으로 올라갔습니다.
험한 길을 오르며 정탐할 수 있는 자리에 서자
널찍한 길이 난 대지 위로 키르케의 궁전에서
빽빽한 덤불과 수풀을 뚫고 연기가 솟아오르는 것이 보였습니다.   150
불꽃 같은 그 연기를 본 저는 가서 알아보아야 할지
헤아림을 다해, 온 심정을 다해 저울질하며 궁리해보았지요.
이를 두고 헤아려보던 저에게 아무래도 이렇게 하는 쪽이
더 이로워 보였답니다. 즉, 우선은 바닷가로, 빠른 배로 가서
전우들에게 식사를 마련해주고 그들을 보내 알아 오게 하는 것이지요.   155
그렇게 제가 양 끝이 휜 배 근처까지 가고 있을 때,

제가 혼자 있는 걸 어떤 신께서 슬퍼하셨는지, 바로 그 길 위로

뿔이 높이 솟은 커다란 사슴 한 마리를 제게 보내주시더군요.

그 녀석은 숲속의 풀밭에서부터 강가로 물을 마시러 내려오던

길이었지요. 헬리오스의 기운이 그 녀석을 붙들었으니까요.   160

저는 그 녀석이 걸음을 내디디며 나올 때 등 한복판 척추를

맞혔고, 청동 창은 몸뚱이를 꿰뚫고 나갔습니다.

사슴은 울부짖으며 먼지 속에 쓰러지더니 목숨도 날아가더군요.

저는 사슴 위에 발을 올리고 상처에서 청동 창을 뽑아낸 다음

대지 위에 기대어 있도록 그대로 놓아두었습니다.   165

그런 다음 저는 덤불과 버드나무에서 가지들을 뜯어내어

한 오르귀아 정도 되는 줄을 양쪽 끝부터 잘 꼬아 만들었습니다.

그리고 그 줄로 무서울 정도로 엄청난 짐승의 발을 휘감아 묶었지요.

그런 다음 그것을 목에 들쳐 메고 창으로 몸을 의지해가며 검은 배 앞으로

걸어서 옮겼습니다. 그 녀석을 한 손으로 어깨 위에 올리고 가는 건   170

도저히 불가능했답니다. 어마어마하게 거대한 짐승이었으니까요.

한편, 저는 사슴을 배 앞에 던져놓고 전우들 하나하나에게

다가서서 살가운 말투로 그들을 깨웠습니다.

'친구들, 우리가 심란할지언정 운명의 날이 오기 전엔

하데스의 집으로 내려가지 않을 걸세. 자, 이리들 와보게.   175

빠른 배 안에 먹을 것과 마실 것이 있는 한,

굶주림으로 수척해지지 않도록 끼니를 떠올려보세나.'

제가 이렇게 말하자, 그들도 금세 제 말을 순순히 따르더군요.

그들은 덮고 있던 것을 곡식을 거둘 수 없는 소금 물결 기슭에 벗어놓더니,

놀라워하며 사슴을 바라보더군요. 참으로 커다란 짐승이었으니까요.   180

이들은 두 눈으로 이것을 바라보며 기쁨을 누리고 난 다음,

두 손을 씻고 이름난 잔치를 준비하기 시작했습니다.

그때 저희는 헬리오스가 가라앉을 때까지 온종일 앉아

이루 말할 수 없을 만큼 많은 고기와 달콤한 포도주로 잔치를 벌였지요.

그러다가 헬리오스가 가라앉고 어둠이 다가오자   185

저희는 바닷가에 누워 잠을 청하였답니다.

그러다가 이른 나절 태어난, 장밋빛 손가락의 에오스(새벽)가 모습을 드러내자,

저는 회의를 열어 모두에게 말하였습니다.

'전우들이여, 고생들을 겪었다만 내 이야기도 들어들 보게.

벗들이여, 어느 쪽이 어둠이고, 어느 쪽이 에오스(새벽)며   190

인간들에게 빛을 가져다주는 헬리오스가 어디서 대지 아래로 들어가고,

어디서 솟아오르는지 우리는 아는 바가 없네. 그러니 우리도 혹시

무슨 계책이 설 수 있을지 서둘러 궁리해보자꾸나. 나야 그런 계책이

없다고 본다만. 내가 험한 길을 올라 정탐할 수 있는 자리에서 보니

이 섬은 낮게 깔려 끝 모를 바다로 둘러싸여 있더구나.   195

하지만 그 한가운데에서는 빽빽한 덤불과 수풀을 뚫고

연기가 솟는 것을 내 두 눈으로 똑똑히 보았다.'

제가 이렇게 말하자 그들의 심장은 그만 산산이 부서져 내렸습니다.

라이스트뤼고네스족의 안티파테스가 저지른 짓들과, 사람을 잡아먹는,

대단한 심장을 품은 퀴클롭스의 폭력을 떠올렸던 것이지요.   200

그들은 목 놓아 통곡하면서 방울 굵은 눈물을 쏟아냈습니다.

하지만 그들이 눈물을 흘려본들, 무슨 수가 생길 리 없었지요.

저는 좋은 정강이받이를 댄 전우들을 세어보고 난 다음,

전체를 두 조로 나누고 각 조에게 우두머리를 붙여주었습니다.

한 조는 제가 이끌었고, 다른 한 조는 신을 닮은 에우륄로코스가   205
이끌었지요. 저희가 재빨리 청동 투구 안에 제비를 넣고 흔들자,
웅대한 기상을 품은 에우륄로코스의 제비가 튀어나오더군요.
그러자 그는 걸음을 옮겼고, 그와 함께 스물두 명의 전우들이
통곡하며 갔지요. 저희는 눈물을 흘리며 뒤에 남았습니다.
그리고 그들은 골짜기에서 두루 살필 수 있는 자리에   210
매끈한 돌로 지어놓은 키르케의 집을 발견했습니다.
그 주변에는 산에서나 사는 늑대들과 사자들이 있었는데,
그녀가 몹쓸 약초를 주어 그들에게 마법을 걸어놓았던 것이지요.
그 녀석들은 사람들에게 달려들기는커녕,
마치 잔치에서 돌아오는 주인 주변에서 개들이 꼬리를   215
흔드는 것처럼, 긴 꼬리를 흔들며 일어섰답니다. 주인이 항상
기백을 달래주는 것들을 가져오기 때문이지요. 꼭 그처럼,
억센 발톱이 난 늑대들과 사자들이 그 주변에서 꼬리를 흔들더군요.
하지만 전우들은 그 무섭고도 어마어마한 녀석들을 보고는 겁을 먹었지요.
그들은 머리를 곱게 땋은 여신의 대문가에 섰고,   220
안에서 키르케가 고운 목소리로 노래하는 것을 들었습니다.
그녀는 쇠할 줄 모르는 거대한 베틀 앞을 오가고 있었고,
여신들의 일이 그러하듯 곱고 우아하며 눈부신 것을 만들고 있었습니다.
그들 사이에서, 사람들을 이끄는 폴리테스가 말문을 열었답니다.
그는 전우들 중에서 제가 가장 아끼고 신뢰하던 사람이었습니다.   225
'친구들아, 저 안에서 누군가가 커다란 베틀 앞을 오가며
곱게 노래를 부르니 바닥이 온통 울릴 지경이다.
신인지, 여인인지는 모르겠지만 우리 그녀를 어서 불러보자꾸나.'

그가 이렇게 말하자, 그들은 소리 내어 그녀를 불렀지요.

그러자 그녀가 눈부신 문들을 열고 즉시 밖으로 나오더니   230

그들을 불렀지요. 그래서 그들은 영문도 모르고 일제히 따라간 겁니다.

하지만 에우륄로코스는 계략이 있다는 걸 예감하고 뒤에 남았지요.

그녀는 그들을 안으로 데리고 들어와 장의자며 팔걸이의자에 앉히더니

그들을 위해 치즈와 보릿가루, 그리고 노란 꿀을 프람네에서 빚은

포도주에 저어주었지요. 그리고 그녀는 이 음식에, 고향 땅을   235

모조리 잊게 만들 작정으로 끔찍한 약초도 섞어 넣었답니다.

그녀가 그걸 건네자, 그들은 남김없이 마셨습니다. 그녀는

곧바로 그들을 지팡이로 때리더니, 돼지우리들 안에 가둬두었습니다.

그들은 돼지의 머리와 소리와 터럭, 모습을 갖게 되었지만

정신만큼은 예전과 같이 흔들림 없이 남아 있었습니다.   240

그들은 울부짖으며 갇혀 있었고, 키르케는 그들에게

도토리 따위와 산수유 열매를 먹이로 던져주니,

이런 것은 땅바닥에서 자는 돼지들이 늘 먹는 것이지요.

한편, 에우륄로코스는 전우들의 소식과, 그들의 달갑지 않은 운명을

전하기 위해 검고 빠른 배 앞으로 되돌아왔지요.   245

그는 애써 말해보려 했으나, 단 한 마디도 입 밖에

내질 못하였고, 두 눈에는 눈물이 그득 차올랐으며,

그의 기백은 통곡을 예감하고 있었지요.

하지만 모두 놀라며 그에게 묻기 시작하자,

그는 그제야 다른 전우들의 파멸을 설명하기 시작했답니다.   250

'눈부신 오뒷세우스여, 그대의 명대로 우리는 덤불 위로 올랐고

골짜기에서 〈두루 살필 수 있는 자리에 매끈한 돌로 지어놓은〉[56]

아름다운 집을 발견했습니다. 그 안에서 누군가가

신인지, 여인인지는 모르겠지만, 커다란 베틀 앞을 오가며

소리 높여 노래하더군요. 그들도 소리 내어 그녀를 불렀습니다.   255

그러자 그녀가 눈부신 문들을 열고 즉시 밖으로 나오더니

그들을 부르더군요. 그래서 그들은 영문도 모르고 일제히 따라간 겁니다.

하지만 저는 계략이 있다는 걸 예감하고 뒤에 남았지요.

그들은 일제히 사라져버렸고, 제가 오랫동안 앉아서 망을 보았으나

그들 중 누구도 나타나지 않았습니다.'   260

그가 이렇게 말하자, 저는 은 못을 박은

거대한 청동 검과 활을 두 어깨에 둘러멘 다음

그에게 도로 똑같은 길로 인도하라고 명령하였습니다.

그러나 그는 두 손으로 제 두 무릎을 붙잡고 애원하더니

〈눈물을 흘리며 제게 날개 돋친 말을 건네더군요.〉[57]   265

'제우스께서 기르신 분이여, 마다하는 저를 그리로 데려가지 마시고,

그저 여기 남겨두십시오. 그대 자신도 돌아오지 못할 것이며, 그대의 전우들 중

어느 누구도 데려오지 못하리라는 걸 저는 압니다. 그러지 말고 이 사람들과

어서 달아납시다. 우린 아직 재앙의 날을 피할 수 있으니까요.'

그가 이렇게 말하자, 저도 그에게 대답하며 말했지요.   270

'에우륄로코스, 정 그렇다면 너는 여기 이 자리에서

먹고 마시며 속이 빈 검은 배 곁에 있거라. 하지만 나는 가야겠다.

내게는 그래야 할 강력한 필연이 있으니까.'

56   이 행이 빠진 사본들도 있다.

57   이 행이 빠진 사본들도 있다.

저는 이렇게 말하고 바다와 배 곁을 떠나 길을 올랐습니다.

그러다가 제가 신성한 골짜기를 따라 온갖 약초를 알고 있는   275

키르케의 커다란 집에 다다르려 할 때였지요. 거기서

황금 지팡이의 헤르메스께서 그 집으로 향해 가던 저와

마주하셨습니다. 그분은 젊은이의 모습을 하고 있었지요.

이제 막 수염이 나는, 하지만 몹시 기품이 넘치는 젊은이의 모습으로요.

그분은 저를 부르더니 제 손을 쥐며 말씀하셨습니다.   280

'불운한 녀석, 이 산마루를 지나 이번엔 어디로 또 혼자서

가는 것이냐, 이곳을 잘 알지도 못하면서! 키르케의 집에 있는

네 전우들은 돼지가 되어 촘촘하게 둘러쳐진 우리에 갇혀 있단다.

너는 그들을 풀어주려고 이리로 오는 것이냐? 내 말해두는데,

너 자신도 돌아오지 못할 것이며, 다른 자들이 있는 곳에   285

너도 남게 될 것이다. 자, 내 너를 재앙에서 풀어주고

구해주마. 여기 있다. 이 좋은 약초를 가지고 키르케의 집으로

가거라. 이것이 네 머리에서 재앙의 날을 물리쳐줄 것이다.

내 너에게 키르케의 파괴적인 계략을 모두 말해주마.

그녀는 섞은 음식을 마련하여 그 음식 안에 약초를 집어넣을 거다.   290

그래도 그녀는 너를 호릴 수 없을 텐데, 내가 네게 주려고 하는

이 좋은 약초가 그런 걸 용납하지 않기 때문이지. 내가 하나하나 일러주마.

키르케가 아주 긴 지팡이를 가지고 너를 치려고 하거든,

너는 허벅지에서 날 선 칼을 뽑아 들고 키르케를 노리며,

마치 죽여버릴 작정이라도 한 듯이 달려들어라.   295

그러면 그녀는 겁에 질려 네게 동침하자고 요구할 거고,

너도 여신의 잠자리를 더는 거절하지 말아라. 그래야

그녀가 네 전우들을 풀어주고, 너 자신도 돌봐주게 될 거다.

다만, 그녀에게 복된 신들을 걸고 크나큰 맹세를 하도록 요구하거라.

네게 어떤 다른 몹쓸 재앙도 꾀하지 않겠노라고,   300

너를 벌거벗겨 사내답지 못한 몹쓸 자로 만들어놓지 않겠노라고 말이야.'

아르고스의 살해자는 이렇게 소리 내어 말하더니, 땅에서 약초를

뽑아 와서는 그 생김새를 제게 보여주시더군요.

뿌리는 새카만데, 꽃은 마치 우유 같았지요.

신들은 그것을 모올뤼라고 부른답디다. 죽게 마련인 인간들에게는   305

이것을 캐내는 것이 어렵지만, 신들은 어떤 것이든 할 수 있지요.

헤르메스는 숲이 우거진 그 섬을 떠나 광활한 올륌포스를

향하여 떠났고, 저는 키르케의 집으로 갔지요.

심장이 수도 없이 요동치며 들썩이더군요. 저는 대문가에 멈추었고,

그곳에 서서 아름답게 머리를 땋은 여신을 소리쳐 불렀습니다.   310

여신은 제 목소리를 듣더니 눈부신 문들을 열고

즉시 밖으로 나와 저를 부르더군요. 저는 심장으로 애달파하며

그녀를 따라갔습니다. 그녀는 저를 안으로 데리고 들어가

근사하고 정교하게 만든, 은 못을 박은 팔걸이의자에 앉혔고,

그 아래에는 발받침이 있었습니다.   315

그녀는 저더러 마시게 하려고 황금 잔에 그 섞은 음식을 준비하더니

기백에서 재앙을 꾀하며 그 안에 약초를 집어넣더군요.

그녀가 그걸 건넸고, 저는 남김없이 마셨습니다. 그러나 그녀는

저를 호리지 못했지요. 그러자 지팡이로 저를 때리며 이렇게 말했습니다.

'이제 돼지우리로 가서 다른 전우들 틈에 눕거라.'   320

그녀가 이렇게 말하자, 저는 허벅지에서 날 선 칼을 뽑아 들고

키르케를 노리며, 마치 죽여버릴 작정이라도 한 듯이 달려들었습니다.

그러자 그녀는 크게 비명을 지르며 칼 밑으로 달려오더니 제 두 무릎을

붙잡고서는 흐느끼며 날개 돋친 말을 건네었답니다.

'그대는 인간 중에 뉘시며, 어디서 오셨나요? 그대의 도시는 어디며   325

부모님은 어디 계시지요? 당신은 이 약을 마시고도 마법에 걸리질 않으니

경악이 나를 사로잡는군요. 이것을 마시고, 일단 이[齒] 울타리를

넘어가게 된 사람치고 이 약초를 견뎌낸 사람은 아무도 없었어요.

당신의 가슴속에는 마법이 통하지 않는 판단이 있는 겁니다.

그렇다면 그대는 분명 숱하게 변전한 오뒷세우스로군요.   330

바로 당신이 트로이아로부터 검고 빠른 배를 타고 이리로

오리라고 황금 지팡이를 지닌 아르고스의 살해자가

내게 늘 말해주곤 했지요. 자, 이러지 말고 칼을 칼집에 넣으세요.

그리고 우리 둘은 우리 침대로 올라가서,

침대에서 사랑으로 몸을 섞으며 서로를 믿기로 해요.'   335

그녀는 그렇게 말했지만, 저는 그녀에게 이렇게 대답하며 말했습니다.

'키르케, 어떻게 그대가 내게 점잖게 굴라고 명할 수 있소?

그대는 이 궁전에서 내 전우들을 돼지로 만들어놓았을뿐더러

여기서도 내게 방으로 들어가 그대의 침대에 오르라고 하니,

그건 나를 벌거벗겨 사내답지 못한 몹쓸 자로 만들어놓으려는   340

계략을 품고 명령하는 게 아니오? 만일 그대가,

여신이여, 내게 어떤 다른 몹쓸 재앙도 꾀하지 않겠노라고

크나큰 맹세를 내게 걸어주지 않는 이상,

나는 그대의 침대로 오르고 싶지 않소, 추호도.'

252

제가 이렇게까지 말하자, 그녀도 제 명령대로 곧바로 맹세하더군요.   345
그녀가 맹세하고 서약을 마치고 나자
그제야 저도 키르케의 더없이 아름다운 침대로 올라갔습니다.
그러는 동안, 궁전 안에서는 그녀를 위해
온 집안일을 맡은 네 명의 시녀들이 일하고 있었지요.
그녀들은 샘물에서, 숲에서, 또 소금 물결로 흘러들어 가는   350
신성한 강에서 태어난 이들입니다.
그녀들 중 하나는 팔걸이의자들 위에 검붉은 고운 깔개를
깔아놓았고, 그 밑에도 부드러운 것을 펼쳐놓더군요.
다른 시녀는 팔걸이의자들 앞에 은으로 만든 식탁들을
가져다 놓더니, 그 위에는 황금 바구니를 올려놓았지요.   355
세 번째 시녀는 꿀 같은 헤아림이 담긴 달콤한 포도주를
은으로 만든 술동이에 섞고, 황금 잔들을 나누어주었고요.
네 번째 시녀는 물을 길어 오더니 큼직한 세발솥 밑에
불을 크게 피워올렸습니다. 물이 데워지더군요.
윤기 도는 청동 속에서 물이 끓어오르자   360
그녀는 저를 욕조에 앉히더니 큼직한 세발솥에서
심기를 편케 할 정도로 물을 섞고는 머리와 두 어깨 위로 부어가며
씻어주었답니다. 그렇게 그녀는 제 사지에서 기백을 파괴하는
피로를 가져갔지요. 그녀는 제 몸을 씻겨준 다음, 올리브기름을
펴 발라주었으며 제게 근사한 외투와 통옷을 걸쳐주더니,   365
저를 안으로 데리고 들어가 근사하고 정교하게 만든,
은 못을 박은 팔걸이의자에 앉혔고, 그 아래에는 발받침이 있었습니다.
〈시녀 하나가 손 씻을 물을 아름다운 황금 주전자에 담아 와

은으로 만든 대야에 따라 손을 씻게 해주었고,

매끈한 식탁도 펼쳐놓더군요.   370

염치를 아는 시녀는 일단 빵을 가져와 차려놓았고

갖은 먹거리를 있는 대로 베풀며 상차림을 더했지요.)⁵⁸ 그녀는 저더러

먹기를 권했지만, 제 기백에는 내키지 않았습니다. 아니, 저는

기백으로 다른 것을 염두에 두며, 재앙을 예감하며 앉아만 있었지요.

키르케는 제가 앉은 채로 빵에 손을 내밀지도 않고   375

심각한 슬픔을 품고 있는 것을 알아차리더니,

제게 가까이 다가서서 날개 돋친 말을 건네더군요.

'오뒷세우스, 어째서 이렇게 말 못 하는 사람이라도 된 듯이

우두커니 앉아서 먹지도 마시지도 않고 기백을 갉아먹고 있나요?

설마 무슨 다른 계략을 예감하는 건가요? 그거라면 당신은 전혀   380

두려워할 필요가 없잖아요. 나는 이미 당신에게 크나큰 맹세를 걸었으니까요.'

그녀가 이렇게 말하자, 저도 그녀에게 대답하며 말하였습니다.

'키르케, 제대로 된 사람치고 과연 누가

전우들이 풀려나기 전에, 그리고 그들을 두 눈으로 보기 전에

먹을 것과 마실 것을 들려고 하겠소?   385

그러니, 당신이 진심으로 먹고 마시라고 명하는 거라면,

풀어주시오. 미더운 전우들을 이 두 눈으로 볼 수 있도록 말이오.'

제가 이렇게 말하자, 키르케는 지팡이를 손에 쥐고

거실을 가로질러 나가 돼지우리의 문을 열더니

---

58   이 다섯 행이 빠진 사본들도 있다.

키르케와 오뒷세우스

————

희랍인들은 인간 위로 신이 있고 아래로
짐승이 있어 이 경계를 넘어선 안 된다고
믿어왔다. 키르케의 섬에서는 이 모두가
어지러이 섞인다. 신이 젊은이의 모습을
하고 나타나며, 사람들은 돼지로
변한다. 오뒷세우스는 여신과 몸을
섞고, 다시 인간의 모습을 찾은 일행은
신들처럼 잔치를 벌인다. 오뒷세우스는
인간으로서의 자신을 각성해야 집으로
돌아갈 수 있다. 그의 다음 행선지는
저승이다.

제임스 파커, 에칭, 1805

아홉 돼지들의 모습을 한 그들을 밖으로 내몰더군요.
그렇게 그들이 그녀와 마주 서자, 그녀는 그들을 가로질러 지나가면서
각자에게 다른 약초를 비벼주었습니다. 그러자 그들의 사지에서
터럭들이 흘러내려 가더군요. 공경받을 키르케가 그들에게 준
그 파멸의 약초가 자라게 한 그 터럭들이 말입니다.

그들은 다시 사람들이 되었는데, 전보다 더 젊어진 데다가
용모도 훨씬 아름다워지고 체격도 더 커 보이더군요.
그들은 저를 알아보더니 한 사람씩 손을 붙잡았어요.
통곡하고 싶은 갈망이 모두에게 잠겨 내려가자, 그 집을 에워싸고
듣기조차 살벌한 소리가 울리기 시작했고, 여신조차도 가여워하더군요.

그러자 여신들 중의 여신이 제게 가까이 다가서서 말했습니다.
'제우스께 태어난 이, 라에르테스의 아들이여, 허다한 계책에 밝은
오뒷세우스여! 지금 바로 바닷가로, 빠른 배로 가세요.
그대들은 무엇보다도 먼저 배를 뭍으로 끌어 올리고,
재물들이며 장비 일체는 동굴 안으로 끌고 가세요.

그리고 당신은 미더운 전우들을 데리고 다시 돌아오시고요.'

그녀가 이렇게 말하자, 저 역시 사나이다운 기백으로 이를 따랐습니다.
제가 바닷가로, 빠른 배로 걸음을 옮기니
미더운 전우들이 빠른 배 위에서 방울 굵은 눈물을 쏟아내며
가엾게도 울부짖고 있는 게 보이더군요. 그들은 마치

충분히 풀을 뜯고 외양간으로 돌아오는 소 떼 주변에서
일제히 얼굴을 맞대고 뛰어오르는, 벌판에서 먹인
송아지들만 같았어요. 그러면 축사도 송아지들을
더는 가둬둘 수가 없고, 송아지들은 한 무리가 되어

울음을 울며 어미들 둘레를 뛰어다니지요.
꼭 그처럼, 그들은 두 눈으로 저를 보자   415
눈물을 쏟더군요. 그들은 마치 그들이 태어나고 자라난 고향에,
바위투성이 이타카의 도시 그곳에 가 닿기라도 한 것만 같았지요.
그들은 울부짖으며 제게 날개 돋친 말을 건넸답니다.
'제우스께서 길러주신 분, 그대가 돌아오다니 우리는 마치
고향 땅 이타카에 도착하기라도 한 듯 기쁩니다.   420
자, 이제 다른 전우들이 맞은 파멸에 대해 설명해주세요.'

그들이 이렇게 말하자, 저는 부드럽게 말했습니다.
'일단 너희들은 무엇보다도 먼저 배를 뭍으로 끌어 올리고,
재물들이며 장비 일체는 동굴 안으로 끌고 가거라. 그리고
너희들도 일어나 모두 함께 나를 따라오너라.   425
키르케의 신성한 집에서 전우들이 먹고 마시는 것을
볼 수 있도록 말이다. 그들은 가진 것도 넉넉하단다.'

제가 이렇게 말하자, 그들은 재빨리 제 말에 복종했지만,
유독 에우륄로코스만은 제게 맞서며, 모든 전우들을 제지하며
〈그들에게 소리 내어 날개 돋친 말을 건네었지요.〉[59]   430
'가련한 녀석들, 우리가 어디로 가는 줄 알고! 너희는 도대체
왜 이 재앙을 바라마지않는 거냐? 키르케의 집으로 내려가다니, 그녀는
우리 모두를 돼지로, 늑대로, 아니면 사자로 만들어버릴 거고,
우리는 억지로 그 큰 집을 지켜야 될 것이다.

59   이 행이 빠진 사본들도 있다.

마치 우리 전우들이 그 안뜰에 가 닿았을 때 퀴클롭스가   435
그랬던 것처럼 말이야. 그때 저 대담한 오뒷세우스가 따라갔지.
그들이 파멸한 것도 저 사람의 악행 때문이다.'

그가 이렇게 말하자, 저는 속에서 저울질하며 궁리했습니다.
그가 비록 저와 몹시 가까운 친척이긴 해도, 제 두꺼운
허벅지 옆에서 날이 길게 선 칼을 뽑아내어, 그의 머리를 쳐서   440
땅바닥으로 끌어 내릴까 고민했던 겁니다. 하지만 여기저기에서
전우들이 점잖은 말로 저를 막더군요.
'제우스께 태어나신 분이여, 당신이 명령만 하신다면
이 사람은 여기 배 곁에 남아 배를 지키라고 놔두겠습니다.
당신은 저희를 키르케의 신성한 집으로 이끌어주십시오.'   445

그들은 이렇게 말하더니 배와 바다 곁을 떠나 길을 올랐고,
에우륄로코스 역시 속이 빈 배 곁에 남지 않고 따라오더군요.
제가 호되게 다그칠까 봐 두려웠던 게지요.
그동안 키르케는 다른 전우들을 집 안에서 다정하게 씻기고 나서
올리브기름을 펴 발라주었습니다.   450
그러고는 통옷과 아름다운 외투를 그들에게 걸쳐주었지요.
저희가 가서 보니 그들은 궁전 안에서 모두 제대로 잔치를 즐기더군요.
그들은 마주 보며 서로를 알아보더니
온 집 안이 울리도록 탄식하며 오열하였답니다.
그러자 여신들 중의 여신이 제게 가까이 다가서서 말하더군요.   455
'〈제우스께 태어난 이, 라에르테스의 아들이여, 허다한 계책에 밝은
오뒷세우스여!〉[60] 방울 굵은 눈물일랑 이제 더 이상 솟게 하지들 마세요.

258

나도 알고 있답니다. 물고기가 가득한 바다에서도 그대들이 얼마나 많은
고통을 당했는지, 또 뭍에서도 어울릴 수 없는 남자들이 그대들에게
얼마나 많은 해를 입혔는지를요. 자, 그러니 이제 먹거리를 드시고   460
포도주를 들이켜세요. 애초에 그대들이 고향 땅 바위투성이 이타카를
떠나왔을 때와 같은 그런 기백을 다시 한번 가슴속에서
쥘 수 있을 때까지요. 지금 그대들은 닳아버렸고, 기개도 쇠했지요.
늘 힘겨운 방랑만 떠올리느라 그대들의 기백은 즐거움에 놓인 적이
한 번도 없었지요. 정말이지 숱하게 많은 것들을 겪었으니까요.'   465

그녀가 이렇게 말하자, 저희도 사나이다운 기백으로 이를 따랐습니다.
저희는 거기서 일 년 동안이나 매일같이 앉아
이루 말할 수 없을 만큼 많은 고기와 달콤한 포도주로 잔치를 벌였지요.
〈그러다가 달들이 저물고, 많은 나날이 채워지자〉[61]
계절이 다가오며 만 일 년이 되었지요.   470
그러자 그때 미더운 전우들이 저를 불러내며 말하더군요.
'알 수 없는 분, 이제는 고향 땅을 기억해주시구려.
당신이 구제되어 그대의 고향 땅으로, 지붕이 높다란 집으로
가 닿도록 신께서 정해놓으셨다면 말입니다.'

그들이 이렇게 말하자, 저 역시 사나이다운 기백으로 이를 따랐습니다.   475
그때 저희는 헬리오스가 가라앉을 때까지 온종일 앉아
이루 말할 수 없을 만큼 많은 고기와 달콤한 포도주로 잔치를 벌였지요.

60   이 행이 빠진 사본들도 있다.
61   이 행이 빠진 사본들도 있다.

그러다가 헬리오스가 가라앉고 어둠이 다가오자
저희는 그늘진 거실 여기저기에 누워 잠을 청하였답니다.
그러나 저는 키르케의 더없이 아름다운 침대로 올라가   480
두 무릎을 잡고 애원했고, 여신은 제 말에 귀를 기울이더군요.
〈저는 그녀에게 소리 내어 날개 돋친 말을 건네었답니다.〉[62]
'키르케, 내게 해주었던, 집으로 보내주겠다던 그 약속을
이제는 이루어주시오. 기백이 벌써 나를 몰아세우고 있다오.
다른 전우들 역시 마찬가지요. 당신이 어디론가 멀리 있기라도 하면   485
그들은 나를 에워싸고 통곡을 해대며 내 심장을 쇠잔케 한다오.'

제가 이렇게 말하자 여신들 중의 여신이 곧바로 대답하더군요.
'제우스께 태어난 이, 라에르테스의 아들이여, 허다한 계책에 밝은
오뒷세우스여! 그대들도 더 이상 억지로 내 집에 머물지 마세요.
하지만 다른 여정을 먼저 마쳐야만 해요.   490
하데스와 두려운 공포의 페르세포네이아의 집으로 들어가서,
테바이의 눈먼 예언자 테이레시아스의 영혼에게
물어보아야 하니까요. 그이의 헤아림은 여전히 견고하지요.
그가 목숨을 잃었음에도 페르세포네는 오로지 그에게만 정신이 온전하도록
판단력을 내려주었답니다. 하지만 다른 이들은 그림자가 되어 날아다니지요.' 495

그녀가 이렇게 말하자, 제 심장은 그만 산산이 부서져 내렸습니다.
저는 침대 위에 주저앉아 울기 시작했지요. 더 이상 제 심장은
살아 있기를 원치 않았고, 헬리오스의 빛을 보는 것도 원치 않았답니다.

62   이 행이 빠진 사본들도 있다.

그렇게 족히 통곡하고 구르고 난 다음

저는 그제야 그녀에게 대답하며 말했지요.   500

'키르케, 그 길은 누가 이끌어준답니까?

검은 배를 타고 하데스로 가본 사람은 아무도 없으니까요.'

제가 이렇게 말하자 여신들 중의 여신이 곧바로 대답하더군요.

〈제우스께 태어난 이, 라에르테스의 아들이여, 허다한 계책에 밝은

오뒷세우스여!〉⁶³ 그대의 배 곁에서 길을 인도할 자에 대한 기대라면   505

염려치 마세요. 그대는 돛대를 세우고, 눈부신 돛을 펼친 다음 앉아 계세요.

그러면 보레아스(북풍)의 숨결이 배를 날라다 줄 테니까요.

그렇게 그대가 오케아노스를 가로질러 건넌 다음

비옥한 곳과 페르세포네에게 바쳐진 숲에 이르게 되면,

그곳에는 거대한 흑양들과, 열매를 잃는⁶⁴ 버드나무들이 있어요.   510

그러면 깊숙이 소용돌이치는 오케아노스 가로 배를 몰고 가세요.

그리고 당신이 직접 음습한 하데스의 집으로 가는 겁니다.

그곳에는 퓌리플레게톤강과, 스튁스 강물에서 갈라져 나온

코오퀴토스강이 있고 이들은 아케론으로 흘러간답니다.

소리를 되울리는 이 두 강이 하나로 만나는 곳에 바위가 있어요.   515

영웅이여, 그러면 내가 당부하는 대로 그곳으로 가까이 다가가서

두루 한 완척씩 되도록 구덩이를 하나 파낸 다음

거기에 모든 망자들을 위해 제주(祭酒)를 붓되,

처음에는 꿀 탄 우유를 부은 다음 달콤한 포도주로, 그리고 그 자리에

63 이 행이 빠진 사본들도 있다.

64 열매가 익기 전에 떨어진다는 뜻으로 보인다.

세 번째로 물을 부은 다음, 그 위에 뽀얀 보릿가루를 뿌리면 됩니다.   520

그리고 망자들의 덧없는 머리들에게 몇 번이고 탄원하세요,

이타카로 가게 되면 한 번도 새끼를 낳아보지 않은 암소 한 마리를,

그것도 제일 좋은 녀석으로 궁전에서 잡아 바치고, 장작더미도

좋은 것들로 가득 채워 넣을 것이며, 따로 테이레시아스를 위해서는

당신의 양 떼 중에서도 가장 두드러진 온통 새카만 양 한 마리를   525

바치겠노라고요. 그렇게 망자들의 이름난 무리에게

기도와 간청을 하고 나면, 그 자리에서 어린 숫양 한 마리와

새카만 암양 한 마리를 에레보스[65]를 향하게 하여 잡아 바치고,

당신은 강의 흐름으로부터 멀찌감치 돌아서세요.

그러면 목숨을 잃은 망자들의 수많은 영혼들이 올 겁니다.   530

그때 전우들에게 격려하며 이렇게 명령하세요,

비정한 청동에 맞아 죽어 누워 있는 양들을

가죽을 벗겨내어 불사르라 하시고, 신들에게,

강력한 하데스와 공포의 페르세포네이아에게 기도하라고 하세요.

당신은 허벅지에서 날 선 칼을 뽑아 들고 그곳에 앉아서   535

테이레시아스의 말을 들어 알기 전까지는

망자들의 덧없는 머리들이 피에 가까이 다가오지 못하게 하세요.

그러면 백성들을 이끄는 그 예언자가 곧장 그대에게 올 것이고,

그이는 그대에게 집으로 돌아가는 길의 여정과 길이를,

물고기가 가득한 바다로 나아가는 방법을 알려줄 겁니다.'   540

---

65 '깊은 어둠'이라는 뜻으로 하데스와 지상 사이의 어두운 공간을 말한다. 『일리아스』에는
'에레베우스'라는 이름으로 나타나기도 한다.

그녀가 이렇게 말하자 황금 보좌의 에오스(새벽)가 곧바로 다가오더군요.
요정은 제게 외투며 통옷 같은 옷가지들을 입혀주더니,
얇고 우아한, 커다란 은빛 옷을 입은 다음
허리에는 고운 황금 허리끈을 두르고,
머리 위로는 면사포를 덮었답니다.   545

한편, 저는 집 안 곳곳을 돌아다니며 전우들 하나하나에게
다가서서 살가운 말투로 그들을 깨웠습니다.
'달콤한 잠일랑 이제 그만들 자고, 가자꾸나.
공경받을 키르케가 내게 그렇게 일러주었단다.'

제가 이렇게 말하자, 그들 역시 사나이다운 기백으로 따라주었습니다.   550
하지만 저는 그곳에서조차도 전우들을 무사히 이끌지 못했습니다.
엘페노르라는 사람이 있었는데, 우리 중에 가장 나이가 어렸고,
전쟁에서 특출하게 용맹하지도 않았으며, 헤아림도
아주 잘 맞물리진 못했지요. 그는 키르케의 신성한 궁전에서
포도주에 거나해진 채 열을 식히려고 전우들과 멀찍이 떨어져   555
누워 자다가, 전우들이 움직이며 내는 소음과 둔중한 소리를 듣고
갑자기 일어났는데, 긴 사다리를 타고
다시 내려가야 한다는 것을 그만 잊어버렸던 겁니다.
그는 지붕에서 곧바로 추락했고, 목은 목뼈에서 부러져 나갔어요.
그리고 그의 목숨은 하데스로 내려갔지요.   560
길을 가고 있던 전우들 사이에서 저는 이렇게 말했답니다.
'분명 너희는 우리가 사랑하는 고향 땅으로, 고향으로 간다고
말하고 있겠지만, 키르케는 우리에게 다른 여정을 내려주었다.

우리는 하데스와, 공포의 페르세포네이아의 집으로 들어가
테바이의 테이레시아스의 영혼을 만나야만 한다.'   565

제가 이렇게 말하자, 그들의 심장이 그만 산산이 부서져 내렸습니다.
그들은 그 자리에 주저앉아 통곡하며 머리칼을 잡아 뜯더군요.
하지만 그들이 눈물을 흘려본들, 무슨 수가 생길 리 없었지요.
한편, 저희가 설움을 안고 방울 굵은 눈물을 떨구며
〈빠른 배 앞으로, 바닷가로〉⁶⁶ 나아가고 있을 때,   570
키르케가 저희를 손쉽게 앞질러 와서 숫양 한 마리,
그리고 새카만 암양 한 마리를 검은 배 곁에
묶어두었더군요. 신이 원치 않는다면, 신이 이리로 가든,
저리로 가든 누가 두 눈으로 신을 볼 수 있겠습니까?

---

66   이 행이 빠진 사본들도 있다.

11권

한편, 우리는 바다로, 배가 있는 곳으로 내려가
다른 무엇보다도 먼저 배를 신과 같은 소금 물결 속으로
끌어 내렸고, 돛대와 돛은 검은 배 안에 실어두었지요.
양들도 들어 배 위에 실었고, 우리 스스로도 방울 굵은 눈물을
쏟아가며, 애달파하며 배에 올랐답니다.   5
그러자 이번에는 죽게 마련인 인간의 음성을 지닌 무서운 여신,
머리를 곱게 땋은 키르케가 우리를 위해 뱃머리가 검푸른 배 뒤편에서
돛을 부풀리는 훌륭한 전우인 순풍을 보내주었답니다.
우리는 곧바로 배에 앉은 채로 장비 하나하나를 손질했지요.
배는 바람과 조타수들이 똑바로 몰고 있었고요.   10
배가 바다를 가로지르는 동안 돛은 온종일 팽팽히 당겨져 있었지요.
그러자 헬리오스가 가라앉고, 모든 길은 그늘로 덮였습니다.
오케아노스의 깊숙한 물줄기의 경계에 배가 가 닿았지요.
거기에는 킴메리오이 사람들의 땅과 도시가 있는데,

안개와 구름에 뒤덮여 있지요. 빛을 뿜는 헬리오스조차 ¹⁵

별이 빛나는 하늘로 올라갈 적에도, 하늘로부터

대지 위로 도로 내려갈 때에도, 그 광채로 아직 그들을

내려다본 적이 없을 정도이니까요. 죽게 마련인 그 비참한 사람들에게는

그저 파괴적인 밤이 펼쳐져 있을 뿐입니다.

저희는 배를 그곳으로 몰고 간 다음, 양들을 들고 내렸습니다. ²⁰

그리고 저희는 키르케가 알려준 그 장소에 이를 때까지

오케아노스의 흐름을 따라 걸어갔지요.

거기서 페리메데스와 에우뤼로코스는 제물들을 붙들었고

저는 허벅지에서 날 선 칼을 뽑아 들고

두루 한 완척씩 되도록 구덩이를 하나 파낸 다음 ²⁵

거기에 모든 망자들을 위해 제주(祭酒)를 부었답니다.

처음에는 꿀 탄 우유를 부은 다음 달콤한 포도주로, 그리고 그 자리에

세 번째로 물을 부은 다음, 그 위에 뽀얀 보릿가루를 뿌렸지요.

그러고는 망자들의 덧없는 머리들에게 몇 번이고 탄원했어요,

이타카로 가게 되면 한 번도 새끼를 낳아보지 않은 암소 한 마리를, ³⁰

그것도 제일 좋은 녀석으로 궁전에서 잡아 바치고, 장작더미도

좋은 것들로 가득 채워 넣을 것이며, 따로 테이레시아스를 위해서는

저희 양 떼 중에서도 가장 두드러진 온통 새카만 양 한 마리를

바치겠노라고요. 그렇게 망자들의 무리에게 기도와 간청으로

애원한 다음, 양들을 구덩이 안으로 잡아 와 멱을 땄지요. ³⁵

그렇게 먹구름 같은 피가 흐르자, 목숨을 잃은 망자들의 영혼이

에레보스 위로 올라와 모여들었답니다.

처녀 총각들이, 많은 걸 견뎌낸 노인들이,

심중에 상처를 품은 지 얼마 되지도 않은 보드라운 소녀들이,

청동 날이 박힌 창에 얻어맞은 수많은 사람이,   40
아레스에게 살해되어 피칠갑을 한 무구를 걸친 사내들이 모여들었지요.
그 많은 이들이 차마 사람의 소리가 아닌 비명을 질러가며
여기저기에서 구덩이 주위로 오니, 창백한 공포가 저를 움켜쥐더군요.
저는 그때 전우들을 격려하며 이렇게 명령했답니다,
비정한 청동에 맞아 죽어 누워 있는 양들을   45
가죽을 벗겨내어 불사르라고요, 그리고 신들에게,
강력한 하데스와 공포의 페르세포네이아에게 기도하라고요.
한편 저는 허벅지에서 날 선 칼을 뽑아 들고선
테이레시아스의 말을 들어 알기 전까지는
망자들의 덧없는 머리들이 피에 가까이 다가오지 못하게 하였지요.   50

맨 처음 다가온 것은 전우 엘페노르의 혼백이었습니다.
그는 아직 널찍한 길이 난 대지 밑에 묻히지 못하였는데,
저희는 또 다른 노역에 짓눌려 애곡도, 무덤도 없이
그의 시신을 키르케의 집에 남겨두고 왔지요.
저는 그를 보자 기백으로 가여워 눈물을 흘리며   55
그에게 소리 내어 날개 돋친 말을 건네었습니다.
'엘페노르, 자네 어떻게 이 흐릿한 어둠으로 내려왔는가?
검은 배를 타고 온 나보다, 걸어서 온 자네가 먼저 오다니.'

제가 이렇게 말하자 그는 통곡하며 대답하더군요.
〈제우스께 태어난 분, 라에르테스의 아드님, 허다한 계책에 밝은   60
오뒷세우스여!〉[67] 어떤 신이 보낸 몹쓸 운명의 몫과, 이루 말할 수 없이 마신
포도주가 저를 해쳤답니다. 키르케의 궁전에서 누워 자던 저는

긴 사다리를 타고 다시 내려가야 한다는 것을 그만 잊어버렸던 겁니다.

저는 지붕에서 곧바로 추락했고, 제 목은 목뼈에서 부러져 나갔어요.

그리고 제 목숨은 하데스로 내려온 겁니다.   65

이제 저는 그대와, 그리고 그대가 뒤에 남기고 온, 여기 계시지 않은 분들의

이름으로 애원합니다. 그대의 부인과, 어릴 적에 그대를 길러주신 아버님,

그리고 외동으로 궁전에 남겨두고 온 텔레마코스의 이름을 걸고서요.

그대가 이곳 하데스의 집에서 나서게 되면, 잘 만든 그 배를 타고

아이아이아섬으로 갈 것을 나는 알고 있답니다.   70

그렇게 되면, 왕이시여, 거기서 저를 제발 기억해주십사 부탁드립니다.

애곡도, 무덤도 없이 저를 등진 채 뒤에 남겨두고 가진 말아주십시오.

그대를 향해 신들이 품은 분노의 탓이 제가 되지는 않도록 해주십시오.

제가 가진 모든 무장들과 함께 저를 불살라주시고,

후세 사람들도 들어 알 수 있도록 잿빛 바닷가에   75

이 불운한 사내의 무덤을 쌓아 올려주세요.

그리고 이것도 저를 위해 해주시길 부탁드립니다. 제 무덤 위에

노를 꽂아주십시오. 제가 살아생전에 제 전우들과 함께 젓던 그 노 말입니다.'

그가 이렇게 말하자, 저도 그에게 대답하며 말하였지요.

'불운한 이여, 내 자네를 위해 이 일들을 행하고 이루겠네.'   80

저희 둘은 이렇게 끔찍한 말을 주고받으며 앉아 있었지요.

저는 멀찌감치 떨어진 채로 피 위로 칼을 들고 있었고,

전우의 혼백은 저편에서 많은 걸 말하고 있었답니다.

67   이 행이 빠진 사본들도 있다.

268

그러자 돌아가신 어머니의 영혼이 다가왔어요.

웅대한 기상을 품은 아우톨뤼코스의 따님 안티클레이아이시지요.   85

그때만 해도 살아 계셨던 그분을 뒤로하고 저는 신성한 일리오스로

갔지요. 그분을 뵙자 저는 눈물을 흘리며 기백으로 연민을 품었습니다.

저는 몹시도 괴로웠지만, 그래도 그분이 먼저 피에 가까이 나오시는 걸

허락하지 않았답니다. 테이레시아스에게 물어 알기 전에는요.

그런데 테바이의 테이레시아스의 영혼이 황금 지팡이를 들고서   90

다가오더군요. 그는 저를 알아보더니 이렇게 말했어요.

'〈제우스께 태어난 자여, 라에르테스의 아들이여,

허다한 계책에 밝은 오뒷세우스여!〉[68] 불운한 이여, 대체 무슨 일로

이 망자들과 꺼림칙한 곳을 보려고 헬리오스의 빛을 떠나온 게요?

아무튼 그대는 구덩이에서 물러서고 날 선 칼은 치워두시오,   95

내가 피를 마시고 그대에게 틀림없이 말할 수 있도록.'

그가 이렇게 말하자, 저는 물러나서 은 못을 박은 칼을

칼집에 단단히 밀어 넣었답니다. 흠잡을 데 없는 그 예언자는

어두운 피를 마시더니 제게 이렇게 말하더군요.

'눈부신 오뒷세우스여, 그대는 꿀처럼 달콤한 귀향을   100

찾고 있겠지만, 신은 그걸 어렵게 만들어놓으셨소. 그대는

지진을 일으키는 분의 눈길을 벗어나지 못할 것 같구려. 그대가 그분의

친아들을 완전히 눈멀게 했기에, 그분은 기백으로 노여워하며

분을 품고 계시오. 그래도, 물론 여전히 고생을 겪겠지만, 가게는 될 거요,

---

68   이 행이 빠진 사본들도 있다.

그대가 그대와 전우들의 기개를 다잡아놓을 의향만 있다면 말이오.
그대가 제비꽃빛 바다에서 빠져나와, 잘 만든 배를 일단
트리나키아섬에 접근시키면, 그대들은 풀을 뜯는 소 떼와
튼실한 양 떼를 발견하게 될 텐데, 이건 모든 것을 내려다보며,
모든 것을 듣고 계신 헬리오스의 것이라오. 만일 그대가
귀향을 염두에 두고 이 녀석들을 해치지 않고 내버려둔다면
그대들은 고생이야 겪겠지만 이타카에 도착하게 될 거라오.
그러나 만일 그대가 이 녀석들을 해친다면, 그때는 그대의 배와
전우들에게 파멸을 확정하는 수밖에. 설령 그대 본인은 벗어난다 해도
그대는 좋지 않게, 지체해서 가게 될 거라오. 전우들을 죄다 잃어버리고
남의 배를 얻어 타고서 말이오. 그대는 집에서도 재앙에 직면할 텐데,
분수도 모르는 자들이 그대의 살림을 먹어치워 가며
신과 맞먹는 그대의 아내에게 청혼하며 선물을 바치고 있다오.
그러나 그대는 가서 저들에게 만행의 대가를 치르게 할 것이오.
계략으로든, 아니면 드러내놓고 날 선 청동으로든
그대의 궁전에서 구혼자들을 쳐 죽이고 나면,
그때는 소금이 섞인 음식도 먹지 않을뿐더러
바다도 알지 못하는 사람들에게 이를 때까지
맞춤한 노를 하나 쥐고 길을 떠나시오.
그들은 검붉게 뺨을 칠한 배도 모르며
배들에게 날개가 되어주는 맞춤한 노도 모른다오.
내 그대를 위해 아주 명백한, 결코 지나칠 수 없는 징표를
말해주겠소. 만일 길 가던 어떤 사람이 그대와 마주쳐,
그대더러 눈부신 어깨 위에 겨를 없애는 키를 메고 있다고
말하거든, 그때 그 맞춤한 노를 대지에 박은 다음

포세이돈 왕을 위해 근사한 제물을 바치는 거요.　　　　　　　　　　　130
숫양 한 마리, 황소 한 마리, 그리고 암퇘지에 올라타는
수퇘지 한 마리를 바친 다음, 집으로 돌아가서
너른 하늘을 차지하고 계신, 죽음을 모르는 신들을 위해
한 분 한 분께 순서대로 신성한 헤카톰베를 바치도록 하오.
그대에게는 바다로부터 몹시 가녀린 죽음이 다가와　　　　　　　135
윤택한 노년을 보내며 쇠잔해진 그대를 죽일 것이며, 그대를 둘러싼
백성들도 행복을 누릴 거라오. 나 그대에게 틀림없는 사실을 말하는 거요.'

그가 이렇게 말하자, 저도 그에게 대답하며 말했습니다.
'테이레시아스여, 이는 분명히 신들께서 손수 자아내신 것들입니다.
자, 이제 제게 이것도 말씀해주시되, 정확하게 설명해주십시오.　　　140
제게는 돌아가신 어머니의 영혼이 보입니다만, 정작 그분은 피 가까이에
말없이 앉아만 계실 뿐, 자기 아들을 똑바로 바라보지도 못하고
말을 걸지도 못하고 계십니다. 왕이여, 말씀해주십시오.
과연 어떻게 해야 그분이 제가 이렇게 있다는 걸 아실는지요?'

제가 이렇게 말하자, 그도 곧바로 대답해주더군요.　　　　　　　145
'그건 내가 쉽게 말해줄 수 있으니 헤아림 속에 새겨두오.
목숨을 잃은 망자들 중 누군가가 피에 가까이 다가오도록
그대가 허락한다면, 그는 그대에게 틀림없는 사실을 말할 것이오.
하지만 그대가 꺼린다면 그는 도로 뒤로 물러갈 것이오.'

테이레시아스 왕의 영혼은 이렇게 신탁을 설명해주고 나서　　　150
하데스의 집 안으로 들어갔습니다. 그러나 저는

그 자리에서 움직이지 않고 남아 있었고, 마침내 어머니께서
다가오시더니 먹구름 같은 피를 마시더군요. 그러자 그분은 저를
곧바로 알아보시고 오열하며 날개 돋친 말을 건네셨습니다.
'내 새끼, 너는 아직 살아 있으면서도 이 흐릿하고   155
침침한 곳으로 어떻게 왔느냐? 이런 걸 본다는 건 살아 있는 자들에게는
어려운 일이다. 그 가운데에 거대한 강들과 두려운 물결들이 있으니까.
일단 오케아노스만 하더라도 걸어서는 절대로 건널 수가 없지,
잘 만든 배를 가지고 있다면 또 모를까. 너는 배와 전우들과 함께
트로이아로부터 오랜 세월을 떠돌다가 이리로 온 거니?   160
아직 이타카에는 이르지도 못하고
궁전에서 아내를 보지도 못한 거로구나!'

그분은 이렇게 말씀하셨고, 저도 그분께 대답하며 말씀드렸지요.
'내 어머니, 테바이의 테이레시아스의 영혼에게
물어보아야만 하는 그 부득이함이 저를 하데스로 이끌고 왔어요.   165
저는 아카이아 땅이라면 근처에도 가보지 못했고, 우리 땅에도 아직
오르지 못했어요. 애초에 트로이아인들과 싸우기 위하여
신과 같은 아가멤논을 따라 말들이 잘 자라는 일리오스로 떠난 이후로,
저는 그저 늘 근심을 품고 떠돌고만 있답니다.
자, 이제 제게 이것도 말씀해주시되, 정확하게 설명해주세요.   170
길고 긴 고통을 안겨주는 죽음 중 대체 어떤 운명이 어머니를 제압했나요?
지병(持病)이었나요? 아니면, 화살을 퍼붓는 아르테미스께서
부드러운 화살들을 들고 다가와 죽이신 겁니까?
제게 아버지에 대해서도, 또 제가 남기고 온 아들에 대해서도 말씀해주세요.
제 명예로운 권한은 여전히 이들에게 있나요? 아니면 제가 더 이상   175

272

돌아오지 못할 거라고 말하면서 다른 어떤 사람이 진작에 거머쥐었나요?
저와 결혼한 아내의 계획과 판단에 대해서도 말씀해주세요.
그녀는 자식 곁에 머무르며 모든 것을 굳건히 지키고 있나요?
아니면 진작 아카이아인들 중에 제일 나은 사람과 결혼했나요?'

제가 이렇게 말하자, 공경하올 어머니께서 곧바로 대답하셨습니다. 180
'당연히 그녀는 끈질기게 견뎌내는 기백으로
네 궁전에 남아 있단다. 가엾게도 밤이고 낮이고 늘 눈물을 쏟으며
쇠잔해진다만서도. 네 아름답고 명예로운 권한은 아직
아무도 차지하지 못했고, 텔레마코스는 편안히 제 몫의 영지를
나눠 받았고, 차별 없는 잔치를 즐기고 있단다. 185
판결을 내리는 사람들을 대접하기에 손색없는 자리지.
모든 사람이 그 아이를 초대하니까. 하지만 네 아버지는
들판에 머물러 계시면서 시내로 내려오시질 않는구나.
그분에겐 침대도, 외투도, 눈부신 담요도 없고,
겨울엔 집에서 하인들이나 잠자는 불가 먼지 더미 속에서 190
잠을 청하신단다. 살갗에는 남루한 옷가지를 두르고서 말이야.
그러다가 여름이 오고, 풍성한 오포라 때가 되면
포도가 맺히는 과수원 언덕 어디든
낙엽들이 뿌려져 그이에게 땅 위의 침대가 되어준단다.
그분은 서러워하며 그곳에 누워 너의 귀향을 간절히 바라며 195
속에서 슬픔을 키우고 계신다. 힘겨운 노년이 그분께 닥쳤지.
나 역시 그렇게 해서 목숨을 잃었고, 운명의 몫을 따라왔단다.
화살을 퍼붓는 눈 밝은 분께서 부드러운 화살들을
들고 다가와 궁전에서 나를 죽인 것도 아니고,

무엇보다도 가증스럽게 녹여버리며 사지에서 목숨을 빼앗아 가는   200
무슨 질병이 내게 다가온 것도 아니란다. 그런 게 아니라,
눈부신 오뒷세우스야, 너에 대한 간절한 그리움과, 너의 조언들과,
그리고 너의 그 다정함이 꿀처럼 달콤한 내 목숨을 앗아 갔단다.'

그분은 이렇게 말씀하셨지만, 저는 속으로 저울질해보다가
목숨을 잃으신 제 어머니의 영혼을 붙들기로 작정했답니다.   205
세 차례나 저는 내달려서 기백이 제게 명하는 대로 붙잡으려 해보았고
세 차례나 그분은 제 두 손에서 그림자처럼, 꿈처럼 날아가셨습니다.
그러자 제 심장에서부터 몹시도 날카로운 고통이 몇 번이고 일더군요.
그래서 저는 그분께 소리 내어 날개 돋친 말을 건네었지요.
'내 어머니, 하데스에서나마 우리가 서로 손을 내밀어   210
싸늘한 통곡으로 기쁨을 누려보려고 제가 어머니를 붙들려
몸부림을 치는데, 어째서 저를 기다려주지 않으시나요?
혹시 제가 더더욱 오열하며 절규하도록
고귀하신 페르세포네께서 제게 환영(幻影)을 일으키신 건가요?'

제가 이렇게 말하자, 공경하올 어머니께서 곧바로 대답하셨습니다.   215
'딱하기도 하지, 내 새끼. 모든 인간 중에 가장 심한 운명에
매인 녀석아. 이건 제우스의 따님 페르세포네께서 너를 속이시는 게
아니란다. 다만, 죽게 마련인 인간이 목숨을 잃게 되면 마땅히
그렇게 되는 법이지. 일단 목숨이 뽀얀 뼈를 떠나게 되면,
힘줄도 살과 뼈를 더는 지탱하지 못하고, 거세게 타오르는   220
불의 기운이 이것들을 제압해버리고 만단다. 그러면 영혼은
마치 꿈처럼 이리저리 날아가게 되는 거야. 그건 그렇고,

274

너는 빛을 향해 최대한 빨리 몸부림치거라. 그리고 이 모든 것을
알아두었다가 나중에 네 아내에게도 말해주렴.'

저희 두 사람이 이렇게 이야기를 주고받고 있을 때, 여인들이   225
다가오더군요. 고귀한 페르세포네께서 일으켜 보낸 그들은
모두 으뜸가는 이들의 부인들과 딸들이었습니다.
그들은 모두 무리 지어 어두운 피 주변으로 모여들었지요.
그러자 저는 어떻게 해야 하나하나에게 물어볼 수 있을지 궁리해보았습니다.
온 심정을 다한 끝에, 가장 좋은 계책이 제게 떠올랐어요.   230
즉, 제 억센 허벅지에서 길게 날 선 칼을 뽑아 든 다음
그 어두운 피를 모두 한꺼번에 마시지 못하게 하는 것이었지요.
그녀들은 하나씩 하나씩 다가왔고, 각자 자신의 혈통을
말해주었답니다. 저는 그렇게 모두에게 물어보기 시작했지요.

거기서 제가 맨 먼저 본 건 훌륭한 아비를 둔 튀로였습니다.   235
그녀는 자신이 흠잡을 데 없는 살모네우스에게서
태어났으며, 아이올로스의 아들 크레테우스의
아내라고 하더군요. 그녀는 대지를 타고 흐르는
강물 중 가장 아름답고도 아름다운
에니페우스의 고운 물줄기에 들면날면했지요.   240
그러다가 그녀의 모습이 대지를 뒤흔드는, 지진을 일으키는 분에게
보였고, 그분은 소용돌이치는 강어귀에서 그녀 곁에 누웠답니다.
그러자 검붉은 파도가 산더미처럼 솟아올라 둘러쳐지더니
신과, 죽게 마련인 그 여인을 가려주었지요.
그는 소녀의 허리띠를 풀었고 잠을 쏟아부었지요.   245

신은 정사를 마치고 나더니

그녀의 손을 쥐고선 이름을 부르며 이렇게 말했답니다.

'여인아, 우리가 나눈 사랑을 기뻐해다오. 한 해가 지나고 나면

너는 눈부신 아이들을 낳을 거다. 죽음을 모르는 이들의 잠자리는

결코 헛되지 않으니까. 너는 그 아이들을 돌보고 길러다오.　　　　　250

일단 지금은 집으로 돌아가서, 네 안에만 담아두고 이름조차 부르면 안 되나니,

내가 바로 지축을 뒤흔드는 포세이돈이란다.'

그분은 이렇게 말하더니 파도가 일렁이는 바닷속으로 잠겨 들어갔고,

그녀는 펠리아스와 넬레우스를 잉태했던 겁니다. 두 사람 모두

위대한 제우스를 받드는 강력한 이들이 되었지요.　　　　　255

펠리아스는 드넓은 이올코스에서 많은 양 떼를 거느리며 살았고,

다른 사람은 모래 많은 퓔로스에서 지냈지요. 여인들 중에서도

왕비였던 그녀는 크레테우스에게도 다른 자식들을 낳아주었으니

이들은 아이손, 페레스, 그리고 전차를 타고 싸우는 아뮈타온이랍니다.

그다음으로 제가 본 이는 아소포스의 딸 안티오페였어요.　　　　　260

그녀는 제우스의 품에 안겨 잤다는 걸 자랑하는데,

그래서 암피온과 제토스라는 두 아이를 낳았지요.

일곱 개의 성문이 있는 테바이의 터를 처음으로 놓고

성탑을 두른 게 이들입니다. 이 두 사람이 강력하긴 했지만

드넓은 테바이에 성탑을 두르지 않고선 살 수가 없었던 거지요.　　　　　265

그다음에는 암피트뤼온의 아내 알크메네를 보았습니다.

그녀는 위대한 제우스의 품에 안겨 몸을 섞고

사자의 혈기로 대담하게 버텨내는 헤라클레스를 낳았지요.

그러고는 기백이 넘치는 크레온의 딸 메가라를 보았는데

기운이 절대로 닳지 않는 암피트뤼온의 아들[69]이 그녀를 데려갔지요.   270

그리고 오이디포데스의 어머니, 아름다운 에피카스테[70]도 보았답니다.

그녀는 영문도 모른 채 자기 아들과 결혼하는 엄청난 짓을 저질렀고,

그는 아버지의 무장을 벗긴[71] 다음, 어머니와 결혼했고,

신들은 곧바로 이 일을 인간들에게 널리 알려지게 하였답니다.

그러나 그는 신들의 파괴적인 계획에 의해 고통을 견뎌내며   275

몹시도 사랑스러운 테바이에서 카드모스의 후손들을 다스렸고,

그녀는 강력한 문지기인 하데스에게로 갔지요.

높다란 대들보에 맨 가파른 올가미에 묶인 겁니다, 슬픔을 품은 채로요.

그녀는 그에게 참으로 많은 고통을, 에리뉘스(복수의 여신)들이

어머니 탓에 끝내 이루어내고야 마는 고통을 남기고 갔습니다.   280

저는 더없이 아름다운 클로리스도 보았답니다. 그녀의 미모 덕에

넬레우스는 헤아릴 수 없을 만큼 많은 구혼 선물을 바치고 그녀와 결혼했지요.

그녀는 이아소스의 아들 암피온의 막내딸인데, 암피온은 예전에 오르코메노
    스에서

미뉘아이 사람들을 힘으로 다스렸지요. 클로리스는 퓔로스를 다스리며

---

69   헤라클레스.

70   희랍 비극에서는 이오카스테라는 이름으로 알려져 있다. 한편, 오이디푸스의 이름은
      『일리아스』에서는 오이디푸스로, 『오뒷세이아』에서는 오이디포데스로 나타난다.

71   호메로스의 서사시에서 '무장을 벗기다'라는 표현은 전사가 상대방을 살해할 때 '죽이다'를
      대체하는 표현으로 자주 등장한다. 죽은 전사의 무장을 벗겨 전리품으로 취하는 것이 상례였다.

넬레우스에게 눈부신 자식들을 낳아주니, 그들은 네스토르와, 285

크로미오스, 그리고 기품 있는 페리클뤼메노스입니다. 그녀는 그들 말고도

강력한 페로를 낳아, 죽게 마련인 인간들에게 경탄을 불러일으켰지요.

그래서 그 주변에 사는 모든 이들이 페로에게 청혼했습니다.

그러나 넬레우스는 이피클레스의 힘이 거느린 뿔이 굽고 이마 너른,

고통을 안겨주는 소 떼를 퓔라케에서 몰아올 사람이 아니면 290

그녀를 내주지 않을 작정이었지요. 그러자 오직 한 사람,

흠잡을 데 없는 그 예언자[72]만이 소 떼를 몰고 오겠노라 약속했어요.

그러나 신께서 내린 가혹한 운명의 몫과, 고통을 안겨주는 쇠사슬과

들에 사는 목자들이 그를 결박해버렸지요. 그러다가 달들과 나날이

채워지고 한 해가 순환하며 봄이 다가오자, 295

모든 신탁을 실토한 그를 이피클레스의 힘이 풀어주었고

그렇게 제우스의 뜻이 이루어졌답니다.

저는 튄다레오스의 아내 레다도 보았지요. 그녀는 튄다레오스에게

불굴의 아들 둘을 낳아주었으니, 그들은 말을 길들이는

카스토르와, 주먹을 잘 쓰는 폴뤼데우케스였지요. 300

생명을 낳는 대지는 이 두 사람을 산 채로 붙들고 있답니다.

그러나 이들은 지하에서도 제우스께서 주신 명예를 누리고 있으니

이들은 살았다가 다시 죽기를 하루씩 번갈아가며 반복하지요.

그들은 신들과 맞먹는 명예를 얻어낸 셈입니다.

또, 저는 알로오에우스의 아내 이피메데이아를 보았습니다. 305

72　멜람포스. 15권 225행 이하를 보라.

그녀는 포세이돈과 몸을 섞었노라 말하곤 했지요.

그녀는 자식을 둘 낳았지만 둘 다 요절하고 말았습니다.

신과 맞먹는 오토스, 그리고 이름도 널리 알려진 에피알테스이지요.

그들은 곡식을 안겨주는 들판이 키워낸 이들 중

이름난 오리온 버금가게 가장 키도 크고 월등하게 잘생겼습니다.   310

그들은 아홉 살 때 이미 폭이 아홉 완척이나 되었고

키도 아홉 오르귀아나 되었답니다.

글쎄 이 둘은 올륌포스에 계신 죽음을 모르는 분들께도

격렬한 전쟁의 함성을 일으키겠노라 협박을 일삼았고,

그들은 올륌포스 위에 옷사를 쌓으려고 몸부림치더니, 이번엔   315

옷사 위에 또 잎사귀 나부끼는 펠리온[73]을 얹어 하늘에 오르려 했지요.

아마 이들이 무르익은 젊음에 가 닿기만 했어도 그 일은

이루어졌을 겁니다. 그러나 그들 관자놀이 아래 수염이 나기도 전에,

피어오르는 솜털로 턱이 빈틈없이 뒤덮이기도 전에, 제우스의 아드님께서,

머릿결도 고운 레토께서 낳으신 그분[74]께서 둘 다 죽이셨지요.   320

저는 파이드라와 프로크리스, 그리고 아름다운 아리아드네도 보았답니다.

파멸을 꾀하는 미노스의 딸 아리아드네는 예전에 테세우스가

크레테로부터 신성한 아테네의 언덕으로 데려갔지만,

소용없는 일이었지요. 아르테미스가 그녀를 바다로 둘러싸인 디아에서

일찌감치 죽여버렸으니까요. 디오뉘소스의 증언 때문이었지요.[75]   325

---

73 테살리아 지역의 두 산으로 옷사(Ossa)산은 1978미터, 펠리온(Pelion)산은 1624미터이며, 놓인
    순서는 남에서 북으로 펠리온, 옷사, 올륌포스 순이다.

74 아폴론.

75 테세우스에게 버림받은 아리아드네를 디오뉘소스가 구하여 결혼하였다는 전승도 있으나,

저는 마이라와 클뤼메네, 그리고 가증스러운 에리퓔레[76]도 보았답니다.
그녀는 제 남편을 넘기고 비싼 황금을 받았지요.
제가 본 영웅들의 아내들과 딸들을 저는 빠짐없이 모두 이야기할 수도 없고,
이름을 일일이 댈 수도 없습니다. 그러기 전에 암브로시아와 같은 밤이
사라지고 말겠지요. 지금은 잠자리에 들 시간입니다. 빠른 배로 가서   330
동료들에게로 가서 잘 수도 있고, 아니면 여기 이 자리에서 잘 수도 있겠군요.
길 안내는 신들과 여러분이 염려해주시겠지요."

그가 이렇게 말했으나, 누구 할 것 없이 잠자코 침묵을 지킬 뿐이었으니
그늘진 거실 두루 매혹에 사로잡혔던 것이다.
그들 사이에서 뽀얀 팔의 아레테가 말문을 열었다.   335
    "파이아케스인들이여, 여러분에게는 이 남자가 어떻게 보이십니까?
용모와 위엄, 그리고 균형이 잘 잡힌 이분의 헤아림을 보아 말입니다.
이분은 내 손님이올시다. 하지만 그대들도 각자 명예의 몫을 나눠 갖고 있지요.
그러니 그대들도 이분을 보내자고 재촉하지 말고,
이분이 곤궁하니만큼 선물들도 아끼지 맙시다.   340
신들의 뜻에 따라 그대들의 집에는 많은 재물이 놓여 있으니까요."

그러자 영웅 에케네오스 노인이 그들 사이에서 입을 열었다.
〈그는 어떤 파이아케스 사람들보다도 먼저 태어난 사람이었다.〉[77]

『오뒷세이아』는 다른 전승을 택하고 있다. 여기서 디오뉘소스의 증언이 무엇이었는지는 알려진 바 없다.

76 15권 244-248행을 보라.

77 이 행이 빠진 사본들도 있다.

"벗들이여, 두루 사려 깊은 왕비님의 말씀이, 우리의 목적에도
기대에도 어긋나지 않으니 그대들도 이를 따라주시오.
그러나 그 실행과 명령은 여기 알키노오스에게 달려 있다오." 345

그러자 이번엔 알키노오스가 그에게 소리 내어 대답하였다.
"내가 아직 살아서 노를 사랑하는 파이아케스인들을
다스리고 있는 것이 사실이라면, 그 말이 그대로 이루어지리다.
손님은 아무리 귀향이 간절하다 해도 내일까지는 여기 머무르며 350
참으셔야겠습니다. 내가 모든 선물을 완비해놓을 때까지 말이오.
손님을 보내드리는 건 모든 남자들의 관심사이지만, 특히 내가 가장
신경 쓸 겁니다. 이 나라를 다스리는 힘은 바로 내게 있으니까요."

그러자 꾀 많은 오뒷세우스가 그에게 대답하며 말하였다.
"통치자 알키노오스여, 모든 백성 중에서도 단연 빼어난 분이여, 355
여러분이 심지어 저더러 일 년 내내 이 자리에 머무르라 하시고
집으로 가는 길 안내를 도모해주시고 빛나는 선물들을 주신다고 한다면,
그것 역시 제가 바라마지않는 바입니다. 손에 두둑이 들고
제 고향으로 가는 것이 훨씬 더 이익이 될 테니까요.
그러면 이타카로 돌아오는 저를 보게 될 모든 사람에게도 360
더욱 존경스럽고 사랑스러워 보이겠지요."

그러자 이번엔 알키노오스가 그에게 소리 내어 대답하였다.
"오뒷세우스여, 우리가 그대를 보고 있자니 그대는
사기꾼이나 도둑 같아 보이진 않는군요. 아무것도 보고 배울 게 없는
그런 거짓말을 늘어놓는 인간들이라면 365

이 어두운 대지가 도처에 퍼뜨려 먹여 살리고 있지요.

그러나 그대의 말들은 모양새가 잡혀 있고, 속에 있는 헤아림도 훌륭합니다.

마치 정통한 가수가 설명해주듯이, 그대는 모든 아르고스인과

그대 본인의 비통한 근심거리들을 말해주었어요.

자, 그러면 내게 이것도 말해주되, 정확하게 설명해주시지요.　　　　370

그대와 함께 일리오스로 향했다가, 거기서 운명을 따라간 당신의

신과 맞먹는 전우들 중에서 그대는 누구를 보았습니까?

밤이야 이루 말할 수 없이 길고 또 길지요. 아직은 이 거실에서

잠들 시간이 아니니, 그대는 부디 내게 그 신기한 일들을 말해주세요.

그대가 이 거실에서 내게 그대의 근심거리들을 이야기해줄　　　　375

준비만 되어 있다면, 나는 신과 같은 에오스(새벽)가 올 때까지도 버틸 수 있어요.”

그러자 꾀 많은 오뒷세우스가 그에게 대답하며 말하였다.

　　“통치자 알키노오스여, 온 백성 중에서 가장 두드러진 분이여,

많은 이야기를 할 수 있는 시간이기도 하고, 잠잘 시간이기도 하지요.

하지만 그대가 더 듣기를 열망하신다면, 저는 그대의 청을　　　　380

거절하지 않을 것이며, 나중에 파멸했던 제 전우들의 근심거리라는

더 가여운 일들도 말씀드리리다. 그이들은

트로이아인들이 내지르는, 신음을 안겨주는 함성에서는 빠져나왔지만,

한 여인의 사악한 뜻에 따라 귀향 중에 파멸하고 말았지요.

순결한 페르세포네이아가 여인들의 영혼들을　　　　385

이리저리로 흩어놓고 나자,

아트레우스의 아들 아가멤논의 영혼이 탄식하며 다가오더군요.

그리고 그의 주변에는 그와 함께 아이기스토스의 집에서

죽음을 맞고 운명을 따라간 다른 이들도 모두 모여 있었고요.
그이는 어두운 피를 마시고 나더니 저를 금세 알아보더군요.   390
그는 목 놓아 통곡하면서, 방울 굵은 눈물을 떨구었답니다.
그는 제게 닿으려 몸부림치면서 저를 향해 두 손을 뻗었지만
예전에 그의 유연한 사지에 있었던 굳건한 힘과 기운이
이제 더는 없더군요. 저는 그를 보고는 눈물을 흘리며
기백으로 연민을 품었습니다.   395
그래서 그에게 소리 내어 날개 돋친 말을 건네었답니다.
'가장 영광스러운 아트레우스의 아들, 인간들의 왕 아가멤논이여,
길고 긴 고통을 안겨주는 어떤 죽음의 운명이 그대를 제압한 거요?
혹시 포세이돈께서 고통을 불러일으키는 바람들의
부러울 리 없는 숨결을 일으켜 함대에 있던 그대를 제압하신 거요?   400
아니면, 육지에서 그대가 소 떼와 아름다운 양 떼를 떼내어
가져가려 했다거나, 도시와 여인들을 놓고 전투를 벌이다가
적의를 품은 사내들이 그대를 해친 거요?'

제가 이렇게 말하자, 그도 제게 즉시 대답하며 말하더군요.
'제우스께 태어난 이여, 라에르테스의 아들이여, 허다한 계책에 밝은   405
오뒷세우스여! 포세이돈께서 〈고통을 불러일으키는 바람들의
부러울 리 없는 숨결을 일으켜〉[78] 함대에 있던 나를 제압하신 것도 아니고,
적의를 품은 사내들이 육지에서 나를 해친 것도 아니라오. 그게 아니라,
아이기스토스가, 내 저주받을 처와 작당하여 내게 죽음의 운명을
준비해두었다가 나를 죽인 거라오. 그자는 나를 집으로 불러   410

78   이 행이 빠진 사본들도 있다.

만찬을 차려낸 다음, 마치 누군가가 구유 앞에서
황소를 도살하듯이 나를 살해했소. 주변에 있던 내 전우들 역시
쉴 새 없이 살육당했다오. 마치 유복하고 권력도 센
어떤 사람의 집에서 열리는 결혼식이나,
각자 음식을 마련해 오는 잔치나, 풍성한 연회에서 잡는   415
흰 이빨의 돼지처럼 말이오. 그대도 이미 격렬한 전투에서 살해된
수많은 사람의 죽음을 목도했겠지만, 거실 안에서 술동이들과
가득 차린 식탁들 주변으로 우리가 널브러져 있고,
바닥은 온통 피로 소용돌이치고 있던 그 장면을 만약 당신이 보았더라면,
그대도 기백으로 더없이 많이 탄식했을 거요.   420
내게는 프리아모스의 딸 캇산드라의 음성이 무엇보다도 가련하게 들렸소.
교활한 클뤼타임네스트라가 그녀를 내 곁에서 죽였던 거요.
나는 칼에 찔려 죽어가면서도 땅에서 두 손을 들어
올려보려 했소. 그러나 개의 낯짝을 한 그년은 등을 돌렸고,
내가 하데스로 향하는데도 두 손으로 내 눈을 감겨주려고도,   425
내 입을 닫아주려고도 하질 않았소.
그 여자가 당치도 않은 짓을 꾀하여
결혼한 제 남편에게 죽음을 마련하는 것 같은,
그런 짓들을 제 속에 던져놓는 여인보다
더 끔찍하고 개 같은 것은 달리 없다오. 정말이지 나는   430
집에 돌아가기만 하면 내 자식들과 하인들에게 환영받을 줄만
알았다오. 사악한 일이라면 월등하게 잘 알고 있는 그 여자는
스스로에게도, 후세에 태어날 여인들에게도,
심지어 제대로 처신하는 여인에게도 치욕을 쏟아부은 거요.'

그가 이렇게 말하자, 저도 그에게 대답하며 말했습니다.   435
'딱하기도 하지, 두루 살피시는 제우스께서는 애초부터
여인들의 계략 탓에 아트레우스의 가문을 정말이지 끔찍하리만큼
증오해오셨다오. 헬레네 탓에 우리도 수없이 죽어 나갔지만
클뤼타임네스트라는 멀리 떠나 있던 그대에게 미끼를 준비했던 것이오.'

제가 이렇게 말하니, 그가 제게 즉시 대답하며 말하더군요.   440
'그러니까 이젠 그대도 부인에게 절대로 다정하게 굴어선 안 되오.
그대가 잘 알고 있는 이야기라도 그녀에게 전부 알려주지는 마오.
일부는 말해도 되지만, 어떤 건 감춰야 하오.
하지만 오뒷세우스, 당신은 적어도 부인이 살해하진 않을 거요.
대단히 사려 깊고, 헤아림에서 조언들을 잘 알고 있는 사람이   445
이카리오스의 딸, 더없이 지혜로운 페넬로페니까.
우리가 전쟁터로 떠나올 때, 우린 그녀를 새색시인 채로
뒤에 남기고 왔소. 품에는 어린 자식이 있었고.
그 아이가 이제는 남자들 사이에서 분명히 한자리 차지하고 있을 거요.
그는 행복한 사람이오. 친아버지가 돌아가 그를 만날 것이고   450
그도 법도에 따라 아버지를 안아드릴 테니까.
그러나 내 처는 내가 두 눈으로 내 아들을 족히 보는 것조차
놔두질 않았다오. 그러기도 전에 나를 쳐 죽였으니까.
내 또 하나를 말해줄 테니, 당신은 부디 헤아림 속에 새겨 넣어두시오.
고향 땅에 배를 붙들어 맬 때, 절대로 드러나게 하지 말고, 몰래 하시오.   455
여자들을 더 이상 믿을 순 없는 노릇이니까.
자, 그건 그렇고 내게 이것을 말해주되, 정확하게 설명해주오.
당신들은 혹시 내 자식이 어딘가에 여전히 살아 있다는 말을 들어보았소?

그곳이 오르코메노스든, 아니면 모래 많은 퓔로스든,
아니면 드넓은 스파르타에 있는 메넬라오스 곁이든 말이오.   460
신과 같은 오레스테스는 저 대지 위에서 아직 죽지 않았으니까.'

그가 이렇게 말하자, 저도 그에게 대답하며 말했지요.
'아트레우스의 아들이여, 당신은 왜 내게 이걸 물어보시오? 그가
살아 있는지, 아니면 죽었는지 나는 모른다오. 헛바람 든 소리는 나쁜 것이라오.'

우리 둘은 이렇게 서로 달갑잖은 말을 나누며, 탄식해가며   465
방울 굵은 눈물을 떨구며 서 있었답니다. 그러자
펠레우스의 아들 아킬레우스, 그리고 파트로클로스, 또
흠잡을 데 없는 안틸로코스, 아이아스의 영혼이 다가왔답니다.
아이아스야말로 펠레우스의 흠잡을 데 없는 아들에 버금가며
다른 모든 다나오스인보다 외모와 행동이 출중했던 이올시다.   470
그런데 아이아코스의 발 빠른 손자[79]의 영혼이 저를 알아보더니
오열하며 날개 돋친 말을 건네더군요.
'제우스께 태어난 이, 라에르테스의 아들이여, 허다한 계책에 밝은
오뒷세우스여! 굽힐 줄 모르는 이여, 대체 속으로 어떤 더 대단한 일을
꾀하고 있는 거요? 어떻게 감히 하데스로 내려왔단 말이오?   475
의식 없는 망자들이, 쇠잔한 인간들의 환영(幻影)이 살아가는 이곳까지?'

그가 이렇게 말하자, 저도 그에게 대답하며 말했습니다.
'펠레우스의 아들 아킬레우스, 아카이아인들 중에서도 아득히 뛰어난 자여,

---

79   아이아코스는 아킬레우스의 친할아버지이다.

나 테이레시아스에게 볼일이 있어 왔다오. 어찌하면 내가 바위투성이
이타카에 가 닿을 수 있을지 그이가 어떤 조언을 해주지 않을까 해서.   480
나는 아카이아 땅이라면 근처에도 가보지 못했고, 우리 땅에도 아직
오르지 못했다오. 나는 늘 몹쓸 일들만 겪는구려. 그러나 아킬레우스,
예전에도, 그리고 앞으로도 그대보다 더 복된 사람은 아무도 없다오.
전에 그대가 살아서는 우리 아르고스인들이 그대를 신들과 마찬가지로
존중하였고, 지금도 그대는 여기서 망자들을 강력하게 다스리고 있잖소.   485
그러니 죽음을 두고 상심하지 마오, 아킬레우스.'

제가 이렇게 말하자 그가 제게 즉시 대답하며 말하더군요.
'죽음에 대해 날 위로하려 하진 말아요, 눈부신 오뒷세우스여.
쇠잔해진 망자들 모두에게 왕 노릇 하느니
차라리 재산도 별로 없고 가진 것도 많지 않은 다른 사람에게   490
땅뙈기라도 부쳐먹고 살고 싶다오.
자, 그건 그렇고 내 고귀한 아들 이야기를 좀 해주시구려.
그 아이는 으뜸이 되기 위해 전쟁에 따라나섰소, 아니면 그러지 않았소?
또, 그대가 좀 들은 게 있다면 흠잡을 데 없는 펠레우스에 대해서도 말해주오.
그분은 많은 뮈르미돈 사람들 사이에서 여전히 명예를 누리고 계시오?   495
아니면 노년이 그분의 손과 발을 억누르고 있다고 해서
그들이 헬라스와 프티아에서 그분을 업신여기고 있소?
이제 나는 헬리오스의 광채 아래에서 그분을 도와드릴 수가 없잖소.
전에 드넓은 트로이아에서 가장 뛰어난 군사들을 죽이며
아르고스인들을 지켜내던 바로 그런 모습으로   500
내가 아버지의 집에 잠시나마 갈 수만 있다면!
그러면 그분에게 폭력을 휘두르고 그분의 명예를 앗으려는 자에게

내 기운과 이 대적할 길 없는 두 주먹을 끔찍하게 여기도록 만들어줄 텐데.'

그가 이렇게 말하자, 저도 그에게 대답하며 말했습니다.
'흠잡을 데 없는 펠레우스에 대해서는 나도 들은 바가   505
전혀 없다오. 하지만 그대가 요구하는 바대로, 그대의 친아들
네오프톨레모스에 대해서만큼은 내가 그대에게 모두 진실만을
말해주려 하오. 그를 스퀴로스에서 속이 빈, 균형이 잘 잡힌 배에 태워
좋은 정강이받이를 댄 아카이아인들 사이로 데려간 사람이 바로 나라오.
우리가 트로이아의 도시 주변에서 계획들을 궁리할 때면   510
그는 늘 맨 먼저 말하였지만, 엇나간 이야기는 한마디도 없었다오.
그를 능가했던 건 신과 맞먹는 네스토르와 나, 이 둘뿐이라오.
또, 우리가 트로이아인들의 벌판에서 청동을 휘두르며 싸울 때에도
그는 사람들의 무리 속에, 대열 속에 머무르려 들질 않고, 남들보다
훨씬 더 앞으로 달려 나갔고, 기운에 있어서도 누구에게도 뒤지지 않았다오.   515
그는 소름 끼치는 싸움에서도 수많은 남자를 죽였소.
그가 아르고스인들을 지켜내며 죽인 군사가 얼마나 많은지
나는 그 전부를 이야기할 수도 이름을 댈 수도 없다오.

예를 들면, 그는 텔레포스의 아들, 영웅 에우뤼필로스를 청동으로
쳐 죽였다오. 그리고 그의 주변에 전우로 있던 많은 케테이오스인들도   520
여인들을 위한 선물 탓에 목숨을 빼앗겼다오.[80]
그는 신과 같은 멤논 다음으로 잘생긴 사람이었지요.

---

80 에우뤼필로스의 어머니 아스튀오케는 프리아모스의 누이인데, 프리아모스에게서 황금 포도나무를
   뇌물로 받고 아들을 출전시켰다는 전승이 있다.

그런가 하면, 아르고스인들 중에서 가장 빼어난 우리가

에페이오스가 만든 목마 안으로 올랐을 적에,

그 치밀한 매복처를 여닫는 일은 모두 내가 맡기로 되어 있었다오.   525

그 안에서, 다나오스인들을 이끌고 조언하는 다른 이들은

눈물을 훔쳐내며 하나같이 무릎을 떨고 있었다오.

그런데 그의 아름다운 살갗이 창백해졌다든가, 그가 뺨에서 눈물을

훔치는 건 내 두 눈으로 결코 본 적이 없었소. 그러긴커녕,

외려 그는 트로이아인들에게 재앙을 가져다주려는 일념으로   530

청동으로 묵직해진 창과, 칼자루를 움켜쥐고선

목마 밖으로 나가야 한다며 끈질기게 청했다오.

마침내 우리가 프리아모스의 가파른 도시를 궤멸시키고 난 다음

그는 자신의 몫과 훌륭한 명예의 선물을 안고 무사히 배에 올랐다오.

그는 날 선 청동에 얻어맞은 적도 없고   535

혼전에서도 부상을 입은 적이 없다오. 아레스가 섞여 들어와 미쳐 날뛰는

전쟁에서는 그런 일들이 수도 없이 일어나는데도 말이오.'

제가 이렇게 말하자, 아이아코스의 발 빠른 손자의 영혼은

그 아들이 두각을 나타내었다는 말에 기뻐하면서

아스포델로스가 피어난 초원을 따라 발걸음을 크게 내디디며 걸어갔답니다.   540

한편, 목숨을 잃은 다른 망자들의 영혼이 탄식하며 서 있다가

저마다 근심거리들을 묻기 시작하더군요.

다만, 텔라몬의 아들 아이아스의 영혼만은 멀찌감치 떨어져

서 있었지요. 아킬레우스의 무구를 둘러싸고 배들 곁에서 판정이

있었을 때, 제가 그를 이기고 얻은 승리에 그가 노했던 겁니다.   545

그 무구는 아킬레우스의 공경하올 어머니께서 내놓으셨고,
판결은 트로이아인들의 자식들과 팔라스 아테네께서 내렸지요.
그러한 상을 위한 것이라면 저는 이기지 말았어야 했습니다.
그 상 탓에, 아이아스 정도나 되는 그런 머리를 대지가 붙들고
있으니까요. 그는 펠레우스의 흠잡을 데 없는 아들에 버금가며   550
다른 모든 다나오스인보다 외모와 행동이 출중한 인물이었답니다.
저는 그에게 부드러운 말로 말했어요.
'아이아스, 흠잡을 데 없는 텔라몬의 아들이여, 그대는
그 저주받을 무구 탓에, 나를 향한 분노를 죽어서까지 잊지 않을 작정이오?
신들은 아르고스인들에게 그 무구가 재앙이 되게 하신 거라오.   555
그들에겐 당신 같은 성탑이 무너져 내렸으니, 아카이아인들은
펠레우스의 아들 아킬레우스의 머리와 똑같이 그대를 두고
끊임없이 탄식하며 쇠잔해지고 있다오. 이건 어느 누구의 탓도 아니라오.
그저 제우스께서 창을 쓰는 다나오스인들의 군대를 끔찍하리만큼
증오해왔기에, 그대에게 그런 운명의 몫을 주신 것뿐이오.   560
자, 왕이여, 이리 와서 우리 말과 이야기를 들어주시오.
그리고 그 당당한 기백과 기운은 이제 그만 누그러뜨려주오.'

저는 이렇게 말했지만, 그이는 제게 대답하지 않은 채
목숨을 잃은 다른 망자들의 영혼들을 따라 에레보스로 가더군요.
비록 분을 품고는 있었지만 거기서 그가 제게 말했거나,   565
아니면 제가 그에게 말을 했을 것입니다. 그러나 제 가슴속 기백은
다른 망자들의 영혼들을 보고 싶어 하더군요.

저는 그곳에서 제우스의 빛나는 아들, 미노스를 보았습니다.

그는 앉아서 황금 지팡이를 쥔 채 망자들에게 법도를 알려주고 있었고, 570
그들은 문도 넓은 하데스의 집에서 그를 둘러싼 채 앉기도 하고
서기도 하며 판결을 구하고 있었답니다.

다음으로 제가 알아본 이는 어마어마한 오리온이었습니다.
그는 아스포델로스가 피어난 초원을 따라 들짐승들을 한꺼번에 몰아가고
있었으니, 그가 외딴 산속에서 직접 잡아 죽인 것들이었지요. 손에는
온통 청동으로 된, 언제까지고 부러지지 않는 몽둥이를 손에 쥐고 있었고요. 575

또 저는 티튀오스도 보았지요. 가이아의 이름도 높은 아들인 그이는
아홉 펠레트론[81]이나 되는 땅바닥에 누워 있었답니다.
그의 양편에는 독수리 두 마리가 앉아서 그의 간을 찢어 먹으며
창자 점막까지 파고 들어가는데, 정작 그는 손으로 이를 쫓아낼 수 없었어요.
제우스의 영예로운 아내이신 레토가 파노페라는 아름다운 곳을 지나 580
퓌토로 가고 있었을 때 그가 겁탈하려 했던 까닭이지요.

그러고는 탄탈로스가 강력한 고통을 겪고 있는 것도 보았답니다.
그는 웅덩이 안에 서 있었는데, 물은 뺨 아래를 어루만지더군요.
그는 목이 타들어가 갖은 애를 써보았지만
쥘 수도 마실 수도 없었지요. 그 노인이 마셔보려고 안달이 나 585
몸을 구부릴 때마다 물은 꺼져 내리며 사라지고,
검은 땅이 그의 발치에서 모습을 드러내지요. 신이 그때마다 말려버리는 겁니다.
한편, 우듬지까지 잎으로 뒤덮인 나무들이 그의 머리 위로

---

81 1펠레트론은 약 1000제곱미터로 추정된다. 따라서 9펠레트론은 9000제곱미터가량 된다.

열매를 내려주고 있었지요. 배나무며 뽕나무, 싱그러운 열매 맺힌 사과나무,
달콤한 무화과나무, 만발한 올리브나무들이 말입니다.   590
그런데 그 노인이 움켜쥐려고 손을 뻗을 때마다
바람은 그 열매들을 그늘을 짓는 구름 쪽으로 쳐올리지 뭡니까.

저는 시쉬포스가 두 손으로 어마어마한 바윗덩어리를 밀어 올리며
극심한 고통을 겪고 있는 것도 보았답니다.
그는 두 손과 두 발로 지탱해가며 언덕 꼭대기를 향해   595
바윗덩어리를 밀곤 했어요. 그런데 그것을 정상 너머로
던져버리려고만 하면, 그 대단한 무게로 바위가 도로 밀려나지요.
그러면 염치를 모르는 그 바위는 다시 땅으로 굴러 내려가고,
그는 사지에서 땀을 쏟아내며, 머리에서는 먼지가 피어오르는 채로
다시 몸을 뻗어가며 바위를 밀지요.   600

그다음, 저는 헤라클레스의 힘을 알아보았습니다.
물론 그의 허상이었지요. 그이는 죽음을 모르는 신들 사이에서
연회를 즐기고 있고, 〈위대한 제우스와 황금 신발을 신은 헤라의
따님인〉[82] 발목도 고운 헤베를 아내 삼고 있지요.
그의 주변에서는 망자들이 마치 겁에 질려 사방으로 흩어지는   605
새라도 된 듯 비명을 질렀고, 그는 마치 검은 밤과도 같이
활집도 없이 활을 들고 무서울 정도로 노려보며
언제든 쏘아 날리겠다는 듯이 화살을 시위에 얹고 있더군요.
그리고 그의 가슴을 둘러 무시무시한 황금 띠가 걸쳐져 있었지요.

82   이 행이 빠진 사본들도 있다(=헤시오도스 『신들의 계보』 952행).

오뒷세우스,
하데스의 영혼들에게 위협당하다

———

많은 영웅이 저승을 다녀왔다고
전해진다. 헤라클레스,
오르페우스가 그랬고, 이제
오뒷세우스의 차례다. 이곳에서
그는 예언자 테이레시아스를 만나
자신의 운명을 알게 되고, 어머니
안티클레이아를 만나 인간 보편의
운명을 알게 된다. 죽음으로 삶이
규정되는 것은 희랍인들에게 낯선
것이 아니다. brotos(인간)라는
단어도 '반드시 죽어야 하는
존재'라는 뜻이다. 반대로, 신들은
ambrosia(불멸)를 먹고 마시며
영원을 살아간다.

제임스 파커, 에칭, 1805

거기에는 신비로운 솜씨가 새겨져 있었으니,   610

곰들과 멧돼지들, 맹렬한 사자들이 있었고,

전투와, 살육과, 또 사람을 잡아 죽이는 장면이 있었어요.

그 띠 위로 기예를 쏟아부은 사람은, 일단 그 기예를 부린 이상,

다른 것에는 그만한 기예를 부릴 수 없을 겁니다.

한편, 그이는 두 눈으로 저를 보더니, 저를 알아보고는   615

제게 탄식하며 날개 돋친 말을 건네더군요.

'제우스께 태어난 이, 라에르테스의 아들, 허다한 계책에 밝은

오뒷세우스, 이 불운한 사람아! 내가 헬리오스의 광채 아래에서

견뎌냈던 몹쓸 운명의 몫을, 자네 역시 살아내고 있다니.

나는 크로노스의 아드님 제우스의 자식이었지. 그럼에도   620

훨씬 못한 인간에게 예속되어 끝 모를 고난을 겪었다네.

그자는 나를 노리고 힘겨운 노역들을 주문하였지. 한번은

개를 데려오라며 나를 여기로 보낸 적도 있다네. 그것보다 더 격심한

노역을, 그자는 도저히 떠올릴 수가 없었던 거야.

하지만 나는 그 개를 데리고 하데스를 빠져나갔다네.   625

헤르메스와, 빛나는 눈의 아테네께서 나를 내보내주신 걸세.'

그는 이렇게 말하더니 하데스의 집 안으로 다시 들어갔답니다.

하지만 저는 혹시 이전에 명을 다한 영웅들 중 누군가가

오지 않을까 싶어 그 자리에서 움직이지 않고 기다렸습니다.

그렇게 저는 제가 바라던 옛사람들을, 신들의 이름 높은 자식들인   630

테세우스도, 페이리토오스도 볼 수 있었겠지만, 그러기도 전에

헤아릴 수 없을 정도로 많은 망자들의 무리가 말로 다 할 수 없는

소리를 외치며 몰려들어 왔답니다. 행여 고귀한 페르세포네이아께서

어마어마하게 끔찍한 고르고의 머리를 하데스에서 제게로
내보내지나 않을까 싶어, 창백한 공포가 저를 사로잡더군요. 635

그러자 저는 즉시 배를 향해 가서, 동료들에게도
배에 올라 고물에서 홋줄을 풀라고 명령하니
그들도 즉시 배에 올라 노 저을 자리로 가 앉았습니다.
그러자 파도가 배를 오케아노스강의 흐름을 따라 실어 가더군요.
처음에는 노를 저어서, 나중에는 아름다운 순풍을 받아서요. 640

12권

그러다가 배가 오케아노스강의 흐름을 떠나

널찍한 길이 난 바다의 파도에 이르러,

이른 나절 태어난 에오스(새벽)의 집과 무도회장이 있고

헬리오스가 솟아오르는 자리인 아이아이아섬에 닿게 되자,

그곳에 온 저희는 배를 모래톱으로 몰아놓은 다음   5

바닷가로 내려왔습니다.

거기서 저희는 신과 같은 에오스(새벽)를 기다리며 잠을 청했습니다.

그러다가 이른 나절 태어난, 장밋빛 손가락의 에오스(새벽)가

모습을 드러내자, 저는 전우들을 키르케의 집으로 보내어

숨진 엘페노르의 시신을 가져오게 하였습니다.   10

저희는 곧바로 장작을 팬 다음, 곶이 가장 멀리 돌출한 자리에서

애달파하며 그의 장례를 치렀고 방울 굵은 눈물을 떨구었습니다.

시신과, 망자의 무구가 모두 불살라졌을 때,

저희는 무덤을 쌓아 올렸고 그 위로 돌기둥을 끌어와 올린 다음,

무덤 꼭대기에는 맞춤한 노를 꽂았습니다.   15

저희는 이 모든 일을 하나씩 하나씩 완수했습니다. 그런데 저희도

키르케의 눈을 피해 하데스에서 돌아온 것은 아니었던지라, 그녀도

채비를 갖추고 몹시 빨리 오더군요. 그녀와 함께 온 시녀들은

빵과 많은 고기와, 불꽃 같은 붉은 포도주를 가져왔고요.

여신들 중의 여신은 그들 한가운데에 서서 말문을 열었지요.   20

'못 말릴 사람들이로군요, 산 채로 하데스의 집에 내려가다니.

다른 사람들은 단 한 번 목숨을 잃건만, 그대들은 두 번 죽는군요.

자, 이리들 와요. 여기서 온종일 이 먹거리들을 드시고

포도주를 마셔요. 그러다가 에오스(새벽)가 모습을 드러내면, 그때

배를 타고 떠나세요. 그대들이 소금 물결에서나, 육지에서나   25

고통을 안겨주는 해악으로 재앙을 당하며 고생을 겪지 않도록

내가 길을 알려주고, 하나씩 짚어드리지요.'

그녀가 이렇게 말하자, 저희도 사나이다운 기백으로 이를 따랐습니다.

그때 저희는 헬리오스가 가라앉을 때까지 온종일 앉아

이루 말할 수 없을 만큼 많은 고기와 달콤한 포도주로 잔치를 벌였지요.   30

그러다가 헬리오스가 가라앉고 어둠이 다가오자

저희는 뱃고물 홋줄 곁에 누워 잠을 청하였답니다.

그런데 그녀가 제 손을 쥐더니 제 전우들에게서

멀리 떨어진 곳에 앉히곤, 제게 기대더니 하나하나 물어보더군요.

그래서 저도 그녀에게 모든 것을 이치에 맞게 설명해주었지요.   35

그러자 공경받을 키르케도 저에게 말하더군요.

'그 모든 일이 그렇게 이루어진 거로군요.

나도 그대에게 말해줄 테니 그대도 들어보세요. 신께서도

그대에게 상기시킬 겁니다. 먼저는 세이렌들에게 가 닿을 거예요.

그녀들은 자신들에게 도달하는 모든 인간을 호린답니다. 40

누구든 영문도 모르고 다가갔다가 세이렌들의 소리를 듣는 사람은

그 아내와 철모르는 자식들이 집으로 돌아오는 그의 곁에

서지도, 반기지도 못하게 되지요. 아닌 게 아니라

세이렌들은 초원에 앉아 낭랑한 노래로 호리는데,

그 주변에는 썩어버린 사람들의 뼈가 무더기를 이룰 정도로 많고 45

도처에 그들의 살갗이 오그라들고 있지요.

다른 사람들은 아무도 듣지 못하도록 그대는 꿀처럼 달콤한

밀랍을 이겨 전우들의 귀에 발라준 다음 그 옆으로

배를 몰아 지나가세요. 하지만, 원한다면 그대는 들어도 됩니다.

대신, 저들더러 빠른 배 안에서 당신을 똑바로 세워 손과 발을 50

돛대 받침에 묶으라고 하세요. 돛대에 그 끝을 묶어서요.

그러면 당신은 두 세이렌들의 음성을 즐기며 들을 수 있을 겁니다.

만일 당신이 전우들에게 풀어달라고 애원하며 명령하거든,

저들더러 외려 더 많은 밧줄로 당신을 묶어버리라고 하세요.

어쨌든 전우들이 그 옆으로 배를 몰아가게 되면, 55

거기서부터는 어느 쪽이 그대의 길이 될지 내가

이어서 말하지 않으렵니다. 그저 당신이 기백으로 궁리해보세요.

저는 양쪽 편을 그대에게 다 말해주겠어요.

한쪽에는 돌출한 바위들이 있어요. 그 바위들을 향해서

검푸른 눈의 암피트리테의 거대한 파도가 몰려들며 노호하지요. 60

복된 신들은 그 바위들을 플랑크타이[83]라고 부른답니다.

날개 달린 것들도 그 곁으로는 지나갈 수조차 없어요. 심지어

298

아버지 제우스께 암브로시아를 전해주는 겁 많은 비둘기들도요.
그 미끄러운 바위가 매번 낚아채어 가니까요. 그러나 아버지께서는
숫자를 채우시며 또 다른 비둘기 한 마리를 보내주시지요.   65
그리고 거기에 다다른 인간들의 배들 중에 그 곁을 지나간 것은
단 한 척도 없어요. 그저 소금 물결의 파도와 파괴적인 화염의 폭풍이
배들의 늑골과 사람들의 시체들을 한꺼번에 실어 갈 뿐이랍니다.
바다를 가로지르는 배 중에서는 모든 이들의 관심이 쏠린
그 아르고호만이 유일하게, 아이에테스에게서 돌아가는 길에   70
그 곁을 항해해 나갔답니다. 그 배 역시 거대한 바위에 순식간에
던져졌을 테지만, 이아손을 사랑한 헤라께서 그 곁으로 보내주신 거예요.

다른 쪽에는 봉우리 둘이 있는데, 한 봉우리는 그 뾰족한 머리가
너른 하늘까지 가 닿아 있고, 검푸른 구름이 둘러싸고 있지요.
그 구름은 절대로 물러나질 않아요. 그래서 여름에도,   75
오포라 때에도 창공이 그 머리를 쥐는 법이 없지요.
죽게 마련인 인간은 설령 손과 발이 스무 개씩 달려 있다 하더라도
거기로 올라가기는 고사하고 발도 붙일 수가 없답니다.
마치 광택이라도 두루 입혀놓은 듯 그 바위가 매끄럽기 때문이에요.
그 봉우리의 중간에는 안개로 덮인 동굴이 하나 있어요. 흐릿한   80
에레보스 쪽을 향하고 있답니다. 그대들은 속이 빈 배를
바로 그 옆으로 똑바로 몰고 가세요, 눈부신 오뒷세우스.
만일 속이 빈 배에서 건장한 사내가 활로 화살을 날린다고 해도
우묵 파인 그 동굴에 가 닿을 수는 없을 거예요.

83   떠다닌다는 뜻이다.

그 동굴 안에는 끔찍하게 비명을 지르는 스퀼라가 살고 있지요.
사실 그녀의 목소리야 이제 막 태어난 강아지나 마찬가지이지만
그녀가 워낙에 사악한 괴물이라 그녀를 보고 반길 사람은
아무도 없어요. 신조차도 그녀를 마주치면 그럴 겁니다.
그녀의 발은 모두 열두 개가 늘어져 있고
엄청나게 긴 목이 여섯이랍니다. 목 하나하나마다   90
보기조차 끔찍한 머리가 있고, 거기엔 빈틈없이 모인,
새카만 죽음으로 그득한 이빨이 세 줄씩 있어요.
그녀는 허리까지는 우묵 파인 동굴 속에 감춘 채
그 무서운 굴 밖으로 머리들을 내민답니다.
그리고 거기에서 봉우리 주변을 이리저리 살펴가면서   95
돌고래며 돔발상어며, 강렬히 울부짖는 암피트리테가 기르고 있는
헤아릴 수 없이 많은 커다란 바다 괴물들 중 무엇이든 잡고 싶다면
낚아채지요. 배를 타고 그 곁을 무사히 빠져나왔다고
자랑하는 뱃사람은 단 한 명도 없어요. 그녀는 머리마다
한 사람씩 뱃머리가 검푸른 배에서 잡아채어 가니까요.   100

한편, 다른 봉우리는 낮게 깔려서 서로 가까이 붙어 있는 것을
보게 될 거예요, 오뒷세우스. 당신이 화살을 쏘면 가 닿을 정도로요.
그리고 거기에는 잎사귀로 옷 입은 무화과나무 한 그루가 자라 있고,
그 밑에는 신과 같은 카륍디스가 어두운 물을 빨아들인답니다.
하루에 세 번을 내뱉고, 또 세 번을 무서울 정도로 빨아들이지요.   105
그녀가 물을 빨아들일 때, 그대가 그곳에 있어서는 안 됩니다.
지축을 뒤흔드는 분조차도 그대를 재앙에서 구해낼 수 없으니까요.
그러니 그대는 스퀼라의 봉우리 쪽으로 재빨리 접근해서

그 바깥쪽으로 배를 몰아가야 해요. 배에서 여섯 명의 전우를
잃어버리는 것이, 한꺼번에 모두를 잃는 것보다야 훨씬 나으니까요.'   110

그녀가 이렇게 말하자, 저도 그녀에게 대답하며 말했지요.
'자, 그러면 그대는 내게 이 점에 대해 틀림없이 말씀해주세요.
혹시 내가 파멸을 부르는 카륍디스에게서 빠져나오면서, 또 다른 녀석이
내 전우들을 해치려 들 때 내가 그를 물리칠 방법은 없을까요?'

제가 이렇게 말하자 여신들 중의 여신이 곧장 대답하더군요.   115
'고집스러운 사람 같으니, 당신은 또다시 전쟁의 일들과
그 노고를 향해 몸부림치는 건가요? 죽음을 모르는 신들 앞에서도 물러서지
않을 작정인가요? 스퀼라는 죽음을 모릅니다. 사악하고 끔찍하며
골치 아픈 데다가 포악하기까지 해요. 맞서 싸울 수 있는 상대가 아니라고요.
힘도 소용없어요. 최고의 힘이라면 그저 그녀에게서 달아나는 것뿐입니다.   120
만일 당신이 그 바위 곁에서 무장을 갖추고 머뭇거리다가는
그녀가 그 많은 머리들로 그대에게 또다시 달려들어 그만큼의 사람들을
낚아챌까 봐 걱정이 됩니다. 그러니 당신은 그저 온 힘을 다해 배를
몰아 나가고, 스퀼라의 어미인 크라타이이스를 불러보세요. 그녀는
죽게 마련인 인간들에게 재앙이 되게 하려고 스퀼라를 낳았지요.   125
그러면 그녀는 스퀼라가 이후에 또 덤벼드는 걸 막아줄 겁니다.

그리고 당신은 트리나키아섬에 닿게 된답니다. 거기에는
많은 소 떼와 튼실한 양 떼가 풀을 뜯고 있는데, 헬리오스의 것들이랍니다.
소 떼가 일곱이며, 아름다운 양 떼도 역시 그만큼이 있는데
무리마다 쉰 마리씩이고요. 이 녀석들은 새끼를 낳지도 않고   130

죽지도 않아요. 여신들이 이들을 돌보는데, 머리를 곱게 땋은
요정들인 파에투사, 그리고 람페티에지요. 이들은 네아이라 여신이
헬리오스 휘페리온에게 낳아준 딸들인데, 공경받을 어머니는
이들을 낳아 기른 다음, 아버지의 양 떼와 뿔이 굽은 소들을 지키라고
멀리 떨어진 트리나키아섬에 가서 살도록 내보냈답니다.   135
만일 그대가 귀향을 염두에 두고 이 녀석들을 해치지 않고
내버려둔다면, 그대들은 고생이야 겪겠지만 이타카에 도착하게 될 거예요.
그러나 만일 그대가 이 녀석들을 해친다면, 그때는 그대의 배와
전우들에게 파멸을 확정하는 수밖에. 〈설령 그대 자신은 벗어난다 해도
그대는 좋지 않게, 지체해서 가게 될 겁니다. 전우들을 죄다 잃어버리고   140
남의 배를 얻어 타고서 말이지요.〉[84]

그녀가 이렇게 말하자 황금 보좌의 에오스(새벽)가 곧바로 다가오더군요.
그러자 여신들 중의 여신인 그녀는 섬으로 올라갔고,
저는 배를 향해 가서, 동료들에게도
배에 올라 고물에서 홋줄을 풀라고 명령하니   145
그들도 즉시 배에 올라 노 저을 자리로 가 앉았습니다.
〈그들은 줄지어 자리에 앉아 노를 들어 잿빛 소금 물결을 때리기 시작했지요.〉[85]
그러자 이번에는 죽게 마련인 인간의 음성을 지닌 무서운 여신,
머리를 곱게 땋은 키르케가 우리를 위해 뱃머리가 검푸른 배 뒤편에서
돛을 부풀리는 훌륭한 전우인 순풍을 보내주었답니다.   150
우리는 곧바로 배에 앉은 채로 장비 하나하나를 손질했지요.

84 이 두 행이 빠진 사본들도 있다.
85 이 행이 빠진 사본들도 있다.

세이렌들

———

현대 독자들에게는 아도르노와
호르크하이머의 『계몽의 변증법Dialektik
der Aufklärung』을 통해 잘 알려진
에피소드이다. 그들은 여기에서 근대적
시민, 계몽 이성이 탄생하는 순간을
보았다는데, 눈이 어두운 역자에게는
영 보이질 않는다. 스피노자는
『정치론Tractatus Politicus』에서 이
에피소드를 들며 시민 불복종을 말한다.
카프카의 단편 「세이렌들의 침묵Das
Schweigen der Sirenen」에서는 입을
다문 세이렌들이라는 재미있는 설정이
그려진다. 지금은 그런 것들을 잠깐 덮고
세이렌들의 노래를 이겨낸 오뒷세우스가
들려주는 노래에 귀를 기울일 시간이다.

제임스 파커, 에칭, 1805

배는 바람과 조타수들이 똑바로 몰고 있었고요.

그때 저는 심장으로 애달파하며 전우들 사이에서 입을 열었습니다.

'벗들이여, 여신들 중의 여신인 키르케가 내게 말해준 신탁을

그저 한두 사람만 알고 있어야 할 이유는 없으니까,   155

내가 말하겠네. 그래야 자네들도 알고, 죽게 되든가, 아니면

죽음과 죽음의 여신을 피해 달아날 수 있을 테니까.

그녀는 일단 세이렌들의 신들린 음성과,

꽃 피어난 초원을 피하라고, 그러나 다만 나 혼자서만

그 음성을 들으라고 명령하는구나. 자네들은 나를 똑바로 세워   160

고통을 안기는 밧줄로 돛대 받침에 나를 묶어주게. 내가 그 자리에

흔들림 없이 머물 수 있도록 말일세. 밧줄 끝은 돛대에 묶어두고.

만일 내가 자네들에게 풀어달라고 애원하며 명령하거든,

자네들은 그때 더 많은 밧줄로 나를 짓누르도록 하게.'

이렇게 저는 전우들에게 일일이 말하며 알려주었습니다.   165

그러는 동안 잘 만든 그 배는 두 세이렌들의 섬에 재빨리

도달하더군요. 해로울 리 없는 순풍이 몰아다 준 것이지요.

그러자 금세 바람이 잦아들더니, 바다도 잔잔해지고

바람도 멎었지요. 어떤 신께서 파도도 잠재우셨고요.

그러자 전우들이 일어나 배의 돛을 말아 속이 빈 배 안에   170

놓고는 자리에 앉아 잘 다듬어놓은 가문비나무 노로

뽀얀 물거품이 일게 하였습니다. 한편, 저는

큼직하고 둥근 밀랍을 날카로운 청동으로

잘게 자른 다음 억센 두 손으로 이겼습니다.

그러자 밀랍이 곧장 데워지더군요. 저의 큰 힘과,   175

헬리오스 휘페리온의 광채가 그렇게 되도록 재촉한 거지요.
저는 차례대로 모든 전우들의 귀에 밀랍을 발라주었습니다.
그들은 저를 똑바로 세운 채로 돛대 받침에 손과 발을 동시에
묶었어요. 밧줄 끝은 돛대에 묶었고요.
그리고 그들은 자리에 앉아 잿빛 소금 물결을 노로 때리기 시작했지요. 180
그러다가 외치면 들릴 거리 정도의 간격이 되자, 저희도 신속하게
달려 나갔지요. 한편, 바다 위에서 날렵한 그 배가 가까이 치닫는 것을
그녀들도 못 본 게 아니라서, 낭랑한 노래를 준비하더군요.
'칭송이 자자한 오뒷세우스여, 아카이아인들의 위대한 영광이여!
이리로 와서 배를 세우고 우리 둘의 목소리를 들어봐요. 185
우리들의 입에서 나오는 달콤한 음성을 듣기도 전에 검은 배를 몰고
이 곁을 지나간 사람은 아무도 없답니다. 그러면 그 사람은 낙을 누리며
더 많은 것을 알고 가게 된답니다. 우리는 드넓은 트로이아에서
아르고스인들과 트로이아인들이 신들의 뜻에 따라 겪었던
모든 일을 알고 있으니까요. 만물을 먹여 살리는 대지 위에서 190
일어나는 일들은 우리가 모조리 알고 있으니까요.'

그녀들이 아름다운 목소리를 던지며 이렇게 말하자, 제 심장이
듣고 싶어 하더군요. 그래서 저는 전우들에게 눈썹을 까닥이며
풀어달라고 명령하기 시작했답니다. 하지만 그들은 몸을 앞으로 숙여가며
노만 저었지요. 그리고 페리메데스와 에우륄로코스가 당장 195
일어나더니 더 많은 밧줄로 저를 짓눌러가며 묶기 시작했어요.
마침내 전우들이 그녀들 곁을 지나 배를 몰고 나가자
우리는 더 이상 세이렌들의 목소리도 노래도 들을 수
없었습니다. 제 미더운 전우들은 곧바로 그들 귀에 발랐던

밀랍을 떼어내더니 저를 결박에서 풀어주더군요. 200

그러나 저희가 그 섬을 떠나자마자

저는 물보라와 거대한 파도를 보았고 굉음을 들었습니다.

겁에 질린 전우들이 손에서 놓친 노들은 모조리 날아가 물결에

부딪히며 큰 소리를 내었습니다. 배는 그 자리에 멈추어 섰지요.

그들이 더 이상 손으로 날 선 노를 젓지 않았으니까요. 205

저는 배 안 곳곳을 돌아다니며 전우들 하나하나에게

다가서서 살가운 말투로 그들을 격려했습니다.

'친구들아, 지금껏 우리는 악재라면 모르고 지나오지 않았다.

하지만 이번 것은 분명, 퀴클롭스가 그 강력한 힘으로 우리를

우묵 파인 동굴 속에 가두어놓았던 것보다 더 큰 악재는 아니다. 210

하지만 그곳에서도 우리는 내 탁월함과 계획과 판단에 힘입어

빠져나왔다. 이것도 언젠가는 우리가 추억으로 떠올리게 될 테지.

자, 이제 우리 모두 내가 말하는 대로 하자꾸나.

너희는 노 저을 자리에 앉아 소금 물결의 파도가 부서지는

저 깊은 곳을 노로 쳐다오. 그러면 제우스께서도 어떻게든 215

이 파멸을 피해 달아나게 해주실 거다.

그리고 조타수, 네가 이 속이 빈 배의 키를 맡고 있으니

네게 이렇게 명령하마. 그리고 그것을 기백에 새겨두어라.

배를 이 물보라와 파도에서 떨어뜨려놓고

바위 봉우리를 향하게 하여라. 은연중에라도 저쪽으로 내달려 220

우리를 재앙으로 내던지는 일은 없게 하여라.'

제가 이렇게 말하자, 그들도 금세 제 말을 순순히 따르더군요.

하지만 근심해봐야 소용없는 스퀼라에 대해서는,

스퀼라

———

손써볼 도리조차 없는 상대 앞에서
우리는 최악과 차악을 고민하게 된다. 어쩔
수 없이 차악을 선택하게 되는 상황을
두고, 사람들은 오늘날에도 '스퀼라와
카륍디스의 틈바구니에(between Scylla and
Charybdis)' 있노라고 말한다. 스퀼라에게
희생된 전우들을 떠올리던 오뒷세우스는
그것이 지금껏 자신이 본 것 중 가장
가련한 것이었다고 말한다.

제임스 니글, 에칭, 1805

행여 제 전우들이 겁에 질려 노를 놔두고
배 안에 엎드릴까 봐 저도 말을 아꼈습니다.   225
그러나 그때, 저는 키르케가 말해준 고통스러운 명령을,
무장을 갖추지 말라는 명령을 그만 잊고 있었습니다.
저는 이름난 무구 속으로 잠겨 들어갔고, 긴 창 두 자루를
손에 쥐고 배의 이물 갑판 쪽으로 나아갔지요. 거기서 저는
바위에 사는 스퀼라가 먼저 모습을 드러내기를 기다리고 있었고,   230
스퀼라는 제 동료들에게 재앙을 가져오게 되어 있었어요.
그러나 저는 어디에서도 스퀼라를 볼 수 없었고, 안개 덮인 바위를
향해 구석구석을 살펴보느라 눈이 다 피곤해질 지경이었답니다.
우리는 울먹이며 해협을 향해 항해하고 있었고요.
그곳 한쪽에는 스퀼라가 있었고, 다른 쪽에는 신과 같은   235
카륍디스가 바다의 소금기 어린 물을 빨아들였지요.
그녀가 물을 토해낼 때면, 마치 거센 불 위에 앉힌 솥처럼
온통 휘저어놓으며 끓어올랐고, 물거품이 치솟아
두 봉우리 꼭대기 위로 떨어졌습니다.
그러나 다시 바다의 소금기 어린 물을 빨아들일 때면,   240
온통 휘저어놓는 바람에 그 속을 드러내 보이곤 할 지경이었지요.
그 주변의 바위는 두려우리만큼 울부짖었고, 모래로 검푸른 땅이 그 밑에서
모습을 드러내곤 했답니다. 그래, 창백한 공포가 전우들을 사로잡았지요.
저희는 파멸을 두려워하며 그쪽을 바라보고 있었는데,
그러는 사이에 스퀼라가 속이 빈 제 배로부터 전우 여섯을   245
채어 갔습니다. 그들은 주먹도, 완력도 가장 나은 이들이었는데요.
저는 빠른 배와 전우들을 살펴보고 있었는데,
이미 그들의 손과 발이 높직이 들어 올려져 있는 걸 알아보았지요.

그들은 심장으로 괴로워하며 소리쳐

제 이름을 외쳐보았지만, 그것이 마지막이었습니다.   250

마치 곳에서 어부가, 벌판에서 먹인 황소의 뿔에

작은 물고기들의 먹이로 미끼를 달아

엄청나게 긴 낚싯대로 바닷속으로 던지면

버둥대는 녀석을 낚아 물 밖으로 끌어내듯이,

꼭 그렇게 그들도 버둥대며 바위들 쪽으로 들어 올려졌습니다.   255

그녀는 그곳 입구에서 날카롭게 비명을 지르는 그들을 잡아먹었고,

그들은 그 끔찍한 싸움 속에서도 제게 손을 뻗어 내밀더군요.

그것은 소금 물결을 헤치며 겪어온 모든 항해 중에서도

제가 두 눈으로 목격한 가장 가련한 장면이었어요.

그 바위들과, 끔찍한 카립디스, 그리고 스퀼라에게서 벗어난 저희는   260

신의 흠잡을 데 없는 섬에 곧 이르게 되었습니다.

그곳에는 헬리오스 휘페리온의 이마 너른 아름다운 소 떼와,

튼실한 많은 양 떼가 있었지요.

그때 저는 아직 바다 위에, 검은 배 안에 있었지만

우리에 갇힌 소 떼와 양 떼의 울음소리가 들리더군요.   265

그러자 앞 못 보는 예언자, 테바이의 테이레시아스와

아이아이아의 키르케가 한 말이 제 기백으로 내려앉더군요.

그들은 제게, 죽게 마련인 인간에게 낙을 주는 헬리오스의 그 섬을

피해야만 한다고 신신당부했지요.

그때 저는 심장으로 애달파하며 전우들 사이에서 입을 열었습니다.   270

'전우들이여, 고생들을 겪었다만 내 이야기도 들어들 보게나.

내 자네들에게 테이레시아스와, 아이아이아의 키르케가 해준
예언을 말해주겠네. 그들은 내게, 죽게 마련인 인간에게 낙을 주는
헬리오스의 섬을 피해야만 한다고 신신당부했네. 그곳에서
우리에게 가장 끔찍한 재앙이 있을 거라고 말하곤 했으니까.   275
그러니 자네들도 검은 배를 저 바깥쪽으로 몰아가게나.'

제가 이렇게 말하자, 그들의 심장이 그만 산산이 부서져 내렸답니다.
그러자 대뜸 에우뤼로코스가 가증스러운 말로 제게 대답하더군요.
'오뒷세우스여, 고집을 꺾지 않는 분이여. 그대는 기운이
넘쳐흐르고, 사지는 지칠 줄도 모르나 봅니다. 그대는 정말이지   280
온통 무쇠로 만들어진 게 분명합니다. 피로와 졸음이라면
족하게 누린 전우들이 땅에 오르는 것조차 허락하지 않으시니까요.
우리가 바다에 갇힌 저 섬에서 다디단 식사를 다시 한번
마련할 수 있는데도, 그대는 빠른 밤이 다 가도록 이렇게
저 섬을 떠나 안개 덮인 바다에서 방황하라고 명하시는구려.   285
밤에는 험한 바람이 일게 마련이고, 그게 배들에게는 재앙이 됩니다.
그러다가 노토스(남풍)건, 불길하게 불어닥치는 제퓌로스(서풍)건 간에
느닷없이 폭풍이라도 들이닥친다면 무슨 수로 가파른 파멸에서
벗어날 수 있겠습니까? 무엇보다도 이 두 바람들이야말로
다스리시는 신들의 뜻을 거슬러 배들을 쪼개버리니까요.   290
그러지 말고, 지금은 우리도 새카만 밤을 순순히 따르도록 하지요.
우리는 빠른 배 곁에 머물면서 식사도 준비하고,
동이 트면 배에 올라 너른 바다로 나가도록 하지요.'

에우뤼로코스가 이렇게 말하자, 다른 전우들도 찬성하더군요.

그때 저는 어떤 신이 재앙을 꾀하고 있음을 알게 되었지요.   295
저는 그에게 소리 내어 날개 돋친 말을 건네었지요.
'에우뤼로코스, 혼자인 나를 자네들이 이렇게까지 윽박하다니.
자, 그러면 이제 자네들 모두 강력한 서약으로 내게 맹세를 바치게나.
만일 우리가 소 떼든, 아니면 커다란 양들의 무리를
보게 된다 하더라도, 어느 누구도 고의로 패악을 저질러   300
소든 양이든 절대로 죽이지 않겠다고 말일세.
그저 죽음을 모르는 키르케가 준 음식을 먹으며 쉬도록 하게.'

제가 이렇게 말하자, 그들도 제 명령대로 즉시 맹세했지요.
그들이 맹세하고 서약을 마치고 나자, 우리는 잘 만든 배를
우묵 파인 포구 안에, 달콤한 물가 근처에 세웠습니다.   305
전우들은 배에서 내린 다음
솜씨 있게 식사를 마련했고요.
마침내 이들이 갈증과 허기에서 벗어나자,
그들은 스퀼라가 속이 빈 배에서 낚아채어 잡아먹은
사랑하는 전우들을 떠올리며 애곡하기 시작하더군요.   310
하지만 울고 있던 그들에게도 달콤한 잠이 찾아왔습니다.
그러다가 밤도 삼분의 일만 남게 되고 별들도 지기 시작했지요.
그때, 구름을 모아들이는 제우스께서 엄청난 폭풍과 함께
사납게 불어대는 바람을 일으키셨고, 육지와 바다를 동시에 구름들로
뒤덮어놓으셨지요. 하늘에서는 밤이 솟구쳐 올랐습니다.   315
그러다가 이른 나절 태어난, 장밋빛 손가락의 에오스(새벽)가 모습을 드러내자,
저희는 속이 빈 동굴 속으로 배를 끌고 가 닻을 내렸습니다.
그곳에는 아름다운 요정들의 무도회장과 자리들이 있었지요.

저는 회의를 열어 모두에게 말하였습니다.

'친구들아, 빠른 배 안에 먹을 것도, 마실 것도 있으니만큼   320

혹시 우리가 무슨 변을 당하지 않게끔, 저 소들에게서 떨어져 있자꾸나.

저 소 떼와 튼실한 양 떼는 만물을 내려보고 만사를 귀로 듣는

두려운 신, 헬리오스의 것이니까.'

제가 이렇게 말하자, 그들 역시 사나이다운 기백으로 이를 따랐습니다.

그러나 한 달 내내 노토스(남풍)만 줄기차게 불어왔을 뿐, 다른 바람은   325

아예 일지를 않더군요. 에우로스(동풍)와 노토스(남풍)만 빼고요.

전우들은 빵과 붉은 포도주가 아직 남아 있던 동안에는

살아남기 위해서라도 그 소 떼를 멀리했습니다.

하지만 배 안에 있던 것들을 모두 먹고 나자,

그들은 부득불 사냥에 나서 헤매며 돌아다닐 수밖에 없었고,   330

그들 손에 닿는 것이라면 굽은 낚싯바늘로 물고기도 잡고

새도 잡았지요. 굶주림이 배를 짓누르고 있었으니까요.

저는 그때 신들께 기도하러 섬 위쪽으로 올라갔습니다.

혹시 어떤 신께서 제게 돌아갈 길을 보여주시지 않을까 싶어서였지요.

전우들에게서 벗어나 섬을 가로질러 왔을 때,   335

저는 바람을 막을 수 있는 곳에서 두 손을 씻고

올림포스를 차지하고 계신 모든 신들께 기도하기 시작했습니다.

그러나 신들은 제 눈꺼풀 위로 달콤한 잠을 쏟아부으셨고,

에우륄로코스는 전우들에게 사악한 계획을 말하기 시작했지요.

'전우들이여, 고생들을 겪었다만 내 이야기도 들어들 보게나.   340

비참한 인간들에게 가증스럽지 않은 죽음이야 없겠지만,

굶어 죽어 운명의 몫을 따라가는 것만큼 가련한 것은 또 없을 테지.

자, 이럴 게 아니라 헬리오스의 소 떼 중에서 가장 좋은 녀석들을
몰고 와서 너른 하늘을 차지하고 있는 신들에게 제물로 바치자꾸나.
만일 우리가 고향 땅 이타카에 이르게 되면,   345
곧바로 헬리오스 휘페리온께 풍요로운 신전을 지어드리자꾸나.
그분을 달랠 수 있는 영예의 선물도 좋은 것으로 그 안에 많이 놓아드리고.
하지만 만일 그분께서 뿔이 곧게 솟은 황소들 탓에 진노를 품고
배를 끝장내기를 원하시고, 다른 신들도 그 뜻을 따르신다면,
나는 이 외딴섬에서 서서히 쥐어짜이느니, 차라리 파도를 향해   350
한 번 입을 벌리고 이 목숨 잃어버리는 쪽을 택하겠다.'

에우륄로코스가 이렇게 말하자, 다른 전우들도 이에 찬성했습니다.
그들은 곧장 헬리오스의 소 떼 중에서 가장 좋은 녀석들을
가까이 몰고 왔으니, 뱃머리가 검푸른 배 멀지 않은 곳에서
뿔이 굽고 이마 너른 그 아름다운 소들이 풀을 뜯고 있었던 겁니다.   355
그들은 소들을 둘러싸고 서더니, 우듬지까지 잎으로 덮인 떡갈나무에서
부드러운 잎사귀들을 떼어내며 신들에게 기도하기 시작했습니다.
갑판이 잘 덮인 배 위에 뽀얀 보릿가루가 없었던 거지요.
그들은 기도하고 나더니, 소들을 죽여 가죽을 벗겨내었습니다.
그러고는 사태 부위를 썰어 두 겹으로 접어   360
비계로 감아 그 위에 날고기를 얹어놓았고요.
이들에게는 불타오르는 제물 위에 부을 포도주가 없어서
물로 대신 헌주하였고, 그 곁에서 내장을 전부 구웠답니다.
사태가 골고루 구워지자, 내장을 먹어보고 나서
나머지 부분도 썰어 꼬치에 꿰었지요.   365
제 눈까풀에서 달콤한 잠이 달아난 것도 그때였습니다.

저는 빠른 배 앞으로, 바닷가로 걸음을 옮겼습니다.

제가 양 끝이 휜 배에 가까이 다가가자,

기름의 달콤한 향기가 저를 휘감더군요.

저는 죽음을 모르는 신들께 울부짖으며 외치기 시작했습니다.   370

'아버지 제우스시여, 그리고 영원을 살아가는 복된 신들이시여,

임들은 비정한 잠으로 저를 잠들게 하여 아테(현혹)로 몰아넣으셨나이다.

남아 있던 전우들이 어마어마한 짓을 꾀했습니다!'

한편, 긴 옷을 입은 람페티에는 저희가 소들을 쳐 죽였다는

소식을 듣고 급히 헬리오스 휘페리온에게 갔습니다.   375

그러자 그는 대뜸 심장으로 노여워하며 죽음을 모르는 분들에게 말했지요.

'아버지 제우스시여, 그리고 영원을 살아가는 복된 신들이여,

라에르테스의 아들 오뒷세우스의 동료들은 대가를 치러야 합니다.

도를 넘어선 저들은 내 소들을 쳐 죽였습니다. 그 소들은 내가

별이 빛나는 하늘로 올라갈 때에도, 하늘에서 다시   380

대지 위로 내려갈 때에도 나를 기쁘게 해주곤 했지요.

저들이 내게 저 소들에 대해 적절한 배상을 치르지 않는다면,

나는 하데스로 잠겨 내려가 망자들에게 빛을 내릴 겁니다.'

그러자 구름을 모아들이는 제우스께서 그에게 대답하셨습니다.

'헬리오스, 그대는 부디 죽음을 모르는 이들 틈에서,   385

그리고 곡식을 안겨주는 들판 위에서 죽게 마련인 인간들에게

빛을 비추어주오. 내가 곧장 눈부신 벼락을 내려

포도줏빛 바다 한복판에서 저 빠른 배를 산산조각 내주겠소.'

람페티에의 고변

─────

금기라는 건 깨지라고 있는 것일까,
결국 사달이 났다. 오뒷세우스가
잠에서 깨어났을 때, 이미 고기는
한창 익어가고 있었다. 1권 첫머리에
나올 정도로 중대한 사건이다.
시인은 부하들이 저지른 일을
두고 부러 저지른 잘못이라고 못
박는다(1권 7행). 흔히, 호메로스
시에서 인간의 잘못, 실수를
나타내는 말들인 아테(ate)와
아타스탈리에(atasthalie)를 구별
없이 번역하는 경우도 있는데, 이
둘은 다르다. 아테는 순간적으로
'눈이 멀어' 분별력을 잃고 저지르는
실수에 가까운 반면, 아타스탈리에는
작정하고 저지르는 잘못이다.
부하들로서는 아사와 익사 중에
후자를 택한 셈인데, 이들의 고의만을
탓하기에는 사정이 너무 딱하다.
오뒷세우스도 자신의 잘못으로 여러
재앙을 초래했고, 그런 일들을 두고
후회를 거듭한다.

제임스 니글, 에칭, 1805

이 말씀을 저는 머리를 곱게 땋은 칼립소에게 들었고,
그녀는 또 이것을 동행자 헤르메스에게 직접 들었다고 합니다.   390
저는 바닷가로, 배 앞으로 내려간 다음 한 사람씩 다가가서
여기선 이 사람을, 또 저기선 저 사람을 다그쳤지요. 그래봐야
이미 소들은 죽어버렸으니, 우리는 무슨 수를 찾아낼 방법이 없었답니다.
그러자 신들은 곧바로 그들에게 징조를 자아내시더군요.
쇠가죽이 바닥을 기어 다니기 시작하더니, 꼬치에 꿰인 살코기가   395
구운 것이든 날것이든 울부짖는데 소들이 내는 소리가 일더군요.
그 후로 엿새 동안 제 미더운 전우들은 헬리오스의 소 떼 중에서
몰고 온 가장 좋은 녀석들로 잔치를 벌였지요.
거기에 크로노스의 아드님 제우스께서 일곱째 날을 덧붙이시자
비로소 날뛰던 폭풍 속에서 바람도 잦아들더군요.   400
저희는 곧바로 배 위에 올라 너른 바다로 나아갔고,
돛대를 세우고, 눈부신 돛을 펼쳐놓았습니다.
그러나 저희가 그 섬을 떠나, 어떤 육지도 보이지 않고
하늘과 바다만 있게 되자,
그때 크로노스의 아드님은 속이 빈 배 위에 검푸른 구름을   405
세우셨고, 배 밑의 바다는 어두워져만 갔습니다.
저희 배도 그렇게 오래는 더 달릴 수가 없었고요.
느닷없이 제퓌로스(서풍)가 아우성치며 엄청난 폭풍을 몰고
폭주하며 다가오더니, 돌풍이 돛대의 양쪽 앞버팀줄을
둘 다 끊어놓았던 거지요. 그러자 돛대는 뒤로 넘어졌고,   410
삭구들도 모조리 배 바닥에 괸 물 속으로 쏟아지고 말았습니다.
돛대는 뱃고물에 있던 조타수의 머리를 내리쳤고
그의 두개골을 죄다 박살 내고 말았지요. 그러자 그는 마치 공중제비를 돌듯

갑판에서 추락했고, 그의 당당한 기백도 뼈를 떠나고 말았어요.

그와 동시에 제우스께선 천둥을 울리더니 배 안에 벼락을 내리꽂았습니다.   415

배는 제우스의 벼락을 얻어맞더니 완전히 휘감겨 돌았고

그 안엔 유황이 가득 차올랐지요. 사람들은 모두 배 밖으로 떨어졌습니다.

그들은 마치 슴새라도 된 듯 검은 배 주변에서 파도에 실려 다녔지요.

신은 그들에게서 귀향을 앗아 갔습니다. 하지만 너울이 배의 용골에서

늑골을 풀어놓아 아무것도 덮이지 않은 용골을 파도가 쓸어 갈 때까지   420

저는 배 안을 가로지르며 오고 갔지요.

파도는 돛대를 용골 쪽으로 넘어뜨렸고, 돛대에는

쇠가죽으로 만든 뒷버팀줄이 걸쳐져 있었어요.

저는 그 줄로 용골과 돛대를 하나로 묶은 다음,

그 위에 앉아 파멸을 일으키는 바람들에 떠밀려 다녔습니다.   425

그러다가 제퓌로스(서풍)가 폭풍으로 폭주하기를 그치자,

이번엔 노토스(남풍)가 저를 그 파괴적인 카륍디스에게로

되돌려놓으려고 제 기백에 고통을 안기며 재빨리 다가오더군요.

저는 밤새도록 떠밀려 다니다가 헬리오스가 떠오르기 시작할 때

스퀼라의 봉우리와 끔찍한 카륍디스 앞으로 오게 되었습니다.   430

마침 카륍디스는 바다의 소금기 어린 물을 빨아들이던 참이었지요.

저는 일단 커다란 무화과나무를 향해 높이 솟구쳐 붙잡고는,

마치 박쥐라도 된 듯 나무에 매달려보았습니다. 발을 확실히

디딜 곳도, 밟고 갈 수 있는 곳도 전혀 없었지요. 나무뿌리들은

멀리 떨어져 있었고, 커다랗고 긴 가지들은 하늘 높이 걸린 채   435

카륍디스에게 그늘을 지어주고 있었으니까요. 나중에 그녀가

돛대와 용골을 도로 토해낼 때까지 저는 끈질기게 붙들고 있었습니다.

그러나 갈망하던 저에게 그것은 느지막이 오더군요. 어떤 사람이

원기 왕성한 젊은이들이 판결을 구하러 가져온 수많은 송사를
결정하고 난 다음, 저녁을 먹으러 회의장에서 일어설 시간이나 440
되어서야 그 나무들은 카립디스 밖으로 모습을 드러낸 겁니다.
저는 두 발과 두 손을 놓고 위에서 아래로, 한복판으로 몸을 던져
꿍음을 울리며 떨어졌지요. 그 옆에는 매우 긴 나무가 있었습니다.
저는 그 나무 위에 올라앉아 제 두 손을 노 삼아 저어 갔지요.
그러나 인간들과 신들의 아버지께서는 제가 스퀼라를 바라보는 것을 445
더는 허락지 않으셨어요. 안 그랬다면 저도 가파른 파멸을 피하지 못했을 겁니다.
거기서 저는 아흐레 동안을 실려 가다가, 열흘째 밤에 신들은 저를
오귀기아섬 가까이로 데려다 놓았지요. 그곳에는 인간의
음성을 지닌 무서운 여신, 머리를 곱게 땋은 칼립소가 살고 있었고,
그녀가 저를 아껴주고 돌보아주었답니다. 하지만 제가 왜 이것을 450
이야기해야 하나요? 이건 어제 이미 제가 그대의 집에서 그대와
그대의 강력한 부인께 말씀드린 것들입니다. 또렷하게 말한 것을
또다시 이야기하는 건, 제게는 꺼림칙한 일입니다.”

13권

그가 이렇게 말했으나, 누구 할 것 없이 잠자코 침묵을 지킬 뿐이었으니
그늘진 거실 두루 매혹에 사로잡혔던 것이다.
이번에는 알키노오스가 그에게 대답하며 말하였다.

"오뒷세우스여, 그대 비록 숱하게 많은 일을 겪어냈다 하여도
그대는 청동 문턱이 놓인, 지붕이 높다란 내 집에 왔으니   5
더는 도로 떠다닐 일 없이 집으로 돌아갈 수 있을 거라 봅니다.

또, 내 궁전에서 우두머리들의 몫으로
불꽃 같은 포도주를 늘 마시며 가수의 노래에 귀 기울이는
당신들 한 분 한 분께도 내 이렇게 부탁하며 말하오.
이 매끈한 궤짝 안에는 이 손님을 위한 옷가지들과   10
갖은 공을 들여 다듬어낸 황금, 그리고 파이아케스 사람들의 조언자들이
이리로 가져온 온갖 다른 선물들이 놓여 있어요.
자, 우리도 한 사람마다 커다란 세발솥과 가마솥을 저분을 위해 드립시다.

우리야 백성들에게서 다시 모아 벌충할 수 있잖소.
혼자 힘만으로는 선물을 선사하기 어려운 법이니까요."   15

알키노오스가 이렇게 말하자, 그들도 이 말을 기꺼워하였고
각자 집으로 자리에 누우러 걸음을 옮겼다.
이른 나절 태어난, 장밋빛 손가락의 에오스(새벽)가 모습을 드러내자,
사람들은 그들을 즐겁게 해주는 청동을 들고 배를 향해 몰려들었다.
알키노오스의 신성한 힘은 직접 배 안을 지나다니며   20
노 저을 자리 아래 선물들을 잘 내려놓았으니, 동료들이 배를 몰아가며
노 젓기에 바쁠 때에 그들 중 누구에게도 방해가 되지 않게 하기 위함이었다.
그들은 알키노오스의 집 안으로 들어가 식사를 준비하였다.
그들 사이에서 알키노오스의 신성한 힘은 모두를 다스리는 크로노스의 아들,
먹구름에 가려진 제우스를 위해 황소 한 마리를 제물로 바쳤다.   25
그들은 사태 부위를 구운 다음 명성이 자자한 잔치를 베풀며
낙을 누렸고, 그들 사이에서 백성들에게 존경받는 신과 같은 가수
데모도코스가 노래하기 시작했다. 그러나 오뒷세우스는 초조해하며
광채를 뿜어내는 헬리오스가 가라앉기만을 바라고 그쪽을 향해
자꾸만 고개를 돌렸으니, 돌아가기만을 애태워 바라고 있었던 것이다.   30
마치 묵정밭에서 온종일 포도줏빛 황소 두 마리를 몰며
단단히 붙여놓은 쟁기를 끈 사람이 간절하게 음식을 그리워하다가,
두 무릎을 움직이는 것조차 힘겹지만, 헬리오스의 빛이 내리 잠겨
저녁을 먹으러 갈 수 있는 것이 그에게는 기쁘도록 반가운 것처럼,
오뒷세우스에게도 헬리오스의 빛이 가라앉는 것이 기쁘도록 반가웠다.   35
그는 즉시 노 젓기를 사랑하는 파이아케스 사람들 사이에서 입을 열었고,
그중에서도 특히 알키노오스를 향해 이야기하였다.

"통치자 알키노오스여, 온 백성 중에서 가장 두드러진 분이여,
그대들은 헌주하신 다음 저를 무사히 보내주십시오. 또 그대들도 부디
잘 지내십시오. 길 안내와 사랑스러운 선물들, 이렇게 제 기백이   40
바라던 것들이 이제 모두 채워졌습니다. 우라노스에 계시는 신들께서는
저를 위해 이 위에 축복을 내리시기를! 그리고 저는 귀향하여
흠잡을 데 없는 아내와 안전히 잘 지내는 제 식솔들을 집에서 만나게 되기를!
또 그대들은 이곳에 남아 결혼으로 맺은 부인들과 자식들에게 기쁨이
되어주시기를! 신들께서는 그대들에게 온갖 덕이 따르게 하시고   45
백성들 사이에 어떠한 재앙도 있지 않게 하소서!"

그가 이렇게 말하자 그들은 너 나 할 것 없이 찬성하며 그 손님을
보내줄 것을 요구하기 시작했다. 그가 도리에 맞게 말했던 까닭이다.
그때 알키노오스의 힘이 전령에게 말하였다.
"폰토노오스, 술동이에 포도주를 섞어 이 거실에 있는   50
모두에게 나눠주게나. 아버지 제우스께 기도하고 난 다음
저 손님을 저분의 고향 땅으로 보내드리자꾸나."

그가 이렇게 말하자, 폰토노오스는 꿀 같은 헤아림이 담긴 포도주를
섞기 시작했고, 한 사람 한 사람에게 다가가 모두에게 나누어주니
그들은 앉은 자리에서 너른 하늘을 차지하고 있는 복된 신들에게   55
헌주하였다. 그러자 신과 같은 오뒷세우스가 일어나더니
손잡이가 둘 달린 잔을 아레테의 손에 쥐여주며
그녀에게 날개 돋친 말을 건네었다.
"왕비님, 인간들에게 있게 마련인 늙음과 죽음이 올 때까지는
부디 내내 평안하십시오. 저는 이제 돌아갑니다만,   60

그대는 이 집에서 자녀들과, 백성들과,

또 알키노오스 왕과 함께 낙을 누리시기를 바랍니다."

신과 같은 오뒷세우스는 이렇게 말하더니 문턱을 넘어 걸음을 옮겼고

알키노오스의 힘은 그에게 전령 하나를 딸려 보내

그를 바닷가에 있는 빠른 배 앞으로 이끌게 하였다.   65

아레테도 시중드는 여인들을 딸려 보내니

하나는 잘 세탁된 외투와 통옷을 들고 있었고

또 하나는 빈틈없이 짜 맞춘 궤짝을 나르라고 보냈으며

또 다른 하나는 빵과 붉은 포도주를 실어 날랐다.

그들이 바다로, 배 앞까지 내려오자   70

고귀한 길잡이들은 즉시 먹거리와 마실 거리 모두를

받아 속이 빈 배 안에 부려놓았으며, 오뒷세우스를 위해서는

속이 빈 배의 갑판 위에 깔개와 아마포를 펼쳐주니,

그가 뱃고물에서 깨지 않고 잠잘 수 있게 하기 위함이었다.

그리고 오뒷세우스도 배에 올라 말없이 자리에 눕자   75

이들도 각자 노 저을 자리에 질서 정연하게 앉은 다음

구멍 뚫린 바위로부터 홋줄을 풀어내었다.

그들이 몸을 젖혀가며 놋날로 소금 물결을 쳐올리자

달콤한 잠이 곧바로 그의 눈꺼풀 위로 쏟아지니, 그것은

깨울 수 없는 가장 달콤한 잠, 죽음에 가장 가까이 견줄 만한 잠이었다.   80

마치 벌판에서 네 마리 수말이 모두 함께

채찍에 맞아 쇄도하며 높이 솟구쳐 올라

주로를 가볍게 완주하듯이,

꼭 그처럼 뱃고물이 솟구쳤고, 뒤편에서는 크게 울부짖는 바다의

거대한 검붉은 파도가 맹렬히 날뛰고 있었다.   85

그러나 그 배는 흔들림 없이 쉬지 않고 달려 나갈 뿐, 날개 달린 것들 중

가장 날렵하다는 매조차도 이 배와는 나란히 가지 못했으리라.

그처럼 이 배는 바다의 파도들을 찢어버리고 쾌속으로 달려 나가며

신들에게 견줄 만한 조언자를 실어 나르고 있었다.

그는 예전에 인간들의 전쟁과, 고통을 안겨주는 파도를 돌파하며   90

기백으로 수없이 많은 고통을 견뎌온 사람이었으나

지금은 그가 겪은 모든 걸 잊은 채 미동도 없이 잠에 빠져 있었다.

이른 나절 태어난 에오스(새벽)의 빛을 전하기 위해

맨 먼저 다가오는 가장 눈부신 별이 떠올랐을 때,

바다를 가로지르는 배는 그 섬에 접근하고 있었다.   95

이타카의 나라에는 바다 노인 포르퀴스의 포구가 있는데,

거기에는 돌출한 두 개의 절벽이 곶이 되어

포구 쪽으로 누워 있어 불길하게 불어오는

바람들이 일으키는 거대한 파도들을 바깥에서 막아주기에,

안에서는 갑판이 잘 덮인 배들이 일단   100

닻을 내릴 수 있을 만큼만 들어오면 홋줄도 묶지 않고 정박한다.

포구 머리에는 뾰족한 잎사귀가 길게 뻗은 올리브나무가 있고,

그 나무 근처에는 어둡고 사랑스러운 동굴이 있는데,

그곳은 나이아데스라고 불리는 요정들에게 바쳐진 성소(聖所)이다.

거기에는 돌로 만든 술동이와 손잡이가 둘 달린 항아리들이 있고   105

벌들은 그 안에 꿀을 모아둔다. 또 그곳에는 돌로 만든

거대한 베틀이 있어 요정들이 바닷빛 검붉은 실을

자아내는데, 보기에도 경이로울 정도이다.

그 안에는 마르지 않고 흐르는 물이 있고, 문도 두 개가 있는데
보레아스(북풍)를 향하는 문은 인간들이 지나 내려갈 수 있지만   110
노토스(남풍)를 향하는 문은 한결 신성한 것이라 그곳으로는 인간들이
들어올 수 없으니, 그 길은 오로지 죽음을 모르는 이들의 것이다.

그들은 미리 알고 있었기에 이곳으로 배를 몰고 들어왔고,
서둘러 움직이던 배는 뭍으로 절반이나 달려 들어왔다.
이 배는 그만큼 대단한 노잡이들의 손으로 몰아쳐 왔던 것이다.   115
그들은 용골이 잘 놓인 배에서 뭍으로 내려왔고
먼저는 속이 빈 배에서 아마포와 눈부신 깔개째로
오뒷세우스를 들어 내려 잠에 제압된 그를
모래밭에 뉘어놓은 다음 재물들을 들어 내리니,
이는 고귀한 파이아케스인들이 기상이 웅대한 여신 아테네의 뜻에 따라   120
집으로 돌아가는 그에게 건네준 것이었다.
이들이 그 재물들을 길에서 벗어난 올리브나무 밑동 옆에
통째로 가져다 놓으니, 오뒷세우스가 잠에서 깨기 전에
길 가는 어떤 사람이 와서 훼손하는 일이 없게 하기 위함이었다.
그리고 이들은 다시 집으로 되돌아갔다. 그러나 지축을 뒤흔드는 이는   125
애초에 자신이 신과 맞먹는 오뒷세우스를 겁박하였던 그 위협들을
놓지 않고 있었고, 제우스에게 계획을 물었다.
  "아버지 제우스시여, 이제 나는 죽음을 모르는 신들 사이에서
더는 명예를 누리지 못하려나 봅니다. 죽게 마련인 저 파이아케스인들이
내 혈통에서 나왔음에도 불구하고 나를 전혀 존중하지 않으니 말입니다.   130
오뒷세우스가 몹쓸 일을 많이 겪고 이제 집으로 돌아가리라고 우리가
말한 적은 있지만, 그에게서 귀향을 완전히 앗아 가려는 건 아니었지요.

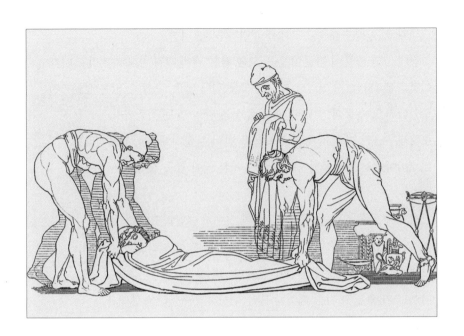

파이아케스인들,
잠든 오뒷세우스를 내려놓다

―――――

이 시에는 수많은 통과, 변화, 전이가
있고 그 순간마다 제의적인 장치들이
빠지지 않는다. 저 세상에서 이 세상으로
돌아오는 마지막 여정에서 오뒷세우스는
죽음과도 같은 깊은 잠에 빠지고, 거대한
물을 건너온다. 저 세상으로의 여행은
언제나 일회적이고 일방향적이어서 여행이
끝나면 통로도 닫혀야만 한다. 이제
이들의 배는 바윗덩어리로 변하게 된다.

제임스 니글, 에칭, 1805

그대가 먼저 약속해주고 고개를 끄덕여주었으니까요.

그런데 그만 저들이 잠들어 있는 그를 빠른 배에 태워 바다로 데리고 나가

이타카에 내려줬지 뭡니까. 게다가 그를 위해 말로 다 할 수 없는 선물까지   135

주었다지요, 청동과, 넉넉한 황금에, 실을 자아 만든 옷들까지.

오뒷세우스가 만일 제 몫의 전리품을 받아 무탈하게 돌아왔을지라도

트로이아에서 그만큼까지는 들어 올려본 적이 없을 겁니다."

그러자 구름을 모아들이는 제우스가 그에게 대답하였다.

　"그럴 리가요! 지진을 일으키는 분이여, 그 힘도 널리 뻗은 분이여,   140

그게 도대체 무슨 말씀입니까? 신들이 그대를 업신여길 리가 없지요.

나이도 가장 많고 가장 빼어난 분을 무시하기는 어려울 텐데요.

인간들 중 누군가가 제 무력과 권력을 이기지 못해 당신을

존중하지 않는 일이 있어도, 당신에게는 차후의 보복이라는 게 늘 있잖아요.

당신이 바라는 대로 하시지요. 기백에 흡족한 바대로 하세요."   145

그러자 지축을 뒤흔드는 포세이돈이 그에게 대답하였다.

　"내 그럼 그대가 당부하는 대로 당장 하겠습니다, 먹구름에 가려진 분이여.

나는 그대의 기개를 매번 삼가 두려워하며 피해오고 있지요.

이제 파이아케스인들의 더없이 아름다운 배가 길 안내를 마치고 되돌아오거든

안개 덮인 바다에서 바스러뜨릴까 합니다. 그러면 저들도 삼가고   150

사람들을 데려다주는 일을 멈추게 되겠지요.

그리고 저들의 도시를 거대한 산으로 에워쌀 겁니다."

그러자 구름을 모아들이는 제우스가 그에게 대답하였다.

　"소중한 이여, 암만 보아도 내 기백에는 이게 제일 나아 보입니다.

배를 몰고 오는 것을 도시에서부터 온 백성이   155
내다보고 있을 때, 육지 가까이에서 그 빠른 배를
바윗덩어리처럼 만들어버리세요. 그러면 모든 사람이
경악하게 될 거고, 그들의 도시를 거대한 산으로 에워싸는 격이 되지요."

지축을 뒤흔드는 포세이돈은 이 말을 듣고 나자
파이아케스 사람들이 있는 스케리아로 걸음을 옮겼다.   160
그는 거기서 기다렸고, 바다를 가로지르는 배가 경쾌하게 달려오며
몹시 가까이 다가오고 있었다. 그러자 지축을 뒤흔드는 이는
배 가까이로 다가가 배를 돌덩어리로 만든 다음, 손바닥으로 후려쳐
밑으로 뿌리를 뻗게 하여 바닥에 심어놓고선 외따로 떠나갔다.
한편, 긴 노를 쓰는, 배로 이름난 파이아케스 사람들은   165
서로서로 날개 돋친 말들로 이야기하고 있었고,
누군가는 곁에 있는 사람을 보며 이렇게 말하기도 했다.
   "아니, 이런! 집으로 달려오고 있던 저 빠른 배를 도대체
누가 바다 위에 묶어놓은 거냐? 배의 모습이 전부 드러나기까지 했는데!"

누군가는 이렇게 말하기도 하였지만, 무슨 영문인지 아는 사람은 없었다.   170
그들 사이에서 알키노오스가 말하기 시작하였다.
   "오오, 이럴 수가! 내 아버지께서 오래전에 이야기해주신
신의 말씀이 이제 정말로 내게 와 닿은 거요! 그분은 이렇게 말씀하시곤 했다오,
우리가 누구든 가리지 않고 무사히 데려다주는 탓에 포세이돈께서 우리에게
분을 품는다고. 또 이렇게 말씀하셨다오, 그분은 언젠가 파이아케스 사람들의 175
더없이 아름다운 배가 길 안내를 마치고 되돌아올 때, 안개 덮인 바다에서
바스러뜨리고 우리의 도시를 거대한 산으로 에워쌀 거라고.

노인은 이렇게 말씀하셨고, 이제 그 모든 것이 이루어지고 말았소.

자, 이제 우리 모두 내가 말하는 대로 합시다. 우리 도시로 누가 오든지 간에,

죽게 마련인 인간들을 데려다주는 일은 그만둡시다.   180

그리고 포세이돈께는 가려 뽑은 열두 마리의 황소를 제물로 바칩시다.

혹시 그분이 우리를 가여워하시고,

우리 도시를 엄청나게 큰 산으로 에워싸지는 않도록 말이오.”

그가 이렇게 말하자, 그들은 겁에 질려 황소들을 마련해 왔고

파이아케스 사람들을 이끌고 조언하는 이들은 제단 주변에 둘러서서   185

포세이돈 왕에게 기도하기 시작하였다. 한편, 신과 같은 오뒷세우스는

조상들의 땅에서 잠자다 깨어났으나, 떠나 있은 지 이미 오래였던 그는

정작 그곳을 알아보지 못하였다. 게다가 어떤 신이 그 주변에

안개를 쏟아부었으니, 바로 제우스의 딸, 팔라스 아테네였다.

그녀는 선을 넘어버린 그 모든 짓들에 대해 구혼자들이   190

값을 치르기 전까지는, 아내도, 시민들도, 그리고 식구들조차도

그를 못 알아보게끔 그를 알아보지 못하게 만들어놓고

하나하나 이야기해줄 참이었다.

그래서 이 통치자에게는 모든 것이 자꾸 다르게만 보였던 것이다,

이어진 지름길들도, 닻을 내리기에 최적인 포구들도,   195

깎아지른 바위들도, 무성한 나무들조차도.

그는 자리를 박차고 일어나 고향 땅을 바라보다가

크게 탄식하며 두 손바닥으로 허벅지를 내리치더니

비통해하며 말하였다.

   “아아, 어쩌면 좋을까. 나 이번엔 죽게 마련인 인간들 중   200

어떤 자들의 땅에 오게 된 걸까? 주제넘고 거친 데다 올바르지 않은

자들이려나, 아니면 손님들을 아껴주고 신을 두려워할 줄 아는
분별력이 있는 자들일까? 이 많은 재물들을 어디로 옮겨놓으면 좋지?
그리고 나는 또 어디로 떠돌아야 하나? 차라리 파이아케스 사람들 곁에서,
그 자리에 머무를 걸 그랬구나. 그랬다면 나도 훨씬 더 강력한 왕들 중   205
다른 누군가를 찾아갔을 테고, 그는 나를 아껴주고 내가 돌아가도록
보내주었겠지. 그런데 지금은 이것들을 대체 어디에 놔둬야 할지
전혀 모르겠구나. 그렇다고 여기에 남겨둘 수도 없는 노릇이다.
이것들이 행여라도 다른 자들에게 전리품이 되면 안 되니까.
빌어먹을! 파이아케스 사람들을 이끌고 조언하는 자들이 모든 면에서   210
사려 깊고 올바르진 않았군. 밝히 뵈는 이타카로 데려가마고
분명히 말해놓고, 그 말을 이루긴커녕 나를 다른 땅으로 끌고 오다니.
다른 사람들을 굽어보시고 엇나간 자를 벌하시는 분,
탄원자를 보호하는 제우스께서는 저들에게 값을 치르게 하소서.
자, 그들이 내게서 무얼 좀 가져가서 속이 빈 배에 싣고 가지 않았는지   215
나는 이 재물들을 세어보고 눈으로 확인해야겠다."

그는 이렇게 말하면서 더없이 아름다운 세발솥들과 가마솥들,
그리고 황금과 아름답게 지어놓은 옷들을 세기 시작했고
그중에 빠진 것은 하나도 없었다. 그러나 그는 크게 울부짖는
바닷가를 따라 기어가면서 고향 땅을 두고 하염없이 통곡하며   220
탄식하고 있었고, 그러자 아테네가 그의 곁으로 다가왔다.
그녀는 마치 왕들의 자식들이 그러하듯 몹시 상냥한
젊은 양치기의 모습을 하고 있었다. 두 어깨에는 두 겹으로 잘 만든
외투를 걸치고 있었고, 윤기 도는 두 발 아래에는 아름다운 신발을
묶어 신었으며, 손에는 투창을 쥐고 있었다.   225

오뒷세우스는 그녀를 보더니 반가워하며 마주 다가가
소리 내어 날개 돋친 말을 건네었다.

　"벗이여, 당신은 내가 이 땅에서 마주친 첫 사람입니다.
부디 평안하시고, 나쁜 의도로 나를 마주하지 않기를 부탁드립니다.
그저 이 물건들과 나를 안전히 구해주십시오. 나 마치 신에게 기도하듯   230
당신에게 기도하고 당신의 무릎을 두고 탄원합니다. 내게 이것을
말씀하시되, 내가 잘 알 수 있도록 사실대로 이야기해주세요.
여기는 대체 어떤 땅이고 어떤 나라인가요? 어떤 사람들이 태어나
살고 있습니까? 이곳은 밝히 뵈는 어떤 섬인가요? 아니면 흙알갱이도 실한
본토의 어떤 곳이 소금 물결에 기대어 누운 자리인가요?"   235

그러자 이번엔 빛나는 눈의 여신 아테네가 그에게 말하였다.
　"낯선 분, 내게 이 땅에 대해 물어보다니,
당신은 어리석거나, 아니면 멀리서 오신 게로군요. 여기가 그렇게까지
이름 없는 곳은 아닙니다. 아주 많은 사람이 알고 있는 곳이지요.
에오스(새벽)와 헬리오스를 향해 살고 있는 사람들뿐만 아니라,   240
흐릿하고 침침한 어둠을 향해 돌아서 있는 사람들도 모두 아는 곳입니다.
물론 바위투성이인 만큼 말을 몰기에 좋지도 않고 넓지도 않지만
그렇다고 심하게 궁핍하냐면 그렇지도 않아요.
곡식은 이루 말할 수 없을 정도이고, 포도주도 있답니다.
또 늘 비가 내리고 이슬은 부풀어 오르니   245
염소를 먹이기에도, 소를 먹이기에도 그만이지요. 온갖 나무들이
숲을 이루고, 목을 축일 곳도 차고 넘치도록 널려 있어요.
낯선 분, 심지어는 아카이아인들의 땅에서 멀리 떨어져 있다고들 하는
트로이아까지도 가 닿아 있어요, 이타카라는 이름은."

그녀가 이렇게 말하자, 잘 참고 견디는, 신과 같은 오뒷세우스는   250
아이기스를 지닌 제우스의 딸, 팔라스 아테네가 그에게 말해준 대로
아버지의 땅을 반기며 기뻐하였고,
그녀에게 소리 내어 날개 돋친 말을 건네려 했으나,
그는 숨김없이 말하진 않았고, 하려던 이야기를 도로 붙들었다.
그의 가슴속에는 몹시 교묘한 판단이 언제나 휘돌고 있었던 것이다.   255
　"이타카라면… 나도 드넓은 크레테에서, 바다 건너
그 먼 곳에서도 들어보긴 했지요. 거기에 지금 내가 직접
이만한 재산을 들고 온 거로군요. 나는 자식들에게도 이만큼을 남겨주고
도망 온 거라오. 내가 이도메네우스의 친아들, 발 빠른 오르실로코스를
쳐 죽였으니까요. 그 녀석은 드넓은 크레테에서   260
노동으로 삶을 꾸리는 사람들을 빠른 발로 이기곤 했다오.
그자가 트로이아에서 온 전리품을 내게서 모조리 빼앗으려 들지 뭡니까.
내 그것 때문에 인간들의 전쟁과, 고통을 안겨주는 파도를 돌파하며
이 기백으로 고통을 견뎌왔는데! 그 이유인즉슨, 트로이아인들의 나라에서
내가 그의 아비에게 잘 맞춰가면서 보좌하지 않고   265
대신 내가 다른 동료들에게 우두머리 노릇을 했다는 겁니다.
그래서 나는 동료 하나를 데리고 길 가까이에 잠복하고 있다가
들판에서 내려오던 그자를 청동 날이 박힌 창으로 맞혔지요.
몹시 어두운 밤이 하늘을 덮고 있었으니 우리를 알아본 사람은
아무도 없었고, 나는 은밀하게 그의 목숨을 빼앗은 셈이지요.   270
그런데 나는 날 선 청동으로 그자를 쳐 죽이고 나자마자
고귀한 포이니키아 사람들의 배 앞으로 가서
그들의 원기에 맞갖은 전리품을 주며 빌었답니다.

나를 배에 태워 필로스로 가달라고, 아니면 에페이오스인들이 다스리는
신성한 엘리스로 가달라고 그들에게 청했지요.   275
그들이 나를 속이려 든 건 아니었지만, 그들의 뜻과는 영 딴판으로
바람의 위력이 거기서 그들을 밀쳐내었고
거기서부터 표류하다가 그만 간밤에 여기로 오게 된 겁니다.
하여 서둘러 포구 안으로 노를 저어 들어왔지만, 우리 중 어느 누구도
끼니를 떠올리는 사람은 없었어요, 필요가 우리를 절실히 붙들었음에도.   280
다만 그 상태로 배에서 내려 다들 드러누운 겁니다.
고단한 내게도 그 자리에서 달콤한 잠이 다가왔고
그들은 속이 빈 배에서 내 재물들을 가져오더니
모래톱 위에 누워 있던 내 옆에 내려놓았어요.
그들은 배에 올라 사람들이 잘 살고 있는 시돈으로 떠나갔고   285
나는 심장으로 신음하며 남겨진 겁니다."

그가 이렇게 말하자, 빛나는 눈의 여신 아테네는 미소를 짓더니
손으로 그를 다독였고, 눈부신 일들을 알고 있는
아름답고 훤칠한 체격의 여인과 같은 모습을 하고는
그에게 소리 내어 날개 돋친 말을 건네었다.   290
   "설령 신이 너와 맞선다 할지라도, 온갖 계략에서
너를 앞서려면 영리한 도둑 같아야 하겠구나.
고집도 대단한 녀석, 허다한 계책에 밝은 녀석, 계략에 물릴 줄 모르는 자여.
네 땅에 와 있으면서도 속임수며 그 도둑 같은 이야기를 멈추려 들지 않다니.
물론 그런 것들이 저 밑바닥에서부터 네게 사랑스러운 것들이긴 하다만.   295
자, 그건 그렇고, 이제 우리 더 이상 이 이야기는 하지 말자꾸나.
계략이야 우리 둘 다 알고 있으니까. 너야 워낙 죽게 마련인 모든 인간들 중

말과 조언에 있어 아득히 뛰어난 일인자이고, 나는 지혜와 계략으로
모든 신들에게 명성이 자자하지. 그러나 너는 제우스의 딸,
이 팔라스 아테네를 알아보지 못하더구나. 모든 고역마다   300
언제나 내 너를 위해 곁에 서서 지켜주고 있건만.
모든 파이아케스인에게 너를 사랑받게 한 것도 바로 나다.
내가 지금 이리로 온 것은, 너와 함께 계획을 자아내고
재물들을 감춰놓으려는 거다. 고귀한 파이아케스인들이
내 뜻과 계획에 따라 집으로 오던 너에게 건넨 재물들 말이다.   305
또, 잘 지어놓은 네 집에서조차 네가 얼마나 많은 근심을
짊어지게끔 정해져 있는지도 내가 이야기해주마. 너는 억지로라도
참아야 한다. 남자든 여자든, 그 누구에게도 네가 떠돌아다니다가
집으로 왔다는 말을 입 밖으로 꺼내서는 안 된다. 사람들의 폭행도
그저 받아내면서 많은 고통도 묵묵히 견디거라."   310

그러자 꾀 많은 오뒷세우스가 그녀에게 대답하며 말하였다.
    "죽게 마련인 인간이 임과 마주할 때, 임을 알아보는 것은
어려운 일입니다, 여신이여. 제아무리 아는 것이 많을지라도요. 임께선
어떤 모습도 다 취하실 수 있잖습니까. 하지만 전에 아카이아인들의 아들들이
트로이아에서 싸우던 동안, 임께서 제게 다정하셨다는 것은 잘 알고 있습니다. 315
그러나 우리가 프리아모스의 가파른 도시를 궤멸시키고 난 다음
함대에 오르고, 어떤 신께서 아카이아인들을 흩어놓은 이후로는
저는 임을 뵌 적이 없답니다, 제우스의 따님이시여. 임께서 제게서
고통을 물리쳐주시려 제 배에 오르시는 걸 감지한 적도 없답니다.
신들이 저를 불행에서 풀어주실 때까지, 그저 언제나 갈기갈기 찢긴   320
이 심장을 속으로 품고 떠돌아다닐 뿐이었어요.

물론 파이아케스 사람들의 그 기름진 나라에서는
임께서 말씀으로 저를 격려해주셨고 몸소 시내로 인도해주셨지요.
이제 저는 임의 아버지의 이름으로 임께 무릎 꿇어 애원합니다.
아무래도 저는 밝히 뵈는 이타카에 와 있는 것 같지가 않고, 외려   325
전혀 다른 땅에 돌아와 있는 게 아닌가요? 임께서 제 헤아림을 속이기 위해
이런 것들을 말씀하시며 저를 조롱하신다는 생각이 듭니다.
부디 제게 말씀해주소서, 제가 정말로 제 고향 땅에 이른 것인지를요."

그러자 이번엔 빛나는 눈의 여신 아테네가 그에게 말하였다.
    "너는 언제든 가슴속에 그런 판단을 품고 있지.   330
그래서 나는 불운에 빠진 너를 떠날 수가 없는 거란다.
너는 세련되고, 판단이 기민한 데다가 분별이 있으니까.
떠돌다가 돌아온 다른 사람이라면 자식들과 처를 보는 것이
기쁘고 반가워서라도 궁전으로 내달릴 거다.
하지만 네 아내를 네가 직접 시험해보기 전까지   335
그저 배우거나 들어서 알게 되는 것만으로는 네게 꺼림칙하구나.
가련한 그녀는 그대로 궁전에 앉아
밤낮없이 눈물을 쏟아가며 나날이 쇠잔해져만 간단다.
어쨌든 네가 동료들을 모두 잃고 귀향하리라는 것만큼은
내가 속으로 알고 있었고, 절대로 의심해본 적이 없다.   340
하지만 나는 내 아버지의 형제인 포세이돈과 싸우고 싶지는 않았다.
그는 기백에 너에 대한 앙심을 담아두었지. 네가 그의 친아들을
완전히 눈멀게 해버린 걸 두고 분을 품고서 말이야.
자, 그건 그렇고 내 너를 믿게 하려면 이타카의 거처를
짚어줘야겠구나. 이건 바다 노인 포르퀴스의 포구고,   345

334

저기 포구 머리에는 뾰족한 잎사귀가 길게 뻗은 올리브나무가 있지.
〈그 나무 근처에는 어둡고 사랑스러운 동굴이 있잖으냐.
나이아데스라고 불리는 요정들에게 바쳐진 성소 말이다.〉[86]
그리고 이건 천장이 덮인 동굴이지. 거기서 네가
요정들을 위해 온전한 헤카톰베를 수도 없이 바쳤잖느냐.   350
또 저건 숲으로 옷 입은 네리톤산이다."

여신이 이렇게 말하고 안개를 흩뜨려놓자, 땅이 드러났다.
그러자 잘 참고 견디는 오뒷세우스는 자기 땅을 반기며 기뻐하였고
곡식을 안겨주는 들판에 입을 맞춘 다음
곧바로 두 손을 들어 올리며 요정들에게 기도하였다.   355
    "나이아데스 요정들이여, 제우스의 따님들이여, 저는
임들을 다시는 못 뵐 거라 말해왔습니다. 그러나 지금은 상냥한
기도로 인사드리나이다. 예전처럼 선물도 바치겠나이다.
제우스의 따님, 전리품을 거둬들이시는 그분께서 저를 살려주시고
또 제 친아들도 성장할 수 있도록 염두에 두신다면 말입니다."   360

그러자 이번에는 빛나는 눈의 여신 아테네가 그에게 말하였다.
    "기운을 내거라, 네 헤아림으로 그런 일을 신경 쓰진 않아도 된다.
자, 네 재물들이 안전히 보관되도록 이것들을 신들의 동굴
가장 깊숙한 곳에 지금 당장 가져다 놓자꾸나. 그리고 어떻게 해야
월등히 뛰어난 최선의 수가 나올지 우리끼리 궁리해보자꾸나."   365

86   이 두 행이 빠진 사본들도 있다.

여신은 이렇게 말하더니 어두운 동굴로 잠겨 들어가서

동굴 속에서 숨겨진 장소를 찾아내었고, 오뒷세우스는

모든 것을 가까이 옮겨 오니, 파이아케스 사람들이 그에게 선사한

황금과, 마멸을 모르는 청동, 그리고 잘 지은 옷가지들이었다.

그가 이것들을 잘 가져다 놓자, 아이기스를 지닌 제우스의 딸   370

팔라스 아테네는 입구에 바위를 가져다 놓았다.

그런 다음 이 둘은 신성한 올리브나무 밑동 옆에 앉아

분수를 모르는 구혼자들에게 파멸을 안길 궁리를 시작하였다.

그들 사이에서 빛나는 눈의 여신 아테네가 말문을 열었다.

　"제우스께 태어난, 라에르테스의 아들아, 허다한 계책에 밝은   375

오뒷세우스야. 구혼자들에게 그 두 주먹을 어떻게 뻗을지 궁리해보아라.

그들은 무려 삼 년을 네 집에서 주인 노릇 하면서

신을 닮은 네 아내에게 청혼하며 선물을 바치고 있다.

그러나 그녀는 온 심정으로 네 귀향을 두고 늘 울부짖고 있지.

그녀는 모두가 희망을 품게 만든단다. 한 사람씩 따로 약속도 하고,   380

전갈도 보내지. 하지만 그녀의 심중에선 전혀 다른 것을 갈망하고 있어."

그러자 꾀 많은 오뒷세우스가 그녀에게 대답하며 말하였다.

　"아아, 이럴 수가! 여신이여, 임께서 제게 이치에 맞게 낱낱이

말씀해주시지 않았던들, 저 역시 아트레우스의 아들 아가멤논의 고약한 운명을

꼼짝없이 맞고 궁전 안에서 파멸할 뻔했군요.   385

자, 그 녀석들에게 어떻게 값을 치르게 할지는 임께서 계략을 자아내주십시오.

우리가 트로이아의 눈부신 면사포를 풀어 헤쳤던 바로 그때처럼,

임께서 친히 제 곁에 서주십시오. 엄청난 용기가 담긴 기운을 제게 넣어주십시오.

빛나는 눈의 임이여, 그때처럼 임께서 갈망하며 제 곁에 서주신다면

저는 임을 모시고 삼백 명의 남자들과도 싸워낼 수 있습니다. 390

저를 도와주실 의향이 있으시다면 말입니다, 공경하올 여신이여."

그러자 빛나는 눈의 여신 아테네가 그에게 말하였다.

　"이 일을 시작하게 되면, 당연히 나는 네 곁에 서 있을 테고,

너는 내 눈길에서 벗어나지 않을 거다. 내 짐작으로는,

네 살림을 갉아먹는 구혼자들 중 누군가는 피와 뇌로 395

땅바닥을 말도 못 할 만큼 더럽힐 자도 있을 거다.

자, 그건 그렇고 나는 너를 죽게 마련인 어떤 인간도 알아보지 못하게끔

만들 테다. 유연한 사지에서 고운 살갗을 시들게 할 것이며

머리에서는 황금빛 머리털들을 없애버리련다. 그리고 그런 것을

걸친 사람을 보면 진저리를 칠 만큼 허름한 누더기를 입혀놓으마. 400

전에는 더없이 아름답던 네 두 눈도 침침하게 만들어놓을 거란다.

모든 구혼자들에게도, 그리고 네 아내와, 네가 궁전에 남기고 간

네 자식에게도 네 모습이 얼토당토않게 보이게 하려는 것이다.

너는 일단 돼지치기에게 가도록 하여라. 그는 너를 위해 돼지들을

지키고 있지. 한결같이 너를 위해 정다운 일을 할 줄 아는 사람이다. 405

그는 네 아이와 더없이 지혜로운 페넬로페를 아끼고 있단다.

너는 그 사람이 돼지들 곁에 앉아 있는 걸 보게 될 텐데,

돼지들은 까마귀 바위 주변, 그리고 아레투사 샘물 앞에서 방목한단다.

그놈들은 도토리를 양껏 먹고 어두운 물을 마시지.

그게 돼지들을 기름지게 키워주니까. 410

너는 그곳에 남아서 그의 곁에 앉아 모조리 물어보도록 해라.

그동안 나는 텔레마코스를 부르러 아름다운 여인들이 있는

스파르타로 가련다. 네 친아들이란다, 오뒷세우스야.

그 아이는 네가 혹시 어딘가에 여전히 살아 있는지 물어 알고자
네 소식을 좇아 드넓은 라케다이몬으로, 메넬라오스의 곁으로 갔단다."   415

그러자 꾀 많은 오뒷세우스가 그녀에게 대답하며 말하였다.
    "아니, 속으로 모두 알고 계시면서 왜 그 아이에게는 말씀 안 하신 겁니까?
설마 그 애까지도 곡식을 거둘 수 없는 바다 위에서 떠돌며 고통을 당하게
하고 다른 자들이 그 아이의 살림을 먹어치우게 하려 하신 겁니까?"

그러자 그에게 빛나는 눈의 여신 아테네가 대답하였다.   420
    "그 아이라면 네 기백 속에 너무 무겁게 담아두지 말거라.
그가 거기로 가서 고귀한 명성을 얻을 수 있도록 내 친히 데려다주었으니까.
그는 어떤 고역도 겪지 않은 채 아트레우스의 아들의 집에 편안하게
앉아 있고, 그 곁에는 이루 말할 수 없을 만한 것들이 놓여 있지.
그가 고향 땅에 가 닿기 전에 애송이들이 그의 목숨을 앗아 가길   425
열망하며 검은 배를 타고 매복은 하고 있다만, 그런 일은 일어나지
않으리라 본다. 그런 일이 일어나기 전에 네 살림을 먹어치우는
구혼자들 중 몇몇은 대지가 붙들어 맬 테니까."

아테네는 이렇게 말하더니 지팡이로 그를 건드렸다.
그녀는 그의 유연한 사지에서 고운 살갗을 시들게 하였고   430
머리에서는 황금빛 머리털들을 없애버렸다. 온 사지에는
늙어버린 노인의 살갗을 입혔고, 전에는 더없이 아름답던
그의 두 눈도 침침하게 만들어놓았다.
그녀는 그에게 형편없는 누더기와, 찢기고 지저분한,
몹쓸 연기에 더럽혀진 통옷을 던져주었다.   435

그녀는 그에게 날랜 사슴의 커다란 가죽을 둘러 입혔고,

그에게 지팡이와 깊이 패어 갈라진 남루한 가죽 부대를 주었다.

거기에는 걸쳐 멜 수 있게 끈이 꼬여 있었다.

이 둘은 이렇게 조언을 나눈 다음 헤어졌고, 그녀는

오뒷세우스의 아들을 좇아 신성한 라케다이몬으로 갔다.　　　　440

14권

한편 그는 포구를 떠나 바위투성이 길을 걸어갔고
산마루들을 지나 숲이 우거진 곳에 이르렀다. 이곳은 아테네가
그에게 신과 같은 돼지치기가 있다고 일러준 자리였다. 그는
신과 같은 오뒷세우스가 거느리고 있는 식솔들 중에서 그의 살림을
가장 잘 돌보는 이였다. 오뒷세우스는 그가 집 앞에 나와   5
앉아 있는 걸 보았다. 높직이 두루 살필 수 있는 그 자리에는
아름답고 크고 높다란 뜰이 둘려 있었다.
이 뜰은 떠나고 없는 주인의 돼지들을 위해
안주인과 라에르테스 노인의 도움을 받지 않고 돼지치기가
돌을 캐어 와 직접 지었고, 울타리는 돌배나무로 쳐놓았다.   10
밖으로는 참나무의 검은 부분을 쳐내어 만든 말뚝을
이쪽저쪽으로 조밀하고 두껍게 둘러쳐서 박아놓았고,
뜰 안쪽으로는 돼지들이 잘 수 있는 우리 열두 개를 지어
서로 붙여놓았으며, 땅바닥에서 자는 돼지들이 우리마다

쉰 마리씩 갇혀 있었다. 이는 새끼를 낳는 암퇘지들이었고,   15
바깥에서 잠드는 수놈들은 그 숫자도 훨씬 적었는데,
돼지치기가 살 오른 실한 수퇘지들 중에서도
매번 제일 좋은 놈을 보내고, 신과 맞먹는 구혼자들은
이를 먹어치워 그 수를 줄여놓았기 때문이다.
그럼에도 삼백 하고도 예순 마리나 되었다.   20
그 곁에는 마치 들짐승 같은 개 네 마리가
늘 잠을 자고 있었으니, 이는 사람들을 이끄는 돼지치기가
기른 것들이었다. 돼지치기는 밝은 빛깔의 쇠가죽을 오려가며
자기 두 발에 꼭 맞게 신발을 만들고 있었고,
다른 세 명은 무리 지은 돼지들과 함께   25
이리저리로 나가 있었으며, 네 번째 사람은 분수도 모르는 구혼자들이
돼지를 잡아 그들의 기백을 고기로 채울 수 있도록
그가 억지로 시내로, 그들에게 돼지를 몰고 가도록 보내놓았다.

그런데 늘 짖기만 하는 개들이 돌연 오뒷세우스를 보자
그에게 짖어대며 달려들었다. 그러자 오뒷세우스는   30
영리하게도 주저앉으며 그의 손에서 지팡이를 떨어뜨려놓았다.
그렇게 그는 그 오두막에서 당치도 않은 고통을 겪을 뻔하였으나,
돼지치기는 손에서 쇠가죽을 떨어뜨리더니
발 빠르게 쫓아와 대문을 지나 달려왔고
개들을 싸잡아 부르더니 돌멩이들을 연신 던져가며   35
여기저기로 몰아냈다. 그리고 그는 주인에게 말을 걸었다.
　"노인장, 하마터면 개들이 당신을 순식간에 갈기갈기
찢어놓을 뻔했소! 당신이 내게 치욕을 쏟아부을 뻔했단 말입니다.

그뿐입니까, 신들도 내게 고통과 탄식을 내리셨겠지요. 그러잖아도

나는 신과 맞먹는 주인을 그리며 눈물과 신음 속에 앉아 있는데. 40

나는 남들 먹으라고 이 살 오른 돼지들을 기르고 있다오.

만약 그분이 어딘가에 여전히 살아 계셔서 헬리오스의 빛을

보고 계시다면, 분명히 그분도 음식을 간절히 바라며

다른 말을 쓰는 사람들의 나라와 도시를 떠돌고 계시겠지요.

이럴 게 아니지, 따라오세요. 오두막으로 갑시다, 노인장. 45

당신이 빵과 포도주로, 온 심정으로 만족을 누린 다음

당신이 어디서 오셨는지, 얼마나 많은 근심을 겪었는지 말씀하시구려.”

신과 같은 돼지치기는 이렇게 말하더니 오두막을 향해 앞장섰고

그를 안으로 데리고 들어가 자리에 앉혔다. 그는 관목 나뭇잎을

두툼하게 쏟아붓더니, 그 위에 털 많은 야생 염소 가죽을 깔았다. 50

커다랗고 털 많은 이 가죽은 그가 깔고 잠자곤 하던 것이다. 오뒷세우스는

그가 자신을 이렇게 맞아주는 것이 반가워 그를 부르며 말하였다.

　“낯선 분, 당신이 나를 배려하며 맞아주시니, 제우스께서, 그리고

죽음을 모르는 다른 신들께서도 부디 당신의 가장 간절한 소원을 들어주시기를!”

그러자 그대는 그에게 이렇게 대답하는구나, 돼지치기 에우마이오스여. 55

　“손님, 설령 당신보다 못난 사람이 온들, 손님을 능멸하는 건

내게 도리가 아닙니다. 모든 이방인과 거지들은 제우스에게서 오니까요.

보잘것없는 베풂이라 할지라도 우리가 드리는 건 사랑스럽기 마련이지요.

그리고 그건 젊은 주인들이 다스릴 때 늘 두려워하는

하인들의 법식이기도 합니다. 60

신들은 그분의 귀향을 묶어버리신 게 틀림없어요.

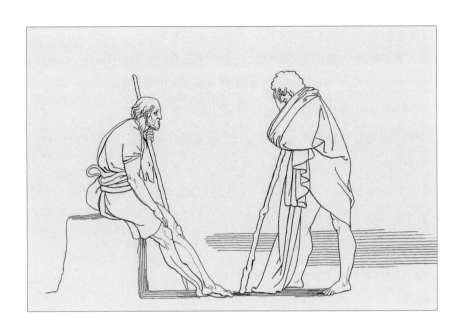

오뒷세우스와 에우마이오스

———

자신이 떠나왔던 세계에 20년 만에
되돌아온 오뒷세우스가 처음 만나는
'인간'이 에우마이오스다. 그는 주인의
생사 여부와 무관하게 주인의 재산을
지극정성으로 돌보고, 신들을 두려워할 줄
아는 사람이다. 오뒷세우스는 지나온 삶의
이야기를 그와 나누며 관계를 쌓아나가고
연민으로 서로의 고통에 응답한다.

제임스 파커, 에칭, 1805

그분은 나를 다정하게 아껴주셨고, 재산도 주셨지요.

집은 물론이고, 농토도 떼어주셨죠. 청혼이 쇄도하던 여인까지도요.

그런 건 심성 좋은 주인이 자신을 위해 애써주고, 신도 그 일을

번창하게 하는 식솔에게나 줄 법한 것들이랍니다. 65

마치 내가 계속 돌봐온 이 일이 번창하듯이 말입니다. 만일 내 주인님도

여기서 늙어가셨더라면, 그분은 내게 많은 도움을 주셨을 겁니다.

하지만 돌아가셨다오. 그저 헬레네의 가문이 모조리 멸망하기만을!

그 많은 사람의 무릎을 그 여자가 풀어놓았으니까요.

그분께서도 아가멤논의 명예를 위해 트로이아 사람들과 싸우러 70

말들이 잘 자라는 일리오스로 가셨답니다.”

그는 이렇게 말하고 허리띠로 재빨리 통옷을 조여 매더니

새끼 돼지들의 무리가 갇혀 있는 돼지우리로 갔다.

거기서 그는 두 마리를 들고 오더니 두 마리 모두 잡아

터럭을 그슬린 다음 토막 내어 꼬치에 꿰었다. 75

고기를 굽고 나자 그가 꼬치째 모두 들고 와 오뒷세우스 곁에

차려놓으니 여전히 뜨거웠고, 그 위에 뽀얀 보릿가루를 뿌렸다.

그러더니 나무 사발에 꿀처럼 감미로운 포도주를 섞은 다음

마주 보고 앉아서 권해가며 말하였다.

　“이제 드시지요, 손님, 하인들에게는 이런 새끼 돼지가 80

마련된답니다. 살이 오른 돼지들은 구혼자들이 먹어치우지요.

그자들은 속에서 보복을 염두에 두지 않고, 동정심도 없지요.

하지만 복된 신들은 인간들의 무자비한 짓들이 아니라,

올바르고 합당한 일들을 사랑하신답니다.

심지어 원수요, 도저히 어울릴 수 없는 자들이 다른 나라에 상륙하여 85

제우스께서 그들에게 전리품을 주시고, 가득 채워 실은 배들에 올라
집으로 돌아간다 할지라도, 보복에 대한 강렬한 두려움이
그들의 헤아림 속에 내리게 마련입니다.
그런데도 그자들은 어떤 신의 음성을 듣고 그분의 참담한 파멸에 대해
뭔가 알고 있는 모양입니다. 그자들은 올바르게 청혼하려 들지도 않고   90
제집으로 돌아가려 들지도 않아요. 그 한가로운 자들은
분수도 모르고 게걸스레, 아낌없이 재산을 먹어치우고 있답니다.
그자들은 짐승을 한 마리만 잡는 법이 없어요, 두 마리도 아니죠.
제우스께로부터 오는 밤과 낮의 숫자만큼을 잡아댑니다.
포도주도 있는 대로 길어 올리며 분에 넘치게 낭비하고 있고요.   95
그분의 살림은 이루 말로 다 할 수 없을 정도였답니다.
영웅들 중에서도 그만큼 많이 가진 사람은 없지요. 검은 본토에서도,
이곳 이타카에서도요. 스무 명의 재산을 합쳐본들
그만큼은 안 됩니다. 내 그대에게 읊어드리겠소.
본토에 있는 소 떼만 해도 스물이요, 양 떼도 그만큼이 있고,   100
돼지 떼도 그만큼이 있어요. 널리 흩어진 염소 떼도 그만큼이 있는데
그건 그분의 목자들과 이방인들이 먹이지요.
그리고 이 섬 가장자리에도 널리 흩어진 염소 떼가 자라나고 있고
모두 해서 열하나지요. 이 녀석들은 훌륭한 사람들이 돌보고 있어요.
그중 한 사람이 살 오른 염소들 중 가장 나아 보이는 것으로   105
한 마리씩 언제나 매일 그자들에게 몰아다 주는 겁니다.
그리고 나는 이 돼지들을 지키고 돌보면서
이 돼지들 중 제일 나은 녀석을 잘 골라 그들에게 보내지요.”

그가 이렇게 말했으나 그는 구혼자들에게 재앙의 씨앗을 심어가며

아무 말도 없이 게걸스레 고기를 먹고 포도주를 퍼마시고 있었다.
그가 배를 채우고 나자, 돼지치기는 자신이 마시곤 하던 잔에
포도주를 한가득 채워 그에게 주었다.
그는 기백으로 기뻐하며 이를 받았고,
그에게 소리 내어 날개 돋친 말을 건네었다.

　"벗이여, 자신의 재산으로 그대를 산 그분,
당신 말씀마따나 그토록 부유하고 강력한 그분이 대체 뉘신가요?
당신은 그이가 아가멤논의 명예 탓에 돌아가셨다고 했지요? 내가 혹시
그런 분을 알 수도 있으니, 내게 말해주시지요. 내가 그분을 보았다는
소식을 전할 수 있을지는 제우스와, 죽음을 모르는 다른 신들께서
분명히 알고 계시겠지요. 나는 숱하게 떠돌아봤으니까요."

그러자 이번에는 그에게 사람들을 다스리는 돼지치기가 말하였다.
　"노인장, 그 어떤 나그네가 와서 그분에 대해
소식을 전한다 해도, 그분의 부인과 친아드님을 설득하진 못합니다.
방랑자들이란 돌봄이 필요하니 진실을 말해야겠다는
의지도 없이 거짓말을 하게 마련입니다.
방랑 중에 이타카 땅에 이르게 된 사람은
죄다 내 주인마님께 가서 교활한 말을 늘어놓습디다. 그러면 또
마님은 그 사람을 환대하고 아껴주면서 하나하나 묻곤 하시죠.
그러곤 오열하는 그분의 눈꺼풀에서는 눈물이 떨어집니다.
객사한 남편을 둔 아내라면 으레 그런 법입니다만.
노인장, 당신도 마찬가지죠. 누가 당신에게 외투며 통옷 같은
옷가지들을 준다면 당신도 그 자리에서 없는 말을 지어내겠지요.
하지만 그분은 이미 개 떼와 날랜 새들이

그 뼈에서 살을 찢어냈고, 목숨도 떠나갔답니다.

아니면, 물고기들이 바다에서 그분을 잡아먹고 그분의 뼈는   135

어느 뭍에 뉘어져 많은 모래에 휩싸여 있을 겁니다.

거기서 그분은 파멸을 맞으셨고, 그분의 모든 벗들에게는 근심을

남겨놓으셨지요, 누구보다도 내게 말입니다. 그렇게 다정하신 주인을

내 달리 또 만날 순 없지요. 설령 내가 그곳으로 돌아가

애초에 나를 낳으시고 손수 길러주셨던 아버지와 어머니의 집으로   140

돌아간다 하더라도요. 나도 고향 땅에서 이 두 눈으로 그분들을

뵙고 싶어 몸부림치지만, 그분들을 두고 이렇게까지 슬퍼하지는 않습니다.

그저 떠나가신 오뒷세우스에 대한 그리움이 나를 사로잡고 있지요.

손님, 그분이 여기 비록 계시진 않아도, 나는 그분 이름을

입에 올리기가 삼가 두렵습니다. 그분은 나를 더없이 아껴주셨고,   145

그 기백으로 내게 마음 써주셨으니까요.

나는 그분이 멀리 떨어져 계셔도 그저 '미더운 분'이라고 부른답니다."

그러자 이번엔 잘 참고 견디는 신과 같은 오뒷세우스가 그에게 말하였다.

　"벗이여, 그대가 통 마다하고, 그분이 돌아오지 못할 거라

말하며, 그대의 기백은 어떻게 해도 믿으려 들지를 않으니 말입니다만,   150

내가 이렇게 말할 게 아니라 맹세를 걸지요. 오뒷세우스는

돌아오고 있습니다. 이 희소식에 대한 보상은 그분이 와서

집에 도착하는 대로 이루어지게 합시다. 〈그때는 당신이 내게

외투며 통옷 같은 근사한 옷들을 입혀주는 겁니다.〉[87]

하지만 그 전에는, 내 비록 몹시 궁하긴 해도 아무것도 받지 않으렵니다.   155

87　이 행이 빠진 사본들도 있다.

궁핍에 굴복하여 교활한 말을 늘어놓는 그런 자는
내게 하데스의 문과 마찬가지로 가증스러우니까요.
신들 가운데 가장 먼저 제우스께서, 그리고 손님을 맞는 이 식탁이,
또 제가 찾아온 흠잡을 데 없는 오뒷세우스의 화로가 이를 알게 하소서!
내 그대에게 말하는 바대로 남김없이 이루어지리니   160
오뒷세우스는 올해 안에 이리로 돌아옵니다.
저 달이 기울었다가 또 차오르게 되면 그분은 집으로 돌아올 겁니다.
그리고 그분의 부인과 눈부신 아드님을 능멸한 자
하나하나에 대해 값을 치르게 할 겁니다.”

그러자 그대는 그에게 이렇게 대답하는구나, 돼지치기 에우마이오스여.   165
　“노인장, 그 반가운 소식에 대한 보상이라면 나는
드리지 못하겠습니다. 오뒷세우스는, 이제 더는 집으로 돌아오지 못합니다.
이러지 말고 편히 술이나 드시고, 다른 것들을 좀 떠올려봅시다. 제발
그 일들일랑 내게 자꾸 떠올리게 하지 마시구려. 누가 사려 깊은 내 주인님을
떠올리게 할 때마다 내 가슴속 기백이 괴로워합니다. 그 맹세도   170
그대에게서 떠나가게 내버려둡시다. 그럼에도 오뒷세우스는
돌아오소서, 내 이를 얼마나 바라마지않는지! 페넬로페도,
라에르테스 어르신도, 그리고 신과 같은 텔레마코스도요. 지금 또 나는
오뒷세우스가 낳은 아드님 텔레마코스를 두고 한시도 잊지 못하고
통곡하고 있어요. 신들은 그분을 여린 가지처럼 길러주셨답니다.   175
나도 말하곤 했답니다, 그분이 남자들 중에서 체격도, 존경스러운 용모도
친아버지에게 결코 뒤처지지 않으리라고요. 그런데,
죽음을 모르는 어떤 분이, 아니면 인간들 중 누군가가 균형이 잘 잡힌
그분의 헤아림을 막아버렸나 봅니다. 그분은 아버지의 소식을 좇아

지극히 성스러운 퓔로스로 떠나갔어요. 고상들도 하신 구혼자들은 180
신과 맞먹는 아르케이시오스의 가문이 이름도 없이 이타카에서
파멸하도록 그분이 집에 돌아오는 걸 노리고 매복하고 있지요.
하지만 그분도 이제 놓아드립시다. 적들의 손아귀에 떨어질 수도 있고
크로노스의 아드님께서 그분에게 손을 뻗어주시면 빠져나오실 수도 있겠지요.

자, 그건 그렇다 치고, 노인장, 이제 당신의 근심거리들을 말씀해보시구려. 185
그리고 내게 이것을 말씀하시되, 내가 잘 알 수 있도록 사실대로 이야기해주세요.
그대는 인간 중에 뉘시며, 어디서 오셨습니까? 그대의 도시는 어디며
부모님은 어디 계십니까? 어떤 배를 타고 오셨습니까? 선원들이 그대를
이타카에 어떻게 모시고 왔는지요? 그들이 누구라며 자랑하던가요?
그대가 설마 걸어서 이곳에 왔을 거라고는 도저히 생각할 수 없으니까요.” 190

그러자 그에게 꾀 많은 오뒷세우스가 대답하며 말하였다.
  “안 그래도 내 그대에게 아주 정확하게 말하려 했다오.
이 오두막에 있는 우리 두 사람에게는 먹거리와 달콤한 포도주가
한참 동안 남아 고즈넉이 잔치를 즐기고, 다른 이들은
일감을 좇아간다면 얼마나 좋으려나요! 그렇게만 된다면 195
내 기백의 근심거리들을 일 년 내내 쉽게 말할 테지만,
그래도 끝내 모두 말하지는 못할 겁니다.
신들의 뜻에 따라 내가 겪은 그 모든 고생들 말입니다.

나는 드넓은 크레테에서 부유한 분의 자식으로 태어난 것을
자랑으로 여기지요. 물론 그 집에는 정실부인에게서 얻은 200
다른 많은 아들들도 자라고 있었고, 나를 낳아준 어머니는

돈을 주고 사 온 첩이었지요. 하지만 휠락스의 아드님
카스토르는 나를 적자(嫡子)들과 다름없이 존중해주셨고,
나는 그분의 혈통임을 자랑하는 겁니다.
그분은 행복과 재산, 그리고 영광스러운 아들들 덕에   205
크레테 백성들에게서 마치 신처럼 추앙받고 있었어요.
그러나 죽음의 여신들이 그분을 하데스의 집으로 데려가자,
기백이 과한 그 아들들이 제비를 던져
그분의 살림에 개입하였고, 내게는
형편없이 적은 몫과 집 한 채를 떼어주더군요.   210
하지만 나는 내 역량만으로, 엄청난 부를 누리는 사람들에게서
아내를 얻어 왔답니다. 나는 빈껍데기도 아니었고, 싸움에서 도망치는 자도
아니었으니까요. 물론 지금에야 남김없이 다 사라지고 말았지요.
하지만 당신은 그나마 남은 줄기만 보고도 알아볼 수 있을 거라 봅니다.
너무나 심한 곤경이 나를 붙들고 있으니까요.   215

그러나 적들에게 재앙의 씨앗을 심어가며 매복에 나설
으뜸가는 남자들을 가려 뽑았을 때는
아레스도, 아테네도 내게 전열을 깨뜨릴 용기를 주셨다오.
내 당당한 기백은 죽음 따위는 내다본 적도 없었고,
그저 월등히 맨 앞으로 뛰쳐나가 내 두 발에 길을 내준   220
적들을 창으로 잡아내곤 했답니다.
나는 전쟁에서 그런 사람이었습니다. 노동이며, 살림을 키우는 일,
눈부신 자식들을 기르는 일들 따위는 내게 영 내키질 않더군요.
대신 노 달린 배들, 전쟁, 그리고 매끈한 투창이며
화살 같은 건 내게 언제고 사랑스럽기만 했지요.   225

350

다른 사람들에게야 몸서리를 치게 하는 사악한 것들이지만,

신께서 내 가슴속에 넣어주신 것들이 내게는 사랑스러웠던 겁니다.

사람은 저마다 각기 다른 일들에서 즐거움을 누리는 법이니까요.

아카이아인들의 아들들이 트로이아에 상륙하기 전에,

나는 아홉 차례나 사람들을 이끌며 빨리 달리는 배들을 타고   230

다른 나라 사람들에게로 갔고, 엄청나게 많은 것들을 얻어내곤 했지요.

그중에서 내 원기에 맞갖은 것들을 고르기도 했고, 제비를 뽑아

얻은 것도 많았습니다. 내 살림은 갑자기 불어났고, 그러자 나도

크레테 사람들 사이에서 함부로 대할 수 없는, 두려운 존재가 되었다오.

그러나 두루 살피는 제우스는 많은 사람의 무릎을 풀어놓은   235

그 가증스러운 출정을 꾀하셨고,

사람들은 나와, 이름난 이도메네우스에게 일리오스로

배들을 이끌고 가라고 요구하니, 나는 거절할 방도가 전혀 없었어요.

백성들이 나누는 말들이 우리를 호되게 붙들더군요.

우리 아카이아인들의 아들들은 거기서 구 년 동안이나 전쟁을 치렀어요.   240

그러다가 십 년째에 우리는 프리아모스의 도시를 무너뜨리고 함대와 함께

집으로 돌아가려 했지만, 어떤 신이 아카이아인들을 흩어놓으셨답니다.

조언자 제우스께서 이 비참한 나에게 재앙을 꾀하신 겁니다.

자식들과, 결혼한 아내, 그리고 재산으로 내가 낙을 누려본 건

고작 한 달뿐이었는데! 아무튼, 내 기백은 내게   245

채비를 잘 갖춘 다음, 신을 닮은 동료들을 배들에 태워

아이귑토스를 향해 항해하라고 명합디다.

그래 나는 배 아홉 척을 준비하였고, 백성들도 금세 모여들었지요.

내 믿음직한 동료들은 엿새 동안 잔치를 벌였고,

나는 신들에게 제사를 바치라고, 또 그들 스스로를 위해서도
잔치 준비를 하라고 그들에게 많은 제물들을 나눠주었답니다.
이레째 되던 날, 우리는 배에 올라 세차게 불어닥치는 아름다운
보레아스(북풍)를 받으며 넓은 크레테를 떠나, 마치 물줄기라도
타고 흐르는 양 수월하게 항해하였지요. 내 배들 중에서도
손실이라곤 전혀 없었고, 우리는 그저 아무런 병도 탈도 없이
앉아 있었을 뿐, 배는 바람과 조타수들이 똑바로 몰고 있었지요.

닷새째에 우리는 거침없이 흐르는 아이귑토스에 이르렀고,
양 끝이 흰 배들을 아이귑토스강에 세워두었답니다.
거기서 나는 믿음직한 동료들에게 그 자리에, 배들 곁에 머무르며
배들을 지키라는 명령을 내렸고, 정찰병들에게는
정탐할 만한 곳들을 찾아가라고 재촉하였지요.
하지만 맹목에 굴복해버린 그들은, 자신들의 기운을 따르며
아이귑토스 사람들의 더없이 아름다운 들판들을 삽시간에, 그것도
엄청나게 약탈하기 시작했어요. 여자들과, 철모르는 아이들을
끌고 왔고 남자들을 쳐 죽이더군요. 그 비명은 곧 도시에 가 닿았고요.
에오스(새벽)가 모습을 드러내자마자 그 소리를 알아들은 사람들이
다가왔어요. 보병들과 말들, 그리고 청동의 섬광으로 온 들판이
가득 차올랐지요. 벼락을 즐기시는 제우스께서 내 동료들에게
사악한 패주를 보내셨으니, 버텨서 맞서보려는 자는 단 한 명도
없었지요. 모든 방향으로부터 악재가 일어나고 있었으니까요.
그들은 거기서 우리 중 많은 이를 날 선 청동으로 쳐 죽였고
그들을 위해 강제로 일을 시키려고 산 채로 끌고 가기도 했지요.
차라리 거기 아이귑토스에서 내가 죽음을 맞고 운명을 따라갔더라면

더 좋았을 것을! 나를 반겨주는 건 여전히 재앙뿐이었으니까요!

그런데 제우스께서 친히 내 헤아림 속에 이런 판단을 지어주셨답니다.   275

나는 즉시 머리에서 잘 만든 투구를 벗어놓고

두 어깨에서는 방패를, 그리고 손에서는 창을 내던져놓은 다음

왕의 말들을 향해 마주 다가가 그의 무릎을 붙잡고 입을 맞추었어요.

그러자 그도 나를 가엾게 여기고 구해주더이다.

그는 눈물을 쏟고 있는 나를 전차에 앉힌 다음 집으로 데려갔지요.   280

참으로 엄청나게 많은 사람이 물푸레나무 창으로 나를 죽이기를

갈망하며 내게 달려들었답니다. 그들의 분노가 대단했으니까요.

그러나 그 왕이 막아섰지요. 그는 손님을 보호하는, 무엇보다도 몹쓸 짓에

심히 의분을 품는 제우스의 진노를 두려워했던 겁니다.

나는 그곳에 칠 년을 머물면서 아이귑토스 사람들에게서   285

많은 재물을 모았지요. 그들 모두가 내게 주더이다.

그러다 내게 여덟 번째 해가 다가왔을 때, 계략에 정통한

포이니키아 사람 하나가, 그 쥐새끼가 왔고, 그자는 이미 사람들에게

몹쓸 짓들을 많이도 저지르고 난 다음이었어요.

그는 자기 집과 재산이 있는 포이니키아로 같이 가기로   290

영리하게 나를 설득하여 데리고 갔지요.

거기서 나는 그의 곁에서 꼬박 일 년을 머물렀습니다.

그러다가 달들과 나날이 채워지고 한 해가 순환하며

봄이 다가오자, 그는 내가 그와 함께 짐을 싣고 가야 한다며

거짓말로 둘러대고 나를 바다를 가로지르는 배 위에 앉혀   295

리뷔아로 향했지요. 그렇게 해서 그는 거기서 나를 팔아넘기고

말로 다 할 수 없는 몸값을 얻으려 했던 겁니다. 나도 그런 예감은

들었지만, 하는 수 없이 그를 따라 배에 올랐지요. 그러자 배는

거세게 불어오는 아름다운 바람, 보레아스(북풍)를 받으며 크레테 위쪽

한가운데를 지나 달려 나갔고, 제우스는 그들에게 파멸을 꾀하셨지요.　　　　300

그러다가 크레테를 뒤로하고 하늘과 바다 말고는

어떤 다른 땅도 보이지 않게 되자,

크로노스의 아드님은 속이 빈 배 위에

검푸른 구름을 세우셨고, 배 밑의 바다는 어두워지더군요.

제우스께선 동시에 천둥을 울리더니 배 안에 벼락을 내리꽂았습니다.　　　　305

배는 제우스의 벼락을 얻어맞더니 완전히 휘감겨 돌았고

그 안엔 유황이 가득 차올랐지요. 사람들은 모두 배 밖으로 떨어졌습니다.

그들은 마치 슴새라도 된 듯 검은 배 주변에서

파도에 실려 다녔지요. 신은 그들에게서 귀향을 앗아 갔습니다.

나는 기백으로 고통을 겪고 있었지만, 제우스께서 손수 나를 위해　　　　310

뱃머리가 검푸른 배의 강력한 돛대를 내 손에 쥐여주시지 뭡니까.

아직은 내가 재앙에서 달아날 수 있도록 말입니다. 나는 이걸

부둥켜안고 파멸을 부르는 바람에 실려 다녔답니다. 그렇게

아흐레 동안을 실려 가다가, 열흘째 그 새카만 밤에 제 몸을 휘감아 구르는

거대한 파도가 나를 테스프로토스 사람들의 땅에 데려다 놓았지요.　　　　315

거기서 테스프로토스 사람들의 왕, 영웅 페이도온이 대가도 받지 않고

나를 보살펴주었답니다. 새벽 서리와 피로에 짓눌린 내게

그분의 친아들이 다가오더니 집으로 데려가준 겁니다.

그는 아버지의 집에 이를 때까지 손을 잡고 일어서게 해주었고

외투며 통옷 같은 옷가지들을 입혀주었답니다.　　　　320

내가 오뒷세우스의 소식을 들어 알게 된 것도 거기였지요. 고향 땅으로

가던 그분을 대접해드리고 아껴드렸다고, 왕이 말씀하시곤 했어요.

또, 오뒷세우스가 끌어모아온 모든 재물을 내게 보여주기까지 했답니다.

청동에 황금하며, 게다가 갖은 공을 들여 만든 무쇠까지,

그건 십 대에 걸쳐서도 차례로 먹여 살릴 만큼이었답니다.   325

왕의 궁전에 놓여 있던 그분의 보물이 그 정도였지요.

왕의 말씀으로는, 그분은 자신이 오래도록 떠나 있었던

기름진 이타카의 나라로 모두에게 알리며 돌아가야 할지,

아니면 비밀리에 가야 할지를 두고 우듬지까지 잎으로 덮인 떡갈나무에게서

제우스의 조언을 듣기 위해 도도네로 가셨다더군요.   330

왕은 자기 집에서 헌주한 다음 자진해서 제게 맹세하기를

그분을 사랑하는 고향 땅으로 보내드릴 동료들도 준비되어 있고

배도 이미 바다로 끌어 내려져 있다고 하셨답니다.

하지만 그분은 나를 먼저 보내주셨죠. 마침 테스프로토스 사람들의

배 한 척이 곡식도 풍성한 둘리키온으로 가던 참이었으니까요.   335

왕은 그 자리에서 그들에게 나를 아카스토스 왕에게 친절히

보내드리라고 명령했습니다만, 내가 지독히도 비참한 재앙에 이르도록

나를 둘러싼 사악한 계획이 그들의 헤아림에는 기쁨이 되었나 봅니다.

바다를 가로지르는 배가 육지로부터 한참을 항해했을 때, 그들은 곧장

나를 노리고 몹시도 교활하게 노예의 날을 궁리해낸 겁니다.   340

그들은 일단 내 외투와 통옷 같은 옷가지들을 벗기더니

웬 형편없는 누더기와 다 해진 통옷을 던져줍디다.

당신이 직접 두 눈으로 보고 있는 이것들 말입니다.

그러다 저녁 무렵에 밝히 뵈는 이타카의 어느 농토에 다다르자

그들은 잘 꼬아놓은 밧줄로 나를 갑판이 잘 덮인 검은 배 안에   345

단단히 묶어놓더니, 저들끼리 배에서 내려

바닷가에서 서둘러 저녁을 들더이다. 그러나 신들께서

나를 위해 손수 결박을 풀어주셨지 뭡니까, 그것도 쉽게!

나는 누더기로 머리를 감싸 두른 다음, 짐 싣는 매끈한 널빤지를

타고 내려오니 바닷물이 가슴 언저리에 차오르더군요.   350

그다음엔 양손을 노 삼아서 헤엄쳤고,

아주 빠르게 물 밖으로 나와 그들에게서 멀리 떨어졌어요.

그러고는 무성한 숲 덤불로 올라가 몸을 낮추고 누웠답니다.

그들은 앓는 소리를 크게도 내가며 이리저리 돌아다니더니

나를 더 찾아보는 것이 그들에게 득이 되지 않는다고   355

보았는지, 속이 빈 배로 도로 오르더군요.

신들께서는 손수 나를 쉬이 숨겨주셨고,

나를 이끌어 사리를 아는 분의 오두막 가까이까지 데려오신 겁니다.

아직은 목숨이 더 붙어 있는 게 내게 정해진 몫인가 봅니다."

그러자 그대는 그에게 이렇게 대답하는구나, 돼지치기 에우마이오스여.   360

"아아, 손님, 딱해라. 그대가 얼마나 많은 일을 겪었는지, 얼마나 많이

떠돌았는지를 하나하나 말해주다니, 그대는 내 속에 있는 기백을 정말이지

엄청나게 흔들어놓는군요. 하지만 이것만큼은 이치에 맞지 않아 보입니다.

나를 설득할 순 없을 거요. 오뒷세우스에 대한 말씀 말입니다. 이 지경까지 된

당신이 그런 헛된 거짓말을 해야 할 까닭이 대체 무엇이오? 내 주인님의   365

귀향이라면 나 스스로 잘 알고 있어요. 그분은 모든 신들께 증오를

사셨지요, 그것도 아주 철저하게! 신들은 그분을 트로이아인들 틈에서도,

전쟁을 끝낸 다음 식구들의 팔에 안긴 채로도 제압하신 게 아닙니다.

〈그랬다면 아카이아인들 전부가 그분을 위해 무덤을 지어드렸을 거고

아드님의 앞날을 위해서도 위대한 명성을 들어 올리셨겠지요.〉[88]   370

356

하지만 지금은 아무런 명성도 없이 폭풍이 그분을 잡아채어 갔답니다.

나로 말하자면, 사람들과 떨어져 돼지들 곁에서 지냅니다.
어딘가에서 소식이 와서 더없이 지혜로운 페넬로페께서 오라고
분부하지 않으시면 시내로 나가지도 않아요.
그러면 사람들은 둘러앉아 그에게 하나씩 하나씩 물어봅니다.   375
오래도록 떠나 계신 주인님을 두고 비탄하는 사람들도 있고,
대가도 없이 그분의 살림을 축내는 걸 기뻐하는 사람들도 있죠.
하지만 어떤 아이톨리아 사람이 말로 나를 속인 다음부터는
그렇게 궁금해하고 물어보는 것도 내겐 영 꺼림칙합니다.
그자는 어떤 사람을 죽이고 많은 땅을 떠돌다가   380
내 집에 오게 되었고 나는 그자를 아껴주며 환대했어요.
그자는 내게 크레테에 있는 이도메네우스 곁에서 그분이
폭풍에 산산조각 난 배를 수리하고 있는 걸 보았노라 말했지요.
그리고 그분이 많은 재물을 싣고, 신과 맞먹는 동료들과 함께
여름 아니면 오포라 때에는 오실 거라 하더군요. 당신도 마찬가지입니다.   385
설움에 겨운 노인장, 어떤 신께서 그대를 내게 이끄신 만큼, 거짓말로
내게 환심을 사려 하지도 말고, 호리지도 마시구려. 내 당신을 삼가
존중하고 아끼게 된다면, 그건 그런 이유 때문이 아니라 손님을 보호하시는
제우스를 내가 두려워하기 때문이고, 내 그대를 가엾게 여겨서니까요."

그러자 그에게 꾀 많은 오뒷세우스가 대답하며 말하였다.   390
  "도대체 무슨 불신의 기백이 그대의 가슴속에 있길래 그러는 겁니까!

---

88 이 두 행이 빠진 사본들도 있다.

내 이렇게까지 맹세를 하는데도 당신을 움직이지도, 설득하지도 못하니 말입니다.
각설하고, 우리 계약을 하나 합시다. 여기에 훗날 우리 두 사람을 위해
올림포스를 차지하고 계신 신들이 증인이 되게 합시다.
만일 당신의 주인이 이 집으로 돌아온다면, 그때는 당신이 내게   395
외투며 통옷 같은 옷가지들을 입혀주고,
내 기백에 사랑스러운 둘리키온으로 나를 보내주는 겁니다.
하지만 만일 내가 말한 바대로 당신의 주인이 오지 않는다면,
하인들을 부추겨 나를 거대한 바위 절벽 밑으로 던져버리세요.
그래야 다른 거지도 속이기를 삼갈 테니까요."   400

그러자 그에게 신과 같은 돼지치기가 대답하며 말하였다.
　"손님, 그랬다간 사람들 사이에서 지금도 나중에도
내게 좋은 평판과 덕이 잘도 생기겠구려. 당신을 오두막으로
데려와서 대접을 베풀었다가 돌연 죽여서
당신의 목숨을 앗아 간다면 말입니다. 그러고 나서도   405
내가 크로노스의 아드님을 염두에 두고 기도할 수 있을까요?
지금은 끼니를 들 시간입니다. 우리가 이 오두막에서 맛있는 식사를
준비할 수 있도록, 내 동료들이 이 안으로 되도록 빨리 오면 좋겠군요."

이렇게 그들은 서로 이야기를 주고받고 있었고,
돼지들과 돼지치기들도 가까이 다가오고 있었다.   410
그들이 돼지들을 재우려고 우리에 가두자,
돼지들은 자리에 누워 이루 말할 수 없을 정도로 비명을 질러댔다.
신과 같은 돼지치기는 동료들에게 이렇게 재촉하였다.
　"돼지들 중에서 제일 좋은 놈을 끌고들 오세요.

내가 멀리서 온 손님을 위해 잡으렵니다. 물론 우리도 즐겨야지요.
이빨 허연 돼지들 탓에 우리도 오랫동안 고생을 겪고 있으니까요.
그러나 다른 자들은 우리의 노고를 대가도 치르지 않고 먹어치우지요."

그는 이렇게 말하더니 비정한 청동으로 장작을 팼고
그들은 제대로 살이 오른 다습 돼지 한 마리를 데려오더니
화롯가에 놓아두었다. 그러나 돼지치기는 죽음을 모르는 이들을
잊지 않고 있었으니, 그는 속으로 훌륭한 것들을 담아둔 이였다.
그는 이빨 허연 돼지 머리에서 터럭을 잘라내어 불 속에 던지더니
더없이 지혜로운 오뒷세우스가 집으로 돌아오게 해달라며
모든 신에게 기도하였다. 그러고 나서 그가
장작을 패다가 남겨놓은 참나무 토막을 들어 올렸다가 내리치자
돼지의 목숨이 떠나갔다. 다른 이들은 멱을 딴 다음
터럭을 그슬리고 토막 쳤다. 그러자 돼지치기는 먼저
사지 전체에서 날고기를 떼어 두툼한 비계로 감싸더니
보릿가루를 뿌린 다음, 불 속에 던져 넣었다.
그들은 나머지 부분도 썰어 꼬치에 꿴 다음,
절묘한 솜씨로 구워내어 모두 불에서 내렸고
쟁반 위에 모두 털어놓자, 돼지치기가 이를 나누기 위해
일어섰다. 그는 속으로 도리를 알고 있었던 것이다.
그는 전체를 일곱 부분으로 나누었고,
그중 하나를 요정들과, 마이아의 아들 헤르메스를 위해
기도를 바치며 차려두더니, 나머지들을 각자에게 나누어주었다.
그러나 이빨 허연 돼지의 등심은 존중의 의미에서 덩어리째
오뒷세우스에게 주었고, 주인의 기백을 영예롭게 하였다.

그러자 꾀 많은 오뒷세우스가 그에게 소리 내어 말하였다.

"에우마이오스여, 그대는 내게서 그리하듯이 아버지 제우스께도   440
사랑받게 되기를! 내 처지가 이러한데도 그대는 좋은 것들로 나를 존중해주니
까요."

그러자 그대는 그에게 이렇게 대답하는구나, 돼지치기 에우마이오스여.

"알 수 없는 손님, 드시지요, 그리고 이것들도 차려진 대로
즐기세요. 신은 그 기백이 내키는 대로 뭔가를 주시기도 하고
놔두시기도 하지요. 모든 것을 하실 수 있으니까요."   445

그러더니 그는 영원을 살아가는 신들을 위해 첫 몫으로 뗀 것을 불태우며
불꽃 같은 포도주로 헌주하고 나서, 도시의 파괴자 오뒷세우스의
두 손에 잔을 쥐여주더니 자기 몫 곁에 앉았다.
그들에게 빵을 나눠준 이는 메사울리오스였는데,
그는 주인이 떠나고 없는 동안 돼지치기 혼자   450
안주인과 라에르테스 노인의 도움을 받지 않고 얻어 온 사람으로
그가 타피오스 사람들에게 그의 재산으로 값을 치르고 샀던 것이다.
그러자 그들은 준비되어 차려진 음식 쪽으로 손을 내밀기 시작했고,
마침내 이들이 갈증과 허기에서 벗어나자,
메사울리오스는 그들에게서 빵을 치웠고, 그들은 빵과 고기를   455
양껏 먹은 다음 잠자리로 갔다.

그러자 달 없는 어둡고 사악한 밤이 다가왔다. 제우스는 밤새도록
비를 내렸고, 제퓌로스(서풍)는 비를 머금은 채 끊임없이 몹시 세차게 불었다.
그들 사이에서 오뒷세우스가 입을 열었으니, 이는 혹시 돼지치기가

자신을 몹시 걱정해서 자신에게 외투를 벗어주거나, 아니면 다른 동료   460
누군가에게 그렇게 하라고 명하는지 돼지치기를 떠보기 위해서였다.

　"내 말을 들어들 보세요, 에우마이오스, 그리고 다른 모든
동료 여러분. 내 자랑 한마디 드리려 합니다. 정신을 흐려놓는 포도주가
그러라고 명령하는군요. 포도주는 몹시 지혜로운 사람에게도 마구 노래하라고,
실없이 웃으라고 부추기고, 춤을 추라며 일으켜 세우기도 하잖아요.   465
심지어는 하지 않아야 더 좋았을 말을 내뱉게도 합니다.
하지만 일단 내가 목소리를 낸 이상, 감추진 않겠어요.
우리가 트로이아 아래에서 매복을 준비하여 이끌었을 때,
내가 그때처럼만 한창때의 젊은이고, 완력도 든든하다면 좋을 텐데!
그때 오뒷세우스와, 아트레우스의 아들 메넬라오스가 지휘를 맡았고   470
그들과 함께 나는 세 번째 인솔자였다오. 그들이 그렇게 하라고
명했으니까요. 우리가 도시와 가파른 성벽에 도달했을 때,
우리는 도시 주변의 빽빽한 덤불을 따라 갈대밭과 습지에서
무구를 덮은 채 웅크리고 누워 있었다오. 그러다가
얼음장 같은 밤이 다가오더니 몹쓸 보레아스(북풍)가 내리치더군요.   475
게다가 위에서는 마치 차디찬 서리 같은 눈까지 내리니
방패마다 얼음이 덩어리질 정도였지요.
다른 사람들이야 다들 통옷에 외투까지 입고 있어서
어깨까지 방패로 감싼 채 걱정 없이 자고 있었지만,
어리석게도 그만 나는 떠날 때 외투를 전우들에게 남겨두고 왔으니   480
그래도 춥진 않을 거라고 여기고선 윤기 흐르는 속옷 차림에
방패 하나만 달랑 들고 따라왔던 겁니다.
그러다가 밤도 삼분의 일만 남게 되고 별들도 지기 시작했지요.
그때 나는 가까이 있던 오뒷세우스를 팔꿈치로 건드리며

말했답니다. 그이도 재빨리 귀를 기울이더군요.

'제우스께 태어난 이, 라에르테스의 아들이여, 허다한 계책에 밝은
오뒷세우스여! 이러다가 나는 산 사람들 틈에 더는 못 있겠구려. 내게
외투가 없어서 이 겨울이 나를 짓누르고 있기 때문이라오. 통옷 차림으로
가라고 어떤 신이 나를 속이신 겁니다. 이제 더는 못 피하겠소.'

내가 이렇게 말하자, 그는 워낙 회의에서도, 전투에서도
그런 사람이긴 했소만, 기백에서 이런 판단을 세우면서
나직한 음성으로 내게 말하더군요.
'다른 아카이아인들이 당신 말을 듣지 못하도록 조용히 하오.'

그러더니 팔꿈치에 머리를 괸 채 말하더군요.
'벗들이여, 들어들 보시오. 잠들어 있던 내게 신적인 꿈이
다가왔다오. 우리는 배들로부터 꽤 멀리 와 있소. 그러니 혹시
배들로부터 더 많은 사람을 일으켜 보내줄 수 있는지 누가
아트레우스의 아들, 백성들의 목자 아가멤논에게 말해준다면 좋겠소.'

그가 이렇게 말하자, 안드라이몬의 아들 토아스가
검붉은 외투를 내려놓고선 재빨리 일어나더니 배들을 향해 달려갔지요.
나는 기쁘도록 반가워하며 그이의 옷 안으로 들어가
황금 보좌의 에오스(새벽)가 모습을 드러낼 때까지 누워 있었던 겁니다.
내가 그때처럼 지금도 한창때의 젊은이고, 완력도 든든하다면 좋을 텐데!
그러면 이 오두막에 있는 돼지치기들 중 누가 용감한 인물에 대한
애정과 경외심이라는 두 가지 이유에서 내게 외투를 줄 텐데!
그런데 이 살갗에 두른 입성이 남루하다고 해서 나를 업신여기는구나."

그러자 그대는 그에게 이렇게 대답하는구나, 돼지치기 에우마이오스여.

　"노인장, 설명해주신 그 이야기는 흠잡을 데가 전혀 없군요.
말씀 중에 도리를 벗어난 무익한 말은 단 한 마디도 없소이다.
일단 옷은 물론이고, 마주하게 된 탄원자가 받아 마땅한　　　　　　　　510
다른 어떤 것도 그대에게 부족함이 없을 겁니다, 지금은요.
하지만 동이 트면 다시 그대의 누더기로 몸을 감싸야 해요.
여기엔 입을 수 있는 여분의 외투도, 통옷도 많지 않아
한 사람에 한 벌씩뿐이니까요.
〈그러나 오뒷세우스의 친아드님이 오시게 되면,　　　　　　　　　515
그때는 그분이 그대에게 외투며 통옷이며 옷가지들을 입혀주실 거고
그대의 심장과 기백이 명하는 곳 어디로든 그대를 보내드릴 겁니다.〉[89]"

그는 이렇게 말하며 자리에서 일어나더니, 불 가까이에
침상을 놓고 그 위에 양가죽과 염소 가죽을 깔았다.
오뒷세우스가 거기에 눕자, 그는 두툼하고 커다란 외투를　　　　　520
그 위에 얹어주니, 이는 심한 폭풍이 솟구쳐 오를 때
그가 입으려고 준비해둔 외투였다.
오뒷세우스는 그렇게 그곳에서 잠이 들었고, 젊은이들도
그의 주변에서 잠들었다. 그러나 돼지치기는
돼지들에게서 떨어져 그곳에서 잠드는 것이 영 꺼림칙하여　　　　525
채비를 갖추고는 밖으로 나갔고, 오뒷세우스는 그가
멀리 떠나고 없던 자신의 살림을 두루 보살피는 것에 흐뭇하였다.

89　이 세 행이 빠진 사본들도 있다.

15권

한편, 팔라스 아테네는 기상이 웅대한 오뒷세우스의

눈부신 아들에게 귀향을 상기시키고,

길을 떠나도록 격려하기 위해 드넓은 라케다이몬으로 왔다.

그녀는 텔레마코스와 네스토르의 눈부신 아들이 영광스러운 메넬라오스의 집

바깥쪽 방에서 잠들어 있는 것을 알아보았다. 5

네스토르의 아들은 보드라운 잠에 제압되어 있었다.

그러나 그 달콤한 잠도 텔레마코스를 붙들지는 못했으니,

기백 속에 있던 아버지에 대한 근심이

암브로시아와 같은 밤이 다 가도록 그를 깨어 있게 한 것이다.

그에게 빛나는 눈의 아테네가 가까이 다가서서 말하였다. 10

 "텔레마코스, 네 재산뿐 아니라 분수도 모르는 자들을 네 집에 그렇게

남겨둔 채로 집에서 멀리 떨어져 떠돌다니 이제 더는 좋지 못한 일이다.

그들이 네 재산을 나눠 가지고 죄다 집어삼켜 네가 헛된 여행길에 오른 꼴이

되지 않도록 하려무나. 이럴 게 아니라 한시바삐 함성에 능한 메넬라오스를

재촉하여
아직 집에 있는 흠잡을 데 없는 네 어머니를 만나게끔 보내달라 하여라.　　　　15
벌써 친정아버지며 오라비들이 그녀더러 에우뤼마코스와 결혼하라며
성화란다. 구혼 선물에서 그자가 다른 모든 구혼자들을 능가하고
혼수도 엄청나게 키워놨기 때문이지. 그러니 이제 그자가
네 뜻을 거슬러 네 집 밖으로 재산을 가져가지 못하게 하여라.
여자의 가슴속 기백이라는 게 어떤지는 너도 알고 있겠지.　　　　　　20
여자는 자기를 데려간 사람의 살림이 커지기를 바라지.
먼저 결혼했던 제 남편이 일단 죽고 나면, 그 남편도 자식들도
더는 기억에 남기지 않고, 궁금해하지도 않는단다.
자, 네가 돌아가거든 시녀들 중 네 보기에 가장 나은 자들에게
모든 것을 일일이 맡기거라, 신들이 너를 위해　　　　　　　　　　25
영예로운 아내를 보여주실 때까지.

내 또 하나를 말해줄 테니, 너는 이를 기백 속에 새겨 넣어두어라.
구혼자들 중 으뜸가는 자들이 악의를 품고 이타카와
바위투성이 사모스 사이 해협에서 너를 노리고 잠복하고 있다.
네가 고향 땅에 가 닿기 전에 네 목숨을 앗아 가길 열망하고 있지.　　30
물론 그런 일은 일어나지 않으리라 본다. 그런 일이 일어나기 전에
네 살림을 먹어치우는 구혼자들 중 몇몇은 대지가 붙들어 맬 테니까.
그러니 너는 잘 만든 배를 그 섬들에서 멀찍이 떨어뜨려놓고
밤에도 똑같이 항해하거라. 죽음을 모르는 신들 중 너를 지키고 구해주시는
분께서 너를 위해 뒤에서 순풍을 보내주실 게다.　　　　　　　　　35
그러나 네가 이타카의 가장 가까운 곳에 닿거든,
배와 모든 동료들을 시내로 재촉하여 보내고

너 스스로는 맨 먼저 돼지치기에게로 가거라.

네 돼지들을 돌보는 그 사람은 여전히 너를 위해 정다운 일을 할 줄 아는 이지.

너는 거기서 하룻밤을 묵은 다음, 그를 시내로 보내어   40

네가 무사하다고, 퓔로스에서 돌아왔다고

더없이 지혜로운 페넬로페에게 소식을 전하게 하여라."

그녀는 이렇게 말하더니 광활한 올륌포스를 향하여 떠나갔다.

그는 네스토르의 아들을 발꿈치로 건드리며 단잠에서 깨웠고,

그에게 이런 이야기로 말하였다.   45

　"일어나오, 네스토르의 아들 페이시스트라토스. 우리가 길을

헤쳐 갈 수 있도록 통발굽 말들에 멍에를 지워 전차 아래 달아주시오."

그러자 이번에는 네스토르의 아들 페이시스트라토스가 그에게 대답하였다.

　"텔레마코스, 우리 갈 길이 아무리 바쁘다 해도 무슨 수로

이 어두운 밤을 뚫고 헤쳐 갈 수 있겠소? 금세 에오스(새벽)가 올 거요.   50

그러지 말고 창으로 이름난 영웅, 아트레우스의 아들이

선물들을 가지고 나와 마차 위에 싣고

다정한 말을 건네며 우리를 보낼 때까지

기다려봅시다. 손님은 자신에게 사랑을 베풀며

접대해준 사람을 영원토록 기억하는 법이니까요."   55

그가 이렇게 말하자 황금 보좌의 에오스(새벽)가 곧바로 다가왔다.

그러자 함성에 능한 메넬라오스는 머릿결 고운 헬레네의 곁에서,

침대에서 일어나 그들에게 가까이 다가왔다.

오뒷세우스의 친아들은 그를 알아보더니

윤기 흐르는 통옷 속으로 살갗을 둘러 재빨리 잠겨 들어간 다음,　　　　60
이 영웅은 강인한 두 어깨 위에 큼직한 외투를 두르고
문가로 갔다. 〈신과 같은 오뒷세우스의 친아들 텔레마코스는〉[90]
그의 곁에 서서 말하였다.

　"아트레우스의 아드님, 제우스께서 기르신 메넬라오스여, 백성들을
다스리는 분이여, 이제 저를 제 사랑하는 고향 땅으로 보내주십시오.　　65
제 기백이 지금 집에 가 닿기를 갈망하고 있습니다."

그러자 함성에 능한 메넬라오스가 그에게 대답하였다.
　"텔레마코스, 귀향을 애태워 바라는 자네를 나는 이곳에
오랜 시간 붙잡아두지 않을 걸세. 도를 넘는 친절을 베풀거나,
도를 넘는 적개심을 품는 다른 주인이 있다면　　　　　　　　　　70
나라도 분개할 걸세. 뭐든 정도껏 하는 것이 더 낫지.
가고 싶지 않은 손님을 재촉하는 것도,
서두르는 손님을 붙들어놓는 것도 똑같이 나쁜 일일세.
와 있는 손님에게는 사랑을 베풀고, 원하는 손님은 보내줘야 하는 법.
하지만 그건 그렇고, 내 아름다운 선물들을 가지고 나와　　　　　75
마차 위에 싣는 걸 자네는 두 눈으로 보게나. 또, 나는 여인들에게
넉넉하게 갖춰진 궁전 안에서 식사를 준비하도록 말해놓겠네.
끝 모를 대지 위로 아득한 길을 떠나며 식사를 하는 것은
영예요 눈부심이자 동시에 이득이기도 하지.
만일 자네가 헬라스와 아르고스 한복판으로 방향을 돌리고 싶다면,　　80
내 자네를 위해 몸소 동행에 나서기를 바란다면, 나 자네를 위해

90　이 행이 빠진 사본들도 있다.

말들 위에 멍에를 얹고 인간들의 도시들로 인도해주겠네.
그러면 어느 누구도 우리를 그대로 돌려보내지 않겠고,
최소한 뭐 하나라도 들고 가라며 내어줄 거라네. 좋은 청동으로 만든
세발솥이든, 가마솥이든, 노새 한 쌍이든, 아니면 황금 잔이든 간에." 85

그러자 이번에는 지혜로운 텔레마코스가 그에게 대답하였다.
    "아트레우스의 아드님, 제우스께서 기르신 메넬라오스여, 백성들을
다스리는 분이여, 저는 저희가 있어야 할 곳으로 지금 돌아가고 싶습니다.
제가 이리로 올 때 제 재산을 지킬 자를 뒤에 남겨두지 않았기 때문입니다.
신과 같은 제 아버지를 찾아다니다가 저 자신이 파멸을 맞지 않을까, 90
제 훌륭한 보물을 궁전 밖으로 잃게 되지 않을까 걱정입니다."

그러나 함성에 능한 메넬라오스는 이 말을 듣고서도
넉넉하게 갖춰진 궁전 안에서 식사를 준비하도록
아내와 시녀들에게 곧바로 명하였다.
그러자 보에토스의 아들 에테오네우스가 침대에서 일어나 95
그에게 가까이 다가왔다. 그에게서 멀지 않은 곳에 살았던 까닭이다.
함성에 능한 메넬라오스가 그에게 불을 피워 고기를 구우라고 명령하자
그도 이를 듣고 거역하지 않았고,
그 자신은 향기로운 방 안으로 들어갔으니,
그는 혼자가 아니었고, 그와 함께 헬레네와 메가펜테스가 움직였다. 100
그들이 보물이 쌓여 있는 자리에 이르자,
아트레우스의 아들은 손잡이가 둘 달린 잔을 집어 들었고
아들 메가펜테스에게는 은으로 만든 술동이를 나르라고 명하였다.
헬레네는 궤짝들 옆에 서 있었고,

그 안에는 그녀가 몸소 온갖 솜씨를 부려 만든 옷들이 있었다.   105

여인들 중에서도 여신과 같은 헬레네가 이 옷들 중에서 한 벌을 골라 들고 가니,

화려하게 수놓인 가장 아름답고 가장 큰 그 옷은 별과 같이 빛났으며,

모든 옷들 중 가장 밑에 놓여 있었다.

그들은 집을 가로질러 텔레마코스에게 이를 때까지 앞으로 나아갔다.

그에게 금발의 메넬라오스가 말하였다.   110

"텔레마코스, 자네 심중에서 갈망하는 바대로 헤라의 부군,

벼락을 내리치시는 제우스께서 자네에게 귀향을 이루어주시길 비네.

⟨내 집에 보물로 쌓여 있는 모든 선물들 중에서

가장 아름답고, 가장 값진 것을 내 자네에게 선사하지.

잘 만들어놓은 술동이를 자네에게 주겠네.   115

전부 은으로 되어 있고, 테두리는 황금으로 마감된

헤파이스토스의 작품일세. 시돈 사람들을 다스리는

영웅 파이디모스가 준 것이지. 내가 집으로 돌아오던 길에

거기서 그의 집이 나를 감싸주었다네. 자네에게 그것을 주고 싶다네.⟩[91]"

아트레우스의 아들, 그 영웅은 이렇게 말하더니 손잡이가 둘 달린 잔을   120

그의 손에 쥐여주었고, 은으로 만든 눈부신 술동이는

강력한 메가펜테스가 그의 앞에 가져다 놓았다.

뺨이 고운 헬레네는 두 손에 옷을 들고

곁에 서 있다가 그의 이름을 부르며 말하였다.

"나도 자네에게 이것을 선물로 주네, 내 사랑하는 아들.   125

헬레네의 두 손에 대한 기념이지. 애태워 바라던 결혼의 때가 오거든

91   이 일곱 행이 빠진 사본들도 있다.

이걸 자네 신부에게 입히게나. 그리고 그때까지는 이걸 방 안에,

자네 어머님 곁에 놔두시게. 나를 봐서라도 자네 부디

잘 지어놓은 집에, 자네 고향 땅에 즐거이 도착하길 바라네."

그녀는 이렇게 말하며 두 손에 이를 쥐여주었고, 그도 이를 달갑게 받았다.   130

영웅 페이시스트라토스는 선물들을 받아 버들 광주리 안에 놓은 다음

자신의 기백으로 이 모든 것을 감상하였다.

머리에 금발을 기른 메넬라오스가 그들을 집으로 인도하자

그들은 장의자와 팔걸이의자에 자리하였다.

시녀 하나가 손 씻을 물을 아름다운 황금 주전자에 담아 와   135

은으로 만든 대야에 따라 손을 씻게 해주었고,

매끈한 식탁도 펼쳐놓았다.

염치를 아는 시녀는 일단 빵을 가져와 차려놓았고

〈갖은 먹거리를 있는 대로 베풀며 상차림을 더했다.〉[92]

그 곁에서 보에토스의 아들은 살코기를 썰어 몫을 나누었고   140

영광스러운 메넬라오스의 아들은 포도주를 따르고 있었다.

그러자 그들은 준비되어 차려진 음식 쪽으로 손을 내밀기 시작했고,

마침내 이들이 갈증과 허기에서 벗어나자,

텔레마코스와 네스토르의 눈부신 아들은

말들에 멍에를 지운 다음 공들여 만든 전차에 올라   145

소리가 울려 퍼지는 주랑과 대문을 지나 밖으로 전차를 몰았다.

그런데 그들을 아트레우스의 아들, 금발의 메넬라오스가

꿀 같은 헤아림이 담긴 포도주가 담긴, 손잡이 둘 달린 황금 잔을

---

92   이 행이 빠진 사본들도 있다.

오른손에 쥐고 뒤쫓아 왔으니, 그들이 헌주를 하고 떠나게 하기 위함이었다.

그는 말들 앞에 서서 그들에게 인사를 건네며 말하였다. ₁₅₀

"두 젊은이들, 부디 편안히 가게나. 백성들의 목자이신 네스토르께도
인사 전해드리게. 우리 아카이아인들의 아들들이 트로이아에서
전쟁을 치르던 동안, 그분은 마치 아버지처럼 내게 다정하셨으니까."

그러자 이번에는 지혜로운 텔레마코스가 그에게 대답하였다.

"제우스께서 길러주신 분이여, 당부하신 바와 같이 ₁₅₅
도착하는 대로 이 모든 것을 바로 그분께 빠짐없이 아뢰겠습니다.
꼭 그처럼 저도 이타카로 되돌아간 다음 집에서 오뒷세우스를 뵙고,
당신 곁에서 제가 온갖 사랑을 받았고 이 많고도 훌륭한 보물들을
얻어 왔노라고, 그분께 이렇게 말씀드릴 수만 있다면 얼마나 좋을까요!"

그가 이렇게 말하자, 그의 오른편으로 새 한 마리, 독수리가 날아와 ₁₆₀
윤기 흐르는 큼직한 거위를 뜰에서 발톱으로 채 갔고
남자들도 여자들도 고함을 질러가며 이를 쫓아갔다. 그러나 독수리는
그들에게 가까이 다가오더니 오른편에서부터 말들 앞으로 쇄도하였다.
그들은 기뻐하며 이를 바라보았고
모든 사람의 기백이 속에서부터 따스해졌다. ₁₆₅
그들에게 네스토르의 아들 페이시스트라토스가 이야기를 꺼내었다.

"잘 헤아려보십시오, 제우스께서 길러주신 메넬라오스여, 백성들의 목자여.
신께서 이것을 저희 두 사람에게 드러내셨는지, 아니면 그대를 위한 것인지를요."

그가 이렇게 말하자 아레스에게 사랑받는 메넬라오스는 어떻게 해야
그에게 도리에 맞게 대답할지 따져보며, 저울질하며 궁리하였다. ₁₇₀

그러자 긴 옷을 입은 헬레네가 먼저 나서서 그에게 이렇게 이야기하였다.

"그대들은 제 말을 들으세요. 죽음을 모르는 신들께서 제 기백에
던져 넣으신 바대로, 또 이루어지리라고 제가 여기는 바대로, 제가 예언하지요.
이 새가 제 핏줄들과 새끼가 있는 산으로부터 와서
집에서 기른 거위를 채 간 것처럼,   175
오뒷세우스도 모진 일을 숱하게 겪고, 숱하게 떠돌다가
집으로 돌아와서 값을 치르게 할 겁니다. 아니, 그분은 이미
집에 와 있고, 구혼자들 모두를 노리며 재앙의 씨앗을 심고 있어요!"

그러자 이번에는 지혜로운 텔레마코스가 그녀에게 대답하였다.

"헤라의 부군, 벼락을 내리치시는 제우스께서 이제 부디 그렇게   180
해주시기를! 그러면 저는 그곳에서라도 당신께, 마치 신께 하듯 기도하겠습니다."

그리고 그가 두 마리 말들에게 채찍을 날리자, 갈망하던 말들도 도시를 가로질러
벌판을 향해 엄청난 속도로 돌진하였다.
말들은 양옆에 짊어진 멍에를 온종일 흔들고 있었다.
이제 헬리오스가 가라앉고, 모든 길은 그늘로 덮였다.   185
이들이 페라이에 이르러 디오클레스의 집으로 향하니
그는 알페이오스가 낳은 자식인 오르틸로코스의 아들이다.
이들은 그곳에서 밤을 보냈고, 그는 그들을 위해 접대를 베풀었다.
이른 나절 태어난, 장밋빛 손가락의 에오스(새벽)가 모습을 드러내자,
이들은 말들에 멍에를 지운 다음 공들여 만든 전차에 올라   190
소리가 울려 퍼지는 주랑과 대문을 지나 밖으로 전차를 몰았고,
그가 채찍질하며 몰아가자, 두 마리 말들도 아무 거리낌 없이 날아갔다.
그러자 그들은 재빨리 가파른 퓔로스의 성채에 이르렀고,

그때 텔레마코스가 네스토르의 아들에게 말하였다.

"네스토르의 아들이여, 혹시 내가 말하는 대로 해주겠노라고   195
약속해줄 수 있겠소? 우리는 아버지들의 우정에서 비롯된,
끊임없는 환대를 나누는 사이임을 자부하고 있고, 나이마저 같아요.
게다가 이 여행은 우리가 더더욱 한뜻을 품도록 해줄 거라오.
그러니 제우스께서 기르신 이여, 나를 태우고 배 옆을 지나치지 말고
바로 그곳에서 내려주오. 마다하는 나를 대접해주시려 작정하신   200
어르신께서 나를 댁에 붙들어놓지 못하도록 말이오. 나는 어서 가야만 하오."

그가 이렇게 말하자 네스토르의 아들은 어떻게 해야 그에게 도리에 맞게
이를 이뤄주겠노라 약속할지 자신의 기백과 의논하였고,
그렇게 심사숙고해보던 중에, 이렇게 하는 쪽이 그에게 더 이로워 보였다.
즉, 빠른 배 쪽으로, 바닷가를 향해 말 머리를 돌린 다음,   205
메넬라오스가 그에게 선사한 옷가지며 황금 같은
아름다운 선물들은 뱃고물에 옮겨 싣는 것이었다.
그는 텔레마코스를 채근하며 날개 돋친 말을 건네었다.

"서둘러 당장 배에 오르시오. 그리고 전우들 모두에게도
그렇게 명해주시오. 내가 집에 도착하여 노인께 말씀을 전하기 전에 말이오.   210
그분의 기백이 어찌나 드센지는, 나도 물론 내 헤아림으로,
기백으로 잘 알고 있다오. 그분은 그대를 놓아주시지 않을 거고,
그대를 부르러 이리로 직접 오실 분이오. 또, 내 말하거니와 그냥
되돌아가지도 않으실 분이오. 그러지 않고서야 엄청나게 노하실 테니까요."

그는 이렇게 소리 내어 말하더니, 갈기도 고운 말들을   215
퓔로스인들의 도시로 되돌려 몰아갔고, 재빠르게 집에 도착하였다.

한편, 텔레마코스는 동료들을 격려하며 명령하였다.

  "벗들이여, 검은 배 안에 장비들을 정돈한 다음

우리도 길을 뚫고 헤쳐 나갈 수 있도록 배에 오릅시다."

그가 이렇게 말하자, 그의 말을 귀 기울여 듣고 있던 그들도   220

그의 말을 따르며 즉시 배에 오르더니 노 저을 자리로 가 앉았다.

그는 바지런히 이 일들을 마친 다음, 뱃고물에서 아테네에게 제물을 바치며

기도하기 시작했다. 그런데 먼 나라에서 온 한 사내가

가까이 다가왔으니, 그는 사람을 죽이고 아르고스를 떠나 도망치던 자였다.

그는 예언자로서, 혈통으로는 멜람포스[93]의 후손이었다.   225

예전에 멜람포스는 양 떼의 어머니인 퓔로스에 살았고,

퓔로스인들 중에서도 눈에 띄게 큰 집에 살던, 살림이 넉넉한 이였다.

그러나 그때, 그는 살아 숨 쉬는 모든 존재 중 가장 고귀했던,

기개 넘치는 넬레우스를 피해 고향을 떠나 도망쳐 다른 사람들의 나라로 갔고,

넬레우스는 그의 수많은 재산을 꼬박 일 년 동안이나 강제로 빼앗았다.   230

그동안 멜람포스는 퓔라코스의 궁전에서

심한 고생을 겪으며 고통스러운 사슬에 묶여 있었으니,

이는 넬레우스의 딸 때문이기도 했고, 진저리 나는 여신 에리뉘스(복수의 여신)가

그의 헤아림 위에 얹어놓은 묵직한 맹목 탓이기도 했다.

그러나 그는 죽음의 여신을 따돌리고 퓔라케를 떠나 퓔로스로   235

힘차게 울부짖는 황소들을 몰아왔고, 신과 같은 넬레우스에게는

그 당치도 않은 짓에 대해 값을 치르게 하였으며, 형에게는

신붓감을 얻어주어 집으로 데려왔다. 그러나 그는 다른 사람들의 나라로,

93   11권 289행 이하를 보라.

말들이 풀을 뜯는 아르고스로 갔으니, 그곳에서 수많은 아르고스인들을
다스리며 사는 것이, 그에게 주어진 운명의 몫이었기 때문이다.   240
거기서 그는 아내와 결혼하고 지붕이 높다란 집을 지은 다음
강력한 두 아들 안티파테스와 만티오스를 낳았다.
안티파테스는 기개 넘치는 오이클레스를 낳았고,
오이클레스가 군사들을 격동시키는 암피아라오스를 낳으니,
아이기스를 지닌 제우스도, 아폴론도 그를 심장으로,   245
온갖 애정을 담아 아껴주었으나, 그는 노년의 문턱에 가 닿지 못하고,
여인에게 바친 선물 탓에 테바이에서 죽고 말았다.[94]
그러나 그에게도 알크마이온과 암필로코스라는 아들들이 있었다.

그런가 하면 만티오스는 폴뤼페이데스와 클레이토스를 낳았다.
그러나 클레이토스는 그의 아름다움 탓에 황금 보좌의 에오스(새벽)가   250
낚아채어 죽음을 모르는 신들 사이에서 지내도록 하였고,
기세등등한 폴뤼페이데스는 인간들 중에서 월등히 탁월한 예언자로
아폴론이 세워놓으니, 암피아라오스가 죽었기 때문이다.
그는 아버지에게 분을 품고는 휘페레시아로 건너와
그곳에 살면서 죽게 마련인 모든 사람에게 예언해주곤 하였다.   255
그런데 그의 아들이 다가와서 텔레마코스의 곁에 섰으니,
그의 이름은 테오클뤼메노스[95]였다. 검고 빠른 배 곁에서
헌주하며 기도하던 그를 마주한 것이다.
그리고 그에게 소리 내어 날개 돋친 말을 건네었다.

---

94 암피아라오스는 테바이 원정에서 죽게 될 것을 알고 있었기에 참전을 피하려 했으나, 아내
    에리퓔레는 오빠 아드라스토스에게 목걸이를 받고 테바이 원정을 찬성하며 남편을 사지로 몬다.
95 '신의 음성을 듣는 자'라는 뜻이다.

"벗이여, 그대가 이곳에서 제물을 바치는 도중에 마주쳤군요. 260
이 제물과, 신과, 나아가 그대의 머리, 그리고 그대를 따르는 동료들의 이름으로
간청합니다. 내 질문에 틀림없이 대답해주시고, 부디 감추지 마십시오.
그대는 인간 중에 뉘시며, 어디서 오셨습니까?
그대의 도시는 어디며 부모님은 어디 계십니까?"

그러자 이번에는 지혜로운 텔레마코스가 그에게 대답하였다. 265
"낯선 이여, 그렇다면 그대에게 더없이 정확하게 말씀드리지요.
내 혈통은 이타카에서 비롯되었고, 내 아버지는, 만일 그런 적이 있었다면,
오뒷세우스올시다. 그러나 이젠 벌써 참담한 파멸을 맞고 돌아가셨지요.
그분 때문에, 오래도록 떠나고 없는 아버지에 대해 물어 알고 싶어서
검은 배와 동료들을 규합하여 오게 된 겁니다." 270

그러자 이번에는 신을 닮은 테오클뤼메노스가 말하였다.
"나 역시 그렇게 고향을 떠나왔습니다. 문중의 한 사람을
죽였으니까요. 그런데 말들이 풀을 뜯는 아르고스에는 그의 형제들과
친척들이 많고, 그들은 아카이아인들을 큰 힘으로 다스리고 있지요.
나는 그들에 의한 죽음과, 새카만 죽음의 여신을 피해 달아나는 중입니다. 275
사람들 사이를 떠돌아다니는 것이 내게 정해진 운명의 몫이니까요.
그러니 부디 저 배에 내게 자리를 내어주십시오. 도망자로서 그대에게 탄원합
  니다.
저들이 나를 죽이지 못하게 해주십시오, 나를 추격하고 있을 겁니다."

그러자 이번에는 지혜로운 텔레마코스가 그에게 대답하였다.
"그대가 원하는데 내가 균형이 잘 잡힌 배에서 그대를 밀어내진 않을 겁니다. 280

자, 같이 갑시다. 그곳에 가면 우리가 가진 만큼 그대는 사랑받게 될 겁니다."

그는 이렇게 소리 내어 말하며 청동 창을 받아 들고선
양 끝이 휜 배의 갑판 위에 뉘어놓았다.
그가 바다를 가로지르는 배에 올라
뱃고물에 앉은 다음, 그의 곁에 테오클뤼메노스를 앉히자,   285
사람들은 고물에서 홋줄을 풀었다.
텔레마코스는 동료들에게 장비들을 단단히 움켜쥐라
격려했고, 그들도 서두르며 그의 말을 따랐다.
그들은 전나무 돛대를 세워 올려 구레통 구멍으로 밀어 넣더니,
앞버팀줄로 단단히 묶어놓았고,   290
잘 꼬아놓은 쇠가죽 마룻줄을 당겨 눈부신 돛을 올렸다.
한편, 빛나는 눈의 아테네는 그 배가 바다의 소금기 어린 물을
최대한 빨리 내달려 완주할 수 있도록 그들을 위해
창공을 뚫고 맹렬하게 돌진하는 순풍을 던져 보냈다.
〈그들은 크루노이와, 아름답게 흘러내리는 칼키스 곁을 지나갔다.〉⁹⁶   295
이제 헬리오스가 가라앉고, 모든 길은 그늘로 덮였다.
배는 제우스의 순풍에 밀려 페아이 앞까지 내리꽂았고
에페이오스인들이 다스리는 신성한 엘리스 옆을 지났다.
거기서 그는 죽음을 피할 수 있을는지, 아니면 제압될는지
고민해가며 다시 깎아지른 섬들을 향해 배를 몰아갔다.   300

한편, 오두막에 있는 두 사람, 오뒷세우스와 신과 같은 돼지치기는

96   이 행이 빠진 사본들도 있다.

15권   377

저녁을 들고 있었고, 그들 곁에 있던 다른 이들도 식사 중이었다.

마침내 이들이 갈증과 허기에서 벗어나자,

오뒷세우스가 그들 사이에서 말문을 열었으니, 그는 돼지치기가

여전히 다정하게 자신에게 사랑을 베풀며 바로 그 집에서   305

머물게 할지, 아니면 도시로 몰아내려는지 떠볼 셈이었다.

　"에우마이오스여, 그리고 다른 모든 동료분들도 이제 들어보세요.

나는 동틀 무렵 동냥을 하러 도시 쪽으로 떠나고 싶어 못 견디겠습니다.

그러면 당신에게도, 동료분들에게도 내가 성가시게 굴 일 없겠지요.

그러니 그대는 내게 좋은 귀띔을 해주시고, 나를 그리로 인도해줄   310

훌륭한 길잡이 한 분을 붙여주시지요. 일단 도시에 가면, 궁하다 못해

제가 알아서 이리저리 돌아다니게 될 겁니다, 누가 술 한 주발, 빵 한 덩어리

주지 않을까 하면서요. 그러고는 신과 같은 오뒷세우스의 집으로 가서

더없이 지혜로운 페넬로페에게 소식을 말씀드리렵니다.

또, 분수도 모르는 구혼자들 틈에도 섞여봐야지요. 먹거리라면   315

헤아릴 수 없이 많이 차지하고 있는 그들이 내게도 식사를 내줄지 모르니까요.

그 사람들이 원하는 게 무엇이든, 나는 그들 사이에서 재빠르게,

제대로 시중을 들 겁니다. 내 그대에게 다 말할 테니

그대는 내 말을 새기며 잘 들어보오. 모든 인간의 노동에

우아함과 영예를 부여하시는 동행자 헤르메스 덕분에   320

시중드는 일이라면 죽게 마련인 다른 어떤 인간도 나와 겨룰 수 없어요.

장작불을 제대로 쌓아 올리고, 땔감으로 쓸 장작도 패놓고,

잔치에 나눠드릴 고기를 굽고 썰고, 포도주를 따르는 이런 일들은

더 못한 사람들이 어엿한 분들께 해드리는 일들이지요."

그러자 그대는 크게 화를 내며 그에게 말하는구나, 돼지치기 에우마이오스여. 325

378

"아니 손님, 어쩌다가 속에서 그런 것을 염두에 두게 되셨소?

그대가 구혼자들의 무리에 잠겨 들어가고 싶다는 건

그대가 그 자리에서 철저하게 파멸하고 싶어 못 견디겠다는 말이오.

그들의 주제넘은 짓과 폭력은 무쇠로 만든 하늘까지 가 닿아 있어요.

또, 그들의 하인들도 당신과 같은 부류가 아니라,   330

젊은 데다가, 통옷이며 외투도 근사하게 걸쳤고

머리에는 윤기가 돌고 얼굴들도 잘생겼다오.

그들에게 시중드는 이들이 그렇다 이 말이오. 또 매끈한 식탁들에는

빵이며 살코기, 포도주가 묵직할 정도로 차려져 있지요. 그러니

여러 말 말고 여기 있으시오. 당신이 여기 있겠다고 해서 성가셔할 사람은 없어요. 335

나나, 나와 함께하는 내 동료들 어느 누구도 그렇지 않아요.

그러나 오뒷세우스의 친아드님이 오시게 되면,

그때는 그분이 그대에게 외투며 통옷이며 옷가지들을 입혀주실 거고

그대의 심장과 기백이 명하는 곳 어디로든 그대를 보내드릴 겁니다."

그러자 잘 참고 견디는 신과 같은 오뒷세우스가 그에게 대답하였다.   340

"에우마이오스여, 그대는 내게서 사랑받는 것처럼 아버지 제우스께도

사랑받는 이가 되기를! 그대가 내게서 방랑과 끔찍한 고통을 멈춰주었으니까요.

죽게 마련인 인간들에게, 떠돌아다니는 것보다 더 고약한 게 없어요.

하지만 그저 저주받을 위장(胃腸)이 도대체 뭐라고, 사람들은 방랑과,

재앙과 고통이 닥쳐도 그것 때문에 몹쓸 근심거리도 참곤 합니다.   345

한데 지금은 그대가 나를 붙드시고, 그분을 기다려보라고 명하시니

그러면 내게 신과 같은 오뒷세우스의 어머니와, 그분이 떠나며

노년의 문턱에 남겨두고 간 아버지에 대해 말씀해주오.

그분이 헬리오스의 광채 아래에서 여전히 살아 계신지,

아니면 벌써 돌아가셔서 하데스의 집에 계신지를요."

그러자 이번에는 그에게 사람들을 다스리는 돼지치기가 말하였다.
　"손님, 안 그래도 내 그대에게 아주 정확하게 말씀드리려 했다오.
라에르테스는 여전히 살아 계십니다, 목숨이 사지에서
떠나가게 해달라며 궁전에서 제우스께 늘 기도하셔서 그렇지.
그분은 떠나간 자식을 두고, 또 현명했던 본부인을 두고
끔찍하리만큼 통곡하고 계신다오. 무엇보다도 그분이 돌아가셔서
가장 괴로워하셨고, 그 일로 너무 일찍 노인이 되셨지요.
그녀는 영광스러운 아드님을 두고 괴로워하시다가 서러운 죽음을 맞고
돌아가셨소. 그저 여기 사는 이들 중에 내게 사랑스럽고,
또 사랑스러운 일을 하는 사람은 누구라도 그렇게 죽지 않기만을
바랄 뿐입니다. 그분 생전에는, 물론 근심에 시달리셨겠지만,
내겐 이렇게 뭔가를 궁금해하고 물어보곤 하는 것이 낙이었다오.
자녀들 중 가장 늦게 본, 그분의 당당한 따님인 긴 옷을 입은
크티메네와 함께 나를 그분이 손수 길러주셨기 때문이지요.
나는 그녀와 함께 자라났고, 그분은 나를 딱히 더 홀대하지도 않았어요.
그러다 우리 두 사람이 바라마지않던 한창나이에 이르자
그분은 헤아릴 수 없이 많은 혼수를 받고 그녀를 사메로 시집보냈고,
내게는 외투며 통옷이며 몹시 아름다운 옷가지들을 입혀주시더니
발에 신으라고 신발도 주시며 들판으로 보내셨고,
나를 심장에서부터 더더욱 아껴주셨다오.
지금이야 나 이런 것들 없이 지내고 있지만, 복된 신들께서
내 일을 번창하게 하시고, 그 덕에 나도 버티고 삽니다.
그 소출로 나는 먹고 마셔왔고, 삼가 공경해야 할 분들께도 드렸지요.

그러나 이 집에 분수도 모르는 그자들이라는 액운이
내리고 난 다음부터는 주인마님으로부터 말이든 행동이든,
통 점잖은 이야기가 들리질 않습디다. 하인들이란 주인마님 면전에서
말도 좀 하고, 미주알고주알 다 물어보고, 먹고, 마시고 싶게 마련입니다.
그리고 하인들의 기백을 언제든 따사롭게 해주는 그런 것들을 약간이나마
들판으로 가져가고 싶게 마련이고요."

그러자 꾀 많은 오뒷세우스가 그에게 대답하며 말하였다.
　"오오, 저런! 그대가 고향과 부모님을 떠나 먼 길을
떠나왔을 적에는 아직 어렸을 텐데요, 돼지를 돌보는 에우마이오스여.
그러면 내게 이것을 말해주되, 정확하게 설명해주오.
그대의 아버지와 공경받을 어머니가 사시던, 널찍한 길이 난,
사람들의 도시가 무너져 내린 건가요? 아니면, 그대 혼자서
양 떼나 소 떼 곁에 있다가, 적의를 품은 사내들이
그대를 잡아다 여기 이분의 집에 팔아넘긴 겁니까?
그리고 그이는 적당히 값을 치렀겠고?"

그러자 이번에는 사람들을 다스리는 돼지치기가 말하였다.
　"손님, 이걸 내게 물으시고, 또 궁금해하시니
그러면 이제 말없이 앉아 포도주를 마셔가며 듣고 즐겨주오.
요즘은 밤이 말도 못 할 지경으로 길어요. 물론 잠을 잘 수도 있지만
즐거움을 주는 이야기에 귀 기울일 수도 있지요. 그러니 시간이 되기도 전에
미리 자리에 누울 필요는 없다오, 너무 오래 자는 것도 골치 아픈 일이니까.
하지만 다른 사람들은, 심장과 기백이 그리 명령하는 사람이 있다면
자러들 가오. 그러다가 에오스(새벽)가 모습을 드러내면

식사를 하고 주인님의 돼지들을 따라가도록 하오.
우리 두 사람은 이 오두막에서 먹고 마시며,
서로의 서러운 상처를 떠올리며 낙을 누릴까 하니.
숱하게 많은 것을 겪고 많이 떠돌아본 사람이라면   400
나중에는 고통으로도 낙을 누리는 법이라오.

그건 그렇고, 내 그대가 묻고 궁금해하시는 걸 그대에게 말씀드리려 하오.
쉬리에라고 불리는 섬이 하나 있어요, 그대도 아마 들어보셨을 겁니다.
오르튀기아의 위쪽에 있고, 헬리오스가 방향을 트는 곳이지요.
사람이 엄청나게 많이 사는 곳은 아니어도, 괜찮은 곳이랍니다.   405
좋은 초원이 있고, 양 떼가 많지요. 포도주가 넉넉하고 곡식도 잘 자라는 그곳,
거기는 백성들에게 굶주림이 다가오는 법도 없고,
죽게 마련인 비참한 인간들에게 무슨 가증스러운 질병이 생기는 법도 없어요.
그 도시에서 인간들의 종족은 다만 늙어갈 따름이고
그때 은궁(銀弓)의 아폴론이 아르테미스와 함께 와서   410
부드러운 화살들로 찾아와 죽인답니다.
거기에는 도시가 둘 있고, 그들에게는 모든 것이 둘로 나뉘어 있는데
내 아버지, 오르메노스의 아드님 크테시오스는 그 양쪽 모두를
다스리셨다오. 죽음을 모르는 신들을 빼닮은 분이었지요.

그런데 그곳에 이름난 뱃사람들인 포이니키아인들이, 그 쥐새끼들이   415
검은 배에 노리개들을 엄청나게 싣고 온 거요.
내 아버지의 집에도 포이니키아에서 온 여인이 하나 있었다오.
아름답고 체격도 큰 데다가 세련된 일들도 할 줄 아는 사람이었지요.
바로 그녀를, 교활하기 이를 데 없는 포이니키아인들이 꾀어낸 거요.

아폴론과 아르테미스

———

젊은이의 죽음은 남자는 아폴론이,
여자는 아르테미스가 화살로 제압하는
것으로 그려지는 것이 보통이다. 기다림에
소진된 페넬로페는 아르테미스가
당장이라도 다가와 자신을 죽여주기를
거듭 기원한다(18권 202-205행, 20권
61-80행).

제임스 니글, 에칭, 1805

그중 한 녀석이 빨래를 하러 나온 그녀와 속이 빈 배 곁에서   420
사랑으로 몸을 섞고 자리에 누웠지 뭡니까. 이런 일들이 여인들에게는
판단을 흐려놓는 법이죠, 제아무리 행동거지 바른 여인이라 할지라도.
그러고서 그자는 그녀가 누구인지, 어디서 왔는지 물었고
그 말이 떨어지자마자 그녀는 지붕이 높다란 내 아버지의 집을 가리켰어요.
'나는 청동이 넘치는 시돈에서 온 걸 자부해요.   425
이 몸은 다름 아닌 풍요가 넘쳐흐르는 아뤼바스의 딸이지요.
그러나 해적들인 타피오스 사람들이 벌판에서 돌아오는 나를
낚아채어 이리로 데리고 와 저분의 집에 팔아넘겼지요.
그리고 그분은 적당히 값을 치렀죠.'

그러자 이번엔 그녀와 은밀하게 몸을 섞었던 그자가 그녀에게 말했다오.   430
'그러면 당신, 지붕이 높다란 아버지와 어머니의 집도 집이거니와
그분들을 직접 뵈러 우리와 함께 다시 집으로 되돌아가지 않겠소?
듣자 하니 그분들은 여전히 부유하시다 하오.'

그러자 이번에는 그 여인이 대답하며 이런 말로 말했지요.
'그것도 가능하겠지요, 뱃사람들이여. 나를 무사히 집으로   435
데려다주겠다고 그대들이 나를 위해 맹세를 걸어줄 의향이 있다면야.'

그녀가 이렇게 말하자, 그들은 그녀가 요구한 대로 죄다 맹세를 걸었죠.
그런데 그들이 맹세하고 서약을 마치고 나자,
그들 사이에서 그 여인이 다시 이런 말로 대답합디다.
'지금은 잠자코들 계세요. 당신 동료들 중에서 누가 나를   440
길거리에서나 샘터에서 마주친다고 해도 절대 내게

말 붙이지 마세요. 혹시 누가 집으로 가서 노인에게

일러바칠지도 모르니까요. 그러면 그가 나를 의심하고

고통스러운 사슬에 묶어놓은 다음, 그대들에게는 파멸을 꾀하겠지요.

그러니 이 이야기를 속으로들 간직하고, 물건들을 어서 사들이도록 해요.   445

그래서 이 배가 살림거리로 가득 차게 되면

내게 집 안으로 서둘러 기별을 보내세요.

내 손에 담을 수 있을 만큼 황금을 가져올 테니까요. 그리고 뱃삯으로

내 다른 것도 기꺼이 내드리지요. 나는 그 고귀한 사람의 자식을

궁전에서 기르고 있는데, 아주 영리한 녀석이죠.   450

그 애가 나와 함께 대문 밖으로 달려 나올 거예요. 내가 그 애를

배로 데려올 거고, 그 애가 당신들에게 헤아릴 수 없이 많은 몸값을

안겨줄 겁니다. 설령 다른 말을 쓰는 사람들에게 팔아넘긴다 해도요.'

그녀는 이렇게 말하더니 아름다운 집을 향해 떠나갔고

그자들은 일 년 내내 그곳에서 우리 곁에 머물면서   455

속이 빈 배 안에 살림거리를 많이도 사들였지요.

그러다가 그들이 떠나도 될 정도로 속이 빈 그 배에 짐이 실리자

그들은 그 여자에게 기별할 전령을 하나 보내더군요.

많은 것을 알고 있는 한 남자가 내 아버지의 집으로

호박이 줄지어 박힌 황금 목걸이를 들고 왔지요.   460

시녀들과 공경하올 어머니는 거실에서 그것을

손으로 만져보며 눈으로 바라보며 값을 매겨보고 있었고,

그자는 그 여자에게 말없이 고개를 끄덕였어요.

그자는 고개를 끄덕인 다음 속이 빈 배를 향해 떠났고,

그 여자는 내 손을 쥐더니 집 대문 밖으로 나를 데리고 나왔지요.   465

그 여자는 바깥쪽 방 안에서 사람들이 잔치할 때 쓰던 잔들과

식탁들을 보았는데, 그들은 내 아버지를 위해 일해주던 분들이었어요.

그분들은 마침 백성들과 이야기하는 자리에 나가 있었던 터였고

그 여자는 잽싸게 잔 세 개를 품에 감추더니 가지고 나가더이다.

그리고 나는 어리석게도 그만 그 여자를 따라갔던 겁니다.   470

헬리오스가 가라앉고, 모든 길이 그늘로 덮였다오.

우리는 재빨리 움직이며 이름난 포구에 도착했고

거기에는 포이니키아 사람들의, 바다 위에서 날렵한 배가 있더군요.

그들은 우리 둘을 태우고 배에 오르더니 젖은 항로를

항해하기 시작했지요. 제우스께서 순풍을 보내셨던 겁니다.   475

우리는 엿새 동안을 밤에도 낮에도 똑같이 항해했는데,

크로노스의 아드님 제우스께서 일곱 번째 날을 더하셨을 때

화살을 퍼붓는 아르테미스께서 그 여자를 맞히셨고, 그녀는

둔중한 소리를 일으키며 제비갈매기라도 된 듯 배 밑창으로 떨어지더군요.

그러자 그들은 그녀를 물범들과 물고기들의 먹이로 만들려고   480

내던졌고요. 나야 심란한 채로 남아 있었지요.

바람과 물이 그들을 이타카로 데려오며 몰아오자,

여기에서 라에르테스께서 그분의 재산을 들여 나를 샀습니다.

그렇게 해서 내가 두 눈으로 이 땅을 보게 된 겁니다.”

이번에는 제우스에게서 태어난 오뒷세우스가 그에게 이런 말로 대답하였다.   485

　“에우마이오스, 그대 기백으로 견뎌낸 그 고통을 하나하나 말해주다니,

그대는 내 속에 있는 기백을 정말이지 엄청나게 흔들어놓는군요.

그래도 제우스께서는 그대에게 나쁜 것 말고도 좋은 것도 주신 게 분명해요.

당신이 그 숱한 고생을 겪고 나서는 상냥한 사람의 집에 왔으니까요.
그분은 그대를 위해 다정하게 먹을 것과 마실 것을 내어주고   490
그대는 좋은 삶을 누리고 있으니 말입니다. 하지만 이 몸은
죽게 마련인 인간들의 수많은 도시를 떠돌다가 여기까지 온 거라오.”

이처럼 이들은 이런 말을 서로 주고받은 다음
잠이 들었으나, 오래도록은 아니었고 잠깐뿐이었다.
근사한 보좌에 앉은 에오스(새벽)가 곧바로 다가왔기 때문이다.   495
한편, 뭍을 앞에 둔 텔레마코스의 동료들은 돛을 풀더니
서둘러 돛대를 내려놓았고, 노를 저어가며 포구 안으로 배를 몰아갔다.
그들은 돌닻들을 밖으로 던지고, 뱃고물은 홋줄로 묶은 다음,
파도가 부서지는 바닷가로 내려오기 시작했고,
식사를 준비하며 불꽃 같은 포도주를 섞었다.   500
마침내 이들이 갈증과 허기에서 벗어나자,
그들 사이에서 지혜로운 텔레마코스가 말문을 열었다.
　“그대들은 이제 도시를 향해 검은 배를 몰고 가시오.
나는 들판으로 가서 목자들에게 가 있겠소.
내 일거리들을 보고 난 다음에는 저녁에 도시로 내려가겠소.   505
동틀 무렵에는 그대들을 위해 이 여행에 대한 대가로
고기와 달콤한 포도주로 근사한 잔칫상을 차려드리리다.”

그러자 이번에는 그에게 신을 닮은 테오클뤼메노스가 말하였다.
　“내 아들이여, 그러면 대체 나는 어디로 가야 합니까?
바위투성이 이타카를 다스리는 사람들 중 누구의 집으로 갈까요?   510
아니면 그대의 어머니와 그대의 집으로 곧장 갈까요?”

그러자 이번에는 지혜로운 텔레마코스가 그에게 말하였다.

"다른 때라면 나도 그대에게 우리 집으로 오시라고 당부했을 겁니다.
손님을 대접함에 아쉬운 점이 없으니까요. 그러나 지금은 그게 당신에게
더 좋을 리가 없어요. 일단 나도 그대에게서 떠나 있겠고, 어머니도   515
그대를 만나주시지 않을 겁니다. 그분은 집에서 구혼자들에게 모습을
잘 드러내시지 않고, 그들과 떨어져 위층에 있는 베틀에서 옷감을 짜시지요.
대신, 그대가 가볼 만한 다른 사람을 말씀드리겠어요.
현명한 폴뤼보스의 눈부신 아들, 에우뤼마코스입니다.
요새 이타카 사람들은 그이를 마치 신과 같이 바라봅니다.   520
게다가 그는 월등하게 뛰어난 사람이라 내 어머니와 결혼하고
오뒷세우스의 지위를 얻게 되기를 누구보다도 더 많이 갈망하고 있지요.
그러나 그 결혼에 앞서 재앙의 날이 그들에게 끝장을 내릴지는
창공에 거하시는, 올륌포스에 계시는 제우스께서 알고 계십니다."

그런데, 이렇게 말하던 그의 오른편에서 새 한 마리가,   525
아폴론의 날쌘 전령인 매가 날아왔다. 매는 두 발로
비둘기를 움켜쥐고선 뜯어가며 그 깃털을
배와 텔레마코스 사이에 흩뿌리고 있었다.
그러자 테오클뤼메노스가 그를 동료들에게서 따로 멀찍이 불러내더니
그의 손을 쥐고 이름을 부르며 이렇게 말하였다.   530

"텔레마코스, 신의 뜻이 아니고서야 저 새가 오른편에서 날아오지
않았을 거요. 나는 저 새를 마주 보며 징조를 보여주는 새임을 알아차렸어요.
이타카 백성들 중에서 그대의 가문이 누구보다도 더 왕다우니
언제까지고 그대들이 다스릴 것입니다."

그러자 이번에는 지혜로운 텔레마코스가 그에게 말하였다.   535
　"손님, 그 말씀대로만 된다면야! 그렇게만 된다면
그대는 내게서 수많은 선물과 환대가 무엇인지 알게 될 테고
그대와 마주치는 사람 누구라도 그대에게 복을 빌어드릴 거요."

그리고 믿음직한 동료인 페이라이오스에게도 말하였다.
　"클뤼티오스의 아들 페이라이오스, 자네는 나를 따라 퓔로스로   540
와준 내 동료들 중 다른 일들에서도 나를 가장 잘 따라주었지.
이번에도 나를 봐서 이 손님을 그대의 집으로 모시고 가서
내가 올 때까지 다정하게 사랑을 베풀어드리고 존중해드리게."

그러자 이번에는 창으로 이름난 페이라이오스가 그에게 대답하였다.
　"텔레마코스, 자네가 여기서 오랫동안 머문다 할지라도   545
나 이분을 돌볼 걸세. 이분을 대접함에 소홀함이 없을 걸세."

그는 이렇게 말하고 배에 올랐고, 동료들에게도
배에 올라 고물에서 홋줄을 풀라고 명령하자
그들도 즉시 배에 올라 노 저을 자리로 가 앉았다.
한편 텔레마코스는 두 발 아래 아름다운 신발을 묶어 신은 다음   550
배의 갑판에서 날카로운 청동 날이 박힌 억센 창을 쥐어 들었다.
그들이 고물에서 홋줄을 풀고 배를 밀어내어
도시로 항해하니, 이는 신과 같은 오뒷세우스의 친아들
텔레마코스가 명한 바 그대로였다. 그가 목장에 가 닿을 때까지
재빨리 나아가는 그를 그의 두 발이 옮겨다 주니, 그곳에는   555

헤아릴 수 없이 많은 돼지 떼가 있었고, 그 틈에서 훌륭한 돼지치기가
잠들어 있었으니, 그는 주인을 위해 정다운 일을 할 줄 아는 사람이었다.

16권

한편, 오뒷세우스와 신과 같은 돼지치기 이 두 사람은 동이 트자
오두막에서 불을 피우며 아침 식사를 준비하였고
무리 지은 돼지 떼와 함께 목자들을 내보내었다.
한편, 텔레마코스가 나타나자, 늘 짖기만 하는 개들이
짖지 않고 꼬리를 흔들었다. 신과 같은 오뒷세우스는 개들이   5
꼬리를 흔드는 것과 발걸음 소리가 다가오는 것을 알아차리더니
곧바로 에우마이오스에게 날개 돋친 말을 건네었다.
  "에우마이오스, 분명히 당신의 동료나, 잘 아는 어떤 사람이
이리로 올 겁니다. 개들이 짖어대기는커녕 꼬리를 흔들고 있으니까요.
발에서 이는 둔중한 소리도 들리는군요."   10

그의 말이 채 다 끝나기도 전에, 그의 친아들이
문가에 서 있었다. 돼지치기는 크게 놀라며 자리를 박차고
일어나더니, 불꽃 같은 포도주를 섞던 사발을

391

두 손에서 떨어뜨리고 주인을 향해 마주 다가가서
그의 머리와 아름답게 빛나는 두 눈과   15
두 손에 입 맞추며 방울 굵은 눈물을 떨구었다.
마치 아버지가 먼 나라에서 십 년 만에 돌아온
늦둥이 외아들을, 아버지 속깨나 썩였던
그 친아들을 애정을 품고 반기며 맞듯이,
꼭 그처럼 이때 신과 같은 돼지치기는 신을 닮은 텔레마코스에게,   20
그가 마치 죽음을 피해내기라도 한 듯, 어디라 할 것 없이
입을 맞추었고, 오열하며 날개 돋친 말을 건네었다.

　"왔군요, 텔레마코스, 내 달콤한 빛이여. 그대가 필로스로
떠난 이후로, 저 이제 더는 그대를 보지 못할 거라고 말하곤 했습니다.
자, 이럴 게 아니라 안으로 드셔야죠, 내 아드님, 그대가 타지에서   25
이제 막 오셨으니 저도 안에서 그대를 바라보며 기백으로
낙을 누리렵니다. 그대는 예전에도 들판으로, 목자들에게로 자주
오시지 않고 백성들 사이에 계셨지요. 저 파괴적인 구혼자들의 무리를
바라보는 게 그대의 기백을 기쁘게 했나 봅니다."

그러자 이번엔 지혜로운 텔레마코스가 그에게 대답하였다.   30
　"그러라고 하지요, 아저씨. 아무튼 내가 이리로 온 건 아저씨 때문이죠.
내 그대를 이 두 눈으로 보고, 이야기를 들어보려고요.
혹시 내 어머니가 아직 궁전에 남아 계신지, 아니면 다른 누군가가 벌써
그분과 결혼을 해서, 거기서 잠자는 사람이 없어진 오뒷세우스의 침대에
흉하게 거미줄이 쳐져 있는지 알고 싶으니까요."   35

그러자 이번엔 사람들을 이끄는 돼지치기가 그에게 말하였다.

"당연히 그분은 끈질기게 견뎌내는 기백으로
그대의 궁전에 남아 계시지요. 가엾게도 밤이고 낮이고
늘 눈물을 쏟으며 쇠잔해가시긴 합니다만."

돼지치기는 이렇게 말하며 그에게서 청동 창을 받아 들었고,   40
텔레마코스는 돌 문턱을 넘어 안으로 들어왔다.
그가 다가오자, 아버지 오뒷세우스는 그를 위해 자리에서 물러났다.
그러나 텔레마코스는 맞은편에서 이를 말리며 말하였다.
  "앉아 계시지요, 손님. 저희는 저희 오두막 안 다른 곳에서
의자를 찾아올 수 있고, 가져다주실 분도 곁에 계시니까요."   45

이렇게 말하자, 그는 되돌아가서 자리에 앉았다. 한편, 돼지치기는
그를 위해 푸릇누릇한 관목 가지들을 쏟아붓더니 그 위에
양털을 깔았고, 오뒷세우스의 친아들은 그 위에 앉았다.
그러자 돼지치기는 전날 먹다가 남겨둔
고기구이를 접시에 차려놓았고   50
빵도 서둘러 바구니에 수북하게 쌓아놓았다.
그는 나무 사발에 꿀처럼 감미로운 포도주를 섞은 다음
자신은 신과 같은 오뒷세우스의 맞은편에 앉았다.
그들은 준비되어 차려진 음식 쪽으로 손을 내밀기 시작했고,
마침내 이들이 갈증과 허기에서 벗어나자,   55
텔레마코스가 신과 같은 돼지치기에게 말하였다.
  "아저씨, 이 손님은 어디에서 오셨나요? 선원들이 이분을
이타카에 어떻게 모시고 왔는지요? 그들이 누구라며 자랑한다던가요?
설마 걸어서 이곳에 오셨을 거라고는 도저히 생각할 수 없으니까요."

그러자 그대는 그에게 이렇게 대답하는구나, 돼지치기 에우마이오스여.   ₆₀

"도련님, 안 그래도 제가 숨김없이 전부 말씀드리려 했답니다.

이분은 자신의 혈통이 드넓은 크레테에서 비롯되었노라 자부하고 있습니다.

이분 말씀으로는 죽게 마련인 인간들의 수많은 도시를 방랑하며

떠돌아다녔다고 합니다. 이분에게 어떤 신이 그런 운명의 실을 자아낸 것이지요.

지금은 테스프로토스 사람들의 배에서 달아나 제 오두막으로 온 거고요.   ₆₅

제가 이분을 그대에게 넘겨드릴 테니, 원하시는 대로 하세요.

이분은 그대의 탄원자라고 자부하고 있답니다."

그러자 이번엔 지혜로운 텔레마코스가 그에게 대답하였다.

"에우마이오스, 정말이지 이 기백을 아프게 하는 말씀을 하십니다.

내가 무슨 수로 이 손님을 집으로 받아들일 수 있을까요?   ₇₀

나는 아직 어려서, 누가 먼저 시비를 걸어오면

이 주먹으로 그를 물리칠 거라는 확신조차 없으니까요.

내 어머니의 기개도 속에서 둘로 나뉘어 저울질하고 계시지요.

남편의 침대와 백성의 평판을 삼가 두려워하여

거기서 나와 함께 머물며 집안을 돌보실지,   ₇₅

아니면 궁전에서 청혼하고 있는 아카이아인들 중에서

제일 낫고 가장 많은 걸 바치는 사람을 따라갈 것인지를 두고요.

일단 이 손님은 그대의 집에 오셨으니

내가 외투며 통옷 같은 근사한 옷들을 입혀드리고,

양날 칼 한 자루와 발에 신을 신발도 드리지요.   ₈₀

저분의 심장과 기백이 명하는 곳 어디로든 제가 저분을 보내드릴 겁니다.

하지만 만일 그대가 원한다면, 그대가 저분을 이 오두막에 붙들어두고

돌봐드려도 됩니다. 저분이 그대와 동료들의 진을 빼놓지 않도록
옷가지와 먹을 것은 내가 이리로 전부 보내드릴게요.
그러나 나는 저분이 그리로, 구혼자들 틈으로 가도록 놔두고 싶진 않아요.   85
그들의 흉악한, 주제넘은 짓이 도를 넘어섰기 때문입니다. 그자들이 저분을
조롱할까 두렵고, 그러면 제게도 끔찍한 고통이 되겠지요.
제아무리 힘이 세다 할지라도 더 많은 사람 틈에서 뭔가를 해내기는
어려운 일이잖아요. 그자들이 훨씬 더 강하니까요."

그러자 이번엔 잘 참고 견디는, 신과 같은 오뒷세우스가 그에게 말하였다.   90
　"친구여, 나도 대답하는 것이 도리이겠지요.
듣고 있자니 그대의 말씀이 정말이지 내 심장을 갉아먹을 지경입니다.
그대들 말씀으로는 구혼자들이 그대 같은 분의 뜻을 거슬러가며
궁전에서 흉악한 짓들을 꾸미고 있다던데.
내게 말해보세요, 그대가 알아서 그 밑으로 들어간 건가요? 아니면,   95
이 나라 백성들이 어떤 신의 음성에 따라 그대를 증오하고 있는 건가요?
아니면 큰 다툼이 벌어진다 하더라도 전투에서만큼은 믿을 수 있는
형제들을 원망하고 계신 겁니까?
이내 기백만큼만 내가 젊다면 얼마나 좋을까요? 내가 흠잡을 데 없는
오뒷세우스의 아들이거나, 아니면 그분 본인이라면 좋을 텐데요![97]   100
만일 내가 그럼에도 라에르테스의 아드님 오뒷세우스의 집으로 가서   102
그들 모두에게 재앙이 되지 못한다면
그때는 다른 누군가가 내 목을 치게 하세요!

97　역자는 편집자 웨스트와 달리 읽어 101행을 후대의 삽입으로 보고 삭제하였다. 101행을 복구하여
　　옮기면 100행부터 의미가 다음과 같이 달라진다. "오뒷세우스의 아들이거나, 아니면 그분 본인이 /
　　떠돌이로 오신다면 좋을 텐데요! 아직은 희망의 몫이 남아 있으니까요."

만일 저들의 무리가 혼자인 나를 제압한다면,   105
그것 또한 내 바라는 바올시다. 차라리 내 궁전에서 살해되어
죽는 쪽이 더 낫겠습니다. 손님들을 두들겨 패고,
그 아름다운 집 곳곳으로 시녀들을 남우세스럽게 끌고 다니는가 하면,
이룰 수도 없고, 이루어지지도 않을 일에 그렇게 헛되이
포도주를 끊임없이 길어 올리고 빵을 먹어치우는,   110
그런 당치도 않은 짓거리들을 허구한 날 보느니 말입니다."

그러자 이번에는 지혜로운 텔레마코스가 그에게 대답하였다.
  "손님, 안 그래도 제가 숨김없이 전부 말씀드리려 했답니다.
모든 백성이 저를 증오하며 가혹하게 굴고 있는 것도 아니고
큰 다툼이 벌어진다 하더라도 전투에서만큼은 믿을 수 있는   115
형제들을 원망하는 것도 아닙니다.
크로노스의 아드님께서는 저희 혈통에 오직 한 명씩만을 주셨으니까요.
아르케이시오스는 라에르테스를 외아들로 낳으셨고,
그분이 아버지가 되어 오뒷세우스를 또 외아들로 낳으셨지요. 오뒷세우스도
저를 궁전에서 외아들로 낳았지만, 낙도 누리지 못하고 떠나신 겁니다.   120
그래서 지금 제 집에는 적군이 이루 헤아릴 수 없을 만큼 와 있지요.
둘리키온, 사메, 게다가 숲이 우거진 자퀸토스 같은 섬들을
장악하고 있는 우두머리들 모두에다가,
바위투성이 이타카를 거머쥔 자들 모두가
하나같이 제 어머니에게 구혼한답시고 이 집을 거덜 내고 있답니다.   125
그런가 하면 어머니는 그 가증스러운 결혼을 거절도 못 하고, 끝을 볼
힘도 없어요. 저자들은 제 살림을 먹어치우며 망쳐놓고 있고요.
분명 저자들은 곧 저조차도 갈기갈기 찢어놓을 겁니다.

이런 것은 신들의 무릎 위에 놓인 일임이 분명합니다.

아저씨, 아저씨는 어서 가서 더없이 지혜로운 페넬로페께　　　　　130
내가 퓔로스에서 돌아왔고 무사하다고 전해드리세요.
나는 여기 머물러 있을 테니까, 그대도 그분께만 소식을 전한 다음
이리로 오세요. 아카이아인들 중에서 다른 누구도 이걸 들어
알지 못하도록요. 많은 자들이 나를 노리고 흉계를 꾸미고 있으니까요."

그러자 그대는 그에게 이렇게 대답하는구나, 돼지치기 에우마이오스여.　　135
　"잘 알아들었고, 명심하겠습니다. 당신은 분별 있는 사람에게
분부하고 계십니다. 자, 그건 그렇고, 제게 이것을 말씀해주시되,
부디 정확하게 설명해주세요. 제가 이참에 그길로 불운한 라에르테스께도
소식을 전하러 갈까요? 그동안 그분은 오뒷세우스로 인해 몹시 슬퍼하시면서도
가슴속에서 기백이 명할 때면 일들을 살펴보아주셨고,　　　　　140
댁에서는 시녀들과 어울려 마시고 드시기도 했지요.
하지만 요새는, 사람들 말로는 그대가 배를 타고 퓔로스로
가신 이후로 그분이 아예 식음을 전폐하셨고
일도 둘러보지 않으시며 신음과 눈물로 오열하시며
주저앉아 계시다고 합니다. 피골이 상접한 채로요."　　　　　145

그러자 이번엔 지혜로운 텔레마코스가 그에게 대답하였다.
　"더더욱 괴롭게 되었군요. 애통하긴 하지만, 그럼에도 불구하고
그분은 그대로 놔두지요. 만일 죽게 마련인 인간들이 무엇이든 제 뜻대로
택할 수 있다면, 우린 무엇보다도 먼저 아버지의 귀향의 날을 택합시다.
그러니 아저씨도 소식을 전하고 나면 되돌아오시고, 그분을 찾아　　　150

들판을 떠돌지 마세요. 대신 시중드는 하녀 하나를 가급적 빨리,
그것도 남몰래 채근하라고 어머니께 말씀드리세요.
그러면 그 시녀가 할아버지께 소식을 전할 겁니다."

그가 이렇게 돼지치기를 독려하자, 그는 손에 신발을 집어 들더니
발 아래 묶어 신고 시내로 떠났다. 한편, 돼지치기 에우마이오스는   155
오두막을 떠나며 아테네의 눈길을 피하지 못하였다. 그녀는
아름답고 체격도 큰 데다가 세련된 일들도 할 줄 아는
여인의 모습을 하고 가까이 다가오더니 오두막 문 맞은편에 서서
오뒷세우스에게 모습을 드러내었다. 그러나 텔레마코스는
맞은편에 있으면서도 그녀를 보지도, 알아차리지도 못하였으니,   160
신들은 모두가 볼 수 있게 모습을 드러내지는 않기 때문이다.
그러나 오뒷세우스와 개들은 그녀를 보았으니, 개들은 짖지도 못하고
끼깅대며 오두막 반대편으로 가로질러 달아났다.
그녀가 눈썹을 까닥이자, 신과 같은 오뒷세우스가 이를 알아차리더니
집 밖으로 나와 뜰의 커다란 담벼락을 지나   165
그녀 앞에 섰고, 아테네가 그에게 말하였다.
  "제우스께 태어난 자여, 라에르테스의 아들아, 허다한 계책에 밝은
오뒷세우스야! 이제 네 아이에게 말하려무나, 감출 것 없다.
너희들은 구혼자들에게 죽음과 죽음의 여신을 잘 짜 맞춘 다음
명성이 자자한 도시를 향해 가거라. 나도 너희 두 사람에게서   170
오래도록 떨어져 있진 않겠다. 나도 싸우고 싶어 달아올라 있으니까."

그러더니 아테네는 황금 지팡이로 그를 건드렸다.
그녀는 먼저 그의 가슴에 잘 세탁된 외투와 통옷을

아테네,
오뒷세우스의 모습을 돌려놓다

―――――

이제 오뒷세우스와 텔레마코스는 아버지와 아들로서 만나게
된다. 텔레마코스는 아무런 증거도 없이 오뒷세우스를 알아보는
유일한 인물이다. 아버지를 살려내고 데려온 자의 특권일까.

제임스 파커, 에칭, 1805

둘러준 다음, 체격과 젊음의 기운을 키워주었다.
피부는 도로 거뭇해졌고, 턱은 탄력을 찾았으며
뺨 주변에는 검은 수염이 돋았다.
그녀는 이 일을 마치더니 되돌아갔고, 오뒷세우스는 오두막으로
들어갔다. 그러자 친아들이 그를 보며 경악하더니
혹시 그가 신일까 싶어 두려움에 휩싸여 눈길을 다른 쪽으로 돌리며
그에게 소리 내어 날개 돋친 말을 건네었다.
　"손님, 조금 전과는 달리 지금 그대는 다른 모습을 드러내시는군요.
옷도 달리 입고 계시고, 살갗도 더는 전과 같지가 않습니다.
그대는 너른 하늘을 차지하고 계신 어떤 신임이 분명합니다.
부디 너그러워지소서, 임께 기쁨이 될 제물과 황금의 선물을
마련하여 바치겠나이다. 부디 저희를 살려만 주십시오."

그러자 이번엔 잘 참고 견디는, 신과 같은 오뒷세우스가 그에게 말하였다.
　"나는 신이 아니란다. 너는 왜 나를 죽음을 모르는 분들에게 견주느냐?
그게 아니라, 내가 너의 아버지란다. 그로 인해 네가 신음하며
숱한 고통을 견뎌내었고, 사람들의 폭력을 받아낸…."

그는 이렇게 말하며 아들에게 입 맞추었고, 전에는 끊임없이 늘
억눌러만 오던 눈물이 두 뺨을 타고 바닥으로 떨어졌다.
하지만 텔레마코스는 그가 아버지라는 것을 도저히 믿을 수가 없어서
그에게 또다시 대답하며 말하였다.
　"당신은 내 아버지 오뒷세우스가 아닙니다. 아니, 제가 더더욱
오열하며 한숨짓도록 어떤 신이 저를 호리시는 게지요.
만일 신이 몸소 다가와 원하는 대로 손쉽게 젊게도, 늙게도

만드시는 게 아니라면, 이만한 일은 죽게 마련인 인간이
스스로의 판단으로는 도저히 꾀할 수조차 없습니다. 조금 전만 해도 당신은
분명히 노인이었고 보잘것없는 옷을 입고 계셨지요.
하지만 지금은 너른 하늘을 차지하고 계신 신들과도 같으십니다." 200

그러자 꾀 많은 오뒷세우스가 그에게 대답하며 말하였다.
　"텔레마코스, 친아버지가 이 안에 와 있는데도
그렇게 심하게 놀라워하거나 의심하는 건 네게 어울리지 않는 일이란다.
더 이상 이곳으로 다른 '오뒷세우스'는 오지 않을 것이고,
이 모습 이대로 내가, 몹쓸 일들을 겪어가며 수없이 떠돌다가 205
스무 해 만에 고향 땅으로 온 거란다.
이것은 전리품을 거둬들이시는 아테네께서 하신 일이지.
그분이 원하시는 대로 나를 그렇게 만드신 거란다.
그렇게 하실 수 있는 분이니까. 때로는 거지처럼, 때로는 살갗에
근사한 옷을 두르고 있는 젊은이처럼 말이지. 210
너른 하늘을 차지하고 계신 신들에게는 죽게 마련인 인간에게
영예를 내리거나 망쳐놓는 일이 그저 쉽기만 하단다."

그가 이렇게 말하며 자리에 앉자, 텔레마코스는
어엿한 아버지를 부둥켜안고 눈물을 쏟아가며 오열하니
이 두 사람에게 통곡하고 싶은 욕망이 솟구쳐 올랐다. 215
그들은 새들보다도, 날갯짓도 채 못하는 새끼들을
사냥꾼들이 잡아간 수염수리나 굽은 부리의 독수리보다도
더 크게 목 놓아 울기 시작했고
눈썹 아래로는 연민 어린 눈물을 떨구고 있었다.

이때 텔레마코스가 갑자기 아버지에게 말하지만 않았어도 220
오열하던 그들 위로 헬리오스의 빛도 가라앉았을 것이다.

　"아버지, 선원들이 아버지를 어떤 배에 태워
이타카에 모시고 왔는지요? 그들이 누구라며 자랑하던가요?
설마 걸어서 이곳에 오셨을 거라고는 도저히 생각할 수 없으니까요."

그러자 이번엔 잘 참고 견디는, 신과 같은 오뒷세우스가 그에게 말하였다. 225
　"아들아, 안 그래도 내가 숨김없이 전부 말해주려 했단다.
배로 이름난 파이아케스 사람들이 나를 데려다주었지. 그이들은
자신들에게 오게 된 다른 사람들도 안내해준단다. 그이들은
잠든 나를 빠른 배에 태워 바다 위로 데리고 오더니
이타카에 내려주었지. 또, 나를 위해 눈부신 선물들도 선사했단다. 230
청동과 황금, 또 직접 짠 옷가지들을 무더기째로 말이다.
그리고 그것들은 신들의 뜻에 따라 어떤 동굴 안에 놓여 있단다.
지금 나는 우리가 적들에게 죽음을 안길 대책을 세우라는
아테네의 조언을 받아 이리로 온 거야.
일단 너는 어떤 자들이 얼마만큼 있는지 내가 알 수 있도록 235
내게 구혼자들의 숫자를 대며 설명해다오.
그러면 나도 흠잡을 데 없는 내 기백을 다해 저울질해보며
궁리해보마, 과연 다른 이들의 도움 없이 우리 둘만으로도
저들과 맞설 수 있는지, 아니면 다른 이들을 찾아보아야 할지를."

그러자 이번에는 지혜로운 텔레마코스가 그에게 대답하였다. 240
　"아버지, 두 손으로는 창수이시며, 회의에서는 사려 깊으신
아버지의 위대한 명성이야 제가 때마다 분명히 들어왔습니다.

하지만 너무나 엄청난 말씀을 하시니, 충격이 저를 사로잡는답니다.
고작 남자 둘이서 힘센 많은 사람과 싸운다는 건 불가능해요.
구혼자들이 딱 열 명이 있는 것도 아니고, 그 두 배만 있는 것도 아니에요.   245
아니, 훨씬 더 많지요. 여기서 그 숫자를 금세 아실 수 있을 겁니다.
일단 둘리키온에서 쉰 하고도 두 명의 가려 뽑은 젊은이가 와 있고,
여섯 명의 일꾼이 따라와 있습니다.
또, 사메에서 온 자가 스물 하고도 네 명이요,
자퀸토스에서 온 아카이아인들의 젊은이가 스무 명입니다.   250
이곳 이타카에서는 모두 열두 명의 우두머리가 와 있고
전령 메돈과 신과 같은 가수, 그리고 고기를 잘 써는
시종 둘이 그들과 함께하고 있답니다. 우리가 만일 집 안에서
이들 전부와 맞선다면, 아버지께서 오셔서 저들의 만행에 보복하시는 일이
몹시 쓰라리고 끔찍해지지 않을까 두렵습니다. 그러니 아버지께서는,   255
기백으로 염두에 두며 우리 둘을 도울 수 있는 조력자가 누가 있을지
부디 저울질해보시고 헤아려보십시오.”

그러자 이번에는 잘 참고 견디는, 신과 같은 오뒷세우스가 그에게 말하였다.
    “그거라면 내가 말해줄 테니, 너도 주의 깊게 내 말을 듣고
헤아려보아라. 아테네와 아버지 제우스라면 우리 둘을 도와주실 수 있겠는지,   260
아니면 내가 또 다른 조력자들을 두고 저울질해봐야 할지를 말이다.”

그러자 이번에는 지혜로운 텔레마코스가 그에게 대답하였다.
    “말씀하신 그 두 분이라면 정말 훌륭한 조력자들입니다.
구름 속 높은 곳에 앉아서 인간들은 물론이며 죽음을 모르는 다른
신들까지 다스리시는 그 두 분이라면 말입니다.”   265

그러자 잘 참고 견디는, 신과 같은 오뒷세우스가 그에게 대답하였다.

　"일단 내 궁전에서 구혼자들과 우리 사이에
아레스의 기운이 결판나게 되면, 그 두 분은 거센 전투의 함성으로부터
그리 오래 떨어져 계시진 않을 거다.
일단 너는 에오스(새벽)가 모습을 드러내는 대로 집으로 가서,　　　　　　270
분수도 모르는 구혼자들 무리에
섞여 있거라. 나는 서러운 거지 노인의 꼴을 한 채
나중에 돼지치기가 시내로 인도해줄 것이다.
만일 그들이 집 안에서 나를 모욕하고, 내가 흉측하게
당한다 하더라도 너는 네 가슴속 심장으로 견뎌내야 한다.　　　　　　275
설령 그들이 내 발을 잡아끌며 집 안을 가로질러 밖으로 내보내도,
물건을 던져 맞혀도, 너는 그런 걸 보더라도 억누르거라.
다만 그런 어리석은 짓들을 그만두라고 명령은 하되,
점잖은 말로 타일러야 한다. 물론 그들은 네 말을
따르지 않을 거다. 그들 곁에 운명의 날이 다가섰기 때문이지.　　　　　　280
네게 또 하나를 말해줄 테니, 너는 이를 헤아림 속에 새겨두어라.
수많은 조언을 알고 계시는 아테네께서 내 기백에 들어오시면
나는 네게 고개를 끄덕일 테니까, 너는 그걸 알아차리고서
궁전 안에 놓여 있는 아레스의 무구들을 모조리 집어 들어
높다란 방 맨 안쪽으로 가져다 놓거라, 하나도 빠짐없이.　　　　　　285
만일 구혼자들이 이를 찾으며 네게 묻거든,
너는 그자들을 점잖은 말로 설득하거라.
'연기를 피해 치워놓았다오. 이것들은 오뒷세우스께서
트로이아로 떠나며 남겨두고 가셨을 때와는 더 이상 같지가 않고,

아무래도 불의 숨결이 가 닿은 만큼 상했기 때문이라오.   290
게다가 크로노스의 아드님께서 내 헤아림에 더 큰 문제를 던져주셨으니
당신들이 포도주에 취해 당신들 사이에서 다툼이 일어나면
이것으로 서로를 다치게 하고, 잔치와 구혼을 욕되게 할까
걱정이라오. 무쇠는 그 자체로 사람을 끌어당기는 법이니까.'

오로지 우리 두 사람만을 위해 칼 두 자루, 창 두 자루,   295
그리고 손으로 쥘 수 있는 쇠가죽 방패 두 개만을 남겨놓거라.
우리가 달려들어 집어 들 수 있게끔 말이다. 저들은
팔라스 아테네와 조언자 제우스께서 호리실 거다.
네게 또 하나를 말해줄 테니, 너는 이를 헤아림 속에 새겨두어라.
네가 참으로 내 자식이고, 우리의 핏줄이라면,   300
오뒷세우스가 이 안에 와 있다는 것을 누구도 들어선 안 된다.
라에르테스도, 돼지치기도, 식솔들 중 어느 누구도
이를 알아선 안 되며, 페넬로페조차도 이를 알아선 안 된다.
그리고 오로지 너와 나만이 여인들의 속내를 알아보자꾸나.
그뿐 아니라 하인들 중에서도 과연 누가 여전히   305
기백으로 우리 둘을 존경하고 두려워하는지, 또 무시하는지,
그리고 너만큼이나 되는 인물을 업신여기는지 시험해보자꾸나."

그러자 그의 눈부신 아들이 그에게 대답하며 말하였다.
    "아버지, 분명히 제 기백을 아시게 될 거라 믿습니다.
부박함[98]이 저를 사로잡는 일은 절대로 없으니까요.   310

---

98   "취기(醉氣)"로 번역할 수도 있다.

다만, 이것은 우리 둘 모두에게 득이 되지 않을 것만 같아서
아버지께 다시 헤아려보시라고 부탁드립니다.
몸소 하나씩 하나씩 시험해보시려고 들판으로 그들을 찾아다니며
오랜 시간 나가 계시는 동안, 저자들은 궁전 안에서 늘어져
주제넘게 굴며 재산을 집어삼킨단 말입니다. 아끼는 법이 없으니까요.   315
물론 여인들에 대해서는 누가 업신여기고 누가 해롭지 않은지
아버지께서 알아보시기를 당부드립니다만, 우리가 오두막에서
남자들을 시험해보는 건, 저로서는 하지 말았으면 합니다.
만일 아이기스를 지니신 제우스의 징조를 진실로 알고 계시다면,
그런 일은 나중에도 해낼 수 있으니까요."   320

이들은 이런 말을 서로 주고받고 있었다.
한편, 텔레마코스와 그의 모든 동료를 퓔로스로부터 데리고 온
잘 만든 그 배는 이타카를 향해 내려가고 있었다.
그 배가 깊숙한 포구 안까지 다다르자
그들은 검은 배를 뭍으로 끌어 올렸고,   325
기개가 넘치는 시종들은 밖으로 무구를 들어낸 다음
더없이 아름다운 선물들을 곧바로 클뤼티오스의 집으로 옮겼다.
또, 그들은 오뒷세우스의 집으로 미리 전령을 보내어
텔레마코스가 들판에 와 있으며, 도시로 배를 몰고 가라고
명했다는 소식을 더없이 지혜로운 페넬로페에게 전하게 하였으니   330
이는 그 굳센 왕비가 속으로 두려움을 품고
보드라운 눈물을 떨구지 않게 하려 함이었다.
그렇게 이 전령과 신과 같은 돼지치기 두 사람은
똑같은 소식을 이 여인에게 전하려다가 마주치게 되었다.

이들이 신과 같은 왕의 집에 이르자,   335
전령은 시녀들 사이 한가운데에서 이렇게 말하였다.

　"왕비님, 친아드님께서 이미 와 계십니다."

한편, 돼지치기는 페넬로페 곁에 가까이 다가서더니
그녀의 친아들이 그녀에게 이야기하라고 당부한 모든 것을 말하였다.
그는 당부받은 것을 모두 말하고 나자,   340
거실과 울타리를 뒤로하고 걸음을 옮겨 돼지들에게로 떠났다.

한편, 구혼자들은 심사가 뒤틀린 채 우두커니 있다가
거실 밖으로 나가더니 뜰의 커다란 담벼락 바깥으로 가서
대문 앞에 자리를 잡고 앉았다.
그들 사이에서 폴뤼보스의 아들 에우뤼마코스가 먼저 말문을 열었다.   345

　"친구들, 텔레마코스가 분수도 모르고 그 여행길을 이뤄내다니,
잘도 엄청난 일을 했군. 그 녀석이 해낼 거라고는 우린 상상도 못 했다.
자, 이럴 게 아니라 제일 좋은 검은 배 한 척을 끌어 내리고
그 안에서 노를 저을 뱃사람들을 모아보자꾸나. 그 사람들이
그들에게 서둘러 집으로 돌아오라고 최대한 빨리 전할 수 있도록 말이다."   350

그러나 그의 말이 채 다 끝나기도 전에, 암피노모스가 그 자리에서
등을 돌리니 배 한 척이 보였다. 그 배는 깊숙한 포구 안까지 들어와 있었고
돛을 걷는 사람들과 손에 노를 쥔 사람들이 보였다.
그러자 그는 유쾌하게 웃음을 터뜨리더니 동료들에게 말하였다.

　"소식을 보내려고 재촉하진 말자꾸나. 그들이 이미 와 있으니까.   355
어떤 신이 저들에게 말해주었거나, 아니면 저들도 그 배가

곁으로 지나가는 걸 보고서도 따라잡을 수가 없었나 보다."

그가 이렇게 말하자 그들은 일어서서 바닷가로 걸음을 옮겼다.
그들은 곧바로 검은 배를 뭍으로 끌어 올렸고,
만용을 부리는 부하들은 밖으로 무구를 들어냈다.   360
구혼자들은 무리 지어 회의장으로 갔고, 다른 사람들은
젊은이건 늙은이건 누구도 합석하는 것을 허락하지 않았다.
그들 사이에서 에우페이토스의 아들 안티노오스가 말하였다.
   "빌어먹을, 신들이 그놈을 재앙에서 풀어주다니!
낮에는 바람이 이는 언덕 꼭대기에 파수꾼들이 늘 번갈아가며   365
앉아 있었고, 헬리오스가 가라앉음과 동시에 우리는 바다에서
빠른 배를 타고 항해하며 텔레마코스를 노리고 매복하며
신과 같은 에오스(새벽)를 기다렸지, 뭍에서 잠을 잔 적이라곤 없다.
이게 다 그 녀석을 잡아 죽이기 위해서였지. 그런데 우리가
이러고 있던 동안 어떤 신이 그를 집으로 데리고 왔지 무어냐!   370
이제 우리는 여기서 텔레마코스에게 처절한 파멸을 안길 궁리를
해보자꾸나. 그 녀석이 우리를 피해 달아나게 해선 안 된다.
그놈에게 숨이 붙어 있는 동안은 우리도 과업을 이루지 못하리라고 본다.
그놈 스스로가 계획과 판단에 정통할 뿐만 아니라
백성들도 이제 더는 우리에게 모두 호의를 베풀진 않는다.   375
자, 그 녀석이 아카이아인들을 회의장으로 불러 모으기 전에
이리들 오너라. 그 녀석이 손을 놓고 있을 것 같지는 않으니까.
대신 모두가 있는 자리에서 분을 품고 일어나 이렇게 말하겠지,
우리가 그에게 가파른 죽음을 자아내려 했으나, 그를 마주치진
못했다고 말이다. 그들도 이 몹쓸 일을 듣고 나면 좋은 말을   380

하진 않을 거다. 행여 그들이 우리에게 흉악한 일을 저지르고
우리를 우리 땅에서 몰아내서 우리가 다른 사람들의 나라로
가게 될까 두렵구나. 그러니 우리가 선수를 쳐서 도시에서
멀리 떨어진 들판에서든 길에서든 그 녀석을 잡자꾸나.
그놈의 살림과 재산은 우리가 몫에 따라 나누어 갖고,   385
집은 그놈의 어미에게, 그리고 그녀와 결혼하는 사람이 누구든
그에게 가지라고 하자. 만일 내 이야기가 너희에게 거슬린다면,
그래서 그 녀석이 산 채로 제 아비의 재산 전부를 갖기를 너희가 원한다면,
우리가 여기에 무리를 지어 모여 우리 기백을 달콤하게 해주는
그의 재산을 먹어치울 것이 아니라, 각자가 제집에서 선물을 가져와   390
바치며 청혼해보도록 하는 거다. 그러면 저 여인은 가장 많은 것을 가져오며
운명으로 정해진 자로 다가오는 사람과 결혼하게 되겠지.”

그가 이렇게 말하였으나, 그들은 누구 할 것 없이 잠자코 침묵을 지킬 뿐이었다.
그러자 그들 사이에서 암피노모스가 입을 열어 말하기 시작했으니,
그는 아레토스 왕의 아들 니소스의 눈부신 아들로서,   395
곡식도 풍성하고 풀이 무성한 둘리키온에서 구혼자들을
이끌고 왔고, 좋은 속내를 품고 있었기에 말로 페넬로페를
가장 기쁘게 해온 사람이었다.
그는 그들을 위해 좋은 뜻에서 말하였다.
    “친구들아, 나는 텔레마코스를 죽이지 말았으면 싶구나.   400
왕가의 혈통을 죽인다는 건 끔찍한 일이지.
그러니 일단은 신들의 계획을 묻자꾸나.
만일, 위대한 제우스의 신탁이 그렇게 하라고 내려온다면
나부터 직접 그를 죽이고 다른 모두에게도 그렇게 하라고 명령하겠네.

그러나 신들도 등을 돌린다면, 나도 단념하라고 명령하겠네."

암피노모스가 이렇게 말하자, 그의 말이 모두를 기쁘게 하였다.
그들은 곧바로 일어나 오뒷세우스의 집으로 걸음을 옮겼고
들어와 매끈한 팔걸이의자들 위에 앉았다.
한편 더없이 지혜로운 페넬로페는 또 다른 것을 떠올렸으니,
주제넘고 분수도 모르는 구혼자들에게 모습을 드러내는 것이었다.
그녀는 그들이 궁전 안에서 자기 아들을 파멸시킨다는 말을 들어
알고 있었으니, 전령 메돈이 그 계획을 듣고 알아차린 다음
그녀에게 말해주었던 것이다. 그녀는 시중드는 여인들을 데리고
거실을 향해 걸음을 옮겼고, 여인들 중에서도 여신과 같은 그녀가
구혼자들에게 이르자 그녀는 빈틈없이 지어놓은 지붕 기둥 곁에 섰다.
그녀는 두 뺨 앞에 눈부신 면사포를 드리우고 있었고,
안티노오스의 이름을 부르고 질책하면서 이렇게 말하였다.
　"안티노오스, 주제넘은 자여, 몹쓸 짓을 획책하는 자여,
사람들 말로는 네가 이 이타카의 나라에서 동년배 중 계획과 언변에서
제일 낫다고들 하더구나. 하지만 너는 결코 그럴 인물이 못 되지.
미치광이 녀석, 도대체 왜 텔레마코스를 노리고 죽음의 운명을
자아내는 것이며, 탄원자들을 무시하는 거냐? 제우스께서 그들의
증인인데도! 서로 흉계를 자아내는 것은 신이 주신 법도가 아니다.
너는 네 아비가 백성들을 겁내며 이리로 도망 와서 탄원한 걸
모른단 말이냐? 그들의 분노는 실로 엄청났지. 그가 타피오스 해적들을
따라다니며 우리의 동맹인 테스프로토스 사람들을 괴롭혔으니까.
백성들은 네 아비를 죽여 그 염통을 뜯어낸 다음
그자의 그 많은 재산을 집어삼키려고 안달이었다.

그러나 그들이 몸부림을 쳤음에도

오뒷세우스께서 이를 가로막고 제지하셨지. 그런데, 430

그런 그분의 살림을 너는 값도 치르지 않고 먹어치우고, 그의 부인에게

청혼하며, 자식은 쳐 죽이려 하다니! 너는 나를 엄청나게 괴롭히고 있지.

이제 네게 그만둘 것을 명령한다. 다른 자들에게도 그렇게 명하거라."

그러자 이번에는 폴뤼보스의 아들 에우뤼마코스가 그녀에게 대답하였다.

  "이카리오스의 따님, 더없이 지혜로운 페넬로페여, 435

기운을 내시지요, 그대의 헤아림으로 그런 일을 신경 쓰진 않아도 됩니다.

제가 살아 있는 동안에는, 이 땅 위에서 부릅뜨고 보고 있는 동안에는

그대의 아드님 텔레마코스에게 감히 손을 올려놓을 그런 사람은

있지도 않고 있지도 않을 것이며 태어나지도 않을 겁니다.

이제 제가 하려는 말은 반드시 이루어질 겁니다. 440

누가 그러기만 하면 그 즉시 우리들의 창 둘레로 그자의 새카만 피가

쏟아져 흘러내릴 겁니다. 도시의 파괴자 오뒷세우스는 저를

그분 무릎 위에 많이도 앉혀놓고 구운 살코기를 손에 쥐여주시고

붉은 포도주를 내밀어주셨으니까요. 그러니 모든 사람 중에서

제게 월등히 가장 사랑스러운 사람이 바로 텔레마코스입니다. 445

나는 그에게 구혼자들에게서 오는 죽음이 두려워 떨 필요가 없다고

당부합니다. 신에게서 오는 것이라면 피할 길이 없겠지만요."

이렇게 그가 격려하는 투로 말은 했지만, 텔레마코스에게 파멸을

마련하던 이는 다름 아닌 그 자신이었다. 한편, 그녀는 눈부신 위층 방으로

올라가더니 사랑하는 남편 오뒷세우스를 두고 통곡하기 시작했다, 450

빛나는 눈의 아테네가 눈꺼풀 위에 달콤한 잠을 던져줄 때까지.

한편 신과 같은 돼지치기는 저녁 무렵에 오뒷세우스와 그의 아들에게로

오니, 그들은 한 살 돼지를 제물로 바친 다음,

저녁을 준비하던 중이었다. 그러나 아테네는

라에르테스의 아들 오뒷세우스에게 가까이 다가서서   455

그를 지팡이로 내리치며 도로 살갗에 남루한 옷을 두른

노인으로 만들어놓았으니, 이는 돼지치기가 그를 마주하고도

알아보지 못하게 하여 더없이 지혜로운 페넬로페에게 가서 이 소식을 전하지

못하게 하기 위함이었고, 속으로도 담아두지 못하게 하기 위함이었다.

그러자 텔레마코스가 먼저 그에게 말을 건네었다.   460

　"왔군요, 에우마이오스, 그래 시내에 무슨 소문이라도 돌던가요?

거들먹대는 구혼자들은 벌써 매복처에서 집으로 돌아와 있나요?

아니면 이번엔 내가 집으로 오기를 기다리고 있던가요?"

그러자 그대는 그에게 이렇게 대답하는구나, 돼지치기 에우마이오스여.

　"저는 시내로 내려가는 길에 그런 걸 궁금해하며   465

묻고 싶지가 않더군요. 그저 제 기백은 저더러 소식을 전해드리고

되도록 빨리 이리로 돌아오라고 명령할 뿐이었지요. 그런데

도련님의 전우분들이 보낸, 빠른 소식을 들고 가는 전령을

마주쳤답니다. 어머님께는 그이가 먼저 말씀을 드렸고요.

또 다른 것도 하나 제가 알고 있답니다. 제 두 눈으로   470

직접 보았으니까요. 저는 헤르마이오스 언덕이 있는

시내 위쪽으로 올라오다가, 빠른 배 한 척이 우리 포구 안으로

들어오는 것을 보았지요. 배 안에는 사람들도 많이 있었고,

방패들과 양날 창들로 묵직해져 있었지요.

그자들일 거라는 예감은 들었지만, 아는 건 없습니다."

그가 이렇게 말했으나, 텔레마코스의 신성한 힘은 미소를 지으며
두 눈으로 아버지를 바라볼 뿐, 돼지치기에게는 눈길을 주지 않았다.
이들은 일을 마치고 나자 잔치를 마련하여 즐겼고,
차별 없는 잔치 덕에 그들의 심기에는 어떤 아쉬움도 없었다.
마침내 이들이 갈증과 허기에서 벗어나자,
그들은 잠자리를 떠올리며 잠이 주는 선물을 받아 안았다.

17권

이른 나절 태어난, 장밋빛 손가락의 에오스(새벽)가 모습을 드러내자,
신과 같은 오뒷세우스의 친아들 텔레마코스는
도시로 가기 위해 두 발 아래 아름다운 신발을 묶어 신고,
자기 손아귀에 맞춤한 억센 창을 쥔 다음
자신의 돼지치기에게 말하였다.   5

　"아저씨, 어머니께서 나를 보실 수 있도록
나는 시내로 가렵니다. 나를 보기 전에는 그분이
끔찍한 울음을, 눈물 젖은 통곡을
도저히 그치실 것 같지가 않아요.
그리고 이 박복한 손님일랑은 거기서 먹을 걸 구걸할 수 있게끔   10
시내로 데려다주시죠. 누구든 원하기만 한다면 이분에게
술 한 주발, 빵 한 덩어리 드릴 수 있겠지요. 내가 기백에 고통을
안고 있는 한, 모든 사람을 다 받아들이는 건 불가능하니까요.
그런데도 만일 이 손님이 이것 때문에 격분한다면, 본인에게도

그만큼 더 고통스럽게 될 겁니다. 나는 숨기지 않고 말하는 게 좋습니다." ¹⁵

그러자 꾀 많은 오뒷세우스가 그에게 대답하며 말하였다.

　"친구여, 여기 갇혀 있는 건 일단 나부터도 바라지 않고말고요.

거지에게는 들판보다야 시내를 다니며 음식을 구걸하는 편이 낫지요.

누구든 원하기만 한다면 나에게 주겠지요.

그리고 나도 이젠 농가에 머물며 감독의 지시에 일일이 따르는, ²⁰

그럴 나이는 아니라오. 그러지 말고 그냥 가시구려.

나야 당신이 그러라고 당부한 이 사람이 데려가줄 테니까요.

다만 불로 몸을 좀 녹이고 온기가 돌면 바로 그렇게 하지요.

내 가진 입성이 워낙 끔찍할 정도로 허술해서, 꼭두새벽 서리에

내가 당할까 봐 그래요. 게다가 도시도 멀리 떨어져 있진 않다고들 하시니." ²⁵

그가 이렇게 말하자, 텔레마코스는 두 발로 민첩하게 걸어 나가며

그 농가를 가로질렀고, 구혼자들을 노리며 재앙의 씨앗을 심고 있었다.

그는 살기 좋은 집에 도착하여

거대한 기둥에 창을 세워둔 다음,

돌 문턱을 넘어 안으로 들어갔다. ³⁰

누구보다 앞서 그를 먼저 본 것은 유모 에우뤼클레이아였다.

그녀는 공들여 만든 팔걸이의자들에 양털을 깔고 있다가

눈물을 흘리며 곧장 다가왔다. 그러자 그 주변에

심중에서 견뎌내는 오뒷세우스의 다른 시녀들도 모여들더니

그의 머리며 어깨에 애정 어린 입맞춤을 하기 시작했다. ³⁵

더없이 지혜로운 페넬로페도 방에서 나오니

그 자태가 아르테미스나 황금의 아프로디테와 닮아 있었다.

그녀는 친자식을 향해 눈물을 쏟으며 두 팔을 내밀었고
그의 머리와 아름답게 빛나는 두 눈에 입 맞추더니
오열하며 날개 돋친 말을 건네었다.   40

　"네가 왔구나, 텔레마코스, 내 달콤한 빛이여. 네가 나 몰래,
내 뜻을 거슬러 네 친아버지의 소식을 좇아 배를 타고 필로스로
떠난 이후로, 나 이제 더는 너를 보지 못할 거라고 말하곤 했지.
자, 이리로 와서 네가 마주했던 광경을 내게 자세히 말해다오."

그러자 이번에는 지혜로운 텔레마코스가 그녀에게 대답하였다.   45

　"내 어머니, 제게서 통곡을 일으키지 마시고, 이제 막 가파른 파멸을
피해 도망쳐 온 제 가슴속 심장도 격동시키지 마세요.
이렇게 아니라 목욕을 하신 다음 살갗에 정갈한 옷을 두르세요.
〈그리고 시중드는 여인들과 함께 위층으로 올라가서〉[99]
모든 신들께 온전한 헤카톰베를 바치겠다고 기도하세요.   50
혹시 제우스께서 보복을 이뤄주실 수도 있으니까요.
저는 그곳에서 저를 따라 이리로 함께 온 손님을 부르러
회의장으로 가렵니다. 저는 신과 같은 동료들 편에
그이를 미리 보내면서, 페이라이오스에게
그분을 집으로 모시고 가서 제가 올 때까지   55
다정하게 사랑을 베풀어드리고 존중해드리라고 당부해두었습니다."

그가 이렇게 소리 내어 말하자, 그녀의 말에는 날개가 돋치지 못했다.
그녀는 목욕을 한 다음 살갗에 정갈한 옷을 둘렀고

99　이 행이 빠진 사본들도 있다.

모든 신들에게 온전한 헤카톰베를 바치겠다고 기도하였으니,
혹시 제우스가 보복을 이뤄주지 않을까 해서였다.   60
한편, 텔레마코스는 창을 쥔 채 궁전을 가로질러 갔고
그와 함께 두 마리 재빠른 개들이 뒤따랐다.
그런 그에게, 아테네는 신과 같은 기품을 쏟아부었고,
다가오는 그를 모든 백성이 주목하고 있었다.
거들먹대는 구혼자들도 그럴싸하게 말하며 그의 주변에   65
모여들었으나, 횡격막 깊숙한 곳에서는 흉계를 짜내고 있었다.
그러나 그는 그들의 큰 무리를 피했고
대신 선대의 시작에서부터 동료들이었던 멘토르와 안티포스,
그리고 할리테르세스가 앉아 있는 자리로 가서
그곳에 자리하니, 그들도 하나하나 물어보기 시작했다.   70
그런데 창으로 이름난 페이라이오스가 그들에게 가까이 다가오니, 그는
손님을 데리고 도시를 가로질러 회의장으로 향하고 있었다. 그러자
텔레마코스도 그 손님에게서 더는 오래 멀리 떨어지지 않고
몸을 돌려 그의 곁에 섰다. 페이라이오스가 먼저 그에게 이야기를 꺼냈다.
  "텔레마코스, 여인들에게 어서 내 집으로 오라 해주게.   75
메넬라오스가 자네에게 선사한 선물들을 나 자네에게 보내려 하니."

그러자 이번에는 지혜로운 텔레마코스가 그에게 대답하였다.
  "페이라이오스, 과연 이 일들이 어떻게 될지는 우리도 아는 게 없다네.
만일 거들먹대는 구혼자들이 나를 궁전에서 은밀하게 죽이고,
내 아버지의 모든 재산을 저희들끼리 나눠 가진다면, 나는 그것을 저들 중   80
어떤 자가 누리기보다는 자네가 몸소 자네 몫으로 취하기를 바라네.
그러나 만일 내가 저자들에게 죽음의 여신과, 살육의 씨앗을 심게 된다면,

그때는 반가워하는 나를 위해 자네도 반가워하며 내 집으로 가져다주게나."

그는 이렇게 말하고 많은 고생을 견딘 손님을 집으로 데려갔다.
이들은 살기 좋은 집에 도착하자   85
외투들을 장의자와 팔걸이의자에 놓아둔 다음
윤기 도는 욕조 안으로 들어가 몸을 씻었다.
시녀들은 그들을 씻기고 올리브기름을 발라주었고
통옷과 양털 외투를 걸쳐주자
이들은 욕조에서 걸어 나와 장의자에 앉았다.   90
시녀 하나가 손 씻을 물을 아름다운 황금 주전자에 담아 와
은으로 만든 대야에 따라 손을 씻게 해주었고,
매끈한 식탁도 펼쳐놓았다.
염치를 아는 시녀는 일단 빵을 가져와 차려놓았고
갖은 먹거리를 있는 대로 베풀며 상차림을 더했다.   95
맞은편에 있던 어머니는 거실 기둥 옆 장의자에
기대어 앉아 실타래에 고운 양털을 감고 있었다.
그들은 준비되어 차려진 음식 쪽으로 손을 내밀기 시작했고,
마침내 이들이 갈증과 허기에서 벗어나자,
그들 사이에서 더없이 지혜로운 페넬로페가 말문을 열었다.   100
  "텔레마코스야, 이제는 나도 위층으로 올라가서
침대에 누워야겠구나. 오뒷세우스께서 아트레우스의 아들들과 함께
일리오스로 떠나신 이후로, 그 침대는 내게 신음을 불러일으키는 자리,
끊이지 않는 내 눈물로 얼룩지는 자리란다. 그런데도 너는
저 거들먹대는 구혼자들이 이 집에 들어오기 전에, 네 아버지의 귀향에 대해,   105
혹시 네가 들었는지는 몰라도, 내게 분명히 말해주려 하질 않는구나."

그러자 이번에는 지혜로운 텔레마코스가 그녀에게 대답하였다.

　"어머니, 안 그래도 제가 숨김없이 전부 말씀드리려 했답니다.

저희는 백성들의 목자 네스토르에게로, 필로스로 갔어요.

그분은 지붕이 높다란 집 안에 저를 맞아주셨고　　　　　　　　　　　　110

다정하게, 마치 오랜만에 타지에서 돌아온 아들에게

아버지가 하듯이 사랑을 베풀어주셨지요. 꼭 그렇게 그분은

영광스러운 아드님들과 함께 저를 정답게 돌봐주셨어요.

그러나 심중에서 견뎌내는 오뒷세우스께서 살아 계신지, 돌아가셨는지는

지상의 인간들 중 누구에게도 듣지 못했노라 말씀하시더군요.　　　　　115

대신 저를 말들과 빈틈없이 짜 맞춘 전차에 태워

아트레우스의 아들, 창으로 이름난 메넬라오스에게 보내셨지요.

저는 그곳에서 아르고스의 헬레네를 보았습니다. 그녀 탓에

아르고스인들과 트로이아인들이 신들의 뜻에 따라 많은 고생을 겪었고요.

함성에 능한 메넬라오스는 저더러 신성한 라케다이몬에　　　　　　　120

무슨 급한 일로 왔는지 곧바로 물었습니다.

그래서 저도 그에게 모든 것을 숨김없이 말해주었지요.

그러더니 그가 제게 이런 말로 대답합디다.

'빌어먹을, 힘도 하나 없는 주제에, 꺾일 줄 모르는

그 사나이의 침대에 감히 눕기를 바라다니!　　　　　　　　　　　　125

이건 마치 사슴이 갓 태어난 젖먹이 새끼들을

강력한 사자가 사는 덤불 속에 뉘어 재우고,

산등성이와 풀이 무성한 골짜기를 찾아 풀을 뜯으러 가면

사자가 제 보금자리로 돌아와

양쪽 모두에게 당치도 않은 운명을 안겨주는 것과 마찬가지일세.　　　　130

꼭 그처럼 오뒷세우스도 그 녀석들에게 수치스러운 운명을 가져다줄 테지.

아버지 제우스시여, 아테네시여, 그리고 아폴론이시여,
예전에 그이가 잘 지어놓은 레스보스에서 일어서서 필로멜레이데스와
맨몸 격투를 벌이며 대결했을 적에, 거세게 내동댕이쳐서
모든 아카이아인들이 기뻐했던 때와도 같은, 꼭 그러한 모습으로   135
오뒷세우스가 구혼자들 틈에 섞여 들어가기만을 바라나이다!
그러면 하나도 빠짐없이 때 이른 운명을 맞아 쓰디쓴 결혼이 이루어지리라!

자네가 내게 묻고 간청하는 바에, 다른 사람은 몰라도 적어도 나는
발뺌하며 딴소리를 하지도 않을 테고, 자네를 속이지도 않을 걸세.
아니고말고. 어긋남 없는 그 바다 노인이 내게 말해준 것 중에   140
나 자네에게 한 마디도 감추거나 숨기지 않겠네.
그 노인이 말하기를, 한 섬에서, 요정 칼륍소의 궁전에서 그가
극심한 고통을 겪고 있는 걸 본 적이 있는데, 그녀가 그를
억지로 붙들고 있고, 그는 고향 땅으로 가 닿을 방법이 없다더구나.
바다의 너른 등을 타고 그를 데려다줄 전우들도,   145
노 달린 배들도 그의 곁에 없으니까.'

아트레우스의 아들, 창으로 이름난 메넬라오스는 이렇게 말하였고
저는 이 일들을 다 이루고 돌아왔어요. 죽음을 모르는 신들이
저를 위해 순풍을 내려주셨고, 제 고향으로 신속하게 보내주셨답니다."

그는 이렇게 말하며 그녀의 가슴속 기백을 흔들어놓았다.   150
그들 사이에서 신을 닮은 테오클뤼메노스가 말하기 시작했다.

"라에르테스의 아드님 오뒷세우스의 존경하올 부인이시여,
이분도 분명하게 알고 있는 것은 아니니 부디 제 말씀을 새겨두십시오.
저는 그대를 위해 정확하게 예언하려 합니다. 아무것도 감추지 않겠습니다.
신들 가운데 가장 먼저 제우스께서, 그리고 손님을 맞는 이 식탁이,   155
또 제가 찾아온 흠잡을 데 없는 오뒷세우스의 이 화로가 이를 알게 하소서!
분명 오뒷세우스는 고향 땅에 이미 와 있습니다. 그가 앉아 있는지, 아니면
두루 잠행하고 있는지는 알 수 없지만 이 모든 패악을 이미
들어 알고 있고, 구혼자들 모두를 노리며 재앙의 씨앗을 심고 있습니다.
저는 갑판이 잘 덮인 배에 앉아 이러한 새를 알아보았고   160
텔레마코스에게도 말해주었답니다."

그러자 이번에는 더없이 지혜로운 페넬로페가 그에게 말하였다.
"손님, 그 말씀대로만 된다면야! 그렇게만 된다면
그대는 제게서 수많은 선물과 환대가 무엇인지 알게 되실 테고
그대와 마주치는 사람 누구라도 그대에게 복을 빌어드릴 겁니다."   165

이들은 이런 말을 서로 주고받고 있었다.
한편, 구혼자들은 예전에도 그랬듯이 주제넘게도
오뒷세우스의 거실 너머 다져놓은 바닥에서
원반을 던지며, 투창을 던지며 낙을 누리고 있었다.
그러다 끼니때가 되자, 들판으로부터 사방에서 양 떼가 몰려들어 오니   170
몰고 오는 이들은 예전에도 양 떼를 몰았던 자들이다.
그리고 메돈이 이들에게 이를 알렸다. 그는 전령들 중에서도
그들을 가장 기쁘게 해주었으며, 식사 자리에서 그들 곁에 앉곤 했다.
"젊은이들이여, 그대들 모두 시합들을 하며 기백을

즐겁게 하였으니, 식사를 준비하러 집으로들 드십시다.
때맞춰 식사를 드는 것이 훨씬 더 나은 일이니까요."

그가 이렇게 말하자, 그들은 그의 말을 따르며 일어서서 걸음을 옮겼다.
살기 좋은 집에 그들이 도착하자,
외투들을 장의자와 팔걸이의자에 놓아둔 다음
큼직한 양들과 살진 염소들을 잡았고   180
비곗살이 실하게 오른 돼지들과, 소 떼 중에서 또 한 마리를 잡아
잔치를 준비하였다. 한편, 오뒷세우스와 신과 같은 돼지치기는
들판에서 시내로 가려고 막 움직이려던 참이었다.
그들 사이에서, 사람들을 다스리는 돼지치기가 말문을 열었다.
    "손님, 내 주인께서 명하신 대로 그대가 오늘 중으로   185
시내로 가기를 애태워 바라니 말씀인데, 나는 말이오,
그대가 오두막을 지키며 여기 남아 있으면 좋겠소이다.
하지만 나도 내 주인을 삼가 두려워하니, 나중에라도 그분이 나를
꾸짖을까 두렵다오. 주인의 책망은 가혹한 법이니까요.
자, 이제 갑시다. 낮도 거의 다 지나갔고   190
저녁엔 금세 더 추워질 겁니다."

그러자 꾀 많은 오뒷세우스가 그에게 대답하였다.
    "잘 알아들었고, 명심하겠소. 당신은 분별 있는 사람에게
당부하고 있어요. 자, 가지요. 길은 그대가 계속 앞장서주시고
혹시 다듬어놓은 지팡이 하나 있으면 내게 주시겠소?   195
길이 몹시 미끄럽다고들 하니 기대었으면 해서요."

그는 이렇게 말하더니 두 어깨에 깊이 패어 갈라진 남루한
가죽 부대를 짊어졌고, 거기에는 걸쳐 멜 수 있게 끈이 꼬여 있었다.
에우마이오스가 그의 원기에 맞갖은 지팡이를 하나 주자
이 두 사람은 걸음을 옮겼다. 한편, 개들과 목자들은   200
오두막을 지키기 위해 뒤에 남았다. 그는 지팡이에 기댄
서러운 거지 노인 꼴을 하고 살갗에는 남루한 입성을 두른
그의 주인을 시내로 인도하고 있었다.

그들이 바위투성이의 길을 따라 걸어가며
도시에 가까이 왔을 때, 그들은 아름답게 흘러내리는,   205
잘 지어놓은 샘터에 이르렀다. 이타코스와 네리토스, 그리고
폴뤼크토르가 지어놓은 이 샘터는 시민들이 물을 길으러 오는 곳이었다.
그 주위로는 물을 받아 자라나는 흑양이 모든 방향으로 원을 그리며
숲을 이루고 있었고, 높은 바위로부터 차디찬 물이 흘러내리고 있었다.
맨 윗자리에는 요정들을 위한 제단이 만들어져 있어   210
모든 길손이 그곳에서 제물을 바치곤 했다.

그곳에서 돌리오스의 아들 멜란테우스[100]가 그들과 마주쳤다.
그는 구혼자들의 식사를 위해 염소들을 몰아오고 있었는데, 모든 무리 중에
가장 빼어난 것들이었고, 두 명의 목자가 그를 따르고 있었다.
그는 그들을 보자 그들을 부르며 끔찍하고 당치도 않은 말로   215
시비를 걸어왔고, 오뒷세우스의 심장은 격앙되었다.

  "인제 보니 몹쓸 놈이 몹쓸 놈을 이끌고 있구나, 너무나 분명하게도.
신은 항상 똑같은 녀석에게 똑같은 녀석을 데려다주는 법이니까.

---

100 원문에서 멜란테우스와 멜란티오스라는 두 가지 형태의 이름이 혼용되고 있다.

이 탐욕스러운 놈을 대체 어디로 데려가는 거냐, 이 꺼림칙한 돼지치기야,
잔치나 망쳐놓는 이 성가신 비렁뱅이 놈을 말이다.   220
하고많은 문설주에 기대서서 어깨를 비벼가며,
칼도, 주전자도 아니고, 그저 한 입만 달라고 구걸하는 놈을 말이다!
만일 네놈이 내게 저 녀석을 주어 오두막 지키는 자로 삼고,
축사 청소부로 삼고, 어린 염소들에게 잎사귀들을 가져다주게 한다면
저 녀석은 유청(乳淸)을 마시며 허벅지가 튼실해질 텐데.   225
하지만 저놈이 익힌 것이라곤 몹쓸 짓거리들뿐이라 일하러 가려 들질
않겠지. 차라리 백성들 사이에서 쭈그리고 앉아, 채워질 줄 모르는
그 배를 먹여달라고 구걸하려 들 거다.
나 네놈에게 말해두마. 그리고 이것은 반드시 이루어지게 되어 있다.
만에 하나 저놈이 신과 같은 오뒷세우스의 집을 향해 가는 거라면   230
저놈은 그 집에서 쫓겨나면서 사람들의 손아귀에서 날아든
수많은 발받침들로 머리며 갈비뼈에 옷을 입게 될 거다!"

그는 이렇게 말하고 지나가다가 어리석게도 발꿈치로 오뒷세우스의
고관절을 걷어찼지만, 길 밖으로 밀쳐내지도 못하였고,
오뒷세우스는 미동도 없이 버티며 저울질해보았다,   235
그를 뒤쫓아 가 몽둥이로 그의 목숨을 빼앗을지,
아니면 들어 올려 땅바닥 한복판에 머리부터 메쳐버릴지를.
그러나 그는 헤아림으로 억누르며 참아냈다. 그러나 돼지치기는
그를 정면으로 바라보며 꾸짖었고, 두 손을 들어 올리며 큰 소리로 기도하였다.
    "샘의 요정들이여, 제우스의 따님들이여, 예전에 오뒷세우스가   240
임들을 위해 양이며 새끼 염소의 사태를 두툼한 기름으로 감싸
태워 바친 적 있었다면, 제 소원을 이루어주소서.

424

부디 그분은 오소서! 어떤 신께서 그이를 이끌어주소서!

그러면 네가 주제넘게 걸치고 있는 그 모든 허세를
그분이 멀리 흩뿌려놓으실 텐데! 너는 노상 도시나 들락거리고   245
염소 떼는 못된 목자들이 망쳐놓고 있구나.”

그러자 이번엔 염소들을 먹이는 멜란티오스가 말하였다.
  “빌어먹을, 개를 닮은 저놈은 무슨 저런 망할 소리나 주워섬기는가?
내 언젠가는 내게 많은 재산이 붙도록 저놈을 갑판이 잘 덮인
검은 배 위에 싣고 이타카에서 먼 곳으로 끌고 갈 테다.   250
은궁(銀弓)의 아폴론이 오늘 중으로 궁전에서 텔레마코스를 쏘아 맞힌다면
얼마나 좋을까! 아니면 구혼자들에게 제압당해도 좋고. 마치 먼 곳에서
오뒷세우스에게 귀향의 날이 없어져버린 것처럼 말이다.”

그는 이렇게 말하더니 차분히 걷고 있던 그들을 그곳에 남겨둔 채
몹시 서둘러 걸어가 주인의 집에 도착하였다.   255
그는 즉시 안으로 들어가 구혼자들 틈에 자리 잡으니
그를 특별히 아끼곤 했던 에우뤼마코스의 맞은편이었다.
시중드는 이들은 그의 곁에 그의 몫의 고기를 차렸고,
염치를 아는 시녀는 빵을 가져와 그가 먹을 수 있도록 차려주었다.
오뒷세우스와 신과 같은 돼지치기, 이 두 사람도 가까이 다가와   260
서 있었고, 속이 빈 수금의 소리가 그들을 감쌌다. 페미오스가
저들을 위해 노래하기 위해 수금을 타기 시작했던 것이다.
그런데 오뒷세우스가 돼지치기의 손을 잡으며 말하였다.
  “에우마이오스, 이게 바로 오뒷세우스의 아름다운 집이로군요.

그 많은 집 중에서도 이 집은 쉬이 알아볼 수 있겠어요.   265
한 채가 다른 한 채에 붙어 있고, 뜰은 담벼락과 돌림띠로 공들여
지어졌어요. 둘로 접히는 대문은 훌륭한 울타리가 되어주고 있고요.
과연 누가 무력을 휘두른다 해도 이 집을 뚫을 수는 없겠구려.
그런데 집 안에서 많은 사람이 잔칫상을 차리나 봅니다.
기름을 지지는 향기도 피어오르고, 신들이 잔치의 동반자로   270
정해주신 수금이 울리고 있으니까요."

그러자 그대는 그에게 이렇게 대답하는구나, 돼지치기 에우마이오스여.
  "쉬이 알아보시는구려, 하기야 당신은 다른 일에도 지각이 없지
않으니까요. 자, 그건 그렇고 이 일이 어떻게 될지 한번 궁리해봅시다.
당신이 먼저 이 살기 좋은 집 안으로 들어가서 구혼자들에게로 잠겨 들어가
  세요.   275
나는 이 자리에 남아 있을 테니까요. 만일 당신이 원한다면, 당신이 남고
내가 먼저 들어가지요. 다만 너무 시간을 끌진 말고요.
누가 밖에서 당신을 보고 뭘 던져 맞히거나 때릴까 봐 걱정입니다.
그걸 염두에 두라고 내 그대에게 당부하는 거예요."

그러자 잘 참고 견디는, 신과 같은 오뒷세우스가 그에게 대답하였다.   280
  "잘 알아들었고, 명심하겠소. 당신은 분별 있는 사람에게
당부하고 있어요. 주먹질이나 날아드는 물건에 얻어맞는 것 정도야
내 모르는 바 아닙니다. 내겐 견뎌내는 기백이 있어요.
파도 속에서, 전쟁 속에서 나는 이미 숱하게 많은 몹쓸 것들을
겪어왔으니, 그 일도 그런 고생들을 따라 일어나라 하지요.   285
하지만 배[腹]라는 놈은, 수많은 재앙을 인간들에게 선사하는

그 저주받을 욕심을 부리기 시작하면 도저히 덮어둘 수가 없지요.
바로 그것 때문에 용골이 잘 놓인 배들이 장비를 갖추어
곡식을 거둘 수 없는 바다를 타고 적군들에게 재앙을 가져다주는 겁니다."

이렇게 그들은 서로 이야기를 주고받고 있었다.   290
그런데 어떤 개 한 마리가 누워 있다가 머리와 귀를 세워 올리니,
심중에서 견뎌내는 오뒷세우스의 개 아르고스였다. 한때 그는
이 개를 손수 길렀지만, 정작 부려보진 못하였으니 그러기도 전에 그는
신성한 일리오스로 떠났던 것이다. 전에야 젊은이들이 야생 염소며
사슴, 그리고 토끼를 몰러 이 개를 데리고 다니기도 했지만,   295
주인이 떠나고 없는 지금은 눈길조차 받지 못한 채
많은 분뇨 더미 속에 누워 있을 따름이었다. 오뒷세우스의 하인들이
그 큰 영지에 거름을 주러 가져가기 전까지는
대문 앞에 노새와 소들의 분뇨가 넘치도록 쌓여 있었고,
거기에 아르고스라는 개가 진드기투성이가 된 채로 누워 있었다.   300
바로 그때 그 개는 오뒷세우스가 가까이 온 것을 알아차리더니
꼬리를 흔들며 두 귀를 내려보았지만 주인에게
더 가까이 다가갈 기력이 없었다. 그러나 그는
에우마이오스의 눈길을 쉽게 피하기 위해
먼 데를 바라보며 눈물을 훔치더니 이렇게 물어보았다.   305
    "에우마이오스, 저 분뇨 속에 누워 있는 개는 정말이지
놀라울 지경이군요, 저 아름다운 체격이며. 하지만 이 개가
이만한 용모에 더해 달리기까지 빨랐던 것인지, 아니면
사람들이 식탁 가에서 기르는 개들 같은 것인지, 확실히는 모르겠군요.
그저 뽐내려고 그런 개들을 기르는 주인들도 있으니까요."   310

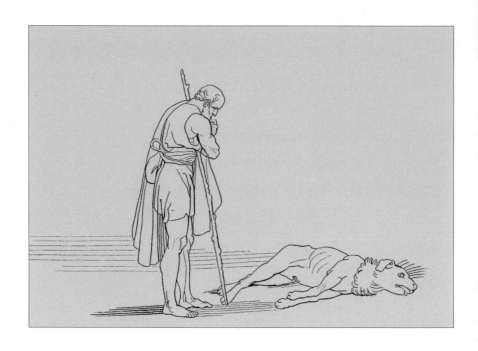

오뒷세우스와 아르고스

————

알키노오스의 궁전을 지키던, 황금과
은으로 만든 개들과는 달리(7권 90-94행)
아르고스는 죽음을 눈앞에 두고 있다.
오뒷세우스는 물론이고 페넬로페,
라에르테스도 신의 도움으로 젊어지기도
하고 아름다워지기도 한다. 아르고스는
이 시에서 유일하게 실제 시간의 흐름을
가리켜주는 존재이다.

제임스 파커, 에칭, 1805

그러자 그대는 그에게 이렇게 대답하는구나, 돼지치기 에우마이오스여.

"바로 그래요, 저 개는 먼 곳에서 돌아가신 그분의 개랍니다.
만약 이 개의 체격과 솜씨가, 오뒷세우스께서 이 개를
뒤에 남기고 트로이아로 떠나시던 그때와 같다면,
그대도 그 민첩함과 용맹을 보고 경이롭게 바라보게 될 겁니다.   315
이 개가 추격에 나설 때마다 깊은 숲 깊숙한 곳에서 달아날 수 있는
들짐승이라곤 전혀 없었지요. 자취를 쫓는 일도 이 개는 단연 잘 알고
있었고요. 하지만 지금은 이 개도 불행을 품고 있고, 주인은 고향 땅 아닌
다른 곳에서 돌아가셨지요. 여인들도 이 개를 신경 써주지 않고,
돌봐주지 않습니다. 주인들이 더 이상 다스리지 못하게 되면,   320
하인들도 더는 합당하게 일하려 들지 않는 법이니까요.
노예의 나날이 사람을 움켜쥐게 되면, 두루 살피시는
제우스께서 그 사람의 미덕의 절반은 앗아 가신답니다."

그는 이렇게 말하며 살기도 좋은 집 안으로 들어가더니
곧바로 거실을 지나 고상들도 한 구혼자들 사이로 갔다.   325
한편, 아르고스는 스무 해 만에 오뒷세우스를 보게 되었으나
곧장 새카만 죽음의 운명이 그 개를 사로잡고 말았다.

집 안으로 들어오던 돼지치기를 누구보다 앞서 먼저 본 것은
신을 닮은 텔레마코스였다. 그는 재빨리 고개를 끄덕이며 돼지치기를
자신에게로 불렀다. 그러자 그는 주변을 살피다가, 놓여 있던   330
의자 하나를 집어 드니, 그것은 고기 맡은 이가 집 안 곳곳에서
잔치를 벌이는 구혼자들에게 수많은 고기를 나눠주며 앉곤 하던

자리였다. 그는 이 의자를 들고 가 텔레마코스의 식탁 맞은편에
놓고 거기에 앉았다. 그러자 전령이 그에게 그의 몫을 집어 와
차려주었고, 바구니에서 빵을 꺼내주었다.   335
바로 그의 뒤를 따라 오뒷세우스도 집 안으로 잠겨 들어가니
그는 지팡이에 기댄 서러운 거지 노인 꼴을 하고
살갗에는 남루한 입성을 두르고 있었다.
그가 대문 안쪽 물푸레나무 문턱에 앉아
퀴파릿소스(사이프러스) 문설주에 기대니, 이는 전에 목수가   340
솜씨 있게 깎아가며 먹줄을 따라 곧게 만든 것이었다.
한편, 텔레마코스는 돼지치기를 자신에게로 불러 말하였다.
그는 더없이 아름다운 광주리에서 빵을 덩어리째 집어 든 다음
두 손을 내밀어 쥘 수 있을 만큼의 고기를 꺼냈다.
　"저 손님에게 이걸 가져다드리면서 당부해주세요,   345
구혼자들 모두에게 다가가 적극적으로 구걸하라고요.
곤궁에 처한 사람에게 염치는 덕이 될 수 없으니까."

그가 이렇게 말하자, 돼지치기는 그의 말을 듣고 난 다음
그에게로 갔고, 가까이에 서서 날개 돋친 말을 건네었다.
　"손님, 텔레마코스께서 그대에게 이걸 주라고 하시네요.   350
그리고 구혼자들 모두에게 다가가 적극적으로 구걸하라고 당부하십니다.
구걸하는 사람에게 염치는 좋지 못하다고 하시면서요."

그러자 꾀 많은 오뒷세우스가 그에게 대답하며 말하였다.
　"왕이신 제우스시여, 부디 저를 보아 텔레마코스가 사람들 사이에서
행복하게 하시고, 그가 심중에서 열망하는 것들을 남김없이 이루어주소서!"   355

430

그는 이를 양손으로 받아 들고선 발치에 있는
남루한 가죽 부대 위에 내려놓더니
가수가 궁전 안에서 노래를 부르는 동안 이를 먹었다.
그가 식사를 마치고 신과 같은 가수가 노래를 멈추자,
구혼자들은 거실에서 소란을 피워댔다. 그러자 아테네가   360
곁에 가까이 다가서더니 라에르테스의 아들 오뒷세우스에게
누가 적당하고, 또 누가 무법자들인지 알 수 있도록
구혼자들을 돌며 빵을 모아보라고 재촉하였다.
그러나 재앙을 막아내게 되어 있는 자는 아무도 없었다.
그는 오른편으로 돌면서 한 사람 한 사람에게 구걸하며 다녔고   365
마치 오래전부터 거지였던 것처럼 모든 방향으로 손을 내밀었다.
그들은 가여워하며 나눠주면서도 그를 두고 어리둥절해하면서
그가 누구며 어디서 온 사람인지 서로에게 묻기 시작했다.

그러자 그들 사이에서 염소들을 먹이는 멜란티오스가 말하기 시작했다.
  "저 낯선 자에 대해서는 제 말을 들어들 보십시오,   370
명성이 자자한 왕비님의 구혼자 여러분. 저는 전에 저자를 보았으니까요.
저자를 돼지치기가 이리로 데려온 건 확실합니다. 그러나 저자 스스로
어떤 혈통을 자부하고 있는지는 정작 제가 분명히 알지를 못합니다."

그가 이렇게 말하자, 안티노오스는 말로 돼지치기를 꾸짖었다.
  "이 악명 높은 돼지치기 녀석, 너는 대체 어쩌자고 저자를   375
시내로 데려왔느냐? 다른 떠돌이들과 잔치나 망쳐놓는
성가신 비렁뱅이들로는 우리에게 아직 충분치가 않다는 거냐?

네놈은 그 녀석들만 여기로 모여들어 네 주인의 살림을 먹어치우는 게
마땅치 않아 저놈까지 이리로 불러들인 게냐?"

그러자 그대는 그에게 이렇게 대답하는구나, 돼지치기 에우마이오스여.   380
　"안티노오스, 당신은 잘난 사람인데 말본새는 아름답지 않소.
대체 누가 제 발로 가서 다른 곳에서 나그네를 불러온단 말이오?
백성들을 위해 일해주는 사람들이 아니고서야 말이오. 예언자나,
질병을 고치는 의사, 나무를 다루는 목수나, 노래하며 즐거움을 주는
신의 영감을 받은 가수 같은 사람들 말이오. 그런 사람들이야   385
끝 모를 대지 위에서 죽게 마련인 인간들에게 부름을 받게 마련이라오.
제 살림을 낭비하려고 거지를 불러오는 사람이 대체 어디 있겠소?
그대는 그 어떤 구혼자들보다 오뒷세우스의 하인들에게
매번 혹독하게 군다오, 특히 나에게는 더더욱. 그래봐야 나는
신경 쓰지 않으려오. 이 궁전에서 페넬로페와,   390
신과 같은 텔레마코스가 살아 계시는 한!"

그러자 이번에는 지혜로운 텔레마코스가 그에게 말하였다.
　"잠자코 계세요, 저 사람에겐 많은 말로 대답해주면
안 됩니다. 안티노오스는 늘 험악한 말로 고약하게 도발하며
다른 사람들까지 충동하는 데에 능숙하니까요."   395

그리고 그는 안티노오스에게 날개 돋친 말을 건네었다.
　"안티노오스, 마치 아버지가 아들에게 그러듯, 그대는 나를
정말이지 제대로 염려해주는구려. 고압적인 말로 이 거실에서 저 손님을
내쫓으라고 내게 당부해주니 말이오. 부디 신께서 그런 일은 이루지 마소서.

432

내가 화내지 않을 테니 당신은 뭐라도 좀 집어서 그에게 줘보오.   400
내가 명령하고 있잖소. 내 어머니나, 신과 같은 오뒷세우스의 집
곳곳에 있는 하인들 어느 누구의 눈치도 볼 것 없소.
하지만 그대 가슴속에 그런 판단은 있을 수가 없지.
남에게 주기는커녕 본인이 먹는 걸 훨씬 더 바라는 게 당신이니까.”

그러자 이번엔 안티노오스가 그에게 대답하며 말하였다.   405
  “텔레마코스 이 떠버리 녀석, 제 혈기조차 가누지 못하는 놈,
도대체 그게 무슨 말이냐? 만일 모든 구혼자들이 저자에게 주는 몫이
이만큼만 된다면, 저놈을 이 집에서 석 달은 족히 떼어놓을 거다.”

그는 이렇게 말하며 식탁 밑에 놓여 있던 발받침을 집어 들었다.
잔치를 벌일 때 그가 윤기 도는 두 발을 그 위에 올려두던 것이었다.   410
그러나 다른 모든 사람은 그에게 나눠주었고, 그의 가죽 부대는
빵과 고기로 가득 찼다. 오뒷세우스는 급히 문지방 위로
되돌아가서 아카이아인들이 준 선물을 맛보려다가
안티노오스 곁에 멈춰 서서 그에게 이렇게 말하였다.
  “좀 주시오, 친구여. 당신은 아카이아인들 중에서 가장   415
못난 자이긴커녕, 가장 빼어난 사람같이 보이는구려. 마치 왕을 닮았소.
그러니 그대는 내게 다른 사람들보다 빵을 더 넉넉히 줘야 하오.
그러면 나는 이 끝 모를 대지를 따라 그대를 칭송할 거요.
나도 사람들 사이에서 한때는 유복한 집에서 행복하게 살았고
떠돌이들에게 뭘 준 적도 많았다오.   420
그가 누구든, 그리고 무슨 용건으로 찾아왔든 상관없이 말이오.
내겐 하인들도 헤아릴 수 없이 많았고, 사람들이 잘산다고,

부유하다고 말할 만한 다른 것들도 많이 갖고 있었다오.

그러나 크로노스의 아드님 제우스께서 이를 앗아 가셨다오. 분명히 그분이

그리 원하신 거요. 그분은 내가 파멸을 맞도록 나를 숱하게 떠돌아다니는   425

해적들과 함께 아이귑토스로 가라고 그 먼 길을 보내셨소.

나는 양 끝이 흰 배들을 아이귑토스강에 세워두었다오.

거기서 나는 믿음직한 동료들에게 그 자리에, 배들 곁에 머무르며

배들을 지키라는 명령을 내렸고, 정찰병들에게는

정탐할 만한 곳들을 찾아가라고 재촉했소.   430

하지만 맹목에 굴복해버린 그들은, 자신들의 기운을 따르며

아이귑토스 사람들의 더없이 아름다운 들판들을 삽시간에, 그것도

엄청나게 약탈하기 시작했소. 여자들과, 철모르는 아이들을

끌고 왔고 남자들을 쳐 죽이더이다. 그 비명은 곧 도시에 가 닿았지요.

에오스(새벽)가 모습을 드러내자마자 그 소리를 알아들은 사람들이   435

다가왔고, 보병들과 말들, 그리고 청동의 섬광으로 온 들판이

가득 차올랐소. 벼락을 즐기시는 제우스께서 내 동료들에게

사악한 패주를 보내셨으니, 버텨서 맞서보려는 자는 단 한 명도

없었다오. 모든 방향으로부터 악재가 일어나고 있었으니까.

그들은 거기서 우리 중 많은 이를 날 선 청동으로 쳐 죽였고   440

그들을 위해 강제로 일을 시키려고 산 채로 끌고 가기도 했다오.

그러나 나는, 마침 그곳에 손님으로 와 있던 이아소스의 아들

드메토르에게 주어 퀴프로스로 보내었소. 그는 힘으로 퀴프로스를

다스리던 자요. 거기서 나는 재앙을 겪다가 지금은 이리로 오게 된 거라오.”

그러자 이번에는 안티노오스가 그에게 소리 내어 대답하였다.   445

  “도대체 어떤 신이 이 잔치의 흥을 깨는 재앙 덩어리를

데리고 온 건가? 쓰라린 아이귑토스와 퀴프로스로 한시바삐 가고 싶지
않거든, 내 식탁에서 멀찌감치 떨어져 한가운데에 그렇게 서 있거라.
이렇게까지 뻔뻔하고 염치없는 비렁뱅이라니!
네놈은 모두에게 차례로 다가서고, 그들도 분별없이 나눠주는데   450
남의 것으로 선심을 쓰는 데에는 거리낌도 동정도 없는 법이지.
각자에게 많은 것들이 놓여 있으니까."

그러자 꾀 많은 오뒷세우스는 물러나며 그에게 말하였다.
  "딱하오, 그대에게 외모에 어울리는 헤아림까지 있진 않구려.
그대는 옆에 있는 사람에게 당신 살림에서 소금 한 알도 주지 않을 사람이오.   455
당신은 지금 남의 살림 곁에 앉아 있고 많은 것이 차려져 있음에도
내게 빵을 떼어 나눠주는 것조차 견딜 수가 없나 보오."

그가 이렇게 말하자, 안티노오스는 심장에서부터 몹시 격분하여
그에게 눈을 치켜뜨며 날개 돋친 말을 건네었다.
  "나를 그렇게 헐뜯어놓다니, 네놈은 이제 더는   460
이 거실에서 모양새 좋게 뒤로 물러나 빠져나갈 순 없을 거다."

그는 이렇게 말하더니 발받침을 집어 들어 던졌고 등을 따라 오른쪽
어깨 밑을 맞혔다. 그러나 오뒷세우스는 마치 바위처럼 견고하게 서 있을 뿐
안티노오스가 내던진 무기는 그를 쓰러뜨리지 못하였다. 그는 다만
말없이 고개를 가로저으며 횡격막 깊숙한 곳에서는 흉계를 짜내고 있었다.   465
그는 문지방 위로 되돌아가 앉았고, 잘 채워진
가죽 부대를 내려놓으며 구혼자들 사이에서 말하였다.
  "명성이 자자하신 왕비님의 구혼자 여러분,

내 가슴속 기백이 내게 명하는 바를 말하려 하니,
들어들 보십시오. 사람이 소 떼든 뽀얀 양 떼든 470
자기 재산을 놓고 싸우다가 얻어맞는 경우라면, 속에서
고통도 슬픔도 없는 법이외다. 그러나 이 비참하고 저주받을
배라는 놈 탓에 안티노오스가 나를 맞혔지 뭐요.
인간들에게 그 숱한 몹쓸 것들을 선사하는 이 배 탓에!
그러나 거지들에게도 신들이 계시고 에리뉘스(복수의 여신)들이 계시다면 475
안티노오스는 결혼을 하기 전에 죽음, 그 끝과 마주치기를!"

그러자 이번엔 에우페이테스의 아들 안티노오스가 말하였다.
"이 뜨내기 놈, 너는 잠자코 앉아서 먹든지, 다른 데로 꺼지든지 해라.
네가 한 말 때문에 젊은이들이 너를 발이든 손이든 붙들고 이 집 안을
가로지르며 끌고 다니면서 네 가죽을 온통 벗겨내지 않을까 싶구나." 480

그가 이렇게 말하자, 다른 자들도 모두 분수도 모른 채 격분하였다.
한편, 젊은이들 중 누군가는 이렇게 말하기도 했다.
"안티노오스, 저 불운한 떠돌이를 맞히다니,
좋지 못하오. 저주받을 자여, 만일 저자가 하늘에 있는
어떤 신이라면 어쩔 셈이오? 신들은 온갖 모양을 하고선 485
다른 나라에서 온 나그네의 모습을 한 채로 인간들의 맹목과
사리 분별을 주시하면서 이 도시 저 도시를 찾아오잖소."

어떤 구혼자들은 이렇게 말하기도 했지만, 그는 그 말을 신경 쓰지 않았다.
한편, 그가 얻어맞자 텔레마코스는 심장에서 걷잡을 수 없는 슬픔이
커져만 갔으나, 눈꺼풀에서 바닥으로 눈물을 떨어뜨리진 않은 채 490

말없이 고개를 가로저으며 휘격막 깊숙한 곳에서는 흉계를 짜내고 있었다.
한편, 더없이 지혜로운 페넬로페는 오뒷세우스가 거실에서
얻어맞는 소리를 듣고 시녀들 사이에서 말하였다.
　"활로 이름난 아폴론께서 너를 그렇게 맞히셨어야 하는 건데!"

그러자 이번엔 시녀 에우뤼노메가 말하였다.　　　　　　　　　　　　495
　"부디 우리의 기도들이 이루어질 수만 있다면! 그렇게만 된다면
근사한 보좌에 앉은 에오스(새벽)가 저들 중 누구에게도 가 닿지 않을 텐데!"

그러자 이번엔 더없이 지혜로운 페넬로페가 그녀에게 말하였다.
　"유모, 몹쓸 짓들을 꾀하는 저들 모두 가증스럽기만 해요.
특히 안티노오스는 새카만 죽음의 여신을 빼닮았지요.　　　　　　　500
저 불운한 손님은 그저 궁핍의 명을 따라
집 안을 돌아다니며 사람들에게 구걸하고, 거기서
다른 사람들은 모두 그에게 뭘 좀 줘가며 채워주는데
저 사람은 발받침을 던져 그의 오른쪽 어깨 밑을 맞히는군요."

그녀는 방 안에 앉아 시중드는 여인들 사이에서 이렇게　　　　　　505
말하였고, 신과 같은 오뒷세우스는 음식을 들고 있었다.
그녀는 신과 같은 돼지치기를 불러 말하였다.
　"신과 같은 에우마이오스, 저 손님에게로 가서 이리로 오라고
일러줘요. 내가 그에게 환영 인사를 하고, 그가 심중에서 견뎌내는
오뒷세우스에 대해 혹시 들어 아는 것이 있는지, 아니면 두 눈으로　510
보았는지 물어야겠소. 많이 떠돌아다닌 사람 같아 보이니까."

그러자 그대는 그녀에게 이렇게 대답하는구나, 돼지치기 에우마이오스여.

　"왕비님, 아닌 게 아니라 아카이아인들이 좀 잠자코 있으면 좋겠군요.

그 사람이 왕비님께 하는 이야기는, 분명 왕비님의 심장을 호릴 겁니다.

제가 사흘 밤 사흘 낮을 저이를 오두막에 붙들어두었어요.　　　　515

어떤 배에서 도망쳐 맨 처음으로 온 게 저랍니다.

그래서 그 불행을 말하는데 미처 다 끝내질 못하더군요.

마치 욕망을 불러일으키는 말을 신들에게서 배워

죽게 마련인 인간들에게 노래해주는 가수를 어떤 사람이 바라보고 있고,

그가 노래할 때마다 질리지도 않고 그의 노래를 듣기를 애원하듯이,　　　520

저이는 집에서 제 곁에 앉아 저를 매혹시켰답니다.

저이 말로는, 본인이 미노스의 혈통이 있는 크레테에 살고 있는데,

오뒷세우스와는 선조 때부터 서로 환대를 나눈 사이랍니다.

재앙을 겪어가며 구르고 또 구르다가 지금은 이리로 오게 되었답니다.

그리고 오뒷세우스에 대해 가까이서 들은 바 있다고 큰소리를 치는데,　　　525

테스프로토스 사람들의 기름진 나라에 그분이 살아 계시고,

많은 보물을 집으로 싣고 오신다고 하네요."

그러자 이번엔 더없이 지혜로운 페넬로페가 그에게 말하였다.

　"가서 그를 이리로 불러와주게, 마주하고 그 사람이 직접

이야기할 수 있도록. 저자들이야 문가에 앉든 집 안 구석구석　　　530

어디든 앉아서 즐기라고들 하고. 저들의 기백은 흥이 나 있으니까.

저들의 재산은 고스란히 자기 집에 놓여 있고

빵과 달콤한 포도주는 제 식솔들이 먹고 있겠지.

저들은 단 하루도 빠짐없이 우리 집을 들락날락하면서

황소며 양이며 살진 염소들까지 제물로 바친답시고　　　535

떼거리로 잔치판을 벌이며 불꽃 같은 포도주를 마셔대고 있지.
당치도 않게! 엄청나게 소진되고 있잖나. 집안의 파멸을 막아낼,
오뒷세우스가 했던 것 같은, 그런 사람이 있질 않으니까.
만일 오뒷세우스가 돌아와 고향 땅에 와 닿으신다면
아들과 함께 즉시 저자들이 저지른 폭행의 대가를 치르게 하실 텐데."   540

그녀가 이렇게 말하자, 텔레마코스가 크게 재채기하였고,
그 소리가 집 안에 무서울 정도로 울렸다. 페넬로페는 웃음을 터뜨리더니
곧바로 에우마이오스에게 날개 돋친 말을 건네었다.
    "가서 그 손님을 내 앞으로 불러와주게.
자네는 내 아들이 내가 한 모든 말에 재채기한 것을 보지 못했는가?   545
그러니 모든 구혼자들에게 죽음이 이루어지지 않고는 못 배길 것이고
⟨죽음과 죽음의 여신을 피해 달아날 자는 하나도 없을 거라네.⟩[101]
내 자녀에게 또 하나를 말해줄 테니, 자네도 부디 헤아림 속에 새겨 넣어주게.
만일 그 사람의 말이 모두 틀림없는 사실임을 내가 알게 되면,
나는 그 사람에게 외투며 통옷 같은 근사한 옷가지들을 입혀줄 걸세."   550

그녀가 이렇게 말하자, 돼지치기는 그녀의 말을 듣고 난 다음
그에게로 갔고, 가까이에 서서 날개 돋친 말을 건네었다.
    "낯선 아버님, 텔레마코스의 어머니, 더없이 지혜로운 페넬로페께서
그대를 부르십니다. 그분의 기백은 이미 근심을 겪어오셨지만, 그래도
부군에 대해 줄기차게 물어보라고 명하시는군요. 만일 그대의 말이   555
모두 틀림없는 사실임을 그분이 알게 되면, 그분은 당신에게

101 이 행이 빠진 사본들도 있다.

당신이 무엇보다도 필요로 하는 외투며 통옷 같은 옷가지들을
입혀주실 겁니다. 빵이야 당신이 이 나라를 돌며 구걸하면서
배를 불릴 수 있겠지요. 누구든 원하기만 한다면 당신에게 줄 수 있겠지요."

그러자 이번에는 잘 참고 견디는, 신과 같은 오뒷세우스가 말하였다. 560
　"에우마이오스, 나도 당장 이카리오스의 따님,
더없이 지혜로운 페넬로페께 모든 것을 틀림없이 말씀드릴 수 있다면 좋겠군요.
나는 그분에 대해 잘 알고 있지요, 우리는 같은 곤경을 받아냈으니까요.
그러나 나는 저 가혹한 구혼자들의 무리가 두렵답니다.
〈그들의 주제넘은 짓과 폭력은 무쇠로 만든 하늘까지 가 닿아 있어요.〉[102] 565
방금만 해도 그렇지요, 나는 그저 집 안 곳곳을 돌며 나쁜 짓이라고는
조금도 저지른 게 없는데도, 저 사람은 나를 맞히며 통증을 선사하더군요.
텔레마코스도, 다른 아무도 막아주지 않았고요.
그러니 페넬로페께는, 초조하시겠지만 일단 헬리오스가 가라앉을 때까지는
궁전에서 기다려주십사고 일러드리구려. 570
부군께서 돌아오실 날에 관해서는 그때 내게 물으시라 하시고,
나를 불 곁에 더 가까이 앉히라고 해주세요. 내가 처음으로 탄원한 건
당신이니까, 당신도 알다시피 내 입성이 형편없으니까요."

그가 이렇게 말하자, 돼지치기는 그의 말을 듣고 난 다음 걸음을 옮겼고,
문지방을 넘어오는 그에게 페넬로페가 말하였다. 575
　"에우마이오스, 자네 그 사람을 데려오지 않은 건가? 그 방랑자는
도대체 무슨 속셈이지? 혹시 누군가를 지나치게 무서워한다든가, 아니면

102　이 행이 빠진 사본들도 있다.

440

이 집을 돌아다닌 것이 부끄러운 건가? 방랑자에게 염치란 나쁜 법인데."

그러자 그대는 그녀에게 이렇게 대답하는구나, 돼지치기 에우마이오스여.
　"그이는 도리에 맞게, 남들도 그렇게 여길 법한 말을 했습니다.　　　　　580
그이는 인간 위에 서기를 자처하는 저 사람들의 주제넘은 짓을
피하려는 겁니다. 다만 헬리오스가 가라앉을 때까지
마님께서 기다려주십사 청하더군요. 저 손님을 독대하시면서
말씀도 하시고 물어보시는 편이 마님께도 훨씬 더 좋을 겁니다."

그러자 이번엔 더없이 지혜로운 페넬로페가 그에게 말하였다.　　　　　585
　"그 손님은 지각없는 사람이 아니구나. 그 사람은
일어날 법한 일을 염두에 두고 있어. 죽게 마련인 인간들 중에
저렇게 주제넘게 굴며 부러 악행을 꾀하는 자들은 없고말고."

그녀는 이렇게 말하였고, 신과 같은 돼지치기는 모든 것을
알려주고 난 다음 구혼자들의 무리 속으로 들어갔고,　　　　　　　590
다른 자들이 들어 알지 못하게끔 머리를 가까이 대더니
난데없이 텔레마코스에게 날개 돋친 말을 건네었다.
　"사랑하는 분이여, 저는 가보렵니다. 돼지들이며, 그곳에 있는
당신과 저의 살림을 지키러 가야지요. 그대는 여기서 모든 것을 신경 써주세요.
무엇보다도 당신 스스로를 먼저 안전하게 하시고, 행여 무슨 일이라도　　595
겪지 않도록 기백으로 염두에 두세요. 많은 아카이아인들이 악행을 꾀한답니다.
그러나 우리에게 재앙이 일기 전에 제우스께서 저들을 철저하게 궤멸시키소서!"

그러자 이번에는 지혜로운 텔레마코스가 그에게 대답하였다.

"그렇게 될 거예요, 아저씨. 그래도 저녁은 들고 가시죠.
그리고 동틀 무렵에는 제물로 바칠 근사한 짐승들을 몰고 오세요.
그리고 이 모든 일은 저와, 죽음을 모르는 분들이 신경 쓸 겁니다." 600

그가 이렇게 말하자 돼지치기는 매끈한 의자 위에 도로 앉았다.
그는 먹을 것과 마실 것으로 기백을 충족시킨 다음,
잔치를 즐기는 자들로 가득한 거실과 울타리를 뒤로하고
걸음을 옮겨 돼지들에게로 떠났다. 그들은 춤과 노래로 605
낙을 누렸으니, 이미 저녁나절이 다가왔던 것이다.

18권

그러자 온 나라에 알려진 거지 하나가 다가왔다. 이타카 시내
곳곳에서 구걸해왔던 그는, 미친 듯한 배로 쉬지도 않고
먹고 마시는 것으로 특출한 자였다. 그러나 그는
겉보기에는 덩치가 컸지만, 실은 힘도, 근력도 없었다.
공경할 어머니가 그를 낳아주었을 때 붙여준 이름은   5
아르나이오스였으나, 젊은이들은 죄다 그를 이로스라고 불렀으니
누가 명하기만 하면 소식을 전해주러 움직이곤 했기 때문이다.[103]
그가 와서 오뒷세우스를 그의 집에서 쫓아내려 들더니
그에게 시비를 걸며 날개 돋친 말을 건네었다.
    "영감, 대문가에서 꺼지쇼. 안 그러면 발을 잡고 순식간에   10
끌어내는 수가 있어. 다들 내게 끌어내라고 신호를 보내며 명령하는 걸
알아차리지 못해? 하지만 나도 염치가 있어서 그렇게는 못 하니

---

103 제우스의 전령인 이리스 여신의 이름을 따온 것이다.

어서 일어나쇼. 우리 둘이 곧 주먹질하며 싸우기 전에 썩!"

그러자 꾀 많은 오뒷세우스는 눈을 치켜뜨며 그에게 말하였다.
　"이해할 수 없는 자여, 나는 그대에게 말로든 행동으로든　　　　　　　15
무슨 해를 끼친 게 없고, 누가 그대에게 듬뿍 집어주어도 나는 그걸
샘내지 않소. 또 이 문턱은 우리 두 사람을 품을 만하고, 당신도 남의 몫에
앙심을 품을 이유가 없소. 보아하니 당신도 나와 다를 바 없는 떠돌이 같구려.
하긴, 행복을 내리는 건 신들에게 달린 일이니까.
내가 노여워하지 않도록, 내게 너무 그렇게 주먹으로 도전하지 마시구려.　　20
내가 노인이긴 해도, 당신 가슴과 입술을 피범벅으로 만들지 않도록 말이오.
물론 그렇게 되면 내일은 내게 훨씬 덜 어수선하겠소.
라에르테스의 아들 오뒷세우스의 궁전에
그대는 두 번 다시 돌아오지 못할 것 같으니까."

그러자 떠돌이 이로스가 화를 내며 그에게 말하였다.　　　　　　　　　　25
　"이런 빌어먹을, 이 먹보 녀석이 아궁이 지피는 할멈처럼
술술 지껄였겠다! 내 이 녀석에게 재앙을 궁리해내고
양쪽으로 한 번씩 때려서, 수확을 망쳐놓는 돼지처럼
이빨을 죄다 턱에서 땅바닥으로 뽑아버려야겠구나.
당장 허리띠를 묶어라. 우리가 싸우는 걸 모두가 볼 수 있게 말이다.　　　30
네놈은 더 젊은 남자와 어떻게 싸워볼 셈이냐?"

이처럼 이들은 높다란 대문 앞 매끈한 문턱 위에서
기백을 다하여 격렬하게 돋우고 있었고,
안티노오스의 신성한 힘이 이 둘의 말을 알아듣고서는

444

유쾌하게 웃음을 터뜨리며 구혼자들에게 말하였다.   35

　"친구들, 정말이지 예전엔 이런 일이 있질 않았지.
신께서 이렇게나 기쁜 일을 이 집으로 끌고 오신 거다.
저 뜨내기와 이로스가 주먹질하고 싸우자며 서로 한판 붙으려는구나.
자, 이러지들 말고 어서 싸우도록 부추기자꾸나."

그가 이렇게 말하자, 그들은 모조리 웃음을 터뜨리며 일어서더니   40
남루한 입성을 걸친 거지들 주위로 모여들었다.
그러자 그들 사이에서 에우페이토스의 아들 안티노오스가 말하기 시작했다.
　"내가 할 말이 있으니 들어들 보아라, 사나이다운 구혼자들아.
여기 불 위에 염소의 위(胃)들이 올려져 있다. 우리의 저녁거리로
선지와 비계를 가득 채워 넣어 놓아둔 것들이지.   45
둘 중에 더 힘이 세어 이긴 자는
일어서서 이것들 중에 원하는 것을 직접 고르게 하자.
그리고 그자는 언제고 우리와 함께 잔치를 벌일 것이나,
그렇지 못한 거지는 우리 틈에 섞여 구걸하지 못하게 하자꾸나."

안티노오스가 이렇게 말하자, 그의 말이 모두를 기쁘게 하였다.   50
그러나 꾀 많은 오뒷세우스는 계략을 품고 그들 사이에서 말하기 시작했다.
　"친구들이여, 불행에 닳아버린 노인이 더 젊은 사람과 싸우는 것은
될 일이 아니오. 그러나 내가 얻어맞고 제압되게 할 작정인지
못된 짓만 벌이는 이 배라는 놈이 나를 재촉하는구려.
자, 그러니 다들 내게 강력한 서약으로 맹세들 해주시오.   55
아무도 이로스에게 호의를 보이려고 내게 악의를 품고
나를 묵직한 손으로 쳐서 그를 위해 나를 힘으로 제압하지 않겠다고 말이오."

그가 이렇게 말하자, 그가 요구한 대로 모두가 맹세를 걸었다.

그런데 그들이 맹세하고 서약을 마치고 나자,

그들 사이에서 텔레마코스의 신성한 힘이 말하기 시작했다.   60

　"손님, 그대의 심장과 남자다운 기개가 저 사람을

쫓아내라고 재촉한다면, 아카이아인들 중 다른 어느 누구도 두려워할 것

없습니다. 당신을 때리는 사람은 더 많은 사람과 싸우게 될 테니까요.

나는 당신을 대접하는 주인이고, 둘 다 지혜로운 왕들인

안티노오스와 에우뤼마코스가 찬성하고 있습니다."   65

그가 이렇게 말하자 그들은 너 나 할 것 없이 찬성하였다.

한편, 오뒷세우스가 누더기를 샅에 둘러매자,

그의 아름답고 거대한 허벅지와 넓은 두 어깨가 모습을 드러냈고

가슴과 강인한 두 팔이 모습을 드러내었다. 한편, 아테네도

가까이 다가서서 백성들의 목자의 사지에 힘을 키워주었다.   70

이에 구혼자들은 죄다 도를 넘을 정도로 놀라워했고

누군가는 곁에 있는 사람을 보며 이렇게 말하기도 했다.

　"이제 곧 이로스는 이로스 아니게 되겠고, 재앙을 자초하게 생겼군.

누더기 바깥으로 저 영감의 엄청난 허벅지 근육이 드러나 보이는데."

그들은 이렇게 말했고, 이로스의 기백은 초라할 지경으로 흔들렸다.   75

그러나 하인들은 겁에 질린 그를 띠로 묶어 억지로 끌고 나오니

그의 사지에서 살들이 온통 떨리기 시작했다.

한편, 안티노오스는 그를 부르더니 꾸짖으며 말하였다.

　"이 떠버리 녀석, 너는 없어져버린다면, 아니 아예 태어나지

오뒷세우스와 이로스의
싸움

————

원래 이 사람의 이름은
아르나이오스지만, 구혼자들은
그를 심부름꾼으로 삼아
이로스라고 부른다. 제우스의 전령
이리스 여신의 이름을 따온 것이다.
신들처럼 살고 싶어 하는 그들의
욕망이 이 작은 명칭 하나에도
드러난다.

제임스 니글, 에칭, 1805

말았더라면 좋았을 거다. 저놈 앞에서 이렇게 몸을 떨고 끔찍할 지경으로   80
두려워하다니, 저 늙은이를, 자신에게 다가온 불운에 닳아버린
그런 자를 말이다. 이제 내가 하려는 말은 반드시 이루어질 것이다.
만에 하나 저놈이 더 강력하여 너를 이긴다면
나는 너를 검은 배에 태워, 죽게 마련인
모든 인간들에게 해를 입히는 에케토스 왕에게로 보내주마.   85
그러면 그이는 비정한 청동으로 코와 두 귀를 잘라낼 것이고
성기를 잡아 뜯어 개들에게 날것으로 먹으라고 주겠지.”

그가 이렇게 말하자, 더욱 심한 전율이 그의 사지를 움켜쥐었다.
그러나 그들은 그를 한복판으로 데려갔고, 두 사람은 주먹을 들어 올렸다.
그때, 잘 참고 견디는 신과 같은 오뒷세우스는 저울질하며 궁리하였다.   90
그를 쓰러뜨리며 그 자리에서 목숨이 떠나갈 지경으로 몰아붙일지, 아니면
그를 대지 위에 눕힐 정도로만 조금 몰아붙일지를 두고 헤아려보던 그에게
아무래도 이렇게 하는 쪽이 더 이로워 보였다. 즉, 아카이아인들이
자신이 누군지 알아차리지 못하도록 조금만 몰아붙이는 것이었다.
그 순간 둘은 주먹을 들어 올리니, 이로스는 그의 오른쪽 어깨를   95
때렸고, 그는 이로스의 귀밑 목을 때려 뼈를 안쪽으로 으깨놓았다.
그러자 그의 입에서 피가 흘러내렸고
비명을 지르며 먼지 속으로 쓰러지더니
이[齒]를 갈아대며 발꿈치로 대지를 걷어찼다.
그러자 고상들도 한 구혼자들은 손을 들어 올리며   100
죽도록 웃어대었다. 그러나 오뒷세우스는
그의 발을 붙잡고 입구를 지나, 주랑의 문들을 지나 뜰에 이르렀고
그를 기대어 앉혀놓은 다음, 그의 손에 지팡이를 던져주며

그에게 날개 돋친 말을 건네었다.

"이제 여기에 앉아서 돼지 떼와 개 떼를 쫓아내려무나. 105
너도 비참한 처지이니, 손님들과 거지들에게 두목 노릇은 하지 말거라.
더 큰 재앙의 몫을 받지 않으려면 말이다."

그는 이렇게 말하더니, 깊이 패어 갈라진 남루한 가죽 부대를
두 어깨에 둘러주었다. 거기에는 걸쳐 멜 수 있게 끈이 꼬여 있었다.
그는 도로 문턱으로 돌아와 그 위에 앉았고, 그들은 유쾌하게 웃어대며 110
들어와 그에게 말로 인사를 건네었다.

"낯선 이여, 제우스도, 그리고 죽음을 모르는 다른 신들도
너의 가장 간절한 소원을 들어주고, 네 기백에 사랑스러운 것을
이루어주기를! 저 물릴 줄 모르는 녀석이 이 나라에서 구걸하는 걸
네가 막아놓았구나. 저자는 우리가 본토로, 죽게 마련인 모든 인간에게 115
해를 입히는 에케토스 왕에게로 냉큼 보내주마."

그들이 이렇게 말하자, 신과 같은 오뒷세우스는 그 조짐이 반가웠다.
안티노오스는 선지와 비계를 가득 채워 넣은
큼직한 위(胃)를 그의 곁에 놓았고, 암피노모스는
바구니에서 빵 두 덩어리를 집어 그의 곁에 놓더니 120
황금 잔으로 그에게 인사하며 말하였다.

"평안하시오, 낯선 아버님. 그래도 나중에는 복이 있기를 바라오.
하지만 지금은 많은 몹쓸 것들에 사로잡혀 있구려."

그러자 꾀 많은 오뒷세우스가 그에게 대답하며 말하였다.

"암피노모스여, 그대는 대단히 지혜로워 보이는군요. 125

그러한 아버지께 태어났으니까요. 나도 둘리키온의 니소스가
훌륭하고 부유하다는 좋은 평판을 들어보았고, 사람들 말로는
당신이 그분께 태어났다고 하니 말입니다. 당신이 점잖은 분 같아서
내 드리는 말씀인데, 그대도 내 말을 듣고 잘 새겨두길 바랍니다.
〈이 대지 위에서 숨 쉬고 꿈틀대는 만물 중에서,   130
대지가 길러내는 것들 중에서,〉[104] 아무렴 인간보다 더 연약한 것은 또 없지요.
신들이 그에게 탁월함을 선사하시고 두 무릎을 일으켜주시는 동안에는
사람은 자신이 나중에 불행을 당하리라고는 여기지 못한답니다.
그러나 복된 신들께서 참담한 일을 이루시게 되면
사람도 마지못해 그 기백으로 견디는 수밖에요.   135
대지 위에 사는 인간들의 판단은, 인간들과 신들의 아버지께서
그에게 어떤 날을 가져오시느냐는 문제에 달린 겁니다.

나 역시도 한때는 사람들 사이에서 행복을 누릴 줄만 알았지요.
그러나 저는 폭력과 힘에 굴복하였고, 아버지와 형제들을 믿고선
고의로 많은 패악을 저질렀답니다.   140
그러니 사람이라면 어느 누구도 결코 무도해지면 안 될뿐더러
신들의 선물을 묵묵히 받아야 하는 법이지요, 무얼 주시든 간에.
제 눈에는 구혼자들이 일부러 패악을 꾀하고 있는 것이 보입니다.
저들은 사랑하는 고향 땅을 이제 더는 오랫동안
떠나 계시지 않을 분의 부인을 능멸하고 재산을 갈취하고 있어요.   145
그분은 아주 가까이 계십니다. 하지만 그분이 사랑하는 고향 땅에
돌아오게 되면, 당신은 그분과 마주치지 않도록

---

104 이 행이 빠진 사본들도 있다.

어떤 신께서 빼내주시어 집으로 향했으면 싶군요.

일단 그분이 대들보 아래로 들어오시면, 그분과 구혼자들은

피를 흘리지 않고는 서로 갈라지지 않을 것 같으니까요."   150

그는 이렇게 말하고 헌주한 다음, 꿀처럼 달콤한 포도주를 마시더니

그 잔을 다시 백성들을 지휘하는 그자의 손에 건네주었다.

그러나 그는 심장으로 서러워하며, 고개를 끄덕이며 집 안을

가로질러 갔으니, 그의 기백이 재앙을 예감했던 것이다.

그러나 그도 죽음의 여신을 피할 수는 없었으니, 그가 텔레마코스의   155

손아귀와 창에 의해 힘으로 제압되도록 아테네가 그를 묶어놓았기 때문이다.

그는 자신이 일어선 팔걸이의자로 돌아가서 앉았다.

한편, 빛나는 눈의 여신 아테네는 이카리오스의 딸,

더없이 지혜로운 페넬로페더러 구혼자들에게 모습을

드러내도록 그녀의 헤아림 속에 심어주니,   160

이는 구혼자들의 기백을 더할 나위 없이 들뜨게 하고,

남편과 아들로부터는 전보다 훨씬 더 존경받게 하려는 것이었다.

그녀는 실소를 터뜨리더니 이름을 부르며 말하였다.

  "에우뤼노메, 예전엔 통 이런 적이 없었는데, 지금은 내 기백이

나더러 구혼자들 앞에 모습을 드러내라고 간절히 원하네요. 저들이   165

가증스러운 건 변함없지만요. 또, 내 아이에게도 득이 될 만한 말을

하고 싶네요. 분수도 모르는 구혼자들과 매사에 어울려선 안 된다고요.

그들이 입바른 소리야 하지만, 뒤에서는 흉계를 꾸미니까요."

그러자 이번엔 시녀 에우뤼노메가 말하였다.

  "그래요, 아씨, 당신은 모조리 이치에 맞게 말씀해주셨습니다.   170

그대의 아드님께 가셔서 아무것도 숨기지 말고 말씀하세요.
다만 살갗도 씻어내시고, 볼에 기름이라도 좀 바르시고서요.
이렇게 눈물로 뒤범벅이 된 얼굴로는 가지 마시고요.
언제까지고 하염없이 슬퍼만 하는 것은 외려 더 좋지 않답니다.
아드님도 이젠 그럴 나이가 되셨지요. 당신은 죽음을 모르는 분들께   175
수염이 난 아드님의 모습을 보게 해달라고 지극히 기도하셨잖아요."

그러자 더없이 지혜로운 페넬로페가 그에게 말하였다.
   "에우뤼노메, 내가 근심스럽기는 하지만, 그렇다고
살갗을 씻어내고 기름을 바르라는 등 날 부추기지도 말아요.
나의 아름다움이라면, 그분이 속이 빈 배들에 올라 떠나신 이후로   180
올륌포스를 차지하고 계신 신들께서 망쳐놓으셨잖아요.
그건 그렇고, 아우토노에와 힙포다메이아더러 이리로 오라고
당부해주세요. 거실에서 제 곁에 세워야겠으니까요.
저 혼자서는 남자들 틈에 가지 않으렵니다. 삼가 조심해야지요."

그녀가 이렇게 말하자, 노파는 거실을 가로질러 갔으니   185
여인들에게 소식을 알려 그녀들을 일으켜 데려오려는 것이었다.
그러나 빛나는 눈의 여신 아테네는 또 다른 것을 떠올려
이카리오스의 딸에게 달콤한 잠을 쏟아부었다.
그녀는 안락의자에 뒤로 기대어 잠이 들었고,
관절도 모두 풀어졌다. 그러는 동안 여신들 중의 여신은   190
아카이아인들이 그녀를 보고 경탄하도록 불멸의 선물을 선사하였다.
여신은 일단 그녀의 고운 얼굴을 쇠하지 않는 미용수(美容水)로 깨끗이
닦아주었으니, 그것은 아름다운 화관을 쓴 퀴테레이아[105]가

욕망을 불러일으키는 카리스 여신들의 무도회에 갈 때 펴 바르는 것과
똑같은 것이었다. 또, 여신은 그녀를 더 크고 풍만하게 보이도록 하였고   195
베어낸 상아보다도 더 뽀얗게 만들어주었다.
여신들 중의 여신은 이런 일을 하고 나서 떠나갔고
뽀얀 팔의 시녀들은 거실에서 나와 수다를 떨며 다가왔다.
달콤한 잠이 그녀를 풀어주자, 그녀는 두 손으로
뺨을 문지르며 소리 내어 말하였다.   200

  "끔찍한 고통을 겪는 나를 참으로 부드러운 깊은 잠이 감싸주었구나.
부디 순결하신 아르테미스께서 나를 위해 이런 부드러운 죽음을 지금 당장
가져다주시기만을! 그렇게만 된다면 나 더 이상 내 남편의 그 모든 탁월함을
그리워하며 내 삶을 소진하면서 온 심정으로 애곡하지 않아도 될 텐데.
그분은 아카이아인들 중에서도 두각을 나타내셨으니까."   205

그녀는 이렇게 말하며 눈부신 위층에서 내려왔다.
그녀는 혼자가 아니었고, 그녀와 함께 시녀 두 명이 뒤따르고 있었다.
여인들 중에서도 여신과 같은 그녀는 구혼자들에게 다가가
빈틈없이 지어놓은 지붕 기둥 곁에 섰다.
그녀는 두 뺨 앞에 눈부신 면사포를 드리우고 있었고,   210
사려 깊은 시녀들은 각각 양옆에 서 있었다.
그러자 그 자리에서 그들의 무릎이 풀려버렸고, 기백은 욕망에 사로잡혀
너 나 할 것 없이 침대에서 그녀 곁에 눕게 해달라며 기도하였다.
그녀는 친아들 텔레마코스에게 말하였다.

  "텔레마코스, 네 헤아림과 판단이 더는 굳건하지 않구나.   215

105 아프로디테의 다른 이름.

외려 너는 아직 어렸을 때 속으로 더 나은 것을 판단했지.

그러나 커서 한창때에 이르게 된 지금은,

다른 곳에서 온 사람이야 네 허우대와 아름다운 자태를 보고는

어떤 행복한 사람의 아들이겠거니 말할 수도 있겠지만,

네 헤아림과 판단이 더는 합당치가 않단 말이다.   220

이 궁전 안에서 어떻게 이런 일이 일어날 수 있느냐?

너는 손님이 이렇게 당치도 않은 일을 당하도록 내버려두는구나.

저 손님이 우리 집에 앉아 있다가, 고통을 안겨주는 학대를 당해

무슨 변이라도 당한다면 어쩌려고 그러느냐?

이건 사람들 사이에서 네게 수치와 불명예가 될 것이다."   225

그러자 이번에는 지혜로운 텔레마코스가 그녀에게 대답하였다.

　"내 어머니, 그 일로 화를 내신다면 저는 분을 품을 수 없습니다.

제가 비록 전에는 철이 없었지만, 지금 제겐 이미 판단이 서 있고,

좋은 것과 그만 못한 것들을 속속들이 알고 있습니다.

하지만 그렇다고 해서 제가 매사를 다 지혜롭게 판단할 수는 없습니다.   230

주변에 앉아 있는 자들이 너 나 할 것 없이 사악한 꾀를 품고

저를 울력하고 있는데, 저를 도와줄 사람은 아무도 없으니까요.

물론 저 손님과 이로스의 싸움은 구혼자들의 뜻대로 되진

않았어요. 저분의 완력이 더 강했으니까요.

아버지 제우스시여, 아테네와 아폴론이시여!   235

지금 저렇게 구혼자들도 우리 집에서 제압되어

고개를 흔들어대며 누구는 뜰에서, 또 누구는 집 안에서

다들 하나같이 사지가 풀려버린다면 좋겠습니다.

마치 지금 저 이로스가 뜰의 대문가에서 포도주에 취한 사람처럼
고개를 흔들며 주저앉아 있는 것처럼요! 사지가 풀려버린 탓에   240
그가 두 발로 똑바로 일어서지도 못하고, 그가 돌아갈 곳이 어디건
집으로도 돌아가지 못하는 것처럼요!"

이들은 이런 말을 서로 주고받고 있었다.
한편, 에우뤼마코스는 페넬로페에게 이런 말을 건네었다.
    "이카리오스의 따님, 더없이 지혜로운 페넬로페여,   245
만일 이아손의 아르고스에 있는 모든 아카이아인들이
그대를 보게 된다면, 동틀 무렵에는 그대의 집 안에 더 많은 구혼자들이
잔치를 벌일 겁니다. 용모와 위엄, 그리고 균형이 잘 잡힌 헤아림에서
당신은 다른 여인들을 능가하니까요."

그러자 더없이 지혜로운 페넬로페가 그에게 말하였다.   250
    "에우뤼마코스, 내 용모며 몸매의 탁월함이라면, 아르고스인들이
일리오스를 향해 배에 오르던 날, 죽음을 모르는 분들께서 아주
결딴을 내놓으셨다. 그들 사이에 내 남편 오뒷세우스도 있었지.
만일 그이가 돌아와서 내 삶을 돌보아주신다면,
내 명성도 그렇게 더 커지고 아름다워지겠지만   255
난 서럽기만 하구나. 어떤 신이 내게 그렇게나 많은 불행을 몰고 오셨으니까.
그분이 고향 땅을 뒤로하고 떠나가셨을 때,
내 오른 손목을 쥐고는 이렇게 말씀하셨다.
'여보, 좋은 정강이받이를 댄 아카이아인들이 트로이아로부터
모두 탈 없이 잘 돌아오리라고는 나도 여기지 않아요.   260
사람들 말로는 트로이아인들도 싸울 줄 아는 남자들이며, 창수들이고,

또 화살을 쏘는 궁수들이라고 합디다. 또 발 빠른 말들을 몰고 가는
자들이라고 하는데, 모두가 겪는 전쟁에서 벌어지는 거대한 싸움을
가장 빨리 결판내는 게 그들이에요. 그러니 신께서 나를 돌려보내실지,
아니면 그곳 트로이아에서 적의 손에 넘어가게 될지 그건 알 수가 없어요.   265
다만 당신이 여기서 모든 일을 신경 써주세요. 그리고 내가 멀리
떠나고 없는 동안 이 궁전에서 내 아버지와 어머니를
꼭 지금처럼만, 아니 훨씬 더 많이 기억해주세요.
그리고 우리 아이에게 수염이 나는 걸 보게 된다면,
그때는 당신의 집을 떠나 당신이 원하는 사람과 결혼하세요.'   270

그분은 이렇게 말씀하셨고, 이제 분명 그 모든 것이 이루어지려 한다.
제우스께서 행복을 앗아 가버리신, 저주받은 내게
가증스러운 결혼이 찾아올 그 밤이 오겠지.
그런데 내 심장과 기백에 끔찍한 고통이 닥쳤으니,
구혼자들의 도리가 예전엔 이렇지 않았다는 것이다.   275
어엿한 여인과 유복한 집의 딸에게 청혼을 하려고
서로 경합을 벌이는 사람들은
자신들이 직접 소 떼와 튼실한 양 떼를 몰고 와서
신붓감의 식구들에게 잔치를 베풀고 빛나는 선물들을 주게 되어 있지,
남의 살림을 값도 치르지 않고 먹어치우는 법은 없다."   280

그녀가 이렇게 말하자, 잘 참고 견디는 신과 같은 오뒷세우스가 기뻐하였다.
그녀가 심중에선 전혀 다른 것을 갈망하면서도, 꿀 같은 말들로
기백을 호려내어 그들에게서 선물들을 이끌어내려 했기 때문이다.
그러자 이번에는 에우페이테스의 아들 안티노오스가 그녀에게 말하였다.

"이카리오스의 따님, 더없이 지혜로운 페넬로페여,   285
아카이아인들 중에서 누구든 이리로 가져오려는 사람이 있거든
그 선물들을 받아두시지요. 선물을 거절하는 건 불미스러운 일이니까요.
하지만 우리는 당신이 아카이아인들 중에서 제일가는 자와
결혼하기 전까지는, 일하러도, 다른 어디로도 가지 않으렵니다."

그가 이렇게 말하자, 그의 말이 모두를 기쁘게 하였고,   290
저마다 전령을 보내 선물들을 가져오게 하였다.
안티노오스에게는 더없이 아름답고 다채로운 큰 옷을 한 벌
가져왔다. 그 옷에는 모두 열두 개의 황금 장식 죔쇠가 있었고
잘 굽은 홈들이 맞물려 있었다. 한편, 에우뤼마코스에게는
몹시 공들여 만든 황금 목걸이 하나를 곧바로 가져왔는데,   295
호박이 줄줄이 박힌 것이 마치 태양과도 같았다.
에우뤼다마스에게는 시종들이 오디를 닮은, 눈이 세 개씩 달린
귀걸이 한 쌍을 가져왔는데, 대단한 우아함으로 빛을 발하였다.
또, 폴뤼크토르의 아들 페이산드로스 왕의 집으로부터는
시종이 더없이 아름다운 선물로 목걸이를 가져왔다.   300
한편, 다른 아카이아인들도 또 다른 아름다운 선물을 가져오고 있었다.
그러자 여인들 중에서도 여신 같은 그녀는 위층으로 올라갔고
시녀들은 그녀에게 더없이 아름다운 선물들을 가져다주었다.
그러나 그들은 춤과 매혹적인 노래에 마음을 쏟으며
희희낙락이었고, 저녁이 올 때까지도 그렇게 있었다.   305
흥을 내고 있던 그들에게 캄캄한 저녁이 찾아오자
그들은 곧바로 궁전 안에 횃불대 셋을 세워놓아 불을 밝히게 하였다.
그들은 마른 장작들을 두루 얹어놓았으니, 이미 마른 지 오래된,

잘 건조된 것들을 청동으로 갓 쪼개놓은 것들이었다.

그들은 관솔들을 사이사이에 섞어놓았고, 심중에서 견뎌내는 310
오뒷세우스의 시녀들은 번갈아가며 불길을 일으켰다. 그러자
제우스에게서 태어난 꾀 많은 오뒷세우스가 그녀들 사이에서 말하였다.

　"오랫동안 떠나고 없는 주인 오뒷세우스의 시녀들이여,
집 안으로, 삼가 마땅한 왕비님께로들 가시오. 그대들은 그분 곁에서
실타래에 감긴 양털에서 실도 잣고, 방에 앉아 그분을 즐겁게 315
해드리시구려. 아니면 손으로 양털을 빗겨주시든가요.
이 불은 내가 여기 있는 모든 사람을 위해 맡아보겠소.
저분들이 근사한 보좌에 앉은 에오스(새벽)를 원한다 하더라도
나를 꺾을 수는 없을 거요. 나는 아주 잘 참고 견디는 사람이라오."

그가 이렇게 말하자, 그녀들은 서로를 쳐다보며 웃음을 터뜨렸고 320
뺨이 고운 멜란토는 그를 낯부끄러울 정도로 꾸짖었다.
그녀는 돌리오스가 낳아주었는데, 페넬로페는 그녀를 마치
자식처럼 돌보며 길러주었고 심기에 맞는 장난감들을 주기도 하였다.
그럼에도 그녀는 페넬로페를 위해 속으로 슬픔을 품기는커녕
외려 에우뤼마코스와 사랑을 나누며 몸을 섞기 일쑤였다. 325
그녀는 오뒷세우스를 헐뜯으며 말하였다.

　"빌어먹을 뜨내기 주제에, 네 헤아림은 두들겨 맞기라도 한 거냐.
네놈은 대장간이나 회당 같은 곳에서 잠자려 들지 않고,
대담하게도, 기백에 겁도 없이 그 많은 남자 틈에서 수다를 떨더구나.
분명 포도주가 네 헤아림을 움켜쥐고 있거나, 330
아니면 워낙 네 지각머리가 늘 그따위인가 보다.
헛소리들을 지껄이는 걸 보니 말이다.

458

아니면, 떠돌이 이로스를 꺾었다고 흥분을 주체하지 못하는 게냐?
혹시나 이로스보다 더 나은 어떤 사람이 당장 너와 맞서
억센 주먹으로 네 머리를 좌우로 때려 흥건하게 피범벅을   335
만든 다음 이 집에서 내쫓는 일이 없도록 조심하여라."

그러자 꾀 많은 오뒷세우스가 눈을 치켜뜨며 그녀에게 말하였다.
 "내 저리로 가서 네가 한 말을 당장 텔레마코스에게 전해주마,
이 개 같은 것. 그러면 그이가 그 자리에서 네 사지를 잘라버리시겠지."

그가 이렇게까지 말하자 여인들은 흩어져버렸다.   340
겁에 질린 그녀들은 제각각 무릎이 풀려버린 채로 집을 가로질러 갔으니
그가 진심으로 그렇게 말하는 것이라고 여겼던 것이다.
한편, 그는 불타오르며 빛을 내는 횃불대들 곁에 서서 모든 이를
보고 있었고, 그의 심장은 이루어지지 않을 도리 없는 일을 두고
그의 헤아림으로 숙고를 거듭하였다.   345
그러나 아테네는 거들먹대는 구혼자들이 기백을 고통스럽게 하는
모독을 아주 삼가게 두진 않았으니, 더한 아픔이
라에르테스의 아들 오뒷세우스의 심장에 내려앉게 하려는 것이었다.
그들 사이에서 폴뤼보스의 자식 에우뤼마코스는 오뒷세우스를
조롱하려고 말문을 열었고, 동료들에게 웃음을 선사하였다.   350
 "명성이 자자한 왕비님의 구혼자들아,
내 가슴속 기백이 내게 명하는 바를 말하려 하니, 들어들 보아라.
저자는 신의 도움 없이 오뒷세우스의 집에 온 것이 아니렷다.
내게는 횃불의 불빛이 저자의 머리에서 솟아오르는 것만 같다.
저자에게 머리카락이라곤 조금도 없으니 말이야!"   355

그러더니 그는 도시의 파괴자 오뒷세우스에게 이렇게 말하였다.

　"이 뜨내기야, 만일 내가 너를 고른다면 너는

저 끄트머리 들판에서 품을 팔아볼 의향이 있느냐?

품삯은 확실히 쳐주마. 담쌓을 돌들을 골라 모으고,

아름드리나무들을 심는 일인데, 내가 빵은 넉넉하게 마련해주지.　　　　　　360

내가 옷도 둘러 입혀줄 거고, 발에 신으라고 신발도 주마.

하지만 네놈이 익힌 것이라곤 몹쓸 짓거리들뿐이라

일하러 가려 들질 않겠지. 차라리 백성들 사이에서 쭈그리고 앉아,

채워질 줄 모르는 그 배를 먹여달라고 구걸하려 들 거다."

그러자 꾀 많은 오뒷세우스가 그에게 대답하며 말하였다.　　　　　　365

　"에우뤼마코스여, 우리 둘에게 일 시합이라도

벌어지면 좋겠군요. 낮이 길어져가는 봄철, 풀밭에서,

나는 잘 굽은 낫 한 자루를 들고 있고, 당신도 그와 같은 걸

갖고 있어요. 끼니도 들지 않고, 아주 깜깜해질 때까지

우리가 일로 서로를 시험해보려고 말입니다. 풀이야 널려 있고요.　　　　370

아니면 이번엔 소들을 몰아보면 어떨까요? 최고의 소들로,

불타오르는 빛깔에 덩치도 크고, 둘 다 풀로 배를 채운 다음에요.

둘은 나이도 같고, 힘도 대등할뿐더러 그 기운은 쉬이 지칠 줄 모릅니다.

네 귀에스의 땅이 있다고 해봅시다. 흙덩이는 쟁기 아래 길을 내주고요.

그러면 내가 끊기지 않는 고랑을 파내는지 아닌지 당신도 보게 되겠지요.　375

아니면, 크로노스의 아드님께서 오늘이라도 어디선가

전쟁을 일으키시고, 내게 방패 하나와 창 두 자루,

그리고 관자놀이에 잘 들어맞는 투구 하나가 주어진다면,

전열의 선두에 내가 섞여 있는 걸 당신도 보게 될 것이고,
내 배를 나무라는 말도 하지 않게 되겠지요. 그렇다 한들   380
그대는 너무나 주제넘게 굴 겁니다. 또 그대의 정신은 잔인하지요.
당신은 스스로를 위대하고 강력하다고 여기는 모양인데, 그건 당신이
한 줌도 안 되는 데다가 변변치 못한 자들과 어울려서 그렇지요.
만일 오뒷세우스가 와서 고향 땅에 닿게 된다면
저 문들이 지금은 아주 널찍하지만, 주랑을 지나 문밖으로   385
달아나려는 자에게는 금세 비좁아지게 될 겁니다."

그가 이렇게 말하자, 에우뤼마코스는 심장에서부터 몹시 격분하여
그에게 눈을 치켜뜨며 날개 돋친 말을 건네었다.
    "이 쓸모없는 녀석, 내 너에게 당장 재앙을 이루어주마.
네놈이 대담하게도, 기백에 겁도 없이 이 많은 남자 틈에서 그런 말을   390
주워섬기다니. 분명 포도주가 네 헤아림을 움켜쥐고 있거나, 아니면 워낙
네 지각머리가 늘 그따위인가 보다. 헛소리들을 지껄이는 걸 보니 말이다.
〈아니면, 떠돌이 이로스를 꺾었다고 흥분을 주체하지 못하는 게냐?〉[106]"

그는 이렇게 말하더니 발받침을 집어 들었다. 그러자 오뒷세우스는
에우뤼마코스를 두려워하며 둘리키온에서 온 암피노모스의   395
무릎으로 가 앉았다. 그가 술 따르는 이의 오른손을 맞히자
주전자가 요란한 소리를 울리며 바닥에 떨어졌고
그는 비명을 지르며 쓰러지더니 먼지 더미 속에 드러누웠다.
구혼자들은 그늘진 거실에서 소란을 피워대었고

106 이 행이 빠진 사본들도 있다.

누군가는 곁에 있는 사람을 보며 이렇게 말하기도 했다.   400

  "저 뜨내기는 이리로 오기 전에 다른 곳에서 떠돌다가
죽었어야 했는데. 그랬더라면 대체 이런 소란을 가져오진 않았을 테지.
지금 우리는 저 거지들 때문에 다투느라고 이 좋은 잔치에
흥이 사라지게 생겼구나. 더 못한 놈이 이기게 마련이니까."

그러자 그들 사이에서 텔레마코스의 신성한 힘이 말하기 시작했다.   405

  "이해할 수 없는 자들, 당신네는 고기를 뜯고 포도주를 마신 걸
기백으로 덮어두지도 못하고, 아예 광기를 부리는구려. 어떤 신께서 당신네를
부추기시나 보오. 이제 잘들 노셨으면 집으로 가서 자리에 눕지들 그러오,
기백이 명령할 때 말이오. 나는 아무도 쫓아내지 않을 테니까."

그가 이렇게 말하자, 그들은 모두 그저 입술 속에서 이만 깨문 채,   410
대담하게 이야기한 텔레마코스에게 놀라고 있었다.
그러자 그들 사이에서 암피노모스가 입을 열어 말하였으니
〈그는 아레토스 왕의 눈부신 아들 니소스의 아들이었다.〉[107]

  "친구들, 도리에 맞는 말에 맞서서
적의에 찬 말들로 받아치며 화를 낼 사람이 어디 있겠는가!   415
그러니 자네들도 저 나그네를 못살게 굴지 말게나. 신과 같은
오뒷세우스의 집 곳곳에 있는 다른 하인들에게도 물론이고.
자, 이제 술 따르는 이는 헌주를 위해 잔에 담도록 해라.
우리가 헌주하고 나서 집으로 가 자리에 누울 수 있도록 말이다.
그리고 저 나그네는 오뒷세우스의 궁전에 남겨두어   420

107 이 행이 빠진 사본들도 있다.

462

텔레마코스에게 돌보라고 하지. 그의 집으로 찾아온 사람이니까."

그가 이렇게 말하자, 그의 말이 모두를 기쁘게 하였다.
그들을 위해 영웅 물리오스가 술동이에 술을 섞으니
그는 암피노모스의 시중을 드는 전령으로 둘리키온에서 온 이였다.
그가 모두에게 차례차례 나누어주자, 그들은 복된 신들에게   425
술을 바치고, 꿀처럼 감미로운 포도주를 마셨다.
그들은 술을 바치고 기백이 원하는 만큼 마신 다음,
각자 집으로 자리에 누우러 걸음을 옮겼다.

19권

한편, 신과 같은 오뒷세우스는 거실에 남아
아테네와 힘을 합쳐 구혼자들에게 안길 죽음을 저울질해보다가
곧바로 텔레마코스에게 날개 돋친 말을 건네었다.

"텔레마코스, 아레스의 무기들을 모조리 안으로
들여놓지 않으면 안 되겠구나. 구혼자들이 이를 찾으며   5
네게 묻거든, 너는 그자들을 점잖은 말로 설득하거라.

'연기를 피해 치워놓았다오. 이것들은 오뒷세우스께서
트로이아로 떠나며 남겨두고 가셨을 때와는 더 이상 같지가 않고,
아무래도 불의 숨결이 가 닿은 만큼 상했기 때문이라오.
그뿐 아니라 신께서 내 헤아림에 더 큰 문제를 던져주셨으니   10
당신들이 포도주에 취해 당신들 사이에서 다툼이 일어나면
이것으로 서로를 다치게 하고, 잔치와 구혼을 욕되게 할까
걱정이라오. 무쇠는 그 자체로 사람을 끌어당기는 법이니까.'"

그가 이렇게 말하자, 텔레마코스는 친아버지의 말을 따랐다.

그는 유모 에우뤼클레이아를 불러내어 말하였다.

15

　"어머니, 제가 아버지의 아름다운 무구들을 방 안에

가져다 놓을 때까지 저를 위해 여인들을 거실에 붙들어두세요.

아버지께서 떠나가신 이후로 저 무구들은 방치되고 연기에 그을려

본연의 빛을 잃고 말았잖아요. 제가 아직 철이 없었던 거지요.

이제는 불의 숨결이 가 닿지 않게 가져다 놓고 싶어요."

20

그러자 이번에는 그의 유모 에우뤼클레이아가 말하였다.

　"내 새끼, 네가 언젠가는 지혜를 품고

집안을 돌보며 이 모든 재산을 지켜내면 좋겠다 싶었지.

자, 그건 그렇고 그러면 누가 너를 위해 불을 들고 따라오면 될까?

불을 비춰줄 시녀들을 네가 나오지 못하게 하니까 하는 말이다."

25

그러자 이번에는 지혜로운 텔레마코스가 그녀에게 대답하였다.

　"이 손님이요. 내 빵을 먹는 사람이라면 누구든

할 일 없이 놔둘 수 없지요. 아무리 멀리서 온 사람이라 하더라도요."

그가 이렇게 소리 내어 말하자, 그녀의 말에는 날개가 돋치지 못했다.

그리고 그녀는 살기 좋은 방의 문들을 잠가두었다.

30

그러자 오뒷세우스와 그의 눈부신 아들, 이 두 사람이 일어서더니

투구들과 배꼽이 솟은 방패들, 그리고 날 선 창들을 안으로

옮기기 시작했고, 앞에서는 팔라스 아테네가

황금 등불을 들고 더없이 아름다운 불빛을 만들어내고 있었다.

그러자 텔레마코스가 갑자기 아버지에게 말하였다.

"아버지, 제 두 눈으로 엄청난 기적을 보고 있습니다.
방의 벽들이며 아름다운 가로장들이, 전나무 서까래들과
높다랗게 솟은 기둥들이 제 두 눈 앞에서 모두 빛을 발하고 있어요.
마치 불길이 타오르는 것처럼요. 너른 하늘을 차지하고 계신
신들 중 어떤 분이 이 안에 계신 게 분명합니다." 40

그러자 꾀 많은 오뒷세우스가 그에게 대답하며 말하였다.

"조용히 해라. 네 판단도 억누르고, 묻지도 말거라.
이것이 바로 올륌포스를 차지하고 계신 신들의 방식이란다.
너는 이제 잠자리에 들거라. 나는 이곳에 남아서
시녀들과 네 어머니를 자극해보련다. 45
그녀가 탄식하며 내게 하나하나 물어볼 것 같구나."

그가 이렇게 말하자 텔레마코스는 횃불의 불빛 아래 거실을 지나
방으로 누우러 갔으니, 달콤한 잠이 그에게 찾아올 때면 전에도 그가
잠들던 곳이었다. 그는 그곳에 누워 신과 같은 에오스(새벽)를 기다리고 있었다.
한편, 신과 같은 오뒷세우스는 거실에 남아 50
아테네와 힘을 합쳐 구혼자들에게 안길 죽음을 저울질하고 있었다.
그런가 하면 더없이 지혜로운 페넬로페도 방에서 나오니
그 자태가 아르테미스나 황금의 아프로디테와 닮아 있었다.
그러자 그들은 그녀를 위해 불가에 상아와 은을 두른 장의자를
가져다 놓으니, 이곳은 그녀가 앉곤 하던 자리였다. 이 의자는 55
예전에 목수 이크말리오스가 만든 것으로, 발을 올려놓을
발받침까지 의자에 단단히 붙여두었고, 의자 위에는

466

큼직한 양털 깔개가 놓여 있었다.

더없이 지혜로운 페넬로페가 이 자리에 앉자

뽀얀 팔의 시녀들이 방에서 나왔다.　　　　　　　　　　　　　　60

그녀들은 많은 빵과 식탁과, 그 힘을 주체할 수 없는

사내들이 마시던 잔들을 치워 나르더니,

횃불대에서 불을 옮겨 바닥에 던져 넣은 다음,

그 위에 장작들을 많이 쌓아 올려 빛과 열이 나게 하였다.

그러자 멜란토가 두 번째로 오뒷세우스를 꾸짖기 시작했다.　　　65

　"뜨내기 녀석, 너는 여전히 여기서 성가시게 굴면서

밤새도록 집 안을 돌아다니며 여인들에게 추파를 던질 셈이냐?

가련한 녀석, 당장 문밖으로 나가 음식이나 즐기려무나.

그러지 않으면 당장 이 횃불에 얻어맞고 문밖으로 나가게 될 거다."

그러자 꾀 많은 오뒷세우스는 눈을 치켜뜨며 그녀에게 말하였다.　　70

　"이해할 수 없는 사람 같으니, 도대체 왜 그렇게 기백으로 분을 품고

내게 달려드는 거요? 내가 지저분하고, 살갗에 두른 입성이 남루해서,

그리고 강제에 짓눌려 사람들에게 거지 노릇을 해서 그러는 거요?

하긴, 거지들과 떠돌이들은 다 그런 거라오.

나도 사람들 사이에서 한때는 유복한 집에서 행복하게 살았고　　　75

떠돌이들에게 뭘 준 적도 많았다오.

그가 누구든, 그리고 무슨 용건으로 찾아왔든 상관없이 말이오.

내겐 하인들도 헤아릴 수 없이 많았고, 사람들이 잘산다고,

부유하다고 말할 만한 다른 것들도 많이 갖고 있었다오.

그러나 크로노스의 아드님 제우스께서 이를 앗아 가셨다오. 분명히 그분이　　80

그리 원하신 거요. 그러니 여인이여, 지금은 하녀들 사이에서 돋보이는

그대의 자태를 아주 망쳐놓는 일은 부디 없게 하시오.
주인마님께서 분을 품고 그대에게 가혹하게 구실 수도 있고
아니면 오뒷세우스가 올 수도 있으니까. 아직은 희망의 몫이 남아 있다오.
그러나 그분이 파멸을 맞아 이제 더는 집으로 돌아오지 못한다 해도   85
아폴론 덕분에 그분의 아드님 텔레마코스가 있으니까, 그이 모르게
이 궁전에서 부러 패악을 저지를 수 있는 자는 여인들 중에
아무도 없을 거요. 그이도 그럴 나이는 이미 지났으니까.”

그가 이렇게 말하자, 더없이 지혜로운 페넬로페는 그의 말을 듣고선
시녀를 부르며 이런 말로 질책하였다.   90
   “이 지독히도 뻔뻔한, 무서운 줄 모르는 개 같은 년,
이런 엄청난 짓을 벌여놓고도 내 눈을 피할 셈이었느냐? 이건
네 머리로 씻어내야 할 것이다. 네가 내게 들어 알듯이,
나는 내 궁전에서 이 손님에게 내가 두고두고 근심하는
남편에 대해 물어볼 참이었다.”   95

그리고 그녀는 시녀 에우뤼노메에게 이렇게 이야기하였다.
   “에우뤼노메, 내 손님이 앉아서 말씀하시고
들을 수도 있게, 의자 위에 양털을 깔아 가져다줘요.
이분에게 물어보고 싶어서 그럽니다.”

그녀가 이렇게 말하자, 시녀는 매끈한 의자 하나를   100
몹시 재게 가져다 놓더니, 그 위에 양털을 깔아놓았다.
그러자 잘 참고 견디는, 신과 같은 오뒷세우스가 거기 앉았고
그들 사이에서 더없이 지혜로운 페넬로페가 말문을 열었다.

"손님, 먼저 내가 그대에게 하나 묻겠어요. 그대는 인간 중에 뉘시며, 어디서 오셨습니까? 그대의 도시는 어디며 부모님은 어디 계신가요?" 105

그러자 꾀 많은 오뒷세우스가 그녀에게 대답하며 말하였다.
"부인, 끝 모를 대지 위에 있는, 죽게 마련인 인간
어느 누구도 당신과 다툴 수는 없을 겁니다. 당신의 명성이
너른 하늘까지 가 닿은 까닭입니다. 마치 신을 두려워하며,
올바름을 지켜가며 힘 있는 많은 사람을 다스리는, 110
흠잡을 데 없는 어떤 왕의 명성처럼 말입니다. 왕의 훌륭한 통치로 인해
검은 대지는 밀과 보리를 가져다주고, 나무들은 열매로 묵직해지며,
양 떼는 어김없이 새끼를 치고, 바다는 물고기를 내어주지요.
백성들은 왕의 통치 아래에서 번영을 누리고요.
그러니 지금 당신의 집에서 그대는 부디 제 혈통과 고향 땅만은 115
묻지 마시고, 제발 다른 것들을 물으셨으면 합니다.
제가 그것을 떠올리게 되면, 당신이 제 기백을 아픔으로 넘치도록
채우실까 두렵습니다. 저는 끊임없는 탄식으로 가득한 사람이랍니다.
제가 남의 집에 앉아서 신음하며 눈물을 흘려야 할 이유라도 있단 말인가요?
시도 때도 없이, 하염없이 슬퍼하는 건 오히려 더 좋지 않지요. 120
행여라도 기백이 포도주에 짓눌려 제가 눈물 속에서 허우적댄다며
하녀들 중 누군가가, 아니면 당신이 직접 제게 역정을 내지 않을까 걱정입니다."

그러자 더없이 지혜로운 페넬로페가 그에게 말하였다.
"손님, 제 용모며 몸매의 탁월함이라면, 아르고스인들이
일리오스를 향해 배에 오르던 날, 죽음을 모르는 분들께서 아주 125
결딴을 내놓으셨지요. 그들 사이에 내 남편 오뒷세우스도 있었답니다.

만일 그이가 돌아와서 내 삶을 돌보아주신다면,

내 명성도 그렇게 더 커지고 아름다워지겠지요. 하지만 난

서럽기만 합니다. 어떤 신이 내게 그렇게나 많은 불행을 몰고 오셨으니까요.

둘리키온, 사메, 게다가 숲이 우거진 자퀸토스 같은 섬들을   130

장악하고 있는 우두머리들 모두에다가, 밝히 뵈는 이곳 이타카에

둘러 살고 있는 자들이 내 뜻은 아랑곳하지 않고

이 살림을 탕진해가며 청혼하고 있답니다.

그래서 나는 손님들에게도, 탄원자들에게도,

백성들을 위해 일하는 전령들에게도 통 신경을 못 쓰고   135

그저 내 심장은 오뒷세우스에 대한 그리움으로 녹아내리고 있었지요.

하지만 그자들은 결혼을 재촉하고, 나는 계략을 자아냅니다.

애초에 어떤 신이 큰 천을 짜라고 내 기백에 숨결을 불어넣으시더군요.

그래서 나는 궁전에 커다란 베틀을 하나 세워두고선, 아주 크고 고운 천을

짜기 시작했지요. 그리고 그자들에게 대뜸 이렇게 말했어요.   140

'내게 구혼하는 젊은이들이여, 신과 같은 오뒷세우스가 돌아가셨으니

그대들이 내 결혼을 독촉한다 해도, 이 피륙을 다 짤 때까지는

기다려주시오. 내 이 실만 헛되이 망쳐놓지 않도록 말이오.

이건 길고 긴 고통을 안겨주는 죽음의, 파멸을 안겨주는 운명이

영웅 라에르테스를 쓰러뜨릴 때가 오면 쓰게 될 그분의 수의라오.   145

엄청난 재산을 모으셨지만, 천 쪼가리 하나 덮지 못한 채 눕는 거 아니냐며

아카이아의 여인들 중 어느 누구도 내게 욕하지 못하게 하려는 거라오.'

내가 이렇게까지 말하니, 그자들도 거들먹대는 기백으로 납득하더군요.

거기서 나는 낮에는 큼직한 옷감을 짜곤 했고,

밤에는 곁에다 횃불을 걸어두곤 도로 풀어 헤치기를 거듭했답니다. 150
그렇게 꼬박 삼 년을 들키지 않고 아카이아인들을 믿게 했답니다.
그러다가 달들이 저물고, 많은 나날이 채워지자
계절이 다가오며 네 번째 해가 왔어요. 그러자 그때,
그자들은 무신경한 암캐 같은 시녀들의 도움을 얻어 다가오더니
나를 붙들고 말로 협박을 하더군요. 그래서 나는 원치 않았음에도 155
억지로 그 수의를 완성할 수밖에 없었지요. 이제 나는
결혼에서 도망칠 힘도 없고, 다른 계책을 찾아내지도 못하고 있어요.
부모님은 왜 결혼을 안 하냐며 성화고, 제 아이는 저들이
살림을 먹어치우는 걸 아니까 심란해합니다. 그 아이도 벌써
제우스께서 영예를 내리는 그런 어엿한 사내가 되어 160
집안을 돌보는 데에 부족함이 없으니까요.
그건 그렇고, 부디 내게 그대가 온 곳과 그대의 혈통을 말해주세요.
무슨 옛이야기도 아니고 당신이 나무나 바위에서 나왔을 리는 없으니까요."

그러자 꾀 많은 오뒷세우스는 그녀에게 대답하며 말하였다.
  "라에르테스의 아드님 오뒷세우스의 삼가 공경하올 부인이여, 165
제 혈통에 관해 묻기를 그만두시지 않을 작정입니까?
정 그렇다면 제가 당신께 말씀드리지요. 다만, 당신은 제게 있는 아픔보다
더 많은 아픔을 제게 주시게 될 겁니다. 하지만 제 처지가 지금
그러하듯 사람이 오랜 세월 고향을 떠나 죽게 마련인 인간들의 수많은
도시들을 떠돌며, 고통을 겪게 되면, 이런 일이야 늘 있게 마련이지요. 170
하지만 당신이 이걸 제게 물으시고, 또 궁금해하시니 말씀드립니다.
포도줏빛 바다 한가운데에, 바다의 흐름에 둘러싸인
크레테라는 땅이 있답니다. 아름답고도 기름진 곳이지요. 그곳엔

사람들도 끝을 모를 정도로 많고 도시도 아흔 개나 됩니다.
쓰는 말도 서로 섞여 있고요. 거기엔 아카이아인들도 있고,   175
웅대한 기상을 품은 크레테 원주민들, 그리고 퀴돈 사람들,
세 부족으로 나뉜 도리스 사람들, 또 신과 같은 펠라스고스인들이 있어요.
거기엔 크노소스라는 거대한 도시가 있고, 위대한 제우스의
막역한 벗인 미노스가 그곳을 아홉 살 때부터 다스렸답니다.
제 아버지인 기개 넘치는 데우칼리온의 아버지가 바로 그분이시지요.   180
데우칼리온은 나를 낳고, 또 이도메네우스 왕을 낳으셨어요.
그러나 이도메네우스는 양 끝이 흰 배들을 거느리고 일리오스로
아트레우스의 아들들과 함께 갔지요. 내 영광스러운 이름은 아이토온입니다.
나는 나중에 태어났고, 이도메네우스는 형인 데다가 더 나은 전사입니다.

그곳에서 나는 오뒷세우스를 보았고, 접대 선물도 내어드렸어요.   185
그분의 갈망은 트로이아를 향하였지만, 말레아에서 바람의 힘이
그분을 항로에서 벗어나게 하여 크레테로 이끌고 온 겁니다.
그분은 폭풍우를 간신히 벗어나 엘레이튀이아의 동굴이 있는
암니소스의 험한 포구에 정박한 다음
곧장 도시로 올라오더니 이도메네우스에 관해 물으시더군요,   190
환대를 나눈 사이이며 존경하는 친구라 하시면서요.
그때가 이도메네우스가 양 끝이 흰 배들과 함께
일리오스를 향해 떠난 지 열 번째 아니면 열한 번째 새벽이었지요.
저는 그분을 집으로 모시고 와 잘 대접해드리고
세심하게 아껴드렸지요. 집에 있는 것이 워낙 많았으니까요.   195
그리고 그분을 따르던 다른 전우들을 위해서도
백성들로부터 보릿가루와 불꽃 같은 포도주를 거두어서 드렸고

그 기백이 채워질 수 있도록 소들도 잡으라고 드렸지요.

신과 같은 아카이아인들은 거기에서 열이틀을 머물렀답니다.

대지 위에 서 있을 수조차 없을 정도로 엄청난 바람 보레아스(북풍)가   200

막아서고 있었으니까요. 어떤 가혹한 신께서 일으킨 것이지요.

열흘 하고도 사흘째가 되자, 바람이 멎었고 그들도 떠나갔답니다."

이렇게 그가 참인 듯한 거짓들을 많이도 말하며 늘어놓자,

이를 듣던 그녀에게서 눈물이 흘러내렸고, 살갗은 녹아내렸다.

마치 제퓌로스(서풍)가 퍼붓고 에우로스(동풍)가 녹인 눈이   205

드높이 치솟은 산맥 위에서부터 녹아내리면

눈석임으로 강물의 흐름도 가득 차오르게 되듯이,

꼭 그처럼 그녀의 고운 뺨은 쏟아지는 눈물로 녹아내렸고

그녀는 남편이 곁에 있음에도 그를 두고 통곡하였다. 한편 오뒷세우스는

울고 있는 자신의 아내를 기백으로 가여워했지만   210

그의 두 눈은 마치 뿔이나 무쇠라도 된 듯 눈꺼풀 속에서

미동도 없이 서 있었고, 눈물마저도 그는 계략으로 감추고 있었다.

마침내 그녀가 눈물 마르지 않을 통곡으로 기쁨을 누리고 나자

그녀는 다시 그에게 이런 말로 대답하였다.

　"손님, 당신 말씀마따나 당신이 정말로 궁전에서   215

신과 맞먹는 전우들과 함께 내 남편을 대접하셨는지,

이제 나도 당신을 시험해볼 수 있으리라 봅니다. 그분이 살갗에

어떤 옷들을 두르고 계셨는지, 그분 본인은 어떤 분이셨는지,

그리고 그분을 따르던 전우들은 어땠는지 말씀해보십시오."

그러자 꾀 많은 오뒷세우스가 그녀에게 대답하며 말하였다.   220

"부인, 그만한 세월 동안 떨어져 계신 분을

제가 말씀드리려니 어렵군요. 그분이 그곳에서 떠나신 지가,

또 제 고향에서 떠나신 지가 벌써 스무 해째이니까요.

하지만 제 심장에 떠오르는 대로 당신께 말씀드립니다.

오뒷세우스는 두 겹으로 된 검붉은 양털 외투를 입고 계셨지요.   225

그 옷에는 황금으로 만든 장식 죔쇠가 달려 있었어요.

맞물리는 홈은 둘이었고, 앞면이 정교했답니다.

몸부림치는 알록달록한 새끼 사슴을 개 한 마리가 두 앞발로

붙들고 있는 모습이었어요. 개는 사슴을 붙든 채 목을 죄고 있고,

사슴은 빠져나오려고 기를 쓰며 발버둥을 치는데,   230

그게 또 황금으로 되어 있으니 보는 사람마다 경탄한 겁니다.

저는 그분이 살갗에 두른 윤기 흐르는 통옷도 보았는데,

마치 말린 양파 껍질 같은 윤기였지요.

그렇게나 그 옷은 부드러웠고, 마치 헬리오스의 광채 같아서

많은 여인이 그 옷을 구경했지요. 제가 또 하나를 말씀드릴 테니,   235

그대도 부디 헤아림 속에 새겨 넣어두세요. 오뒷세우스께서 그 옷을 댁에서도

살갗에 두르고 계셨는지, 아니면 그분이 빠른 배에 오를 때 전우 중에 한 분이

드린 건지, 그것도 아니라면 환대를 나눈 어떤 분께서 주신 건지 그건 제가

알 수가 없습니다. 오뒷세우스는 워낙 많은 이에게 사랑받곤 했으니까요.

그와 같은 분들은 아카이아인들 중에서도 거의 없었지요.   240

저도 그분께 청동 검 한 자루와 테두리를 두른

아름답고 검붉은 두 겹 외투 한 벌을 드렸고,

갑판이 잘 덮인 배에 오르실 때까지 경외하며 보내드렸답니다.

또, 그분보다 약간 더 나이가 많은 전령 하나가 그분을 따르고 있었지요.

그가 어떤 사람이었는지도 제가 그대에게 말씀드리겠습니다.   245

474

어깨가 굽었고, 피부는 어두웠으며, 두꺼운 고수머리를 한, 이름이
에우뤼바테스라던 사람이지요. 오뒷세우스는 이분을 다른 어떤 전우보다도
월등히 더 존중하셨는데, 그분의 속내에 아주 잘 어울렸던 거지요."

그는 이렇게 말하며 그녀에게 통곡하고 싶은 욕망을 더더욱 부추겼다.
그녀는 오뒷세우스가 확실하게 보여준 그 증거들을 잘 알고 있었던 것이다.   250
마침내 그녀가 눈물 마르지 않을 통곡으로 기쁨을 누리고 나자
그녀는 다시 그에게 이런 말로 대답하였다.
　"손님, 물론 그대는 이전에도 제게 연민을 품게 했습니다만,
이제는 분명 내 궁전에서 사랑과 경외를 받게 될 겁니다.
말씀하신 그 옷들은 바로 내가 방에서 가지고 나와   255
포개어드린 겁니다. 또 그 눈부신 장식 쇠붙도 그분을 영예롭게
해드리고자 내가 달아드렸답니다. 하지만 나는 그분이 사랑하는
고향 땅으로, 집으로 되돌아오는 것을 다시는 반기지 못하게 될 거예요.
오뒷세우스는 몹쓸 운명의 몫과 함께, 차마 그 이름 입에 올리지도 못할
몹쓸 일리오스를 보시려고 속이 빈 배에 오르셨으니까요."   260

그러자 꾀 많은 오뒷세우스는 그녀에게 대답하며 말하였다.
　"라에르테스의 아드님 오뒷세우스의 삼가 공경하올 부인이여,
그 고운 살갗을 이제 더는 망가뜨리지 마시고, 부군을 위한 통곡으로
기백을 녹이지도 마십시오. 물론 그런다 한들 저야 분개할 수가 없지요.
다른 여인들도 사랑으로 몸을 섞고 자식들을 낳아준,   265
자신과 혼인을 맺은 남편이 죽게 되면 탄식하니까요.
하물며 신들과 닮았다고들 말하는 오뒷세우스야!
그러나 이제 눈물을 거두고, 제 이야기를 새겨보십시오.

제가 오뒷세우스의 귀향에 대해 들은 바에 대해, 저는 당신께
틀림없이 말씀드리고, 아무것도 숨기지 않겠습니다. 그분은   270
가까이에, 테스프로토스 사람들의 기름진 나라에 살아 계십니다.
그분은 백성들에게 청하여 수많은 보물과 갖은 좋은 것들을
가져오고 계시지요. 그러나 그분의 미더운 전우들과 속이 빈 배는,
그분이 트리나키아섬을 떠나오다가 포도줏빛 바다에서 잃으셨답니다.
제우스와 헬리오스께서 그분에게 분을 품으셨기 때문이지요.   275
그분의 전우들이 그만 헬리오스의 소 떼를 죽였던 겁니다.
그들은 모두 폭풍이 이는 바다에서 파멸하였고,
배의 용골에 붙어 있던 그분은 파도가 뭍으로 내던졌지요.
신들과 가까운 이들인 파이아케스 사람들의 땅으로요.
그이들은 그분을 마치 신처럼, 진심으로 존중해드렸고   280
선물도 많이 드린 데다가, 직접 그분을 집으로 무사히
모셔다드리고 싶어 했지요. 그랬더라면 오뒷세우스도 이곳에
벌써 오래전에 와 계셨을 겁니다. 그러나 그분의 기백으로는,
대지 위로 멀리 다니며 재산을 모으는 것이 더 득이 될 거라고
여기신 거지요. 이득에 관해서라면 오뒷세우스는 죽게 마련인 인간들   285
그 누구보다도 월등히 더 잘 알고 있고, 아무도 그와 겨룰 수가 없지요.
테스프로토스 사람들의 왕 페이돈은 제게 이렇게 말해주었답니다.
왕은 자기 집에서 헌주한 다음 자진해서 제게 맹세하기를
그분을 사랑하는 고향 땅으로 보내드릴 동료들도 준비되어 있고
배도 이미 바다로 끌어 내려져 있다고 하셨답니다.   290

하지만 그분은 나를 먼저 보내주셨죠. 마침 테스프로토스 사람들의
배 한 척이 곡식도 풍성한 둘리키온으로 가던 참이었으니까요.

476

또, 오뒷세우스가 끌어모아온 모든 재물을 내게 보여주기까지 했지요.
그건 십 대에 걸쳐서도 차례로 먹어 살릴 만큼이었답니다.
왕의 궁전에 놓여 있던 그분의 보물은 그 정도였지요.   295
왕의 말씀으로는, 그분은 자신이 오래도록 떠나 있었던
기름진 이타카의 나라로 모두에게 알리며 돌아가야 할지,
아니면 비밀리에 가야 할지를 두고 우듬지까지 잎으로 덮인 떡갈나무에게서
제우스의 조언을 듣기 위해 도도네로 가셨다더군요.
이렇게, 그분은 건재합니다. 그리고 조만간 돌아오게 되어 있어요.   300
그분은 식구들과 고향 땅으로부터 더는 오래
멀리 떨어져 있지 않을 겁니다. 아무튼, 제가 당신께 맹세하지요.
신들 중에서도 지존이시며 가장 뛰어나신 제우스께서 먼저 알아주소서!
또 제가 찾아온 흠잡을 데 없는 오뒷세우스의 화로가 이를 알게 하소서!
제가 당신께 말씀드리는 바대로 남김없이 이루어지리니   305
오뒷세우스는 올해 안에 이리로 돌아옵니다.
저 달이 기울었다가 또 차오르게 되면 그분은 집으로 돌아올 겁니다."

그러자 이번에는 더없이 지혜로운 페넬로페가 그에게 말하였다.
    "손님, 그 말씀대로만 된다면야! 그렇게만 된다면
그대는 제게서 수많은 선물과 환대가 무엇인지 알게 되실 테고   310
그대와 마주치는 사람 누구라도 그대에게 복을 빌어드릴 겁니다.
하지만 내 기백에는 어떤 예감이 들고, 그 예감대로 되겠지요.
이제 오뒷세우스는 더 이상 집으로 돌아오지 못합니다. 그리고 당신도
길 안내를 받지 못할 거예요. 예전에 오뒷세우스가 사람들 사이에서
그랬던 것 같은, 그분이 그랬던 적이 있었다면, 손님들을 삼가   315
맞아들이고 보내드리는 그런 주인들이 이 집에 없으니까요.

자, 시녀들아, 이분을 씻겨드린 다음 이부자리를 봐드리고

침대와 외투, 그리고 눈부신 담요를 펴드리거라. 이분이 온기를

제대로 누리시며 황금 보좌의 에오스(새벽)를 맞이하실 수 있도록 말이다.

동틀 무렵에는 일찌감치 이분을 목욕시키고 기름을 펴 발라드리거라.　　　320

이분이 거실에서 텔레마코스 옆에 앉아 식사를 떠올리실 수 있도록 말이다.

그자들 중에 이분을 괴롭히며 기를 죽이는 자가 있다면

그자에게는 더한 고통이 있을 것이고, 그자가 아무리 끔찍하게 분통을

터뜨린다 하더라도, 그자는 여기서 아무것도 이루지 못할 것이다.

손님, 만일 당신이 형편없는 옷을 두르고 지저분한 채로　　　325

이 궁전에서 음식을 든다면, 내가 판단과 사려 깊은 조언으로

다른 여인들을 능가하는지 아닌지 그대가 도대체

어떻게 아실 수 있겠어요? 인간의 삶이란 짧기만 하지요.

스스로 잔인한 데다가 잔인한 짓들만 꿰고 있는 자에게는,

그의 여생에 고통이 있도록 죽게 마련인 모든 사람이 저주를 퍼붓고　　　330

그가 죽고 나면 모두 그를 조롱합니다. 반면, 스스로

흠잡을 데 없는 데다가 흠잡을 데 없는 일들에 정통한 사람이라면,

그와 환대를 나눈 사람들이 그의 명성을 널리 퍼뜨려

모든 사람에게 가 닿게 하고, 많은 이들이 그를 훌륭하다고 말합니다."

그러자 꾀 많은 오뒷세우스는 그녀에게 대답하며 말하였다.　　　335

　　"라에르테스의 아드님 오뒷세우스의 삼가 공경하올 부인이여,

애초에 제가 크레테의 눈 덮인 산들을 등지고

노가 긴 배에 오른 뒤로는

외투며 눈부신 담요 같은 건, 저는 정말이지 질색입니다. 전에도
잠 못 드는 밤들을 지새우곤 했던 것처럼, 저는 그렇게 누우렵니다. 340
숱한 밤들을 저는 당치도 않은 잠자리에서 보내며
근사한 보좌에 앉은, 신과 같은 에오스(새벽)를 기다리곤 했지요.
두 발을 씻겨주는 일도 제 기백에 기꺼운 일은 아니니
이 집에서 일하고 있는 어떤 여인도
제 발을 쥐지 못할 겁니다. 345
속으로 저만큼 견뎌본, 세심한 일들을 알고 있는
지긋한 노파라면 몰라도요.
그런 사람이 제 발을 쥔다면 화내지 않을 겁니다."

그러자 이번에는 더없이 지혜로운 페넬로페가 그에게 말하였다.
    "사랑받을 손님, 멀리서부터 내 집에 온 내 손님들 중에서 350
당신보다 더 지혜로운 분은 없었답니다. 그만큼 그대는
모든 말씀을 몹시 사려 깊게, 지혜롭게 하시는군요.
마침 제게는 심지가 굳고 지혜를 품은 노파가 하나 있어요.
애초에 어머님께서 불운한 그분을 낳으셨을 때,
두 손으로 그분을 받아 안고 잘 돌보며 길러준 이랍니다. 355
그녀가 기운은 쇠약하지만, 당신의 두 발을 씻길 거예요.

자, 더없이 지혜로운 에우뤼클레이아, 이제 일어나세요.
그대의 주인과 나이가 같은 이분을 씻겨드리세요. 어쩌면
오뒷세우스도 손이며 발이 벌써 이렇게 되어 있겠지요.
죽게 마련인 인간들은 재앙 속에서 갑자기 늙어버리니까요." 360

그녀가 이렇게 말하자 노파는 두 손으로 얼굴을 감싸 쥐더니
뜨거운 눈물을 떨구며 탄식을 담아 말하였다.

　"딱하기도 하지, 내 아들. 내 그대를 위해 할 수 있는 일이 없구려.
그대는 신을 두려워하는 기백을 지녔지만, 제우스께서는
인간들 중에서도 그대를 유독 미워하셨군요.　　　　　　　　　365
윤택한 노년에 이르고 눈부신 아들을 기르게 해달라고 기도하며
벼락을 즐기시는 제우스를 위해 그이가 바쳤던 것만큼
살진 사태를 태워 바친 사람도, 엄선한 헤카톰베를 바친 사람도 없는데,
지금 그분은 그이에게서만 귀향의 날을 송두리째 앗아 가셨구려.
머나먼 나라 이방인들 틈에서 그이가 어느 이름난 집에 다다르시면　　370
아마 그이에게도 이렇게 여인들이 조롱했겠지요. 마치
저 개 같은 년들이 하나같이 당신을 욕보인 것처럼요.
당신은 저것들의 모욕과 숱한 파렴치한 짓거리를 피하려고
씻기지 못하게 하는 것이지요. 하지만 이카리오스의 따님,
더없이 지혜로운 페넬로페의 분부가, 저는 하나도 꺼림칙하지 않았어요.　375
그러니 나는 동시에 페넬로페 당신과, 그대를 위해 그대의 두 발을
씻겨드리리다. 내 기백이 걱정이 되어 안에서 솟구쳐 오르니까요.
아무튼, 내가 하는 말을 새겨보세요.
고생에 찌든 나그네들이 여기로 많이도 왔습니다만
체격과 음성, 그리고 이 두 발까지 당신처럼 오뒷세우스를 닮은 사람은　　380
나는 단 한 명도 본 적이 없다고 말할 수 있어요."

그러자 꾀 많은 오뒷세우스가 그녀에게 대답하며 말하였다.
　"노부인, 우리 둘을 직접 눈으로 본 사람들은
다들 그렇게 말하더군요, 서로가 서로를 빼닮았다고요.

480

그대도 알아차리고 말씀하신 것처럼 말입니다."

그가 이렇게 말하자 노파는 더없이 눈부신 대야를 가져오니, 이는
예전에도 그의 발을 말끔히 씻겨주곤 하던 것이었다. 그녀는 먼저
찬물을 넉넉히 부은 다음, 그 위에 뜨거운 물을 부었다.
한편 오뒷세우스는 화로에서 떨어져 앉아 어둠을 향해 재빨리
몸을 틀었다. 그녀가 자신의 몸을 잡다가 그만 흉터를 알아보고
일이 탄로 나지 않을까, 온 심정으로 직감했던 것이다.
아닌 게 아니라 그녀는 제 주인을 씻겨주려고 가까이 다가왔고,
그 흉터를 곧바로 알아보았다. 그것은 예전에 그가 제 어머니의
어엿한 아버지인 아우톨뤼코스와 그 아들들과 함께 파르나소스에 갔다가,
멧돼지가 흰 이빨로 그를 들이받아 생긴 흉터였다. 아우톨뤼코스는
도둑질과 맹세에서 모든 인간들을 능가했는데, 그것은 그가 어린 양들과
새끼 염소들의 사태를 태워 바치자 흡족해진 헤르메스 신이 손수
그에게 선사한 것이었으며, 신은 그를 염려하며 동행해주었다.
아우톨뤼코스가 이타카의 기름진 나라로 와서
그의 딸과 갓 태어난 아기를 만났을 때였다.
그가 식사를 마치자, 에우뤼클레이아는 그의 두 무릎에
아기를 올려놓더니, 그의 이름을 부르며 이렇게 말하였다.
    "아우톨뤼코스여, 이제 따님의 친아드님에게 붙일 이름을
당신께서 손수 찾아주세요. 많이도 바라오던 아기잖아요."

그러자 이번에는 아우톨뤼코스가 그녀에게 소리 내어 대답하였다.
    "내 사위와 딸아, 내가 말하는 이름을
붙여주도록 하려무나. 나는 만물을 먹여 살리는 대지 위에 있는

19권   481

에우뤼클레이아,
오뒷세우스를 알아보다

────────

문학사에서 가장 잘 알려진
알아차리기(anagnorisis) 장면이다.
페넬로페의 회상에서 오뒷세우스의
신혼이 그려졌다면(18권 257-270행), 이제
이어지는 멧돼지 사냥 에피소드에서는
그의 출생과 유년이 그려진다. 서사시는
영웅의 생애 전체에 초점을 두는 법이
없다. 다만 그 얼개를 곳곳에서 보여줄
따름이다.

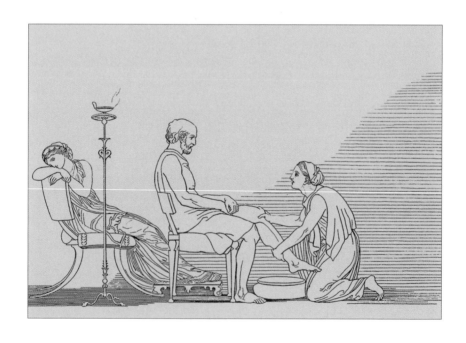

많은 남녀에게 노여움을 품고 이곳으로 왔으니,

그 뜻을 따라 이름을 오뒷세우스라고 하여라.

이 아이가 한창 피어오를 나이가 되어 파르나소스로,   410

제 어머니의 커다란 집으로 오게 되면, 그곳에 내 재산이 있으니

내가 그중 일부를 그에게 준 다음, 그를 흐뭇하게 하여 돌려보내마."

그래서 오뒷세우스는 그들에게 눈부신 선물들을 얻기 위해

그곳으로 갔다. 그러자 아우톨뤼코스와, 아우톨뤼코스의 아들들은

손을 들어 꿀 같은 말들로 그를 반겼고,   415

어머니의 어머니인 암피테에는 그를 부둥켜안고

그의 머리와 아름답게 빛나는 두 눈에 입 맞추었다.

한편 아우톨뤼코스는 영광스러운 아들들에게 명하여

식사를 준비하라 하였고, 그들은 재촉하는 그의 말을 들었다.

그들은 다섯 수소 한 마리를 끌고 오더니   420

가죽을 벗겨낸 뒤, 곧이어 남김없이 토막 쳤고

제대로 썰어 꼬치에 꿴 다음,

절묘한 솜씨로 구워내어 몫대로 나누어주었다.

이렇게 그들은 헬리오스가 저물 때까지 온종일 잔치를 벌였으니,

차별 없는 잔치 덕에 그들의 심기에는 어떤 아쉬움도 없었다.   425

그러다가 헬리오스가 가라앉고 어둠이 다가오자

그들은 자리에 누워 잠이 주는 선물을 받아 안았다.

이른 나절 태어난, 장밋빛 손가락의 에오스(새벽)가 모습을 드러내자,

아우톨뤼코스의 아들들과 개들은 사냥을 하러 나갔고

신과 같은 오뒷세우스도 그들 사이에 있었다.   430

그들은 숲으로 옷 입은 가파른 파르나소스산을 올라

바람 부는 골짜기에 재빨리 이르렀다.

마침내 헬리오스가 말없이 흐르는 오케아노스의

깊숙한 물줄기를 벗어나 새로이 들판 위를 비추자,

사냥꾼들은 숲이 우거진 계곡에 이르렀고, 개들은 그들을 앞질러   435

발자국들을 추적하며 나아가고 있었다. 그리고 그 뒤에

아우톨뤼코스의 아들들이 있었다. 그들 사이에 있던

신과 같은 오뒷세우스는 그림자 길게 드리우는 창을 흔들며

개들 가까이에 있었다. 그런데 그곳 빽빽한 덤불 속에는

거대한 멧돼지 한 마리가 누워 있었다.   440

눈부신 헬리오스도 그 안으로는 광채를 들여보낸 일이 없었으며

폭우조차도 뚫고 들어온 적이 없었으니, 덤불은 그 정도로 빽빽하였고

그 안에는 엄청나게 많은 낙엽이 무더기째 쌓여 있었다.

그런데 앞장서서 이끄는 사람들과 개들의 발소리가 멧돼지를 향해

에워싸며 다가오자, 멧돼지는 그들과 맞서 덤불 밖으로 나와   445

털을 바짝 곤두세우더니 그들 가까이에 버텨 서서

두 눈을 불태우며 바라보고 있었다. 그러자 가장 먼저

오뒷세우스가 상처를 내려는 일념으로, 억센 손으로

긴 창을 들어 올리며 내달았다. 그러나 멧돼지는 그보다 먼저

옆으로 달려들더니, 이빨로 무릎 위 살을 적잖이 찢어놓았다.   450

그러나 사람의 뼈까지 가 닿진 못하였다.

한편 오뒷세우스는 오른쪽 어깻죽지를 맞혔고

빛나는 창끝은 몸뚱이를 완전히 꿰뚫고 나가니, 멧돼지가

울부짖으며 흙먼지 속으로 쓰러지자 목숨이 떠나 날아가고 말았다.

그러자 아우톨뤼코스의 친자식들은 바지런히 멧돼지를 처리하더니   455

신과 맞먹는, 흠잡을 데 없는 오뒷세우스의 상처를

솜씨 좋게 묶은 다음, 주문(呪文)을 노래하며 새카만 피를
멎게 했다. 이들은 친아버지의 집으로 곧바로 돌아왔다.
아우톨뤼코스와, 아우톨뤼코스의 아들들은
그를 제대로 치료해준 다음, 눈부신 선물들을 주어   460
흐뭇해하는 그를 사랑하는 고향 이타카로 신속하게 보내주었다.
그의 아버지와 공경하올 어머니는 집으로 돌아온 그를 반기며
속속들이 물어보았고, 흉터를 얻게 된 까닭도 물었다.
그러자 그는 아우톨뤼코스의 아들들과 함께 파르나소스로 가서
사냥에 나선 자신을 멧돼지가 흰 이빨로 어떻게 들이받았는지   465
그들에게 제대로 설명하였다.

노파는 두 손바닥으로 쥐고 매만지다가 이 흉터를 알아차리더니,
그만 발을 놓치며 떨어뜨려버렸고, 그의 종아리도
대야 속으로 빠지고 말았다. 청동은 요란한 소리를 울리며
반대쪽으로 도로 기울어졌고, 물은 흙바닥 위로 쏟아져버렸다.   470
환희와 설움이 한꺼번에 그녀의 횡격막을 움켜쥐었고, 두 눈에는
눈물이 그득 차올랐으며, 그 맑은 음성도 가로막히고 말았다.
그녀는 오뒷세우스의 턱을 쥐고 말하였다.
  "너 정말 오뒷세우스로구나, 내 새끼.
내 다 두루 만져보기 전까진 내 주인을, 너를 알아보지 못했구나!"   475

이렇게 말하며 그녀는 두 눈으로 페넬로페를 응시하였으니
사랑하는 남편이 이 안에 와 있다고 알리고 싶었던 것이다.
그러나 그녀는 마주 볼 수도, 이를 알아차릴 수도 없었으니
아테네가 그녀의 정신을 다른 곳으로 돌려놓았던 것이다.

그러자 오뒷세우스는 오른손으로 짚어가며 울대뼈를 쥐더니   480
다른 손으로는 그녀를 가까이 끌어당기며 말하였다.
　"엄마, 나를 망쳐놓을 작정이에요?
엄마가 이 젖으로 나를 키웠으면서! 나는 숱한 고생을 겪고
지금 스무 해 만에 고향 땅에 온 겁니다.
하지만 이게 엄마에게 드러났고, 신께서 기백에 던져주신 거지요.   485
잠자코 계세요. 이 궁전에 있는 어느 누구도 들어 알지 못하도록요.
내가 이제 하려는 말은 반드시 이루어지게 되어 있어요.
만일 신께서 나를 통해 저 고상들도 하신 구혼자들을 제압해주시고
시중드는 다른 여인들을 내 궁전 안에서 내가 쳐 죽일 때가 오면
아무리 그대가 내 유모지만 가만두지 않을 테니까요."   490

그러자 이번에는 더없이 지혜로운 에우뤼클레이아가 그에게 말하였다.
　"내 새끼, 네 이[齒] 울타리를 빠져나온 그 말은 도대체 무어냐?
내 기운이 얼마나 견고하고 굽힐 줄 모르는지 너도 잘 알고 있지 않니?
이후로도 나는 바윗덩어리나 무쇠처럼 굳건할 거란다.
내 또 하나를 말해줄 테니, 너도 부디 헤아림 속에 새겨두려무나.   495
신께서 너를 위해 저 고상들도 하신 구혼자들을 제압해주시면
그때는 이 궁전 안에 있는 여인들 중에서 누가 너를 업신여기는지,
또 누가 해롭지 않은지 네게 설명해주마."

그러자 꾀 많은 오뒷세우스가 그녀에게 대답하며 말하였다.
　"엄마, 왜 그걸 이야기하려 드세요? 그러실 필요 없어요.   500
제가 직접 잘 살펴보면서 한 명 한 명 알아볼 참이에요.
그러니 아무 말씀 마시고 신들께 맡기세요."

그가 이렇게 말하자, 노파는 발 씻을 물을 가지러 거실을

가로질러 나갔다. 먼젓번 것을 모조리 엎질렀기 때문이다.

그녀가 그를 씻기고 나서 올리브기름을 아낌없이 펴 발라주자,					505

오뒷세우스는 몸을 따뜻하게 하기 위해 다시 의자를

불에 더 가까이 당겼고, 흉터는 누더기로 덮었다.

그러자 그들 사이에서 더없이 지혜로운 페넬로페가 말문을 열었다.

　"손님, 내 사소한 것 하나만 더 묻겠습니다.

즐거이 잘 시간이 금세 다가올 테니까요. 물론 그것은 아무리 심란해도					510

달콤한 잠이 자신을 사로잡는 사람에게나 그렇겠지만요.

하지만 내게는 어떤 신이 헤아릴 수조차 없는 슬픔을 가져오셨답니다.

낮에는 울면서 통곡으로 기쁨을 누리지요,

집 안에서 내 일과 시녀들의 일을 돌보면서요.

하지만 밤이 와서 잠이 모든 사람을 사로잡게 되면					515

나도 침대에 누워보지만 통곡하는 내 두툼한 심장 둘레를

몹시도 날카로운 고통이 뒤흔들어놓지요.

마치 판다레오스의 딸, 푸릇누릇한 밤꾀꼬리가

돌아온 새봄에 빽빽한 나무 잎사귀들 사이에 앉아

제 친자식 이튈로스를 두고 애곡하면서					520

다채로운 음성을 자주 바꿔 쏟아내며 아름답게 노래하는 것처럼요.

예전에 그녀가 제토스 왕에게 낳아주었지만, 어리석게도

청동으로 죽이고 만 그 아들을 두고서요.

꼭 그처럼 내 기개도 둘로 나뉘어 이렇게, 또 저렇게

솟구치곤 한답니다. 남편의 침대와 백성의 평판을 삼가 두려워하며					525

아들 곁에서 머무르면서 내 재산과 시종들, 그리고

지붕이 높다란 이 큰 집, 이 모두를 견실하게 지켜낼 것인지,
아니면 궁전에서 청혼하고 있는 아카이아인들 중에서 제일 낫고
헤아릴 수 없이 많은 선물을 바치는 사람을 따라갈 것인지를 두고요.
내 자식이 아직 철이 없고 판단이 여물지 못했을 적에는   530
내가 결혼하여 남편의 집을 떠나는 걸 허락하지 않더니
지금은 커서 한창때에 이르고 나니까
외려 내가 이 집에서 나와 친정으로 되돌아가도록 빌고 있지 뭡니까.
아카이아인들이 먹어치우고 있는 그 재산 탓에 심란해진 거지요.

자, 그건 그렇고 그대는 일단 내 꿈을 들어보고 내게 대답해주세요.   535
거위 스무 마리가 물 밖으로 나와 내 집 곳곳에서
밀알을 먹고 있고, 나는 훈훈하게 바라보고 있었어요.
그런데 산에서 부리 굽은 거대한 독수리가 다가오더니
목을 죄다 부러뜨리며 죽였고, 거위 떼는 거실 안에 무더기째 쌓였지요.
그러더니 독수리는 성스러운 창공으로 솟구쳐 올랐고요.   540
한편, 나는 꿈속이었지만 비명을 질러대며 울었고, 독수리가
내 거위들을 죽였다고 불쌍하게 울고 있던 내 주변으로
머리를 곱게 땋은 아카이아의 여인들이 몰려들었답니다.
그러자 독수리가 되돌아와 튀어나온 지붕 위에 앉더니
글쎄 사람의 목소리로 말하며 나를 말리는 겁니다.   545
'기운을 내세요, 이름도 널리 알려진 이카리오스의 따님,
이건 꿈이 아니라 반드시 성취되고 말 어엿한 현실입니다.
거위들은 구혼자들입니다. 저는 좀 전까지는 독수리였지만
이제 다시 당신의 남편으로 와 있답니다. 저는 모든 구혼자들에게
치욕적인 운명의 몫을 안길 겁니다.'   550

그가 이렇게 말하자, 꿀처럼 달콤한 잠이 나를 놓아주더군요.
그래서 저는 주변을 살펴보다가, 궁전에서 거위들이
예전처럼 모이통 곁에서 밀알을 먹고 있는 걸 보게 되었지요."

그러자 꾀 많은 오뒷세우스가 그녀에게 대답하며 말하였다.
　"부인, 그 꿈은 달리 틀어 대답할 도리가 없군요.　　　　　　　　　　555
결국 일이 어떻게 이루어질지 오뒷세우스께서 그대에게 직접
보여주셨잖습니까. 파멸은 정녕 모든 구혼자들에게 모습을
드러냅니다. 죽음과 죽음의 여신을 피할 자는 아무도 없습니다."

그러자 더없이 지혜로운 페넬로페가 그에게 말하였다.
　"손님, 꿈들을 분간하기란 속수무책일 정도로 어렵기도 하고,　　　560
인간들에게 모든 꿈이 다 이루어지는 것도 아닙니다.
덧없는 꿈들의 문이 둘 있지요.
뿔로 만들어진 문이 있는가 하면, 상아로 된 것도 있습니다.
톱으로 베어낸 상아의 문을 통해 오는 것들은
이루지 못할 것을 전해주며 헛된 희망으로 사람을 속이지요.　　　565
하지만 매끈하게 다듬은 뿔의 문을 열고 나오는 것들은
누가 이를 보든지 간에 참으로 이루어지게 마련입니다.
하지만 내가 보기에 이 무서운 꿈은 아무래도 그곳에서
나온 것 같지가 않아요. 그랬더라면 나와 내 자식에겐 반가웠겠지만요.

내 또 하나를 말씀드릴 테니, 당신은 부디 헤아림 속에 새겨 넣어두세요.　　570
나를 오뒷세우스의 집에서 떨어뜨려놓게 될, 그 이름조차 꺼림칙한

에오스(새벽)가 벌써 와 있어요. 이제 나는 시합을 열려고 해요.
그분께서는 당신 궁전에서 모두 열두 개나 되는 도끼들을
마치 버팀목들처럼 차례로 세워둔 다음,
멀찍이 떨어져 서서 화살로 꿰뚫곤 하셨지요.   575
이제 나는 구혼자들에게도 바로 그런 시합을 내릴 셈입니다.
이 활을 손아귀에 쥐고 가장 쉽게 잡아당기고,
열두 개의 도끼를 모조리 꿰뚫는 사람을,
나는 따라가렵니다. 내가 시집온
이 지극히 아름답고 살림살이로 가득한   580
이 집을, 언제고 꿈에서도 떠올릴 이 집을 등지고서.”

그러자 꾀 많은 오뒷세우스가 그녀에게 대답하며 말하였다.
  “라에르테스의 아드님 오뒷세우스의 존경하올 부인이시여,
이 집에서 그 시합을 더 이상 미루지 마십시오.
그자들이 윤기 도는 그 활을 더듬어가며   585
시위를 당기고 무쇠를 꿰뚫기 전에
꾀 많은 오뒷세우스가 이리로 올 테니까요.”

그러자 이번에는 더없이 지혜로운 페넬로페가 그에게 대답하였다.
  “손님, 만일 이 궁전에서 내 곁에 앉아 나를 즐겁게 해주길
원하신다면, 내 눈꺼풀 위로 잠이 쏟아지지 않을 겁니다.   590
하지만 사람이 언제까지고 잠을 자지 않는 건 있을 수 없는 일이지요.
죽음을 모르는 분들은 곡식을 안겨주는 들판 위에 사는 죽게 마련인
인간들에게 매사에 자기 몫이라는 걸 내려주셨으니까요.
이제는 나도 위층으로 올라가서 침대에 누우렵니다.

오뒷세우스가 차마 그 이름 입에 올리지도 못할 몹쓸 일리오스를   595
보려고 떠나신 이후로, 그 침대는 내게 신음을 불러일으키는 자리,
끊이지 않는 내 눈물로 얼룩지는 자리랍니다.
나는 거기에 누울 테니, 그대도 이 집에서 눕되
바닥에 무얼 펼치시든지, 아니면 저들에게 이부자리를 보게 하지요."

그녀는 이렇게 말하고는 눈부신 위층 방으로 올라갔다. 그러나   600
그녀는 혼자가 아니었고, 그녀와 함께 시녀 두 명이 뒤따르고 있었다.
그녀는 시중드는 여인들과 함께 위층으로 올라가더니
사랑하는 남편 오뒷세우스를 두고 통곡하기 시작했다,
빛나는 눈의 아테네가 눈꺼풀 위에 달콤한 잠을 던져줄 때까지.

20권

한편, 신과 같은 오뒷세우스는 바깥쪽 방에서 자리에 누웠다.
밑에는 무두질하지 않은 쇠가죽을 펼쳤고, 그 위에는 양털을
여러 겹 깔았으니, 아카이아인들은 이 양들을 계속 잡아왔던 것이다.
에우뤼노메는 잠자리에 누운 그를 위해 외투를 덮어주었다.
오뒷세우스는 뜬눈으로 그곳에 누워 구혼자들을 노리며 속으로   5
재앙을 꾀하고 있었다. 그런데 그때 거실로부터 여인들이 나왔으니
이들은 예전부터 구혼자들과 몸을 섞어오던 자들이었고,
서로 웃어대며 흥을 나누고 있었다.
그러자 그의 가슴속 기백이 동요를 일으켰고,
달려들어 하나하나에게 죽음을 마련해주는 게 좋을지, 아니면   10
분수도 모르는 구혼자들과 끝이요 마지막으로 몸을 섞도록 놔둘지
그는 헤아림을 다해, 온 심정을 다해 저울질하며 궁리하였고,
그의 심장은 속에서 짖어대었다. 마치 모르는 사람 앞에서
어미 개가 어린 강아지들을 감싸며 나아가

싸우려고 몸부림치며 짖어대듯이,   15
꼭 그처럼 그의 속도 몹쓸 짓들에 분개하며 짖어대고 있었다.
그러나 그는 가슴을 때리며 심장을 다그쳤다.
　"견뎌내거라, 심장아. 너는 더 개 같은 일도 참아낸 적이 있었지.
그 기운을 억누를 수 없던 퀴클롭스가 강력한 전우들을 먹어치우던
그날도, 계략이 너를 동굴 밖으로 끌어내던 동안   20
너는 죽음을 예감하면서도 견뎌내지 않았더냐."

그가 이렇게 말하며 가슴속 제 심장을 나무라자
심장도 그에게 완전히 복종하고 그침 없이 견뎌내었다.
그러나 정작 본인은 이리저리 몸을 굴리며 뒤척였다.
마치 어떤 사람이 선지와 비계를 가득 채워 넣은 위(胃)를   25
세차게 타오르는 불 위에서 이리로 저리로 굴려가며
그저 빨리 구워져 익기만을 기대하듯이,
꼭 그처럼 그도 이리로 저리로 구르며
혼자서 그 많은 파렴치한 구혼자들에게 두 주먹을
어떻게 뻗을지 저울질해보고 있었다. 그러자 하늘로부터 아테네가   30
내려와 어떤 여인의 모습을 하고선 그에게 가까이 다가왔다.
그녀는 그의 머리맡에 서서 그에게 말하였다.
　"이번에는 왜 또 깨어 있느냐, 모든 인간 중에서
가장 불운한 자여. 여기가 바로 네 집이고, 네 아내뿐 아니라
모두가 자기 아들이기를 소망하는 그런 아들이 이 집에 있지 않느냐?"   35

그러자 꾀 많은 오뒷세우스가 그녀에게 대답하며 말하였다.
　"여신이여, 그렇습니다. 임께선 정말 이 모든 걸 이치에 맞게

말씀하셨습니다. 그러나 제 속에 있는 기백은, 저 혼자서 파렴치한
구혼자들에게 두 주먹을 어떻게 뻗을지 저울질해보고 있답니다.
저들은 이 안에서 언제나 한 무리를 이루고 있기 때문이지요.   40
게다가, 속으로는 더 큰 일에 대해서 저울질해보는 중입니다.
제가 임과 제우스 덕으로 저들을 쳐 죽인다고 해도, 과연 제가
어디로 달아날 수 있을지 말입니다. 부디 이것을 헤아려주십시오."

그러자 이번에는 그에게 빛나는 눈의 여신 아테네가 말하였다.
  "고집스러운 녀석, 이만한 계책을 알지 못하는 데다가   45
죽게 마련인 인간인, 더 못한 전우를 믿는 자도 있건만,
나는 신이 아니더냐. 그 어떤 노고에서도 너를 끊임없이
지켜주는 자란 말이다. 네게 터놓고 이야기하마.
설령 죽게 마련인 인간들이 쉰 개의 매복을 펼쳐
우리 둘을 에워싼 다음 전투에서 우리를 죽이려고 안간힘을 쓴다 해도   50
너는 그들에게서 소 떼와 튼실한 양 떼를 몰고 오게 될 것이다.
자, 그러니 잠은 너를 사로잡을지어다. 밤새 뜬눈으로 파수를 보는 것은
고생스러운 일이다. 재앙 속에 잠겼던 너도 이제는 떠오르게 될 거란다."

그녀는 이렇게 말하더니 그의 두 눈꺼풀 위에 잠을 쏟아부었다.
그리고 여신들 중의 여신인 그녀는 다시 올륌포스에 이르렀다.   55
사지를 풀어주는 잠이 그를 사로잡아 기백의 근심을 풀어주던 동안,
사려 깊은 일들을 잘 알고 있는 그의 아내는 잠에서 깨어
보드라운 침대 위에 앉아 통곡하기 시작했다.
여인들 중에서 여신과 같은 그녀는 기백에 흡족할 만큼
통곡하고 나더니, 먼저 아르테미스에게 기도하였다.   60

494

"공경하올 아르테미스 여신이여, 제우스의 따님이여,

이젠 부디 제 가슴에 화살을 쏘아

제 목숨을 당장 가져가소서! 아니면 저를 폭풍이 낚아채어,

흐릿한 길을 따라 데리고 가서

물결이 역류하는 오케아노스의 어귀에 내던지기를,   65

마치 판다레오스의 딸들을 폭풍이 낚아챈 것처럼!

그녀들의 부모를 신들이 죽이자, 그녀들은 궁전 안에

고아로 남겨졌지만, 아프로디테께서 치즈와 달콤한 꿀,

그리고 달콤한 포도주로 돌보아주셨지요. 헤라께서는

그녀들에게 모든 여인들을 능가하는 미모와 지혜를 내리셨고   70

순결한 아르테미스께서는 그녀들의 키를 키워주셨어요.

이름난 일감을 해내는 솜씨는 아테네께서 가르쳐주셨지요.

그러나 아프로디테 여신께서 그 소녀들을 위해 꽃피어나는

결혼이 이루어지도록 간청하러 광활한 올륌포스로, 벼락을 즐기시는

제우스께 가셨을 때의 일입니다. 그분은 죽게 마련인 인간들에게   75

주어진 운명의 몫이 무엇이고, 또 무엇 아닌지를 모두 잘 알고 계시니까요.

그사이에 폭풍이 그 소녀들을 잡아채어 가더니

가증스러운 에리뉘스(복수의 여신)들에게 시녀로 주고 말았지요.

꼭 그처럼, 올륌포스에 집을 두고 사시는 분들께서는 저를 사라지게

하소서, 아니면 머리를 곱게 땋은 아르테미스께서 저를 쏘아 맞히소서.   80

그렇게만 된다면 저도 가증스러운 지하에서나마 오뒷세우스를 볼 것이며

그이보다 못한 남자의 심사를 기쁘게 해주지 않아도 될 것입니다.

그렇다지만, 누가 낮에는 심장으로 몹시 애달파하면서

통곡하다가도 밤에 잠이 그를 사로잡으면,

그 불행은 견뎌볼 만합니다. 일단 잠이 눈꺼풀을 감싸면   85

폭풍이 판다레오스의
딸들을 낚아채다

————

다른 어떤 곳에도 나오지 않는
『오뒷세이아』만의 독특한 신화이다.
판다레오스의 딸들은 고아가 되었지만
여신들의 총애를 받으며 자라나 결혼까지
앞두게 되었다. 그러나 여신이 잠시 자리를
비운 그 짧은 순간, 폭풍에 낚여 사라지고
만다. 페넬로페는 이들에게서 자신의
모습을 보았던 걸까, 이들과 같은 운명을
내려달라고 애원한다.

제임스 파커, 에칭, 1805

모든 일을 잊게 해주니까요, 좋은 일도, 나쁜 일도요.

그런데 어떤 신께서 제게 꿈자리까지 사납게 펼치시다니요. 오늘 밤 꿈에도

그이가 군대를 거느리고 가셨던 그 모습을 그대로 닮은 이가 제 곁에서

잠자고 있었어요. 하지만 제 심장은 흐뭇했지요. 그것이 꿈이 아니라

이미 이루어진 현실이라고 여겼으니까요." 90

그녀는 이렇게 말하였고, 황금 보좌의 에오스(새벽)가 곧바로 다가왔다.

한편, 신과 같은 오뒷세우스는 통곡하는 그녀의 음성을 귀담아듣더니

저울질하며 고민하였다. 그의 심정으로는 마치 그녀가

벌써 자신을 알아보고 머리맡에 다가선 것만 같았다.

그는 자면서 깔고 덮었던 외투와 양털 깔개를 개어 95

거실 안에 있는 팔걸이의자에 올려놓았고, 쇠가죽은 문밖으로

가져다 놓은 다음, 두 손을 들고 제우스께 기도하였다.

    "아버지 제우스시여, 임들께서 원하시는 바대로 저를 몹시

괴롭히신 다음 기름진 곳과 젖은 곳을 거쳐 제 고향으로 이끌어주신 거라면,

저 안에서는 깨어 있는 사람들 중 누군가가 저를 위해 한마디 하게 하시고, 100

바깥에서는 제우스의 또 다른 징조가 드러나게 하소서!"

그가 이렇게 기도하며 말하자, 조언자 제우스는 그의 말을 듣고 있다가

찬란히 빛나는 올륌포스 그 높은 곳에서 구름을 뚫고 곧장

벼락을 내리쳤고, 신과 같은 오뒷세우스는 이것이 기쁘도록 반가웠다.

한편, 집 안으로부터의 한마디는 맷돌을 가는 여인에게서 나왔다. 105

그녀는 백성들의 목자의 맷돌들이 놓인 곳 가까이에 있었다.

그 맷돌들은 모두 열두 명의 여인들이 맡아 돌렸는데,

사람들의 골수가 되어주는 보릿가루와 밀가루를 마련하기 위함이었다.

그런데 다른 여인들은 밀을 빻은 다음 잠들어 있었고,
오직 가장 허약했던 그녀만 일을 끝내지 못하고 있었던 것이다.   110
그녀는 맷돌을 멈춰 세우더니, 주인에게 징조가 되는 말을 하였다.

　"아버지 제우스시여, 신들과 인간들을 다스리시는 분이여,
임께서 별이 빛나는 하늘로부터 크게 벼락을 내리치셨으나, 구름이라곤
어디에도 없으니, 이는 임께서 누군가에게 징조를 보이시는 것입니다.
부디 이 비참한 저를 위해서도 제가 드리는 이 한 말씀 이뤄주소서.   115
오뒷세우스의 궁전 안에서, 저 구혼자들이 제발 오늘을
끝이요 마지막으로 저 사랑스러운 잔치 음식을 들게 하소서.
저자들은 저더러 보릿가루를 만들라며 기백을 아프게 하는 피로로
제 두 무릎을 풀어놓았답니다. 이제 저들이 마지막 끼니를 들게 하소서!"

그녀가 이렇게 말하자, 신과 같은 오뒷세우스는 이 예언과 제우스의   120
벼락으로 흐뭇해졌고, 죄인들에게 값을 치르게 할 것이라 되뇌었다.

다른 하녀들은 오뒷세우스의 아름다운 집 곳곳으로부터 모여들더니
화로에 꺼질 줄 모르는 불을 지폈다.
한편, 신과 다름없는 남자 텔레마코스는 침대에서 몸을 일으키더니
옷을 입고 날카로운 칼을 어깨에 둘러멘 다음   125
윤기 도는 두 발 아래에는 아름다운 신발을 묶어 신었고,
날카로운 청동 날이 박힌 억센 창을 쥐었다.
그는 가서 문턱 위에 서서 에우뤼클레이아에게 말하였다.

　"엄마, 저 손님을 이 집 안에서 잠자리와 음식으로
명예롭게 대접들 하셨나요? 아니면 그분이 아무 배려도 못 받고   130
그렇게 누워 있나요? 제 어머니가 속이 깊긴 하지만 그런 분이잖아요.

죽게 마련인 인간들 중 못난 자를 무턱대고 존중해주시기도 하고
더 나은 사람을 괄시하며 내보내기도 하니 말입니다."

그러자 이번에는 더없이 지혜로운 에우뤼클레이아가 그에게 말하였다.
　"내 새끼, 지금은 그분을 탓할 것 없다. 잘못이 없으니까.　135
손님은 자리에 앉아 스스로 원하는 만큼 포도주를 마셨고,
빵도 권해보았지만 더 이상 배가 고프지 않다고 하더구나.
그러다가 손님이 침대와 잠을 떠올렸을 때
어머니께선 시녀들에게 이부자리를 봐드리라고 분부하셨지.
하지만 그이는 온통 비참하고 불운한 사람이라도 된 듯　140
침대에 올라 담요 속에 눕기를 거절하더니
대신 무두질하지 않은 쇠가죽과 양털 깔개에 누워
바깥쪽 방에서 자더구나. 우리가 외투는 덮어주었단다."

그녀가 이렇게 말하자, 텔레마코스는 창을 쥔 채 궁전을 가로질러 갔고
그와 함께 두 마리 재빠른 개들이 뒤따랐다. 그는 회의장으로　145
걸음을 옮겨 좋은 정강이받이를 댄 아카이아인들 사이로 들어갔다.
한편, 페이세노르의 아들 옵스의 딸이자 여인들 중에서도 여신과 같은
에우뤼클레이아는 시녀들에게 지시를 내렸다.
　"자, 너희는 서둘러 집을 청소하고
물을 뿌려라. 잘 만든 팔걸이의자들에는　150
자줏빛 깔개들을 깔아두고. 그리고 너희는 해면으로
식탁들을 빠짐없이 훔친 다음, 술동이들과
손잡이가 둘 달린 잔들을 깨끗하게 닦아라.
또 너희는 샘으로 가서 물을 긷고 재빨리 돌아오너라.

구혼자들이 이 거실을 오래 비우지 않고 아주 일찍 올 거다.
오늘은 모두를 위한 축제의 날이니까."¹⁰⁸

그녀가 이렇게 말하자, 그들은 귀 기울여 듣고 있다가 그녀의 말을 따랐다.
이 중 스무 명은 어두운 물이 솟는 샘으로 갔고,
나머지는 그 자리에 남아 집에서 솜씨 있게 일하기 시작했다.
그러자 아카이아인들의 일꾼들이 들어오더니 장작을   160
솜씨 있게 잘 팼고, 여인들도 샘에서 돌아왔다.
돼지치기도 돼지 세 마리를 끌고 그들을 따라 들어오니
이것들은 모든 돼지 중에서도 가장 좋은 녀석들로
그가 울타리 친 아름다운 뜰에서 먹여 기른 것들이었다.
그는 오뒷세우스에게 다정하게 말하였다.   165
    "손님, 저 아카이아인들이 당신에게 눈길이라도 좀 더 줍니까,
아니면 여전히 궁전에서 당신을 능멸하고 있습니까?"

그러자 꾀 많은 오뒷세우스가 그에게 대답하며 말하였다.
    "에우마이오스, 진정 신들께서 저 광란의 대가를
받아내시기를 바라마지않소이다. 저들은 주제넘게도 남의 집에서   170
부러 악행을 꾀하며 일말의 염치도 없으니 말이오."

이들이 이런 말을 서로 주고받고 있었을 때,
염소들을 먹이는 멜란티오스가 그들에게로 가까이 왔다.
그는 구혼자들에게 식사를 마련해주기 위해 모든 염소 떼 중에서도

___

108 새해를 기념하는 아폴론의 축제일을 가리킨다.

제일가는 염소들을 몰고 왔고, 목자 두 명이 그와 함께 따라왔다.
그는 염소들을 소리가 울려 퍼지는 주랑 아래 묶어두더니
오뒷세우스에게 다시 한번 심장을 찢어놓는 말을 하였다.

  "이 뜨내기야, 너는 아직도 이 집 안 구석구석에서 사람들에게
구걸하며 폐를 끼치고 있느냐? 문밖으로 썩 나가지 못할까?
우리 둘은 주먹맛을 보기 전에는 어떻게든 떨어질 수 없는
모양인가 보다. 너는 도리도 모르는 주제에 잘도 구걸을 하는구나.
잔치라면 다른 아카이아인들도 하고 있을 거란 말이다."

그가 이렇게까지 말했으나, 꾀 많은 오뒷세우스는 그와 말을 섞지 않고
말없이 고개를 가로저으며 횡격막 깊숙한 곳에서는 흉계를 짜내고 있었다.
한편, 백성들을 이끄는 필로이티오스는 세 번째 차례로
살진 염소들과, 새끼를 낳아보지 않은 암소 한 마리를
구혼자들에게 끌고 오니, 이는 뱃사람들이 건네준 것들이었고,
그들은 자신들을 찾아오는 다른 사람들을 데려다주는 이들이었다.
그는 이들을 소리가 울려 퍼지는 주랑 아래에 잘 묶어놓은 다음,
돼지치기 곁에 가까이 다가서서 물었다.

  "얼마 전에 우리 집으로 오신 저 손님은 뉘시오, 돼지치기여?
어떤 사람들에게서 오셨다고 자부하고 계시오? 가족들과
고향 땅은 어디라 하시오? 불운한 분 같으니,
하지만 그 체격은 분명 왕에게, 통치자에게 견줄 만하오.
그래, 신들께서는 왕들에게도 불행의 실을 자아내시는가 하면,
많이 떠돈 사람들을 재앙의 나락으로 떨어뜨리기도 하오."

소치기는 이렇게 말하며 그의 곁에 서서 오른손을 내밀어 반겼고

그에게 날개 돋친 말을 건네었다.

"평안하세요, 낯선 아버님, 그래도 나중에는 복이 있기를 바랍니다.
하지만 지금은 많은 몹쓸 것들에 사로잡혀 있군요. 200

아버지 제우스시여, 신들 중 어느 누구도 당신보다 파괴적인 분은
없습니다. 정작 생명을 주신 건 임이로되, 인간들을 가여워하긴커녕
서러운 고통과 재앙으로 엮어놓으시다니!

당신을 보니 오뒷세우스가 떠올라 내가 다 진땀이 나고 두 눈에선
눈물이 흐릅니다그려. 내 모르긴 몰라도 그분도 이런 205
누더기를 걸치고 사람들 사이를 떠돌고 계시겠지요,
여전히 살아서 헬리오스의 빛을 보고 계신다면 말입니다.
하지만 만일 그분이 진작에 돌아가셨고 하데스의 집에 계신다면
흠잡을 데 없는 오뒷세우스로 인해 나는 괴롭기만 합니다.
그분은 소 떼를 돌보라며 아직 어렸던 나를 케팔레니아의 나라에 210
앉혀놓으셨고, 그 소 떼는 이제 이루 말할 수 없을 정도로 불어났답니다.
이마 너른 소들의 종족이 한 사람에게서 이렇게 곡식 낟알 불어나듯
많아질 수는 없지요. 그런 소들을, 다른 자들이 먹어치우려고
내게 몰아오라며 명령하고 있지 뭡니까. 그자들은 궁전에 계신 도련님도
무시하고, 신들의 보복에도 몸을 떨지 않습니다. 그저 오랫동안 떠나고 215
안 계신 주인님의 재산을 나누어 가지려고 안달할 따름이지요.
오죽하면 내 가슴속 기백이 이 소 떼를 데리고 아예 다른 나라로,
타향 사람들에게로 가버리고 싶다는 상상까지 자주 굴려보겠습니까,
하지만 도련님이 계신데도 그러는 것은 아주 못된 짓일 테지요.
그렇다고 여기에 남아 다른 사람들의 소 떼를 돌보면서 220

고통을 겪으며 앉아 있는 것은 더더욱 끔찍한 일이지요.

아무렴 나는 진작에 훨씬 더 강력한 왕에게로 도망갔을 겁니다.

이제는 더 이상 견딜 수가 없는 지경까지 이르렀으니까요. 그럼에도 불구하고

나는, 행여 그분이 어디선가 돌아와 집 안에서 샅샅이 구혼자들을

흩뿌려버리시지 않을까 싶어, 불운한 그분을 떠올립니다." 225

그러자 꾀 많은 오뒷세우스가 그에게 대답하며 말하였다.

　"소 치는 분이여, 당신은 나쁜 사람 같지도, 지각없는 사람 같지도 않아요.

당신의 횡격막에 지혜가 가 닿아 있는 걸 나 스스로도 알 수 있겠군요.

그런 까닭에, 내가 한 말씀 드리고, 또 크나큰 서약으로 맹세하겠습니다.

신들 가운데 가장 먼저 제우스께서, 그리고 손님을 맞는 이 식탁이, 230

또 제가 찾아온 흠잡을 데 없는 오뒷세우스의 화로가 이를 알게 하소서!

당신이 여기 있는 동안 오뒷세우스는 집으로 돌아옵니다.

그대가 원한다면 그분이 이곳을 거머쥐고 있는 구혼자들을

쳐 죽이는 것을 그대의 두 눈으로 보게 될 겁니다."

그러자 이번에는 소 떼를 돌보는 이가 그에게 말하였다. 235

　"손님, 크로노스의 아드님께서 제발 그 말씀 이루어주시기를!

그러면 그대는 내 힘이 어떠하며 내 두 손이 어떻게 따라오는지 알게 될 겁니다."

에우마이오스 역시 이와 같이 더없이 지혜로운 오뒷세우스가

집으로 돌아오게 해달라며 모든 신들에게 기도하였다.

이들은 이런 말을 서로 주고받고 있었으나, 240

구혼자들은 텔레마코스를 노리고 죽음과 운명의 몫을

마련하고 있었다. 그때 그들의 왼편으로 새 한 마리,

높이 나는 독수리가 겁먹은 비둘기를 움켜쥔 채 다가왔다.
그러자 그들 사이에서 암피노모스가 입을 열어 말하기 시작했다.

　"친구들, 텔레마코스를 죽이려는 이 계획은 우리 뜻대로 되지　　　　245
않을 것 같으니, 차라리 잔치나 떠올리자꾸나."

암피노모스가 이렇게 말하자, 그의 말이 모두를 기쁘게 하였다.
그들은 신과 같은 오뒷세우스의 집 안으로 들어가
외투들을 장의자와 팔걸이의자에 놓아둔 다음
큼직한 양들과 살진 염소들을 잡았고　　　　　　　　　　　　　　250
비곗살이 실하게 오른 돼지들과, 소 떼 중에서 또 한 마리를 잡았다.
그들이 내장을 구워 나눈 다음, 술동이에 포도주를 섞고 나자
돼지치기가 잔들을 나누어주었다.
사람들을 이끄는 필로이티오스는 근사한 바구니에 담긴
빵을 나누었고, 멜란테우스는 포도주를 따르고 있었다.　　　　　255
그러자 그들은 준비되어 차려진 음식 쪽으로 손을 내밀기 시작했다.
한편 텔레마코스는 상황을 영리하게 이끌며
잘 지어놓은 거실 안 돌 문턱 옆에 오뒷세우스를 앉힌 다음
볼품없는 의자와 작은 식탁 하나를 가져다 놓았고
그의 몫의 내장을 차려준 다음 황금 잔에 포도주를 따라주더니　　260
그를 향해 이렇게 말하기 시작했다.

　"이제 여기에 앉아 사람들 사이에서 포도주를 들도록 하세요.
모든 구혼자들의 조롱이며 주먹질은 그대를 위해 바로 내가
막아드리지요. 이 집은 백성들에게 속한 것이 아니라, 바로
오뒷세우스의 것이고, 그분이 나를 위해 얻어주신 집이니까요.　　265
그리고 구혼자들이여, 당신네는 다툼도 싸움도 일지 않도록

비난도 주먹질도 기백으로 삼가주시오."

그가 이렇게 말하자, 그들은 모두 그저 입술 속에서 이만 깨문 채,
대담하게 이야기한 텔레마코스에게 놀라고 있었다.
그러자 그들 사이에서 에우페이토스의 아들 안티노오스가 말하였다.   270
　"아카이아인들아, 텔레마코스의 말이 거슬리긴 한다만 받아들이자꾸나.
그는 우리를 엄청나게 협박하며 말하는구나. 크로노스의 아드님 제우스께서
이를 허락하지 않았으니까. 그렇지만 않았어도, 그가 비록 함성에 능한
웅변가이긴 하나, 우리는 이 궁전 안에서 그를 진작 틀어막았을 것이다."

안티노오스가 이렇게 말했으나, 텔레마코스는 이 말에   275
신경조차 쓰지 않았다. 한편, 전령들은 신들의 신성한 헤카톰베를
시내로 이끌어 오고 있었고, 머리를 기른 아카이아인들은
멀리서 쏘아 맞히는 아폴론에게 바쳐진 그늘진 숲으로 모여들었다.
사람들은 살코기를 구워 꼬치에서 빼내더니
각자의 몫대로 나눠가며 이 명예로운 잔치를 만끽했다.   280
시중드는 이들은 오뒷세우스의 곁에도 자신들이 받은 것과
똑같은 몫을 차려주니, 이는 신과 같은 오뒷세우스의
친아들 텔레마코스가 명한 바대로였다.
그러나 아테네는 거들먹대는 구혼자들이 기백을 고통스럽게 하는
모독을 아주 삼가게 두진 않았으니, 더한 아픔이   285
라에르테스의 아들 오뒷세우스의 심장에 내려앉게 하려는 것이었다.
한편, 구혼자들 중에 무도한 짓들에 능통한 어떤 자가 있었으니,
이름은 크테십포스였으며 사메에 있는 집에 살고 있었다.
그는 신이 내려준 재산을 믿고선

오랫동안 떠나고 없는 오뒷세우스의 부인에게 청혼하고 있었다.   290
그때 그가 분수도 모르는 구혼자들 사이에서 말하기 시작했다.

　"내가 할 말이 있으니 들어들 보아라, 사나이다운 구혼자들아.
저 나그네가 도리에 맞게 똑같은 몫을 얻은 게 벌써 하세월이다.
이 집에 오게 된 텔레마코스의 손님을 괴롭히다니,
그건 불미스럽고 옳지 않은 짓이지.   295
자, 그러니 나도 저자에게 접대 선물을 하나 내주련다. 그러면
저자도 목욕물 받는 하녀에게든, 아니면 신과 같은 오뒷세우스의
집 곳곳에 있는 다른 어떤 하녀에게든 그걸 직접 명예의 선물로 줄 수 있겠지."

그는 이렇게 말하더니 바구니에 담겨 있던 우족(牛足)을
억센 손으로 집어 들어 내던졌다. 그러나 오뒷세우스는   300
고개를 옆으로 살짝 기울이며 이를 피하더니, 기백으로
몹시 씁쓸하게 미소 지었고, 우족은 잘 지어놓은 벽을 맞혔다.
그러자 텔레마코스가 크테십포스를 질책하며 말하였다.

　"크테십포스, 이건 외려 그대의 기백에 더 이득이 되고 말았군.
그대가 저 손님을 맞히지 못했으니까. 그대가 던진 것을 저 손님이   305
직접 피하셨네. 그러지 않았다면 내가 날 선 창으로 그대의 몸 한복판을
맞혔겠지. 그랬다면 그대의 부친은 여기서 결혼식 대신 장례식을 열었을 텐데.

그러니 어느 누구도 이 집에서, 내 면전에서 당치 않은 수작은
보이지도 마시오. 내 비록 전에는 철이 없었지만, 지금 내겐 이미
판단이 서 있고, 좋은 것과 그만 못한 것들을 속속들이 알고 있다오.   310
하지만 그럼에도 불구하고, 우리는 이 짓들을 눈으로 보면서도 참고 있다오,
양 떼를 도살해가며, 포도주를 퍼마셔가며 빵을 축내는 짓들을.

506

혼자서 여럿을 막아내는 것이 힘들어서라오.

자, 당신네도 이제 더 이상 내게 적의를 품고 몹쓸 짓을 벌이지 마시오.

만일 당신네가 나를 청동으로 죽이려고 작정한다면,   315

그것 또한 내가 바라는 바요. 손님들을 두들겨 패질 않나,

이 아름다운 집 곳곳으로 시녀들을 남우세스럽게 끌고 다니질 않나,

이런 당치도 않은 짓거리들을 허구한 날 보느니

차라리 죽는 쪽이 훨씬 더 득이 될 테니까."

그가 이렇게 말하였으나, 그들은 누구 할 것 없이 잠자코 침묵을 지킬 뿐이었다. 320

마침내 다마스토르의 아들 아겔라오스가 말하였다.

　　"친구들, 도리에 맞는 말에 맞서서

적의에 찬 말들로 받아치며 화를 낼 사람이 어디 있겠는가!

그러니 자네들도 저 나그네를 못살게 굴지 말게나. 신과 같은

오뒷세우스의 집 곳곳에 있는 다른 하인들에게도 물론이고.   325

그리고 나는 텔레마코스와 그 어머니를 위해 점잖은 말로

한마디 하겠네. 혹시 내 말이 그대들 둘의 심장에 기꺼울 수 있으니까.

더없이 지혜로운 오뒷세우스가 집으로

돌아오리라고 그대들 가슴속 기백이 바라는 동안에는,

구혼자들을 이 집에 붙들어두고 기다리게 해도   330

아무도 분을 품지 않았지. 오뒷세우스가

방향을 돌려 돌아와 집에 이르는 것이 더 득이 될 테니까.

하지만 이제는 그가 돌아올 수 없다는 게 명백하다.

그러니 너도 어머니 곁에 앉아 이걸 설명해드려라.

가장 많이 가져오는, 가장 뛰어난 사람과 결혼하시라고 말이다.   335

그러면 너도 아버지의 것을 죄다 몫으로 받아 흐뭇하게

먹고 마시면 되고, 그녀는 다른 사람의 집을 돌보게 되는 거지."

그러자 이번에는 지혜로운 텔레마코스가 그에게 대답하였다.
 "아겔라오스, 제우스께 맹세코, 또 이타카에서 멀리 떨어진 어딘가에서
돌아가셨거나, 떠돌고 계실 내 아버지의 고통을 걸고 말하오. 나는 어머니의   340
결혼을 지연시키는 게 아니오, 결코. 외려 나는 그분이 원하시는 이와
결혼하시라고 독촉하고 있소. 또 나는 그분께 말로 다 할 수 없는 선물을
드릴 거라오. 그러나 그분 뜻을 거슬러가면서까지 그분을 이 집에서 내쫓는 건
삼가 두려운 일이니, 신께서는 부디 그런 일을 이루지 마소서."

텔레마코스가 이렇게 말하자, 팔라스 아테네는 구혼자들에게   345
걷잡을 수 없는 웃음을 일으키더니, 그들의 정신을 헛돌게 하였다.
그들은 제 것이 아닌 듯한 턱으로 웃어가며
피범벅이 된 살코기를 먹어대더니, 그들의 눈에는 눈물이
가득 차올랐고 기백은 통곡을 예감하였다.
그러자 그들 사이에서 신을 닮은 테오클뤼메노스가 말문을 열었다.   350
 "몹쓸 자들아, 너희는 대체 무슨 재앙을 겪고 있는 거냐?
너희 머리며 얼굴, 그리고 무릎 밑이 밤으로 휩싸여 있구나.
절규가 불타오르고, 뺨마다 눈물이 흐르며,
벽들이며 아름다운 가로장들에는 피가 흩뿌려져 있도다.
주랑도, 뜰도 흐릿한 에레보스를 향해 쇄도하는 혼백들로   355
가득 차 있으니, 헬리오스는 하늘에서 완전히 사라지고,
사악한 안개가 펼쳐져 있도다."

그가 이렇게 말하자, 구혼자들은 모두 그를 보며 유쾌하게 웃음을

터뜨렸고, 그들 사이에서 폴뤼보스의 아들 에우뤼마코스가 말문을 열었다.

　"얼마 전에 어딘가로부터 이리로 온 저 나그네는 정신이 나갔구나.　　　　360
젊은이들아, 어서 문을 열고 저분이 회의장으로 가시도록
집 밖으로 보내드려라. 저분에겐 여기가 밤 같으니 말이다."

그러자 이번에는 신과 같은 테오클뤼메노스가 그에게 말하였다.

　"에우뤼마코스, 내 너에게 길잡이들을 붙여달라고
명한 적 없다. 내게는 두 눈과, 두 귀와 두 발이 있고, 가슴속에는　　　　365
결코 부끄럽지 않게 마련된 분별력이 있으니 내 이것들을 써서
문을 열고 밖으로 나가마. 내 판단으로는 너희에게 재앙이
닥쳐오고 있다. 신과 맞먹는 오뒷세우스의 집 곳곳에서
사람들에게 주제넘게 굴며, 부러 흉계를 꾸미는 너희 구혼자들 중에서
그 재앙에서 도망치거나 피할 수 있는 자는 단 한 사람도 없다."　　　　370

그는 이렇게 말하고는 살기 좋은 집 밖으로 나가
페이라이오스의 집에 이르렀고, 페이라이오스는 그를 성의껏 맞아주었다.
한편, 모든 구혼자들은 서로가 서로를 바라보면서 텔레마코스를
도발하려고 그의 손님들을 웃음거리로 만드니, 인간 위에 서기를
자처하는 이 젊은이들 중 누군가는 이렇게 말하기도 했다.　　　　375

　"텔레마코스, 손님들에 관해서라면 너보다 더 곤란한
사람도 없지. 너는 어쩌다 저따위 뜨내기를 데리고 왔느냐?
빵과 포도주만 탐할 뿐, 일할 줄도 모르지, 힘도 없지, 이렇게
대지에 짐짝이나 되고 있지 않나. 또 다른 녀석은 예언을 한답시고
일어나더구나. 네가 내 말을 듣겠다면, 이렇게 하는 게　　　　380
훨씬 더 득이 될 거다. 노 저을 자리도 넉넉한 배에

저 나그네들을 던져 넣어 시켈리아 사람들에게 보내버리는 거다.
그러면 거기서 그들이 너에게 그만한 값을 쳐줄 테니까."

구혼자들이 이렇게까지 말하였으나, 그는 이 말에 신경조차 쓰지 않은 채
말없이 아버지를 응시하며 그가 파렴치한 구혼자들에게   385
두 주먹을 뻗을 순간만을 내내 기다리고 있었다.
한편 이카리오스의 딸, 더없이 지혜로운 페넬로페는
그들 맞은편에 더없이 아름다운 의자를 놓고
거실 안에 있는 남자들의 말 한 마디 한 마디를 듣고 있었다.
그들은 엄청나게 많은 짐승을 잡더니, 웃음을 터뜨려가며   390
달고 원기에 맞갖은 식사를 준비하기 시작했다.
그러나 여신과, 강력한 사나이가 금세 차려내게 될 만찬보다
더 꺼림칙한 만찬은 달리 있을 수조차 없었으니
당치도 않은 짓들을 먼저 꾀한 것은 그들이기 때문이다.

21권

한편, 빛나는 눈의 여신 아테네는 이카리오스의 딸,
더없이 지혜로운 페넬로페에게 살육의 시합을 시작하기 위해
구혼자들을 노리고 오뒷세우스의 궁전 안에 활과 잿빛 무쇠를
놓아두라고 그녀의 헤아림 속에 심어주었다.
그녀는 자기 집의 높다란 계단을 올라가   5
억센 손으로 잘 굽은 아름다운 청동 열쇠를 쥐니
손잡이에는 상아가 입혀져 있었다.
그녀는 시중드는 여인들을 데리고 맨 끝 방으로
걸음을 옮겼다. 그곳에는 청동에 황금이며, 게다가
갖은 공을 들여 만든 무쇠 같은 왕의 보물들이 놓여 있었다.   10
탄력 있는 활과, 살이 담긴 화살집도 그곳에 있었고,
신음을 안겨주는 화살들이 그 안에 많이 담겨 있었으니
이는 라케다이몬에서 그와 환대를 나누게 된 에우뤼토스의 아들,
죽음을 모르는 이들을 닮은 이피토스가 그에게 선물로 준 것이었다.

511

이 두 사람은 멧세네에 있는, 전투에 여념이 없는   15
오르틸로코스의 집에서 서로 마주쳤는데, 오뒷세우스는
모든 백성이 자신에게 지고 있던 막대한 빚 때문에 온 참이었다.
멧세네 사람들이 이타카에서 양 삼백 마리와 목자들을 잡아
노 저을 자리도 넉넉한 배들에 싣고 갔던 것이다.
이 일로 인해 오뒷세우스는 아직 어렸음에도 사절이 되어   20
먼 길을 온 것이니, 아버지와 다른 원로들이 그를 보냈던 것이다.
한편, 이피토스는 잃어버린 암말 열두 필과, 거기에 딸린,
노역을 잘 견디는 노새들을 찾으러 온 참이었다.
그러나 그 암말들이 결국 그에게 죽음과 운명의 몫이 되었으니
그가 제우스의 아들, 심지 굳은 남자이자 이 엄청난 짓을   25
함께했던 헤라클레스에게 갔을 때, 헤라클레스는 그가
손님임에도 불구하고 그를 자기 집에서 쳐 죽인 것이다.
이 무자비한 자는 신들의 보복도, 그들 곁에 차려진 식탁도
두려워하지 않았으니, 그를 죽이고 난 다음
튼튼한 발굽 달린 말들은 그가 직접 집 안에 붙들어두었다.   30
이피토스는 이 말들의 행방을 묻다가 오뒷세우스와 만나
활을 건네준 것이다. 이 활은, 예전에는 위대한 에우뤼토스가 들고
다니다가, 높다란 집에서 그가 죽을 때 자식에게 남긴 것이다.
오뒷세우스도 그에게 환대의 인연을 시작하는 의미에서
날 선 칼과 강력한 창을 주었으나, 이 두 사람은 식탁에서   35
서로를 알 기회조차 없었으니, 그러기도 전에 제우스의 아들이
에우뤼토스의 아들, 죽음을 모르는 이들을 닮은 이피토스를,
오뒷세우스에게 활을 준 그이를 죽였던 탓이다.

한편, 신과 같은 오뒷세우스는 검은 배들을 타고 전쟁터로 향할 때
이 활을 들고 가지 않았고, 환대를 나눈 벗에 대한 기념으로 이를   40
궁전 안에 놓아두었다. 그러나 그는 제 나라에서는 이를 들고 다녔다.

여인들 중에서도 여신과 같은 그녀가 방에 이르러
떡갈나무 문턱에 다가서니, 이는 전에 목수가
솜씨 있게 깎아가며 먹줄을 따라 곧게 만든 것이었고,
그 위에 문설주를 세운 다음 눈부신 문들을 달아두었다.   45
그녀는 곧바로 가죽끈을 문고리에서 빨리 풀어내더니
열쇠를 똑바로 겨누어 집어넣으며 문에서 빗장을 밀어내었다.
그러자 마치 초원에서 풀을 뜯는 황소가
큰 소리를 울리듯이, 아름다운 문들은 열쇠에 맞아
굉음을 울리며 재빨리 날개를 폈다.   50
그녀가 높다란 바닥에 오르자, 거기에는 궤짝들이 있었고
그 안에는 향기로운 옷들이 담겨 놓여 있었다.
그녀는 거기서 몸을 뻗어 고리에서 활을 감싸고 있는
눈부신 활집과 함께 활을 쥐어 들었다.
그녀는 그 자리에 앉아 이를 무릎 위에 올려놓고선   55
목 놓아 통곡하며 통치자의 활을 쥐었다.

마침내 그녀가 눈물 마르지 않을 통곡으로 기쁨을 누리고 나자
그녀는 거실을 향해 고상들도 한 구혼자들 사이로 걸음을 옮겼다.
그녀는 탄력 있는 활과, 살이 담긴 화살집을 손에 쥐고 있었으니,
신음을 안겨주는 화살이 그 안에 많이 담겨 있었다.   60
한편, 그녀와 함께 있던 시녀들은 상자를 날랐는데,

페넬로페, 구혼자들에게
활을 가져가다

————

페넬로페는 오뒷세우스의 활을 꺼내
오기 위해 열쇠를 '똑바로 겨누어' 빗장을
밀어낸다. 이제 곧 오뒷세우스도 화살을
'똑바로 겨누어'(21권 421행) 날려 도끼
구멍을 모조리 꿰뚫을 것이다.

제임스 니글, 에칭, 1805

그 안에는 통치자의 상품인 무쇠와 청동이 많이 들어 있었다.
여인들 중에서도 여신과 같은 그녀가 구혼자들에게 이르자
그녀는 빈틈없이 지어놓은 지붕 기둥 곁에 섰다.
그녀는 두 뺨 앞에 눈부신 면사포를 드리우고 있었고,
미더운 시녀가 각각 양편에 서 있었다.
그녀는 곧바로 구혼자들에게 말하기 시작했다.

   "내 말을 들어들 보아라, 거들먹대는 구혼자들아. 너희는
그분이 오랜 세월 떠나고 안 계시는 동안 언제까지고
들러붙어 먹고 마시려고 이 집에 쳐들어와 있지.
너희는 나를 아내로 삼아 결혼하려는 열망에 사로잡혔다는 것
말고는 다른 핑곗거리를 만들어낼 수는 없었다.
그래, 구혼자들아, 드디어 상품이 자태를 드러내고 있다.
나는 신과 같은 오뒷세우스의 거대한 활을 내놓으려 한다.
이 활을 손아귀에 쥐고 가장 쉽게 잡아당기고,
열두 개의 도끼를 모조리 꿰뚫는 사람을,
나는 따라가리라. 내가 시집온
이 지극히 아름답고 살림살이로 가득한
이 집을, 언제고 꿈에서도 떠올릴 이 집을 등지고서."

그녀는 이렇게 말하고는 신과 같은 돼지치기인 에우마이오스에게
구혼자들에게 활과 잿빛 무쇠를 가져다 놓으라고 명령하였다.
에우마이오스는 눈물을 흘리며 이를 받아 가져다 놓았고,
다른 자리에 있던 소치기도 주인의 활을 보자 통곡하였다.
그러자 안티노오스가 이들을 부르며 질책하였다.

   "어리석은 촌놈들, 오늘 일만 헤아리기에도 급급한 녀석들.

쓸모없는 녀석들. 너희 두 녀석은 어쩌자고 눈물이나 찔끔거리면서
안 그래도 사랑하는 남편을 잃고 그 심사가 고통 속에 놓인
마님의 가슴속 기백을 들쑤셔놓느냐?
너희는 잠자코 앉아 잔치를 즐기든지, 통곡을 할 거면
문을 열고 밖으로 나가버려라. 대신 활은 이 자리에 남겨두어   90
구혼자들에게 해롭지 않은 시합이 되게 하라. 모르긴 몰라도
윤기 도는 이 활을 잡아당기기는 어려울 거다.
여기 있는 모든 사람 중에, 왕년의 오뒷세우스 같은 사람은
단 한 명도 없으니까. 나는 그때 철부지 어린아이였다만
그를 직접 보았고, 아직도 기억하고 있지."   95

그가 이렇게 말은 했지만, 사실 그의 가슴속 기백은
자신이 활시위를 잡아당겨 무쇠를 꿰뚫기를 바라고 있었다.
하지만 흠잡을 데 없는 오뒷세우스의 손에서 날아간
화살을 맨 먼저 맛보게 되어 있는 자는, 동료들을 죄다 부추기며
궁전에 앉아 오뒷세우스를 모욕하던 바로 그 자신이었다.   100
그러자 그들 사이에서 텔레마코스의 신성한 힘이 말하기 시작했다.
  "아아, 이럴 수가. 크로노스의 아드님 제우스께서 나를 바보로 만드신 게
분명하오. 내 어머니가 지혜로운 분이긴 해도, 이 집에서 등을 돌려
다른 사람을 따라 떠나시겠다고 내게 말씀하시는데, 정작 나는 웃음이나
터뜨리고 이 어리석은 기백으로 희희낙락하고 있으니 말이오.   105
그래, 구혼자들이여, 드디어 상품이 자태를 드러내고 있소.
이런 여인은 아카이아 땅 어디에도 없다오.
신성한 퓔로스에도, 아르고스에도, 뮈케네에도 없고,
〈이곳 이타카에도, 검은 본토에도 없고말고.〉[109] 이건 당신네도

알고 있을 테니, 내가 어머니를 새삼스레 칭송할 필요도 없겠소. 110
자, 이제 변명 따위는 그만들 늘어놓고, 활을 잡아당기는 데에
등 돌리고 있지 마시오. 우리가 볼 수 있도록 말이오.
그리고 나 역시 이 활을 시험해보려 하오.
내 만일 이 활을 잡아당겨 화살로 저 무쇠를 꿰뚫는다면
공경하올 어머니께서 이 집을 떠나 다른 사람을 따라가시더라도 115
슬퍼하지 않을 거요. 아버지의 이 아름다운 상품을 들어 올릴 만한
그런 사람으로서 내가 뒤에 남게 될 테니까 말이오."

그러더니 그는 똑바로 일어나 두 어깨에서 검붉은 외투를
벗어놓았고, 날카로운 칼도 내려놓았다.
일단 그는 모두를 위해 먹줄을 따라 곧게 긴 홈 하나를 파더니 120
도끼들을 세우고 주변의 흙을 다져놓았다. 그러자 그가 정연하게
똑바로 세우는 것을 본 모든 사람을 경악이 사로잡았다.
이런 것을 그가 예전에 결코 본 적조차 없었기 때문이다.
그러더니 그는 문턱 위로 가서 활을 시험해보기 시작하였다.
세 차례나 그는 활을 흔들며 당겨보려고 몸부림쳤고 125
세 차례나 그는 활시위를 잡아당겨 무쇠를 꿰뚫기를 기백으로
바랐으나, 그의 힘은 빠져나갈 따름이었다. 그러다가 드디어
네 차례째 그는 힘으로 활을 잡아당길 뻔하였으나, 그의 열망에도
불구하고 오뒷세우스는 고개를 뒤로 젖히며 제지하였다.

그러자 그들 사이에서 텔레마코스의 신성한 힘이 말하기 시작했다. 130

---

109 이 행이 빠진 사본들도 있다.

"빌어먹을, 이제 나는 힘이라곤 없는 몹쓸 자로 남겠구려.
아니면 내가 아직 어려서 그런 거요? 누가 먼저 시비를 걸어오면
이 주먹으로 그를 물리칠 거라는 확신조차 없으니 말이오.
그건 그렇고, 이제 내 힘을 능가하는 당신들이 와서
이 활을 시험해보시오. 그리고 이 시합을 끝내기로 합시다."   135

그는 이렇게 말하고 제 몸에서 활을 바닥으로 내려놓더니
튼튼하게 짜 맞춘 매끈한 문짝에 기대놓았고,
그 자리에 빠른 화살 역시 아름답게 굽은 활을 향해 기대놓은 다음
자신이 일어선 의자로 돌아가서 앉았다.
그러나 그들 사이에서 에우페이테스의 아들 안티노오스가 말하였다.   140
  "전우들아, 오른쪽으로 돌아가며 모두 순서대로 일어나고,
시작은 포도주를 따르는 자리에서 하자꾸나."

안티노오스가 이렇게 말하자, 그의 말이 모두를 기쁘게 하였다.
맨 먼저 일어난 자는 오이놉스의 아들 레이오데스였고
그는 그들 사이에서 희생 제물을 맡곤 했으며, 아름다운 술동이 곁   145
구석 자리에 늘 앉아 있었다. 그리고 오로지 그 혼자 그들의
악행을 미워하며 모든 구혼자에게 분개하였다.
그런데 이때는 그가 맨 먼저 활과 빠른 화살을 들고 문턱 위에 올라서서
활을 시험해보게 된 것이다. 그러나 그는 활을 잡아당길 수 없었으니,
단련되지 않은 가냘픈 두 손이 당겨보기도 전에 지쳐버리고 만 것이다.   150
그러자 그가 구혼자들 사이에서 말하였다.
  "친구들아, 나는 당길 수가 없으니 다른 사람더러
활을 쥐게 하자. 이 활은 수많은 빼어난 자들의 기개와 목숨을

상하게 할 거다. 이것 때문에 우리가 매일매일 기대를 품고
이곳에 노상 둘러 모여 있는데, 살아서 헛손질하느니   155
차라리 죽는 편이 훨씬 낫고말고. 여전히 누군가는
오뒷세우스의 부인 페넬로페와 결혼하기를 속으로
갈망하고 있을 텐데, 일단 활을 시험해본 다음
결과를 보고 나서, 곱게 차려입은 아카이아 여인들 중
다른 누군가에게 선물을 바치며   160
청혼해보도록 하여라. 하지만 저 여인은 가장 많은 것을 가져오며
운명으로 정해진 자로 다가오는 이와 결혼하기를!"

그는 이렇게 말하고 제 몸에서 활을 바닥으로 내려놓더니
튼튼하게 짜 맞춘 매끈한 문짝에 기대놓았고,
그 자리에 빠른 화살 역시 아름답게 굽은 활을 향해 기대놓은 다음   165
자신이 일어선 의자로 돌아가서 앉았다.
그러자 안티노오스가 그의 이름을 부르며 나무라는 말로 이야기하였다.
　"레이오데스, 네 이[齒] 울타리를 빠져나온 그 말은 대체 무엇이냐!
두렵고도 고통스러운 그 말을 들으니 내가 분개할 수밖에.
고작 네가 활을 잡아당길 힘이 없다는 이유로   170
이 활이 우두머리들의 기백과 목숨에 근심을 안길 것이라니!
공경받을 네 어미가 너를 활과 화살을 당길 만한 그런 인물로
낳아주지 않은 것뿐이잖느냐.
너 말고 다른 고귀한 구혼자들은 재빨리 당길 수 있단 말이다."

그는 이렇게 말하더니 염소들을 먹이는 멜란티오스에게 명령하였다.   175
　"이리 와서 거실에 불을 피우거라, 멜란테우스.

그 옆에 의자를 가져다 놓고, 그 위에 커다란 양털을 한 장 깔거라.

집 안에 있는 비곗덩어리에서 큼직하고 둥근 녀석을 하나 가져오너라.

그러면 우리 젊은이들이 활을 데우고 비계를 발라

활을 시험해보고 이 시합을 마칠 수 있을 거다."   180

그가 이렇게 말하자 멜란티오스가 즉시 꺼질 줄 모르는 불을 피웠고

그 옆에는 의자를 가져다 놓은 다음, 위에 양털을 깔았고,

집 안에 있는 비곗덩어리에서 크고 둥근 것을 하나 가져왔다.

젊은이들은 이걸 가지고 활을 데우며 애써보았지만, 그들은

활을 당길 수가 없었다. 힘이 모자라도 한참 모자랐던 것이다.   185

한편 구혼자들의 우두머리들인 안티노오스와, 신을 닮은

에우뤼마코스는 아직 물러나 있었으니, 이들은 탁월함에서도 월등히

뛰어난 자들이었다. 한편, 다른 두 사람은 동시에 집 밖으로 나오니

이들은 신과 같은 오뒷세우스의 소치기와 돼지치기였다.

그러자 신과 같은 오뒷세우스도 이들을 따라 집 밖으로 나왔다.   190

이들이 뜰과 대문 밖으로 나오자,

그는 이 두 사람에게 점잖게 말을 건네었다.

  "소 치는 분이여, 그리고 그대, 돼지 치는 분이여, 내가 이 말씀을

드릴까요, 아니면 나 혼자 간직할까요? 하지만 기백이 나더러 말하라고

명령하는군요. 만일 오뒷세우스가 어딘가에서 그야말로 난데없이 온다면,   195

그렇게 어떤 신께서 그분을 데리고 오신다면, 그대들은 어떻게 오뒷세우스를

도울 겁니까? 구혼자들 편에서 거들겠습니까, 아니면 오뒷세우스 편에서?

그대들 심장과 기백이 명령하는 대로 말씀들 해보세요."

그러자 이번에는 소 떼를 돌보는 이가 그에게 말하였다.

"아버지 제우스시여, 부디 이 소원을 이루어주소서.   200
그분이 돌아오게 하소서, 신께서 그이를 이끌어주소서! 그러면 그대는
내 힘이 어떠하며 내 두 손이 어떻게 따라오는지 알게 될 겁니다."

에우마이오스 역시 이와 같이 더없이 지혜로운 오뒷세우스가
집으로 돌아오게 해달라며 모든 신들에게 기도하였다.
이렇게 그들의 판단을 틀림없이 알게 되자   205
그가 이번엔 이런 말로 그들에게 대답하며 말하였다.
  "그분은 이 안에 계신다. 바로 나다. 모진 고생을
숱하게 겪고 스무 해 만에 내가 고향 땅에 온 거란다.
하인들 중에서 오직 너희 두 사람만은 내가 오기를 간절히
바란다는 것을 나는 알고 있다. 다른 사람들 중에선 누구도   210
내가 되돌아와 집에 와 닿기를 기도하는 것을 듣지 못하였다.
너희 두 사람에게는 앞으로 일어날 일을 숨김없이 말해주마.
만일 신께서 나를 통해 저 고상들 하신 구혼자들을 제압해주시면
앞으로 나는 너희 둘 각각에게 아내와 재산을 가져다주고,
내 집 근처에 집들을 지어주마. 이후로 너희 둘은 내게   215
텔레마코스의 전우이자 형제가 될 것이다.
자, 너희 두 사람이 나를 잘 알아보고 기백에서 확신할 수 있도록
내가 명백한 증거를 또 하나 보여주마.
이 흉터다. 이것은 내가 아우톨뤼코스의 아드님들과 파르나소스에
갔을 적에 멧돼지가 흰 이빨로 나를 들이받아 생긴 것이지."   220

그는 이렇게 말하며 커다란 흉터에서 누더기를 걷어내었다.
그러자 이 두 사람도 그것을 보더니 하나같이 잘 알아보게 되었고

눈물을 흘리며 현명한 오뒷세우스에게 손을 뻗었다.
그들은 애정을 담아 그의 머리와 두 어깨에 입 맞추기 시작했고
오뒷세우스 역시 그렇게 그들의 머리와 손에 입을 맞추었다.   225
만일 오뒷세우스가 나서서 제지하며 이렇게 말하지만 않았어도
흐느끼던 그들 위로 헬리오스의 빛도 가라앉았을 것이다.

   "눈물과 통곡을 멈추어라. 행여 누가 거실에서
나오다가 이를 보고 안에 일러바치면 안 되니까.
한 사람씩 차례로 안으로 들어가다오, 한꺼번에 하지 말고.   230
맨 먼저 내가 들어갈 테니, 너희가 따라오너라. 그리고
이걸 신호로 삼도록 하자. 저 고상들 하신 구혼자들은 아무도
내게 활과 화살집이 주어지는 걸 허용하지 않을 거다.
그래도 너는, 신과 같은 에우마이오스, 활을 들고 집 안을 지나
내 두 손에 들려다오. 그리고 여인들에게는   235
빈틈없이 짜 맞춘 방문들을 잠그라고 일러두어라.
혹시 우리가 가둬둔 곳 안에서 사람들의 신음이나
요란한 소리가 들린다고 할지라도, 절대로 문을 열고 나오지 말고
그 자리에서 그저 잠자코 일하고 있으라고 해다오.
그리고 신과 같은 필로이티오스, 네게는 뜰의 대문을 빗장으로   240
걸어 잠근 다음, 재빨리 밧줄을 걸어두라고 명해두마."

그는 이렇게 말한 다음 살기 좋은 집 안으로 들어왔고
자신이 일어선 의자로 돌아가서 앉았다.
그러자 신과 같은 오뒷세우스의 두 하인도 안으로 들어왔다.
한편, 에우뤼마코스는 진작부터 이곳저곳을 불길에 데워가며   245
활을 다뤄보려 하고 있었다. 그러나 그는 활을 잡아당길 능력이

없었기에 의기양양한 심장으로 크게 탄식하곤 했다.
마침내 그는 심기가 거북해져 이렇게 말하였다.

"빌어먹을, 이건 나 자신에게도, 모두에게도 고통이로군.
내가 괴롭긴 해도, 결혼 때문에 이렇게 한탄하는 게 아니다.   250
아카이아의 여인들이라면 여기 바다에 갇힌 이타카에도 또
많이 있고, 다른 도시들에도 있으니까. 그게 아니라,
신과 맞먹는 오뒷세우스에 비하면 우리가 활을 잡아당길 수조차
없을 정도로, 그만큼이나 힘이 모자라기에 그렇다.
이건 후세들도 들어 알 만한 굴욕이 될 거란 말이다."   255

그러자 이번에는 에우페이토스의 아들 안티노오스가 말하였다.
"에우뤼마코스, 너도 알다시피 그렇게 되진 않을 거다.
지금 나라 곳곳에서 신의 신성한 축제가 열리고 있는 마당에,
누가 활 같은 걸 잡아당기려 하겠나? 그러니 너희도 잠자코
활을 내려놓아라. 도끼들도, 우리가 모두 세워둔 채 놔두어도   260
누가 라에르테스의 아들 오뒷세우스의 거실로 들어와서
이걸 집어 들고 갈 것 같진 않구나.
자, 이제 술 따르는 이는 헌주를 위해 잔에 담도록 해라.
우리가 헌주하고 나서 저 굽은 활을 내려놓을 수 있도록 말이다.
동이 트면 염소들을 먹이는 멜란티오스에게 일러서   265
모든 염소들 중에서 월등히 좋은 염소들을 데려오라고 명해다오.
그러면 우리는 활로 이름난 아폴론에게 사태 부위를 태워드리고 나서
활을 시험해보고 시합을 끝낼 것이다."

안티노오스가 이렇게 말하자, 그의 말이 모두를 기쁘게 하였다.

전령들은 그들의 손에 물을 부어주었고,

젊은이들은 술동이를 마실 것으로 가득히 채운 다음,

헌주를 위해 잔에 담아 모두에게 나누어주었다.

그들이 술을 바치고 기백이 원하는 만큼 마시고 나자

그들 사이에서 꾀 많은 오뒷세우스가 계략을 품고 말문을 열었다.

　"명성이 자자한 왕비님의 구혼자 여러분,

〈내 가슴속 기백이 내게 명하는 바를 말하려 하니〉[110] 들어들 보십시오.

나는 특히 에우뤼마코스와, 신을 닮은 안티노오스에게 간청합니다.

안티노오스가 지금은 활을 그대로 놔두고 신들에게 맡기자며

도리에 맞게 말했기 때문입니다.

동이 트면, 신께서 원하는 이에게 힘을 주시겠지요.

그래도 내게 윤기 도는 저 활을 가져와보세요. 그대들 사이에서

내가 이 두 손과 근력을 시험해보려고 합니다. 예전에 내

유연한 사지에 있었던 힘이 아직도 있는지, 아니면 방랑하며

돌보지 못해 사라져버렸는지 알고 싶군요."

그가 이렇게 말하자 모두들 도를 넘을 지경으로 격분하였으니

그가 행여 윤기 도는 활을 잡아당기지나 않을까 두려웠던 것이다.

안티노오스는 그를 부르더니 꾸짖어가며 말하였다.

　"이 쓸모없는 뜨내기 놈아, 네 안에는 지각머리가 조금도 없구나.

힘이 넘치는 우리 틈에 껴서 편안히 잔치를 즐기고,

네 몫의 음식을 빼앗긴 것도 아니면서, 우리 말씀과 이야기를

듣는 것만으로는 성에 차지 않는다는 것이냐? 그 어떤 나그네와

110　이 행이 빠진 사본들도 있다.

거지도 우리 이야기를 듣지 않는 자는 하나도 없다. 꿀처럼 달콤한
포도주가 너를 상하게 만든 게지. 하기야 포도주라는 것은 적당히 마시지 않고
입을 있는 대로 벌려가며 마셔대는 자들을 망쳐놓는 법이다.
이름난 켄타우로스인 에우뤼티온이 라피타이 사람들에게로 갔을 때,   295
그를 기개 넘치는 페이리토오스의 집에서 다치게 한 것도 포도주지.
그의 헤아림을 포도주가 흐려놓자, 그는 광기를 부리며
페이리토오스의 집 안 곳곳에서 몹쓸 짓들을 저지른 거다.
그러자 고통이 영웅들을 움켜쥐었고, 그들은 자리에서 뛰쳐나와
그를 주랑을 거쳐 문밖으로 끌고 나가 비정한 청동으로   300
귀와 코를 잘라버렸지. 그리고 그는 자기 헤아림이 망가진 채로
성치 못한 기백으로 맹목을 붙든 채 떠나간 거다.
켄타우로스들과 인간들의 다툼은 거기서부터 시작되었어.
그가 먼저 포도주에 거나해진 채로 몹쓸 짓을 찾아냈던 거지.
마찬가지로, 네놈이 활을 잡아당긴다면 네게도 엄청난 재앙이   305
있을 거라고 내 단언하마. 우리 백성들 중 누구도 너를 친절히
맞지 않을 것이며, 우리는 너를 검은 배에 태워, 죽게 마련인
모든 인간에게 해를 입히는 에케토스 왕에게로 보낼 것이다.
너도 거기서는 무사하지 못할 테지. 그러니 잠자코
술이나 마시거라. 더 젊은 사람들과 다투려 들지 말고!"   310

그러자 이번에는 더없이 지혜로운 페넬로페가 그에게 말하였다.
　"안티노오스, 이 집에 오게 된 텔레마코스의 손님을
괴롭히다니, 그건 불미스럽고 옳지 않은 것이다. 이 손님이
자신의 두 손과 힘을 믿고 오뒷세우스의 거대한 활을 잡아당기면
그가 나를 집으로 데려가 아내로 삼을 거라고 믿는 게냐?   315

그런 바람은 그 사람 스스로도 가슴속에 품지 않을 거다.
그러니 너희들 중 누구도 그 사람 탓에
기백으로 근심하지 말고 여기서 잔치나 벌이거라.
그건 터무니없이 어울리지 않는 일이니까."

그러자 이번에는 폴뤼보스의 아들 에우뤼마코스가 그녀에게 대답하였다.   320
　　"이카리오스의 따님, 더없이 지혜로운 페넬로페여,
저희도 저자가 당신을 데려갈 거라고 여기진 않습니다. 터무니없지요.
다만 저희는 남녀들의 소문이 남우세스러운 겁니다. 행여 저희보다
못난 어떤 아카이아 사람이 이렇게 말하지 않을까 싶어서요.
'훨씬 못한 자들이, 흠잡을 데 없는 남자의 부인에게   325
청혼은 한다만, 정작 저 매끈한 활을 당겨보지도 못하고,
떠돌아다니던 어떤 거지 하나가 오더니
손쉽게 활을 잡아당겨 무쇠를 관통하는군.'

누군가 이렇게 말할 테고, 그게 저희에게는 굴욕이 될 겁니다."

그러자 이번엔 더없이 지혜로운 페넬로페가 그에게 말하였다.   330
　　"에우뤼마코스, 가장 빼어난 남자의 살림을 모욕하며
먹어대는 자들이, 당최 무슨 수로 백성들 사이에서 어엿한 명성을
누린단 말인가? 또, 너희는 그걸 어째서 굴욕으로 여기느냐?
이 손님은 몹시 크고도 건장한 데다가, 자신이 훌륭한 아버지에게서
태어난 아들이라고 자부하고 있다. 자, 여러 말 말고   335
우리가 볼 수 있도록 윤기 도는 그 활을 저분께 드리거라.
이제 내가 하려는 말은 반드시 이루어질 것이다.

만일 저분이 활을 잡아당기고 아폴론이 그에게 명성을 주신다면,
나는 저분에게 외투며 통옷 같은 근사한 옷가지들을 입혀줄 것이며
사람들과 개 떼를 물리칠 수 있는 날카로운 투창과 양날 칼 한 자루를   340
드릴 것이다. 그리고 발에 신을 신발도 드려서 저분의 심장과 기백이
명하는 곳 어디로든 내가 저분을 보내드리겠다."

그러자 이번에는 지혜로운 텔레마코스가 그녀에게 말하였다.
   "내 어머니, 제가 원하는 사람에게 이 활을 주든, 거절하든
이 활에 대해서라면 저보다 더 큰 힘을 쥔 자는 아카이아인들 중   345
아무도 없습니다. 이 바위투성이 이타카를 거머쥔 자들 어느 누구라도,
말들이 풀을 뜯는 엘리스 앞 섬들을 거머쥔 자들 어느 누구라도요.
만에 하나 제가 저 손님에게 아예 저 활을 주어 가져가라고 할지라도,
제 뜻에 맞서 저를 강요할 수 있는 자는 아무도 없습니다.
이럴 게 아니라 집 안으로 들어가서 어머니의 일을 돌보도록 하시지요.   350
물레질과 집안일로 살뜰히 움직이시고, 시녀들에게도 맡은 일에 힘쓰도록
일러두세요. 활이야 모든 남자들의 관심사이지만, 특히 제가 가장
신경 쓸 겁니다. 이 집안을 다스리는 힘은 바로 제게 있으니까요."

그러자 그녀는 소스라치게 놀라며 도로 집 안으로 들어갔으니,
자식의 지혜로운 이야기를 기백에 새겨 넣었던 것이다.   355
그녀는 시중드는 여인들과 함께 위층으로 올라가더니
사랑하는 남편 오뒷세우스를 두고 통곡하기 시작했다,
빛나는 눈의 아테네가 눈꺼풀 위에 달콤한 잠을 던져줄 때까지.

한편, 신과 같은 돼지치기가 굽은 활을 쥐고 들고 가자, 궁전 안에 있던

모든 구혼자가 일제히 야유를 퍼부었으니, 인간 위에 서기를   360
자처하는 이 젊은이들 중 누군가는 이렇게 말하기도 했다.

　"대체 그 굽은 활을 어디로 나르는 게냐, 갈 길도 못 찾는
이 빌어먹을 돼지치기야! 만일 아폴론과, 죽음을 모르는 다른 신들이
우리에게 너그럽게만 해주신다면, 너는 금세 인간들로부터 멀리 떨어져
네가 기른 재빠른 개 떼가 너를 뜯어 먹게 될 거다."   365

그들이 이렇게 말하자 그는 그만 겁에 질려 들고 가던 활을 바닥에
내려놓았다. 궁전 안에서 많은 자가 일제히 야유를 퍼부었기 때문이다.
그러나 반대편에 있던 텔레마코스가 그를 윽박지르며 소리쳤다.

　"아저씨, 활을 앞으로 들고 가세요. 저들 모두의 말을 따르다간
금세 좋지 않은 꼴이 납니다. 내가 더 어리긴 해도 바윗덩어리들을   370
던져서 아저씨를 들판으로 쫓아내는 일은 없어야지요. 완력이라면
내가 더 낫습니다. 내가 이 집 곳곳에 있는 구혼자들 전부를 합친 것보다
주먹과 완력이 더 강하다면 얼마나 좋을까요. 그렇게만 된다면
내가 몇 명이라도 재빨리 우리 집 밖으로, 처절할 지경으로 내보내
돌려보낼 텐데요. 저자들이 몹쓸 짓을 꾀하고 있으니까요."   375

그가 이렇게 말하자, 구혼자들은 모두 그를 보며 유쾌하게 웃음을
터뜨리더니, 텔레마코스에게 가혹하게 화를 내던 것을 멈추었다.
한편, 활은 돼지치기가 집 안을 지나 들고 가더니,
전투에 여념이 없는 오뒷세우스의 곁에 서서 그의 두 손에 들려주었고,
유모 에우뤼클레이아를 부르며 말하였다.   380

　"더없이 지혜로운 에우뤼클레이아, 텔레마코스가 그대더러
치밀하게 짜 맞춘 방문들을 잠그라고 분부한답니다.

혹시 우리가 가둬둔 곳 안에서 사람들의 신음이나 요란한 소리가

들린다고 할지라도, 절대로 문을 열고 나오지 말고

그 자리에서 그저 잠자코 일하고 계시랍니다.”   385

그가 이렇게 소리 내어 말하자, 그녀의 말에는 날개가 돋치지 못했다.

그리고 그녀는 살기 좋은 방의 문들을 잠가두었다.

필로이티오스는 말없이 집 문밖으로 뛰어나가더니

울타리를 잘 두른 뜰의 대문에 빗장을 걸었다.

주랑에는 양 끝이 휜 배에서 쓰는, 파퓌로스로 만든 삭구(索具)가   390

놓여 있었는데, 그는 이것으로 대문을 묶어버린 다음, 다시 안으로

들어가 자신이 일어선 의자로 돌아가, 오뒷세우스를

바라보며 앉았다. 그는 이미 활을 구석구석 돌려보며,

주인이 떠나 없던 동안 혹시 벌레가 뿔을 갉아먹지 않았나 싶어

이곳저곳을 시험해보며 다루고 있었다.   395

그러자 누군가는 곁에 있는 사람을 보며 이렇게 말하기도 했다.

  “저 녀석은 저 활을 염탐하는 도둑놈이 틀림없고말고.

분명 저놈은 저런 활을 자기 집에 놓아두었든지, 아니면

작정하고 하나를 만들 셈인가 보다. 꼭 그렇게 손에서

이리저리 돌려보고 있구나, 흉악한 짓에 능통한 저 떠돌이가!”   400

인간 위에 서기를 자처하는 이 젊은이들 중 누군가는 이렇게 말하기도 했다.

  “저 녀석이 저 활을 당길 수 있을 정도만큼의

이득만 보게 되어도 좋을 성싶구나.”

구혼자들은 이렇게 말하고 있었다. 한편, 꾀 많은 오뒷세우스는

주저 없이 거대한 활을 집어 들더니 구석구석을 살펴보았다.   405

마치 수금과 노래에 정통한 어떤 사람이

양의 내장을 잘 꼬아 만든 현을 새 줄감개에

쉽게 걸어 당겨 양쪽 끝에 단단히 고정해놓듯이,

오뒷세우스는 무슨 수고랄 것도 없이 그 거대한 활을 잡아당겼다.

그가 오른손으로 활시위를 쥐고 시험해보자   410

시위가 곱게 노래하니, 마치 제비의 지저귐과도 같았다.

그러자 구혼자들에게는 극심한 고통이 일었고, 그들의 낯빛도

모조리 바뀌었다. 그러자 제우스가 엄청난 벼락을 내리쳐 징조를 드러내니,

잘 참고 견디는, 신과 같은 오뒷세우스는 자신에게

크로노스의 교활한 아들이 전조를 던져주는 것이 기쁘도록 반가웠다.   415

그는 식탁 위에 나온 채로 놓여 있던 빠른 화살을 집어 들었다.

다른 화살들은 속이 빈 화살집 안에 놓여 있었으니,

아카이아인들은 이 화살들을 곧 시험해보게 되어 있었다.

그는 그 화살을 활줌통 위에 얹더니, 그 자리에서

의자에 앉은 채로 화살 오늬와 활시위를 같이 잡고   420

화살을 똑바로 겨누어 날려 보냈다.

그러자 청동으로 묵직해진 화살은 어떤 도끼 구멍 하나도 빗나가지 않고

모조리 꿰뚫고 나갔다. 그러자 그는 텔레마코스에게 말하였다.

　　"텔레마코스여, 궁전에 앉아 있는 이 손님이 당신을 부끄럽게 만들진

않았군요. 나는 과녁을 놓치지도 않았고, 활을 당기느라   425

오래 진을 빼지도 않았답니다. 구혼자들이 나를 업신여기며

조롱하던 것과는 달리, 내겐 여전히 든든한 기운이 있어요.

아직은 볕이 있는 지금, 아카이아인들을 위해 저녁 식사를

마련해드려야 할 시간입니다. 그러고 나서 춤과 수금으로

즐겨보도록 하지요. 잔치의 절정이란 그런 것들이니까요." 430

그가 이렇게 말하며 눈썹을 까닥이자, 신과 같은 오뒷세우스의
친아들 텔레마코스는 날카로운 칼을 둘러멘 다음,
손에는 창을 움켜쥔 채 팔걸이의자 곁에서 그와 가까이
붙어 서니, 이미 빛나는 청동으로 무장하고 있었다.

22권

한편 꾀 많은 오뒷세우스는 누더기를 벗어 던지더니
화살들로 가득 찬 화살집과 활을 들고
커다란 문턱 위로 뛰어올라 제 발 앞에 화살들을
재빨리 쏟아부으며 구혼자들 사이에서 말하였다.
　"해롭지 않았던 이 시합은 끝났다. 이제 나는　　　　　　　5
어떤 사람도 쏘아 맞힌 적 없는, 다른 표적을 알아보련다. 만일 내가
맞히게 된다면, 아폴론께서 내게 자랑거리를 주시지 않을까 싶구나."

그러더니 그는 날카로운 화살로 안티노오스를 똑바로 겨누었다.
그자는 손잡이가 둘 달린 아름다운 황금 잔을 들어 올리려던 참이었고
포도주를 마시려고 두 손을 움직이고 있었을 뿐, 그는 속으로　　　10
죽음에 대해서는 조금도 신경 쓰지 못하고 있었다.
많은 사람 가운데 단 한 명이, 설령 그가 아무리 강력하기로서니,
그들에게 흉악한 죽음과, 새카만 죽음의 여신을 마련해줄 줄이야

잔치를 즐기던 자들 중에서 과연 누가 예감할 수 있었으랴.

그러나 오뒷세우스가 그의 목젖 아래를 향하여 15

화살을 쏘아 맞히자, 화살촉은 그의 부드러운 목을 지나

반대편을 뚫고 나왔다. 화살에 맞은 그는 한쪽으로 기울어지더니,

손에서 잔을 떨어뜨렸고, 그 즉시 사람의 피가 콧구멍에서

두텁게 솟아 나왔다. 그가 발로 그의 식탁을 걷어찬 것도

순식간이었고, 음식은 땅바닥으로 쏟아지니 20

빵과 고기구이가 더럽혀지고 말았다.

이 남자가 쓰러지는 것을 본 구혼자들은

팔걸이의자들로부터 뛰어올라 온 집 안에서 소란을 피우더니

잘 지어놓은 벽들을 사방으로 훑어보며 온 집 안을 들쑤시고 다녔다.

그러나 그들이 쥘 수 있는 방패와 강력한 창은 어디에도 없었다. 25

그러자 그들은 노기 서린 말로 오뒷세우스를 꾸짖었다.

　"나그네여, 사악하게도 사람에게 활을 쏘다니! 다른 시합에는

네가 더 이상 나가지 못하리라. 이제 네게 분명 가파른 파멸이 있으니까.

게다가 너는 지금 이타카의 젊은이들 중 더없이 뛰어난 사람을 죽였다.

그러니 너는 여기에서 독수리 떼가 먹어치우게 될 거다." 30

그들 각자는 이렇게 말하곤 했으니, 그가 의도치 않게

사람을 죽인 거라고만 여겼던 것이다. 진정 그들 모두에게

파멸의 밧줄이 걸려 있음을 이 철부지들은 깨닫지 못했던 것이다.

그러자 꾀 많은 오뒷세우스는 눈을 치켜뜨며 그들에게 말하였다.

　"개 같은 놈들, 너희는 내가 트로이아인들의 나라로부터 35

다시는 집으로 돌아오지 못할 거라 지껄여대며

내 가산을 탕진하였고, 시중드는 여인들을 겁탈하였으며

내가 살아 있는데도 내 아내에게 구혼하였다.

너희는 너른 하늘을 차지하고 계신 신들을 두려워하지 않았고

훗날에 있을 사람들의 비난도 두려워하지 않았다.   40

이제는 너희 모두에게 파멸의 밧줄이 걸려 있다."

그가 이렇게 말하자, 창백한 공포가 그들 모두를 움켜쥐었고

〈그들 각자는 가파른 파멸을 어떻게 피할 수 있을지 뒤훑어보았으나〉[111]

오로지 에우뤼마코스만이 그에게 대답하며 말하였다.

　"만일 당신이 이타카 사람 오뒷세우스로 오신 거라면   45

아카이아인들이 궁전에서, 또 들판에서 저지른 수많은 악행에 대해

그렇게 말씀하시는 것도 당연합니다. 그러나 그 모든 것의 탓이 된 자는

이미 널브러져 있습니다, 안티노오스이지요. 이런 일들이 일어나도록

획책한 건 바로 그자입니다. 그자는 결혼 같은 것은 그다지 원하지도,

몸 달아하지도 않았고, 다만 다른 것에 신경 썼지요. 그러나   50

크로노스의 아드님께서 그걸 이뤄주시진 않았습니다. 말하자면,

그자는 매복을 펼쳐 그대의 아드님을 잡아 죽인 다음, 잘 지어놓은

이타카의 나라 전체에서 왕 노릇을 하려던 겁니다. 하지만 지금은

그자도 운명의 몫에 맞게 살해당했으니, 그대는 그대의 백성들을

살려주십시오. 그대의 궁전에서 저희가 퍼마시고 먹은 것들은   55

전부 저희가 나중에 온 백성들에게서 메워놓겠습니다.

저희는 한 사람마다 황소 스무 마리에 값하는 몫을 가져오겠습니다.

그대의 심장에 온기가 돌 때까지 청동과 황금도 드리고말고요.

그때까지는 당신이 화를 내신다고 해도 분개할 일이 아닙니다."

111　이 행이 빠진 사본들도 있다.

그러자 꾀 많은 오뒷세우스는 눈을 치켜뜨며 그에게 말하였다.   60

　"에우뤼마코스, 네놈들이 아비의 유산을 모조리 내게 준다 한들,

그리고 너희가 가진 것들 전부에 또 다른 것을 얹어준다 한들,

모든 구혼자들이 주제넘은 짓에 대해 값을 치르기 전까지는,

살육에서 이 두 손을 멈추게 할 수는 없다. 나와 맞서 싸우느냐,

아니면 도망치느냐는 문제는 이제 너희에게 놓여 있다.   65

죽음과 운명의 뭇들을 피해 달아날 자가 있다면 말이다.

그러나 내 보기에 가파른 파멸을 피할 수 있는 녀석은 아무도 없구나."

그가 이렇게 말하자, 그 자리에서 그들의 무릎과 심장이 풀려버렸다.

그러자 그들 사이에서 에우뤼마코스가 재차 이렇게 말하였다.

　"친구들아, 저놈은 대적할 길 없는 저 두 주먹을   70

멈추지 않을 셈이다. 게다가 윤기 도는 활과 화살집까지

손에 넣었으니, 우리를 모두 죽일 때까지 매끈한 문턱 위에서

화살을 날리겠지. 우리도 전의(戰意)를 떠올려보자꾸나.

너희는 칼을 빼 들고, 때 이른 운명을 부르는 화살들에 맞서 식탁을

집어 들어라. 그리고 우리는 모두 한 덩어리가 되어 저놈에게   75

달려들자꾸나. 우리가 저놈을 문턱과 문에서 밀쳐내고 나면,

우리는 시내로 갈 것이고, 그러면 금세 함성이 일어나게 될 거다.

그러면 저 녀석도 이제 금세 마지막 활을 쏘게 되겠지."

그는 이렇게 말하더니 날카로운 양날 청동 칼을 뽑아 들고선

무시무시하게 고함을 치며 그를 향해 뛰어들었다.   80

한편, 신과 같은 오뒷세우스는 그와 동시에 화살을 쏘아 날려

그의 젖꼭지 언저리 가슴을 맞혔고, 빠른 화살을 그의 간에
꽂아 넣었다. 그러자 그는 칼을 손에서 땅바닥으로 떨어뜨렸고,
사지를 뻗더니 식탁 위로 몸을 기울이며 고꾸라지고 말았다.
음식도, 손잡이가 둘 달린 잔도 바닥으로 쏟아졌고,   85
그는 기백으로 고통스러워하며 이마로 땅을 내리찧더니,
두 발꿈치로 팔걸이의자를 걷어찼다.
그러자 그의 두 눈에 안개가 쏟아져 내렸다.

한편, 암피노모스는 날카로운 칼을 뽑더니,
혹시 그가 문가에서 물러날까 싶어,   90
영광스러운 오뒷세우스에게 정면으로 달려들었다.
그러나 그에게는 텔레마코스가 다가와 뒤에서 청동이 달린 창으로
두 어깨 사이 한복판을 찔렀고, 가슴을 뚫고 나올 때까지 밀어 넣었다.
그는 둔중한 소리를 일으키며 쓰러졌고, 온 이마로 땅을 내리찧었다.
한편, 텔레마코스는 그림자 길게 드리우는 창을 암피노모스에게   95
박아둔 채로 남겨두고 뒤로 뛰어올랐으니, 그림자 길게 드리우는 창을
뽑아내는 자신에게 아카이아인들 중 누군가가 칼을 들고 덤벼들까 봐,
아니면 고개를 숙이고 있을 때 자신을 찌를까 봐 몹시 두려웠던 것이다.
그가 달려가 몹시 빠르게 친아버지에게 이르자
가까이 다가서서 날개 돋친 말을 건네었다.   100
    "아버지, 이제 제가 방패 하나와 창 두 자루, 그리고
온통 청동으로 된, 관자놀이에 잘 들어맞는 투구 하나를 가져다드릴게요.
저 역시 가서 무구를 두를 것이며, 다른 무구들은 돼지치기와
소치기에게 주겠습니다. 무장을 갖추는 편이 나으니까요."

536

그러자 꾀 많은 오뒷세우스가 그에게 대답하였다.   105

　"뛰어가서 가져오너라. 내게 아직 막아낼 화살들이 있는
동안만은, 저들이 혼자인 나를 문에서 밀어내지 못하기만을!"

그가 이렇게 말하자, 텔레마코스는 친아버지의 말을 따라
이름난 무구들이 놓여 있는 방으로 걸음을 옮겼다.
거기서 그는 방패 넷과 창 여덟 자루, 그리고   110
말총 장식이 달린 청동 투구 넷을 집어 들더니
이를 들고 몹시 빠르게 친아버지에게로 이르러
자신이 먼저 살갗을 둘러 청동 속으로 잠겨 들어갔고
똑같이 두 하인들도 아름다운 무구 속으로 잠겨 들어가더니
전투에 여념 없는, 허다한 계책에 밝은 오뒷세우스를 에워싸고 섰다.   115
한편 오뒷세우스는 아직 막아낼 화살들이 있는 동안은
집 안에 있는 구혼자들을 여전히 한 명씩 겨누어 쏘아 맞혔고
그들은 무더기째 쓰러져 나갔다.
그러나 화살을 쏘는 왕에게서 화살이 다 떨어지자,
그는 잘 지어놓은 거실의 기둥을 향해,   120
찬란한 빛을 뿜는 벽의 정면에 활을 기대놓았다.
그는 두 어깨에 네 겹으로 된 방패를 얹었고,
굳센 머리 위에 말총으로 장식된 잘 만든 투구를 쓰니
갈기가 위에서부터 무시무시하게 흘러내렸다.
그는 청동이 달린 강력한 창 두 자루를 집어 들었다.   125

한편, 잘 지어놓은 벽에는 샛문이 하나 있었는데
복도로 나가는 길인 그 문은 잘 지어놓은 거실 바닥으로부터

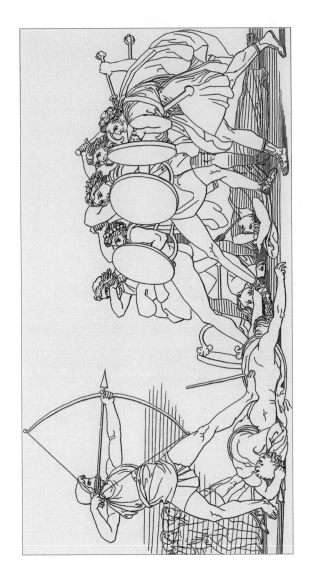

오뒷세우스,
구혼자들을 살육하다

————

구혼자들이 추구하는 것은,
오뒷세우스가 부정하는 모든 것이다.
구혼자들에게는 마치 신과 같이
자신만의 세상을 가질 수 있다는
확고한 믿음이 있다. 그들은 도를
넘어선 욕망을 구현하기 위해, 인간
조건의 연약함과 한계를 인정하기를
거부해왔다. 우리는 오뒷세우스가
칼륍소를 떠나오면서 인간 조건을
영웅적으로 수락하는 것을 보았고,
지금은 그 삶이 너무 수월하던 탓에
파멸을 맞는 구혼자들을 본다.
오뒷세우스와 구혼자들 사이의
대결은 단순히 아내와 왕권, 재산을
놓고 벌이는 싸움이 아니라, 양립과
타협이 불가능한 두 가치의 충돌이다.
어느 한쪽이 소멸될 때까지는 끝날 수
없는 투쟁이다.

제임스 니글, 에칭, 1805

꽤 높은 곳에 달려 있었고 잘 짜 맞춘 문짝들로 닫혀 있었다.

오뒷세우스는 신과 같은 돼지치기에게 그 문에 가까이 서서 예의 주시하라고

명령하였으니, 그곳으로 공격할 수 있는 접근로는 오직 하나였다. 130

그들 사이에서 아겔라오스가 모두를 향하여 이렇게 말하였다.

　"친구들, 누구라도 좋으니 저 샛문으로 올라가

백성들에게 말하여 최대한 빨리 함성이 일어나게끔 해다오.

그러면 저 녀석도 이제 금세 마지막 활을 쏘게 되겠지."

그러자 이번엔 염소들을 먹이는 멜란티오스가 말하였다. 135

　"제우스께서 기르신 아겔라오스여, 그렇게는 안 됩니다.

저 아름다운 문들은 뜰과 끔찍이도 가까운 데다가, 복도의 입구는

지나가기가 힘듭니다. 용맹한 사람이라면 혼자서도 많은 이들을 막아낼 수

있으니까요. 그러지 말고 이렇게 하지요. 그대들이 무장을 갖출 수 있도록

제가 방에서 무구들을 가져오렵니다. 제 짐작에는 오뒷세우스와 그의 140

눈부신 아들이 거기 말고 다른 곳에 무장을 두었을 리 없습니다."

염소들을 먹이는 멜란티오스는 이렇게 말하더니

거실의 틈새를 지나 오뒷세우스의 방으로 올라갔다.

거기서 그는 방패 열둘을 집어 들었고, 역시 그만큼의 창과

말총 장식이 달린 청동 투구 그만큼을 집어 들었다. 145

그는 걸음을 옮겨 아주 신속하게 구혼자들에게 가져다주니,

그들이 무장을 몸에 두르고 손으로 긴 창을 휘두르는 걸 보자

오뒷세우스의 두 무릎과 심장이 풀어지고 말았다.

그에게 커다란 노역이 모습을 드러낸 것이다.

그는 즉시 텔레마코스에게 날개 돋친 말을 건네었다. 150

"텔레마코스, 분명히 이 거실 안에서 여인들 중 누군가가
우리 둘에게 사악한 전쟁을 부추기고 있는 거다. 아니면 멜란테우스일 수도!"

그러자 이번에는 지혜로운 텔레마코스가 그에게 대답하였다.
"아버지, 이건 바로 제 착오입니다. 다른 사람의 탓이
아닙니다. 제가 빈틈없이 짜 맞춘 방문을 밀어둔 채로 놔두고 와서   155
그렇습니다. 그리고 저자들의 파수꾼이 더 나았던 겁니다.
자, 신과 같은 에우마이오스, 그대가 가세요. 가서 방문을 닫아두고
이것이 어떤 여인이 저지른 짓인지, 아니면 내 짐작대로
돌리오스의 아들 멜란테우스의 짓인지 알아봐주세요."

이들은 이런 말을 서로 주고받고 있었고,   160
염소들을 먹이는 멜란티오스가 다시 한번 아름다운 무구들을
가지러 왔다. 그러자 신과 같은 돼지치기가 이를 알아차리고는
곧바로 오뒷세우스에게 가까이 가서 말하였다.
"제우스께서 기르신 이, 라에르테스의 아드님, 허다한 계책에 밝은
오뒷세우스여, 우리가 짐작하고 있던, 파멸을 부르는 바로 그자가   165
방 안으로 들어왔습니다. 그대는 제게 틀림없이 말씀해주십시오.
제가 그자보다 강력하다면 그자를 쳐 죽여야 할지,
아니면 그자가 당신의 집에서 꾀했던 도를 넘는 수많은 짓거리에 대해
값을 치르도록 이리로 그대에게 끌고 와야 할지를요."

그러자 꾀 많은 오뒷세우스가 그에게 대답하며 말하였다.   170
"저 고상들도 하신 구혼자들이 아무리
기를 쓴다 하더라도, 저들은 나와 텔레마코스가 거실 안에

반드시 잡아둘 거다. 너희 둘은 그놈의 손과 발을 뒤로 꺾은 다음에

방 안에 던져놓아라. 등 뒤에는 널빤지를 대고,

꼬아놓은 밧줄로 그 녀석을 묶은 다음,　　　　　　　　　　　　175

높다란 기둥을 따라 서까래들 근처까지 끌어 올리거라.

그러면 그 녀석은 목숨은 붙은 채로 오랫동안 심한 고통을 당할 거다."

그가 이렇게 말하자 그들은 그의 말을 귀담아듣고 순종하였다.

그들은 방 안으로 걸음을 옮겼으나, 안에 있던 그자의 눈길을 피하였다.

그자는 방 한구석에서 무구들을 찾고 있었고　　　　　　　　　180

이 두 사람은 문설주 각각 한쪽에 서서 기다리고 있었다.

그러다가 염소들을 먹이는 멜란티오스가 문턱을 넘어가려 할 때였다.

그자는 한 손에는 아름다운 투구를 들고, 또 한 손에는

먼지로 뒤덮인, 영웅 라에르테스가 젊은 시절 들고 다니곤 했던

오래된 넓은 방패를 들고 있었으니, 그 방패는 이미　　　　　185

가죽끈의 솔기가 해어진 채로 거기 놓여 있었다.

그때 이 두 사람이 덤벼들어 그자를 붙들었고, 그의 머리채를

잡아당겼다. 그들은 심장으로 괴로워하는 그자를 땅바닥에 내던지고선

그의 두 손과 두 발을 완전히 뒤로 꺾은 다음, 기백을 고통스럽게 하는

끈으로 철저하게 묶어놓으니, 이는 〈라에르테스의 아들,　　　　190

잘 참고 견디는, 신과 같은 오뒷세우스가〉[112] 명한 바대로였다.

그런 다음, 그들은 꼬아놓은 밧줄로 그자를 묶고선

높다란 기둥을 따라 서까래들 근처까지 끌어 올렸다.

그러자 그대는 그를 조롱하며 말하는구나, 돼지치기 에우마이오스여.

112　이 행이 빠진 사본들도 있다.

"멜란티오스, 정말이지 이제야말로 너는 너와 잘 어울리게도

이 부드러운 침대에 누워 밤새 실컷 파수를 보겠구나. 이른 나절 태어난

황금 보좌의 여신조차도 네 눈을 피해 오케아노스의 흐름으로부터

솟아나진 못하겠구나. 잔칫거리를 마련하도록 네가 구혼자들을 위해

염소들을 집으로 몰고 가는 그 시간에 말이다."

그렇게 그는 파멸의 사슬에 잡아당겨진 채로 그곳에 내버려졌다.

그 두 사람은 무구 속으로 잠겨 들어가더니 눈부신 문을 밀어젖히고

전투에 여념 없는, 허다한 계책에 밝은 오뒷세우스에게로 왔다.

이 네 사람은 기백을 담아 호흡하며 문턱 위에 올라섰고,

집 안에는 어엿한 그자들이 아직 많이 있었다.

그러자 제우스의 딸 아테네가 그들 곁으로 가까이 다가왔으니

그 체격도, 음성도 멘토르로 보였다.

오뒷세우스는 그녀를 보고 반가워하더니 이렇게 말하였다.

"멘토르, 그대는 사랑하는 전우를 기억하고 파멸을 막아주시오.

나는 그대에게 좋은 일도 여러 번 하였고, 그대는 나와 나이도 같잖소."

그는 그가 군사들을 격동시키는 아테네일 거라는 예감이 들어

이렇게 말하였다. 한편, 구혼자들은 거실 맞은편에서 고함을 쳐대었고

그중에서 다마스토르의 아들 아겔라오스가 먼저 그녀를 헐뜯었다.

"멘토르, 오뒷세우스의 말 몇 마디에 네가 넘어가

그를 막아주고 구혼자들과 맞서 싸워서는 안 된다.

이 일은 우리들의 판단대로 반드시 이루어질 텐데,

저 아비와 아들을 우리가 죽이게 되면, 너 역시 저들 틈에서

죽게 될 거다. 네가 이 궁전 안에서 하려 들었던 짓이

195

200

205

210

215

542

있으니까. 그건 네가 네 머리로 값을 치르게 될 거다.
우리가 청동으로 네놈들의 힘을 빼앗고 나면,
집 안에 있는 것이든, 밖에 있는 것이든 우리는 네게 있는 재산을   220
모조리 오뒷세우스의 재산과 섞어버릴 테다. 네 아들들은
집 안에서 목숨을 이어가는 것조차 허락하지 않을 테고, 네 딸들과
살뜰한 아내는 이타카 시내에서 돌아다니지 못하게 해주마."

그가 이렇게 말하자, 아테네는 심장에서부터 더더욱 격분하더니
노기 서린 말들로 오뒷세우스를 꾸짖었다.   225
　"오뒷세우스, 그대에게는 이제 더 이상 예전 같은 굳건한 기운도,
무슨 용기랄 것도 없구려. 그때 그대는 훌륭한 아비를 둔 뽀얀 팔의
헬레네를 둘러싸고 구 년 동안이나 쉬지 않고 항상 트로이아인들과 싸웠고,
그 끔찍한 전쟁에서 수많은 남자를 죽였으며
널찍한 길이 난 프리아모스의 도시도 그대의 계책으로 함락되었소.   230
그런데 지금 그대는 그대의 재산과 그대의 집으로 와 있는데도
어떻게 된 것인지 구혼자들에게 맞서 용맹해지는 일에 탄식이나 하고 있다니!
자, 이리로 오시오, 친구여, 내 곁에 서서 내가 하는 일을 보오.
그러면 알키모스의 아들 멘토르가 적의를 품은 저 사내들 속에서
은덕을 어떻게 보답하는지 그대도 보게 될 거요."   235

그러나 그녀는 그에게 완전히 승세를 기울여주지는 않은 채
오뒷세우스와 그의 영광스러운 아들의
가슴과 용맹을 여전히 시험해보려 하였다.
그녀는 제비의 모습을 하고는
연기에 그을린 거실 위로 날아가 대들보 위에 앉았다.   240

한편, 다마스토르의 아들 아겔라오스는 구혼자들을 부추겼고,
에우뤼노모스와 암피메돈, 그리고 데모프톨레모스, 또 폴뤽토르의 아들
페이산드로스, 그리고 전투에 여념 없는 폴뤼보스 역시 그렇게 하였다.
이들은 여전히 살아남아 목숨을 걸고 싸우고 있던
구혼자들 중 탁월함이 월등히 뛰어난 우두머리들이었고,   245
다른 이들은 활과, 빼곡히 늘어선 화살들에 이미 제압되고 말았다.
그들 사이에서 아겔라오스가 모두를 향하여 이렇게 말하였다.

　　"친구들아, 이제 저놈도 저 대적할 길 없는 두 손을
멈추게 될 거다. 멘토르도 공연한 허세나 부리다가 가버렸고
저 녀석들만 문 앞에 남아 있단 말이다.   250
그러니 이제 긴 창들을 한꺼번에 모두 던지지 말고,
자, 너희들 여섯 명이 일단 던져 날리는 거다. 혹시 제우스께서
오뒷세우스를 맞히게 해주시고 영예를 들어 올리게 해주실 수도
있는 거니까. 저놈만 쓰러진다면, 다른 녀석들은 근심거리도 못 된다."

그가 이렇게 말하자, 그가 명령한 바대로 그들 모두가 열망하며   255
날카로운 창들을 던졌으나, 아테네는 이를 모조리 부질없이 만들어놓았다.
그들 중 어떤 자는 잘 지어놓은 거실의 기둥에 던지는가 하면
어떤 이는 잘 짜 맞추어놓은 문을 맞히기도 하였다. 또 어떤 자가 날린,
청동으로 묵직해진 물푸레나무 창은 벽을 맞고 떨어졌다.
한편 잘 참고 견디는, 신과 같은 오뒷세우스는 구혼자들의 창들을   260
피하고 나자, 그들 사이에서 말하기 시작하였다.

　　"내 사람들아, 이제 우리도 구혼자들의 무리 속으로 창을 던지자고,
나는 말하고 싶구나. 저자들은 지금껏 저지른 패악에 더해

우리의 무장까지 벗기려고 몸부림을 치는구나."

그가 이렇게 말하자, 그들 모두가 날카로운 창들을 똑바로 겨누며   265
던졌다. 그러자 오뒷세우스는 데모프톨레모스를,
텔레마코스는 에우뤼아데스를, 그리고 돼지치기는 엘라토스를,
또 소 떼를 돌보는 사나이는 페이산드로스를 죽이니,
이들은 모두 한꺼번에 말로 다 할 수 없는 대지를 이[齒]로 깨물었다.
그러자 구혼자들은 거실의 구석으로 물러나더니   270
내달려 시신들에서 창들을 뽑아내었다.
구혼자들은 다시 한번 열망하며 날카로운 창들을 던졌으나
아테네는 많은 것들을 부질없이 만들어놓았다.
그들 중 어떤 자는 잘 지어놓은 거실의 기둥에 던지는가 하면
어떤 이는 잘 짜 맞춘 문을 맞히기도 하였다. 또 어떤 자가 날린,   275
청동으로 묵직해진 물푸레나무 창은 벽을 맞고 떨어졌다.
한편, 암피메돈이 던진 창은 텔레마코스의 손목을 스쳤고
청동은 피부 겉을 긁어놓았다.
크테십포스는 긴 창을 던져 방패 위로 나온 에우마이오스의
어깨를 긁었고, 그 위로 날아간 창은 땅바닥에 떨어졌다.   280
그러나 이들은 다시 전투에 여념 없는, 허다한 계책에 밝은
오뒷세우스를 둘러싸고 구혼자들의 무리를 향해 날 선 창을 던졌다.
거기서 다시 도시의 파괴자 오뒷세우스는 에우뤼다마스를 맞혔고,
암피메돈은 텔레마코스가, 그리고 폴뤼보스는 돼지치기가 맞혔다.
그리고 소 떼를 돌보는 사나이는 크테십포스의 가슴을 맞힌 다음   285
자랑스럽게 말하였다.
　"폴뤼테르세스의 아들아, 조롱에 정신이 팔린 녀석아, 이제

두 번 다시 어리석음에 양보하여 큰소리치지 말고, 할 말이 있거든
신들께 맡기거라. 그분들이 훨씬 더 강력하시니까.
그리고 이건 신과 맞먹는 오뒷세우스께서 이 집 곳곳을 돌며   290
구걸하실 때에 네가 드린 우족에 대한 답례다."

뿔 굽은 소 떼를 돌보는 이는 이렇게 말했다. 한편, 오뒷세우스는
다마스토르의 아들과 맞붙어 긴 창으로 그를 찔렀다.
또, 텔레마코스가 에우에노르의 아들 레이오크리토스의 옆구리
한가운데를 창으로 찌르자, 청동은 그를 꿰뚫고 나왔다.   295
그러자 그는 앞으로 고꾸라지며 온 이마로 땅을 내리찧었다.
바로 그때, 지붕에 있던 아테네는 사람들을 파멸시키는
아이기스를 높이 쳐들었고, 그들은 속으로부터 공포에 질려
거실 곳곳으로 달아나니, 마치 볕이 길어지는 봄날,
재빠른 등에가 소 떼에게 덤벼들어 설치고 다니면   300
무리 지어 사는 소 떼가 도망치는 것만 같았다.
반면, 이들은 마치 흰 발톱, 굽은 부리의 독수리들이
산에서 나와 새들에게 덤벼드는 것만 같았으니,
새들은 구름을 벗어나 벌판 위에서 움츠려보지만
독수리들은 이들을 덮쳐 죽이니, 맞설 힘도, 도망도 있을 수 없고,   305
사람들은 벌판에서 이를 즐길 따름이다.
꼭 그처럼 그들은 집 안 곳곳을 종횡무진 쇄도하며
구혼자들을 치니, 머리를 얻어맞은 자들에게서는 당치도 않은
신음이 솟구쳐 올랐고, 바닥은 온통 피로 소용돌이치고 있었다.
그러자 레이오데스가 오뒷세우스의 두 무릎을 서둘러 잡더니   310
그에게 애원하며 날개 돋친 말을 건네었다.

546

"내 그대 무릎을 잡고 비오니, 오뒷세우스여, 부디 내게 삼가주시고
이번만큼은 나를 가엾게 여겨주십시오. 나는 이 궁전 안에서 여인들에게
무슨 말을 한 적도 없고, 패악을 저지른 적도 없습니다. 그러긴커녕
다른 구혼자들이 그런 짓들을 저지르려고 하면 외려 말리곤 했습니다.   315
그러나 그들은 제 말을 듣지 않았고, 악행에서 손을 떼지 않은 겁니다.
그래서 이들은 그 패악으로 인해 수치스러운 운명의 몫을 따라간 것입니다.
저는 그저 저들 사이에서 희생 제물을 맡은 자였고 아무 짓도 한 게 없는데,
선행에 대한 감사를 나중에 받는 건 고사하고 널브러져야 하는 건가요?"

그러자 꾀 많은 오뒷세우스는 눈을 치켜뜨며 그에게 말하였다.   320
    "정말로 네가 그들 사이에서 희생 제물을 맡은 자라고
자부한다면, 이 궁전에서 너는, 내게서 달콤한 귀향의 성취가
멀어지게 해달라고, 또 내 아내가 너를 따라가
아이들을 낳게 해달라고 몇 번이고 기도하려 했겠구나.
그러니 너는 끔찍한 고통을 안겨주는 죽음을 피하지 못하리라."   325

그는 이렇게 말하고는, 놓여 있던 칼을 억센 손으로 쥐어 드니
그것은 그가 아겔라오스를 쳐 죽이며 바닥에 내려놓은 것이었다.
그가 울대뼈 한가운데를 내리치자
아직 뭔가를 뇌까리던 그의 머리는 흙먼지 속에 뒤섞이고 말았다.

한편, 테르피오스의 아들, 가수 페미오스는 여전히   330
새카만 죽음의 여신을 피하려 하고 있었으니, 그는 억지로
구혼자들 틈에서 노래하던 사람이었다. 그는 두 손에 맑은 소리 울리는
수금을 든 채 샛문 곁에 가까이 서서 기백에서 두 갈래로 나뉜 채

고민하고 있었으니, 거실을 빠져나간 다음 전에 라에르테스와 오뒷세우스가

황소의 사태 부위를 수도 없이 태워 바쳤던 위대한 제우스의   335

제단을 향해 뜰에 앉는 게 좋을지, 아니면 오뒷세우스에게 내달려

두 무릎을 붙들고 애원하는 것이 좋을지를 두고 망설였던 것이다.

그렇게 심사숙고해보던 중에, 이렇게 하는 쪽이 그에게 더 이로워 보였다.

즉, 라에르테스의 아들 오뒷세우스의 두 무릎을

붙잡고 보는 것이었다. 그는 속이 빈 수금을 술동이와   340

은 못을 박은 팔걸이의자 사이의 땅바닥에 내려놓은 다음,

그 자신은 오뒷세우스의 두 무릎을 서둘러 잡더니

그에게 애원하며 날개 돋친 말을 건네었다.

  "내 그대 무릎을 잡고 비오니, 오뒷세우스여, 부디 내게 삼가주시고

이번만큼은 나를 가엾게 여겨주십시오. 만일 신들과 인간들을 위해 노래하는 345

가수를 그대가 쳐 죽인다면, 이는 나중에 그대 자신에게도 고통이 될 것입니다.

저는 혼자서 깨친 사람입니다. 신께서 제 속에 온갖 종류의 노래의 길을

심어주셨지요. 저는 마치 신을 위해 노래하듯 그대를 위해 곁에서

노래하기에 알맞은 사람이니 부디 제 목을 치려는 바람은 품지 마소서.

그리고 그대의 친아드님 텔레마코스 역시 해드릴 말씀이 있을 텐데,   350

제가 그대의 집에 와서 잔치 자리에서 구혼자들에게 노래한 것은

결코 자진해서 한 것도 아니고, 뭔가 필요해서 한 것도 아니었습니다.

다만 숫자도 훨씬 많고 힘도 더 센 그들이 저를 억지로 데려왔던 겁니다."

그가 이렇게 말하자, 텔레마코스의 신성한 힘이 이 말을 듣더니

가까이 있던 자기 아버지에게 곧바로 말하였다.   355

  "멈추세요, 이 사람은 무슨 잘못이랄 게 없으니 청동으로

치지 마세요. 그리고 만일 필로이티오스나 돼지치기가 전령 메돈을

죽이지 않았다면, 또 그이가 집 안 곳곳에서 돌진하던 아버지를
마주치지 않았다면, 그도 살려주지요. 그이는 제가 어렸을 때
우리 집에서 저를 늘 신경 써주곤 했답니다."
360

그가 이렇게 말하자, 지혜로운 일들을 알고 있던 메돈이 이를 들었다.
그는 갓 벗겨낸 쇠가죽을 살갗에 두른 채 팔걸이의자 아래
수그리고 누워 새카만 죽음을 피하려 하고 있었다.
그는 곧장 의자로부터 솟구쳐 일어서더니 쇠가죽을 벗어 던지고
텔레마코스에게 달려와 두 무릎을 붙잡더니
365
그에게 애원하며 날개 돋친 말을 건네었다.
    "친구여, 나 여기 있다오. 그대도 진정하시구려.
그 어리석은 자들이 궁전에서 그분의 재산을 약탈하고 그대를 능멸했기에
그분이 구혼자들에게 노하신 것이니, 월등히 강력하신 그분은 제발 저
비정한 청동으로 저를 해치지 마십사고 아버지께 말씀드려주오."
370

그러자 꾀 많은 오뒷세우스가 그에게 미소 지으며 말하였다.
    "기운을 내거라. 이 애가 너를 구하고 살려주었으니까.
그러니 너도 좋은 일을 하는 것이 패악질보다 훨씬 더 낫다는 것을
온 심정을 다해 알아두고, 다른 이에게도 말해주려무나.
자, 너와 이야깃거리가 많은 가수는 이제 살육을 피해
375
문을 열고 거실 밖으로 나가 뜰에 가서 앉아 있거라.
내가 이 집에서 꼭 해야 할 일들을 해낼 때까지 말이다."

그가 이렇게 말하자 그 두 사람은 거실 밖으로 나와
위대한 제우스의 제단을 향해 앉았으나, 언제든

죽음이 닥칠 것만 같아 사방을 살펴보고 있었다.   380

한편, 오뒷세우스는 행여 누군가가 아직 숨이 붙은 채

새카만 죽음의 여신을 피할 요량으로 은밀히 숨어 있을까 싶어

집 안 곳곳을 샅샅이 살피고 있었고, 그들이 모조리 피와 먼지 속에

많이도 쓰러져 있는 것을 보게 되었으니, 이들은 마치

어부들이 잿빛 바다에서 우묵 파인 바닷가로, 구멍도 많이 뚫린   385

그물로 끌어낸 물고기들과 같았다. 물고기들은 죄다 모래톱에

쏟아진 채, 소금 물결의 파도를 그리워해보지만

헬리오스는 빛을 내려 그들의 목숨을 앗아 간다.

꼭 그처럼, 구혼자들은 켜켜이 쌓여 있었다.

그때 꾀 많은 오뒷세우스가 텔레마코스에게 말하였다.   390

　　"텔레마코스, 내 심중에서 할 말이 있으니

유모 에우뤼클레이아를 내게 불러와다오."

그가 이렇게 말하자, 텔레마코스는 친아버지의 말을 따라

문을 흔들며 유모 에우뤼클레이아에게 말하였다.

　　"일어나 이리로 오세요, 우리 궁전에서   395

시중드는 여인들을 감독하시는, 오래전에 태어나신 노부인이여!

가시지요. 아버지께서 하실 말씀이 있으시다고 그대를 부르십니다."

그가 이렇게 소리 내어 말하자, 그녀의 말에는 날개가 돋치지 못했다.

그녀는 살기 좋은 거실의 문을 열고 걸음을 옮겼고

텔레마코스는 길을 앞장섰다.   400

그리고 그녀는 살육된 시체들 사이에서, 마치 벌판에서 먹인 소를

잡아먹고 돌아가는 한 마리 사자처럼

온통 피칠갑을 한 오뒷세우스를 보았다.

사자는 가슴이며 양쪽 볼 할 것 없이 온통 피범벅이 되어,

얼굴을 쳐다보는 것조차 끔찍할 지경이다. 꼭 그처럼,   405

오뒷세우스는 두 손과, 그 아래 두 발이 피로 물들어 있었다.

그녀는 그 시체들과 이루 말할 수 없을 만큼의 피를 보더니

환호성을 내지르려 몸부림쳤다. 그만큼 엄청난 일을 목격한 것이다.

그러나 오뒷세우스는, 그녀의 몸부림에도 불구하고 그녀를 제지하고

가로막은 다음 그녀에게 소리 내어 날개 돋친 말을 건네었다.   410

　"노부인, 그저 기백에서만 반가워하고 억누르세요. 환성은 지르지 마세요.

살해당한 자들 앞에서 자랑하는 것은 신들의 법이 아닙니다.

이자들을 제압한 것은 신들이 보낸 운명과 그 잔인한 짓들이올시다.

이자들은 대지 위에 사는 인간들 중 자신들에게 다가오는 사람들을,

그이가 사악하건 훌륭하건 상관없이 어느 누구도 존중하지 않았고,   415

그래서 이들은 그 패악으로 인해 수치스러운 운명의 몫을 따라간 것입니다.

자, 이제 그대는 이 궁전 안에 있는 여인들 중에서 누가 나를 업신여기는지,

또 누가 해롭지 않은지 내게 설명해주세요."

그러자 이번에는 사랑스러운 유모 에우뤼클레이아가 그에게 대답하였다.

　"내 새끼, 안 그래도 내 너에게 숨기지 않고 설명하려 했다.   420

네 궁전 안에서 시중드는 여인들은 모두 쉰 명이야.

우리는 그녀들에게 양털을 빗고, 시중드는 일들을

하는 법을 가르쳐주었지. 그리고 그녀들 중

모두 열두 명이 부끄러움을 모르는 길로 들어섰고,

그녀들은 나도, 페넬로페조차도 업신여겼단다.   425

텔레마코스야 이제 막 컸고, 어머니는 그 애가

시중드는 여인들을 관리하는 걸 허락하지 않았단다.
자, 그건 그렇고 내가 눈부신 위층으로 올라가서 네 아내에게
이야기하련다. 어떤 신께서 그녀에게 잠을 보내주셨거든."

그러자 꾀 많은 오뒷세우스가 그녀에게 대답하며 말하였다.   430
  "그녀를 절대로 깨우지 마세요. 대신, 전에 당치도 않은 짓들을
꾀했던 그 여인들더러 이리로 오라고 일러주세요."

그가 이렇게 말하자, 노파는 여인들에게 소식을 전하고
그리로 오도록 재촉하기 위해 거실을 가로질러 걸음을 옮겼다.
한편, 그는 텔레마코스와 소치기, 그리고 돼지치기를   435
안으로 부른 다음, 날개 돋친 말을 건네었다.
  "너희는 이제 이 시체들을 나르기 시작하여라.
그리고 여인들에게도 그렇게 하라고 명해라. 그러고 나서,
더없이 아름다운 팔걸이의자들과 식탁들을 물로, 구멍 많이 뚫린 해면으로
깨끗하게 해두어라. 집 안을 완전히 정돈하고 난 다음에는   440
잘 지어놓은 거실 밖으로 하녀들을 끌고 나가서
둥근 건물과 흠잡을 데 없는 뜰의 울타리 사이에서
모두의 목숨을 빼앗을 때까지 길게 날이 선 칼로 내리치거라.
저들이 구혼자들 아래에서 은밀히 몸을 섞으며
누렸던 아프로디테를 깨끗이 잊게 될 때까지."   445

그가 이렇게 말하자, 여인들은 일제히 무리 지어 다가오더니
끔찍할 정도로 울부짖었고, 방울 굵은 눈물을 쏟아 내렸다.
그들은 먼저 살육당한 자들의 시체들을 나르더니,

울타리를 잘 쳐놓은 뜰 안 주랑 아래 켜켜이 쌓아 올렸다.

오뒷세우스가 직접 지시하며 명령하니,   450

그녀들도 어쩔 수 없이 시신을 날랐던 것이다.

그러고 나서 그들은 더없이 아름다운 팔걸이의자들과 식탁들을

물로, 구멍 많이 뚫린 해면으로 깨끗하게 닦았다.

한편 텔레마코스와 소치기, 그리고 돼지치기는

빈틈없이 지어놓은 집의 바닥을 삽으로 긁어내었고,   455

하녀들은 문밖으로 이를 날라 쌓아두었다.

마침내 이들이 거실을 완전히 정돈하고 나자,

그들은 잘 지어놓은 거실 밖으로 하녀들을 끌고 나가더니

둥근 건물과 흠잡을 데 없는 뜰의 울타리 사이의 좁은 곳에

가둬두었고, 거기서는 어떻게 해도 빠져나갈 수가 없었다.   460

그들 사이에서 지혜로운 텔레마코스가 말문을 열었다.

　"구혼자들 곁에서 밤을 보내며 나와 우리 어머니의 머리에

오욕을 쏟아부었던 그런 여인들의 목숨이라면, 나는 결코

깨끗한 죽음으로 앗아 가고 싶지 않다."

그는 이렇게 말하며 뱃머리가 검푸른 배의 밧줄을   465

둥근 건물의 큰 기둥에 높이 던져 감아 단단히 묶어

아무도 바닥에 발이 닿지 못하도록 해두었다.

마치 날개를 펼친 지빠귀들이나 비둘기들이

둥지로 돌아가던 길에 덤불 안에 세워둔 그물에 걸려

가증스러운 잠자리가 그들을 맞아줄 때와도 같이,   470

꼭 그처럼 여인들도 차례대로 머리를 들고 있었고, 가장 가련한

죽음을 맞도록 그녀들 모두의 목에는 올가미가 걸려 있었다.

그녀들은 발버둥을 쳐보았으나, 그것도 잠시일 뿐 오래가지는 않았다.

한편, 그들은 문과 뜰을 지나 멜란티오스를 밖으로 끌어낸 다음

비정한 청동으로 코와 두 귀를 잘라내었고,   475

개들이 날것으로 먹게끔 성기를 잡아 뜯어내었다.

그러고는 분한 기백으로 두 손과 두 발을 잘라버렸다.

그런 다음, 그들은 두 손과 두 발을 씻어내고

집 안으로, 오뒷세우스에게로 갔다. 이렇게 그들은 일을 마쳤다.

한편, 그는 사랑스러운 유모 에우뤼클레이아에게 말하였다.   480

　"노부인, 재앙을 치유하는 유황을 가져오시고, 내가 유황으로

거실을 정화할 수 있게 불도 가져다주세요. 그리고 그대는

페넬로페더러 시중드는 여인들을 데리고, 온 집 안의 시녀들

모두를 재촉하여 이리로 데리고 오라고 해주세요."

그러자 이번에는 사랑스러운 유모 에우뤼클레이아가 그에게 말하였다.   485

　"옳지, 내 새끼, 네 말이 이치에 들어맞는다.

그런데 그건 그렇고, 일단 내 너를 위해 외투며 통옷 같은 옷가지들을

가져다주마. 이 궁전에서 이런 누더기로 그 너른 두 어깨를

가리고 있지 말아다오. 분을 사게 될 일인 것 같구나."

그러자 꾀 많은 오뒷세우스가 그녀에게 대답하며 말하였다.   490

　"지금은 무엇보다도 먼저 이 궁전 안에 불이 있어야겠어요."

그가 이렇게 말하자, 사랑스러운 유모 에우뤼클레이아도 거역하지 않고

불과 유황을 들고 왔다. 그러자 오뒷세우스는

거실은 물론 집과 뜰을 철저하게 정화하였다.

한편, 노파는 다시 오뒷세우스의 아름다운 집을 가로질러 갔으니 ⁴⁹⁵
여인들에게 소식을 알려 그녀들을 일으켜 데려오려는 것이었다.
그러자 여인들이 손에 횃불을 들고 거실에서 나왔다.
그녀들은 오뒷세우스를 반기며 끌어안더니
그의 머리와 두 어깨에 애정을 담아 입을 맞추며 두 손을 잡았다.
그러자 통곡하며 탄식하고 싶은 달콤한 욕망이 그를 사로잡으니, ⁵⁰⁰
그가 속으로 그녀들 모두를 알아보았던 것이다.

23권

한편, 노파는 안주인에게 그녀의 사랑하는 남편이 이 안에 와 있다는 걸
알리기 위해, 기쁨에 겨워 위층으로 올라갔다.
두 무릎을 서둘러 움직이니, 두 발이 서로 엉킬 지경이었다.
노파는 그녀의 머리맡에 서서 이야기하기 시작했다.
　"일어나세요, 페넬로페, 내 딸이여, 그래야 날마다 그대가　　　　5
그리워하던 것을 두 눈으로 보지요. 오뒷세우스가 왔어요,
집에 왔다고요, 오래 걸리기는 했지만. 그이가 저 거들먹거리는
구혼자들을 쳐 죽였답니다. 그이의 집을 위태롭게 하고, 재산을 갉아먹던,
그리고 그이의 자식을 짓누르던 자들을요!"

그러자 이번에는 더없이 지혜로운 페넬로페가 그녀에게 말하였다.　　10
　"사랑하는 엄마, 신들께서 그대의 얼을 빼놓았군요. 물론
그분들이야 몹시 사려 깊은 사람들을 어리석게 만들 수도 있고,
실성한 자들도 제정신으로 돌아오게 하지요. 그분들이 그대를

비틀어놓은 거예요. 이제껏 합당하게 헤아리던 그대가
지금은 어쩌자고 기백이 슬픔으로 차오른 나를 조롱하나요?   15
고작 이런 걸 내 앞에서 말하려고, 나를 휘감고 내 눈꺼풀을
내리덮었던 그 달콤한 잠에서 나를 깨우는 거냐고요!
차마 그 이름 입에 올리지도 못할 몹쓸 일리오스를 보시려고
오뒷세우스께서 떠나신 이후로, 나는 이렇게까지 잠들어본 적이 없는데!
그러니 그대는 여러 말 말고 당장 내려가서 거실로 도로 가세요.   20
만일 내게 있는 여인들 중에서 다른 누군가가 와서
이런 말을 전하며 나를 잠에서 깨웠다고 한다면
나는 그녀를 재빨리 모질게 거실로 되돌려보냈을 거라고요.
그 점에서는 그대의 연세가 그대를 도운 셈이에요."

그러자 이번에는 사랑스러운 유모 에우뤼클레이아가 그녀에게 대답하였다.   25
    "내 딸이여, 나 그대를 조롱하는 게 아니랍니다.
내 말했지만 오뒷세우스가 정말로 돌아와 집에 도착했어요.
그 손님 있잖아요, 거실에서 모두가 능멸하던 바로 그 손님이라고요.
텔레마코스는 그분이 이 안에 와 있는 것을 진작부터 알고 있었지만
정신을 잘 가다듬고는 아버지의 판단을 숨기고 있었던 거지요.   30
인간 위에 서기를 자처하는 그자들의 폭력에 보복할 때까지요."

그녀가 이렇게 말하자, 페넬로페는 기뻐하며 침상에서 뛰어오르더니
노파를 부둥켜안고 눈꺼풀에서 눈물을 흘렸고,
그녀에게 소리 내어 날개 돋친 말을 건네었다.
    "사랑하는 엄마, 그러면 내게 틀림없이 말해주세요.   35
만일 그대 말마따나 그이가 정말로 집에 온 거라면,

그이가 혼자서 어떻게 그 파렴치한 구혼자들에게, 늘 이 안에서
무리 지어 머무르던 자들에게 두 주먹을 뻗었던가요?"

그러자 이번에는 사랑스러운 유모 에우뤼클레이아가 그녀에게 대답하였다.
  "나는 보지도, 전해 듣지도 못했고, 그저 죽어 나가는 자들의   40
신음만 들었을 뿐이에요. 우리는 잘 지어놓은 방 한구석에서
겁에 질린 채 앉아만 있었답니다. 잘 짜 맞춘 문들은 잠겨 있었고요.
그대의 아드님 텔레마코스가 거실에서부터 나를 부르기 전까지는 말이지요.
그의 아버지가 나를 불러오라며 그를 보낸 겁니다.
그래, 내가 가서 보니 살육당한 시체들 사이에 오뒷세우스가   45
서 있었답니다. 그자들은 단단한 땅바닥 위에 켜켜이 쌓여 있었지요.
〈한 마리 사자처럼 온통 피칠갑을 한〉[113] 그이를 그대도 보았더라면 기백에
온기가 돌았을 겁니다. 지금 그자들은 모조리 무더기째 뜰로 나가는
문가에 있고, 그이는 불을 크게 피워놓고서 더없이 아름다운 이 집을
유황으로 정화하고 계세요. 그리고 그대를 불러오라고 나를 보내신 겁니다.   50
자, 따라오세요, 그대들 두 분의 심장이 즐거움을 향해
나아갈 수 있도록요! 그대들은 숱한 몹쓸 일을 겪었잖아요.
이제는 그 오래된 소원이 남김없이 이루어졌어요.
그이는 살아서 화롯가로 돌아오셨고, 궁전 안에서
그대와 자식을 보았어요. 또, 그이에게   55
패악을 저지르던 구혼자들에게는
그이가 이 집 안에서 모조리 값을 받아내셨다고요!"

---

113   이 행이 빠진 사본들도 있다.

그러자 이번에는 더없이 지혜로운 페넬로페가 그녀에게 말하였다.

"사랑하는 엄마, 그렇게 큰소리로 자랑하며 환성을 올리진 마세요.
그이가 이 궁전에 있는 모든 사람에게 얼마나 반갑게 보일지는   60
그대도 알겠지요. 누구보다도 나와, 우리가 낳은 아들에게요.
하지만 그대가 말한 이 이야기는 사실일 리가 없어요.
죽음을 모르는 어떤 신께서, 기백을 고통스럽게 하는 주제넘은 짓과
패악들에 분노를 품고 저 잘난 구혼자들을 쳐 죽이신 거라고요.
그자들은 대지 위에 사는 인간들 중 자신들에게 다가오는 사람들을,   65
그가 사악하건 훌륭하건 상관없이 어느 누구도 존중하지 않았고,
그래서 그 패악 때문에 재앙을 당한 거지요. 하지만 오뒷세우스는
아카이아 땅에서부터 멀리 떨어진 곳에서 귀향을 잃어버렸고, 목숨을 잃었어요."

그러자 이번에는 사랑스러운 유모 에우뤼클레이아가 그녀에게 대답하였다.

"내 딸이여, 그대 이[齒] 울타리를 빠져나온 그 말은 도대체 뭔가요?   70
아니, 지금 이 안에, 화롯가에 있는 남편을 두고 다시는 집으로 돌아오지
못할 거라 말하다니! 당신의 기백은 언제나 믿으려 들지를 않아요.
이럴 게 아니라, 내 그대에게 명백한 다른 증거를 말씀드리지요.
흉터요, 멧돼지가 흰 이빨로 그분을 들이받아 생긴 그 흉터!
나는 그분을 씻겨드리다가 그 흉터를 알아차린 겁니다. 나도 그래서   75
그대에게 말하려고 했지만, 그분은 워낙 노련하게 판단하는 분이라
내 턱을 두 손으로 쥐고 말도 못 꺼내게 하더군요.
자, 저를 따라오세요. 나는 내 목숨을 걸겠어요. 만에 하나
내가 그대를 속이는 거라면, 가장 비참한 죽음으로 나를 죽이세요."

그러자 이번에는 더없이 지혜로운 페넬로페가 그녀에게 말하였다.   80

"사랑하는 엄마, 그대가 아무리 지혜롭다 하더라도,
영원히 살아 계시는 신들의 계획을 밝혀내는 건 어려운 일이에요.
그렇다 하더라도, 일단은 내 아이에게 가보지요. 그러면 나도
살육당한 구혼자들과, 그들을 쳐 죽인 이를 볼 수 있겠지요."

그녀는 이렇게 말하며 위층에서 내려왔으나, 사랑하는 남편에게서   85
멀찌감치 떨어져 따져 물어야 할지, 아니면 곁에 다가서서
두 손을 맞잡고 머리에 입을 맞춰야 할지 몰라
심장이 수도 없이 요동치며 들썩였다.
그녀는 돌 문턱을 넘어 들어와 오뒷세우스의 맞은편 벽에
불빛을 받으며 자리에 앉았다. 한편, 그는 큰 기둥 앞에서   90
아래를 내려다보며 앉아서는 강력한 아내가 자신을 두 눈으로 보고
무슨 말을 건네기를 기다리고 있었다.
하지만 그녀는 경악이 그녀의 심장에 들이닥치는 바람에 한마디 말조차 없이
한참을 앉아 있기만 하였다. 그녀는 그의 얼굴을 바라보다가도 그를
알아보지는 못하였으니, 그가 살갗에 두른 입성이 남루했던 탓이다.   95
텔레마코스는 그녀를 부르며 나무라는 말로 이야기하였다.
    "내 어머니, 아니 어머니도 아니신 분! 거친 기백을 품고
계시니까요. 아버지 곁에 앉아서 이야기하며 묻고 질문해보지도 않고,
어떻게 아버지께 등을 돌리고 있을 수 있나요?
숱한 몹쓸 고생을 겪어가며 스무 해 만에   100
고향 땅으로 돌아온 남편을, 버티려는 기백으로
멀리하는 아내가 달리 또 어디 있을까요?
어머니의 심장이야 늘 그렇듯 바위보다 단단하니까요."

그러자 이번에는 더없이 지혜로운 페넬로페가 그에게 말하였다.

　"내 새끼, 내 가슴속 기백이 경악하고 있어서　　　　　　　　　　　　　　105
나는 무슨 말 한마디 붙일 수도, 물어볼 수도 없고,
얼굴을 맞대고 쳐다볼 수도 없구나. 하지만 이분이 진정
오뒷세우스이고, 집으로 오신 거라면, 우리 둘은 서로를
정말이지 더욱 잘 알아볼 수 있고말고. 다른 사람은 모르는,
우리 둘만이 알고 있는 숨겨진 징표가 있으니까."　　　　　　　　　　110

그녀가 이렇게 말하자 잘 참고 견디는, 신과 같은 오뒷세우스는
미소를 짓더니 곧바로 텔레마코스에게 소리 내어 날개 돋친 말을 건네었다.
　"텔레마코스야, 네 어머니께서 나를 이 궁전에서 시험하시도록
해드려라. 그러면 그분은 금세 더 잘 알아보시게 될 거다.
하지만 지금은 내가 지저분하고 살갗에 두른 입성이 남루해서　　　　115
나를 인정하지 않고 내가 바로 그 사람일 리 없다고 말씀하시는 거지.
일단 우리는 어떻게 해야 제일 좋은 결과가 나올지 궁리해보자꾸나.
설령 백성들 중에서 그를 위해 나중에 도움을 줄 사람들을
많이 남기지 않은 누군가를 단 한 명밖에 죽이지 않은 사람이라
할지라도, 친척들과 고향 땅을 등지고 도망치는 법이다.　　　　　　120
하거늘 우리는 이타카에서 으뜸가는 젊은이들을, 이 도시의
기둥을 쳐 죽였다. 너도 이것을 궁리해보라고 당부하마."

그러자 이번에는 지혜로운 텔레마코스가 그에게 대답하였다.
　"그 일이라면 손수 살펴보시지요, 사랑하는 아버지. 계책이라면
사람들 중에서 아버지께서 으뜸이라고들 말한답니다. 실제로　　　　125
죽게 마련인 인간들 중에서는 다른 누구도 아버지와 겨룰 도리가 없지요.

〈저희는 열의를 품고 함께 따르렵니다. 제가 말씀드리지만, 이만한 능력이
있는 이상, 힘이 부족할 일은 절대로 없을 겁니다.〉[114]"

그러자 꾀 많은 오뒷세우스가 그에게 대답하며 말하였다.
　"그러면 내게 가장 좋아 보이는 것을 내 말해주마.　　　　　　　　　　　130
일단 너희는 목욕을 한 다음 통옷을 입고
시녀들에게도 궁전에서 옷을 고르라고 명해두어라.
그리고 신과 같은 가수가 맑은 소리 울리는 수금을 들고,
놀이에 빠져들게 하는 춤사위에서 우리를 이끌어가게 하여라.
그러면 길 가는 사람이든, 이웃에 사는 사람들이든　　　　　　　　　　　135
바깥에서 그 소리를 듣고는 결혼식을 치른다고 말할 거다.
우리가 밖으로 나가 숲이 우거진 우리 들판에 가 닿기 전에
행여 구혼자들의 죽음에 관한 소문이 시내 곳곳에 널리 퍼져서는
안 되니까. 올륌포스에 계신 그분께서 우리 손에 어떤 이득을
쥐여주실지는 그곳에 가서 궁리해보자꾸나."　　　　　　　　　　　　　140

그가 이렇게 말하자, 그들은 귀 기울여 듣고 있다가 그의 말을 따랐다.
일단 그들은 목욕을 한 다음, 통옷을 입었고
여인들도 채비를 갖추었다. 신과 같은 가수는
속이 빈 수금을 집어 들더니, 그들에게 달콤한 노래와,
흠잡을 데 없는 춤에 대한 갈망을 불러일으켰고,　　　　　　　　　　　145
놀음을 즐기는 남자들과, 허리끈을 잘 두른 여인들의
발을 구르는 소리가 그 큰 집 안에 되울려 퍼져 나갔다.

114　이 두 행이 빠진 사본들도 있다.

그 소리를 집 밖에서 들은 누군가는 이렇게 말하기도 하였다.

　"누군가가 청혼이 쇄도하는 왕비와 정말 결혼을 한 모양이다.
무정한 여인이여, 혼인을 맺었던 남편이 돌아올 때까지　　　　　　　　150
저 큰 집을 끝내 지켜내려 들지 못했구나."

무슨 일이 벌어졌는지도 모른 채, 누군가는 이렇게 말하기도 하였다.
한편, 시녀 에우뤼노메는 웅대한 기상을 품은 오뒷세우스를
집 안에서 씻기고 나서 올리브기름을 펴 발라주었다.
그녀가 통옷과 아름다운 외투를 그에게 걸쳐주자,　　　　　　　　　　155
아테네가 그의 머리부터 아래로 아름다움을 가득 쏟아부어
그를 더 크게, 더 풍채 좋게 보이도록 해놓은 다음,
머리 아래로는 양털 같은 머리카락을 흘러내리게 하니
휘아킨토스 꽃과 다를 바 없었고, 마치 어떤 솜씨 있는 사람이
은 위에 황금을 두루 붓는 것만 같았다. 헤파이스토스와 팔라스 아테네가　160
온갖 종류의 기술을 가르쳐준 그는 우아한 작품들을 만들어낸다.
꼭 그처럼 그녀는 그를 위해 머리와 두 어깨에 우아함을 쏟아 내려준 것이다.
그는 죽음을 모르는 이들과 맞먹는 모습으로 욕조에서 걸어 나오더니
아내의 맞은편에 놓인, 자신이 일어선 팔걸이의자로
돌아가서 앉아 그녀를 향해 말하기 시작했다.　　　　　　　　　　　165
　"알 수 없는 사람 같으니, 올륌포스에 집을 두신 신들께서는
당신에게 다른 어떤 여인들보다 더 딱딱한 심장을 주신 거요.
숱한 몹쓸 고생을 겪어가며 스무 해 만에
고향 땅으로 돌아온 남편을, 버티려는 기백으로 멀리하는 아내가
달리 또 어디 있겠소.　　　　　　　　　　　　　　　　　　170
이럴 게 아니지, 엄마, 나 혼자서라도 자도록 내게 침상을 펴주세요.

저 여인의 속에는 무쇠로 만든 심장이 있으니까요."

그러자 이번에는 더없이 지혜로운 페넬로페가 그에게 말하였다.

　"알 수 없는 분이로군요, 나는 큰소리친 적도 없고, 그대를

무시하지도 않아요. 또 그렇게까지 놀랍지도 않군요. 노가 긴 배를 타고　　175

이타카를 떠날 때 당신의 모습이 어땠는지, 나는 아주 잘 알고 있답니다.

자, 각설하고 그이가 손수 만든, 잘 지어놓은 방 밖으로

잘 짜 맞춘 침대 하나를 가지고 나와 저분께 펴드리세요, 에우뤼클레이아.

그대들은 이리로 그 잘 짜 맞춘 침대를 꺼내놓고, 양털과 외투,

그리고 빛나는 담요로 이부자리를 봐드리세요."　　180

그녀가 이렇게 말하며 남편을 떠보자, 지혜로운 일들을

알고 있는 아내에게 오뒷세우스는 화를 내며 말하였다.

　"아아, 여보, 그대는 이 기백을 몹시 고통스럽게 하는 말씀을

하시는구려. 대체 누가 내 침대를 다른 곳으로 옮겨놓았단 말이오?

신께서 몸소 오시지 않는 이상, 제아무리 노련한 사람에게도 그건　　185

어려울 것이오. 신은 원하기만 하면 다른 자리에도 쉽게 놓으시겠지만.

그러나 살아 있는, 죽게 마련인 인간들 중에서라면, 아무리 젊다 해도 그걸 쉽게

뽑아 들어 올릴 수 있는 사람은 아무도 없다오. 공들여 만든 그 침대에는

커다란 징표가 있기 때문이라오. 그리고 그 작업은, 다른 누구도 아닌

바로 내가 했다오. 뜰 안에 잎사귀가 길게 뻗은 올리브나무 하나가　　190

무성히 자라고 있었지요. 완전히 자라나 만발한 그 나무는 마치 기둥처럼

두꺼웠고. 나는 그 나무 주변으로 바위들을 빈틈없이 둘러치며

완성될 때까지 방을 만들기 시작했소. 그리고 나서 그 위에는

지붕을 덮었고, 잘 짜 맞춘 문들을 빈틈없이 맞물리도록 달아두었다오.

그런 다음, 나는 잎사귀가 길게 뻗은 올리브나무의 우듬지를 쳐냈고   195
몸통을 뿌리에서부터 애벌로 다듬고 청동으로 몹시 노련하게
두루 깎아낸 다음, 먹줄을 따라 곧게 만들어
침대 기둥으로 삼았소. 그러고는 송곳으로 모든 구멍을 뚫었다오.
그 기둥에서 시작하여 나는 침대가 완성될 때까지 깎아 만들었소.
그런 다음, 나는 황금과 은, 그리고 상아로 정교하게 작업했고,   200
검붉게 빛나는 쇠가죽 끈으로 동여매었다오.
이 징표를 나 그대에게 이렇게 말한다오. 하지만 여보, 그 침대가
여전히 나를 위해 흔들림 없이 있는지, 아니면 누군가가 이미
올리브나무 밑동을 베어 다른 곳에 가져다 놓았는지, 그건 내가 알지 못하오.”

그가 이렇게 말하자, 그녀의 두 무릎과 심장이 풀어지고 말았다.   205
오뒷세우스가 보여준 그 확실한 징표를 잘 알고 있었기에.
그녀는 눈물을 흘리며 그에게 곧장 뛰어가 오뒷세우스의 목에
두 손을 뻗으며 머리에 입 맞추더니 이렇게 말하였다.
   “내게 화내지 말아요, 오뒷세우스, 당신은 다른 일에서도
인간들 중에서 가장 지혜로우니까요. 신들이 이 고난을 내리셨어요.   210
우리 둘이 서로 함께 지내며 청춘을 즐기고 노년의 문턱에
다다르는 것을 신들께서 질시하셨던 거예요.
당신은 내가 처음에 당신을 보고도 반겨 맞지 않았다고 해서
부디 내게 화를 내거나 분개하지 말아요. 죽게 마련인 인간들 중
누가 와서 혹시라도 말로 속일까 해서 내 가슴속 기백은   215
늘 떨고 있었답니다. 흉악한 이득을 꾀하는 자들이
많으니까요. 제우스에게서 태어난 아르고스의 헬레네도
만일 아카이아인들의 아레스와 같은 아들들이 자신을

제집으로, 고향으로 데려다줄 것을 알았더라면,

외간 남자와 사랑의 잠자리를 나누며 몸을 섞지 않았을 거예요.   220

그녀가 당치 않은 짓을 저지르도록 분명 어떤 신께서 부추기신 거지요.

그 전에는 그녀도 자기 기백에 그런 참담한 아테(현혹)를

심어둔 적이 없으니까요. 그리고 애초에 바로 거기서부터

우리에게 슬픔이 오게 된 거고요. 이제 당신은

우리의 잠자리라는 확고한 징표를 설명해주셨어요.   225

그것은 당신과 나, 그리고 단 한 명의 시녀,

즉 내가 이리로 올 때 아버지께서 내게 주셨고,

우리 둘을 위해 잘 짜 맞춘 방문을 단속해주었던

악토르의 딸[115]만 빼면 어떤 다른 사람도 본 적이 없는 것이지요.

내 기백이 몹시 거칠지만, 당신은 내 기백을 설득하셨답니다."   230

그녀는 이렇게 말하며 그에게 통곡하고 싶은 욕망을 한층 더

불러일으켰고, 그는 기백에 맞갖고 세심한 일들을 알고 있는

아내를 안으며 눈물을 흘리기 시작했다. 마치 바람과 강한 파도에 짓눌린

잘 만든 배를 포세이돈이 바다에서 바수어버리면,

헤엄치는 이들에게는 육지가 기쁘도록 반갑게 모습을 드러내듯이,   235

그나마 잿빛 소금 물결로부터 뭍으로 헤엄쳐 도망쳐 나온 이들은

적고, 그들의 살갗에는 온통 소금기가 엉겨 붙어 있지만

그들은 재앙에서 벗어난 것을 반가워하며 대지 위를 내디딘다.

꼭 그처럼 그녀의 눈에 남편은 반가웠고

그의 목에서 뽀얀 팔을 절대로 떼지 않으려 하였다.   240

115   침실을 돌보는 시녀 에우뤼노메로 추정된다.

오뒷세우스와 페넬로페의
재회

―――――

기다려왔던 가장 행복한 순간에 아내는
그들이 잃어버린 젊음을 이야기하고,
남편은 여전히 남아 있는 노역과 죽음에
대해 담담히 말한다. 이것이 호메로스가
보여주는 인간의 길이다. 신들은 언제나
젊고, 고생을 알지 못한다.

제임스 파커, 에칭, 1805

만일 빛나는 눈의 여신 아테네가 또 다른 것을 떠올리지만 않았어도
이들이 통곡하는 동안 장밋빛 손가락의 에오스(새벽)도 모습을
드러내었을 것이다. 여신은 밤을 가장자리에 오래도록 붙들어두었고
황금 보좌의 에오스(새벽)는 오케아노스 위에 잡아두어, 발 빠른 말들인
람포스와 파에톤이 멍에를 지지 못하게 하였으니, 이들은 인간들에게   245
빛을 가져다주며 에오스(새벽)를 실어 나르는 망아지들이었다.

그러자 그때 꾀 많은 오뒷세우스가 아내에게 말하였다.
　"여보, 우리가 모든 투쟁의 끝에 다다른 건 결코 아니에요.
이후에도 헤아릴 수 없을 만큼 많고 혹독한 노역이 있을 것이고,
나는 또 그 모든 것을 해내지 않으면 안 된답니다.   250
내가 전우들과 나 자신의 귀향을 찾아내러
하데스의 집으로 내려갔던 바로 그날,
테이레시아스의 영혼이 내게 예언한 대로지요.
자, 가볼까요, 여보. 우리 침대로 갑시다.
우리 달콤한 잠에 들어 낙을 누려봅시다."   255

그러자 이번에는 더없이 지혜로운 페넬로페가 그에게 말하였다.
　"잠자리라면 당신의 기백이 원할 때마다 당신을 위해
마련될 거예요. 신들께서 이 잘 지어놓은 집과 당신의 고향 땅에
당신이 와 닿게 해주셨으니까요. 하지만 당신도 말씀하셨고,
또 신께서 당신 기백에 심어주셨으니만큼, 이제 제게   260
당신의 투쟁을 말해주세요. 나중에라도 저는 들어 알게 되겠지만
지금 바로 안다고 해서 더 나쁘진 않을 것 같아요."

그러자 꾀 많은 오뒷세우스가 그녀에게 대답하며 말하였다.

"알 수 없는 사람 같으니, 왜 나더러 자꾸 말하라고 재촉하며
요구하는 건가요? 물론 나는 말해줄 거고, 아무것도 감추지 않겠어요.   265
하지만 당신의 기백은 기쁘지 않을 거예요. 나 역시 기쁘지 않고요.
왜냐면 그이가 나더러 죽게 마련인 인간들의 수없이 많은 도시들로
가야 한다고 명령했으니까요. 내 손에 맞춤한 노를 하나 쥐고
소금이 섞인 음식도 먹지 않을뿐더러 바다도 알지 못하는 사람들에게
이를 때까지 길을 가라고 명령했으니까요.   270
그들은 검붉게 뺨을 칠한 배도 모르며
배들에게 날개가 되어주는 맞춤한 노도 모른답니다.
그이는 나를 위해 아주 명백한 징표를 말해주었고, 나도 당신에게
이를 감추지 않으려오. 만일 길 가던 어떤 사람이 나와 마주쳐,
나더러 눈부신 어깨 위에 겨를 없애는 키를 메고 있다고   275
말하거든, 그때 그 맞춤한 노를 대지에 박은 다음, 포세이돈 왕을 위해
근사한 제물을 바치라고 명했지요. 숫양 한 마리, 황소 한 마리,
그리고 암퇘지에 올라타는 수퇘지 한 마리를 바친 다음,
집으로 돌아가서 너른 하늘을 차지하고 계신, 죽음을 모르는 신들을 위해
한 분 한 분께 순서대로 신성한 헤카톰베를 바치라고 하더군요.   280
내게는 바다로부터 몹시 가녀린 죽음이 다가와
윤택한 노년을 보내며 쇠잔해진 나를
죽일 것이며, 나를 둘러싼 백성들도 행복을 누릴 거라 합디다.
이 모든 일이 이루어질 거라고 그이가 말했지요."

그러자 이번에는 더없이 지혜로운 페넬로페가 그에게 말하였다.   285
"만일 신들께서 정말로 더 좋은 노년을 이루어주신다면

당신께도 재앙에서 벗어날 수 있는 희망이 있겠어요."

이들은 이런 말을 서로 주고받고 있었다.
그동안 에우뤼노메와 유모는 타오르는 횃불의 불빛 아래서
보드라운 천으로 이부자리를 보았다.   290
이들이 빈틈없는 침대를 바지런히 펼쳐놓자,
노파는 자리에 누우려고 도로 집 안으로 돌아갔으나
침실을 맡아 돌보는 에우뤼노메는 침대로 걸어오는
그들을 위해 두 손에 횃불을 들고 앞장섰다.
그들을 침실로 이끈 다음, 그녀 역시 되돌아갔다.   295
이제 이 두 사람은 반가워하며 옛적대로 놓인 그 침대에 이르렀다.
한편, 텔레마코스와 소치기, 그리고 돼지치기는
춤사위에서 발 구르기를 멈추었고, 여인들도 멈추게 한 다음
그늘진 거실 여기저기에 드러누웠다.

한편, 그 두 사람은 갈망하던 사랑으로 즐거움을 누리고 난 다음,   300
서로 이야기를 나누며 기뻐하고 있었다.
먼저, 여인들 중에서 여신과 같은 그녀는 자신을 핑계 삼아
많은 소 떼와 튼실한 양 떼를 잡고 술통에서 수없이 포도주를
길어 올리던 그 파괴적인 구혼자들의 무리를 바라보면서
자신이 견뎌낸 그 모든 것들을 말해주었다.   305
그러자 제우스에게서 태어난 오뒷세우스는 자신이 사람들에게
안겼던 근심들 전부와, 자신이 통곡하며 겪어낸 것들을
모두 말해주었다. 그녀는 이를 들으며 낙을 누렸고, 그가
모든 것을 설명해주기 전까지는 눈꺼풀 위에 잠이 쏟아지지 않았다.

먼저 그는 키코네스인들을 어떻게 제압하였고, 또 로토스 열매를   310
먹는 사람들의 기름진 들판으로 어떻게 가게 되었는지부터 시작하였다.
그러고는 퀴클롭스가 저지른 모든 짓들과, 그자가 무자비하게 잡아먹은
강인한 전우들의 핏값을 어떻게 받아냈는지, 그리고 아이올로스에게
어떻게 다다르게 되었는지, 아이올로스가 그를 신경 써서 맞아주고
보내주기도 하였지만, 아직 사랑하는 고향 땅에 다다를 운명이 아니라   315
무겁게 탄식하는 자신을 폭풍이 또다시 낚아채어 물고기가 가득한
바다 위로 옮겨놓았는지를 이야기해주었다. 그리고 그는 또
어떻게 라이스트뤼고네스인들의 텔레퓔로스로 가게 되었는지, 그리고
그들이 배들을 파괴하고 좋은 정강이받이를 댄 전우들을 모조리
죽여 〈오뒷세우스 혼자 검은 배를 타고 달아났〉[116]는지를 이야기해주었다.   320
또, 키르케의 속임수와 허다한 계책들을 설명해주었고,
테바이 사람 테이레시아스의 영혼에게 조언을 얻고자
노 저을 자리도 넉넉한 배를 타고 어떻게 그 침침한
하데스의 집으로 내려가 전우들을 모두 만나보았는지를,
또 자신을 낳아 길러준 어머니를 만났는지를 이야기해주었다.   325
그리고 세이렌들의 그 커다란 음성을 어떻게 들었는지를,
또 어떻게 플랑크타이 바위들이며 무서운 카륍디스와, 사람들이
무사히 벗어나본 적이 없는 스퀼라에게 다다랐는지를 말해주었다.
한편, 전우들이 헬리오스의 소들을 어떻게 잡아 죽였으며, 또 어떻게
높은 곳에서 벼락을 내리치시는 제우스께서 그 빠른 배를 연기 자욱한   330
벼락으로 내리쳐 어엿한 전우들이 모조리 한꺼번에 목숨을 잃고,
자신만 사악한 죽음의 여신에게서 달아났는지를 이야기해주었다.

116   이 행이 빠진 사본들도 있다.

또, 어떻게 오귀기아섬에, 요정 칼립소에게 가 닿았으며 어떻게 그녀가

자신을 남편으로 삼길 갈망하며 우묵 파인 동굴에 붙들어두었는지,

그리고 자신을 어떻게 돌보았으며, 또 어떻게 자신을 죽음을 모르는 몸으로,　　335

영원히 늙어감을 모르는 몸으로 만들어주겠노라 되뇌었는지 말해주었다.

그러나 그녀는 결코 그의 가슴속 기백을 설득할 수 없었다.

또, 그가 수많은 고생 끝에 어떻게 파이아케스 사람들에게로 다다랐으며

그들이 진심으로 그를 마치 신처럼 우러렀고

청동과 황금, 또 옷가지들을 넉넉히 선사하고　　340

배에 태워 사랑하는 고향 땅으로 데려다주었는지를 이야기하였다.

이것이 그의 마지막 말이었으니, 기백의 근심을 풀어주고

사지를 풀어주는 달콤한 잠이 그에게 달려들었던 것이다.

그러나 빛나는 눈의 여신 아테네는 또 다른 것을 떠올렸으니,

오뒷세우스가 자기 아내 곁에 누운 그 잠자리와 잠을 온 심정으로　　345

즐겼을 것이라 여겼을 때, 인간들에게 빛을 가져다주도록

이른 나절 태어난 황금 보좌의 여신을

곧장 오케아노스로부터 일으킨 것이다. 그러자 오뒷세우스도

부드러운 잠자리에서 일어나 아내에게 말하였다.

　　"여보, 우리 둘 다 싸움이라면 충분히 많이 겪었어요.　　350

당신은 여기에서 근심 가득한 내 귀향을 두고 통곡했고,

나는 내 간절함에도 불구하고 고향 땅에서 떨어진 채로

제우스와 다른 신들께서 고통들로 나를 묶어두셨으니까요.

이제 우리 둘 다 그토록 바라마지않던 잠자리에 와 닿았으니,

이 궁전에 있는 내 재산은 당신이 돌봐주세요.　　355

분수를 몰랐던 구혼자들이 축낸 양 떼는

내가 직접 전리품으로 많이 거두어 올 거고, 나머지는

내 모든 우리가 가득 찰 때까지 아카이아인들이 내줄 거예요.

그건 그렇고, 일단 나는 좋으신 아버지를 뵈러 숲이 우거진 들판으로

가보려 해요. 그분은 내 탓에 깊은 설움을 겪으셨지요.　　　　　　　　360

그건 그렇고, 여보, 당신은 현명한 사람이지만,

그래도 당신에게 당부해둘 게 있어요. 구혼자들이 이 궁전에서

살육당했다는 소문이, 헬리오스가 떠오르자마자 돌게 될 겁니다.

당신은 시중드는 여인들을 데리고 위층으로 올라가서

앉아 계세요. 누구를 보지도, 묻지도 말고요."　　　　　　　　　　365

그러자 그는 두 어깨를 둘러 아름다운 무구를 걸쳤고

텔레마코스와 소치기, 그리고 돼지치기를 깨워 일으키더니

그들 모두에게 아레스의 무장을 손에 집어 들라 명하였다.

그들 역시 이에 거역하지 않았고 청동으로 무장을 갖춘 다음

문을 열고 밖으로 나갔다. 이들을 이끈 것은 오뒷세우스였다.　　　370

대지 위로는 이미 빛이 있었으나, 아테네는 이들을

밤으로 덮어 가린 채 재빨리 도시 밖으로 이끌어내었다.

24권

한편, 퀼레네의 헤르메스는 구혼자들의 영혼들을 불러내었다.
그는 두 손에 아름다운 황금 지팡이를 쥐고 있었는데,
그는 자신이 원하는 인간들의 두 눈을 이 지팡이로
호리기도 하였고, 잠든 이들을 다시 깨우기도 하였다.
그가 이 지팡이로 그들을 몰아가자, 그들은 지저귀며 따라가니,   5
마치 어마어마한 동굴 한구석에서 박쥐들이 서로 붙은 채로
줄지어 있다가 한 마리가 바위에서 떨어지기라도 하면
지저귀며 이리저리 날아다니는 것처럼,
그들도 지저귀며 다 같이 걸어갔고, 자비로운 헤르메스는
침침한 길을 따라 그들을 이끌었다.   10
이들이 오케아노스의 물줄기들과 레우카스 바위 곁을 지나고,
헬리오스의 문들과 꿈들의 나라 곁을 지나자,
곧바로 아스포델로스가 피어난 초원 아래 다다르니
그곳에는 쇠잔한 인간들의 환영(幻影)들이, 영혼들이 살고 있다.

헤르메스, 구혼자들의
영혼을 이끌고 가다

―――――

11권에 이어 다시 저승 장면이다. 두 번째
저승 이야기(deuteronekyia)라고 부르는
대목이다. 옛사람들은 땅의 경계를
정하기 위해 돌무더기를 쌓아두었고,
이것을 herma라고 불렀다. 헤르메스라는
이름의 유래이다. 따라서 헤르메스의 가장
핵심적인 역할은 경계를 오가는 일이다. 이
신은 키르케의 영역 경계선에서 젊은이의
모습으로 오뒷세우스 앞에 나타나 그녀의
속셈에 대해 경고한 다음, 그에게 마법에
대항하는 해독제를 건네주었다. 세상 경계
너머에 있는 칼륍소의 섬으로 가는 장거리
출장도 헤르메스의 몫이었다. 인간과 망자
사이의 경계를 넘나드는 것 역시 그가
해줄 일이다. 우리에게 강림도령이 있다면,
희랍에는 헤르메스가 있다.

제임스 니글, 에칭, 1805

그들은 펠레우스의 아들 아킬레우스, 그리고 파트로클로스, 또   15
흠잡을 데 없는 안틸로코스, 아이아스의 영혼을 발견하였다.
아이아스는 펠레우스의 흠잡을 데 없는 아들에 버금가며
다른 모든 다나오스인보다 외모와 행동이 출중했던 인물이었다.
아킬레우스의 주변에 모여 있던 이들에게, 아트레우스의 아들
아가멤논의 영혼이 탄식하며 가까이 다가왔고   20
그의 주변에는 그와 함께 아이기스토스의 집에서
죽음을 맞고 운명을 따라간 다른 이들도 모두 모여 있었다.
그러자 펠레우스의 아들의 영혼이 그에게 말하였다.

　"아트레우스의 아드님, 우리는 모든 영웅 중에서
그대야말로 언제까지고 벼락을 즐기시는 제우스의 사랑을 받을 거라   25
말해왔지요. 우리 아카이아인들이 고통을 겪은 트로이아인들의 나라에서
그대는 그 많은 강력한 사람들을 다스렸으니까요.
그러나 그런 그대에게도 일단 태어난 이상 어느 누구도 피할 길 없는
파멸의 운명이 곁에 놓이게 되어 있었다니, 그것도 때 이르게.
차라리 그대가 통치하며 명예를 누리다가 트로이아인들의 나라에서   30
죽음을 맞고 운명을 따라갔다면 더 좋았을 것을! 그랬다면
아카이아인들 전부가 그대를 위해 무덤을 지어주었을 거고,
그대 자식의 앞날을 위해서도 위대한 명성을 들어 올렸을 텐데요.
하지만 지금 그대는 가장 가련한 죽음에 제압되는 몫을 받았군요."

그러자 이번에는 아트레우스의 아들의 영혼이 그에게 말하였다.   35
　"펠레우스의 행복한 아들이여, 신과 같은 아킬레우스여,
그대는 아르고스에서 멀리 떨어진 트로이아에서 숨을 거두었소.
트로이아인들과 아카이아인들의 가장 뛰어난 다른 아들들도 당신을

둘러싸고 싸우다가 당신 주변에 누워 있다오. 정작 당신은 전차 몰던
솜씨도 다 잊은 채, 그 큰 몸집을 크게 뻗고 회오리쳐 오르는   40
흙먼지 속에 누워 있었다오. 우리는 온종일 싸웠다오.
만일 제우스께서 돌풍을 일으켜 멈추게 하지만 않았어도 절대로
싸움을 그치지 않을 작정이었소. 우리는 그대를 싸움터에서
배들 앞까지 들고나와 침상에 뉘었고, 그 고운 살갗을
따뜻한 물과 기름으로 닦아내었다오. 다나오스인들은   45
그대를 에워싸고 뜨거운 눈물을 쏟아내며 머리털을 잘라 바쳤소.
한편, 그대의 모친께서도 소식을 들으시더니 죽음을 모르는
바다 요정들과 함께 소금 물결 밖으로 나오셨다오. 그러자 바다 위로
신들린 외침이 솟아올랐고, 전율이 모든 아카이아인을 움켜쥐었소.
만일 수많은 옛일을 알고 있는 네스토르가 그들을 가로막지 않았다면   50
그들은 자리에서 뛰쳐 일어나 속이 빈 배들로 갔을 거라오.
그의 계획은 예전에도 가장 상책으로 드러나곤 했잖소.
그는 그들을 위해 올바른 판단을 품고 말하였소.
'멈춰들 서시오, 아르고스인들이여, 도망들 가지 마오, 아카이아인들의
젊은이들이여. 이것은 목숨을 잃은 자식을 보려고 소금 물결 밖으로   55
그이의 어머니와, 죽음을 모르는 바다 요정들이 함께 나오고 있는 것이라오.'

그가 이렇게 말하자, 기개 넘치는 아카이아인들은 공황을 억누를 수 있었소.
바다 노인의 따님들은 그대를 에워싸고 서서 가여울 정도로
통곡하였고, 그대에게 쇠할 줄 모르는 옷을 입혀주었다오. 그러자
모두 아홉 분의 무사 여신들이 고운 음성의 상엿소리로 답하더이다.   60
그대는 그곳에서 눈물을 흘리지 않는 아르고스인들을 한 사람도
보지 못했을 거라오. 낭랑한 무사 여신이 그토록 솟구치게 하신 거라오.

열흘 하고도 이레 동안, 죽음을 모르는 신들도

죽게 마련인 인간들도 밤낮을 가리지 않고 통곡하였다오.

그러다가 열여드레째에 우리는 그대를 불 속에 넣었고,　　　　　　　65

그대 주변에서 몹시 튼실한 양들이며 뿔이 굽은 소들을 많이 잡았소.

그대는 타오르고 있었다오, 신들의 옷을 입고서, 기름을 듬뿍

바른 채로, 달콤한 꿀에 휩싸여. 수많은 아카이아인들의 영웅들이

무구를 갖추더니 걸어서, 혹은 전차를 타고서 타오르는 장작더미

주위를 도니 굉음이 치솟아 올랐다오. 그러다가 헤파이스토스의 불길이　70

그대를 온전히 불사르자, 우리는 동틀 녘에 그대의 뽀얀 뼈를

추려 수습한 다음, 물을 섞지 않은 포도주와 기름 속에

넣어두었다오, 아킬레우스. 한편, 어머님께서는 손잡이가 둘 달린

황금 단지를 주셨소. 그것이 디오뉘소스의 선물이며,

그 이름난 헤파이스토스의 작품이라 하시더이다.　　　　　　　75

그 안에 그대의 뽀얀 뼈가 담겨 있다오, 눈부신 아킬레우스여.

그리고 메노이티오스의 숨진 아들 파트로클로스의 뼈도 섞여 있다오.

그러나 그대가 모든 다른 전우들 중에서 숨진 파트로클로스 버금가게

월등히 존중하던 안틸로코스의 뼈는 따로 놓여 있소.

그대들을 둘러싸고 우리 아르고스인들의 신성한 창수들은　　　　80

너른 헬레스폰토스 위로 돌출한 곳 위에

거대하고 흠잡을 데 없는 무덤을 쌓아 올렸다오.

지금 태어나는 자들에게도, 그리고 후세에 태어날 자들에게도

바다 멀리서부터도 밝히 뵈도록 말이오. 한편, 어머님께서는

신들께 더없이 아름다운 상들을 청하여 아카이아인들 중　　　　85

으뜸가는 자들이 모인 자리 한복판에 가져다 놓으셨다오.

왕이 목숨을 잃고 나면 젊은이들이 허리띠를 매고

시합을 준비하는 영웅들의 장례식에 그대도 벌써 여러 차례

가보았겠지만, 그대도 만일 그 상들을 보았더라면

기백으로 엄청나게 경탄하며 바라보았을 거요.   90

은빛의 발, 여신 테티스께서 그대를 위해 지극히 아름다운 상들을

가져다 놓으셨던 거라오. 그대는 신들에게 몹시 사랑받았으니까.

그렇게 당신은 죽어서도 이름을 잃어버리지 않고, 모든 사람에게

언제까지나 그 훌륭한 명성이 있게 될 거라오, 아킬레우스!

하지만 내게는, 전쟁을 해결해낸 것이 도대체 무슨 낙이 되오?   95

제우스께서 귀향하던 나를 노리고 아이기스토스와 저주받을 아내의

손아귀에 당하는 참담한 파멸을 꾀하셨으니 말이오.”

이들은 이런 말을 서로 주고받고 있었다.

한편 동행자, 아르고스의 살해자는 오뒷세우스에게 제압된

구혼자들의 영혼을 이끌고 그들에게로 가까이 다가왔다.   100

이 둘은 이를 보자 몹시 놀라며 곧장 움직였고,

아트레우스의 아들 아가멤논의 영혼은 멜라네우스의 친아들,

명성도 자자한 암피메돈을 알아보았으니

그는 이타카에 있는 집에 살며 자신과 환대를 나눈 사이였다.

그러자 아트레우스의 아들의 영혼이 그에게 말을 건네었다.   105

　“암피메돈, 당신네는 모두 가려 뽑아놓은 동년배들 같은데,

무슨 일을 겪었길래 이 흐릿한 대지 아래로 잠겨 들어오는가?

도시를 통틀어 가장 뛰어난 남자들을 가려 뽑았다고밖에는 달리 볼 수가

없겠는데. 혹시 포세이돈께서 고통스러운 바람과

거대한 파도를 일으켜, 선단에 있던 당신네를 제압하신 거요?   110

아니면, 육지에서 당신네가 소 떼와 아름다운 양 떼를 떼내어

가져가려 했다거나, 도시와 여인들을 놓고 전투를 벌이다가

적의를 품은 사내들이 당신네를 해친 거요? 내 묻고 있으니

말해주오. 나는 그대와 환대를 나눈 사이임을 자부하니까.

내가 오뒷세우스더러 갑판이 잘 덮인 배들을 타고 따라오라고   115

신과 맞먹는 메넬라오스와 함께 그를 독려하기 위해서

그곳으로, 그대의 집으로 갔던 일이 기억나지 않는단 말이오?

도시의 파괴자 오뒷세우스를 애써 설득하느라

너른 바다를 가로지르는 데에만 합쳐서 꼬박 한 달이 걸렸다오.”

그러자 이번에는 암피메돈의 영혼이 그에게 말하였다.   120

   “〈가장 영예로운 아트레우스의 아들이여, 인간들의 왕 아가멤논이여,

제우스께서 기르신 이여,〉[117] 그대 말마따나 그 모든 걸 기억한다오.

우리들의 죽음, 그 몹쓸 종말이 어떻게 벌어졌는지 내 그대에게

아주 제대로, 모두 정확하게 설명하려 하오.

우리는 오랫동안 떠나 있던 오뒷세우스의 아내에게 청혼해왔다오.   125

그러나 그녀는 우리를 노리고 죽음과, 새카만 죽음의 여신을 궁리하면서

그 가증스러운 결혼을 거절도 안 하고, 끝을 보려 하지도 않았소.

그런데 그녀는 또 다른 계략 하나를 속으로 저울질했던 거요.

그녀는 궁전에 커다란 베틀을 하나 세워두더니, 엄청나게 크고 고운 천을

짜기 시작했소. 그러더니 난데없이 우리에게 이렇게 말했다오.   130

‘내게 구혼하는 젊은이들이여, 신과 같은 오뒷세우스가 돌아가셨으니

그대들이 내 결혼을 독촉한다 해도, 이 피륙을 다 짤 때까지는

기다려주시오. 내 이 실만 헛되이 망쳐놓지 않도록 말이오.

---

117 이 행이 빠진 사본들도 있다.

이건 길고 긴 고통을 안겨주는 죽음의, 파멸을 안겨주는 운명이
영웅 라에르테스를 쓰러뜨릴 때가 오면 쓰게 될 그분의 수의라오.   135
엄청난 재산을 모으셨지만, 천 쪼가리 하나 덮지 못한 채 눕는 거 아니냐며
아카이아의 여인들 중 어느 누구도 내게 욕하지 못하게 하려는 거라오.'

그녀가 이렇게까지 말하니, 우리도 또 한 번 사나이다운 기백으로 납득해주
    었소.
물론 거기서 그녀는 큼직한 옷감 짜기를 반복했다오, 낮에는 말이오.
밤에는 곁에다 횃불을 걸어두곤 도로 풀어 헤치기를 거듭하고.   140
이런 식으로 꼬박 삼 년을, 들키지도 않고 계략을 써가며 아카이아인들을
믿게 했지 뭐요. 〈그러다가 달들이 저물고, 많은 나날이 채워지자〉[118]
계절이 다가오며 네 번째 해가 왔다오.
바로 그때, 여인들 중 이 일을 분명히 알고 있던 어떤 여자가 털어놓았소.
그래서 우리도 윤기 도는 옷감을 풀어 헤치던 그녀를 보게 된 것이고,   145
그러니 그녀가 아무리 마다한들 억지로라도 완성할 수밖에 없었소.
마침내 그녀가 커다란 베틀로 짜내고 세탁까지 마친,
마치 해와도 같고 달과도 같았던 그 천을 보여주었을 때,
바로 그때 어떤 사악한 신이 어디로부턴가 오뒷세우스를 데려와
돼지치기가 살고 있던 들판 끝자락에 있는 집으로 이끌고 온 거라오.   150
또 신과 같은 오뒷세우스의 친아들도 모래 많은 퓔로스로부터
검은 배를 타고 돌아와 그곳으로 갔다오.
그 두 사람은 구혼자들을 노리고 죽음과 죽음의 여신을 잘 짜 맞춘 다음
명성이 자자한 도시로 다가왔소. 오뒷세우스가 나중에 오고

---

118 이 행이 빠진 사본들도 있다.

텔레마코스는 앞장서서 길을 이끌었다오. 그리고 살갗에 형편없는 옷을   155
두르고 있던 오뒷세우스는 돼지치기가 데려왔는데,
그는 지팡이에 기댄 서러운 거지 노인 꼴을 하고
살갗에는 남루한 입성을 두르고 있었다오. 이렇게 난데없이
모습을 드러낸 그를 우리 중 아무도 알아볼 수가 없었던 거요.
더 먼저 태어난 사람들도 역시 그를 알아보지 못했소.   160
외려 우리는 험악한 말로 겁박하고 물건을 집어 던졌소.
그러나 그러는 동안 그는 자기 궁전 안에서 물건에 얻어맞고
모욕을 당하면서도, 견뎌내는 기백으로 참아내었다오.
그러다 아이기스를 지니신 제우스의 판단이 그를 분기시키자
그는 텔레마코스와 함께 더없이 아름다운 무구들을 집어 들더니   165
방 안에 가져다 놓고 빗장을 걸어 잠가두었소.
그러더니 그는 엄청난 꾀를 부려 부인을 시켜
구혼자들에게 활과 잿빛 무쇠를 가져다 놓게 한 거고,
그게 우리에겐 참혹한 운명의 시합이자 살육의 시초가 되었다오.
우리 중에선 그 강력한 활의 시위를 당길 수 있는 사람이   170
아무도 없었다오. 우리가 못 미쳐도 한참을 못 미쳤던 거요.
그러다가 그 거대한 활이 오뒷세우스의 손까지 들어오게 되자
거기 있던 우리는 죄다 그 활을 주면 안 된다고 아우성을 쳤소.
그자가 무슨 말을 얼마나 많이 하려 했든 상관없이 말이오.
그러나 오직 텔레마코스만은 그자에게 그렇게 하라고 재촉하며 명령했소.   175
아무튼, 잘 참고 견디는 신과 같은 오뒷세우스는 활을 손에 받아 들고선
쉽게 활을 잡아당기더니 무쇠를 꿰뚫어버리지 뭐요.
그러고는 문턱 위에 올라서서 빠른 화살들을 쏟아놓고
무서울 정도로 날카롭게 쏘아보더니 안티노오스 왕을 쏘아 맞혔다오.

그러고 나서 다른 사람들에게도 정면으로 겨냥하며 신음을 안겨주는   180
무기들을 날렸고, 우리는 무더기째로 쓰러져 나갔소.
게다가 어떤 신이 그자들을 돕고 있는 걸 알 수 있었는데,
그자들은 주저 없이 자신들의 기운에 이끌려 집 안 곳곳을
들쑤시고 돌아다니며 살육을 벌였기 때문이오. 머리를 얻어맞은
사람들에게서는 당치도 않은 신음이 솟구쳐 올랐고, 바닥은 온통   185
피로 소용돌이치고 있었소. 아가멤논, 우리는 그렇게 파멸했고,
시신은 여전히 방치된 채로 오뒷세우스의 궁전 안에 널브러져 있다오.
집에 있는 각자의 식구들은 이를 전혀 모르고 있소. 상처에서 솟아 나와
엉겨 붙은 새카만 피를 그들이 씻어주고, 우리를 뉘어
곡을 해줘야 하건만! 그것이 망자들이 누릴 명예이니 말이오.”   190

그러자 이번에는 아트레우스의 아들의 영혼이 말하였다.
　“행복한 이여, 라에르테스의 아들이여, 허다한 계책에 밝은
오뒷세우스여! 그대는 대단한 덕을 지닌 아내를 얻었으니.
이카리오스의 딸, 흠잡을 데 없는 페넬로페에게는 얼마나 훌륭한
헤아림이 있는가! 결혼한 제 남편 오뒷세우스를 얼마나 잘 기억했던가!   195
그러니 그녀의 탁월함에 관한 명성은 결코 사라지지 않을 것이며
죽음을 모르는 분들께서는 대지 위에 사는 자들에게
속 깊은 페넬로페를 위한 우아한 노래를 지어주시리라.
그렇지 않은 튄다레오스의 딸은 몹쓸 짓들을 꾀하여
결혼한 남편을 쳐 죽였으니, 사람들에게 가증스러운 노래가 되리라.   200
그리고 여인들에게는, 심지어 제대로 처신하는 여인에게도
혹독한 평판이 뒤따르리라.”

이들은 땅속 깊은 수렁, 하데스의 집에 서서

이런 말을 서로 주고받고 있었다.

한편, 그들은 도시로부터 내려와 아름답게 마련해놓은   205

라에르테스의 농토에 금세 다다랐다. 이 농토는 라에르테스가

하고많은 고생을 겪은 끝에 직접 얻어낸 것이었다.

거기에 그의 집이 있었고, 그 집 전체를 둘러 오두막이 세워져 있었다.

오두막 안에는 그가 바라는 일들을 하도록 되어 있는

하인들이 앉아서 끼니를 때우고 잠을 자곤 하였다.   210

거기에는 시켈리아에서 온 노파가 하나 있었는데, 그녀는

도시에서 멀리 떨어진 이 들판에서 노인을 다정하게 돌봐주곤 하였다.

거기서 오뒷세우스는 하인들과 아들에게 말하였다.

  "너희는 이제 잘 지어놓은 집 안으로 들어가서

식삿거리로 즉시 돼지 한 마리를 잡되, 제일 좋은 놈으로 하거라.   215

나는 우리 아버지를 떠보려고 한다.

그분이 나를 두 눈으로 보고 알아보시는지, 아니면

많은 세월 탓에 알아보지 못하시는지를 말이다."

그는 이렇게 말하며 하인들에게 아레스의 무구들을 건네주었다.

그들은 재빨리 집으로 들어갔고, 오뒷세우스는   220

그를 시험해보러 열매를 많이 맺는 과수원으로 가까이 다가갔다.

그가 큰 과수원으로 내려가보니 돌리오스는 보이지 않았고,

하인들도, 그의 아들들도 보이지 않았다.

그들은 과수원의 담벼락을 만들려고 돌들을 주우러 나갔고,

돌리오스 노인이 앞장서서 그들을 이끌고 나간 참이었다.   225

그러다가 그는 잘 지어놓은 과수원에서 아버지 혼자

나무 주변에서 흙을 파내고 있는 것을 보았다. 아버지는 당치도 않은

남루한 옷을 기워 입었고, 정강이에도 쏠리지 말라고

기워 넣은 쇠가죽 각반을 차고 있었다. 가시덤불 때문에

손에는 장갑을 끼웠고, 머리 위에는 슬픔을 키워가며　　　　　　　230

염소 가죽 모자를 쓰고 있었다.

잘 참고 견디는, 신과 같은 오뒷세우스는 노년에 짓눌린 그를

알아보더니, 속으로 엄청난 슬픔을 품고는

커다란 배나무 밑에 서서 눈물을 떨구었다.

아버지에게 입 맞추며 부둥켜안고는 그가 어떻게 돌아와 고향 땅에　　　　235

와 닿게 되었는지 일일이 말하는 것이 좋을지, 아니면

일단은 하나하나 물어가며 시험해보는 것이 좋을지

그는 헤아림을 다해, 온 심정을 다해 저울질하며 궁리해보았다.

그렇게 심사숙고해보던 중에, 일단은 심장을 아프게 하는 말들로

시험해보는 것이 그에게 득이 될 거라 보았고,　　　　　　　240

신과 같은 오뒷세우스는 이를 염두에 두고 그 자리에서 곧장 움직였다.

아버지는 여전히 고개를 숙인 채 나무 주변에서 흙을 파내고 있었다.

그러자 눈부신 아들이 그의 곁에 다가서서 말하였다.

　"노인장, 과수원을 가꾸는 솜씨에 무엇 하나 모자란 게

없으십니다. 아닌 게 아니라 정말 제대로 가꾸어져 있군요.　　　　　245

이 과수원에 심긴 것 중 어느 하나도 돌봄 없이 버려진 게 없습니다.

무화과나무도, 포도나무도, 올리브나무도, 배나무도, 남새밭도요.

제가 또 다른 걸 말씀드리려 하니, 그대는 부디 속에서 기백으로 노여워하진

마십시오. 정작 그대 스스로는 좋은 돌봄을 못 받고 계시는군요.

아닌 게 아니라 당신은 비참한 노년을 보내며 엉망인 채로　　　　　250

지저분한 데다가 당치도 않은 옷을 입고 계시니 말입니다. 당신이

일을 안 해서 당신의 주인이 그대를 돌보지 않는 건 아닐 텐데요.
당신을 바라보고 있자니 용모도, 체격도 전혀 노예에 어울리질 않습니다.
외려 저는 그대를 왕 같은 사나이에 견주렵니다. 목욕하고 식사도 들고
부드럽게 잠을 청하는, 그런 분 같아 보입니다. 사실 노인들이라면   255
마땅히 그래야 하는 법이죠. 자, 그건 그렇고 제게 이것도 말씀해주시되,
정확하게 설명해주시지요. 그대는 사람들 중 누구의 하인인가요? 누구의
과수원을 돌보고 계신 겁니까? 그리고 당신은 제게 이것을 말씀해주시되,
제가 잘 알 수 있도록 사실대로 이야기해주세요. 우리가 다다른 이곳이
정말로 이타카인지 말입니다. 제가 금방 이리로 오던 길에 마주친   260
어떤 사람이 제게 그렇게 말하긴 했습니다만, 아주 지각 있는 사람
같진 않더군요. 저와 환대를 나눈 분이 혹시 아직 살아 계신지, 아니면
벌써 돌아가시고 하데스의 집에 계신지 제가 물었을 때, 그 사람은 제 말을
귀 기울여 들으려 하지도, 낱낱이 말해주려 하지도 않았으니까요.

이제 제가 털어놓을 테니, 그대도 제 말을 새기며 잘 들어보세요.   265
한번은 제 고향 땅에서, 저희 집을 찾아온 어떤 남자 한 분을
대접해드린 일이 있답니다. 멀리서부터 제 집에 왔던 손님들 중에
그분보다 더 사랑스러운 사람은 결코 없고말고요.
그분은 본인이 이타카 태생이며, 아르케시오스의 아들
라에르테스가 자기 아버지라고 자부하곤 했어요.   270
저는 그분을 집으로 모시고 와 잘 대접해드리고
세심하게 아껴드렸지요. 집에 있는 것이 워낙 많았으니까요.
그뿐 아니라 잘 어울리는 접대 선물들도 드렸지요.
일단 그분에게 잘 매만진 황금 일곱 탈란톤을 드렸고,
전부 은으로 되어 있고 꽃무늬를 아로새긴 술동이를 드렸지요.   275

한 겹 외투 열두 벌에, 깔개도 그만큼을 드렸고

고운 겉옷도 역시 그만큼에다가, 통옷도 그만큼을 얹어드렸답니다.

이 밖에도 흠잡을 데 없는 일들을 알고 있는, 맵시 있는 여인

넷을 당신 원하는 대로 고르시라고 드렸지요."

그러자 아버지는 눈물을 떨구며 그에게 대답하였다.   280

　"손님, 당신은 분명 당신이 묻고 있는 그 나라에 도착한 게 맞소.

하지만 이 나라는 주제넘고 부러 악행을 저지르는 자들이 거머쥐고 있다오.

당신은 헤아릴 수 없이 많은, 하지만 그에게 속절없는 선물을 내주며

반기셨구려. 만일 당신이 이타카의 나라에서 그를 아직 살아 있는 채로

만났더라면, 그도 당신에게 선물들로 잘 답례하고 훌륭하게 환대하며   285

보내드렸을 거라오. 시작해주신 분이 누려야 할 마땅한 도리이니까.

자, 그러면 내게 이것도 말해주되, 정확하게 설명해주시구려.

당신이 그 불운한 손님을 대접한 게 몇 년이나 되었소?

만일 그런 적이 있긴 했다면, 그는 바로 내 자식이라오. 그 아이는 사랑하는

고향 땅에서 멀리 떨어진 채, 바다에서 물고기 떼가 잡아먹었거나,   290

아니면 뭍에서 들짐승들과 새 떼의 먹이가 되었을 거라오.

어미와 아비는 그 아이에게 수의를 덮어주지도 못했고,

곡도 해주지 못했소, 우리가 그 아이를 낳았는데도.

많은 선물을 주고 얻은 그의 아내, 속 깊은 페넬로페도

자기 남편을 침상에 누이고 두 눈을 감겨주며 울어보지도 못했다오,   295

그래야 마땅한데도, 그게 망자들이 누리는 명예인데도.

아무튼 당신은 내게 이것을 말해주되, 내가 잘 알 수 있도록 사실대로 이야기

　해주오.

그대는 인간 중에 누구며, 어디서 오셨소? 그대의 도시는 어디며

부모님은 어디 계시오? 신과 맞먹는 동료들과 그대를 이리로
데려다준 그 빠른 배는 어디에 세워두셨소? 혹시 그대는   300
남의 배를 타고 손님으로 온 것이고, 그들은 당신을 내려놓고 떠난 거요?"

그러자 그에게 꾀 많은 오뒷세우스가 대답하며 말하였다.
  "안 그래도 제가 그대에게 아주 정확하게 말하려 했습니다.
저는 알뤼바스에서 왔고, 그곳에 있는 이름난 집에서 살고 있답니다.
저는 폴뤼페몬의 아들, 통치자 아페이다스의 아들이올시다.   305
이름은 에페리토스라고 하지요. 그런데 어떤 신이 저를 시카니아로부터
표류하게 하여 원치 않았음에도 불구하고 이리로 오게 된 겁니다.
제 배는 도시로부터 멀리 떨어진 시골에 정박해두었고요.
오뒷세우스에 관해 말씀드리자면, 그가 제 고향을,
그곳을 떠나간 지가 벌써 오 년째로군요.   310
불운한 사람 같으니, 길을 떠나던 그를 위해 상서로운 새들이
오른편에서 왔음에도! 그래서 저도 기뻐하며 그이를 보내드렸고
그이도 역시 기뻐하며 떠나가셨지요. 제 기백은 우리 둘이 다시 한번
환대를 나누기를, 그리고 눈부신 선물들을 주고받기를 바라는데도요."

이렇게 말하자, 고통의 먹구름이 그를 뒤덮어버렸다.   315
그는 두 손으로 잿빛 흙먼지를 부여잡아
회색빛 머리 위로 쏟아부으며 목 놓아 절규하였다.
그러자 친아버지를 바라보던 그의 기백이 동요하였고,
뻐근한 기운이 그의 코끝을 눌렀다.
그는 뛰어들어 아버지를 부둥켜안고 입 맞추며 말하였다.   320
  "당신이 묻고 계신 그 사람이 바로 여기 있는 접니다, 아버지!

스무 해 만에 고향 땅에 온 겁니다.

그러니 울음도, 눈물 젖은 통곡도 이제 거두세요.

우리는 몹시 서둘러야 할 필요가 있지만, 그래도 제가 다 털어놓겠습니다.

우리 집에 있던 구혼자들을 제가 쳐 죽였습니다.   325

기백을 고통스럽게 하는 모독과 몹쓸 짓들을 응징한 겁니다.”

그러자 이번에는 라에르테스가 소리 내어 그에게 대답하였다.

　“만에 하나 그대가 정말 내 자식 오뒷세우스로서 이곳에 온 거라면

내가 수긍할 수 있도록 당장 내게 명백한 증거를 말해주오.”

그러자 꾀 많은 오뒷세우스가 그에게 대답하며 말하였다.   330

　“일단 이 흉터를 두 눈으로 보세요. 이건 파르나소스에서

멧돼지가 흰 이빨로 저를 들이받아 생긴 것이지요.

어머니의 친정아버지 아우톨뤼코스에게 저를 보내신 것도

아버지와 공경하올 어머니시지요. 그분이 이리로 오셨을 때

고개를 끄덕이며 제게 약속하셨던 선물들을 받아 오라고요.   335

자, 그리고 이 잘 지어놓은 과수원에 있는 나무들 중 아버지께서

제게 주셨던 것들을 읊어볼게요. 제가 아직 어린아이였을 때,

저는 이 정원에서 아버지를 따라다니며 이 나무들을 하나하나

다 달라고 졸랐어요. 우리가 나무들 사이를 가로질러 갈 때, 아버지는

나무들의 이름을 하나씩 말씀해주셨지요. 아버지는 제게 배나무   340

열세 그루와 사과나무 열 그루를 주셨고, 무화과나무 마흔 그루를 주셨어요.

포도나무는 제게 쉰 줄을 주시겠노라 말씀하셨는데, 그것들은

순서대로 열매를 맺게 되어 있었어요. 제우스의 계절들이 위로부터

묵직이 내리누르면, 거기에 온갖 종류의 포도송이들이 열리지요.”

그가 이렇게 말하자, 라에르테스의 무릎과 심장이 풀어져버렸다.   345
그는 오뒷세우스가 드러내 보인 명백한 증거들을 알고 있었던 것이다.
그는 두 팔을 벌려 친자식을 부둥켜안았고, 잘 참고 견디는, 신과 같은
오뒷세우스도 숨이 끊어지려는 아버지를 자기 쪽으로 끌어안았다.
마침내 그가 숨을 들이쉬고, 속으로 기운이 모여들자
그는 다시 이런 말로 그에게 대답하였다.   350

　"아버지 제우스시여, 구혼자들이 주제넘은 악행에 대해
값을 치른 것이 진정 사실이라면, 신들께서는 여전히 광활한 올림포스에
계시나이다! 하지만 나는 지금 이타카 사람들이 모두 다 이리로
금세 올라오지 않을까, 저들이 케팔레니아 사람들의 여러 도시에
모두 전갈을 보내지 않을까 싶어 온 헤아림으로 끔찍이도 두렵구나."   355

그러자 꾀 많은 오뒷세우스가 그에게 대답하며 말하였다.
　"기운을 내세요, 헤아림으로 그런 일을 신경 쓰진 않으셔도 됩니다.
그러지 말고 집으로 가시지요. 과수원 가까이에 있으니까요.
가급적 빨리 식사를 준비하도록 제가 그리로 텔레마코스와 소치기,
그리고 돼지치기를 먼저 보내놓았어요."   360

그가 이렇게 말하자, 두 사람은 아름다운 집을 향해 걸어갔다.
그들이 살기 좋은 집에 도착하여 보니
텔레마코스와 소치기, 그리고 돼지치기는
고기를 푸짐하게 썰고 있었고, 불꽃 같은 포도주를 섞고 있었다.
그동안 시켈리아에서 온 시녀는 웅대한 기상을 품은 라에르테스를   365
집 안에서 씻기고 나서 올리브기름을 펴 발라주었다.

그녀가 통옷과 아름다운 외투를 그에게 걸쳐주자,

아테네가 그의 곁에 가까이 다가서더니 이 백성들의 목자의 사지에

힘을 키워주고, 그를 전보다 더 크게, 더 풍채 좋게 보이도록 해놓았다.

그가 욕조에서 걸어 나오자, 그의 친아들은 마치 죽음을 모르는 이들과   370

맞먹는 그의 모습을 대면하고 경악하더니

그에게 날개 돋친 말을 건네었다.

　"아버지, 영원을 살아가시는 신들 중 어떤 분께서

용모와 체격이 더 훌륭해 보이도록 만들어주신 게 틀림없습니다."

그러자 이번에는 지혜로운 라에르테스가 그에게 대답하였다.   375

　"아버지 제우스시여, 아테네와 아폴론이시여!

만약 내가 케팔레니아 사람들을 통치하며

본토의 곶에 잘 지어놓은 도시 네리코스를 함락했던 시절과도 같은

그런 사람이 되어, 어제 우리 집에서 두 어깨에 무장을 걸치고

버텨 서서 구혼자들을 물리쳤더라면 얼마나 좋았을까 싶다!   380

그러기만 했다면 궁전에서 내 수많은 녀석들의 무릎을

풀어버렸을 테고, 너도 속으로 기쁨을 누렸겠지."

이들은 이런 말을 서로 주고받고 있었다.

한편, 그들이 일을 마치고 잔칫상을 준비하자

그들은 장의자며 팔걸이의자에 차례대로 자리 잡았다.   385

음식 쪽으로 손을 내밀기 시작하려 할 때, 돌리오스 노인이

노인의 아들들과 함께 노동으로 지친 채로 가까이 다가왔다.

어머니인 시켈리아에서 온 노파가 나가서 그들을

불러온 것이었으니, 노파는 그들을 키워냈으며,

노령이 사로잡은 노인을 다정하게 돌보곤 했다.   390
그들은 오뒷세우스를 보자 기백으로 알아차리더니
경악하며 거실에 서 있었다. 그러나 오뒷세우스는
부드러운 말로 그들을 부르며 말하였다.
　"어르신, 앉아서 식사를 드시지요. 놀라움일랑 깨끗이 잊으시고요.
저희는 벌써 한참 전부터 빵에 간절히 손을 내밀고 싶어 하며   395
거실에서 그대들을 맞으려고 이제나저제나 기다리던 참입니다."

그가 이렇게 말하자, 돌리오스는 두 팔을 벌리고 곧장 다가가
오뒷세우스의 손을 붙잡더니 손목에 입을 맞추었고
그에게 소리 내어 날개 돋친 말을 건네었다.
　"오, 내 사람아, 그토록 염원하였지만 더는 기대하지 못했던   400
우리에게 자네가 돌아오다니! 신들께서 친히 자네를 이끌어주신 게지.
부디 온전하고, 기쁨도 넉넉히 누리게나. 신들께서 자네에게 행복을 내리시길!
그리고 내게 이걸 사실대로 말해주게, 내가 잘 알 수 있도록 말일세.
자네가 이리로 돌아왔다는 걸 더없이 지혜로운 페넬로페도
확실히 알고 있는가? 아니면 우리가 전령을 일으켜 보냄세."   405

그러자 꾀 많은 오뒷세우스가 그에게 대답하며 말하였다.
　"어르신, 그녀도 이미 알고 있으니, 그런 수고까지 하실 이유가 있을까요?"

그는 이렇게 말하더니 윤기 도는 의자 위에 도로 앉았다.
그러자 돌리오스의 자식들이 이름난 오뒷세우스 주변으로 와서
손을 내밀며 환영의 인사를 건넨 다음   410
그들의 아버지 돌리오스의 곁에 차례대로 앉았다.

이처럼 그들이 거실에서 식사로 분주한 동안,

재빠른 전령인 옷사(소문)는 구혼자들의 가증스러운 죽음과

운명을 말하며 도시 전체를 구석구석 돌아다녔다.

그러자 사람들은 이를 듣고선 신음하고 통곡하며 415

여기저기로부터 오뒷세우스의 집 앞으로 다가오더니,

각자 집 밖으로 시신을 옮겨 날라 장사를 치렀다.

다른 도시에서 온 사람들은 뱃사람들에게 시신을 내어주며

빠른 배 위에 싣고 각자 집으로 가도록 보냈다.

그러나 그들은 심장으로 애달파하며 무리 지어 회의장으로 향했다. 420

마침내 그들이 모두 모여들자,

그들 사이에서 에우페이테스가 일어나 말문을 열었다.

그에겐 제 자식의 일로 속에 도저히 잊을 수 없는 슬픔이 놓여 있었으니

안티노오스를 신과 같은 오뒷세우스가 맨 먼저 살육했던 것이다.

그는 눈물을 떨구며 말하기 시작했다. 425

"친구들아, 그자는 아카이아인들에게 실로 엄청난 일을 획책했다.

그자는 훌륭한 사람들을 많이도 배들에 태워 데리고 가더니,

속이 빈 배들도 잃어버리고, 백성들도 다 잃어버렸지.

그리고 이제는 돌아와서 케팔레니아인들 중에서도 아득히 뛰어난 사람들을

쳐 죽였다. 자, 그러니 그자가 서둘러 퓔로스로 가거나, 아니면 430

에페이오스인들이 다스리는 신성한 엘리스로 가기 전에 우리가

그자에게 가자꾸나. 아니면 우리는 언제까지고 눈을 내리깔고 있어야 한다.

만일 우리가 자식들과 형제들의 죽음에 보복하지 않는다면

그건 후세들도 들어 알 만한 굴욕이 될 거란 말이다.

적어도 내겐 살아 있는 것이 이 속에서 더는 달콤하지가 않고 435

그저 빨리 세상을 떠난 망자들의 무리에 있고 싶을 따름이다.

그러니 가자, 저들이 먼저 바다를 건너지 못하도록!"

그가 눈물을 쏟으며 말하자, 연민이 모든 아카이아인들을 사로잡았다.
한편, 잠에서 풀려난 메돈과 신과 같은 가수가
오뒷세우스의 궁전으로부터 그들에게로 가까이 다가와   440
한가운데에 서자, 경악이 한 사람 한 사람을 사로잡았다.
지혜로운 일들을 알고 있는 메돈이 그들 사이에서 말문을 열었다.
  "이제 내 말을 들어들 보시오, 이타카인들이여. 오뒷세우스는
죽음을 모르는 신들의 뜻을 거슬러 이 일을 계획한 것이 아니오.
죽음을 모르는 신을 내가 직접 보았단 말이오. 그분은 오뒷세우스   445
바로 곁에 서 계셨고, 멘토르를 완전히 빼닮았더이다. 죽음을 모르는
그 신은 오뒷세우스 앞에 모습을 드러내어 격려하기도 하더니
또 어느새 거실 곳곳으로 쇄도하며 구혼자들을 휘저어놓으셨소.
그리고 그들은 무더기째로 쓰러져 나간 거요."

그가 이렇게 말하자, 창백한 공포가 그들 모두를 움켜쥐었다.   450
그러다가 이들 사이에서 마스토르의 아들, 영웅 할리테르세스 노인이
입을 열었다. 오직 그만이 앞뒷일을 모두 바라보기에,
그는 그들을 위해 올바른 판단을 품고 말하였다.
  "내가 할 말이 있으니 들어들 보시오, 이타카 사람들이여.
이런 사태가 발생한 건, 친구들이여, 우리의 패악 탓이외다.   455
그대들은 내 말도, 백성들의 목자 멘토르의 말도 따르려 들지 않았소.
당신네 자식들이 정신 나간 짓들을 벌이는 걸 막지 않던 거요.
그들은 부러 흉악하게 굴며 으뜸가는 남자의 재산을 약탈하고,
그 부인을 능멸하는 엄청난 짓을 저질렀잖소,

594

그가 다시는 돌아오지 못할 거라 말하면서 말이오.   460
그러니 이제 이렇게 해야겠소. 그대들은 내 말을 따라주시오.
그리로 가지 맙시다. 행여 누가 파멸을 만나기를 자초하진 않도록 말이오.”

그가 이렇게 말하였고 몇몇은 무리를 이룬 채 그 자리에 남아 있었으나
절반이 넘는 사람들이 고성을 질러대며 박차고 나가니
그들의 헤아림에는 그 이야기가 달갑지 않아 에우페이테스를 따른 것이다.   465
그들은 곧바로 무구를 향해 쇄도하기 시작했다.
이들이 살갗을 둘러 번쩍이는 청동을 걸친 다음
드넓은 도시 앞에 무리 지어 모여들자,
에우페이테스는 어리석게도 그들을 이끌며 앞장섰다.
그는 자식의 죽음에 보복할 거라고 말은 하였지만, 다시 돌아오지   470
못하고 그곳에서 운명의 몫을 좇아가게 되어 있었다.

한편, 아테네가 크로노스의 아들 제우스에게 말하였다.
  “저희 아버지시여, 크로노스의 아드님, 지극히 높으신 통치자시여!
여쭙는 제게 말씀해주소서, 속에 어떤 판단을 감추고 계시는지요?
앞으로도 사악한 전쟁과 두려운 전쟁의 함성을 마련하실 건가요,   475
아니면 양편에 우의를 세우시겠습니까?”

그러자 구름을 모아들이는 제우스가 그녀에게 대답하며 말하였다.
  “내 새끼, 그 일을 왜 내게 궁금해하며 물어보는 거냐?
오뒷세우스가 와서 저들에게 보복한다는 그 결정은
바로 네가 직접 궁리해낸 게 아니었니? 네가 원하는 바대로 하려무나.   480
하지만 어찌해야 잘 어울릴지는 내 너에게 말해주마.

신과 같은 오뒷세우스가 일단 구혼자들에게 복수하였으니,
신뢰할 만한 서약의 제물을 잘라 바쳐 그가 언제까지고
왕 노릇 하게 하여라. 그리고 우리는 저들이 자식들과
형제들의 죽음을 용서하고 잊게끔 해주자꾸나. 그래서 예전처럼   485
저들이 서로를 아껴주고 부와 평화가 넘쳐나게 하도록 하여라."

안 그래도 진작부터 그러려던 아테네를 그가 이런 말로 부추기자
그녀는 발걸음을 옮겨 올륌포스의 산머리에서 뛰어내렸다.

한편, 그들이 꿀 같은 헤아림이 담긴 빵을 먹고 허기에서 벗어나자
잘 참고 견디는, 신과 같은 오뒷세우스가 그들 사이에서 말문을 열었다.   490
  "혹시 저들이 가까이 오고 있는지 누가 나가서 보고 오너라."

그가 이렇게 말하자, 돌리오스의 아들 하나가 그의 명령대로 나가더니
문턱 위에 올라섰고, 그들 모두가 가까이 있는 것을 보게 되었다.
그는 즉시 오뒷세우스에게 날개 돋친 말을 건네었다.
  "저들이 가까이 있습니다. 자, 서둘러 무장을 갖춥시다."   495

그가 이렇게 말하자 그들도 일어서서 무구 속으로 잠겨 들어가니
오뒷세우스 일행이 넷, 그리고 돌리오스의 아들들이 여섯이었다.
한편, 라에르테스와 돌리오스 역시 무구 속으로 잠겨 들어갔으니,
그들은 이미 은발이었지만, 어쩔 수 없이 전사가 된 것이다.
이들은 살갗을 둘러 번쩍이는 청동을 걸친 다음   500
문을 열고 나갔고, 오뒷세우스가 앞장섰다.
한편, 아테네가 그들 곁으로 가까이 다가왔으니

그 체격도, 음성도 멘토르로 보였다.

잘 참고 견디는, 신과 같은 오뒷세우스는 그녀를 보자 반가워하며
곧바로 친아들 텔레마코스에게 말하였다. 505

"텔레마코스, 지금 너는 사내들의 전투에서
가장 뛰어난 자들이 가려져 뽑히는 곳에 왔단다. 과거에
어떤 땅 위에서도 힘과 용맹으로 압도적이었던 우리 조상들의 가문에
오욕이 되지 않아야 한다는 것을 너도 알게 될 거다."

그러자 이번에는 지혜로운 텔레마코스가 그에게 대답하였다. 510

"사랑하는 아버지, 원하신다면 제가 이 기백으로 아버지의 가문에
절대로 오욕을 끼치지 않는 것을 보시게 될 겁니다. 아버지 말씀대로요."

그가 이렇게 말하자, 라에르테스가 기쁨에 겨워 말하였다.

"사랑하올 신들이시여, 이런 날이 제게 오다니요!
아들과 손자가 탁월함을 두고 경합을 벌이니, 기쁨이 넘치나이다!" 515

그러자 빛나는 눈의 아테네가 그의 곁에 서서 말하였다.

"아르케시오스의 아들아, 모든 전우들 중에서 내가 더없이,
가장 사랑하는 사람아, 너는 빛나는 눈의 소녀와 아버지 제우스께 기도한 다음
그림자 길게 드리우는 창을 잠시도 지체하지 말고 앞뒤로 흔들며 던져라."

팔라스 아테네가 이렇게 말하며 그에게 엄청난 기운을 불어넣어주자, 520
그는 위대한 제우스의 딸에게 기도하더니
즉시 그림자 길게 드리우는 창을 앞뒤로 흔들며 날려 보냈고
에우페이테스를 맞혀 청동 뺨 덮개가 달린 투구를 꿰뚫어버렸다.

투구가 창을 막지 못하자, 청동은 투구를 뚫고 나왔다.

그는 둔중한 소리를 일으키며 쓰러졌고, 그를 덮은 무장도 굉음을 울렸다. 525

그러자 오뒷세우스와 그의 눈부신 아들이 선두 대열로 뛰어들더니

칼과 양날 창으로 그들을 치기 시작했다.

만일 아이기스를 지닌 제우스의 딸 아테네가 고함을 질러

모든 백성을 제지하지만 않았어도

이들은 모두에게 파멸을 내려 불귀(不歸)를 안겨주었을 것이다. 530

　"이타카인들아, 너희가 최대한 빨리 피 흘리지 않고

갈라설 수 있도록 이제는 고통을 안겨주는 싸움을 멈추어라."

아테네가 이렇게 말하자 창백한 공포가 그들을 사로잡았고,

여신이 음성을 들려주자 겁에 질린 그들의 손아귀에서

무기들이 모조리 땅으로 떨어져 날아내렸다. 535

그들은 목숨을 갈구하며 도시를 향해 등을 돌렸으나

잘 참고 견디는 신과 같은 오뒷세우스는 무시무시한 함성을 내지르며

자세를 낮추고 달려드니, 마치 높이 나는 독수리와 같았다.

바로 그때, 크로노스의 아들이 연기 자욱한 벼락을 내리치자

벼락은 어마어마한 아비를 둔, 빛나는 눈의 그녀 앞에 떨어져 내렸다. 540

그러자 빛나는 눈의 아테네가 오뒷세우스에게 말하였다.

　"제우스께 태어난, 라에르테스의 아들아, 허다한 계책에 밝은

오뒷세우스야. 그만두어라. 크로노스의 아드님, 두루 살피시는 제우스께서

네게 노여워하시지 않도록 모두가 겪는 전투, 그 다툼을 멈추어라."

아테네가 이렇게 말하자, 그도 기백으로 반기며 순종하였다. 545

그런 다음, 아이기스를 지닌 제우스의 딸, 팔라스 아테네가

양편 사이에 맹세를 세워주니,

그 체격도, 음성도 멘토르로 보였다.

부록

해설

읽기 전에

『일리아스』가 일리오스라는 도시, 즉 트로이아에 관한 이야기라면, 『오뒷세이아』는 오뒷세우스에 관한 이야기를 뜻한다. 어린 시절의 멧돼지 사냥부터 전쟁, 방랑, 복수, 그리고 노년의 또 다른 모험까지 오뒷세우스는 이야깃거리가 많은 인물이다. 하지만 서사시는 처음부터 끝까지 모든 이야기를 순서대로 말하는 법 없이, 부분을 통해 전체를 조망해줄 뿐이다. 먼저, 호메로스의 서사시 『오뒷세이아』가 시작하기 전 상황에 대해 간략히 알아보자.

이타카섬을 다스리던 오뒷세우스는 페넬로페라는 여인과 결혼한다. 이 신혼부부가 아들 텔레마코스를 얻었을 때, 트로이아에서 전운이 감돈다. 이제 막 행복을 누리려는데 징집영장이라니, 이건 안 될 말이다. 그래서 그는 자기 집을 찾아온 징병관들 앞에서 미친 사람 흉내를 낸다. 소에

쟁기를 얹어 밭을 갈면서 씨앗 대신 소금을 뿌린 것이다. 하지만 징병관들도 보통내기들은 아니었는지, 쟁기 앞에 아기 텔레마코스를 놓았고 오뒷세우스의 연기도 거기까지였다. 제정신 아닌 자들이 일으킨 전쟁에 멀쩡한 사람이 끌려가는 일은 언제나 반복되어왔다. 그런데 오뒷세우스의 경우는 사정이 좀 더 복잡하다. 페넬로페와 결혼하기 전, 그는 헬레네의 수많은 구혼자 중 하나였다. 결국 가장 재산이 많은 메넬라오스가 신랑으로 간택되었으나 나머지의 불만이 없을 수는 없는 노릇이다. 이때 오뒷세우스가 나서 제안을 한다. 행여 헬레네의 신변에 무슨 일이라도 생기면 모두가 힘을 합쳐 돕자고. 다들 이 서약에 맹세하고 좋게 헤어졌으나, 이 맹세가 이제 부메랑이 되어 자신에게 날아온 것이다. 그는 아내에게 이렇게 말하며 트로이아로 떠난다. 아기 텔레마코스에게 수염이 날 때까지도 자신이 돌아오지 않거든, 그땐 더 이상 기다리지 말고 재혼하라고.

전쟁은 무려 10년이나 걸렸고, 귀향은 더욱 어렵다. 인간 세상 밖으로 밀려 나간 오뒷세우스는 괴물도, 마녀도 만나고, 저승도 다녀온다. 이렇게 3년이 가고, 나중엔 풍랑과 파선에 혼자 살아남아 결국 칼립소라는 여신의 섬으로 떠밀려 가 7년째 억류 중이다. 그가 집을 떠난 지는 이미 20년째고 페넬로페에게는 이타카와 그 인근에서 힘 좀 쓴다는 젊은이들이 108명이나 몰려와 4년째 오뒷세우스의 집을 점거한 채 구혼 중이다. 페넬로페는 이들의 구혼을 물리치려고 꾀를 낸다. 연로하신 시아버지가 곧 돌아가실 것 같아 수의를 만들고자 하니 그때까지만 좀 기다려달라고 말이다. 그녀는 낮에는 베틀 앞에 앉아 수의를 짜고, 밤에는 몰래 다시 풀어버리기를 3년간 이어오다가 그만 구혼자들과 내통하던 하녀에게 발각되었고, 이제는 구혼자들의 요구를 물리치기 어려운 상황에 몰리고 만다. 오뒷세우스가 돌아오더라도 지금이 아니면 의미가 없다. 그러나 여신 칼립소는 그를 자기 남편으로 삼고 싶어 언제까지고 붙들어둘 기세다. 호메로스의 『오뒷세이아』는 바로 이 시점에서 시작한다.

전체 12,109행, 24권으로 된 이 서사시는 크게 세 부분으로 나뉜다. 1-4 권은 아들 텔레마코스의 이야기, 5-12권은 오뒷세우스의 방랑과 귀향, 그리고 13-24권은 오뒷세우스가 구혼자들을 처단하고 페넬로페와 재결합하는 내용을 담고 있다. 해설도 이에 따라 세 부분으로 나누어 구성하였다.

텔레마코스의 이야기(1-4권)

시의 첫머리에서 아테네 여신은 칼륍소에게 붙들린 오뒷세우스를 그만 풀어주자며 제우스의 승인을 얻어낸다. 그랬다고 해도 주인공의 귀향이 바로 진행되는 건 아니다. 호메로스는 중요한 매듭을 풀어낼 때마다 신들의 의지와 인간의 행동을 늘 함께 묶어 간다. 4권이 끝날 때까지 이 시의 주역은 오뒷세우스의 아들 텔레마코스이다. 이 아들은 아테네의 계획에 따라 퓔로스와 스파르타로 가서 아버지의 귀향에 대해 알아보고 고귀한 명성을 얻어야 한다(1.93-95).

그러나 여신의 계획과는 달리, 그의 여행은 아버지의 귀향과도, 자신의 명성과도 상관이 없어 보인다는 것이 문제다. 언뜻 보기에 그의 여행은 퓔로스와 스파르타로 가서 아버지의 옛 전우들에게 접대를 받으며 지내다가, 다시 이타카로 돌아오는 것이 전부인 것처럼 보인다. 이 싱거워 보이는 과정에서 텔레마코스는 딱히 명성에 어울리는 위업도 달성하지 못한 것 같고, 오뒷세우스의 귀향에 관한 중요한 실마리도 얻지 못한 것처럼 보인다. 그렇다면 이 텔레마코스 이야기는 어째서 이 시의 맨 처음에 놓여 네 권의 분량이나 차지하고 있는 것일까, 이는 도대체 무슨 이야기일까?

사실 이건 지난 2800여 년 동안 풀리지 않은 고전문헌학의 난제이다. 『오뒷세이아』의 흐름과 관계없어 보이는 이 부분을 어떻게 해석할지를 두고 학자들은 골머리를 앓아왔다. 심지어 역자처럼『오뒷세이아』전체를 한 시인이 썼다고 생각하는 사람들 사이에서조차 아들의 여행이 아버지의 이야기와 이렇다 할 관계가 없다는 견해가 지배적이다. 이들은 대체로 텔레마코스의 여행에 숨겨진 다른 의의가 있다고 본다. 예를 들면, 텔레마코스가 여행을 통해 교육도 받고 성장도 한다는 것이다. 작은 섬에서 아버지 없이 살던 텔레마코스가 대처로 나가서 영웅 세계를 경험하고 성장한다는 이 주장은 오랫동안 대세를 이루어왔다. 그러나 이 해석에는 더 큰 문제가 있다. 먼저, 그가 여행을 통해 아무리 좋은 교육을 받는다고 해도, 이것이 가문의 파멸이라는 위험을 감수하면서까지 감행해야 하는 절박한 여행이냐는 질문에는 대답하기 어렵다. 텔레마코스가 외국에 가 있는 동안, 가문의 재산과 어머니 페넬로페는 호시탐탐 기회를 노리고 있는 구혼자들 앞에 무방비로 남겨지게 된다. 이건 이 시의 내부 캐릭터들에 의해서도 제기된 문제이다. 이 여행의 목적이 텔레마코스의 교육과 성장이라면, 그의 여행담은 젊은이의 성장을 다룬 독립적인 이야기로 존재할 때에나 의미 있는 것이다. 이 경우, 이 이야기는 그 주제에서 이 시의 다른 부분과 쉽게 분리되고 만다.『오뒷세이아』를 전체적으로 볼 때, 아들의 성장과 교육이 아버지의 귀향과 이렇다 할 인과관계를 맺지 못하기 때문이다. 그래서 이 학자들의 이야기를 따라가면, 결과적으로, 텔레마코스의 이야기와 이 시의 나머지 부분을 한 명의 시인이 일관된 시학을 바탕으로 썼다고 생각하기 어렵게 된다. 두 개의, 별로 상관도 없는 이야기가 그냥 거칠게 용접되어버린 격, 얼기설기 누더기가 된 격이다. 혹은, 이 시를 여러 개의 구전 전통이 어떤 시점에서 하나로 합쳐진 결과물로 보는 견해도 있다. 이 시를 글로 썼느냐 아니냐의 차이일 뿐, 실상 별반 다르지 않은 견해들이다. 그럼, 우리의 세계 고전 목록에서 이 '누더기'를 지금이라도 빼야 할까? 단지 오래되었다는 이유만으로 대접을 해줘야 하는 것일까? 아니다. 결코 아니라고 말하기 위해 역자는 이 해설을 쓴다. 텔레마코스의 이야기가 없다면 『오뒷세이아』는 절대로 온전히 이해될 수 없다. 이 시는 『일리아스』와 마찬가지로 일관된 시학으로 문자의 도움을 받아 전체를 계획하고 완성한 단 한 명의 시인을 보여줄 따름이다. 우리는 그 시인을 호메로스라고 부른다.

저 세상을 향한 여행

사람으로 변장한 아테네는 텔레마코스에게 아버지의 소식을 찾아 여행을 다녀오라고 권유한다. 텔레마코스는 여신의 도움을 받아 동료들을 규합하고, 배를 빌려 한밤중에 출항한다. 그는 다음 날 새벽 퓔로스에 도착하고, 퓔로스에서 전차를 타고 스파르타를 향해 육로로 이동한 다음 한동안 머물다가 다시 전차를 타고 퓔로스로 돌아와, 다시 한밤중에 출항해, 다음 날 새벽 고향 이타카섬으로 돌아온다. 이상한 점이 한둘이 아니다. 당시 사람들은 될 수 있으면 야간 항해를 하지 않았다. 그러니 일부러 밤에 출항하는 건 있을 수 없는 일이다. 밤에 거센 풍랑이 일어 배를 난파시킨다고 생각했기 때문이다(12.286-290). 게다가, 이때 작중 시점은 겨울 직전이거나 이미 겨울이다. 희랍어에서 겨울과 폭풍은 한 단어로 표현한다. 동부 지중해인들에게 겨울은 폭풍의 계절이고, 그래서 배를 띄울 수 없는 시기이다. 이 시에서 일부러 밤에 배를 띄우는 유일한 다른 예는 파이아케스 사람들이 오뒷세우스를 집에 데려다줄 때뿐이다. 그런데 그 항해는 환상 세계에서 실제 세계로 들어오는, 즉 서로 다른 두 세계의 경계를 넘어가는 여행이다. 그렇다면 텔레마코스의 야간 출항은? 아직 결론을 내리기엔 이르고, 좀 더 살펴봐야 할 것들이 있다.

텔레마코스의 육로 여행은 더욱 기이하다. 텔레마코스는 페라이라는 곳을 중간 경유지로 삼아 필로스와 스파르타를 왕복한다. 그렇다면, 이들은 거의 아무런 우회 없이 직선 주로를 택한 것이 되는데, 문제는 이 두 도시 사이에 가로놓인 길이 100킬로미터, 높이 약 2400미터의 타위게토스 산이다. 그럼에도 이들은 어떠한 장애도 없이 비현실적인 속도로 질주하며 이 두 도시를 왕복해낸다고 묘사된다(3.481-497). 당시에 잘 건설된 산악 도로나, 이 도로를 주파할 수 있는 어떤 탈것이 있었을 리 만무하다. 게다가 그들의 이동 수단은 2인승 입식 전차인데, 이 전차는 호메로스 시에서 전장과 경주용 주로에서만 쓰일 뿐이며, 이러한 장거리 여행용으로 적합하다고는 도저히 생각할 수가 없다. 우리가 주목해야 할 것은 이 비현실적인 이동 뒤에 놓인 제의적인 배경과 '저 세상 여행'이라는 속성이다. 이 여행의 불가사의한 속성을 암시하는 또 다른 장치는 다음 구절이다.

이제 헬리오스가 가라앉고, 모든 길은 그늘로 덮였다. (3.487, 497, 15.185)

이 시에서 모두 일곱 번 발견되는 이 시행은, 텔레마코스의 야간 항해에서 두 번(2.388, 15.296), 페이시스트라토스와 함께 전차로 이동하는 장면에서 세 번(3.487, 497, 15.185) 나타나고, 다른 한 용례는 오뒷세우스 일행이 저승의 문턱에 이른 상황(11.12)에서 나타난다. 똑같은 표현이 매번 특정한 문맥에서 재등장하는 것을 우연으로 치부하지 않는다면, 이 여행은 인간 세상 밖의 여행과 의미 있게 엮인다고 말할 수 있다. 그렇다면 텔레마코스의 여행이 마치 오뒷세우스의 여행과 대위적인 선율을 이루듯 인간 세상 너머에서 이루어지고 있는 건 아닐까?

네스토르

만일 역자의 추정대로, 이 시의 퓔로스와 스파르타가 '저 세상'에 속하는 곳이라면, 그곳의 인물들인 네스토르, 메넬라오스, 그리고 헬레네를 시인이 그리는 방식 역시 검토하지 않을 수 없다. 역자는 이들이 호메로스 시의 다른 인물들과는 존재론적으로 다른 사람들이라는 점을 말하고자 한다. 여행의 첫 번째 무대는 노장 네스토르가 다스리는 퓔로스이다. 시인이 소개하는 네스토르의 첫 모습은, 그가 4500여 명이 참석한 헤카톰베를 집전하는 장면이다(3.5-8). 네스토르는 과거에 아가멤논에 이어 두 번째로 많은 90척의 함대를 거느리고 트로이아 전쟁에 참전했다고 한다(『일리아스』 2.601-602). 당시 함선에는 약 50명씩 타게 되어 있으니까, 현재 그가 집전하는 헤카톰베의 참가자 수와 그 당시 원정군 숫자는 거의 다르지 않다. 네스토르가 여전히 강력한 지배력을 행사하고 있다는 증거일 것이다. 이 시에서, 그는 지난 세월 동안 전혀 쇠약해지지 않은 것처럼 보인다. 네스토르야 희랍 문학에서 언제나 노인으로 등장하니까 그 친숙함 탓에 우리는 그의 길고 긴 여생을 당연하게 여기지만, 그의 노령은 이미 인간 상식 밖의 것이다. 그가 『일리아스』에서 처음 소개될 때는 세 번째 세대를 다스리고 있는 사람이었고(『일리아스』 1.250-252), 지금은 이미 세 세대의 인간들을 다스린 다음이다(3.245). 아주 오랫동안 학자들은 그의 노령과 통치 기간을 '합리적으로' 설명하기 위해 노력해왔지만, 이러한 논의는 그다지 생산적으로 보이지 않는다. 전사한 안틸로코스를 제외하고도 네스토르에게는 아들이 여섯이나 더 있었지만, 어떠한 전승에서도 네스토르의 왕위 승계를 다루지 않는다는 사실을 염두에 두면 더욱 그렇다.

영웅이 자신의 아들을 통해 살아남고, 사회의 질서가 부자간의 계승에 의존하는 호메로스의 사회에서, 네스토르의 이 각별한 지위는 그를 다른 인물들과 본질적으로 떨어뜨려놓는다. 그의 영원한 통치와 계승 없음의 배경에는, 그의 불사(不死)가 있다. 우리는 호메로스 외에 다른 어떤 전승에서도 그의 죽음에 대해 전해 들은 바가 없다. 시인은 『일리아스』를 쓸 때에도 분명 네스토르의 불사에 대해서 잘 알고 있었을 것이다. 그럼에도, 이러한 개념은 인간은 물론이고 반인반신들에 대해서조차 불사에 대해 일말의 가능성도 남기지 않는 『일리아스』의 생사관에 배치된다. 삶과 죽음에 대한 이 확고부동한 인식이 『일리아스』의 저류에 흐르고, 『일리아스』는 죽음에 집요할 정도로 천착하는 까닭에, 네스토르의 불사는 암시조차 되지 않는다. 오히려 시인은 『일리아스』에서 프리아모스와 펠레우스와 마찬가지로, 그의 노령과 쇠약함을 지속적으로 강조할 뿐이다. 『오뒷세이아』에서도, 필멸의 운명에 묶인 두 노인 라에르테스와 펠레우스에게 노년이란 상실, 고통, 그리고 슬픔의 시간이다(11.195-197, 494-503). 그러나 유독 네스토르에게만은 노년에 대한 이러한 음울한 서술을 단 한 번도 사용하지 않는다. 그는 여전히 '아카이아인들을 지키는 자'이며 '아카이아인들의 위대한 영광'이자, '전차를 타는 전사'로 묘사된다. 심지어 그에게는 생식 능력의 저하조차 없는 것 같다. 그의 막내아들 페이시스트라토스는 텔레마코스와 나이가 같다(15.197). 그러니 텔레마코스의 눈에 그가 신처럼 보이는 것도 부자연스럽지 않다.

저분의 모습이 제 눈엔 꼭 죽음을 모르는 분으로만 보입니다. (3.246)

헬레네

텔레마코스의 두 번째 방문지는 스파르타로, 재결합한 메넬라오스와 헬레네가 다스리고 있는 곳이다. 헬레네부터 이야기해보자. 그녀가 처음 등장하는 순간부터, 시인은 그녀를 다른 인간 여인들과는 완전히 다른 방식으로 그려나간다. 황금 베틀 앞에 앉은 여주인의 모습, 이것은 전형적인 저 세상 여신의 등장 장면이다. 칼립소는 황금 북으로 베를 짜는 모습으로, 키르케는 불멸의 베틀 앞에서 베를 짜는 모습으로 등장하지 않던가. 다른 어떤 인간 여인도 이렇게 소개되는 법은 없다.

이어, 헬레네는 초자연적인 직관력을 감추려 하지 않고, 텔레마코스가 오뒷세우스의 아들임을 즉시 알아본다. 당시의 습속에 따르면, 주인은 손님의 정체를 미리 밝히려 해서는 안 된다. 낯선 손님이 오면, 급히 달려 나가 먼저 좋은 자리를 권하고 음식을 정성껏 대접한 다음에 통성명을 하는 것이 철칙이었다. 숙박이 필요하면 좋은 잠자리를 내주고, 떠날 때는 선물도 안겨준다. 이런 손님 접대의 전통을 희랍에서는 크세니아(xenia)라고 부른다. 이 불문율을 무시해버린 헬레네의 무례는 인간의 예법에서는 용인될 수 없겠지만, 사실 인간 세상 밖에서는 흔한 일이다. 신들은 상대방을 알아보기 위한 사전 정보가 필요 없기 때문이다.

헬레네의 기이한 행동은 이어지는 에피소드들에서도 끊임없이 드러난다. 그녀와 메넬라오스는 텔레마코스에게 각각 하나씩 이야기를 들려주는데, 먼저 이야기를 꺼낸 헬레네는 오뒷세우스의 트로이아 정탐 일화를 들려준다. 이 이야기 속에서도, 다른 누구도 알아보지 못했던 오뒷세우스의 정체를 오직 그녀만이 알아낸다. 이 이야기가 끝나자, 메넬라오스는 그녀가 트로이아의 목마를 찾아온 일화를 말한다. 여기서 헬레네는 세 번째 남편 데이포보스와 함께 트로이아의 목마를 찾아온다. 그녀는 목마 둘레를 세 바퀴 돌면서 그 안에 매복한 희랍군의 아내들 목소리를 흉내 낸다. 그녀의 모사가 어찌나 완벽했던지, 오뒷세우스를 제외한 모든 희랍인들이 속아 넘어갈 지경이었다고 한다. 그들의 치밀한 준비와 교묘한 매복에도 불구하고, 헬레네는 이 목마의 정체뿐만 아니라, 이미 그 안의 인물들이 각각 누구인지도, 그 아내들이 누구인지도 알고 있었다는 뜻이다. 이 목마는 인간 지략의 결정체이다. 전쟁을 끝내버린 이 장치를 고안했던 오뒷세우스는 '도시의 파괴자'(9.504)라는 불멸의 명성을 얻는다. 그러나 헬레네에게 이것은 쉬이 꿰뚫어 볼 수 있는 물체에 지나지 않는다. 이 일화에서, 그녀는 모든 희랍군 지도자들의 운명을 손아귀에 쥐고 있다. 여기에서 우리는 인간의 위대한 업적마저 무화시킬 수 있는 신들의 헤아릴 수 없는 힘이라는, 익숙한 『일리아스』의 패턴과 만난다. 마치 어린아이가 모래성을 장난삼아 부수듯 아폴론이 발길질 한 번으로 방벽을 무너뜨린 것과 같이(『일리아스』 15.355-366), 그녀 역시 마음만 먹었다면 희랍군의 이 회심의 전술을 좌초시킬 수 있었을 것이다. 이 일화들은 다른 어떤 고대 희랍 문헌에서도 발견되지 않는 것인 까닭에, 이를 호메로스의 창작으로 볼 수 있는 근거는 충분하다. 역자의 생각은 이 일화들이 『오뒷세이아』에서 존재론적으로 다른 위치에 서 있는 헬레네의 위상을 보여주기 위해서 창작되었다는 쪽이다. 그녀는 다른 인간들에 대해 자신의 압도적인 우위를 선보이며 신성(神性)을 드러내는 것이다.

대부분의 학자들은 이 두 일화의 관계가 상보가 아닌 상충이라고 해석한다. 헬레네 본인의 이야기에서, 그녀는 당시 자신의 심경을 토로하며 이미 고향으로 되돌아가기로 마음먹었고, 과거의 맹목을 한탄하고 있었다고(4.260-264) 말한다. 그러나 메넬라오스의 회상은 그녀를 다른 시각에서 비추는 듯 보인다. 파리스가 죽은 다음에도 그녀는 새 남편 데이포보스와 동행하며 목마 주위를 돌고 있었으니, 메넬라오스가 자신에 대한 그녀의 배반을 강조했다고 볼 수도 있을 것이다. 게다가 그녀는 희랍군 아내들의 목소리를 교묘하게 흉내 내어 그들을 파멸 직전까지 몰아가지 않았던가! 그래서 어떤 학자들은 헬레네라는 캐릭터를 경솔하고 불안정한 여인 정도로 치부하고, 또 다른 학자들은 이 일화들이 헬레네와 메넬라오

612

스가 재결합 후에 집안에서 겪는 불화와 긴장을 상징하는 장치라고 해석한다. 그러나, 헬레네의 신성을 고려한다면, 이 두 일화가 상충하지 않는다는 점을 곧 알 수 있다. 호메로스의 신들은 인간사에 개입하되, 인간들을 사랑하고 동정하기도 하지만 사태를 즐기기도 하며, 마음만 먹으면 언제든지 떠나가버릴 수도 있는 존재들이다. 그러나 이것이 상충을 일으키지는 않는다. 서로 양립할 수 없어 보이는 이러한 면모들이, 실은 호메로스의 신들에게서는 분리될 수 없는 것이기 때문이다. 이 두 일화에서 헬레네는 전형적인 호메로스의 신적 존재로 일관되게 그려지고 있다.

그런가 하면, 메넬라오스와 헬레네의 재결합 역시 지나칠 수 없는 문제이다. 호메로스에서 결혼 생활의 신의라는 문제는 결코 가벼운 주제가 될 수 없다. 이 시 전체에 걸쳐 어두운 배경을 형성하고 있는 아가멤논 집안의 이야기가 좋은 예가 된다. 클뤼타임네스트라의 간통은 아가멤논의 피살과 오레스테스의 복수라는 무서운 결과를 초래했고, 신들도 인간들도 이것을 엄청난 뉴스처럼 이야기한다. 그러나 자기 형 아가멤논의 비극과는 달리, 메넬라오스는 헬레네와 재결합한다. 헬레네의 간통이 전쟁의 원인이 되었음에도, 그는 그녀를 왕비로 다시 받아들인 것이다. 그녀는 어떠한 처벌도 받지 않는다. 이 예외적인 재결합은 호메로스 사회의 윤리로는 설명할 수 없고, 다만 신들에게서나 보이는 일이다. 8권에서 가수 데모도코스가 노래하는 아레스와 아프로디테의 간통 정도가 이 시에서 유의미한 유일한 비교 대상이 된다. 간통한 아프로디테는 어떠한 처벌도 받지 않고 자신의 성역으로 내려가 위엄을 금세 회복한다. 신들은, 인간들과 달리, 보복과 처벌을 두려워할 일이 없다(8.360-366).

물론 신들도 인간들처럼 연민과 슬픔을 토로하기도 한다. 그러나 그들은 언제든 원하기만 하면 고통을 떠나 지복(至福)의 상태로 돌아올 수 있다. 이것이 신들과 인간들 사이에 건널 수 없는 간극을 만들어낸다. 『오뒷세이아』에서 메넬라오스와 헬레네 역시 이러한 신적인 특권을 누린다는 점을 잊어선 안 된다. 가장 좋은 예가 바로 헬레네의 약이다. 그녀는 이 약을 몰래 술동이에 섞는데, 호메로스의 설명에 따르면 이 약은 지상의 인간들에게는 완전히 낯선 것으로서, 가장 비극적인 상황에서조차 눈물을 마르게 하며, 한시적으로나마 복된 망각을 보장해준다고 전해진다 (4.219-226).

메넬라오스

이 시에서 헬레네는 심지어 제우스의 딸이라고까지 거듭 소개되는데 (4.184, 219, 227), 이러한 그녀의 위치가 남편의 여생도 바꿔놓는다. 메넬라오스마저 덩달아 불사의 존재가 된 것이다. 메넬라오스는 귀향 도중 바다 노인 프로테우스에게서 예언을 듣는다. 그는 필멸의 운명을 등지고 엘뤼시온(Elysion)으로 가게 될 텐데, 그가 제우스의 사위이기 때문이다(4.563-569).

엘뤼시온은 마치 신들의 거처인 올림포스처럼(6.42-46) 늘 온화한 미풍이 불어오는 곳, 폭풍도, 눈보라도 범접하지 못하는 곳으로 복받은 이들이 슬픔과 고통에 지배받지 않고 영원히 살아가는, 낙원 같은 곳이다. 그러나 이 부부가 언제 엘뤼시온으로 가게 되는지에 대해서는, 호메로스는 함구한다. 그러나, 그들이 어느 날엔가 그 낙원으로 옮겨 간다 하더라도, 그들의 여생에 어떤 질적인 변화는 없을 것이다. 그 부부가 지금 스파르타에서 누리는 환경은 엘뤼시온의 환경과 근본적으로 다르지 않으며, 우리 인간 일상과는 전혀 다른 것이기에 그렇다. 헬레네의 약에서 보듯이, 인간들이라면 누구나 겪게 되는 고통을 그들은 외면할 수 있다. 엘뤼시온에서 지속할 이들의 삶은 바로 이런 종류의 삶이다. 역자는 이들이 이미 엘뤼시온에서 살고 있는 게 아닌지 생각해본다. 그게 아니더라도, 『오뒷세이아』의 스파르타는 엘뤼시온과 질적으로 동등한 곳으로 보인다.

마치 아내 헬레네처럼, 메넬라오스의 특별한 존재론적 위치는 스파르타 일화 전체에 걸쳐 발견된다. 메넬라오스의 궁전에 도착한 텔레마코스와 페이시스트라토스는 이 궁전의 화려함에 압도되는데, 이 궁전은 그 자체로, 메넬라오스가 인간의 일상을 완전히 뛰어넘은 전혀 다른 차원에 속한 존재임을 드러내는 장치이다. 이 궁전의 비일상적인 속성은 '신과 같은'이라는 충격적인 수식어에 의해 드러난다(4.43). 호메로스 시의 다른 어떤 곳에서도 이 단어는 건물과 연결되는 법이 없다. 궁전의 화려함에 압도된 텔레마코스는 자신이 제우스의 처소에 온 것이 아니냐며 놀라움을 표현한다(4.71-74). 이에 메넬라오스는 어떤 인간도 제우스와 부를 다툴 수는 없다고 곧바로 대답하는데(4.78-79), 틀린 말은 아니다. 하지만 그의 궁전은 이 세상의 어떤 집과도 본질적으로 다르다. 이 집에 가득한 광채 때문이다(4.45-46). 호메로스 시에서, 집 안을 채운 신비로운 광채에 대한 또 다른 언급은 알키노오스의 궁전과 올륌포스 단 둘에서만 발견될 뿐이니까(7.84-85).

여행에서 일어난 일들

지금까지 우리는 퓔로스와 스파르타의 주인들이 인간의 조건을 벗어난, 불사의 존재들이라는 점을 살펴보았다. 이제는 이들이 텔레마코스를 대접하며 생긴 일들을 볼 차례이다. 텔레마코스와 페이시스트라토스가 메넬라오스의 궁전에 도착했을 때, 이곳에서는 결혼 잔치가 한창이다. 그것도, 메넬라오스와 헬레네 사이의 유일한 자식인 헤르미오네, 그리고 메넬라오스의 서자 메가펜테스가 각각 같은 날 결혼식을 올리는 것이니, 이는 스파르타 왕가에는 각별한 날이 아닐 수 없다. 그런데 이 왕자들은 스파르타에 도착하고 나서야 결혼식이 있다는 것을 알게 된다. 심지어는 텔레마코스에게 스파르타를 방문할 것을 권했던 네스토르조차 이 겹결혼식에 대해 전혀 모르고 있었던 것으로 보인다(3.317-321). 아마도 이 잔치는 네스토르뿐만 아니라, 어떤 다른 희랍 영웅들에게도 알려지지 않았던 것 같다. 시인은 이 잔치에 메넬라오스의 친지와 이웃이 참석했다고 기록하지만, 이들 중 누구의 이름도 우리에게 알려주지 않는다. 이것은 이 시에서 그려지는 스파르타의 속성에 대한 결정적인 실마리 중 하나가 된다. 스파르타는 혹시 다른 존재들로부터 완전히 고립된 곳이 아닐까?

저 세상으로서의 스파르타의 특징은 4권에서 드러나는 일련의 결례를 통해 반복적으로 암시된다. 만일 해석가들의 통념대로 텔레마코스의 여행이 그의 교육과 성장을 위한 것이라면, 청년 텔레마코스에게 본보기가 되어야 할 영웅들의 손님 접대 장면에서 그 많은 실수와 결례가 보이는 점을 이해하기 어렵다. 그러나 우리가 스파르타를 저 세상으로 이해하는 순간, 이 이상한 점들은 곧 시인의 탁월한 이야기 솜씨의 결과로 바뀌게 된다. 두 젊은 왕자가 스파르타에 도착했을 때, 메넬라오스의 시종은 이들을 즉시 맞아들이지 않고 밖에 세워둔 채 주인에게 간다. 그리고 이들을 정말 안으로 들여야 하는지를 묻는다. 좀 전에 본 크세니아라는 손님 접대 관습에 비춰보면, 이건 너무나 이상한 태도이다. 학자들도 이 부분을 설명하지 못한다. 역자는 그 시종의 어색한 태도를, 신의 도움 없이는 올 수 없는 영역에 다가온 뜻밖의 손님에 대한 전형적인 태도로 읽고 싶다. 알키노오스 왕의 궁전에서 느닷없이 나타난 오뒷세우스를 향한 스케리아인들의 첫 번째 반응은 즉각적인 환영이 아닌 당황스럽고 어색한 침묵이었다(7.142-145, 153-157). 『일리아스』에서 프리아모스가 아킬레우스의 막사에 도착했을 때에도 이와 유사한 분위기가 읽힌다(『일리아스』

616

24.477-484). 오뒷세우스는 아테네의 도움으로 알키노오스의 궁전에 잠입할 수 있었고, 헤르메스의 도움이 아니었다면 프리아모스는 적진을 통과하지 못했을 것이 분명하다. 그렇다면 텔레마코스의 여행은? 아테네의 계획과 인도가 없었더라면 있을 수 없는 일이었다. 알키노오스 앞에 선 오뒷세우스와, 아킬레우스 앞에 선 프리아모스의 경우와 같이, 텔레마코스의 도착은 메넬라오스 왕가에서 손님맞이를 책임진 시종을 당황케 한다. 이것은 그 시종이 전혀 예측할 수 없는 상황이었다. 다른 근거를 또 보자. 이 결혼 잔치에 초대받은 다른 손님들 중 누구도 말이나 마차를 타고 왔다는 암시가 없다. 다시 말해, 텔레마코스와 페이시스트라토스를 제외하면, 누구도 먼 곳에서 오지 않았다는 뜻이다. 다른 손님들은 가축을 몰거나 음식을 직접 들고 올 정도로 충분히 가까운 곳에 사는 것으로 묘사된다(4.621-624). 따라서, 외부에서 마차를 타고 낯선 자가 왔다는 것 자체가 극히 예외적인 경우에 해당한다. 오뒷세우스의 모험에서 반복적으로 확인하는 바와 같이 이러한 고립성 또는 원격성은 이 시에서 그리는 저세상의 전형적인 속성이다. 저 세상에서는 외부인들과 교류가 드물다. 칼립소의 섬은 신들도 인간들도 찾아오지 않는 곳이고(5.100-102, 7.244-247), 알키노오스가 다스리는 파이아케스인들도 남들과 왕래가 없다고 한다(6.204-205, 7.32-33).

이 고립된 세계에서 발견되는 또 하나의 주제는 '억류'이다. 스파르타에서 돌아오는 길에 텔레마코스는 퓔로스에 다시 들르기를 거부하는데, 네스토르가 자신을 붙들어둘까 걱정이라는 것이다. 스파르타를 떠날 때는 어땠을까? 텔레마코스가 고향 이타카로 돌아가려 하자, 메넬라오스는 느닷없이 자신이 직접 안내하겠다면서 스파르타 관광을 제안한다(15.80-82). 메넬라오스는 텔레마코스를 이타카로 바로 돌려보내지 않고 자신의 영역 안에 오래 머물게 하려는 것만 같다. 똑같은 종류의 잠재적인 위험이 오뒷세우스에게도 예고된다. 만일 오뒷세우스가 돌아온다면, 메넬라오스는 그를 이타카가 아닌 자신의 권역에 정주시키려 한다(4.174-177). 어떤 학자들은 메넬라오스와 네스토르가 인격적인 결함 때문에 텔레마코스를 잡아두려 한다고 보았다. 그러나 다른 이유에서가 아니라, 억류는 그저 저 세상에서 일어나는 흔한 일일 뿐이다. 오뒷세우스가 겪은 모험에서는 많은 단계에 억류의 위험이 도사리고 있다. 망각의 열매 로토스를 먹는 이들은 오뒷세우스의 동료들로부터 귀향의 의지를 빼앗아 그들을 머물게 하려 했고(9.94-97), 심지어 오뒷세우스 본인조차도 키르케의 섬에서 쾌락에 빠진 채 1년간이나 귀향을 잊어버린 바 있다(10.466-475). 알키노오스는 오뒷세우스를 사위 삼아 스케리아섬에 정주시키려는 마음을 드러낸다(7.311-314). 칼륍소는 그를 남편으로 만들고자 7년이나 붙들어놓는다(5.135-136). 저 세상 접대자들의 공통적인 희망은 손님을 그 뜻을 거슬러 영원히, 또는 최소한 얼마 동안 억류하는 것이다.

영웅의 부활

진노한 신을 달래다

지금까지 역자는 텔레마코스가 여행한 곳이 이 세상이 아닌 저 세상이고, 거기서 만난 존재들도 우리와 같은 조건에 놓인 인간들이 아닌 불사의 존재들이라고 이야기했다. 이제 가장 중요한 질문에 대답할 차례가 왔다. 그렇다면 아테네는 텔레마코스를 왜 저 세상으로 보낸 걸까? 그것은 바로 오뒷세우스를 구해내고 다시 살려내기 위함이다.

오뒷세우스의 귀향이 지체되는 까닭은 포세이돈의 분노라고 전해진다. 그가 포세이돈의 아들, 외눈박이 폴뤼페모스의 눈을 멀게 했기 때문이다(1.19-21, 68-75). 그 사건 이후 포세이돈의 분노는 오뒷세우스가 지나는 거의 모든 길목마다 파괴적으로 도사리고 있었다. 그런데 이 신의 분노는 스케리아 해안가의 풍랑을 끝으로 돌연 자취를 감춘다(5.282-381). 이상한 일이다. 포세이돈과 짝으로 놓을 만한 태양신 헬리오스를 예로 들어보자. 그의 분노의 원인은 가축의 손실이다(12.376-383). 포세이돈의 분노의 원인인 아들의 실명보다는 덜 심각해 보인다. 그럼에도 헬리오스의 분노는 오뒷세우스의 남은 동료 모두의 몰살로 이어진다(12.405-419). 이를 떠올릴 때, 포세이돈의 마지막 보복치고 스케리아 해안가의 풍랑은 그 정도가 약하다는 인상을 지울 수 없다. 물론 오뒷세우스가 몇 번이나 죽음을 예감할 만큼 이 풍랑이 위협적이기는 했지만, 결국 그는 어떤 치명적인 부상 하나 없이 스케리아에 상륙한다. 이와 동시에, 우리는 마침내 포세이돈이 분노를 거두었음을 그 신의 독백에서 확인할 수 있다.

> 이제 너는 제우스가 길러낸 사람들에게 가서 섞일 때까지
> 몹쓸 일을 많이 당해가며 바다를 따라 떠돌지어다.
> 바라건대, 네게 닥친 재앙을 너 결코 업신여기진 못하리라. (5.377-379)

그렇다면, 이 시에서 광포한 신의 분노라는 모티브는 도대체 어떻게 사라지게 된 것일까? 우리는 그 신이 분노를 거두기 직전에, 텔레마코스가 포세이돈에게 바치는 헤카톰베에 참석했다는 사실에 주목해야 한다. 텔레마코스가 퓔로스에 상륙하는 순간, 네스토르는 포세이돈에게 헤카톰베를 막 바치려는 참이었다. 이 제사는 호메로스 시에서 묘사되는 모든 헤카톰베 중에서 가장 풍부한 세부를 드러낸다. 장소, 참석 인원, 제물의 종류와 숫자, 색깔, 그리고 제사의 순서가 이처럼 상세하게 기술되는 곳은 여기 말고는 없다. 한편, 호메로스 시 어디에도 이방인이나 손님이 즉흥적으로 헤카톰베에 참여하는 법은 없다. 그러나 아테네와 텔레마코스는 단

순한 참석을 넘어, 결정적인 역할까지 담당한다. 네스토르에게서 그들은 포세이돈에게 기도를 바쳐달라는 부탁을 받는다. 호메로스의 모든 헤카톰베 중에서 집전자에 의해 제사의 목적이 드러나지 않는 경우는 이 지점이 유일하다. 이 장대한 제사의 목적은 아테네의 기도와, 이를 되풀이하는 텔레마코스의 기도에서만 드러날 뿐이다.

제 말을 들어주소서, 대지를 뒤흔드는 분이시여,
이 일들을 이뤄주십사 기도하는 저희에게 원한을 품지 마소서.
(…)
텔레마코스와 저는 그 일을 완수하고 돌아갈 수 있게 허락하소서,
저희는 그 일로 인해 검고 빠른 배를 타고 이리로 왔나이다. (3.55-61)

그들이 이루어달라고 애원하는 '그 일'이 무얼까? 아테네의 개입이 오뒷세우스의 귀향이라는 목표 아래에서 계획된 것임을 떠올릴 때, 이 목적은 비로소 분명해진다. 아테네의 관심사는 오로지 오뒷세우스의 귀향이다. 제 삼촌 포세이돈이 오뒷세우스를 끔찍이도 미워하는 걸 잘 알지만, 아테네로서는 정면 대결을 할 수 없는 상대이다(13.341). 이는 그녀가 오뒷세우스를 위하여 포세이돈과 맞서지 않고 회유나 타협 등 다른 방법들을 모색했음을 암시한다. 그리고 그 계획은 마침내 여기에서 헤카톰베로 실현되고 있다. 호메로스 시에서 신들의 명예는 제사로 확인되고 그중에서도 헤카톰베는 으뜸이다. 어떤 신이 이 제사를 마다하랴마는 포세이돈의 헤카톰베 사랑은 남다르다. 오로지 헤카톰베를 즐기려고 신들의 회의마저 뒷전으로 한 채 이 세상 끝까지 가는 이가 포세이돈이니까(1.22-25).

이 헤카톰베에서 특기할 만한 또 다른 점은, 포세이돈의 면모가 저 세상의 신으로 부각되고 있다는 점이다. 여기서 그에게 바쳐지는 제물은 특

이하게도 검은 소들인데, 검은색 동물들은 보통 지하의 신들이나 망자에게 바쳐지는 제물이다(10.521-529). 호메로스 시의 다른 어떤 곳에서도 올림포스의 신들은 검은 동물들을 제물로 받지 않는다. 이런 요소들을 통해 강조되는 것은 저 세상에서 오뒷세우스를 가두고 있는 신으로서의 포세이돈의 모습이다.

되살아나는 '한 사람'

인간이 육체적인 죽음을 피할 길은 없다. 그러나 영웅은 자신의 행적이 사람들의 입에 오르내림으로써 현존을 이어가게 되며, 그의 명성은 가객들의 노래 속에서 영원히 살아남는다. 따라서 사람들이 그를 더 이상 언급하지 않는 것, 잊어버리는 것은 인간의 두 번째 죽음이자 완전한 죽음이며, 이러한 인간 현존을 누구보다도 민감하게 파악하고 있던 이들이 바로 호메로스의 인간들이다. 이 시가 시작될 때, 오뒷세우스는 사람들의 기억에서 이미 사라진 존재이다(2.233-234). 『일리아스』는 첫 행부터 아킬레우스의 이름을 선명하게 노래한다. 그러나 『오뒷세이아』의 첫 단어는 그저 '한 사람'이며, 생사도 행방도 알 길 없이 사람들로부터 감추어진 존재(1.234-243), 사람들의 기억에서 사라진 자일 뿐이다. 텔레마코스가 해낸 일은, 바로 지워진 아버지를 되살려낸 것이다.

　그는 필로스와 스파르타에서 아버지의 옛 전우들을 만나 아버지에 대한 기억을 끊임없이 불러일으킨다. 그 이야기 하나하나마다 전사요 지략가로서의 오뒷세우스의 명성이 담겨 있다. 네스토르는 그의 뛰어난 계략과 판단력을 두루 칭찬하고, 헬레네와 메넬라오스는 각각 오뒷세우스가 거지로 변장해 트로이아를 정탐한 일화와, 다른 이들의 경솔한 행동을 다스리며 목마 작전을 성공으로 이끈 일화를 들려준다. 사라졌던 그의 이름이 이제 비로소 그들의 입에 오르내리고, 다시 기억 속에서 되살아나기 시작한다. 그를 기억해내는 이들은 그의 전우들이지만, 그를 기억하도록 이끌어내는 이는 텔레마코스이다. 텔레마코스는 아버지의 전우들에게 거듭 부탁한다.

이제 부디 저를 보아 그것들을 떠올리시고, 제게 틀림없이 말씀해주십시오. (3.101, 4.331)

돌아보기

텔레마코스의 여행은 호메로스 서사시의 구조를 이해하는 데에도 탁월한 길잡이가 되어준다. 『일리아스』도 『오뒷세이아』도 영웅의 부재로 시작한다. 그리고 영웅은 자기 운명, 곧 죽음을 자신의 결단으로 받아들이고 난 다음에야 비로소 복귀한다. 호메로스 서사시의 각별한 예술성 중 하나는, 이 부재와 재등장 사이의 과정을 치밀하게 배열하는 것이다. 『일리아스』는 사르페돈의 죽음에서 파트로클로스의 죽음을, 그리고 파트로클로스의 죽음으로부터 필연적으로 아킬레우스의 복귀를 이끌어낸다. 『오뒷세이아』의 경우, 비극성은 확연히 적지만, 사태는 훨씬 더 복잡하다. 오뒷세우스가, 고립된 아킬레우스보다도 더욱 고립된 인물이기 때문이다. 그가 갇혀 있는 세계는 그가 돌아와야 할 세계와 차원 자체가 다르다. 인간 세계에서 떨어져 나간 채, 저 너머의 세상에 갇혀 있는 그를 시인은 이 세상으로 되돌려놓아야 한다. 그렇다면 제의적인 해결책 말고는 없다. 그것이 바로 텔레마코스의 여행이다. 이 제의적 여행을 통해, 그는 영웅의 귀환에 요구되는 조건들을 모두 해결해낸다. 그는 저 세상으로 건너가 포세이돈의 분노를 누그러뜨리고, 망각/죽음으로부터 오뒷세우스를 일으켜 세운다. 과연 아테네가 내다본 고귀한 명성(1.95)을 얻을 자격이 있는 젊은이이다. 그런 까닭에 텔레마코스의 여행은 이 시 자체가 진행될 수 있는 원동력이다. 마치, 시인이 처음에 여신을 불러내지 않고서는 노래를 계속할 수 없듯이, 먼저 오뒷세우스를 되살려내지 않고서는 어느 대목에서 시작한다 하더라도(1.9) 이 시를 진행할 수 없는 까닭이다. 이것은 왜 텔레마코스의 이야기가 이 시의 처음에 배치되어 있느냐는 질문에 대한 대답이기도 하다.

16권에서 텔레마코스는 난생처음으로 아버지를 만난다. 오뒷세우스는 자신을 위해 오랫동안 모욕과 고통을 참아온 아들을 힘껏 부둥켜안고 눈물을 쏟는다. 그러나, 설령 오뒷세우스가 아무리 지혜롭다 할지라도, 아들이 자신을 위해 저승 원정까지 감행했다고는 상상도 못 할 것이다. 그의 아들은, 자신을 위해 '먼 곳에서(Tele-)' '싸워준(machos)' 텔레-마코스이다.

방랑과 귀향(5-12권)

텔레마코스가 여행에 나선 동안, 오뒷세우스는 칼륍소를 떠나 파이아케스인들이 살고 있는 스케리아에 가 닿는다. 그곳에서 그는 자신의 방랑을 노래한다.

이스마로스에서의 해적질

네스토르의 회상에 담겨 있던 오뒷세우스의 귀향길 첫대목은, 이제 주인공의 회상에서 이어진다. 그의 첫 방문지는 키코네스인들이 사는 이스마로스 지역이다. 방문은 지나치게 점잖은 말이고, 침공과 약탈이 더 정확하겠다. 이들은 트라케 사람들로 전쟁 중에는 트로이아의 동맹(『일리아스』2.846)이었으니 징벌적인 침공으로 볼 수 있겠고, 그 양상은 해적의 노략질 그 자체이다. 그러나 부하들은 목표를 이루고 서둘러 떠나자는 오뒷세우스의 명령을 거부하고 엄청난 잔치를 벌이다가 키코네스인들의 역습에 크게 당하고 만다. 오뒷세우스와 부하들 사이의 긴장과 대립은 이후의 모험담에서도 내내 이어지게 된다. 참담한 패배와 도주에 적잖이 당황했을 이들은 설상가상으로 폭풍에 휘말려 인간 세상 밖으로 떠밀려 나가게 된다.

이 이야기가 시작될 때만 해도 오뒷세우스는 마치 트로이아에 막 도착했을 때의 모습처럼(『일리아스』2.637) 12척의 배와 부하들을 이끄는 지휘관의 면모를, 승리와 정복에 익숙한 '도시의 파괴자'의 면모를 고스란히 간직하고 있었다. 그가 이 모든 것을 다 잃고, 소멸의 위기까지 몰린 다음 다시 살아나기 전까지 그의 모험은 끝나지 않는다.

로토스 열매 먹는 이들

오뒷세우스는 아직 저 세상에 들어왔다는 걸 실감하지 못한 듯, 이곳에서 빵을 먹고 사는 사람들이 누군지 알아 오도록 정찰조를 보낸다. 호메로스의 인간은 땅을 갈아 그 소출을 먹는 존재이고, 그런 일을 할 수 없는 바다는 '곡식을 거둘 수 없는 소금 물결'이라고 표현한다. 오뒷세우스의 기대와 달리, 이들은 빵이 아닌 로토스 열매를 먹는 자들이다. 이 열매를 맛본 자는 귀향을 잊은 채 그들 사이에 눌러앉으려 한다. 해야 할 일도 기억도 깨끗이 잊게 만드는 이 열매를, 그는 꿀처럼 달콤한 것이라고 부른다. 가장 두려운 위협이 이처럼 당의(糖衣)를 입고 다가오는 일을 우리는 앞으로도 몇 번이나 더 보게 될 것이다.

퀴클롭스

이제 우리는 오뒷세우스의 모험담 중 가장 유명한 일화를 만나게 된다. 외눈박이 식인 거인의 이야기이다. 퀴클롭스는 이 종족을 가리키는 말이고, 폴뤼페모스는 그 거인의 이름이다. 이들의 생활에 대한 소개가 독특하다. 마치 황금시대처럼 곡식과 열매가 저절로 풍족하게 맺히는 마법 같은 환경을 누리지만, 정작 이들은 질서를 이루는 공동체의 삶이라는 것을 모르고, 신을 향한 경외심도, 타인을 향한 윤리도 없다. 인간이 다른 존재들과 구별되는 문화적인 특징이라는 게 있을 텐데, 그것을 모조리 지우면 이들의 모습이 그려진다. 이들은 인간 가치의 부정 그 자체인데, 이는 나중에 구혼자들의 이야기에서 다시 자세하게 살펴보겠다.

오뒷세우스와 부하들은 이 대적할 길 없는 괴물에게 속절없이 당한다. 결국 폴뤼페모스의 눈을 찌르고 탈출에 성공은 하지만, 이미 여섯 명의 부하가 끔찍하게 살해되어 잡아먹힌 다음이었다. 이 일화에 대한 대부분의 해석은 대체로 오뒷세우스의 꾀가 폴뤼페모스의 무력을 꺾고 거둔 승리에 초점을 맞춘다. 물론 결과적으로야 그렇겠지만, 오뒷세우스가 처음부터 꾀로 무장한 것은 아니었다. 키코네스인들을 침공하던 때와는 달리, 이번엔 부하들이 달아나자고 했지만 오뒷세우스는 느긋하게 앉아 동굴의 주인을 기다려보자고 한다. 그는 여전히 명예로운 손님으로서 크세니아를 누리고픈 영웅이고, 트로이아의 정복자로 자신을 자랑스레 소개하는 『일리아스』적인 인물이다. 그러나 이런 말은 폴뤼페모스의 귓등에도 가닿지 않는다. 그는 크세니아의 격식을 철저하게 짓밟으며 오뒷세우스의 기대를 부숴버린다.

오뒷세우스는 잠든 폴뤼페모스를 칼로 찌르려 하지만, 그렇게 되면 입구를 막은 바위를 치울 방법이 없어진다. 그에게 익숙한 고전적인 방식으로는 아무것도 해볼 수 없는 이 절망적인 상황에서, 그는 견디고 자신을 적응시키며 최선의 방책을 찾아낸다. 그는 계략을 꾸미며 올리브 장대를 감추고, '있지도 않은 자'가 되어 자신마저 감춘다. 거나하게 취한 폴뤼페모스가 엎드려 자지 않은 건 오뒷세우스 입장에서는 천만다행이 아닐 수 없다. 하나밖에 없는 눈을 잃은 폴뤼페모스의 비명에 다른 퀴클롭스들이 그의 동굴로 와보지만, 무슨 도움을 주러 온 건 아니고 단잠을 방해하는 일종의 '층간 소음'에 대한 항의 방문에 가깝다. 게다가 그 일을 한 자가 '있지도 않'으니, 그들이 해줄 수 있는 일도 없다. 다음 날 아침 동굴 밖으로 양들을 내보내야 하는 폴뤼페모스는 오뒷세우스와 그 일행이 양 떼틈에 숨어 도망칠까 봐 일일이 양들의 등을 쓰다듬으며 내보내지만, 그들은 양들의 배에 거꾸로 매달려 동굴 밖으로 나와 배에 오른다. 트로이아의 정복자에서 있지도 않은 자로 추락해야 했던 것이 분했던 탓일까, 오뒷세우스는 부하들의 만류에도 불구하고 괴물을 조롱한다. 자신의 보복이 마치 제우스의 징벌인 것처럼 말하더니, 끝내는 자신의 이름을 밝힌 것이다. 폴뤼페모스는 아비 포세이돈을 부르며 그를 저주한다. 곧이어 제우스는 오뒷세우스의 제사를 고개 돌려 외면하고, 포세이돈은 그를 향한 저주를 이루기 시작한다. 이 이야기를 끝으로 그는 다시는 자발적인 모험을 하지 않는다. 나중에 이어질 일화들과 비교해보면, 과연 이 사람이 같은 인물인지 궁금해질 정도로 그는 점점 더 조심스러워지고, 갈수록 어두워진다. 대신 자기 제어의 능력과 총체적 판단력은 비교할 수 없을 정도로 노련해진다. 여러 명의 시인을 상정한 분석론이나 전통의 혼합을 말하는 구송시학에서는 다른 답을 내겠고, 요새 독자들은 MBTI의 변화를 말할 테지만, 역자는 그가 경험을 통해 배우고 변화하는 인물이라는 점을 말하고 싶다. 그렇다면 이 폴뤼페모스 이야기가 전체 모험의 초반에 놓여 있는 것도 시인의 의도로 설명이 될 것이다. 이 작품이 서사시가 아닌 뱃사람의 모험담이나 동화였다면 모험의 배열이 어떤 순서를 이루어도 큰 상관이 없었을 것이다.

아이올로스

이어 일행은 아이올리아라는 섬에 도착한다. 청동의 성벽을 두른, 떠다니는 섬이라니 쉽게 상상하기 어려운 모습이다. 이 섬의 지배자 아이올로스에게는 아들 여섯, 딸 여섯이 있고, 이들은 동시에 부부 여섯 쌍이기도 하다. 이처럼 오뒷세우스가 저 세상에서 만나는 존재들은 정상의 인간으로 볼 수 없는 크고 작은 특징들을 드러낸다. 인간이라면 반드시 겪어야 하는 수고와 고통을 모르는 듯, 이들의 삶은 잔치와 휴식으로만 이루어진다. 오뒷세우스 일행은 이들에게 한 달 동안이나 환대를 받으며 그간 겪은 전쟁과 귀향 이야기로 보답한다. 아이올로스는 이 손님들이 마음에 들었는지 제퓌로스(서풍) 하나만 불도록 다른 역풍들을 가죽 자루에 담아 묶어 오뒷세우스에게 건넨다. 이제 귀향을 막을 외부의 장애는 전혀 없다. 돛을 펼치고 조타만 하면 배는 집을 향해 순항할 준비가 된 셈이다. 오뒷세우스는 9일 동안 혼자 밤낮으로 방향타를 쥐었고, 열흘째에는 고향 이타카에서 피운 불이 보일 정도로 가까이 다가간다. 그러나 장애는 내부에서 발생한다. 조심성이 지나친 나머지 가죽 자루에 대해 철저하게 함구한 대장, 그를 믿지 못한 부하들 사이의 갈등이다. 긴장이 풀린 오뒷세우스는 잠이 들었고, 부하들은 아이올로스가 선물한 가죽 자루에 금은 보화가 있을 거라 여기며 자루를 풀어버린다. 쏟아져 나온 바람들은 폭풍이 되어 그들을 다시 아이올리아로 밀어 보낸다. 오뒷세우스는 잠시 자살을 고민할 정도로 충격에 빠졌으나, 끝내 견디고 버텨낸다. 그는 아이올로스를 다시 찾아가보지만, 이번에는 냉랭하게 쫓겨난다. 아이올로스의 눈에는 그가 더 이상 환대를 받아야 할 손님이 아닌, 신의 증오를 산 자로 보이기 때문이다. 이제 그들은 바람 한 점 없이 고통스럽게 노를 저으며 길을 떠난다.

라이스트뤼고네스

엿새 후, 이들은 텔레필로스라는 곳에 도착한다. 이곳은 마치 피오르 해안을 연상케 하는 모습인 데다가 밤과 낮의 길까지 서로 가깝다고 묘사되어, 먼 북쪽까지 온 게 아니냐는 착각이 일게 된다. 그러나 저 세상의 이야기를 지리상의 좌표 위에 놓으려는 시도에는 소득이 없다. 이곳 역시 '빵을 먹고 사는' 인간의 세계가 아니다. 여기에 사는 라이스트뤼고네스 족은 마치 퀴클롭스의 다른 버전인 듯, 사람을 사냥하여 잔치를 벌이는 무서운 식인 거인들이다. 일행이 안전하게 상륙하려던 포구는 끔찍한 덫이 되고 말았고, 기함을 제외한 11척의 배는 거기서 그들의 공격을 받고 파괴된다. 이제 오뒷세우스에게는 배 한 척과 소수의 부하들만 남았다. 전우들을 모두 잃고 남의 배를 얻어 타고 가라는 폴뤼페모스의 저주가 벌써 이루어지고 있는 셈이다.

키르케

그러다가 이들이 닿은 곳은 키르케의 섬 아이아이아이다. 이 낯선 섬에서 부하들 절반이 정찰을 나섰지만, 이들은 키르케의 마법에 그만 돼지로 변하고 만다. 그녀가 사용한 약은 귀향을 잊게 만드는 것이라 묘사되고 이 약으로 이들은 인간의 모습을 잃어버린다. 고향에 돌아가는 것이 인간으로서의 정체성 그 자체인 것처럼 그려지는 대목이다. 부하들을 구하러 가는 오뒷세우스는 도중에 헤르메스를 만나 키르케의 마법에 대항할 수 있는 모올뤼라는 약초를 얻는다. 이 약초는 마치 부적처럼 가지고만 있어도 효력이 생기는지 키르케의 마법은 통하지 않는다. 오뒷세우스가 뽑아 든 칼 앞에 그녀는 굴복하고 부하들은 사람의 모습을 되찾는다. 긴장이 풀린 탓인지 오뒷세우스는 곧바로 잔치에 탐닉한다. 1년을 잔치로 보낸 그는 부하들의 걱정을 살 정도가 되고 만다. 지금은 유실된 고대의 서사시 『텔레고니아』에는 오뒷세우스와 키르케 사이에 텔레고노스라는 아들이 있어 훗날 텔레고노스가 오뒷세우스를 살해하고 페넬로페와 결혼한 다음 행복한 자들의 섬으로 떠난다는 내용이 담겨 있었다. 그러나 이 시에서는 이에 대한 암시조차 없다.

희랍인들은 인간 위로 신이 있고 아래로 짐승이 있어 그 경계를 넘나드는 것을 세상의 질서를 무너뜨리는 금기로 여겼다. 키르케의 섬에서는 이 모두가 어지러이 섞인다. 헤르메스가 젊은이의 모습을 하고 나타나며, 늑대와 사자가 강아지처럼 군다. 키르케를 두고 여인인지 여신인지 분간하지 못하던 부하들은 돼지로 변한다. 오뒷세우스는 여신과 몸을 섞고, 다시 인간의 모습을 찾은 일행은 신들처럼 잔치를 벌인다. 이 혼돈 속에서 오뒷세우스는 고향을 잊어가고, 고향에서도 그는 잊혀간다. 그가 집으로 돌아가기 위해서는 인간으로서의 자신을 각성해야만 한다. 희랍인들은 인간을 '반드시 죽어야 하는 존재'라는 뜻을 담아 브로토스(brotos)라고 불렀다. 반대로 신들은 암브로시아(ambrosia), 즉 '불멸'을 먹고 마시며 영원을 살아간다. 따라서, 그의 다음 행선지는 저승이다.

저승

키르케가 알려준 길을 따라 저승에 다다른 오뒷세우스는 제의를 바치고 망자의 영혼들과 만난다. 그는 예언자 테이레시아스를 만나 어려운 귀향의 과정, 구혼자들에 대한 보복, 또다시 떠나야 할 미지의 여행과 죽음에 대해 배우게 된다. 사신과 싸워 소중한 이를 구해 온다거나, 사신을 속여 자신의 수명을 연장시키는 등 다른 신화의 저승 여행담에 있을 법한 모티브는 전혀 없다. 대신 자신이 불가피하게 맞게 될 소멸을 묵묵히 받아들이는 한 인간의 모습이 있을 뿐이다. 훗날 그는 구혼자들에게 보복하고 마침내 페넬로페를 만나게 된다. 20년간 기다려왔던 가장 벅찬 순간이다. 그러나 아내는 그들이 잃어버린 젊음을 말하고, 남편은 테이레시아스가 알려준 바 그대로 그에게 남은 노역과 죽음을 말한다. 이 행복의 순간에도 남편은 아내가 운명을 모르도록 놔두지 않고, 그녀 역시 그런 것을 요구하지 않는다. 어떤 해석가의 말대로, 가장 격렬한 싸움을 통해 얻은 승리 뒤에 곧바로 찾아오는 변화와 죽음에 대한 이 깊은 시선, 예외 없이 한계가 드리워진 모든 인간 운명에 대한 이 도저한 시선은 진정 호메로스다운 것이다. 이런 시선을 통해 시인은 동화나 민담의 해피 엔딩을 피하며 이 시에 깊이를 더한다. 마치 『일리아스』가 정의의 사도가 악의 무리를 소탕하는 이야기로 흐르지 않은 것과 마찬가지이다.

테이레시아스에게 자신의 미래와 운명을 배운 그는 어머니의 영혼을 만나 인간 보편의 운명에 대해 배우고, 이 운명에 따라 저승에 온 전우들을 하나씩 만난다. 가장 보잘것없는 부하였던 엘페노르에게도 눈물을 흘리며 연민을 나누고, 최강의 영웅이었던 아킬레우스에게 위로를 아끼지 않는다. 자신과의 경쟁에서 패하고 스스로 목숨을 끊은 아이아스 앞에서는 자신의 승리를 후회하며 안타까움을 감추지 못한다.

모든 인간에게 주어지는 동등한 죽음의 기록인 『일리아스』의 지평을 확장하려는 듯, 시인은 전장에서 쓰러진 이들 말고도 많은 이들의 죽음을 보여준다. 특히 눈길이 가는 것은 영원한 형벌이 내려진 세 죄인, 즉 티튀오스, 탄탈로스, 그리고 시쉬포스의 이야기이다. 티튀오스는 제우스의 아내 레토를 겁탈하려 했다. 탄탈로스와 시쉬포스의 범죄는 유명하여 설명이 생략된 것 같다. 전자는 아들을 요리하여 신들을 시험하였고, 후자는 죽음을 피하기 위해 애쓴 존재라고 전해진다. 금지된 성, 금지된 음식, 그리고 금지된 생명에 대한 도전이라는 점에서 이들은 인간과 신들 사이에 놓인 경계를 무너뜨린 자들, 곧 이 세계의 질서를 무너뜨린 자들이다. 시인은 이 지점에서 구혼자들과의 대결의 구도를 미리 보여주고 있다. 구혼자들의 죄상이, 이들의 범죄를 종합해놓은 듯한 인상을 주기 때문이다. 그들은 티튀오스처럼 남의 아내를 탐하고, 탄탈로스처럼 합당한 나눔이 이루어져야 할 밥상을 더럽히며, 시쉬포스가 그리했듯이 필멸의 인간 운명 이상의 것을 요구한다. 이 시의 정점에는 인간 조건의 한계를 수용하고 의식하는 자와, 그 한계를 애써 지우려는 자들의 대결이 놓이게 된다.

세이렌

저승에서 돌아온 오뒷세우스는 키르케에게 저승의 사정을 전해주고 앞길에 대한 결정적인 조언을 얻은 다음 다시 길을 떠난다. 그 길에서 처음 만난 세이렌들도 키르케의 조언이 없었다면 아마 이겨내기 어려운 존재였을 것이다. 밀랍으로 부하들의 귀를 막은 오뒷세우스는 혼자 돛대에 묶인 채로 세이렌들의 음성을 듣는다. 아직 노래를 시작한 것도 아닌데, 자신을 부르는 몇 마디 음성만으로도 오뒷세우스는 그녀들에게 가자며 애원하고, 부하들은 그를 더 세게 결박하며 위험에서 빠져나간다. 이 시에는 여러 가수가 등장한다. 이타카의 페미오스, 스케리아의 데모도코스 같은 궁정 가인들도 있고, 무엇보다도 오뒷세우스 본인이 지금 엄청난 솜씨로 자신의 과거를 노래하는 중이다. 호메로스가 그리는 가수들은 전쟁과 상실, 파멸과 고통을 노래한다. 그러나 이 내용이 노래라는 형식에 안전히 담겨 청중에게 전해지면, 이것은 곧바로 매혹적인 아름다움으로 변한다. 이 역설은 우리가 호메로스의 시를 읽고 느끼는 바와 다르지 않다. 세이렌들이 부르려던 노래가 과연 무엇이었는지는 도무지 알 길이 없다. 그러나 그 주변에 사람들의 뼈가 무더기를 이루고 있다는 키르케의 전언에서, 포박된 이를 끌어당길 정도의 매혹을 지닌 그녀들의 노래가 듣는 이에게 파멸과 고통을 안긴다는 정도만을 짐작할 뿐이다. 인간의 노래와 세이렌의 노래는 이렇게 대립의 쌍을 이룬다.

카륍디스와 스퀼라

이제 오뒷세우스 일행은 엄청난 물리적 위협을 맞게 된다. 키르케의 조언을 듣자면, 새 한 마리 무사히 지날 수 없는 플랑크타이 바위들이 있다고 한다. 아르고호를 제외하면 이곳을 무사히 지난 배는 전혀 없었다. 다른 쪽에는 열두 개의 발과 여섯 개의 입으로 닥치는 대로 채어 가는 괴물 스퀼라가 있고, 그 곁에는 하루에 세 번 바닷물을 빨아들이고 세 번 내뱉는 소용돌이 카륍디스가 있다. 키르케는 플랑크타이 바위들 쪽으로 가야 할지 말지를 두고 선택하라고 한 다음, 스퀼라와 카륍디스 쪽으로 간다면 카륍디스만큼은 피하라고 알려준다. 스퀼라에게는 여섯이 희생되지만, 카륍디스에게는 전멸당할 것이기에 그렇다. 『일리아스』에는 이런 싸움이 없다. 설령 자신보다 강한 상대라 하더라도, 맞서 이기면 이기는 대로 명성이 생기고, 져서 죽더라도 비겁한 죽음이 아니니 명성은 남는다. 그래서 『일리아스』의 전사들은 매번 목숨을 걸고 상대와 맞붙는다. 오뒷세우스는 이런 고전적인 코드가 통하지 않는 상대를 이미 여럿 거쳐왔다. 폴뤼페모스가 그랬고, 라이스트뤼고네스들이 그랬다. 정면 승부가 무의미한 상대, 알면서도 당할 수밖에 없는 상대 앞에서 그는 키르케의 조언대로 차악을 택하고, 그 대가로 부하 여섯을 잃는다. 그는 희생당한 부하들의 최후를 노래하며 자신이 겪은 모든 항해 중에서 가장 가련한 장면이었다고 덧붙인다.

태양신의 섬

첫 모험부터 수면 위로 올라왔던 오뒷세우스와 부하들 사이의 긴장과 갈등은 이곳에서 결국 파국에 이르게 된다. 오뒷세우스는 이 섬에 정박할 생각이 없었다. 키르케와 테이레시아스의 경고가 있었기 때문이다. 그러나 지친 부하들에게는 휴식이 필요하다. 게다가 해도 졌으니 이 섬에 들르지 않으면 위험을 무릅쓰고 야간 항해를 해야 한다. 오뒷세우스는 부하들에게 마지못해 양보하는 대신, 태양신의 가축들에게 얼씬도 말라는 금령을 내린다. 일행에게 빵과 포도주가 남아 있던 동안에는 문제 될 것이 없었다. 그러나 신들은 한 달 내내 역풍만 보내면서 이들의 발을 묶어두었고, 식량은 바닥난다. 이들은 낚시도 하고 새도 잡으며 버텨보지만, 결국은 굶주림에 굴복하고 헬리오스의 소들을 잡는다. 그대로 포식하는 것이 꺼림칙했던지 신에게 바치는 제사의 형식을 택했지만, 애초에 제수로 쓰면 안 될 것을 바쳤으니 신도 이를 받아줄 리가 없다. 신들에게 기도하러 갔다가 잠이 든 오뒷세우스가 눈을 떴을 때에는 이미 고기가 한창 익어가는 중이었다. 제 가축들이 도살된 것을 안 헬리오스는 제우스에게 달려가 지상에서 태양을 비추지 않겠노라 협박하고, 제우스는 이들을 난바다로 이끌어내어 파선과 전멸을 안긴다. 살아남은 것은 오뒷세우스 하나뿐이다. 이 사건은 이 시의 첫머리에서도 언급될 만큼 인상적이고 강렬하다. 10년의 전쟁과, 귀향길의 수많은 위험을 견뎌낸 부하들은 이로써 모두 목숨을 잃는다. 시인은 이 시를 여는 순간부터 이들의 파멸을 이들 스스로의 탓으로 돌리고 있다. 번듯한 음식이 아닐지언정, 물고기와 새로 연명은 할 수 있었는데도 이를 견디지 못하고 금령을 어긴, 인내하지 못한 부하들의 책임이라는 것처럼 들린다. 부하들의 책임에 대해서는 학자들 사이에서도 의견이 분분하다. 그저 끝까지 버티고 견딘 오뒷세우스가 살아남았다는 사실만이 남는다. 하지만 그의 모습도 위태롭다. 무서운 풍랑으로 배와 부하들을 모두 잃은 그는 부서진 배의 잔해에 의지해 떠다니다가 소용돌이 카륍디스로 되밀려가는 등 많은 고생을 겪은 끝에 칼륍소에게 구조된다.

칼륍소

오뒷세우스는 이후 7년간 여신 칼륍소의 섬에서 지내게 된다. 우리가 이 시에서 그를 처음 보게 되는 5권에서는 이 섬에 대한 아름다운 묘사가 돋보인다. 시인은 이곳의 풍경이 얼마나 황홀한지 신들도 낙을 누릴 만한 곳이라 말한다. 이 낙원에서 칼륍소는 오뒷세우스에게 모든 것을 베푼다. 여신의 바람대로 그가 그녀의 남편이 된다면, 그는 늙음도 죽음도 모른 채 신이 될 것이다. 오뒷세우스는 귀향을 잊게 만드는 로토스 열매가 꿀처럼 달콤한 것이었노라 말하지만, 그것이 아무리 달콤하다 한들 칼륍소의 제안과는 비교할 수 없다. 아무런 고생도 없이, 수월함과 풍족함만이 있는 이곳에서, 그러나 이 모든 것에 등을 돌린 오뒷세우스는 넋이 나간 채로 귀향만을 갈구하며 자신의 생을 소진하고 있다. 이것이 이 시에서 우리가 만나는 오뒷세우스의 첫 모습이다.

칼륍소와 함께라면 위의 모든 걸 빠짐없이 누릴 수 있지만, 인간으로서의 삶은 포기해야 한다. 사람들 사이에서도 잊히는 건 덤이다. 이것이 바로 그녀의 이름이 의미하는 바이다. 이 시에는 뼈가 담긴 이름이 유독 많이 나오는데, 구혼자들의 우두머리 안티노오스(Anti反+Noos정신), 아들 텔레마코스(Tele멀리서+Machos싸우는 자) 등이 대표적이다. 칼립소의 이름은 '매장, 숨김'을 뜻한다. 그녀가 제안하는 영원한 삶은, 말하자면 영원한 죽음인 셈이다. 헤르메스가 제우스의 전언을 들고 그녀를 찾아오고, 그녀는 불사의 수월한 삶을 걸고 오뒷세우스를 마지막으로 설득해본다. 그러나 그는 그 제안을 거절한다. 오뒷세우스가, 마치 아킬레우스처럼 호메로스 시의 주인공으로서 주목받는 이유는 그가 하는 일이 아니라 그가 하지 않는 일 때문이다. 다른 이들이라면 기쁘게 받아안을 제안을, 그는 받아들이지 않는다. 그는 인간 조건의 한계를 수락하면서, 그것만이 줄 수 있는 기쁨 역시 받아들이는 것이다. 마치 아킬레우스처럼, 그는 영광스럽지 않은 익명의 생존 속에 매몰될 생각이 없다. 설령 그 대가가 수많은 고생과 목숨을 건 사투를 뜻한다고 해도, 그는 자신의 영웅적인 기백을 충족시키는 결단을 내린다. 시인의 비범함은 그의 귀향을 단순히 고향으로 돌아가는 일만이 아닌, 인간 삶 자체로 재진입하는 일로 그리는 데에서 드러난다. 이 시에서는 인간의 온전한 세계가 그려지지 않는다. 오뒷세우스가 거쳐온 저 세상은 물론이고, 그가 곧 가게 될 파이아케스인들의 나라도 마찬가지이다. 그곳은 인간들과 동떨어진, 신들과 가까운 이들이 수고를 모르고 사는 곳이다. 앞서 살펴본 스파르타도, 퓔로스도 인간의 세계와는 확연히 다른 곳이다. 그렇다면 그가 되돌아갈 인간의 세계는 고향 이타카 말고는 없다. 그러나 그곳은 지금 오뒷세우스와는 정반대의 욕망을 가진, 신들처럼 살고 싶은 자들에게 장악되어가고 있다. 그는 반드시 지금 돌아가야만 한다. 이제 그는 철 따라 꽃이 피고 열매가 열리는 아버지의 과수원이 있는 곳으로 돌아간다. 그가 떠나는 칼립소의 정원은 봄에 피는 제비꽃과 가을에 피는 셀러리가 동시에 만발한 무시간의 영원이다.

칼립소는 인간의 감정을 지닌 여신이다. 오뒷세우스를 대하는 그녀의 마음에서 애정과 호의 아닌 악의라고는 전혀 찾아볼 수 없다. 버림받음을 마지못해 받아들인 그녀는 그의 출항을 돕는다. 그리고 이것이 제우스의 결정이라는 것을 끝까지 말하지 않는다. 그래서 오뒷세우스로 하여금 그녀 스스로 그를 놓아주는 것이라 생각하도록 만든다. 그녀는 이렇게 스스로 자존을 지켜낸다.

파이아케스인들의 섬

칼립소의 섬 오귀기아를 떠난 오뒷세우스는 포세이돈의 마지막 저주를 가까스로 이겨내고 파이아케스인들이 사는 스케리아섬에 가 닿는다. 10년을 전장에서 싸웠고, 10년을 인간 아닌 존재들과 부대끼며 살아남은 오뒷세우스는 낯선 땅 강가에 벌거숭이로 닿아 탈진한다. 결국 많은 선물을 받고 안전하게 돌아갈 것임을 우리는 알지만, 아직은 넘어야 할 장애물들이 있다. 그는 왕비 아레테의 승인을 얻어야 하고, 이방인에게 적대적인 이곳 사람들 앞에서 자신의 힘을 보여주어야 한다. 다행히 그는 공주 나우시카아와 아테네 여신의 도움을 받아 알키노오스 왕의 궁전에 들어가 환대를 받고 마침내 고향으로 돌아가게 된다. 아마도 다른 많은 에피소드처럼, 이 이야기의 원형은 민담일 것이다. 낯선 방랑자가 나타나 경쟁에서 남들을 이기고 공주를 얻는 패턴의 이야기는 세계 어디에나 있다. 나우시카아는 오뒷세우스가 지나온 귀향의 여정에서, 그와 엮일 가능성이 있는 유일한 인간 여성이다. 그녀는 오뒷세우스에게 매혹되었고, 그녀의 아비 알키노오스 왕 역시 그를 사위로 맞고 싶어 한다. 그러나 오뒷세우스는 지혜롭게 이를 피해 간다. 만일 여기서 어떤 로맨스가 있었더라면 칼립소에게 선언했던 그 모든 것이 몹시 우스워졌을 것이다. 무엇보다도,

이곳은 인간의 세계로 돌아가기로 결심한 오뒷세우스가 머물 수 있는 곳이 아니다. 이들은 신들의 환경 속에 살아가는 인간들이다. 마치 칼륍소의 섬처럼, 알키노오스의 정원에도 시간이 흐르지 않는다. 언제나 서풍만이 불어오고, 포도나무는 꽃과, 채 익지 않은 것과 무르익은 것을 동시에 낸다. 궁전을 지키는 개들은 헤파이스토스가 금과 은으로 만들어준 것들이다. 오뒷세우스가 집을 비운 동안 늙어 죽음에 이르게 되는 사냥개 아르고스와는 전혀 다르다. 이들이 자랑하는 배도 이 세상의 것이 아니다. 마치 고도의 인공지능이라도 내장된 듯, 그들의 배는 세상 어느 곳이라도 알아서 달려가고 파선과 난파의 위험도 알지 못한다. 무엇보다도 이들은 다른 인간들과 섞이지도 않고, 인간이라면 겪게 되는 고생과 수고를 알지 못한다. 오뒷세우스가 목숨을 걸고 싸웠던 전쟁의 기억도, 귀향길에 만난 수많은 위험도, 이들에게는 단지 가수의 노래에 담겨 전해지는 탐미적인 여흥일 뿐이다. 그는 여기에 머물 수 없다.

시인은 이 꿈과도 같은 곳에서 오뒷세우스에게 부활을 허락한다. 역자는 앞서 텔레마코스가 오뒷세우스를 되살리고 있다고 설명한 바 있다. 이 소생은 텔레마코스의 자기만족이나 상징에 그치지 않고, 이곳에서 실제와 맞닿는다. 시인은 3, 4권의 오뒷세우스 회상 장면들을 8, 9권에서 되울리는 정교한 구성을 통해 다시 살아난 오뒷세우스를 우리에게 보여주고 있다. 영웅들의 귀향에 대한 네스토르의 회상은 두 영웅이 다투는 장면(3.134-152)에서 시작되며, 이어 텔레마코스는 메넬라오스 부부에게서 오뒷세우스에 관한 일화 두 대목을 듣는다(4.240-264, 266-289). 오뒷세우스는 파이아케스인들의 가수 데모도코스에게 역시 자신에 관한 노래 두 대목을 듣는다(8.73-83, 499-520). 첫 노래의 주제는 두 영웅의 다툼이었으며, 세 번째 노래는 메넬라오스의 회상과 정확히 같은 부분, 즉 희랍 군대가 목마 안에 매복하고 있는 장면에서 시작된다. 이 노래에서, 오뒷세우스는 다시 한번 헬레네의 집을 찾아가고 있으며, 4권에서 목마를 회상하던 메넬라오스는 데모도코스의 노래 속으로 들어와 있다. 역자는 이것이 우연이나 단순한 테마의 반복이 아닌, 오뒷세우스의 부활을 준비하는 시인의 섬세한 준비라고 보고 싶다. 텔레마코스의 여행에서 확인된 결정적인 소생 장면들을 8, 9권으로 모두 옮겨 오고 난 다음, 시인은 마침내 오뒷세우스가 자신의 진짜 이름을, 그의 명성과 함께 회복하도록 허락한다.

> 저는 라에르테스의 아들 오뒷세우스입니다. 온갖 계책으로
> 사람들에게 알려져 있으며, 제 명성은 하늘에 가 닿아 있습니다. (9.19-20)

이것은, 이 시에서 오뒷세우스가 최초로 자신을 드러내는 장면이다. 단순한 자기소개가 아닌, 부활의 선언인 것이다. 이제 그는 모두의 주목을 한 몸에 받는, 이 시의 영광스러운 주제가 되기 시작한다. 그는 이렇게 망각/죽음을 극복하고 마침내 인간 삶으로의 전면적인 육박을 위한 모든 준비를 마친다. 호메로스는 오뒷세우스의 부활 선언을 텔레마코스가 감행한 제의적인 여행의 결과로 끌어냄으로써 그의 귀향을 준비한다.『오뒷세이아』는 집 나간 주인공이 어느 날 돌연히 귀향하는 민담이나 구송시와는 질적으로 다른 구조로 지어진 정교한 건축물이다.

복수(13-24권)

작품 후반부의 핵심은 오뒷세우스와 구혼자들의 대결이다. 민담과 동화에서는 '나쁜 놈들'이 그냥 몰살당해도 아무 상관이 없지만, 서사시에서

는 그럴 만한 이유가 있어야 한다. 많은 연구자들이 구혼자들의 죄상에 대해 부분적으로 이야기해왔지만, 그 보복의 수위에 대해서는 의견이 분분하다. 과연 주인공의 살육은 불가피한 선택이었을까? 과연 구혼자들의 잘못이 어떤 것이기에 이토록 가차 없는 처벌이 그려진 것일까? 영웅에게는 살육 말고 다른 선택은 없었을까? 이 시의 시작에서, 제우스는 인간이 자기 잘못으로 최악의 결과를 초래한다고 밝힌다(1.32-34). 만일 구혼자들이 지나친 처벌을 받은 것이라면, 오뒷세우스의 살육은 제우스의 정의와 아무 상관 없는 사적인 보복이 되어, 인간 스스로의 책임을 강조하는 제우스의 선언은 빈말이 된다. 무엇보다도, 살육 직전에 에우뤼마코스가 제안한 타협안을 오뒷세우스가 일축해버린 것을 이해하기가 어려워진다(22.55-67). 만일 그가 에우뤼마코스의 타협안을 수용했더라면, 구혼자들의 경제적 기반을 일거에 붕괴시켜 이들의 정치적인 도전의 가능성까지 제거할 수 있었을 것이고, 자신의 권력은 그만큼 견고하게 복원할 수 있었을 것이다.

그러나 오뒷세우스는 이 타협안을 일축하고 살육전에 나선다. 그에게 그들을 죽이는 일은 필연이며, 여기에 다른 선택지는 없는 듯 보인다. 왜일까? 역자는 구혼자들이 물리적으로 회복할 수 없는 어떤 것을 훼손했기 때문이라고 여긴다. 인간 가치의 파괴, 이것이 바로 이들의 악행의 본질이며, 이 시는 시작부터 이를 여과 없이 드러내고 있다. 이해를 돕기 위해, 구혼자들과 많은 유사성을 보이는 폴뤼페모스와의 비교가 이루어질 것이고, 이 결과는 오뒷세우스의 복수의 의미로 이어질 것이다.

테미스 없는 자들

폴뤼페모스와 구혼자들 사이의 비교의 실마리는 '테미스(themis)'이다. 이 단어는 대단히 포괄적인 의미를 담고 있어 구체적으로 정의하기가 까다롭지만, 보통은 '관습, 관행', 또는 '법도, 사람이 마땅히 해야 하는 바' 등으로 풀이된다. 그런 이유로 이 단어는 인간 생활의 다양한 행동과 태도에서 발견된다. 이 시에서 찾아보자면, 아버지와 아들(11.451), 남편과 아내(14.130) 사이의 올바른 관계, 올바른 손님 접대(9.268, 14.56), 격식과 절차를 잘 갖춘 제사(3.45), 신들에 대한 경외(10.73) 등이 '테미스'의 좋은 예로 인정되고 있다. 다시 말해, 테미스는 인간이 자신의 가족, 타인, 그리고 신들과 맺는 관계에서 벌어지는 행위 전반의 윤리적 가치를 드러내는 기준이 된다.

한편, 반대의 의미를 담은 형용사 '아테미스토스(athemistos)'도 있다.[1] '도리를 저버린', '사람의 탈을 쓰고 할 수 없는' 정도의 어감을 가진 이 말은 이 시에서 모두 여섯 번 쓰이는데, 이 중 세 번이 폴뤼페모스와 직접 연결된다(9.106, 189, 428). 그는 가족도 없고, 타인과 신들을 무시하는 존재이니 도저히 '테미스'와 어울릴 수가 없다. 만일 폴뤼페모스를 '인간 가치의 부정'이라고 말할 수 있다면, 이는 그가 바로 이러한 존재이기 때문이다. 구혼자들에게도 역시 같은 기준이 적용된다. 이 단어의 나머지 세 번의 용례는 모두 구혼자들과 연결된다(17.363, 18.141, 20.287). 이제, 폴뤼페모스와 구혼자들이 구체적으로 어떤 공통적인 특징들을 보이는지 비교하며 살펴볼 차례이다.

---

1   희랍어에서는 어떤 말의 의미를 부정하는 접두어 'a'가 널리 쓰인다. atom(쪼개질 수 없는 것=원자), ataraxia(흔들리지 않음), atopos(자리매김할 수 없는 것=아토피) 등이 대표적이다.

고립

오뒷세우스는 퀴클롭스들에 대한 설명을 시작하는 부분에서 그들에게 회의장과 테미스가 없다는 점을 먼저 짚는다(9.112). 퀴클롭스들은 공동 (共同)이라 할 만한 어떠한 조직이나 구성체도 알지 못한다. 사회를 지탱하는 근간이 테미스인데, 이것을 그들이 모르기 때문이다. 이들은 가족 이상의 사회 단위를 알지 못하며, 각각의 가족들은 그마저도 서로 단절되어 있다(9.113-115). 퀴클롭스들의 반사회적인 면모는 홀로 지내는 폴뤼페모스에게서 극단적으로 드러난다(9.186-189). 그런 그가 단 한 번, 다른 퀴클롭스들과 접촉한다. 오뒷세우스에게 눈을 찔린 그가 괴성을 지르고, 이에 다른 퀴클롭스들이 찾아온 것이다. 그러나 이 방문의 동기는 도움 따위가 아니라 그의 비명이 그들의 단잠을 방해했기 때문이다. 그들은 문제가 있거든 자신들을 더 이상 괴롭히지 말고 그의 아비 포세이돈에게 고하라고 말하며 떠나간다. 역설적이게도 폴뤼페모스는 그들을 '친구들'이라고 부르지만(9.408), 친구라는 말을 모르는 그들은 다시 잠자러 갈 생각만 하며 그에게서 등을 돌려버린다. 그들은 서로를 상관하지 않고, 관계를 맺을 능력도 없는 존재들이다.

사회적인 관점에서 볼 때, 이타카의 현재 상황 역시 퀴클롭스들의 섬과 본질적으로 다르지 않다. 이타카 사람들 역시 회의 없이 살아온 지 20년째이다(2.26-27). 호메로스의 인간은 회의가 없이는 다른 동료들과 의견을 교환할 기회가 없다. 인간의 사회적인 삶과 회의는 불가분의 관계를 맺는다. 따라서, 이타카인들은 마치 퀴클롭스들처럼 파편화된 채로 살아가게 된다. 민회의 부재는, 사회 구성의 원리로서의 테미스가 이미 이타카에서 그 기능을 상실하였다는 명백한 증거이다. 호메로스 사회의 회의들은 테미스에 절대적으로 의존하는 까닭이다. 호메로스에서 테미스는 제우스와 더불어 신격화된 형태로 신과 인간들의 회의의 소집과 해산에 결정적인 역할을 한다(2.68-69, 『일리아스』 20.4-5).

2권에서, 텔레마코스는 아테네의 조언에 따라 20년 만에 민회를 소집한다. 그러나 이 민회의 진행은 구혼자들에게 철저히 가로막힌다. 먼저 텔레마코스는 제우스와 테미스의 이름을 걸고 구혼자들에게 신들의 진노를 두려워할 것을 간청하지만, 구혼자들의 우두머리 안티노오스는 적반하장으로 잘못을 페넬로페에게 돌리며 텔레마코스를 모욕한다(2.84-88). 이어 예언자 할리테르세스가 오뒷세우스의 귀환이 임박하였고 구혼자들이 파멸할 것이라고 예언하자, 구혼자 에우뤼마코스는 그를 조롱하고 협박한다(2.177-186). 끝으로, 오뒷세우스에게 집안 관리를 위임받은 멘토르가 구혼자들의 악행을 성토하자, 다른 구혼자 레이오크리토스는 멘토르의 말을 중간에 가로막고 그를 저주하며 민회를 강제로 해산시킨다(2.242-252). 이렇게 구혼자들은 제우스와 테미스의 권위를 무시하고, 왕자와 왕비, 예언자, 그리고 영웅의 대리인을 차례로 조롱하고 협박하고 있다.

호메로스의 민회는 인간과 인간 사이의 소통, 신과 인간 사이의 소통이 이루어져야 하는 장소이다. 그러나 이 민회에서 구혼자들은 이 소통을 끊임없이 방해한다. 이로써 이들은 이타카라는 하나의 사회를 파괴하고 있다. 구혼자들의 전횡 아래에서 이타카인들은 마치 퀴클롭스들과 같이 상호 연대 없이 개체화되고 고립되어간다. 이 민회에서 이타카인들은, 비록 텔레마코스의 연설에 일시적으로 동정심을 갖기는 하지만, 결국 방관자들로 남는다(2.239-241, 23.148-152). 서로의 일에 상관하지 않는 이타카인들의 모습은, 눈먼 폴뤼페모스에게 아무 도움도 주려 하지 않았던 퀴클롭스들과 닮아 있다. 심지어 오뒷세우스의 가족들 역시 어느 정도까지는 이러한 고립의 경향을 보인다. 페넬로페는 자기 방에서 은거에 가까운 생활을 하고 있으며, 라에르테스는, 반드시 그래야 할 이유가 없어 보임에도 불구하고 그의 가족들과 거리를 둔 채 멀리서 살고 있다(11.187-196, 24.205-212). 에우마이오스는 오뒷세우스의 충실한 하인이지만, 자신의 하인을 따로 거느리고 궁에서 멀리 떨어진 채로 반쯤은 독립적인 생활을 유지하고 있다(14.5-10, 449-452). 텔레마코스는 출항이라는 중대한 결정을 어머니에게 알리지 않는다(2.373-376).

타인에 대한 멸시

테미스를 모르는 폴뤼페모스는 타인에 대한 관심과 존중을 나타내는 법이 없다. 그는 동굴 안에서 오뒷세우스와 그 일행을 발견하자마자 대뜸 이렇게 묻는다.

> 낯선 녀석들아, 너희는 누구냐, 어디에서 이 물길을 타고 온 거냐? (9.252)

이 질문이 관심이나 호기심에서 비롯된 것이 아님은 분명하다. 이 질문을 받은 오뒷세우스는 자신의 이름을 말하지 않는다. 이름만 제외한다면, 이 장면은 이 시에서 오뒷세우스가 자신의 업적과 영웅으로서의 정체성 등을 처음부터 사실대로 말한 유일한 부분이다. 그럼에도 폴뤼페모스는 그가 이름을 말하지 않은 것조차 알아차리지 못했고, 다른 이들이었다면 매료되어 경청했을 트로이아 전쟁 이야기도 그에게는 아무런 관심거리가 되지 못한다.

따라서, 폴뤼페모스에게 크세니아가 철저히 사라지는 것은 당연한 결과이다. 낯선 이를 친구로 바꾸어주는 크세니아는 타인과의 조화로운 상호 관계를 전제로만 성립할 수 있는 관습이기 때문이다. 그러니 폴뤼페모스에게는 크세니아보다 더 낯선 것이 있을 수 없다. 그는 타인들과 관계를 맺을 기회 자체가 없기 때문이다. 이런 그가 주인공 일행과 마주치자 그토록 견고한 호메로스 사회의 예법을 무참히 짓밟아버린다. 그가 오뒷세우스의 이름을 묻는 장면(9.252)으로 되돌아가보자. 호메로스 사회의 모든 손님은 이 질문에 대답해야 할 의무가 있으며, 이는 모든 크세니아 장면에서 필수적으로 나타나는 절차이다. 그러나 문제는 이 질문이 던져진 시점이다. 주인은 반드시 먹고 마실 것을 먼저 대접한 후에야 손님의 정체를 물을 수 있는 법이다(3.67-71, 4.59-62).

이튿날, 오뒷세우스의 포도주를 받은 폴뤼페모스는 그의 이름을 재차 묻고 오뒷세우스는 자신을 '있지도 않은 자'라고 밝힌다(9.366). 어느 누구도 이름이 없을 수는 없다. 그러나 폴뤼페모스는 타인에 대한 무관심으로 인해, 오뒷세우스가 파놓은 치명적인 함정을 피해 갈 수 없다. 오뒷세우스는 부모도, 친구도 모두 자신을 '있지도 않은 자'라고 부른다고 대답한다(9.366-367). 그러나 이 시에서 폴뤼페모스 말고는 아무도 그를 이렇게 부르지 않는다. 문제가 되는 것은 폴뤼페모스가 던진 질문의 의도이다. 그가 오뒷세우스의 이름을 물은 것은, 그를 다른 이들보다 나중에 잡아먹으리라는 것을 확인하는 절차에 지나지 않는다. 이것이 그의 접대 선물이다(9.369-370). 보통의 경우, 접대 선물은 주인의 아량을 기리는 상징이 되기 마련이다(4.591-592). 그러나 오뒷세우스가 무사히 탈출하자, 폴뤼페모스는 그에게 온갖 저주를 담은 또 다른 접대 선물을 건네려 한다(9.517-518, 528-538). 이 반어적인 접대 선물은 하나의 예에 지나지 않는다. 폴뤼페모스는 크세니아의 모든 절차를 전복하고 파괴한다. 그는 먹을 것과 마실 것으로 손님들을 편안하게 하기는커녕, 손님들을 잡아먹고 손님에게 마실 것을 달라고 요구한다. 오뒷세우스가 주장하는 손님과 나그네의 신성한 권리는 그에게 조롱거리가 될 뿐이다.

구혼자들 역시 타인에 대해 아무런 관심을 드러내지 않는다. 그들은 시종일관 타인에 대한 최소한의 존중마저 없는 존재들로 그려진다. 우두머리 안티노오스는 오뒷세우스와의 첫 대면에서 그를 경멸적인 어조로 인칭대명사로만 지칭한다.

이 악명 높은 돼지치기 녀석, 너는 대체 어쩌자고 저자를
시내로 데려왔느냐? 다른 떠돌이들과 잔치나 망쳐놓는
성가신 비렁뱅이들로는 우리에게 아직 충분치가 않다는 거냐?
네놈은 그 녀석들만 여기로 모여들어 네 주인의 살림을 먹어치우는 게
마땅치 않아 저놈까지 이리로 불러들인 게냐? (17.375-379)

거지꼴을 한 오뒷세우스는 그의 눈에 그저 '재앙 덩어리'(17.446) 따위일 뿐, 존중받아야 할 동료 인간이 아니다. 안티노오스뿐만 아니라 다른 모든 구혼자에게도 주인공은 시종일관 익명의 존재로 남을 뿐이다. 오뒷세우스가 마침내 구혼자들을 향한 화살을 겨누며 자신의 정체를 밝힐 때까지, 구혼자들은 그를 반복하여 '뜨내기', '도둑놈', '흉악한 짓에 능통한 떠돌이', '대지의 짐짝' 등으로 부른다(20.375-379, 21.396-400).

구혼자들은 예언자 테오클뤼메노스의 정체 역시 알려 하지 않는다. 그 역시 '정신 나간 나그네', 그리고 '또 다른 녀석'으로 지칭될 뿐이다(20.360, 380). 따라서, 그가 구혼자들의 임박한 파멸을 예언하는 순간에조차, 그들은 테오클뤼메노스가 '신의 음성을 듣는 자'라는 사실을 알 수 없는 것이다.[2] 그들이 심부름꾼으로 부리는 자의 이름은 아르나이오스이다. 그러나 그들은 모두 그를 이로스라는 별명으로만 부른다. 이들이 이로스의 원래 이름을 알고 있었는지조차 의심스럽다(18.5-7).

---

2   Theo(신)+Klymenos(듣는 이).

이 시에서 주인공의 이름은 종종 감춰지곤 한다. 그의 식구들과 충직한 하인들은 그의 이름을 직접 부르기를 삼가는 경향이 있다. 페넬로페는 '명성이 헬라스 전체에 널리 퍼진 분'(4.726, 816)으로, 돼지치기 에우마이오스는 '신과 맞먹는 주인'(14.40), '미더운 분'(14.147) 등으로 둘러말하고, 초반의 텔레마코스 역시 그 이름을 직접 부르는 대신 대명사를 많이 사용한다. 구혼자들 역시 그의 이름을 말하지 않으나 그 동기는 전혀 다른 것이다. 그들은 그를 알려고 하지 않고, 인격 자체를 무시해버린다.

폴뤼페모스의 경우와 마찬가지로, 구혼자들의 이러한 태도는 필연적으로 사악한 크세니아로 이어진다. 이 시에서 이타카의 모습은 이들이 크세니아의 관습을 기괴하게 전복시키고 있는 장면으로 시작한다. 멘테스로 변장한 아테네가 이타카의 궁전을 찾아와 떠나기까지 200행이 넘게 흐르는 동안 구혼자들은 자기들만의 향락에 몰두한 채 이 손님의 존재를 지워버린다(1.149-155). 텔레마코스는 그를 대접하기 위해 애쓰지만 구혼자들의 소란을 피하기 위해 구석으로 내몰릴 수밖에 없다(1.132-134, 156-157). 크세니아의 격식에서, 손님을 문간에서 오래 기다리게 하는 것은 있을 수 없는 일이다. 그러나 변장한 아테네가 떠나가자 에우뤼마코스는 그 나그네가 자신들을 기다려줬어야 했다며 궤변을 펼친다(1.405, 410-411). 주인은 지체 없이 손님에게 인사를 건네고 앉을 자리를 제공한 후, 먹고 마실 것을 대접해야 한다. 그러나 반대로 구혼자들은 자기들이 앉을 자리와 먹고 마실 것들, 그리고 여흥에만 관심을 쏟을 뿐이다(1.144-155). 앞서 말한 바와 같이 크세니아는 낯선 이를 친구로 바꾸어준다. 그러나 이들은 오뒷세우스의 옛 친구 멘테스를 완전히 낯선 이로 만들고 말았다.

호메로스는 시의 후반부에서 구혼자들의 나쁜 크세니아에 대한 그림을 완성시킨다. 손님이 자기 집에서 폭력을 당하고 보호받지 못하는 것은 주인의 치욕이며(14.37-38), 만일 주인이 손님의 안전을 보장할 수 있다는 확신이 없을 경우, 주인은 남에게 부탁해서라도 그 손님의 안전을 지키고자 애써야 옳다(15.512-516, 539-543). 크세니아는 때로 아군과 적군의 선명한 구분을 넘어서기도 한다. 『일리아스』가 좋은 예이다. 집안 대대로 내려온 크세니아 관계를 확인하자, 디오메데스와 글라우코스는 서로를 겨누던 창을 내려놓고 우의를 다지기까지 한다(『일리아스』 6.224-233).

그러나 구혼자들은 이 존중받아야 할 관습을 고의로 파괴한다. 손님을 환대해야 하는 언어는 이들에 의해 학대와 모욕의 언어로 변질되고, 급기야 이 폭력의 언어들은 실행으로 옮겨진다. 주인은 손님의 안전을 지켜야 하나, 18권의 이로스와 오뒷세우스의 대결 장면에서 구혼자들은 손님을 고의로 위험에 빠뜨리고 이를 유쾌한 오락으로 즐기고 있음을 알 수 있다(18.34-41). 단순히 구경만 하는 것에 만족하지 못한 것일까, 이들은 오뒷세우스에게 직접 물리적인 폭력을 휘두른다. 여기에서 무기로 사용된 도구들은 원래는 손님에게 만족과 편안함을 줘야 하는 가구와 음식물이다(17.458-463, 18.387-398, 20.287-302). 이처럼, 구혼자들과 폴뤼페모스는 크세니아의 세부 하나하나를 모욕적으로 전복시킨다는 점에서 서로 매우 가까이 닮아 있다.

황금시대

구혼자들은 왜 이렇게까지 인간 사회를 와해시키고, 인간의 의무를 저버리고 있는 것일까? 역자는 이들의 반사회적인 태도가 인간의 세계에서 신들의 삶을 구현하고자 하는 그들의 금지된 욕망에서 비롯된 것으로 바라본다. 이것이 바로 그들의 악행의 핵심이다.

먼저 폴뤼페모스와 구혼자들이 누리는 환경을 살펴볼 필요가 있다. 퀴클롭스들의 풍요로운 땅은 이른바 황금시대의 자연과 본질적으로 닮아 있다(9.106-111). 이 마법적인 환경은 이곳이 다른 세상이라는 것을 알려주는 분명한 표지이다. 헤시오도스는 황금시대의 종족들에게는 노동의 필요가 없었다고 전한다. 그들의 필요를 땅이 저절로 해결해주었기 때문이다.[3]

이와 대조적으로, 호메로스의 인간들은, 아무리 지체 높은 자라 하더라도 노동에서 완전히 자유로운 이는 없어 보인다. 『일리아스』에서는 왕자도 직접 나무를 베고 양 떼를 먹이지 않았던가(『일리아스』 21.36-38, 24.28-29). 그러나 호메로스는 구혼자들이 다스리고 있는 이타카를, 어떠한 일상적인 인간 사회와도 다른 곳으로 그리고 있다. 퀴클롭스들과 마찬가지로, 구혼자들 역시 밭을 손수 갈지 않는다. 그들은 자신들이 노동하지 않을 특권을, 마치 당연한 권리인 듯 반복하여 강조한다(2.127-128, 18.288-290). 동시에 그들은 남들에게는 노동을 명령한다(2.252). 14권에서, 거지로 변장한 오뒷세우스는 돼지치기에게 비현실적인 소망을 말한다.

> 이 오두막에 있는 우리 두 사람에게는 먹거리와 달콤한 포도주가
> 한참 동안 남아 고즈넉이 잔치를 즐기고, 다른 이들은
> 일감을 좇아간다면 얼마나 좋으려나요! (14.193-195)

노동을 해야 하는 인간인 이상 그의 소망은 비현실적인 것일 수밖에 없다. 호메로스의 모든 인간 중에서 오직 구혼자들만이 이 황금시대적인 삶의 방식대로 살아간다. 그들은 마치 마법의 나라의 신화적 종족이나 된 듯 잔치를 일상으로 삼는다. 그들은 모든 의무를 남들에게 전가하고, 혹

---

3   호메로스 다음 시대에 활동한 서사시인 헤시오도스의 『일들과 날들』에는 인간의 다섯 시대가 나오는데, 순서대로 황금시대, 은시대, 청동시대, 영웅시대, 그리고 우리가 살고 있는 철시대이다. 황금시대의 자연은 인간의 노동 없이도 알아서 풍족한 소출을 낸다고 묘사된다. 퀴클롭스들의 섬 역시 이러한 특징을 보인다.

독한 노동을 강요한다. 20권에서 한 익명의 하녀는 제우스에게 이렇게 기도한다.

> 저자들은 저더러 보릿가루를 만들라며 기백을 아프게 하는 피로로
> 제 두 무릎을 풀어놓았답니다. 이제 저들이 마지막 끼니를 들게 하소서!
> (20.118-119)

특이한 것은 여기에서 '무릎을 풀다'라는 표현이 쓰인 것이다. 호메로스 시에서 이 구절은 거의 언제나 전장의 살해 장면에 등장한다. 아마도 이는 피로에 대한 단순한 불만이 아니라, 실제로 구혼자들에게 목숨이 소진될 정도로 혹사당하는 그녀의 비참한 상황에 대한 보고로 보아야 할 것이다.

퀴클롭스들과 마찬가지로, 구혼자들은 다른 인간들과 질적으로 다른 조건에서 살아간다. 그러나 차이점 역시 분명히 존재한다. 퀴클롭스들의 환경은 신들이 베풀어준 호의인 반면(9.107-111), 구혼자들의 풍요는 타인들에 대한 억압과 강제의 결과이다. 이 시에서 구혼자들은 처음 소개되는 순간부터 죽음을 맞게 되는 시점까지 타인의 재산을 축내고 노동을 착취하며 늘 잔치를 즐기고 있는 것으로 그려진다.

신들에 대한 멸시

풍요가 일상인 폴뤼페모스와 구혼자들은 결핍을 모르고, 따라서 그들의 삶을 이끌어줄 신들을 필요로 하지 않는다. 대신, 이들은 스스로 신들의 지위를 차지하려고 한다. 오뒷세우스는 폴뤼페모스에게서 위협을 느끼며 제우스를 두려워할 것을 당부하나, 폴뤼페모스는 그의 필사적인 탄원을

조롱으로 일축해버리고 제우스에 대해 자신의 우위를 주장한다(9.273-276). 그에게 자신의 욕망과 충동보다 상위에 있는 원리는 없다. 유사한 패턴이 구혼자들의 언행에서도 분명히 관찰된다. 이들은 예언자 할리테르세스와 테오클뤼메노스에게 재차 직접적으로 경고를 받지만, 이들은 스스로 그 누구도 두려워하지 않노라고 오만한 주장을 되풀이하며(2.199, 20.215), 신들의 경고를 완전히 무시해버린다.

모든 나그네와 걸인은 제우스가 보내는 존재들이라는 것은 호메로스 사회의 상식이다(9.270-271, 14.56-58). 폴뤼페모스가 제우스를 무시하였다면, 구혼자들은 한술 더 떠 이 신성한 이름을 고의로 지워버린다. 안티노오스는 손님과 나그네를 보호하는 제우스를 한 익명의 신으로 취급하며 그의 권위를 깎아내린다.

도대체 어떤 신이 이 잔치의 흥을 깨는 재앙 덩어리를 데리고 온 건가? (17.446)

그러니 이 시에서 구혼자들이 신들에게 단 한 번도 제사를 바치지 않는 것은 당연한 결과이다. 호메로스의 시에서 제사는 인간과 신의 상호관계를 보여준다. 제사를 통해 신들은 명예를 확인하며 기뻐하고, 인간은 이에 상응하는 신들의 은총을 기대한다. 그러나 폴뤼페모스와 마찬가지로, 결핍을 모르는 구혼자들에게는 이러한 호혜가 무의미하고, 제사가 불필요해지는 것이다. 그들은 아폴론에게 제물을 바치겠노라고 약속하나(21.265-268), 이를 실행하기 전에 죽음을 맞는다. 아마도, 이 약속은 아폴론에 대한 신심이라기보다는, 자신들의 운명을 부지불식간에 발설한 것일 수도 있다. 아폴론의 신년 축제에 벌어지는 108명의 구혼자 살육은 고대 문학에서 가장 기괴한 헤카톰베로 기억될 것이다.

신과 같은 삶

지금까지 많은 해석자들은 구혼자들의 최종 목적이 이타카의 왕권과 오
뒷세우스의 재산이며, 페넬로페와의 결혼은 그 목적을 달성하는 수단이
라고 여겨왔다. 그러나 역자의 생각은 좀 다르다. 실상 왕권과 재산은 그
들이 이미 얻어낸 것이나 다름없다. 이들은 이미 이타카의 실질적인 지배
자들이며, 왕의 재산을 마음껏 향유하고 있으니 말이다. 구혼자들이 추
구하는 바는, 이러한 현 상황을 최대한 지속시키는 것, 즉 신들처럼 수월
한 삶을 지속시키는 것이다. 호메로스는 이 시에서 신들의 삶의 본질을
단 한 행 속에 드러낸다.

복된 신들은 낙을 누리며 지낸다, 단 하루도 빠짐없이. (6.46)

신들의 삶을 대표하는 여러 요소 중에서 웃음이 빠질 수 없다. 『일리아
스』에서 헤파이스토스가 술 따르는 역할을 자청하자 신들은 그칠 줄 모
르고 웃는다(『일리아스』 1.599-600). 이 시에서 아레스와 아프로디테가
헤파이스토스의 계략에 걸렸을 때, 신들은 박장대소로 반응한다(8.326-
327). 인간들 중에 이렇게 웃는 자들은 호메로스에서 구혼자들이 유일하
다(20.345-346). 『일리아스』에서 신들의 전투는 제우스의 웃음으로 시작
하여 제우스의 웃음으로 끝난다(21.388-390, 507-508). 이 신들의 희극은
『오뒷세이아』에서 괴이한 짝을 갖는다. 이로스와 오뒷세우스의 싸움 역
시 그 시작과 끝이 구혼자들의 웃음으로 덮이며, 그들은 이 싸움을 바라
보며 숨이 넘어갈 때까지 웃어댄다(18.34-35, 40-41, 99-100). 이 시에서 처
음 소개될 때부터 이들은 이미 신들처럼 행세하고 있다.

저자들은 힘 하나 안 들이고 저런 일에 마음을 쏟죠, 수금이며 노래며.
대가도 치르지 않고 남의 살림을, 그 사나이의 살림을 집어삼키니까요.
(1.159-160)

여가, 음악, 수월한 삶, 그리고 값을 치르지 않는 향락, 이 모든 것이 올림포스 신들의 전형적인 존재 방식이며, 지상의 인간들에게는 무엇보다도 낯선 삶의 방식이다. 따라서 이들의 삶의 방식은 신의 진노를 불러일으킨다.

자, 그건 그렇고, 내게 이것을 말해주되, 부디 정확하게 설명해주오.
이건 무슨 잔치고 어떤 모임이오? 그대와는 무슨 상관이 있는 것이오?
연회? 아니면 결혼식? 아무래도 이건 저마다 음식을 마련해 온 게 아니니까.
내 보기엔 저 주제넘은 자들이 분수도 모르고 온 집 안에서
잔치를 벌이고 있는 것 같구려. 적어도 분별 있는 사람이 여기 와서
이 숱한 부끄러운 짓거리들을 본다면, 누구든 분개하고말고! (1.224-229)

호메로스는 도를 넘어버린 이들의 행태를 시종일관 보여준다. 마침내 오뒷세우스가 안티노오스를 쓰러뜨리며 자신의 정체를 밝히자, 에우뤼마코스는 죽음을 면하기 위해 즉석에서 배상을 제안한다. 그러나, 타인의 결혼 생활을 위기로 몰아넣은 후 배상을 제안하는 것은, 인간 사회에서는 통용될 수 없는, 올림포스 신들의 방식일 뿐이다. 아프로디테와 아레스는 간통 중에 헤파이스토스의 그물에 걸린다. 그러나 포세이돈은 아레스를 풀어주기 위해 배상금을 제안하고, 욕보인 남편 헤파이스토스는 마지못해 이를 수락한다(8.344-358). 신들의 잘못과, 인간들의 잘못은 그 결과가 본질적으로 다르다. 아레스는 포세이돈의 보증 덕에 풀려나고, 아프로

디테 역시 자신의 성역에서 즉시 위엄을 회복한다. 이 과정에서 어떠한 처벌도 고통도 개입될 여지가 없다. 그러나 오레스테스의 복수 이야기에서 보듯, 인간 세계에서 이러한 결혼 관계는 파국을 맞을 수밖에 없다. 신들에게는 잘못에 대한 책임이 무의미하기에, 아레스와 아프로디테의 이야기는 신들의 그치지 않는 웃음이라는 안전한 틀 안에 묶이고, 청중들에게도 즐거움을 준다. 에우뤼마코스의 위선적인 제안에서 드러나는 것은, 구혼자들이 삶의 마지막 순간까지 신들의 면책특권을 주제넘게 흉내 내고 있다는 사실이다.

귀향의 여정에서 오뒷세우스는 의무의 망각, 영원한 잔치, 고생 없는 삶 등 인간이 꿈꿀 수 있는 모든 도피처로부터 유혹을 받아왔다. 칼립소가 그에게 영원한 삶을 제안할 때, 그 유혹은 절정에 달한다. 그러나 고통스러운 일련의 경험을 통해 배우고 변화해온 그는 현실의 인간 세계로 돌아가기를 열망하며, 이를 단호히 거절한다(5.214-224). 구혼자들이 추구하는 것은, 오뒷세우스가 부정하는 모든 것이다. 구혼자들에게는 마치 신과 같이, 자기만의 세상을 가질 수 있다는 강한 믿음이 있다. 그들은 도를 넘어선 욕망을 구현하기 위해, 인간 조건의 연약함과 한계를 인정하는 것을 거부한다. 우리는 한편으로 오뒷세우스가 인간 조건을 영웅적으로 수락하는 것을 보고, 다른 한편으로는 그 삶이 너무 수월하여 파멸로 치닫는 구혼자들을 본다.

따라서, 오뒷세우스와 구혼자들의 대결은 가정과 왕권의 회복이라는 단순한 문제를 넘어, 보다 근본적인 차원에서 관찰되어야 한다. 이것은 양립과 타협이 불가능한 서로 완전히 다른 두 가치의 충돌이며, 다른 한쪽이 소멸될 때까지는 끝날 수 없다. 이로써 우리는 오뒷세우스가 구혼자들의 타협안이나 대안을 거절한 채, 몰살이라는 극단적인 선택을 취할 수밖에 없었던 까닭을 이해할 수 있게 된다.

옮긴이의 말

이 책은 호메로스의 서사시 『오뒷세이아』를 옮긴 것이다. 번역 원문은 마틴 웨스트의 유작이 된 토이브너판(M.L. West, *Homeri Odyssea*, 2017)을 따랐다. 지금까지의 정본이었던 먼로와 앨런의 옥스퍼드판(D.B. Munro & T.W. Allen, *Homeri Opera*, 1922), 그리고 폰 데어 뮐의 토이브너판(P. von der Mühll, *Homeri Odyssea*, 1962)과 비교하면, 텍스트의 변화는 크지 않지만 참조한 파피루스의 숫자가 비약적으로 늘어났다. 이 판본은 앞으로 한 세기 동안 정본 노릇을 할 것으로 보인다. 그러나 텍스트의 안정성과는 별개로 웨스트가 상정한 시인과 시학은 그대로 받아들이기 어려운 것이었다. 그는 기원전 약 630-600년 사이에 한 시인이 이 서사시를 글로 썼다고 확신하였다. 하지만 그 세월 동안 이렇게 방대한 작품을 쓰다 보니 앞뒤가 맞지 않거나 불필요하게 반복되는 구절들도 많이 생겨났다고 보았기에 실제로 꽤 많은 시행들을 삭제하고자 했다. 그러나 역자는 『일리아스』와 마찬가지로 『오뒷세이아』 역시 한 시인의 일관된 시학과 정교한 설계를 상정하지 않으면 읽을 수도, 이해할 수도 없다고 생각하는 쪽이라서, 웨스트의 삭제 제안을 따르지 않고 그대로 살려두는 대신 그런 사정이 있다는 표시만 해두었다. 반대로 웨스트가 살렸으나 역자의 눈에 후대의 삽입으로 보인 16권 101행은 삭제하였다.

번역을 하며 참고했던 다른 번역본들도 이 자리에서 소개하고자 한다. 영어본은 래티모어(1967)와 에밀리 윌슨(2018)의 것을 보았고, 불어본은 베라르(1967), 독어본은 샤데발트(1958), 슈타인만(2016)의 것을 보았다. 한국어본은 천병희 선생님의 번역을 판본별(1996, 2000, 2015)로 비교하며 보았다. 래티모어와 윌슨의 영어본은 평이하고 읽기 쉬웠지만 그게 전부였을 뿐, 정확함과는 거리가 멀었다. 슈타인만의 독어본은 서사시의 장단단 육음보 율격까지 재현하려는 과감한 시도를 했다. 그러나 이를 통해 호메로스의 운율을 살리는 대신, 시행의 내용과 어조를 재현하는 일에서는 그만큼 멀어지고 말았다. 베라르와 천병희 선생님은 시인을 자국인으로 귀화시킨 반면, 샤데발트에게 호메로스는 영원히 희랍인으로 남는다.

번역에 임하는 마음가짐에 대해서는 전작 『일리아스』에서 이미 밝힌 바 있다. 왜곡 없이 옮기고 싶다는 소망은 모든 번역가의 꿈이다. 나는 호메로스가 쓴 표현을 고스란히 옮기려 했다. 문장의 구조는 물론이고 미세한 뉘앙스의 차이를 결정하는 조각말(particle) 하나까지 놓치고 싶지 않았다. 그렇게 호메로스 본연의 문체와 표현, 은유를 가감 없이, 그 해상도 그대로 전달하고 싶었다. 물론 원문의 운율까지 일대일로 옮기진 않았고, 옮길 수도 없었다. 부족한 운문보다는 빠짐없이 옮긴 산문이 낫다는 생각에서였다. 나의 바람과는 달리, 최선의 역어를 선택하지 못한 구절도 있을 것이고, 미처 거르지 못한 오역도 없지 않을 것이다. 독자 여러분의 많은 질타와 조언을 부탁드린다.

『일리아스』 번역과 달라진 점은 권말의 해설이다. 『일리아스』의 해설은 신과 인물 각각에 대한 설명과 해석이었고, 그것을 모아보면 『일리아스』의 특징과 시학을 떠올릴 수 있도록 구성하였다. 『오뒷세이아』의 해설은 이 시의 내용을 순서대로 따라가며 중요한 사건들의 의미와 전체의 구성을 음미할 수 있는 방향으로 마련해보았다. 이 시를 하나의 문학작품으로 감상하고 이해하는 데에 작은 도움이 될 수 있기를 바란다.

올해로 호메로스를 공부해온 지 20년째다. 읽고 생각하고 정리하며 학위논문을 쓰는 데에 많은 시간이 걸렸고, 최근 6, 7년은 이렇다 할 약속도, 가까이 지내는 사람도 없이 오로지 두 서사시의 번역에만 몰두하였다. 내 영혼은 줄곧 신성한 일리오스에, 포도줏빛 바다 위에, 그리고 이타카에 있었다. 내려갈 계단을 모조리 무너뜨리며 올라온 이곳에서 잠시 숨을 고르며 생각해본다. 사람은 누구나 아름답고 근사한 것 하나는 품고 있어야 삶을 이어나갈 힘을 얻을 수 있다. 내가 호메로스를 통해 경험한 것은 압도적인 아름다움이었고, 그것은 비루한 내게 어울리지 않을 정도로 눈부신 기적이었다. 역자를 호메로스의 세계로 이끌어주신 이태수 선생님께 감사와 존경의 마음을 담아 이 책을 바친다.

2023년 가을, 낙산(駱山) 아래에서
이준석

찾아보기

658

아이올로스 10.2 35 43 55 60 ; 11.237 ;
  23.313 314

아이티옵스인들 1.22 23 ; 4.84 ; 5.282 286

아킬레우스 3.105 109 188 ; 4.5 8 ; 5.308 ;
  8.75 ; 11.467 478 482 486 544 546 557 ;
  24.15 19 36 73 76 94

아테네/아트뤼토네/트리토게네이아 1.44
  80 118 125 157 178 221 252 314 319 326
  364 444 ; 2.12 115 261 267 296 382 393
  399 405 416 420 ; 3.12 13 25 29 42 52
  78 143 219 221 229 330 343 356 371 378
  385 394 419 435 446 ; 4.289 341 502
  752 761 763 795 828 ; 5.5 108 382 426
  436 491 ; 6.3 14 41 112 139 228 233 291
  321 325 328 ; 7.15 19 27 37 40 47 78 80
  110 139 331 ; 8.7 18 193 493 520 ; 9.316 ;
  11.323 547 626 ; 13.120 189 221 236 251
  287 300 329 361 371 374 392 420 429 ;
  14.2 218 ; 15.1 10 222 292 ; 16.156 165
  172 207 234 260 282 298 451 454 ; 17.63
  132 360 ; 18.69 156 158 187 235 346 ;
  19.2 33 51 479 604 ; 20.30 44 72 284 345
  ; 21.1 358 ; 22.205 210 224 256 273 297 ;
  23.156 160 241 344 371 ; 24.368 376 472
  487 502 516 520 528 533 541 545 546

아틀라스 1.52 ; 7.245

아폴론 3.280 ; 4.341 ; 6.162 ; 7.64 311 ;
  8.80 227 228 323 334 339 488 ; 9.198
  200 320 ; 15.245 253 410 526 ; 17.132 251
  494 ; 18.235 ; 19.86 ; 20.278 ; 21.267 338
  363 ; 22.7 ; 24.376

아프로디테/퀴테레이아 4.12 263 ; 8.267
  287 308 337 342 361 ; 17.37 ; 18.193 ;
  19.53 ; 20.68 73 ; 22.445

안티노오스 1.383 389 ; 2.84 130 301 310
  321 ; 4.628 631 632 641 660 773 ; 16.363

417 418 ; 17.374 381 394 396 397 405 414
  445 458 464 473 476 477 483 500 ; 18.34
  42 50 65 78 118 284 292 ; 20.270 275 ;
  21.84 140 143 167 186 256 269 277 278
  287 312 ; 22.8 48 ; 24.179 424

안티오페 11.260

안티클레이아 11.85

안틸로코스 3.112 ; 4.188 201 ; 11.468 ;
  24.16 79

알크메네 2.120 ; 11.266

알키노오스 5.17 ; 6.12 139 196 212 299
  301 ; 7.9 22 54 63 66 69 82 84 92 132 140
  159 167 178 185 208 231 298 308 331 346
  ; 8.2 4 7 13 25 56 59 94 118 129 132 143
  235 256 382 385 370 401 418 419 421 423
  464 469 533 ; 9.2 ; 11.346 347 355 362
  373 ; 13.3 16 20 23 24 37 38 49 62 64 171

암피노모스 16.351 394 406 ; 18.119 125
  395 412 424 ; 20.244 247 ; 22.89 95

암피트리테 3.91 ; 5.422 ; 12.60 96

에리뉘스(복수의 여신)들 2.135 ; 11.279 ;
  15.233 ; 17.475 ; 20.78

에리퓔레 11.326

에오스 2.1 ; 3.404 491 ; 4.188 195 306 407
  431 576 ; 5.1 121 228 390 ; 6.48 ; 7.223 ;
  8.1 28 ; 9.26 76 151 152 170 306 307 436
  437 560 ; 10.144 187 190 541 ; 11.376
  ; 12.3 7 8 24 142 316 ;13.18 93 240 ;
  14.266 502 ; 15.50 56 189 250 396 495 ;
  16.270 368 ; 17.1 435 497 ; 18.318 ; 19.49
  319 342 428 572 ; 20.91 ; 23.242 244 246

에우로스(동풍) 5.295 332 ; 12.326 ; 19.205

에우뤼노메 17.495 ; 18.164 169 178 ; 19.96
  97 ; 20.4 ; 23.153 289 293

에우뤼노모스 2.21 ; 22.242

에우뤼다마스 18.297 ; 22.283

660

680 721 787 800 804 808 830 ; 5.216 ;
11.446 ; 13.406 ; 14.172 373 ; 15.42 314
; 16.130 303 330 338 397 409 435 458 ;
17.36 100 162 390 492 498 528 542 553
562 569 575 585 ; 18.159 177 244 245 250
285 322 324 ; 19.52 59 89 103 123 308
349 375 376 476 508 559 588 ; 20.387 ;
21.2 157 311 321 330 ; 22.425 483 ; 23.5
10 32 58 80 104 173 256 285 ; 24.194 198
294 404

페르세포네이아/페르세포네 10.491 494
509 534 564 ; 11.47 214 217 226 385 633

페리메데스 11.23 ; 12.195

페미오스 1.153 337 ; 17.261 ; 22.330

페이라이오스 15.539 540 544 ; 17.54 71 74
78 ; 20.372

페이산드로스 18.299 ; 22.243 268

페이시스트라토스 3.36 400 415 454 482 ;
4.155 ; 15.46 48 131 166

펠레우스 5.308 ; 8.75 ; 11.467 469 478 494
505 550 557 ; 24.15 17 23 36

펠리아스 11.254 256

포르퀴스 1.72 ; 13.96 345

포세이돈 1.20 68 73 74 77 ; 3.6 43 54 179
333 ; 4.386 500 505 ; 5.282 339 366 445
; 6.266 ; 7.56 61 270 ; 8.322 344 350 354
566 ; 9.283 412 527 528 ; 11.130 252 306
399 406 ; 13.146 159 174 181 186 341 ;
23.234 276 ; 24.109

폰토노오스 7.179 182 ; 8.65 ; 13.50 53

폴뤼페모스 1.71 ; 9.403 407 446

프로테우스 4.365 385

프리아모스 3.107 130 ; 5.105 ; 11.421 533 ;
13.316 ; 14.241 ; 22.230

플랑크타이 12.61 ; 23.327

필로이티오스 20.185 254 ; 21.240 388 ;
22.357

필로크테테스 3.190 ; 8.220

ㅎ

하데스 3.410 834 ; 6.11 ; 9.525 ; 10.175 491
502 512 534 560 564 ; 11.47 65 69 151 165
210 277 425 475 570 625 627 634 ; 12.17
21 383 ; 14.157 207 ; 15.350 ; 20.208 ;
23.252 324 ; 24.203 263

할리테르세스 2.157 253 ; 17.69 ; 24.451

헤라 4.513 ; 8.465 ; 11.603 ; 12.72 ; 15.111
180 ; 20.69

헤라클레스 8.224 ; 11.268 270 601 ; 21.26

헤르메스 1.37 38 42 84 ; 5.28 29 54 85 87
195 ; 8.323 334 335 ; 10.277 307 ; 11.626
; 12.390 ; 14.435 ; 15.320 ; 19.397 ; 24.1 9

헤파이스토스 4.617 ; 6.233 ; 7.93 ; 8.267
269 272 286 288 293 297 326 330 345
355 359 ; 15.117 ; 23.160 ; 24.70 75

헬레네 4.12 121 130 184 219 296 305 569
; 11.438 ; 14.68 ; 15.57 100 104 106 123
126 171 ; 17.118 ; 22.228 ; 23.217

헬리오스/휘페리온/헬리오스 휘페리온
1.8 23 ; 2.181 388 ; 3.1 138 329 487 497
; 4.400 540 833 ; 5.225 479 ; 6.98 321 ;
7.123 289 ; 8.270 302 417 ; 9.26 58 161
168 556 558 ; 10.138 160 183 185 191 476
478 498 ; 11.12 15 94 109 498 618 ; 12.4
29 31 128 133 176 262 268 274 323 343
346 353 375 385 397 429 ; 13.29 33 35
240 ; 14.42 ; 15.185 296 349 404 471 ;
16.221 366 ; 17.569 582 ; 19.234 275 276
424 426 433 441 ; 20.207 356 ; 21.227 ;
22.388 ; 23.329 363 ; 24.12

지은이 **호메로스**

호메로스는 누구였을까? 한 명의 위대한 시인? 혹은 둘, 셋, 여섯? 아니면 유구하게 축적된 구전 서사시 전통이 의인화된 것일까? 아주 오래전부터 '일리아스'와 '오뒷세이아'는 텍스트로 존재했으나, 정작 시인에 대한 정보는 전혀 없었기에 온갖 추정만이 있을 뿐이다. 이 번역본에서는 기원전 8세기경 문자의 도움을 받아 전체를 계획하고 일관된 시학으로 '오뒷세이아'를 집필한 단 한 명의 시인을 상정하고 있고, 그를 '호메로스'라고 부른다.

옮긴이 **이준석**

서울대학교 미학과를 졸업하고 같은 학교 서양고전학 협동과정에서 소포클레스의 비극 연구로 석사 학위를, 스위스 바젤대학교에서 호메로스의 서사시 연구로 박사 학위를 받았다. 현재 한국방송통신대학교 문화교양학과 교수로 재직 중이다. 주요 논문으로는 「오이디푸스 튀란노스: 두 목자에 대한 해석」, 「아레스를 닮은 메넬라오스: 일리아스의 내적 포뮬라 연구」, 「호메로스의 휴머니티」 등이 있다.

오뒷세이아

1판 1쇄 펴냄 | 2023년 10월 16일
1판 2쇄 펴냄 | 2024년 4월 5일

지은이 | 호메로스
옮긴이 | 이준석
펴낸이 | 김정호

책임편집 | 박수용
디자인 | 이대웅

펴낸곳 | 아카넷
출판등록 | 2000년 1월 24일(제406-2000-000012호)
주소 | 10881 경기도 파주시 회동길 445-3
전화 | 031-955-9511(편집)·031-955-9514(주문)
팩시밀리 | 031-955-9519
www.acanet.co.kr

Printed in Paju, Korea.

ISBN 978-89-5733-886-5 93890